ANNE PERRY | Luto riguroso

byblos

Título original: *A Dangerous Mourning*

Traducción: Roser Berdagué

1.ª edición: octubre 2004

© 1991 Anne Perry
© Ediciones B, S. A., 2004
   Bailén, 84 - 08009 Barcelona (España)
   www.edicionesb.com

Diseño de colección: Ignacio Ballesteros

Printed in Spain
ISBN: 84-666-1799-X
Depósito legal: B. 37.880-2004

Impreso por LITOGRAFÍA ROSÉS

ANNE PERRY | Luto riguroso

*A John y Mary MacKenzie
y a mis amigos de Alness,
por su buena acogida*

1

—Buenos días, Monk —dijo Runcorn con una expresión satisfecha sobre su rostro enjuto y de rasgos enérgicos. Llevaba el cuello de pajarita algo torcido y al parecer le apretaba un poco—. Acérquese a Queen Anne Street, a casa de sir Basil Moidore —dijo ese nombre como si le fuera muy familiar y observó la cara de Monk por si demostraba ignorancia. Como no detectó nada, prosiguió en tono más impaciente—. Han encontrado muerta, apuñalada, a la hija de sir Basil, Octavia Haslett, de estado viuda. Parece que un ladrón estaba saqueando sus joyas cuando ella despertó y lo sorprendió con las manos en la masa. —Su sonrisa se hizo más tensa—. Ya que dicen que usted es nuestro mejor detective, ¡a ver si lleva esto mejor que el caso Grey!

Monk sabía muy bien lo que eso significaba: no moleste a la familia, son gente de calidad y es evidente que nosotros no lo somos. Sea comedido, no sólo en sus palabras, en su forma de comportarse o en la manera de abordarlos, sino, lo que es más importante, en lo que pueda averiguar.

Como no tenía otra alternativa, Monk acogió las palabras con mirada absolutamente indiferente, como si no captara la indirecta.

—Sí, señor Runcorn. ¿Qué número de Queen Anne Street?

—El diez. Que lo acompañe Evan. Imagino que cuando lleguen a la casa ya se habrá emitido algún dictamen médico con respecto a la hora del crimen y al tipo de arma utilizado. ¡Venga, no se quede ahí como un pasmarote, hombre! ¡Manos a la obra!

Monk no dio tiempo a Runcorn a añadir nada más, giró sobre sus talones y, dando grandes zancadas, dijo por lo bajo:

—Sí, señor.

Después salió dando casi un portazo.

Evan, con la expectación reflejada en su rostro sensible y cambiante, ya subía las escaleras a su encuentro.

—Un asesinato en Queen Anne Street —le anunció Monk, sintiendo que su irritación se desvanecía sólo con ver a aquel muchacho.

A Monk le encantaba Evan y, como no recordaba a otra persona por la que sintiera tanta simpatía y su memoria sólo alcanzaba hasta aquella mañana de cuatro meses atrás en la que se había despertado en el hospital —de hecho, al principio había pensado que se encontraba en un asilo—, su amistad con él todavía le resultaba más preciosa. Además, confiaba en Evan, por algo era una de las dos personas del mundo que sabían que en su vida había un espacio en blanco. En cuanto a la otra persona, Hester Latterly, difícilmente habría podido considerarla una amiga, puesto que aunque era una mujer inteligente y valiente también era testaruda y profundamente irritante, aunque reconocía que le había sido de gran ayuda en el caso Grey. Su padre había sido una de las víctimas de dicho caso y su muerte había obligado a Hester a abandonar el trabajo de enfermera en la guerra de Crimea, prácticamente terminada en aquel momento, a fin de reconfortar a su familia en su dolor. Era muy difícil, sin embargo, que Monk volviera a verla, a no ser cuando tuvieran que ir a declarar en el juicio de Menard Grey. Eso a Monk le traía sin cuidado ya que la consideraba ácida y nada atractiva como mujer, es decir, todo lo contrario de su cuñada, cuyo rostro acudía a menudo a sus pensamientos para dejar en ellos un rastro fugaz de dulzura.

Evan dio media vuelta, siguió a Monk escaleras abajo pisándole los talones y, después de atravesar el despacho de recepción, salieron los dos a la calle. Era un día de finales de noviembre, despejado y ventoso. El viento agitaba las amplias faldas de las mujeres; un hombre que caminaba con el cuerpo ladeado y se agarraba con trabajo el sombrero de copa saltó para evitar el barro de un coche de caballos que pasó a gran velocidad. Evan hizo una seña a un *hansom cab*, moderno cabriolé que databa de nueve años atrás, mucho más práctico que los anticuados carruajes.

—Queen Anne Street —ordenó al cochero y, así que él y Monk se hubieron acomodado, el coche se puso rápidamente en marcha a través de Tottenham Court Road y se dirigió hacia el este, pasó por Portland Place y Langham Place y, tras doblar en ángulo recto, enfiló Chandos Street hasta Queen Anne Street. Durante el trayecto Monk puso a Evan al corriente de lo que Runcorn le había dicho.

—¿Quién es ese sir Basil Moidore? —preguntó Evan con su aire inocentón.

—No tengo ni idea —admitió Monk—, no me ha dado detalles. —Y seguidamente refunfuñó por lo bajo—: O no lo conoce o deja que lo descubramos nosotros, probablemente para que metamos la pata.

Evan sonrió. Estaba más que enterado de las malas relaciones existentes entre Monk y su superior y de las razones que ocultaban. No era fácil trabajar con Monk: era un hombre tozudo, ambicioso, intuitivo, de réplica pronta, ingeniosa y cortante. Por otro lado, la injusticia le alteraba el equilibrio emocional y le importaba poco ofender a quien fuese con tal de ajustarlo todo a derecho. Tenía poca paciencia con los tontos, entre los que incluía a Runcorn, y ésa era una opinión que en épocas pasadas se había esforzado muy poco en disimular.

Runcorn también era ambicioso, pero perseguía otros objetivos: pretendía entrar con buen pie en la sociedad, aspiraba al encomio de sus superiores y valoraba por encima de todo la seguridad. Tenía en mucho las escasas victorias que había conseguido sobre Monk y las paladeaba con delectación.

Estaban en Queen Anne Street, calle caracterizada por la elegancia y discreción de sus casas de armoniosas fachadas, altos ventanales e imponentes zaguanes. Se apearon, Evan pagó al cochero y, tras llamar a la puerta de servicio del número diez, se dieron a conocer. Era un fastidio bajar las escaleras que conducían al semisótano en lugar de subir los peldaños que llevaban al pórtico de entrada, pero era mucho menos humillante que llamar a la puerta principal y encontrarse con un lacayo de librea que, sin dignarse a mirarlos, quizá los habría enviado abajo.

—¿Sí? —les dijo un limpiabotas de rostro descolorido y con el delantal torcido.

—Inspector Monk y sargento Evan. Venimos a ver a lord Moidore —replicó Monk con voz tranquila. Cualquiera que fueran sus sentimientos hacia Runcorn o la intolerancia general que le inspiraban los tontos, el dolor, la confusión y la conmoción que provoca una muerte repentina le despertaban una profunda piedad.

—¡Oh...! —El limpiabotas los miró sorprendido, como si con su sola presencia hubieran transformado la pesadilla en realidad—. ¡Oh... sí! Mejor será que pasen. —Retrocedió para abrir y volviéndose hacia la cocina en demanda de ayuda, llamó con voz lastimera y acongojada—: ¡Señor Phillips! ¡Señor Phillips! ¡La policía!

Del fondo de la inmensa cocina surgió el mayordomo. Era un hombre delgado y ligeramente encorvado, pero su cara tenía la expresión autocrática de los que están acostumbrados a mandar... y a hacerse obedecer sin discusión. La mirada que dirigió a Monk dejaba traslucir una mezcla de ansiedad y de desdén, aunque de ella tampoco estaba ajena una cierta sorpresa ante el traje de buen corte, la pulcra camisa y las botas de cuero fino y bruñido que componían el atuendo de Monk. El aspecto de Monk no se acomodaba a la idea que se hacía de la posición social de un policía, sin duda por debajo de los buhoneros. Después observó a Evan, y pareció que aquella nariz larga y algo ganchuda, lo mismo que aquellos ojos y boca de expresión imaginativa, tampoco le cuadraban. Cuando no podía encasillar a la gente en los compartimentos que les tenía previamente asignados sentía una extraña desazón, como si se tambaleara el orden del universo. Estaba aturullado.

—Sir Basil les recibirá en la biblioteca —dijo con altivez—. Vengan por aquí.

Y sin molestarse en comprobar si le seguían, salió muy tieso de la cocina, ignorando a la cocinera, que se encontraba sentada en una mecedora. Lo siguieron a través del pasillo, pasaron por delante de la puerta de la bodega, por la despensa, por la antecocina, por la puerta que daba al exterior y conducía a la lavandería, por la sala de estar del ama de llaves y, finalmente, a través de una puerta tapizada de paño verde, accedieron a la planta principal.

Distribuidas sobre el parquet del vestíbulo había unas magníficas alfombras persas y las paredes estaban revestidas de madera hasta media altura y decoradas con excelentes paisajes. Monk tuvo el destello de un recuerdo que venía de épocas distantes, acaso el detalle de un robo, y las palabras «pintura flamenca» le vinieron a la cabeza. A partir del accidente quedaban muchas cosas atrás que estaban celadas y de las que sólo recuperaba de cuando en cuando algún atisbo, como el movimiento entrevisto por el rabillo del ojo al volver la cabeza, ya demasiado tarde para captarlo.

Ahora, sin embargo, no le quedaba más remedio que seguir al mayordomo y poner toda su atención en los datos que se tenían del caso. Debía salir airoso, sin dejar que nadie advirtiera hasta qué punto se movía a trompicones, elaborando y reconstruyendo hipótesis a partir de retazos para llegar al nivel de conocimientos que los demás le suponían. No tenían por qué saber que se valía de esas relaciones del hampa con las que cuenta todo detective. Era un policía famoso y la gente esperaba de él resultados brillantes. Lo leía en los ojos de todos, lo oía en sus palabras, el elogio espontáneo dispensado como algo que es de dominio público. Sabía también que se había hecho demasiados enemigos para permitirse el lujo de equivocarse. Lo percibía a través de palabras dichas a medias, en el tono de un comentario, en la pulla y el nerviosismo que la seguía, en la mirada desviada a un lado. Sólo gradualmente había ido descubriendo lo que había hecho en años anteriores para ganarse tanto miedo, envidia o antipatía de aquella gente. En una progresión lenta iba descubriendo pruebas de su extraordinaria pericia, de su instinto, de su persecución incansable de la verdad, de las largas horas consagradas al trabajo, de su implacable ambición y de su intolerancia frente a la pereza, la debilidad ajena, la deficiencia propia. Pese a todas las mermas que sufría desde el accidente, había conseguido resolver el dificilísimo caso Grey.

Estaban en la biblioteca. Phillips abrió la puerta, los anunció y se hizo a un lado para dejarlos pasar.

La estancia era de tipo tradicional, con las paredes cubiertas de estanterías. Una gran ventana mirador dejaba entrar la luz a raudales y la alfombra verde y demás accesorios infundían una sensación de bienestar, casi la impresión de estar en un jardín.

No había tiempo para detenerse en esas observaciones. Basil Moidore estaba de pie en el centro de la habitación. Era un hombre alto, de cuerpo algo desmadejado y nada atlético aunque no gordo todavía, y se mantenía muy erguido. No podía haber sido apuesto en ningún momento de su vida, sus rasgos eran demasiado cambiantes, su boca demasiado grande y las arrugas profundamente incisas en torno a ella más bien denotaban voracidad y temperamento que ingenio. Tenía unos ojos que llamaban la atención por lo oscuros y, pese a no ser bellos, eran penetrantes y extremadamente inteligentes. Su cabello fuerte y lacio estaba jaspeado de gris.

Ahora aquel hombre se sentía a la vez furioso y terriblemente desgraciado. Estaba pálido y abría y cerraba, nervioso, los puños.

—Buenos días, señor Moidore —Monk se presentó y presentó a Evan.

Odiaba tener que hablar con aquellos que habían sido golpeados por la desgracia, y además la muerte de un hijo era una de las más terribles, pero ya estaba acostumbrado. No había pérdida de memoria capaz de borrar la familiaridad con el dolor, el verlo reflejado en estado puro en los demás.

—Buenos días, inspector —respondió Moidore como un autómata—, me temo que no conseguirá nada, aunque sé que debe intentarlo. Un indeseable penetró en mi casa durante la noche y asesinó a mi hija. No puedo decirle otra cosa.

—¿Podríamos ver la habitación donde ocurrió el hecho? —preguntó Monk con voz tranquila—. ¿Ha venido ya el médico?

Las gruesas cejas de sir Basil se enarcaron por la sorpresa.

—Sí... aunque ahora ya no sé qué beneficio podemos obtener de un médico, la verdad.

—Simplemente determinar la hora de la muerte y las causas de la misma.

—A mi hija la acuchillaron en una hora cualquiera de la noche. No se necesita médico para saberlo. —Sir Basil inspiró con fuerza y después fue soltando lentamente el aire. Su mirada vagó un momento por la habitación, incapaz de centrar su interés en Monk. El inspector y Evan no eran más que funcionarios con un papel secundario en la tragedia y él estaba demasiado afectado para concentrarse en una sola idea. En sus pensamientos se introducían hechos tan nimios como un cuadro torcido en la pared, un rayo de sol que incidía en el título de un libro o el jarrón con unos crisantemos tardíos colocado sobre la mesilla baja. Monk vio el estado de ánimo de aquel hombre reflejado en su cara y lo comprendió.

—Uno de los criados nos mostrará la habitación —dijo Monk excusándose para salir de allí lo antes posible.

—Oh... sí, naturalmente. Y todo lo que haga falta —respondió Basil volviendo a la realidad.

—Imagino que usted no oiría ningún ruido extraño durante la noche, ¿verdad? —le preguntó Evan desde la puerta.

Sir Basil frunció el ceño.

—¿Cómo? No, en absoluto, de otro modo ya lo habría dicho. —Todavía no habían abandonado la habitación pero la atención de aquel hombre ya se había desentendido de ellos y se centraba ahora en las hojas que azotaban los cristales, movidas por el viento.

Phillips, el mayordomo, los esperaba en el vestíbulo. Sin decir palabra los condujo a través de la amplia y curvada escalinata hasta el rellano, alfombrado en tonos rojos y azules y decorado con varias mesillas arrimadas a las paredes. El rellano se extendía unos quince metros a derecha e izquierda hasta unas ventanas en forma de tribuna que lo iluminaban desde ambos extremos. Siguieron al criado hacia la izquierda y se pararon ante la tercera puerta.

—La habitación de la señorita Octavia —dijo Phillips con voz pausada—. Si me necesitan, toquen la campanilla.

Monk abrió la puerta y entró en la habitación. Llevaba a Evan pegado a los talones. La habitación era de techo alto con molduras de yeso y de él colgaban unas arañas de cristal. Las cortinas con dibujos de flores verdes y rosas estaban descorridas y dejaban penetrar la luz. Había tres butacas tapizadas, un tocador con un espejo de tres cuerpos y una gran cama cuyo dosel estaba revestido con la misma tela que las cortinas. Atravesado en la cama yacía el cuerpo de una mujer joven, cubierto tan sólo por un camisón de seda de color marfil. Una herida de color púrpura le atravesaba el cuerpo desde el pecho hasta casi las rodillas. Tenía los brazos extendidos y, desparramada sobre los hombros, la espesa mata de cabellos castaños.

A Monk le sorprendió encontrar a su lado a un hombre delgado de talla mediana y expresión inteligente, en actitud grave y ensimismada. Los rayos de sol que se filtraban a través de la ventana arrancaban reflejos a sus rubios cabellos, de apretados rizos y chispeados de hebras canosas.

—¿Policía? —preguntó mirando a Monk de arriba abajo—. Yo soy el doctor Faverell —dijo a modo de presentación—. El criado avisó al policía de guardia y éste me avisó a mí... a eso de las ocho.

—Me llamo Monk —le replicó Monk— y éste es el sargento Evan. ¿Puede facilitarnos alguna información?

Evan cerró la puerta tras ellos y se acercó más a la cama; tenía el rostro contraído por una mueca de dolor.

—Ha muerto durante la noche —replicó Faverell,

sombrío—. A juzgar por la rigidez del cuerpo, yo diría que la muerte debió de ocurrir hará unas siete horas. —Se sacó el reloj del bolsillo—. Ahora son las nueve y diez, lo que quiere decir que, como máximo, debe de haber muerto a las tres de la madrugada. Una sola herida profunda, muy profunda, y de corte irregular. La pobre ha debido de perder la conciencia casi inmediatamente y seguramente ha muerto dos o tres minutos después.

—¿Es usted el médico de la familia? —preguntó Monk.

—No, pero vivo en la esquina de Harley Street y el policía sabía mi dirección.

Monk se acercó un poco más a la cama y Faverell se hizo a un lado para dejarle sitio. El inspector se inclinó sobre el cadáver para examinarlo. La cara de la mujer tenía una expresión de ligera sorpresa, como si la realidad de la muerte la hubiera cogido desprevenida; pese a la palidez, todavía se apreciaban en ella signos de belleza. Los huesos de la frente y de los pómulos eran anchos, grandes las cuencas de los ojos, delicadamente delimitadas por las cejas, gruesos los labios. Sí, ese rostro evidenciaba una profunda emoción, una suave feminidad, y pertenecía a una mujer que seguramente a él le habría gustado. Por espacio de un momento la curva de aquellos labios le trajo el recuerdo de otra persona, aunque le habría sido imposible decir de quién.

La mirada de Monk descendió al cuerpo y, bajo la tela rasgada del camisón, descubrió arañazos y manchas de sangre en la garganta y en los hombros. La seda también estaba rasgada desde el dobladillo hasta la ingle aunque, movido quizá por un impulso de decencia, alguien había doblado la tela por encima del cuerpo. Monk le miró las manos y se las levantó suavemente, pero vio que tenía las uñas impolutas y sin el más mínimo rastro de piel ni de sangre. Si se había peleado con su atacante, no lo había marcado.

Observó el cuerpo con más detenimiento para ver de descubrir magulladuras. Pese a haber muerto pocos momentos después de sufrir el ataque, el cadáver habría debido presentar algún moretón en la piel. Lo primero que Monk le examinó fueron los brazos, ya que en ellos suele haber siempre alguna marca en caso de lucha, pero no vio nada. Como tampoco encontró señal alguna en las piernas ni en el cuerpo.

—La han movido de sitio —dijo, transcurridos unos momentos, al observar el rastro de las manchas hasta el borde del camisón y tan sólo huellas de sangre en las sábanas debajo del cuerpo donde habría debido haber un charco abundante—. ¿La ha movido usted?

—No —respondió Faverell, corroborando la respuesta con un movimiento de la cabeza—. Lo único que he hecho ha sido descorrer las cortinas. —Echó un vistazo al suelo cubierto con una alfombra de rosas rojas—. ¡Allí! —exclamó indicando el sitio con el dedo—. Eso podría ser sangre, y en aquella butaca hay un desgarrón. Supongo que, la pobre, se ha defendido.

Monk miró a su alrededor. Había varios objetos de tocador que parecían estar fuera de sitio, si bien habría sido difícil saber cuál era su disposición original. Descubrió, sin embargo, un platito de cristal tallado hecho añicos y pétalos secos de rosa esparcidos sobre la alfombra debajo del mismo. No había reparado en ellos hasta aquel momento debido al dibujo floral de la alfombra.

Evan se acercó a la ventana.

—El pestillo no está corrido —dijo, moviendo el batiente para comprobarlo.

—He cerrado yo —intervino el médico—. Cuando he llegado estaba abierta y en la habitación hacía mucho frío. Ya lo he tenido en cuenta para el rigor, no hace falta que me lo pregunte. La camarera me ha dicho que ha encontrado abierta la ventana por la mañana cuando ha entrado con la bandeja del desayuno para la señora Haslett, y me ha dicho que normalmente no dormía con la ventana así. También se lo he preguntado.

—Gracias —dijo Monk secamente.

Evan levantó la ventana para abrirla completamente y miró al exterior.

—Mire, señor Monk, aquí hay una especie de enredadera y está rota en varios sitios, como si alguien se hubiera afianzado en ella. Hay tallos machacados y hojas desprendidas. —Se asomó un poco más—. En la pared hay una buena cornisa hasta el bajante de la tubería. Un hombre un poco ágil no tendría mucha dificultad en encaramarse por él.

Monk se le acercó para asomarse también.

—¿Por qué no se ha metido en la habitación de al lado? —pensó en voz alta—. Está más cerca de la tubería, es más fácil acceder a ella y habría tenido menos posibilidades de que le descubrieran.

—Quizá sea la habitación de un hombre —apuntó Evan—. No suele haber joyas... o pocas. Unos pocos cepillos con dorso de plata y algunos gemelos no se pueden comparar con el joyero de una mujer.

A Monk le contrarió no haberlo pensado. Volvió a meter la cabeza dentro y se dirigió al médico.

—¿Alguna cosa más?

—Nada más, señor Monk. —Parecía impresionado e incómodo—. Le haré un informe escrito, si quiere, pero ahora tengo pacientes vivos que me necesitan. Tengo que irme. Buenos días.

—Buenos días. —Monk lo acompañó hasta la puerta que daba al rellano—. Evan, vaya a ver a la camarera que la ha encontrado y envíeme a la doncella de la señora para que examine la habitación y vea si falta alguna cosa, especialmente joyas. Después probaremos con los prestamistas y los peristas. Yo voy a hablar con alguna persona de la familia que duerma en este piso.

La habitación de al lado resultó ser la de Cyprian Moidore, hermano mayor de la víctima. Monk habló con él en la sala de día. Era una habitación muy recargada de muebles, pero muy confortable en cuanto a temperatura; seguramente las sirvientas de la planta baja habían limpiado las cenizas de las chimeneas, barrido y sacudido las alfombras y encendido las chimeneas antes de las ocho menos cuarto, mientras las criadas del piso superior procedían a despertar a la familia.

Cyprian Moidore se parecía a su padre en cuanto a constitución y gesto: la misma nariz corta y fuerte, la misma boca ancha con una movilidad extraordinaria que en un hombre más débil se convertiría en relajamiento; pero sus ojos eran más dulces y su cabello todavía se conservaba oscuro.

Estaba profundamente afectado.

—Buenos días, señor —dijo Monk entrando en la habitación y cerrando la puerta.

Cyprian no respondió.

—¿Puedo hacerle una pregunta? ¿Ocupa usted la habitación situada al lado de la habitación de la señora Haslett?

—Sí —dijo Cyprian mirándolo directamente a los ojos, una mirada sin agresividad ninguna, sólo afectada por el golpe.

—¿A qué hora se acuesta, señor Moidore?

—Alrededor de las once o poco más tarde —dijo con gesto de disgusto—. No oí absolutamente nada, si es lo que va a preguntarme.

—¿Pasó usted toda la noche en su cuarto? —Monk procuró formular la pregunta de manera que no resultase ofensiva, pero era imposible.

Cyprian sonrió levemente.

—Anoche sí. Mi esposa duerme en la habitación contigua a la mía, la primera que se encuentra al subir la escalera. —Se metió las manos en los bolsillos—. La habitación de mi hijo es la de enfrente y la de mis hijas la que sigue a continuación. De todos modos, creía que había quedado claro que quien entró en el cuarto de Octavia lo hizo por la ventana.

—Es lo más probable, señor —admitió Monk—, pero es posible que intentaran entrar en otras habitaciones, como también es posible que entraran por otro sitio y salieran por la ventana. Lo único que sabemos es que la enredadera está rota. ¿La señora Haslett era de sueño ligero?

—No... —respondió sin ningún titubeo, pero seguidamente la duda asomó a su rostro. Se sacó las manos de los bolsillos—. Bueno, eso creo. ¿Qué más da ahora? ¿No le parece que todo este interrogatorio es una pérdida de tiempo? —Se acercó un paso al fuego—. Está claro que alguien ha entrado en su cuarto, que ella lo ha descubierto y que, en lugar de huir corriendo, el miserable la ha apuñalado vilmente. —Su rostro se ensombreció—. ¡Valdría más que saliera a buscarlo por ahí en lugar de dedicarse a hacer preguntas impertinentes! Además, a lo mejor estaba despierta. Las personas a veces se despiertan durante la noche.

Monk se tragó la respuesta que instintivamente iba a darle.

—Mi intención era determinar la hora en que ha ocurrido el hecho —prosiguió Monk con voz monocorde—. Sería un dato útil cuando tuviéramos que interrogar al policía que estuviera de ronda o a cualquiera que se encontrara en las inmediaciones a esa hora. Y por supuesto, podría ser útil cuando detuviésemos a alguien y pudiese demostrar que en ese momento estaba en otro sitio.

—Si estaba en otro sitio querría decir que no es la persona que buscamos... digo yo —le espetó Cyprian con aspereza.

—Si no supiéramos la hora, a lo mejor nos figurábamos que sí lo era —saltó Monk inmediatamente—. ¡No querrá que colguemos a un inocente! ¡Vamos, digo yo!

Cyprian no se molestó en contestar.

Las tres mujeres cuyo parentesco con la muerta era más próximo esperaban a Monk en el salón, todas junto al fuego: lady Moidore, con la espalda muy erguida y el rostro lívido, sentada en el sofá; su hija superviviente, Araminta, en uno de los grandes sillones a su derecha, ojerosa como si llevase varias noches sin dormir, y su nuera, Romola, de pie detrás de ella, con el horror y la confusión pintados en el rostro.

—Buenos días, señora —dijo Monk haciendo una inclinación de cabeza en dirección a lady Moidore y saludando después a las otras dos mujeres.

Ninguna correspondió a su saludo. Tal vez no estimaban necesario andarse con aquellas sutilezas dadas las circunstancias.

—Siento en el alma tener que molestarlas en un momento tan trágico —dijo articulando las palabras con dificultad. Detestaba tener que dar el pésame a personas que acababan de sufrir una pérdida tan lamentable. Era un extraño que se introducía en su casa y lo único que podía ofrecerles eran palabras rimbombantes y convencionales. De todos modos, no decir nada habría sido una imperdonable grosería—. Quisiera testimoniarle mi más sentido pésame, señora.

Lady Moidore movió apenas la cabeza a manera de reconocimiento a sus palabras, aunque no dijo ni media palabra.

Monk identificó a cada una de las otras dos mujeres gracias a que una tenía en común con su madre sus hermosos cabellos, de una tonalidad rojiza encendida que, en la media luz de aquella estancia, destacaba casi con igual vitalidad que las llamas de la chimenea. La esposa de Cyprian, en cambio, era mucho más morena, tenía los ojos castaños y el cabello casi negro. Monk se volvió hacia la madre.

—¿Señora Moidore?

—¿Sí? —Lo miró, alarmada.

—El dormitorio de usted se encuentra situado entre el de la señora Haslett y la tubería principal por la que al parecer ha trepado el intruso. ¿No ha oído ningún ruido anormal durante la noche, algo que le llamara la atención?

Se quedó muy pálida. Era evidente que no se le había ocurrido que el asesino había pasado por delante de su ventana. Se agarró al respaldo de la silla de Araminta.

—No, nada. No suelo dormir muy bien, pero anoche sí. —Cerró los ojos—. ¡Qué cosa tan espantosa!

Araminta demostró más entereza. Estaba sentada muy rígida y era muy delgada, su cuerpo era casi huesudo bajo la tela fina de la bata matinal. A nadie se le había ocurrido todavía ponerse de luto. La joven tenía una cara enjuta, los ojos muy abiertos y su boca era curiosamente asimétrica. Habría sido guapa a no ser por cierta acritud, algo quebradizo que se escondía bajo su apariencia externa.

—No podemos ayudarle, inspector —le dijo con franqueza, sin evitar sus ojos ni dispuesta a excusarse por nada—. Anoche vimos a Octavia antes de que se retirase a su habitación, a eso de las once o unos minutos antes. Yo la vi en el rellano, después entró en el cuarto de mi madre para desearle buenas noches y vi que luego se metía en su habitación. Nosotros nos retiramos a la nuestra. Mi marido le dirá lo mismo. Esta mañana nos ha despertado llorando la doncella, Annie, para anunciarnos que había ocurrido algo terrible. Yo he sido la primera en abrir la puerta del cuarto después de Annie. He visto al momento que Octavia estaba muerta y que ya no se podía hacer nada por ella. He hecho salir enseguida a Annie y la he enviado con la señora Willis, el ama de llaves. La pobre estaba muy impresionada. Yo entretanto he ido a buscar a mi padre, que estaba reuniendo al servicio para la oración matinal y le he comunicado lo ocurrido. Mi padre ha ordenado a uno de los criados que avisara a la policía. La verdad es que no sé qué más podemos decir.

—Gracias, señora.

Monk miró a lady Moidore. Tenía la frente ancha y corta y la nariz fuerte que su hijo había heredado de ella, aunque la cara de la madre era mucho más delicada y la boca de expresión sensata, casi ascética. Cuando hablaba, pese a estar tan probada por el dolor, tenía esa belleza que es propia de las personas vitales y dotadas de imaginación.

—No puedo añadir nada más, inspector —dijo con voz muy tranquila—. Mi habitación se encuentra en la otra ala de la casa y no me he enterado de la tragedia ni de que hubiera entrado nadie hasta que mi doncella, Mary, me ha despertado y mi hijo ha venido a verme después para decirme lo que había... ocurrido.

—Gracias, señora. Espero que ya no será necesario volver a molestarlas. —No había esperado descubrir nada nuevo, se trataba únicamente de una formalidad que habría sido imprudente pasar por alto. Se excusó y salió para reunirse con Evan, que estaba en las dependencias de los criados.

Tampoco lo que había descubierto Evan parecía demasiado importante: sólo había conseguido hacer una lista de joyas desaparecidas, gracias a la información facilitada por la doncella de las señoras. Efectivamente, faltaban dos sortijas, un collar, un brazalete y, por extraño que pueda parecer, un jarroncito de plata.

Abandonaron la casa de los Moidore poco antes de mediodía. Ahora las cortinas estaban corridas y había crespones negros en la puerta. En señal de respeto a la difunta, los lacayos estaban esparciendo paja en la calzada para amortiguar el estrépito producido por los cascos de los caballos.

—¿Y ahora qué? —preguntó Evan al pisar la acera—. El limpiabotas ha dicho que en el extremo del lado este, esquina con Chandos Street, estaban dando una fiesta. Uno de los cocheros o de los lacayos podría haber visto algo... —Levantó las cejas con aire esperanzado.

—Y también hay que localizar al agente que estaba de ronda —añadió Monk—. Yo buscaré al policía y usted encárguese de la fiesta. ¿Dice que era en la casa de la esquina?

—Sí, señor Monk... una familia apellidada Bentley.

—Informe a la comisaría cuando haya terminado las pesquisas.

—Sí, señor. —Evan giró sobre sus talones y se alejó rápidamente, con unos movimientos más armónicos de lo que se habría presumido de un cuerpo tan larguirucho y huesudo.

Monk tomó un cabriolé para trasladarse a la comisaría, donde tenía intención de averiguar la dirección del agente que había patrullado por la zona durante la noche.

Una hora más tarde estaba sentado en la pequeña y gélida salita delantera de una casa próxima a Euston Road, tomando a pequeños sorbos una taza de té en compañía de un agente soñoliento y sin afeitar, que demostraba estar sumamente nervioso. Ya llevaban más de cinco minutos conversando cuando Monk se percató de que el hombre lo conocía de tiempo y de que las angustias que parecía estar pasando no tenían nada que ver con ninguna omisión o posible fallo en sus deberes durante la pasada noche, sino con algo que había ocurrido en una ocasión anterior, de la que Monk no conservaba recuerdo alguno.

Sin darse cuenta, se puso a escrutar la cara del hombre, tratando inútilmente de extraer de ella algún recuerdo, y por dos veces perdió el hilo de la conversación.

—Lo siento, Miller, ¿qué decía? —se disculpó la segunda vez.

Miller estaba intimidado, como si no supiera muy bien si la pregunta obedecía a una distracción por parte de Monk o presuponía una crítica solapada a lo que acababa de decir, por considerarlo increíble.

—Decía que anoche pasé con una frecuencia de veinte minutos por el lado oeste de Queen Anne Street, señor. Después seguía por Wimpole Street abajo y otra vez hacia arriba por Harley Street. No fallé una sola vez porque, como no ocurrió nada anormal, no tuve que pararme en ninguna ocasión.

Monk puso cara de extrañeza.

—¿No vio a nadie rondando por allí? ¿A nadie?

—Gente vi mucha, pero nadie sospechoso —replicó Miller—. Había una gran fiesta en la otra esquina de Chandos Street, la que da a Cavendish Square. Hasta las tres de la madrugada hubo mucho ajetreo de cocheros y lacayos arriba y abajo, pero no vi a nadie que hiciera nada raro, ni menos aún que trepara por las tuberías para meterse por las ventanas de las casas. —En su expresión se adivinó que iba a añadir algo más, pero de pronto cambió de parecer.

—¿Sí? —insistió Monk.

Pero Miller no cedió. Monk volvió a preguntarse si sería por lo que había ocurrido entre ellos en otro tiempo y si Miller quizás habría añadido algo más de ser él otra persona. ¡Era tanto lo que ignoraba! Ignorancia en relación con los procedimientos policiales, las conexiones con el hampa, el inmenso arsenal de cosas que todo buen detective debe poseer. El hecho de no saber le dificultaba el camino a cada paso que daba, obligándolo a trabajar con mucho más ahínco para esconder su vulnerabilidad, aunque no lo suficiente para eliminar el miedo profundo provocado por la ignorancia que tenía de su persona. ¿Qué hombre era aquel de quien tantos años de su vida se extendían detrás de su persona, qué muchacho aquel que un día saliera de Northumberland pletórico de ambiciones tan absorbentes que hasta le habían impedido escribir regularmente a su única pariente, su hermana pequeña, que a pesar de su silencio había seguido queriéndolo tiernamente? Monk había encontrado sus cartas en su habitación, unas cartas cariñosas y amables, llenas de referencias a hechos que habrían debido serle familiares.

Y ahora estaba sentado en aquella estancia pequeña y ordenada, tratando de conseguir datos de un hombre que era evidente que lo temía. ¿Por qué? Una pregunta imposible de contestar.

—¿No vio a nadie más? —preguntó Monk, esperanzado.

—Sí, señor —respondió Miller de pronto, ávido de complacerle y comenzando a dominar su nerviosismo—. Vi a un médico que había ido a hacer una visita en la casa situada cerca de la esquina de Harley Street y Queen Anne Street. Lo vi salir, pero no lo había visto entrar.

—¿Sabe su nombre?

—No, señor —respondió Miller volviendo a encresparse, como a la defensiva—. Salió por la puerta principal y se la abrió el dueño de la casa. La mitad de las luces de la casa estaban encendidas, seguro que había acudido allí porque lo habían llamado...

Monk ya iba a disculparse por el desaire involuntario, pero cambió de parecer. Le resultaría más rentable mantener a Miller en vilo.

—¿Recuerda la casa?

—Debe de ser la tercera o la cuarta del lado sur de Harley Street, señor Monk.

—Gracias. Iré a preguntar, a lo mejor vieron algo.

—Después se preguntó por qué demonios tenía que darle explicaciones a aquel hombre.

Se levantó, dio las gracias a Miller y salió nuevamente en dirección a la calle principal, donde seguramente encontraría coches de alquiler. Habría debido dejar estas gestiones en manos de Evan, que sabía de sus contactos con el hampa, pero ya era demasiado tarde. Se movía por instinto, empujado por su inteligencia, olvidando hasta qué punto su memoria había quedado presa de aquel mundo de sombras la noche en que volcó el coche en que viajaba y se rompió las costillas y el brazo y todo quedó borrado para él, desde su identidad hasta sus vínculos con el pasado.

¿Quién más podía haber estado en la calle de noche en la zona de Queen Anne Street? Un año atrás habría sabido dónde encontrar a los maleantes, ladrones, vagabundos, pero ahora no contaba con otra cosa que suposiciones y deducciones a base de tanteos, que lo pondrían en evidencia ante Runcorn, quien estaba esperando la primera oportunidad para hacerlo caer en la trampa. Así que hubiera acumulado errores suficientes, Runcorn caería en la cuenta de la increíble y maravillosa verdad y encontraría la excusa que andaba buscando desde hacía tanto tiempo para despedir a Monk y sentirse por fin seguro. Sería la manera de acabar de una vez por todas con aquel duro y ambicioso teniente que llevaba peligrosamente pegado a los talones.

Localizar al médico no fue difícil, le bastó volver a Harley Street y llamar una por una a las casas del lado sur hasta dar con la que buscaba y hacer en ella las preguntas pertinentes.

—Así es —dijo no sin cierta sorpresa el dueño de la casa, después de recibirlo un tanto fríamente. Parecía cansado e irritado—. Aunque no veo por qué ha de interesar esto a la policía.

—Anoche asesinaron a una mujer en Queen Anne

Street —replicó Monk. El periódico de la tarde publicaría la noticia y dentro de una o dos horas pasaría a ser de dominio público—. Quizás el médico vio a alguien merodeando por los alrededores.

—Dudo que ese médico conozca de vista a las personas que van matando a mujeres por la calle.

—No, por la calle no, fue en casa de sir Basil Moidore —le corrigió Monk, aunque la diferencia tenía poca importancia—. Se trata de saber a qué hora estuvo aquí el médico y qué camino siguió. De todos modos, puede que tenga razón y no sea de ninguna importancia.

—Supongo que sabe lo que se lleva entre manos —dijo el hombre con cierta vacilación, demasiado preocupado y absorto en sus propios asuntos para ocuparse de los ajenos—, pero corren unos tiempos en que los criados suelen tener compañías un poco extrañas. Yo diría más bien que debe de tratarse de alguien a quien una criada debió de dejar entrar en la casa, algún galán poco recomendable.

—La víctima fue la hija de sir Basil, la señora Haslett —dijo Monk con amarga satisfacción.

—¡Dios mío! ¡Qué cosa tan terrible! —La expresión del caballero cambió instantáneamente. Con una sola frase el peligro había pasado de afectar a una persona apartada de su mundo para golpear a una persona de su propio círculo, es decir, a convertirse en una amenaza próxima y alarmante. La helada mano de la violencia había alcanzado a alguien que pertenecía a su propia clase y, al hacerlo, había pasado a convertirse en una realidad—. ¡Es espantoso! —La sangre huyó de su rostro cansado y su voz se quebró un instante—. ¿Se puede saber qué hacen ustedes? ¡Hay que poner más policía en las calles, más patrullas! ¿De dónde había salido ese hombre? ¿Qué hacía en este barrio?

Monk sonrió con amargura al ver al hombre presa de tal agitación. Si la víctima hubiera sido una criada, la culpa habría sido de ella por tener malas compañías; si se trataba de una señora, en cambio, había que reforzar la vigilancia policial y cazar al criminal sin pérdida de tiempo.

—¿Y bien? —inquirió el hombre, advirtiendo una mal disimulada sonrisa en el rostro de Monk.

—Así que lo encontremos, sabremos qué hacía —replicó Monk con voz suave—. Entretanto, si tiene la bondad de darme el nombre del médico, iré a su casa a preguntarle si observó algo que se saliera de lo normal en su trayecto de ida o de vuelta.

El hombre anotó el nombre en un trozo de papel y se lo tendió.

—Gracias, señor. Buenos días.

El doctor, sin embargo, le dijo que no había visto nada, ya que iba absorto en sus asuntos, por lo que no pudo serle de ninguna ayuda. Ni siquiera había visto a Miller haciendo la ronda. Lo único que hizo fue confirmar con toda exactitud la hora en que llegó y salió de la casa.

A media tarde Monk estaba de vuelta en la comisaría, donde Evan ya lo estaba esperando con la noticia de que habría sido totalmente imposible que hubiera pasado nadie por el extremo oeste de Queen Anne Street sin ser detectado por alguno de los criados que esperaban a sus amos fuera de la casa donde se celebraba la fiesta. Había un número suficiente de invitados, teniendo en cuenta los llegados a última hora y los que se habían marchado temprano, para ocupar con sus coches las cocheras instaladas en la parte trasera de la casa y llenar completamente la calle en su fachada anterior.

—¿Cree que con tantos criados y cocheros pululando por los alrededores de la casa se habría detectado la presencia de una persona extraña? —preguntó Monk.

—Sí. —Evan no tenía ninguna duda al respecto—. Dejando aparte el hecho de que muchos de ellos se conocen, todos llevaban librea. Cualquiera que hubiera ido vestido de manera diferente habría destacado como un caballo en un campo donde sólo pastaran vacas.

Monk no pudo por menos de sonreír ante la imagen rural a la que había recurrido Evan. Era hijo de un párroco de pueblo y de cuando en cuando dejaba aflorar algún recuerdo o peculiaridad relacionado con sus orígenes. Era una de las muchas características de Evan que complacían a Monk.

—¿No podría tratarse de uno de ellos? —preguntó Monk, dubitativo, sentándose ante su escritorio.

Evan negó con la cabeza.

—No, estaban todos de cháchara y de broma, hablaban con las camareras, trataban de ligárselas y, además, el sitio estaba profusamente iluminado con las lámparas de los coches. Como uno se hubiera desmandado y le hubiera dado por trepar por una tubería y subirse a los tejados, seguro que lo habrían visto al momento. No hubo ninguno que se desmarcara y se fuera a deambular solo por la calle, esto por descontado.

Monk no siguió insistiendo. No creía que pudiera tratarse de alguna incursión de un lacayo al que le hubiera dado por ahí. Seleccionaban a los lacayos por su talla y su porte y todos iban magníficamente vestidos. No estaban en condiciones de trepar por las tuberías ni de hacer acrobacias en los muros de casas de dos y tres pisos de altura ni menos de colgarse en los salientes de los edificios en plena oscuridad. Éste era un arte para el que había que ir vestido *ad hoc*.

—Debió de venir por el otro lado —concluyó—, por la parte de Wimpole Street, entre el momento en que Miller bajaba por esa calle y el que subía por Harley Street. ¿Y por la parte de atrás? Me refiero a Harley Mews.

—No hay manera de saltar por el tejado, señor Monk —replicó Evan—. Lo he examinado bien: habría corrido el riesgo de despertar al cochero y a los mozos de cuadra de los Moidore, que duermen sobre los establos. Además, no hay ningún ladrón que se precie que quiera importunar a los caballos. No, señor Monk, lo mejor es entrar por delante, como demuestra la situación de la tubería y el estado de la enredadera, y los indicios señalan que éste fue el camino que siguió. Como usted dice, debió de introducirse en la casa entre las rondas de Miller. No era fácil que lo detectasen.

Monk titubeó. Odiaba poner al descubierto sus flaquezas, pese a que sabía que Evan estaba al tanto de su estado y que, de haberse sentido tentado a hacer partícipe a Runcorn de lo que sabía, ya lo habría hecho semanas atrás, concretamente en el curso del caso Grey, cuando Monk estaba confundido, asustado y a punto de volverse loco, aterrado por las imágenes que su inteligencia evocaba partiendo de retazos de recuerdos que iban repitiéndose como pesadillas. Evan y Hester Latterly eran las dos únicas personas de este mundo en las que podía confiar plenamente. Pero prefería no pensar en Hester, no era una mujer atractiva. De nuevo asomó a sus pensamientos el dulce rostro de Imogen Latterly, recordó sus bellos ojos asustados cuando acudió a él en demanda de ayuda, su voz suave, el crujido de la falda al pasar junto a él, semejante al crujido de las hojas. Pero Imogen era la esposa del hermano de Hester y para Monk era tan inalcanzable como una princesa.

—¿Y si voy a The Grinning Rat y hago unas cuantas preguntas? —Evan interrumpió sus pensamientos—. Como alguien trate de desembarazarse del collar y de los pendientes acabarán en manos de un perista, pero las noticias de asesinatos circulan rápido, sobre todo cuando se trata de uno que la policía quiere resolver a toda costa. Los ladrones corrientes seguro que querrán estar limpios respecto a este asunto.

—Sí... —Monk se agarró rápidamente a lo que acababa de decir—. Yo probaré con los peristas y prestamistas, usted vaya a The Grinning Rat a ver si se entera de algo. —Se metió la mano en el bolsillo y sacó de él su hermoso reloj de oro. Seguro que había tenido que ahorrar mucho tiempo para costearse una vanidad como aquélla, pero no recordaba haber vivido sin aquel reloj, ni tampoco la satisfacción de haberlo comprado. Sus dedos se pasearon por su lisa superficie y sintió el vacío que había dejado en él la huida de la memoria, de los recuerdos, del placer de saborearlos. Al abrirlo, la tapadera emitió un chasquido.

—Es una buena hora para hacerlo. Nos vemos mañana por la mañana.

Evan volvió a su casa y se cambió de ropa antes de intentar volver a ponerse en contacto con el grupo marginal que tan arduamente había conseguido localizar. La chaqueta bien cortada y de aspecto convencional, además de la camisa limpia que ahora llevaba, igual podían tomarse por la indumentaria propia de un estafador, pero era bastante más probable que se le tomase por un empleado con aspiraciones sociales, o por un comerciante modesto.

Cuando, una hora después de haber hablado con Monk, salió de sus aposentos, su aspecto había cambiado radicalmente. Se había peinado para atrás con ayuda de un poco de gomina y algún que otro mejunje los hermosos cabellos castaños de generosa onda y se había afeado la cara de forma similar, aparte de haberse puesto una camisa vieja sin cuello y una chaqueta que le colgaba, fláccida, de los hombros enjutos. Tenía preparadas para la ocasión un par de botas que un mendigo había abandonado al encontrar otras mejores. Le rozaban los pies, pero solventó el inconveniente poniéndose un par más de calcetines para así caminar mejor. Ataviado de esta guisa, se encaminó hacia la taberna de Pudding Lane, donde cenaría a base de sidra y pastel de anguila y mantendría aguzado el oído.

En Londres había una enorme variedad de establecimientos públicos, desde los espaciosos y respetables que ofrecían banquetes a las personas de buena cuna y provistas de caudales, seguidos de los también acogedores pero menos ostentosos que servían de lugar de reunión y punto de encuentro para realizar transacciones en el campo de todo tipo de profesiones, desde abogados y estudiantes de medicina a actores y aspirantes a político, hasta aquellos establecimientos que eran como una especie de teatrillos de variedades embrionarios, donde se daban cita reformadores, agitadores y panfletistas, filósofos callejeros y representantes de movimientos obreros, para llegar finalmente al peldaño más bajo, en el que se encontraban los lugares frecuentados por jugadores, oportunistas, borrachos y grupos marginales del mundo criminal. The Grinning Rat era una taberna que pertenecía a este último grupo, razón por la cual Evan la había elegido hacía muchos años y donde, si su presencia no era grata en aquellos momentos, por lo menos era tolerada.

Desde la calle veía las luces que se reflejaban a través de las ventanas en la sucia acera y en la cuneta. Alrededor de la puerta pululaban media docena de hombres y varias mujeres, todos vestidos con ropas tan oscuras y gastadas por el mucho uso que eran como manchas de diferente densidad en aquella luz borrosa que se filtraba hasta la calle. Incluso cuando alguien abría la puerta de la taberna en medio de una explosión de carcajadas, como aquel hombre y aquella mujer que salieron por la escalera cogidos del brazo y tambaleándose, no se atisbaba otra cosa que marrones y pardos entremezclados con algún que otro aleteo rojo oscuro. El hombre dio unos pasos vacilantes hacia atrás y una mujer que se apoyaba en el desagüe gritó una obscenidad a la pareja. Pero ellos la ignoraron y desaparecieron Pudding Lane arriba, en dirección a East Cheap.

Evan también la ignoró y se sumergió en el interior, en el calor y las voces, el olor a cerveza, serrín y humo. Se abrió paso a empellones entre un grupo de hombres ocupados en jugar a los dados, otro en el que se hacía alarde de los méritos de unos perros de lucha y un defensor de la abstinencia que se desgañitaba inútilmente anunciando su credo para llegar a un ex boxeador cuyo rostro castigado exhibía una expresión bonachona y unos ojos hinchados.

—Hola, Tom —le dijo Evan en tono amable.

—Hola —dijo en tono infantil el púgil, sabiendo que aquel rostro le resultaba familiar, pero incapaz de asociarlo a un nombre.

—¿Has visto a Willie Durkins? —preguntó Evan con naturalidad y fijándose en que el hombre tenía la jarra casi vacía—. Voy a por una pinta de sidra. ¿Te traigo una?

Tom no titubeó un instante y se limitó a asentir alegremente mientras apuraba el fondo de la jarra para dejarla totalmente disponible.

Evan la cogió, se abrió paso hasta la barra y pidió dos sidras, mientras departía un momento con el camarero, que descolgó su jarra de entre las muchas colgadas de los ganchos que tenía sobre su cabeza. Los clientes habituales tenían jarra propia. Evan volvió junto a Tom, que lo aguardaba con aire esperanzado, y le tendió la jarra de sidra. Así que Tom hubo bebido casi la mitad de la jarra con desmesurada sed, Evan formuló de nuevo la pregunta con discreto interés.

—¿Has visto a Willie? —repitió.

—No, esta noche no, señor. —Tom había añadido aquel «señor» como para darle las gracias por la pinta, aunque seguía sin recordar su nombre—. ¿Para qué lo quiere? A lo mejor yo le puedo echar una mano.

—Quisiera pasarle un aviso —mintió Evan sin mirar a Tom a la cara y fijando los ojos en la jarra.

—¿Sobre qué cosa?

—Un asunto feo en la zona oeste —le respondió Evan—. Tienen que cargarle el muerto a alguien, y como conozco a Willie... —Levantó súbitamente los ojos y sonrió a Tom, en un gesto simpático, lleno de inocencia y buen humor—. No me gustaría que le echaran el guante... lo echaría de menos.

Tom farfulló unas palabras de reconocimiento. No estaba seguro del todo, pero tenía la impresión de que aquel lechuguino tan simpático o era uno de la pasma o era un soplón de los que dan información a la pasma. Él habría sido el primero en ofrecerla, si tuviese alguna... siempre que el asunto lo mereciera, naturalmente. Nada de raterías corrientes, eso por descontado; eran una forma de ganarse la vida como otra cualquiera. No, deberían ser informaciones sobre los que se meten donde no los llaman, o sobre asuntos feos que despertaban demasiado interés por parte de la policía: asesinatos, incendios premeditados o falsificaciones importantes, asuntos del género que saca de sus casillas a los caballeros influyentes de la City. Así no hacían más que poner en un aprieto a los que se dedicaban a modestas chapuzas como robos con escalo, hurtos callejeros o alguna que otra falsificación de billetes y documentos legales. Con tanta policía merodeando era más que peliagudo comerciar con mercancía robada o vender licores ilegales. El contrabando a pequeña escala que se realizaba en el río se resentía, lo mismo que el juego y el trabajo de los tahúres y estafadores relacionados con el deporte, el boxeo sin guantes y, naturalmente, la prostitución. Si Evan hubiera hecho alguna pregunta a Tom relacionada con alguna de esas actividades, éste se habría ofendido y así se lo habría hecho saber. El hampa dirigía ese tipo de negocios desde siempre y nadie podía pretender cambiar esa situación.

Pero había cosas que no se podían hacer. Lo contrario habría sido una insensatez y una falta de consideración con los que se ganaban la vida lo más discretamente posible.

—¿De qué asunto feo se trata, señor?

—Asesinato —replicó Evan muy serio—. La hija de un hombre muy importante asesinada por un ladrón en su propio dormitorio. Una estupidez...

—No lo sabía. —Tom parecía indignado—. ¿Y eso cuándo ha sido? ¡Nadie ha dicho nada!

—Anoche —respondió Evan bebiendo un poco más de sidra.

Desde algún lugar situado a su izquierda le llegó una sonora carcajada y alguien se puso a decir pestes contra cierto caballo que había ganado una carrera.

—No lo sabía —repitió Tom en tono lastimero—. ¡No entiendo cómo puede haber gente a la que le da por esas cosas! Yo a ésos los llamo imbéciles. ¡Mira que matar a una señora! Que le hubiera soltado un guantazo si la tía se despertaba y empezaba a gritar tendría un pase, pero hay que ser un baboso rematado para armar ruido y despertar a la clientela.

—¡Y encima apuñalarla! —dijo Evan asintiendo—. ¿Por qué no le arreó un sopapo, como tú bien has dicho? No había ninguna necesidad de matarla. Ahora la mitad de la policía se pondrá a patrullar por el West End. —Era una exageración en toda regla, pero Evan sabía por qué lo decía—. ¿Más sidra?

Tom volvió a indicar sus deseos limitándose a ofrecerle la jarra vacía sin decir palabra. Evan se levantó para servirlo.

—Willie es incapaz de hacer una cosa así —dijo Tom cuando volvió Evan—. ¡No se chupa el dedo!

—Si pensara que ha sido él no me andaría pasándole avisos —respondió Evan—, ¡dejaría que lo colgasen!

—¡Claro! —asintió Tom con voz lúgubre—. Y encima, antes de colgarlo los polis ya se lo habrían pateado todo para chinchar y para estropearnos el negocio.

—¡Exactamente! —dijo Evan escondiendo la cara en la jarra—. Así que dime, ¿dónde está Willie?

Esta vez Tom no se anduvo con evasivas.

—Mincing Lane —dijo en tono malhumorado—. Si está dispuesto a esperarse una hora o así, esta noche acabará dejándose caer por el carretón del que vende empanadas de anguila y yo casi diría que, si lo informa del asunto, le quedará muy agradecido. —Sabía que aquel Evan, quienquiera que fuera, quería algo a cambio. La vida era así.

—Gracias —dijo Evan dejando media jarra, que a buen seguro Tom estaría encantado de terminar—, me parece que probaré. Buenas noches.

—Buenas noches —Tom se apoderó de la jarra antes de que algún camarero excesivamente celoso de sus deberes la retirase de la mesa.

Evan se lanzó a la calle dispuesto a afrontar aquella tarde que iba haciéndose más fría y echó a andar con brío, el cuello subido y sin mirar a derecha ni izquierda, hasta Mincing Lane, dejando atrás a los grupitos de ociosos que haraganeaban en los portales. No tardó en localizar al vendedor de empanadas de anguilas con su carreta, un tipo delgaducho con chistera en la cabeza y delantal en la cintura, envuelto en el delicioso aroma que despedían los dos pucheros que tenía delante.

Evan le compró una empanada y la consumió con delectación, la pasta estaba crujiente y la carne de anguila le pareció deliciosa.

—¿Ha visto a Willie Durkins? —le preguntó a bocajarro.

—No, esta noche no. —El hombre parecía desconfiar: uno no facilita información así por las buenas y menos sin saber con quién está hablando.

Evan no tenía la menor idea de si debía creer o no en sus palabras pero, como no tenía nada mejor que hacer, se instaló nuevamente en la sombra, helado y aburrido, y decidió esperar. Llegó un cantante callejero que entonaba una balada en la que se contaban las andanzas de un cura que había seducido a una maestra de escuela y la había abandonado después, así como al hijo fruto del encuentro. Evan recordó haber leído el suceso en la prensa de unos meses atrás, aunque había que reconocer que la versión cantada era mucho más pintoresca. En menos de quince minutos, el cantante callejero y el carromato del vendedor de empanadas de anguila se habían atraído a una docena o más de clientes, todos los cuales se surtieron de empanadas y se quedaron a escuchar la balada. Gracias a su colaboración, el cantor callejero cenó gratis... y disfrutó de un público agradable.

De la zona oscura del sur salió de pronto un hombre enjuto, pero de expresión risueña, que se compró una empanada y la consumió con la misma delectación que Evan, después de lo cual compró una segunda con la que tuvo el gusto de obsequiar a un zarrapastroso chiquillo que merodeaba por los alrededores.

—¿Has tenido una buena noche, Tosher? —le preguntó el vendedor de empanadas con aire de saber de qué hablaba.

—La mejor del mes —replicó Tosher—. ¡Me he encontrado un reloj de oro! ¡No salen muchos!

El empanadero soltó una carcajada.

—Algún señor elegante estará maldiciendo su suerte... —soltó una media sonrisa—. ¡Qué lástima!, ¿verdad?

—¡Una lástima espantosa! —le confirmó Tosher mientras se le escapaba la risa.

Evan estaba lo bastante al corriente de la vida callejera para saber de qué iba la cosa. «Tosher» era el nombre que se daba a los que vagaban por las cloacas buscando objetos perdidos. En su opinión, tanto ellos como los pilletes que vagabundeaban por el río se tenían bien ganado lo que encontraban. Había que reconocer que no era ningún regalo.

Había más gente que iba y venía: vendedores ambulantes que habían dado por terminada la jornada laboral, un cochero, un par de barqueros que subían la escalera que llevaba al río, una prostituta y, finalmente, cuando Evan ya estaba tieso de frío y tan envarado que ya ni se podía mover e incluso estaba a punto de desistir de su empeño, Willie Durkins.

Reconoció a Evan a la primera ojeada y su cara redonda adoptó una expresión cautelosa.

—¡Hola, señor Evan! ¿Se puede saber qué quiere? No está en su terreno.

Evan no se molestó en mentir, no habría servido de nada y habría sido una prueba de mala fe.

—Es por lo del asesinato de anoche en la zona oeste, en Queen Anne Street.

—¿De qué asesinato habla? —Willie parecía confundido, estado que reflejó su expresión cauta, sus ojos entrecerrados, en parte porque le daba en ellos el farol debajo del cual se había situado el carro del empanadero.

—Del asesinato de la hija de sir Basil Moidore, apuñalada en su propia habitación... por un ladrón.

—¡Vaya, vaya! ¡Conque Basil Moidore, eh! —comentó Willie con aire dubitativo—. La casa debe valer un perú, pero seguro que está de criados hasta la bandera. ¿Y cómo se le ocurre a un ladrón entrar en una casa así? ¿Será estúpido? ¡Si es que hay cada imbécil!

—Mejor aclarar las cosas —dijo Evan avanzando los labios y haciendo unos ligeros movimientos con la cabeza.

—Yo no sé nada —se apresuró a decir Willie por pura rutina.

—Es posible, pero seguro que conoces a los ladrones de casas que trabajan en la zona —le espetó Evan.

—Pero no habrá sido ninguno —exclamó Willie al momento.

La expresión de Evan se ensombreció.

—¡Como que no iban a darse cuenta si hubieran visto a algún intruso! —exclamó con sarcasmo.

Willie lo miró de reojo y se quedó pensativo. Evan tenía pinta de ingenuo, rostro de soñador, más propia de un señor que de un sargento de la pasma. Nada que ver con Monk, con ése mejor no tener que habérselas porque era un hombre ambicioso, tenía una mente retorcida y una lengua viperina. Lo sabía por intuición y por el gris de esos ojos que sostenían siempre la mirada: era peligroso andarle con triquiñuelas.

—Se trata de la hija de sir Basil Moidore —dijo Evan casi como hablando consigo mismo—. A alguien tendrán que colgar... no tienen más remedio, y hasta que den con el hombre indicado tendrán que apretarle los tornillos a un montón de gente, si es necesario.

—¡Está bien, está bien! —refunfuñó Willie—. Anoche estaba por allí Paddy *el Chino*. Pero no fue él... no tuvo ocasión. O sea que no lo moleste porque está más limpio que una patena. Lo que puede hacer es preguntarle. Como éste no le ayude, no habrá quien lo haga. Y ahora déjeme en paz... porque seguro que me llaman alguna cosa fea como me vean aquí hablando con usted.

—¿Dónde encontraré a Paddy *el Chino*? —preguntó Evan agarrándolo por el brazo tan fuerte que Willie soltó un quejido.

—¡Suélteme! ¿Me quiere romper el brazo o qué?

Evan lo apretó con más fuerza todavía.

—Dark House Lane, Billingsgate... mañana por la mañana, cuando abren el mercado. Lo conocerá al momento, tiene el cabello negro como el hollín y unos ojos que parece chino. ¿Me suelta o qué?

Evan le agradeció la información, y en un momento Willy desapareció Mincing Lane abajo, hacia el río y las escaleras del Ferry.

Luego volvió directamente a su casa, se lavó mal que

bien la cara con agua tibia de un cuenco y se metió en la cama.

Se levantó a las cinco de la mañana, volvió a ponerse la misma ropa, salió con disimulo de su casa y tomó una serie de omnibuses hasta Billingsgate y a las seis y cuarto de la mañana, con las primeras luces del día, se encontró metido en la barahúnda de carromatos de los verduleros, los carros de los pescaderos y demás, en la misma puerta de Dark House Lane. Era un callejón tan estrecho que las casas se levantaban a ambos lados como contrafuertes de peñascos, con los carteles que anunciaban hielo fresco ocupando toda la anchura de la calle. A ambos lados se acumulaban montañas de pescado de todas las especies, fresco, mojado y escurridizo, amontonado en mostradores detrás de los cuales se apostaban los vendedores pregonando la mercancía, con sus delantales blancos destacando como las ventrechas de los pescados, con sus sombreros blancos contrastando sobre las piedras oscuras de las paredes que tenían detrás.

Un porteador, cargado con una cesta de bacalao en la cabeza, apenas si conseguía sortear la doble hilera de comerciantes que atestaban el callejón casi hasta su mismo centro. Evan entrevió en el extremo opuesto los enmarañados obenques de las barcas ostreras posadas en el agua y el ocasional gorro de estambre rojo de algún marinero.

Los olores eran invasores: arenques rojos, todo tipo de pescado blanco, desde espadines a rodaballos, además de langostas y buccinos y, por encima de todo, aquel olor salado a mar y a algas, como si la calle fuera una playa. Aquello le trajo el recuerdo instantáneo de las excursiones a la orilla del mar que había hecho siendo niño, la frialdad del agua, la visión de un cangrejo corriendo de medio lado y desapareciendo en la arena.

Aunque aquí el ambiente era muy otro. A su alrededor no se oía la suave cadencia del oleaje sino la cacofonía de cien voces:

—¡Eh! ¡Eh! ¡Aquí los mejores arenques de Yarmouth! ¡Merluza! ¡Rodaballo! ¡Pescado vivo! ¡Qué guapas langostas! ¡Cangrejos machos de los finos! ¡Todo vivo! ¡Menuda raya la que tengo! ¡Todo vivo! ¡Qué barato! ¡Lo mejorcito del mercado! ¡Bacalao fresco! ¡Un vasito de menta para pasar el frío! ¡Medio penique el vaso! ¡Aquí tiene, caballero! ¡Pasteles de pasas y carne, a medio penique la pieza! ¡Venga, señora! ¡Vaya bacalao éste! ¡Platija viva! ¡Buccinos... mejillones... ahora o nunca! ¡A la rica gamba! ¡Anguilas! ¡Lenguados! ¡Caracol de mar! ¡Impermeables para la lluvia... a un chelín la pieza! ¡Guardan del agua!

Y entre tantas voces la de un vendedor que gritaba:

—¡Alimento para la cabeza! ¡Venga a leer la noticia! ¡Asesinato terrible en Queen Anne Street! ¡La hija de un lord muerta a navajazos en su propia cama!

Evan se abrió camino lentamente entre la multitud de verduleros, pescaderos y amas de casa hasta descubrir a un fornido pescadero de aspecto marcadamente oriental.

—¿Eres Paddy *el Chino*? —le preguntó todo lo discretamente que pudo tratando de imponerse al griterío y procurando que no lo oyera nadie.

—¡El mismo! ¿Quiere un poco de bacalao fresco, señor? ¡El mejor del mercado!

—Lo que yo quiero es información. A ti no te costará nada y yo estoy dispuesto a pagar por ella... siempre que no sean embustes —le replicó Evan, manteniéndose muy erguido y examinando el pescado como si tuviera intención de comprar.

—¿Y por qué tengo que vender información si esto es un mercado de pescado? ¿Qué quiere saber? ¿El horario de las mareas? —Paddy enarcó las negras cejas con aire sarcástico—. Yo a usted no lo conozco...

—Soy de la policía metropolitana —dijo Evan con voz tranquila—. Un conocido de toda confianza me ha facilitado tu nombre... uno de Pudding Lane. ¿Qué prefieres? ¿Que haga las cosas a lo bruto o que hablemos como caballeros y así cuando yo me vaya podrás continuar vendiendo pescado y yo me iré a lo mío? —Lo dijo en tono cortés, pero una sola vez levantó los ojos y los clavó en los de Paddy con mirada dura y directa.

El Chino titubeó.

—La alternativa es detenerte y conducirte delante del señor Monk, que se encargará de hacerte las preguntas pertinentes. —Evan sabía qué fama tenía Monk, a pesar de que el propio interesado se estaba enterando de ella justo en aquellos momentos.

Paddy se decidió de pronto.

—¿Qué quiere saber?

—El asesinato de Queen Anne Street. Tú estuviste en la zona la otra noche...

—¡Aquí... pescado fresco... al buen bacalao! —gritó Paddy—. Sí, estuve —repuso en voz baja cargada de dureza—, pero yo no robé nada y seguro como que me tengo que morir que los corchetes no se la cargaron. —Ignorando por un momento a Evan vendió tres bacalaos grandes a una mujer y se guardó el chelín y los seis peniques que ésta pagó por ellos.

—Lo sé —admitió Evan—. Lo que quiero saber es qué viste.

—Un condenado policía que se paseaba Harley Street arriba y Wimpole Street abajo cada veinte minutos, igual que un reloj —replicó Paddy, mirando primero al pescado que vendía y al momento siguiente a la gente que pasaba—. Usted me arruina la venta, señor mío. La gente se pregunta por qué no compra.

—¿Qué más? —lo acució Evan—. Cuanto antes me lo digas, más pronto te compraré el pescado y me largaré.

—Un matasanos que salía de la tercera casa de Harley Street y una criada de juerga con su maromo. ¡Pero si aquello estaba como Piccadilly! No me dejaron hacer nada.

—¿A qué casa ibas? —le preguntó Evan, cogiendo un pescado y examinándolo.

—A la de Queen Anne Street esquina sudoeste con Wimpole Street.

—¿En qué sitio exacto estuviste esperando? —Evan sintió un curioso alfilerazo de curiosidad, algo así como una excitación mezclada con horror—. ¿Y a qué hora?

—Me pasé allí la mitad de la maldita noche —dijo Paddy, malhumorado—. Desde las diez hasta casi las cuatro. Estaba en el extremo de Queen Anne Street por la parte de Welbeck Street. Desde allí dominaba todo Queen Anne Street hasta Chandos Street. En el otro extremo daban una fiesta... Estaba todo lleno de criados.

—¿Y por qué no te fuiste con la música a otra parte? ¿Por qué te pasaste rondando toda la noche por aquellos andurriales si la calle estaba tan concurrida?

—¡Aquí! ¡Bacalao fresco... está vivo... lo mejorcito del mercado! —gritó Paddy por encima de la cabeza de Evan—. ¡Venga, señor! Eso mismo... va a ser uno con seis... aquí tiene. —Su voz volvió a bajar de tono—. Porque sabía un buen sitio, por supuesto... y yo siempre voy preparado. ¡No soy un aficionado, oiga! Me figuraba que al final se marcharían, pero la maldita criada se pasó la mitad de la noche pelando la pava en el patio. ¡Si es que parecía una gata! ¡Si es que ya no hay moral!

—¿Viste a alguien subiendo o bajando por Queen Anne Street? —A Evan le costaba Dios y ayuda disimular la ansiedad que dejaba traslucir su voz. Quienquiera que fuera la persona que había matado a Octavia Haslett no había pasado por delante de los lacayos y cocheros que estaban de palique en el otro extremo ni tampoco había trepado por la parte de las cocheras: tenía que haber ido por ese otro lado y, suponiendo que Paddy dijera la verdad, él tenía que haberla visto.

Evan sintió que un estremecimiento le recorría todo el cuerpo.

—Por delante de mí no pasó un alma, salvo el matasanos y la criada —repitió Paddy con voz irritada—. Me pasé la condenada noche con los ojos como platos, esperando que se presentase una oportunidad... que no llegó. La casa a la que fue el matasanos tenía todas las luces encendidas y la puerta no paraba de abrirse y cerrarse, de abrirse y cerrarse. No me atrevía a pasar por delante. Y lo único que faltaba era la condenada chica con ese tipo. Por delante de mí no pasó nadie, lo juro por mi vida. Sí, puedo jurarlo. Y que el señor Monk me haga lo que se le antoje: la verdad no podrá cambiarla. El que destripó a esa pobre señora ya estaba dentro de la casa, esto es la fetén. Y que tenga suerte y lo encuentre, aunque yo no puedo ayudarlo. Y ahora llévese un pescado de éstos y páagueme el doble por él y váyase de aquí, que me hace polvo el negocio.

Evan cogió el pescado y le pagó tres chelines. Paddy *el Chino* era un contacto que valía la pena conservar.

«Ya estaba dentro de la casa.» Aquellas palabras seguían resonando en sus oídos. Claro que tendría que hacer comprobaciones con la criada cortejada, pero si conseguía convencerla de que hablara, bajo amenaza de ir con el cuento a su señora en caso de que se pusiera difícil, y lo que decía ella coincidía con lo que había dicho el Chino, querría decir que éste tenía razón: la persona que había matado a Octavia Haslett, quienquiera que fuese, ya estaba en la casa, no era un desconocido al que se sorprendía en el momento de perpetrar un robo sino un asesino que había obrado con premeditación y que después había tratado de disfrazar la fechoría.

Evan dio media vuelta, se abrió camino entre el carro de un pescadero y la carretilla de un verdulero y siguió a lo largo de la calle.

Ya imaginaba la cara que pondría Monk cuando se lo contara, y la de Runcorn. El asunto había tomado un cariz completamente diferente, se había puesto muy feo y además muy peligroso.

2

Hester Latterly se incorporó de la chimenea que había limpiado y cargado y echó una mirada a la espaciosa sala destinada a dispensario, atestada de enfermos. Los estrechos camastros, sólo unos palmos separados, se alineaban a ambos lados de la sala débilmente iluminada, con su techo alto y sucio y sus escasas ventanas.

Los adultos estaban mezclados con los niños, los cuerpos cubiertos por mantas grises y aquejados por todo tipo de enfermedades y dolencias.

Por lo menos disponía de carbón suficiente y podía mantener cierto calor en la sala, aunque el polvo de las finas cenizas que se levantaba de la chimenea parecía meterse en todas partes. Las mujeres de las camas más próximas al fuego sufrían de calor excesivo y no paraban de lamentarse del polvo que se les metía entre los vendajes, mientras Hester andaba pasando constantemente un paño por la mesa colocada en el centro de la sala y por las pocas sillas en donde a veces se sentaban los pacientes lo bastante recuperados. Aquél era el departamento del doctor Pomeroy, cirujano, o sea que todos los enfermos estaban esperando una operación o se recuperaban de ella... aunque entre estos últimos más de la mitad sufrían fiebres hospitalarias o gangrenas.

En el extremo más alejado un niño volvió a echarse a llorar. Sólo tenía cinco años y sufría de un absceso tuberculoso en la articulación del hombro. Ya llevaba tres meses ingresado y estaba a la espera de que lo operasen, ya que cada vez que lo habían trasladado al quirófano con las piernas temblando, rechinando los dientes y el rostro lívido por el miedo, después de más de dos horas de espera en la sala contigua al quirófano acababan comunicándole que aquel día había que ocuparse de otro caso más urgente y que tenía que volver a acostarse en su cama.

Para indignación de Hester, el doctor Pomeroy nunca les había dado explicaciones, ni a ella ni al niño. Lo que pasaba era que el doctor Pomeroy veía a las enfermeras a través del mismo prisma que la mayoría de médicos: sólo eran necesarias para los trabajos más humildes, como lavar, barrer, fregar, retirar vendas sucias y enrollar, guardar y repartir vendas limpias. Las más veteranas eran útiles también para mantener la disciplina, especialmente la disciplina moral, entre aquellos pacientes recuperados hasta el punto de portarse mal o de ocasionar problemas.

Hester se recompuso la falda y se alisó el delantal, obedeciendo más a la costumbre que con otra finalidad, y se acercó al niño. No podía aliviarle el dolor —ya se había ocupado de administrarle los paliativos necesarios—, pero por lo menos podía ofrecerle el consuelo de un abrazo y alguna palabra amable.

El niño estaba acurrucado sobre el lado izquierdo y mantenía en alto el hombro que le dolía, mientras lloraba en voz baja con la cabeza en la almohada. Su voz era triste y desesperanzada, como si no esperara ya nada ni pudiera soportar por más tiempo el dolor que sufría.

Hester se sentó en la cama y, con muchos miramientos, tratando de no causarle dolor en el hombro, acogió al niño en sus brazos. Estaba muy delgado, pesaba muy poco, no era difícil sostener su cuerpo. El niño arrimó su cabeza a la de Hester y ésta le acarició los cabellos. Su misión no era aquélla, Hester era enfermera diplomada y había adquirido experiencia en el campo de batalla, donde había curado horribles heridas, había auxiliado en la cirugía de urgencia y cuidado a enfermos de cólera o tifus y aquejados de gangrena. A su regreso de la guerra, abrigaba la esperanza de contribuir a la reforma de los hospitales ingleses, muy atrasados y enquistados en la tradición, finalidad para la que trabajaban igualmente muchas otras enfermeras que habían estado en Crimea, pero si ya le había costado mucho más de lo que creía encontrar un puesto de enfermera, no quería ni pensar en la posibilidad de ejercer alguna influencia.

Ni que decir tiene que Florence Nightingale era una heroína nacional. La prensa popular se deshacía en elogios sobre su persona y el pueblo la idolatraba. Tal vez fuera la única persona que había salido cubierta de gloria de aquella lamentable campaña. Se contaban muchas historias acerca de la Carga de la Brigada Ligera, empresa arrojada, insensata y pésimamente dirigida que había precipitado a los soldados contra los cañones rusos, y apenas había familias militares que no hubieran perdido a un hijo o a un amigo en la carnicería que tuvo como consecuencia. Hester, desde las alturas que rodeaban el escenario, había sido testigo de aquel acto inútil. Todavía veía a lord Raglan cabalgando muy erguido, como si estuviera en un parque inglés y, en efecto, según después había declarado, sus pensamientos en aquel momento estaban en la esposa que había dejado en su tierra. Sí, a buen seguro que sus pensamientos estaban en cualquier sitio menos en aquel donde se encontraba realmente, ya que de otro modo no habría dado nunca aquella orden suicida, prescindiendo de las palabras con que la hubiera formulado, que tanta polvareda tendría que levantar más tarde. Lord Raglan había dicho una cosa... y el teniente Nolan había transmitido otra a los lores Lucan y Cardigan. Nolan había muerto en la refriega, despedazado por la metralla de una bomba rusa cuando se lanzaba delante de Cardigan agitando la espada y dando voces. Tal vez su intención era decir a Cardigan que iba a cargar contra los hombres armados, no contra la posición abandonada que la orden pretendía que se atacase. Pero eso ya nadie podía saberlo.

El resultado fue que hubo centenares de muertos y lisiados, la flor y nata de la caballería quedó convertida, en Balaclava, en un montón de cadáveres mutilados. Desde el punto de vista de la valentía y del supremo sacrificio frente al deber la carga había sido un hito de la historia, pero desde el punto de vista militar había sido totalmente inútil.

Y había habido también la gloria de la línea roja en el Alma, la Brigada Pesada que avanzaba a pie y que con sus uniformes escarlata formó una línea fluctuante que se convirtió en una barrera para el enemigo, claramente visible incluso a la considerable distancia en la que se encontraban las mujeres. Así que caía un hombre, otro ocupaba su puesto, lo que hacía que la línea no cediese nunca. Fue un heroísmo que se recordará mientras se cuenten historias de guerra y de valentía pero ¿quién recuerda ahora a los lisiados y a los muertos, salvo aquellos que resultaron afectados por esas desgracias o las personas que los amaron?

Se acercó más al pequeño. El niño ya no lloraba y en el espíritu de Hester había un lugar muy profundo e innominado lleno ahora de una gran sensación de consuelo. Aquella incompetencia flagrante y ciega de la campaña bélica la había soliviantado sobremanera, y además las condiciones del hospital de Shkodër eran tan deplorables que Hester llegó a pensar que, si salía con vida de todo aquello, si conseguía conservar la cordura y todavía le quedaba un resto de buen humor, lo que pudiera encontrar en Inglaterra, fuera lo que fuese, siempre sería para ella motivo de consuelo y de ánimo. Allí por lo menos no habría carretas cargadas de heridos, allí no harían estragos las fiebres epidémicas, ni les traerían hombres con miembros congelados que era preciso amputar, ni cadáveres de hombres que habían muerto de frío en las montañas de Sebastopol. Habría la suciedad normal, piojos y otros parásitos, pese a lo cual no se podía comparar con los ejércitos de ratas que subían por las paredes y se desplomaban en el suelo como fruta madura, ni con el ruido sordo de los cuerpos al soltarlos en la cama o en el suelo, un ruido que aún ahora turbaba sus sueños. Encontraría los residuos normales que era preciso limpiar, no los suelos de hospital cubiertos de excrementos y sangre de centenares de hombres demasiado enfermos para moverse, y aunque también habría ratas, no se contarían por millares.

Aquel horror, sin embargo, la había hecho fuerte, al igual que a tantas otras mujeres. Lo que ahora atormentaba su espíritu era la altanería y el engreimiento que se ceñía a las normas y a los papeleos y aquella resistencia a cambiar. Las autoridades consideraban que cualquier iniciativa era a la vez arrogante y peligrosa y, en el caso de darse en una mujer, algo totalmente fuera de lugar y un rasgo contra natura.

Ya podía saludar la reina a Florence Nightingale que no por ello el establecimiento médico acogería con los brazos abiertos a las mujeres animadas con ideas reformistas, lo que Hester había acabado por descubrir tras numerosos enfrentamientos tan violentos como lamentables.

Era una situación tanto más deplorable cuanto la cirugía acababa de dar gigantescos pasos adelante. Hacía diez años exactamente que se había utilizado con éxito el éter por vez primera para anestesiar a un paciente durante una operación. Era un descubrimiento maravilloso. Ahora se hacían muchísimas cosas que hasta hacía muy poco habrían sido imposibles. Era evidente que un buen cirujano era capaz de amputar un miembro, seccionar la carne, las arterias, el músculo y el hueso, cauterizar el muñón y coser la herida, en caso necesario, en el término de cuarenta o cincuenta segundos. En efecto, se sabía que Robert Liston, uno de los más rápidos, había aserrado un hueso del muslo y amputado una pierna, dos dedos de su ayudante y la cola de la chaqueta de un mirón en un espacio de veintinueve segundos.

Sin embargo, la secuela que dejaban estas operaciones en el paciente era aterradora, aparte de que quedaban completamente descartadas las internas, porque no había nadie, aunque hubiera dispuesto de todas las correas y cuerdas del mundo, capaz de inmovilizar a una persona de manera tan absoluta que permitiera introducir en su cuerpo el bisturí de forma precisa. Jamás se había conferido a la cirugía ninguna categoría ni dignidad especial. De hecho, se equiparaba a los cirujanos con los barberos y no se les valoraba por sus conocimientos, sino por la fuerza de sus manos y por su rapidez de movimientos.

Ahora, gracias a la anestesia, podían abordarse todo tipo de operaciones más complicadas, como la eliminación de órganos infectados en pacientes enfermos más que en pacientes heridos, congelados o gangrenados, como en el caso de aquel niño que Hester tenía ahora en brazos, a punto de dormirse finalmente, con el rostro arrebolado y el cuerpo acurrucado pero dispuesto ya a dormir tendido en la cama.

Lo tenía en brazos y lo acunaba suavemente cuando de pronto entró el doctor Pomeroy. Iba vestido para operar, con un pantalón oscuro, viejo y manchado de sangre, la camisa con el cuello roto y su chaleco y chaqueta vieja habituales, también muy sucios. Habría sido una tontería estropear la ropa buena para operar, todos los cirujanos hacían lo mismo.

—Buenos días, doctor Pomeroy —se apresuró a saludarle Hester. Aspiraba a que le prestase atención porque quería hacer presión en el cirujano para que operase al niño dentro de uno o dos días o, mejor aún, aquella misma tarde. Hester sabía que las posibilidades que tenía de curarse eran muy escasas, ya que el cuarenta por ciento de los pacientes que habían pasado por una operación quirúrgica morían de infección posoperatoria, pero siempre estaría mejor que ahora, ya que sus dolores iban haciéndose más agudos y, en consecuencia, su estado más crítico. Hester quería hacer bien las cosas, lo que en este caso era difícil porque, aunque estaba al corriente de la competencia del médico como cirujano, le tenía muy poca consideración como persona.

—Buenos días, señorita... eh... eh... —El médico se las compuso para adoptar un aire de sorpresa, pese a que Hester estaba en el hospital desde hacía más de un mes y los dos habían tenido frecuentes conversaciones, las más de las veces defendiendo puntos de vista opuestos. No era probable que el médico olvidase las conversaciones que habían sostenido. Con todo, no eran de su gusto las enfermeras que hablaban sin esperar a que se les dirigiera la palabra, el hecho tenía la virtud de cogerlo desprevenido cada vez que ocurría.

—Latterly —le apuntó ella y consiguió refrenarse de añadir: «me llamo igual que ayer... exactamente igual», frase que ya tenía en la punta de la lengua. Sin embargo, lo que le preocupaba ahora era el niño.

—Diga, señorita Latterly, ¿qué pasa? —no la miraba, sino que tenía los ojos fijos en la anciana de la cama de enfrente, tendida inmóvil y con la boca abierta.

—John Airdrie sufre muchos dolores y su estado no mejora —dijo no sin cierta cautela, tratando de que el tono de voz no reflejase lo que sentía. Inconscientemente, tenía al niño más cerca—. Me parece que sería muy oportuno que lo operase cuanto antes.

—¿John Airdrie? —Se volvió a mirarla con el ceño fruncido. Era un hombre bajo, tenía el cabello de color jengibre y llevaba la barba cuidadosamente recortada.

—Sí, el niño —dijo Hester entre dientes—. Tiene un absceso tuberculoso en la articulación del hombro. Hay que extirpárselo.

—¿De veras? —dijo fríamente—. ¿Dónde sacó el título de médico, señorita Latterly? He podido comprobar en unas cuantas ocasiones que no se priva de darme consejos.

—En Crimea, señor —le replicó Hester inmediatamente y sin bajar los ojos.

—¿Ah, sí? —dijo el hombre metiéndose las manos en los bolsillos de los pantalones—. ¿Trató usted allí a muchos niños con abscesos tuberculosos, señorita Latterly? Ya sé que la campaña fue muy dura y a lo mejor nos vimos obligados a reclutar niños enfermos de cinco años para que sustituyesen a los hombres en el campo de batalla. —Una sonrisa le vino a los labios y no pudo evitar estropear la ocurrencia con las siguientes palabras—: Pero si además resulta que nos vimos en la necesidad de dejar que las muchachas estudiasen medicina, quiere decir que en realidad lo pasaron mucho peor de lo que nos hacían creer en Inglaterra.

—Me parece que en Inglaterra les hicieron creer muchas cosas que no eran verdad —le replicó ella, acordándose de todas las mentiras piadosas y las ocultaciones que había publicado la prensa para salvar la cara del gobierno y de los mandos del ejército—. Como se demostró después, quedaron muy contentos con nosotras.

Volvía a referirse a Florence Nightingale y los dos lo sabían, no hacía falta decir nombres.

El hombre dio un respingo. Le ofendía que la gente de la calle, carente de información, armase tanto barullo y dispensase tantas adulaciones a una mujer. La medicina era una ciencia que exigía pericia, buen juicio e inteligencia, la gente que no era entendida en la materia no podía interferirse en el conocimiento y las prácticas establecidas.

—Pese a todo, señorita Latterly, tanto la señorita Nightingale como sus colaboradoras, incluida usted, no son otra cosa que aficionadas y seguirán siéndolo siempre. En este país no hay ninguna institución médica que admita a mujeres ni es probable que las admita nunca. ¡Santo Dios! ¡Si las mejores universidades no admiten siquiera a los religiosos no conformistas! Es inimaginable que las mujeres puedan ser médicos nunca. ¿Quién dejaría que lo tratase una mujer, además? Y ahora, guárdese sus opiniones para usted y ocúpese de cumplir con el trabajo para el cual le pagamos. Saque el vendaje a la señora Warburton y tírelo... —En su rostro aparecieron arrugas de indignación mientras ella seguía inmóvil en su sitio—. Y deje a ese niño en la cama. Si quiere tener niños en brazos, cásese y tenga hijos, pero aquí no necesitamos nodrizas. Y tráigame vendas limpias para que pueda curar la herida de la señora Warburton. Después ocúpese de traer un poco de hielo. Parece que tiene fiebre.

Hester estaba tan furiosa que parecía que le habían salido raíces en los pies. Aquel hombre decía cosas monstruosamente inexactas y las decía de una manera paternalista y altanera, pese a lo cual ella no se atrevía a utilizar contra él las armas que poseía. Habría podido decirle que lo consideraba una persona incompetente, egoísta e incapaz, pero esto sólo habría servido para que no hiciera lo que ella quería y para convertirlo en peor enemigo suyo. Y a lo mejor John Airdrie habría sufrido las consecuencias.

Haciendo un esfuerzo extraordinario, se tragó el desdén que sentía hacia aquel hombre y se guardó las palabras que habría querido decirle.

—¿Cuándo operará al niño? —le repitió Hester fijando en él sus ojos.

El hombre se sonrojó ligeramente. En los ojos de aquella mujer había algo que lo desconcertaba.

—Tenía decidido operarlo esta tarde, señorita Latterly. O sea que sus comentarios eran completamente innecesarios —mintió... y aunque Hester sabía que mentía, procuró no demostrarlo.

—Estoy convencida de su buen criterio —mintió ella a su vez.

—Bien, ¿a qué está esperando entonces? —le preguntó él sacándose las manos de los bolsillos—. Acueste a este niño y póngase manos a la obra. ¿O no sabe hacer lo que le he mandado? ¿Su competencia no da para tanto? —El médico se había permitido volver a caer en el sarcasmo, todavía le quedaba bastante trecho por recorrer para recuperar su posición—. Las vendas están en el armario del fondo de la sala, sin duda tiene usted la llave.

Hester estaba demasiado indignada para responderle. Dejó suavemente al niño en la cama y se puso de puntillas.

—¿No la lleva colgada de la cintura? —preguntó el cirujano.

Hester pasó junto a él con tanta violencia en su andar que las llaves, al balancearse, golpearon el faldón de la chaqueta del médico, pero ella siguió hasta el fondo de la sala dispuesta a sacar las vendas del armario.

Hester había estado de servicio desde la madrugada, por lo que a las cuatro de la tarde estaba emocionalmente exhausta. En el aspecto físico le dolía la espalda y tenía las piernas envaradas, aparte de que sentía pinchazos en los pies y le apretaban las botas. Además, las horquillas con que se sujetaba el pelo se le clavaban en el cráneo. Estaba perdiendo los ánimos para continuar la batalla que había empezado a librar con la matrona para conseguir que reclutasen como enfermeras a un tipo determinado de mujeres. Aspiraba particularmente a que aquel trabajo se convirtiese en una profesión remunerada y respetada, para que así atrajera a mujeres con el carácter y la inteligencia necesarios. La señora Stansfield había convivido siempre con mujeres incultas pero eficientes, que no aspiraban a otra cosa que a fregar, barrer, encender chimeneas y acarrear carbón, además de lavar ropa, retirar heces y demás desechos e ir a buscar vendas limpias, en tanto que las enfermeras veteranas como ella se ocupaban de mantener una rígida disciplina y de elevar el espíritu del personal. A diferencia de Hester, ella no tenía el más mínimo deseo de poner en práctica los conocimientos médicos, de cambiar vendajes y de administrar los medicamentos cuando el médico estaba ausente y, mucho menos de ayudar en las operaciones. En su opinión, aquellas muchachas que habían venido de Crimea se sobrevaloraban en exceso y podían llegar a convertirse en una influencia negativa y muy perjudicial, y así se lo hizo saber.

Pero esta tarde Hester se limitó a desearle buenas noches y se fue, dejándola sorprendida y sin que la conferencia sobre moral y deber llegase a materializarse en palabras. Era algo sumamente desagradable. Mañana sería otro día.

No había mucha distancia entre el dispensario y la casa de huéspedes donde Hester se había instalado. Anteriormente había vivido con su hermano, Charles, y su cuñada, Imogen, pero debido a la precariedad financiera de la familia y a la muerte de sus padres, no era justo esperar de Charles que la tuviese en su casa a pan y cuchillo más allá de los primeros meses después de su regreso de Crimea, de donde había vuelto antes de tiempo para asistir a sus familiares en los momentos de dolor y sufrimiento que estaban viviendo. Una vez resuelto el caso Grey había aceptado la ayuda de lady Callandra Daviot, quien había conseguido para ella el puesto de enfermera que le permitía cubrir sus gastos y poner en práctica los conocimientos que poseía en el campo de la administración y la enfermería.

Durante la guerra también había aprendido muchas cosas relacionadas con el periodismo bélico gracias a su amigo Alan Russell e incluso, al morir éste en el hospital de Shkodër, Hester se había encargado de enviar su último despacho al periódico de Londres. Más tarde, como la muerte del periodista había pasado inadvertida dado el número elevadísimo de bajas, Hester, sin solventar la omisión, se había dedicado a escribir los artículos y había quedado muy satisfecha al ver que el periódico los publicaba. Pero ahora que había regresado a su país ya no podía continuar utilizando el nombre de su amigo, por lo que de vez en cuando escribía algún que otro artículo que firmaba simplemente con el nombre de «una voluntaria de la señorita Nightingale». Aunque esta actividad sólo le reportaba unos pocos chelines, el dinero no era el incentivo principal, sino que la movía el deseo de exteriorizar unas opiniones que defendía con gran pasión y de incitar a la gente a abogar por la reforma.

Así que llegó a la pensión, la patrona, que era una mujer en extremo ahorradora y trabajadora, con un marido enfermo y muchos hijos que mantener, anunció a Hester que tenía una visita y que la estaba esperando en la sala de estar.

—¿Una visita? —exclamó Hester, sorprendida y demasiado cansada para que la noticia le resultara agradable, aunque se tratara de Imogen, la única persona que, según sus cálculos, podía visitarla—. ¿Quién es, señora Horne?

—Una tal señora Daviot —replicó la patrona con indiferencia, demasiado atareada para sentir interés por otra cosa que no fueran sus obligaciones—. Ha dicho que quería esperarla.

—Gracias —dijo Hester aliviada, tanto porque Callandra Daviot era una de sus amigas preferidas como porque le gustaba que hubiera omitido el título, demostración de modestia que muy pocos practicaban.

Callandra estaba sentada en la pequeña y deslustrada salita, junto al pequeño fuego que no conseguía hacer subir la helada temperatura de la estancia, pese a lo cual se había sacado el abrigo. Su rostro inteligente y lleno de personalidad se iluminó con una sonrisa así que vio entrar a Hester. Iba despeinada como tenía por costumbre y vestía teniendo más en cuenta la comodidad que la elegancia.

—¡Hola, Hester, cariño! ¡Qué cara de cansada tiene! Vamos, siéntese. Me parece que necesita una taza de té tanto como yo. He pedido a esta señora, la pobre... ¿cómo se llama, por cierto?, si podía preparármelo.

—Señora Horne. —Hester se sentó, se desabrochó las botas y se las sacó por debajo de las faldas, con el consiguiente alivio inmediato, y procedió seguidamente a ajustarse las horquillas del pelo que más le molestaban.

Callandra sonrió. Era viuda de un cirujano del ejército y había rebasado la media vida. Su amistad con Hester databa de una época anterior al caso Grey, suceso que había hecho que sus caminos volvieran a cruzarse. Su nombre de soltera era Callandra Grey y era hija del difunto lord Shelburne y tía del lord Shelburne actual y de su hermano pequeño.

Hester sabía que no había ido a su casa simplemente a visitarla, sobre todo porque Callandra era muy consciente de que al final de la jornada Hester tenía que estar forzosamente cansada y no precisamente en la mejor disposición de ánimo para departir un rato con ella. Era demasiado tarde para visitas y demasiado temprano para cenar. Hester estaba muy interesada en saber qué motivos la habían traído a su casa.

—Pasado mañana Menard Grey tiene que comparecer a juicio —dijo Callandra con voz queda—. Debemos declarar en favor suyo... supongo que estará dispuesta a hacerlo.

—¡Naturalmente! —No lo dudó ni un segundo.

—Entonces convendría que fuéramos a ver al abogado que he contratado para su defensa. Tiene que asesorarnos con respecto a las declaraciones y me he citado con él esta tarde en su despacho. Siento mucho que todo sea tan precipitado, pero este abogado está muy ocupado y no tenía más hora que ésta. Podemos ir a cenar antes o después de la visita, como a usted le plazca. Dentro de media hora vendrá el coche a recogerme, no me ha parecido oportuno hacerlo esperar delante de la casa. —Sonrió con intención: no eran necesarias más explicaciones.

—Perfecto. —Hester se arrellanó en la butaca y sus pensamientos se concentraron en la taza de té que esperaba les trajese la señora Horne. Le hacía muchísima falta antes de proceder a cambiarse de ropa, volver a abrocharse las botas y salir de nuevo a la calle para ir a visitar a un abogado en su despacho.

Pero Oliver Rathbone no era un abogado cualquiera, sino el más brillante de cuantos ejercían sus funciones en los tribunales y el hombre se lo tenía bien sabido. Era delgado y de talla media, iba atildado pero discretamente vestido, o eso parecía hasta que uno se fijaba en la calidad de la tela de sus trajes y en el buen corte de las ropas, que le sentaban como un guante, sin el más mínimo tirón ni arruga. Tenía los cabellos rubios y el rostro alargado, la nariz fina y sensible y una boca de forma delicada. Pero la impresión inmediata que producía era la de un hombre de pasiones contenidas y de inteligencia sutil y penetrante.

Su despacho era tranquilo y con luz abundante, procedente de la araña de cristal que colgaba del centro de un techo adornado con molduras de yeso. Durante el día aquella estancia debía de estar igualmente bien iluminada, ya que estaba provista de tres grandes ventanales de guillotina, revestidos con unas cortinas de terciopelo verde oscuro que se corrían con unos simples cordones. La mesa era de caoba y los sillones parecían muy confortables.

Las hizo pasar y les rogó que tomasen asiento. Hester, en el primer momento, no pareció muy impresionada, ya que tuvo la sensación de que el hombre se preocupaba más de que estuviesen a gusto en su despacho que del propósito que las había traído a él, si bien aquellos recelos se desvanecieron tan pronto como se centró en el juicio propiamente dicho. Tenía una voz bastante agradable, pero lo correcto de su dicción y la entonación precisa con que se expresaba la hacían tan particularmente interesante que su recuerdo perduró en la memoria de Hester mucho después de la conversación.

—Y ahora, señorita Latterly —dijo—, pasaremos a hablar del testimonio que usted debe presentar. Comprenderá que no se trata simplemente de recitar lo que sabe y retirarse a continuación.

La verdad era que Hester no se había detenido a pensarlo y, ahora que el abogado se lo decía, se dio cuenta de que, efectivamente, aquello era lo que creía que había que hacer. Ya se disponía a negarlo cuando por la expresión del hombre vio que había leído sus pensamientos, y tuvo que cambiar de actitud.

—En realidad estaba esperando sus instrucciones, señor Rathbone. No tenía nada decidido al respecto, en ningún sentido.

El abogado sonrió con un leve y delicado movimiento de los labios.

—Perfectamente —se inclinó hacia el borde del escritorio y la observó con gravedad—. Primero tendré que hacerle unas preguntas. Usted es mi testigo, ¿comprende? Le ruego que exponga de una manera escueta y desde su punto de vista los acontecimientos relacionados con su tragedia familiar. No quiero que hable de nada acerca de lo cual no haya tenido experiencia directa. En caso de que cayera en este error, el juez pediría al jurado que no tuviera en cuenta sus palabras y tenga presente que cada vez que el juez la interrumpa y no acepte lo que usted diga, menos crédito dará el jurado a lo que le quede por decir. Y además, fácilmente puede confundir una cosa con otra.

—Lo he comprendido —le confirmó Hester—. Tengo que decir únicamente aquello de lo cual yo tenga un conocimiento directo.

—Es fácil que tenga tropezones en este sentido, señorita Latterly. Es un asunto en el que sus sentimientos se encuentran involucrados de manera muy profunda —dijo observándola con mirada atenta y afable—. Tal vez no sea tan sencillo como usted cree.

—¿Qué probabilidades tiene Menard Grey de que no lo cuelguen? —preguntó Hester con voz grave. Con toda deliberación había elegido las palabras más crudas. Rathbone no era hombre con el que uno pudiera andarse con eufemismos.

—Haremos todo cuanto esté a nuestro alcance para evitarlo —replicó el abogado, de cuyo rostro desapareció aquella luz que lo iluminaba poco antes—, aunque no estoy seguro ni de lejos de que nos salgamos con la nuestra.

—¿Qué supondría salirnos con la nuestra, señor Rathbone?

—¿Qué supondría? Pues supondría que lo enviaran a Australia, donde tendría la oportunidad de iniciar una nueva vida... con el tiempo. De todos modos, hace tres años que han suspendido los traslados, salvo para aquellos casos que comportan sentencias de más de catorce años... —Hizo una pausa.

—¿Y no salirnos con la nuestra? —preguntó Hester conteniendo el aliento—. ¿La horca?

—No —dijo él, inclinándose ligeramente hacia delante—, más bien pasar el resto de su vida en un sitio como Coldbath Fields, para poner un ejemplo. Lo que es yo, preferiría que me colgasen.

Hester se quedó en silencio: no se podía aducir nada a aquella realidad y hacer un comentario trivial habría sido tan torpe como doloroso. Callandra, sentada en un rincón de la estancia, estaba inmóvil.

—¿Cómo debemos actuar para obrar de la mejor de las maneras posibles? —preguntó Hester un momento después—, le ruego que me aconseje, señor Rathbone.

—Responda únicamente a lo que le preguntaré, señorita Latterly —replicó el abogado—. No añada nada, aunque crea que pueda ser de utilidad. Ahora pasaremos a hablar de la cuestión y yo le diré qué conviene a nuestro caso y qué puede perjudicarlo en lo que al jurado se refiere. El jurado no ha vivido los hechos, de modo que muchas cosas que para usted son de una claridad meridiana para ellos pueden resultar oscuras. —Su peculiar sentido del humor hizo brillar sus ojos y curvó las comisuras de sus labios en un rictus austero—. Además, el conocimiento de la guerra que pueda tener el jurado tal vez difiera completamente del que tiene usted. Es posible que para ellos los oficiales del ejército, y de manera especial los heridos de guerra, sean unos héroes. Si cometemos la torpeza de querer convencerlos de lo que nosotros pensamos, pueden tomárselo como un intento de destruir sus ilusiones. Como le ocurre a lady Fabia Grey, pensar como piensan quizá sea una necesidad.

Hester se vio asaltada por el recuerdo de la habitación de Fabia Grey en Shelburne Hall; allí había contemplado el rostro de aquella mujer, envejecido repentinamente al contemplar cómo los tesoros de su vida se desvanecían y morían ante ella.

—La privación de algo a menudo engendra odio —dijo Rathbone, como si pensara las mismas cosas que

Hester y las viera representadas con igual realismo—. Necesitamos contar con alguien a quien hacer responsable de nuestras desgracias cuando no somos capaces de soportar el dolor más que a través de la ira, ya que por otra parte es bastante más fácil.

Como por instinto, Hester levantó la cabeza y se sorprendió ante la sagacidad que le revelaba la mirada de aquel hombre. Por una parte tranquilizaba y por otra inquietaba. A una persona así no se le podía mentir. ¡Menos mal que no tendría que hacerlo!

—No es preciso que me lo diga, señor Rathbone —dijo con una leve sonrisa—. Ha transcurrido tiempo suficiente desde mi regreso a Inglaterra para saber que muchas personas tienen más necesidad de creer en ilusiones que en los retazos de verdad que yo pueda contarles. Para que lo desagradable sea soportable tiene que ir acompañado de heroísmo. Me refiero al sufrimiento sobrellevado sin queja alguna día tras día, a la dedicación al deber cuando parece que no obedece a ningún propósito, a reír cuando lo que haría uno sería llorar. No son cosas para ser dichas... sólo las sienten los que las han vivido realmente.

El hombre sonrió de pronto y su sonrisa fue un destello de luz.

—Es usted más inteligente de lo que había supuesto en un principio, señorita Latterly. Comienzo a abrigar esperanzas.

Hester notó que se sonrojaba, lo que la enfureció por dentro. Después preguntaría a Callandra qué le había contado acerca de ella para que tuviera formada una mala opinión de su persona. Pero de pronto se le ocurrió que a buen seguro quien tenía la culpa era aquel desgraciado policía, Monk. Sí, él debía de ser el culpable de que Rathbone tuviera tan mala impresión de ella. A pesar de que había acabado cooperando con Monk y de que entre los dos habían existido momentos fugaces de mutuo entendimiento, las más de las veces se habían producido choques y Monk no guardaba en secreto la consideración que ella le merecía: pensaba que era una chica terca, entrometida y francamente antipática. ¡Y ella tampoco es que se hubiese privado en ningún momento de expresar bien a las claras lo que pensaba tanto de la conducta como del carácter del policía!

Rathbone le explicó todo lo que ella quería saber, los temas que el fiscal plantearía y las trampas en las que probablemente intentaría hacerla caer. La previno contra cualquier apariencia de parcialidad emocional, ya que esto le brindaría ocasión de alegar que era parte involucrada y que por tanto su testimonio no era de fiar.

Cuando a las ocho menos cuarto el abogado las acompañó a la puerta, Hester estaba tan cansada que notó que se le habían embarullado las ideas y de pronto cobró conciencia de que seguía doliéndole la espalda y de que le apretaban las botas. El hecho de declarar en favor de Menard Grey ya no era el empeño sencillo e inofensivo al que se había comprometido en principio.

—Este hombre impone un poco, ¿verdad? —dijo Callandra cuando se sentaron en el coche y se dispusieron a ir a cenar.

—Esperemos que imponga también a quien tiene que imponer —replicó Hester retorciendo sus castigados pies—. No me parece un hombre al que se pueda engañar fácilmente.

Lo que acababa de decir era hasta tal punto superficial que se sintió abochornada y apartó la cara a un lado para que Callandra sólo distinguiera de ella el perfil recortado a contraluz.

Callandra soltó una carcajada franca y sonora.

—Amiga mía, no es usted la primera que no atina a expresar la opinión que le merece Oliver Rathbone.

—¡Ni la perspicacia ni la autoridad son suficientes para salvar a Menard Grey! —exclamó Hester con más aspereza que la que habría querido emplear. Tal vez Callandra entendería que Hester había hablado de aquella manera en parte por los recelos que le inspiraba lo que ocurriría pasado mañana y en parte porque el temor a no triunfar iba creciendo en ella.

Al día siguiente Hester leyó en el periódico la noticia del asesinato de Octavia Haslett en Queen Anne Street, pero como no se consideraba de interés público revelar el nombre del oficial encargado del caso y, por consiguiente, no se mencionaba, no se le ocurrió pensar en Monk como solía hacerlo cada vez que reflexionaba sobre la tragedia de los Grey y de su propia familia.

El doctor Pomeroy estaba de lo más indeciso con respecto a la manera de tomarse la petición de Hester de un permiso para ir al juzgado a declarar. Cediendo a la insistencia de aquella joven, había operado a John Airdrie y parecía que el niño se estaba recuperando bien. Como hubiera tardado un poco más en operarlo ya no... El niño estaba bastante más débil de lo que había supuesto Pomeroy al principio. El médico notaría la ausencia de la enfermera, pero le había dicho tantas veces que no era imprescindible que ahora no se atrevía a quejarse de los inconvenientes que le iba a causar. Verlo metido en aquel dilema divirtió mucho a Hester, pese a que era una satisfacción teñida de amargura.

El juicio de Menard Grey se celebró en el Tribunal Criminal Central de Old Bailey y, puesto que se trataba de un caso sensacionalista, el brutal asesinato de un ex oficial de la guerra de Crimea, todos los asientos destinados al público estaban ocupados, y todos los periódicos que tenían su distribución en un radio de ciento cincuenta kilómetros habían enviado a sus periodistas. La calle estaba a rebosar de vendedores de periódicos que agitaban las últimas ediciones, de cocheros que dejaban a sus ocupantes en la acera, de carromatos atiborrados de toda suerte de mercancías, de vendedores de empanadas y bocadillos que pregonaban sus productos y de carritos de sopa de guisantes caliente. Había también pregoneros ambulantes que desgranaban las incidencias del caso, añadiendo detalles de cosecha propia para mejor ilustrar al que no estaba demasiado enterado... o al que tenía ganas de volverlo a escuchar. En la parte alta de Ludgate Hill, junto a Old Bailey y Newgate, también se agolpaba mucha gente. De no haber tenido que actuar como testigos del caso, a Hester y Callandra les habría resultado imposible ganar la entrada.

Dentro del juzgado el ambiente era diferente y la semioscuridad reinante, unida a la inexorable severidad del lugar, recordaba a los presentes que se encontraban ante la majestad de la ley, que de aquella casa estaban desterrados los antojos individuales y que allí sólo regía la justicia ciega e impersonal.

Abundaban los policías de uniforme oscuro, sombrero de copa, botones y cinturón relucientes, los escribientes de pantalón rayado, los abogados con toga y peluca y los alguaciles que se movían de aquí para allá para dirigir al público a sus diferentes destinos. A Hester y a Callandra se les indicó una sala donde deberían esperar hasta que las llamaran. No estaban autorizadas a entrar en la sala del tribunal para evitar que pudieran oír declaraciones que afectaran la que ellas deberían deponer.

Hester se sentó sin decir palabra, era evidente que se sentía muy inquieta. En una docena de ocasiones abrió la boca para decir algo pero, como reconociendo que no hacía al caso o que obedecía sólo al deseo de calmar la tensión, optó por callar. Ya había transcurrido media hora de inconveniente nerviosismo cuando se abrió la puerta y, antes aún de que hubiera entrado, Hester reconoció la silueta de la persona que se había detenido para hablar con alguien situado en el corredor. Al verlo sintió el cosquilleo de la conciencia, una impresión que nada tenía que ver con el recelo, ni tampoco con el interés.

—Buenos días, lady Callandra y señorita Latterly. —El hombre se volvió finalmente, entró en la habitación y cerró la puerta tras él.

—Buenos días, señor Monk —replicó Callandra, haciendo una inclinación cortés con la cabeza.

—Buenos días, señor Monk —repitió Hester como un eco, haciendo exactamente el mismo gesto.

Volver a ver aquel rostro huesudo pero de rasgos suaves, con sus ojos grises de mirada dura e impertérrita, la ancha nariz de perfil aquilino y la boca con su fina cicatriz, revivió en los pensamientos de Hester todos los recuerdos del caso Grey: ira, confusión, intenso dolor y miedo, momentos esporádicos de mutua comprensión que no recordaba haber vivido con nadie más y colaboración en un mismo objetivo con una intensidad realmente excepcional.

Ahora habían pasado a convertirse simplemente en dos personas que se causaban mutua irritación y a las que sólo reunía el deseo de ahorrar más dolores a Menard Grey, así como tal vez una vaga sensación de responsabilidad por el hecho de haber sido los que habían descubierto la verdad.

—Siéntese, por favor, señor Monk —le ordenó más que le rogó Hester—. Acomódese, tenga la bondad.

Él siguió de pie.

Hubo unos momentos de silencio. Con toda deliberación, Hester se dedicó a pensar en cómo declararía, en las preguntas que, según la había prevenido Rathbone, le haría el fiscal y en cómo debía evitar las respuestas perjudiciales o decir más cosas de las que le preguntaran.

—¿Le ha dado algún consejo el señor Rathbone? —dijo Hester sin detenerse a reflexionar en lo que decía.

Monk enarcó las cejas.

—No es la primera vez que declaro ante un juez, señorita Latterly —dijo con sarcasmo—, incluso lo he hecho en casos de considerable importancia. Estoy perfectamente al corriente del procedimiento judicial.

A Hester le molestó haberse hecho acreedora de aquella observación, pero se molestó también con él por habérsela hecho. Sin poder dominarse, le asestó el golpe más duro que se le ocurrió en aquel momento.

—Veo que ha recuperado gran parte de la memoria desde la última vez que nos vimos. No lo había advertido, de otro modo no le habría hecho el comentario. No pretendía otra cosa que serle útil, pero ya veo que no le hace falta.

Del rostro de Monk huyó el color, dejando sólo dos manchas rosadas en sus mejillas. Su cerebro se puso a trabajar a toda marcha buscando una pulla igualmente hiriente como respuesta.

—Aunque haya olvidado muchas cosas, señorita Latterly, estoy en mejor situación que aquellos que ya al principio no sabían nada —dijo en tono agrio dando media vuelta.

Callandra sonrió pero no intervino.

—Lo que le ofrecía no eran tanto mis consejos —le replicó Hester— como los del señor Rathbone, señor Monk. Pero si cree que usted sabe más que él, sólo espero que no se equivoque. No lo digo por usted, que aquí cuenta muy poco, sino por Menard Grey. Confío en que no haya perdido de vista el objeto de nuestra presencia en este lugar.

Hester había ganado aquel intercambio y ella lo sabía.

—Sé muy bien a qué he venido —dijo Monk fríamente, de espaldas a su interlocutora y con las manos en los bolsillos—. He dejado mis actuales investigaciones en manos del sargento Evan y me he apresurado a venir por si el señor Rathbone quería verme, pero no tengo intención de molestarlo en caso de que no me necesite.

—Quizás él no sepa siquiera que está usted aquí —le devolvió ella.

Monk se volvió y se encaró con Hester.

—Mire, señorita Latterly, ¿sería mucho pedir que por una vez no se inmiscuyese en los asuntos de los demás y asumiera que somos perfectamente capaces de arreglárnoslas prescindiendo de sus orientaciones? He informado a su escribiente así que he llegado.

—Entonces le diré que la educación no le exigía otra cosa que decírmelo cuando se lo he preguntado —replicó Hester, herida por la acusación de metomentodo que Monk acababa de hacerle y que ella consideraba totalmente injustificada, o exagerada, o sólo merecida hasta cierto punto—. Pero parece que usted no sabe lo que significa educación para las personas corrientes.

—Usted no es una persona corriente, señorita Latterly. —Tenía los ojos desencajados y el rostro tenso—. Usted es arrogante, dictadora y propensa a figurarse que la gente es incapaz de arreglárselas sin su ayuda. En usted se reúnen los peores rasgos de las institutrices con la insensibilidad de las directoras de los asilos. No me extraña que estuviera entre militares: está perfectamente dotada para el puesto.

Había sido un golpe bajo, ya que Monk sabía lo mucho que Hester despreciaba a los mandos militares por la incompetencia y altanería que los caracterizaba, rasgos que habían conducido a tantos soldados a una muerte tan espantosa como inútil. Hester estaba tan furiosa que la indignación casi le impedía hablar.

—¡No es verdad! —exclamó jadeando—. En el ejército no hay más que hombres y los que dan las órdenes son en su mayoría testarudos y estúpidos; como usted.

No tienen ni la más mínima idea de lo que se llevan entre manos, pero no dejan de moverse a trompicones sin importarles un comino que otros pierdan la vida por culpa de su ignorancia y por negarse a aceptar consejos. —Respiró afanosamente—. Antes preferirían la muerte que aceptar el consejo de una mujer, y eso no tendría ninguna importancia si no fuera que otras personas tienen que morir por su culpa.

El alguacil abrió la puerta anunciando a Hester que se preparase para entrar en la sala, lo que le impidió a Monk pensar en la respuesta apropiada. Ella se levantó dándose aires de dignidad ofendida y pasó casi rozándolo, pero se le enganchó la falda en la puerta y tuvo que pararse para liberarla, lo que la irritó profundamente. Hester dirigió a Callandra una sonrisa fugaz por encima del hombro y después, con un hueco en el estómago, siguió al alguacil a través del pasillo hasta la sala.

Ésta era espaciosa, de techo alto y con las paredes revestidas de paneles de madera, y estaba tan atestada de gente que Hester tuvo la impresión de que se abalanzaban sobre ella desde todos lados. Hasta notaba el calor que exhalaban los cuerpos de las personas que se apiñaban para verla entrar, y oía crujidos, siseos de respiraciones afanosas y pies que porfiaban por mantener el equilibrio. En los bancos donde estaban instalados los periodistas trabajaban muchos lápices, unos rasgueando el papel en el que tomaban notas y otros trazando bocetos de rostros y sombreros.

Hester avanzó con la mirada al frente y se dirigió a la tribuna de los testigos, furiosa consigo misma porque le temblaban las piernas. Tropezó en un peldaño y el alguacil avanzó el brazo para sostenerla. Hester miró a su alrededor buscando a Oliver Rathbone, al que descubrió inmediatamente, aunque ahora, con la blanca peluca de abogado, tenía un aspecto completamente diferente, mucho más distante. Él la miró con la fría cortesía con que habría mirado a una desconocida, lo que la sumió en un sorprendente desamparo.

No habría podido sentirse peor. Pensó que no perdería nada reflexionando acerca del porqué de su presencia en aquella sala. Dejó que sus ojos fueran al encuentro de los de Menard Grey, que estaba en el banquillo de los acusados. Menard estaba pálido, tenía la piel descolorida, su rostro estaba blanco, cansado y asustado. Le bastó verlo para recuperar todo el valor que le hacía falta. ¿Qué eran, comparado con aquello, los breves e infantiles momentos de soledad que ella había sentido?

Le presentaron la Biblia y, con voz firme y decidida, juró en su nombre que diría la verdad.

Rathbone se le acercó dos pasos y le habló con voz tranquila.

—Señorita Latterly, tengo entendido que usted fue una de las jóvenes que, movidas por la mejor de las intenciones, respondieron a la llamada de la señorita Florence Nightingale y abandonaron su casa y su familia para embarcarse a Crimea y atender a nuestros soldados durante el conflicto.

El juez, un hombre entrado en años y con un rostro ancho pero que revelaba una delicada sensibilidad, inclinó el cuerpo hacia delante.

—Estoy plenamente seguro de que la señorita Latterly es una joven admirable, señor Rathbone, pero ¿tiene esto algo que ver con este caso? Ni el acusado estuvo en Crimea ni el delito ocurrió en dicho país.

—La señorita Latterly conoció a la víctima en el hospital de Shkodër, señor. Las raíces del delito están allí y en los campos de batalla de Balaclava y Sebastopol.

—¿De veras? Yo creía, a juzgar por los datos, que las raíces estaban en el cuarto de los niños de Shelburne Hall. En fin... continúe, se lo ruego. —Volvió a recostarse en el sillón y miró a Rathbone con aire avieso.

—Señorita Latterly, adelante —la urgió Rathbone con viveza.

Con gran cautela, midiendo cada una de las palabras con las que empezaba una frase y después cobrando confianza a medida que se iba adueñando de ella la emoción del recuerdo, habló de los tiempos en que había prestado sus servicios en el hospital, donde había tratado a algunos hombres dentro de los límites que permitían sus heridas. Mientras hablaba se dio cuenta de que de pronto había cesado el ruido de voces entre el público y de que había asomado el interés en muchos rostros. Incluso Menard Grey había levantado la cabeza y la miraba fijamente.

Rathbone abandonó su puesto detrás de la mesa y comenzó a pasearse de un lado a otro, pero sin mover los brazos y desplazándose pausadamente a fin de no distraer a Hester, sólo yendo de aquí para allá con la finalidad de que el jurado no se involucrase excesivamente en la historia y acabase por olvidar que lo que allí se ventilaba era un crimen ocurrido en Londres y que en aquel juicio estaba en juego la vida de un hombre.

Rathbone informó de que la señorita Latterly había recibido en Crimea una emotiva carta de su hermano donde le daba cuenta de la muerte de sus padres y que entonces ella había regresado a su casa para encontrarse con la vergüenza y la desesperación, por no hablar también de grandes restricciones económicas. Rathbone expuso los detalles, pero no dejó ni por un momento que Hester se repitiera o que su relato pecara de quejumbroso. Hester iba siguiendo el camino que él le marcaba, advirtiendo cada vez con mayor claridad que él elaboraba un cuadro en el que poco a poco iba cobrando forma la tragedia inevitable. En los rostros de los que componían el jurado ya había aparecido un sentimiento de piedad y Hester sabía muy bien que cuando se encajase la última pieza del rompecabezas y se supiera la verdad todos se sentirían indignados.

No se atrevía a mirar a Fabia Grey, sentada en primera fila, todavía vestida de negro, ni tampoco a su hijo Lovel ni a la esposa de éste, Rosamond, sentada junto a su suegra. Cada vez que sus ojos se posaban inadvertidamente en ellos, Hester los desviaba con presteza y los fijaba en Rathbone o en un rostro anónimo cualquiera.

En respuesta a preguntas precisas de Rathbone, Hester habló de su visita a Callandra en Shelburne Hall, de la ocasión en que había conocido a Monk y de lo que había ocurrido a continuación. Hester cometió algunos deslices que le fueron corregidos, pero ni una sola vez se excedió más allá de dar una simple respuesta a lo que se le preguntaba.

Cuando Rathbone llegó a la trágica y terrible conclusión del relato, en los rostros del jurado asomó la sorpresa y la indignación y, por vez primera, todos los ojos se dirigieron hacia Menard Grey, ya que hasta aquel momento no habían entendido lo que había hecho ni por qué lo había hecho. Tal vez hubo incluso quien pensó que, de haber estado en su sitio, si la fortuna se hubiera mostrado tan cruel con él, habría hecho lo mismo.

Y cuando, por fin, Rathbone se retiró, no sin antes dar las gracias a Hester con una súbita y deslumbrante sonrisa, ésta notó que le dolía todo el cuerpo debido a la tensión a que había sometido sus músculos agarrotados y sintió unos pinchazos en las palmas de las manos donde, sin advertirlo, había tenido clavadas las uñas.

El fiscal se levantó y sonrió fríamente.

—Quédese donde está, señorita Latterly. Supongo que no le importará que pongamos a prueba esta historia suya tan extremadamente conmovedora.

Era una observación retórica, ya que el fiscal no tenía la más mínima intención de dejar que prevaleciese el testimonio de la testigo. Hester notó que, al mirarlo a la cara, todo su cuerpo se cubría de sudor. El fiscal se había dado cuenta de que llevaba las de perder, lo que suponía para él no sólo una desagradable sorpresa sino un dolor casi físico.

—Señorita Latterly, debe usted admitir que usted era, mejor dicho es, una mujer que ha dejado atrás su primera juventud, que carece de un bagaje relevante y que se encuentra en circunstancias económicas precarias... y que fue precisamente estando en estas condiciones que aceptó una invitación a Shelburne Hall, la casa solariega de la familia Grey.

—Acepté una invitación para visitar a lady Callandra Daviot —corrigió Hester.

—En Shelburne Hall —remachó él con viveza—. ¿No es verdad?

—Sí.

—Gracias. ¿Pasó algunos ratos con el acusado, Menard Grey, en el curso de esta visita?

Hester tomó aliento y ya iba a responder:

—Sí, pero no sola.

Pero justo a tiempo sorprendió la mirada de Rathbone y, tras expulsar el aire, se limitó a sonreír al fiscal como si la insinuación no fuera con ella.

—Como es natural, es imposible vivir con una familia y no departir algún rato con todos sus miembros. —Había sentido la fuerte tentación de decir que a lo mejor él no estaba familiarizado con este tipo de cosas, pero tuvo la prudencia de no decirlo. Seguro que habría provocado una carcajada fácil del público y que probablemente le habría costado muy cara. Aquél era un enemigo al que no podía ceder terreno.

—Parece que actualmente trabaja usted en un dispensario de Londres, ¿es así?

—Sí.

—¿Fue un trabajo que le proporcionó la misma lady Callandra Daviot?

—Lo que ella me proporcionó fue una recomendación, pero creo que el trabajo lo conseguí por méritos propios.

—Bueno, en todo caso lo obtuvo gracias a su influencia. No, por favor, no mire al señor Rathbone en busca de orientación. Limítese a contestar, señorita Latterly.

—No me hace falta la orientación del señor Rathbone —dijo tragando saliva—. No puedo contestarle si obtuve el puesto con o sin ayuda de lady Callandra. Ignoro el contacto que ella pudo tener con la dirección del dispensario. Me aconsejó que presentase una solicitud en dicho dispensario y, cuando lo hice, quedaron satisfechos con mis referencias, que son bastantes, y me dieron el puesto. Las enfermeras de la señorita Nightingale no suelen tener dificultades para encontrar una plaza cuando desean trabajar.

—En efecto, señorita Latterly —comentó el hombre con una discreta sonrisa—, pero no muchas lo desean, como en su caso... ¿verdad? En realidad, la misma señorita Nightingale procede de una excelente familia, que podría cubrir sobradamente su subsistencia durante el resto de su vida.

—Si mi familia no está en esas condiciones, incluso si mis padres están muertos, es por el caso que nos ocupa —dijo Hester con un marcado acento de victoria en la voz. Independientemente de lo que el fiscal pudiera pensar, sabía que el jurado la había entendido y que al fin y al cabo era el que decidía, prescindiendo de lo que el fiscal pudiera decir.

—Así es —dijo él con una cierta irritación.

Después procedió a preguntarle de nuevo qué grado de amistad la unía con la víctima y a dar por sentado de forma muy sutil que ella había estado enamorada de él, había sucumbido a su encanto personal y que, habiéndola él rechazado, se vengaba manchando su buen nombre. De hecho, casi insinuó que ella podía haber colaborado en la ocultación del delito y que por esto defendía ahora a Menard Grey.

Hester estaba tan escandalizada como abochornada pero, cuando ya veía demasiado cerca la tentación de dar rienda suelta a la indignación, miró a Menard Grey y recordó qué era lo importante.

—No, esto no es verdad —dijo con voz tranquila. Ya iba a acusarlo de sordidez, pero la mirada de Rathbone la contuvo.

Sólo una vez distinguió a Monk, lo que provocó en ella una oleada de satisfacción, de placer incluso, sobre todo al ver su cara de indignación al mirar al fiscal.

Cuando inopinadamente el fiscal cambió de parecer y decidió dejar de interrogarla, como Hester estaba autorizada a permanecer en la sala, puesto que su testimonio ya había dejado de tener importancia, se buscó un sitio y se quedó a escuchar mientras Callandra declaraba. También ella fue interrogada primeramente por Rathbone y seguidamente, aunque con más cortesía que la que había empleado con Hester, por el fiscal. Éste tuvo el acierto de considerar que el jurado no vería con simpatía cualquier intento de amedrentar o insultar a la viuda de un cirujano del ejército, nada menos que a lady Callandra. Hester no miraba a Callandra, ya que no temía por ella, sino que tenía la vista fija en los rostros de los jurados. En ellos vio reflejadas las diferentes emociones que sentían: ira, lástima, confusión, respeto, desdén.

A continuación llamaron a Monk y le tomaron juramento. En la sala de espera Hester no había reparado en lo bien vestido que iba. Llevaba una chaqueta de excelente corte, sólo el estambre de mejor calidad tenía aquella caída. ¡Vaya vanidoso debía de estar hecho! ¿Cómo podía permitirse esos lujos un simple policía? De pronto le inspiró una lástima repentina y se dijo que probablemente hasta él mismo ignoraba la respuesta a aquella pregunta, por lo menos de momento. ¿Se la habría formulado? ¿O habría tenido miedo, quizá, de cuánta vanidad o insensibilidad podía revelarle la respuesta? ¡Qué espantosa debía de ser la contemplación descarnada de uno mismo, ver las cosas que uno hacía sin conocer ninguna de las razones que las hacían humanas, explicables en cuanto a miedos y esperanzas, no comprender tantas cosas, pequeños sacrificios que se hacían, heridas que se restañaban... sólo ver siempre resultados, sin entender nunca su sentido! Aquella chaqueta tan vistosa podía ser fruto de la pura vanidad, la plasmación de algo que compra el dinero, o bien el símbolo del éxito después de largos años de ahorro y de trabajo, de esfuerzos extraordinarios mientras los demás descansaban en sus casas o se divertían y reían en salas de fiestas o en tabernas.

Rathbone comenzó a interrogarlo. Le hablaba con voz pausada, conociendo el poder de las palabras y sabiendo que la emoción que embargaba a Monk podía producir un efecto demasiado intenso y demasiado rápido. Había llamado a los testigos siguiendo aquel orden para así elaborar la historia tal como había ocurrido: primero Crimea, después la muerte de los padres de Hester y, finalmente, el crimen. Hizo describir detalladamente a Monk el piso de Mecklenburgh Square, las marcas que había dejado la lucha y la muerte, el lento descubrimiento de la verdad alcanzado por él paso a paso.

Casi todo el tiempo Rathbone estuvo de espaldas a ella, encarado a Monk o al jurado, pero Hester percibía lo apremiante de su voz, cada una de sus palabras tan perfectamente cortada como una piedra tallada, aquella insistencia que penetraba en su mente y que desvelaba una tragedia insoportable.

Hester observaba a Monk, el respeto que reflejaba su rostro y, una o dos veces, una fugaz reacción de desagrado al responder. Rathbone no lo trataba como un testigo al que se le debe una consideración sino más bien como un medio enemigo. En sus frases había un sesgo hiriente, un elemento de antagonismo. Sólo al observar al jurado, Hester comprendió el porqué. Todas las personas que lo componían estaban tan absortas en lo que ocurría que ni siquiera se distrajeron con los gritos nerviosos de una mujer del público que requirió la asistencia de sus vecinos. Parecía que sólo a contrapelo Monk se resistía a demostrar la simpatía que le inspiraba Menard Grey, si bien Hester sabía que era auténtica. Hester recordaba cómo se había sentido Monk en el momento de los hechos, la ira que había experimentado, el lacerante dolor de la piedad y su incapacidad para modificar nada. En aquel momento Monk le había gustado de manera absoluta, había compartido con él sin reservas una paz interior, la sensación de una comunicación total.

Cuando al final de la tarde se levantó la sesión, Hester se mezcló con la multitud que se abría paso a empujones desde todos lados, los mirones regresando a sus casas entre el embotellamiento de carros, carromatos y coches que invadían las calles, los periodistas precipitándose hacia las redacciones antes de que las máquinas comenzasen a imprimir las primeras ediciones del periódico de la mañana, los cantantes callejeros componiendo las próximas estrofas de sus canciones y pregonando la noticia por las calles.

Hester estaba esperando en la escalinata, bajo el cortante viento de la tarde y la viva luz de las lámparas de gas, y buscaba a Callandra, de la que había quedado separada por la multitud, cuando vio a Monk. Titubeó un momento sin saber si hablarle o no. Después de volver a oír la versión de los hechos y tener ocasión de analizarla había vuelto a sentir todo aquel cúmulo de emociones y había quedado barrida la ira que le inspiraba.

Pero quizás él continuaba despreciándola. Hester siguió en su sitio, incapaz de decidirse pero incapaz también de rehuirlo.

Monk la sacó del apuro acercándose a ella, aunque con el ceño ligeramente fruncido.

—¿Le parece que su amigo, el señor Rathbone, está capacitado para la tarea que tiene entre manos?

Hester leyó inquietud en sus ojos, por lo que murió en sus labios la réplica con la que ya iba a responderle con respecto a su supuesta amistad con Rathbone. El sarcasmo no era más que una defensa contra el miedo de que colgaran a Menard Grey.

—Creo que sí —respondió, tranquila, Hester—. He observado las caras de los jurados mientras usted declaraba. Como es natural, no sé qué va a pasar, pero hasta ahora creo que les han impresionado más las injusticias de los hechos y nuestra incapacidad para evitarlos que el asesinato en sí. Si el señor Rathbone sabe mantenerles en esta actitud hasta el momento de emitir el veredicto, éste podría ser favorable. Por lo menos...

En ese momento se calló: se había dado cuenta de que independientemente de que los jurados lo creyeran culpable, el hecho era innegable. No podían emitir un fallo de no culpabilidad, cualquiera que fuera la presión. La decisión competía al juez, no a ellos.

Monk ya lo había comprendido así antes de que ella dejara traslucir con la mirada la desolación que le producía aquella certidumbre.

—Confiemos en que el juez lo vea de la misma manera —comentó Monk escuetamente—. La vida en Cold-bath Fields sería peor que la horca.

—¿Vendrá usted mañana? —le preguntó Hester.

—Sí... por la tarde. No emitirán el veredicto hasta entonces. ¿Vendrá usted?

—Sí... —Pensó en lo que diría Pomeroy—. Si usted cree que el veredicto no saldrá temprano, no vendré hasta tarde. No quiero pedir permiso para ausentarme del dispensario a no ser por una razón de peso.

—¿Cree que considerarán una razón de suficiente

peso su deseo de oír el veredicto? —le preguntó fríamente.

Hester hizo una mueca, casi una sonrisa.

—No, pero es que no pienso alegar este motivo.

—¿Hace usted el trabajo al que aspiraba... me refiero al trabajo del dispensario? —Volvía a mostrarse directo y franco tal como lo recordaba, el hecho de que la comprendiera la reconfortaba.

—No —dijo sin querer mentir—, es un lugar regido por la incompetencia y en el que hay sufrimientos innecesarios y maneras absurdas de hacer las cosas que piden a gritos una reorganización. Si algunos renunciaran a orgullos mezquinos y pensaran en los fines y no en los medios... —Se animó al ver el interés de Monk—. Gran parte del problema estriba en el concepto que tienen del trabajo de enfermería y de la gente que lo realiza. El salario es exiguo: seis chelines por semana, y una parte del mismo se paga con cerveza. Muchas enfermeras se pasan la mitad del tiempo borrachas. Ahora, por lo menos, el hospital les proporciona comida, siempre es mejor esto que lo que ocurría antes, cuando se comían la de los enfermos. ¡Ya se puede imaginar qué tipo de hombres y mujeres se brindan a hacer este trabajo! La mayoría no sabe leer ni escribir. —Se encogió de hombros—. Duermen junto a las salas de los enfermos y disponen sólo de unas pocas jofainas y toallas, de un poco de loción de Conde y de vez en cuando de una pequeña cantidad de jabón para lavarse... aunque sólo sea las manos después de limpiar tanta porquería.

Monk sonrió más abiertamente y en sus ojos brilló un resplandor de comprensión.

—¿Y usted? —le preguntó Hester—. ¿Sigue trabajando para el señor Runcorn? —No le preguntó si había recuperado la memoria, porque era un punto demasiado delicado para hurgar en él. Bastante peliagudo era hablar del señor Runcorn.

—Sí —dijo Monk poniéndose serio de pronto.

—¿Y con el sargento Evan? —dijo Hester sin poder reprimir una sonrisa.

—Sí, también con Evan. —Vaciló un momento y parecía que iba a añadir algo más pero se interrumpió al ver bajar la escalera a Oliver Rathbone. Iba vestido con ropa de calle, no llevaba peluca ni toga. Su aspecto era atildado y parecía satisfecho.

Monk enpequeñeció los ojos, pero no hizo ningún comentario.

—¿Le parece que podemos abrigar esperanzas, señor Rathbone? —le preguntó Hester ávidamente.

—Esperanzas sí, señorita Latterly —replicó con cautela—, pero las certezas todavía quedan lejos.

—No olvide que tiene que habérselas con el juez, Rathbone —dijo Monk con acritud, abrochándose la chaqueta hasta arriba—, no con la señorita Latterly ni con la galería... ni siquiera con el jurado. Por brillante que pueda ser su intervención ante ellos, sólo formará parte de la guarnición, no del plato fuerte. —Y sin dar tiempo a Rathbone a contestar, hizo una ligera inclinación a Hester, giró sobre sus talones y se lanzó a grandes zancadas calle abajo, en la luz del atardecer.

—Un hombre nada simpático —comentó, áspero, Rathbone—, aunque imagino que no le hace falta simpatía para su trabajo. Si quiere, puedo dejarla donde usted desee con mi coche.

—Estimo que la simpatía es una cualidad muy engañosa —dijo Hester con toda deliberación—. El caso Grey seguramente es el ejemplo más demostrativo de los resultados a los que puede conducir una simpatía exagerada.

—Ya veo que no es una cualidad que usted valore excesivamente, señorita Latterly —replicó el hombre, con mirada decidida y una franca carcajada.

—¡Oh...! —exclamó ella, pensando que ojalá se le

hubiera ocurrido una salida ingeniosa con la misma facilidad con que se le ocurrían las pullas hirientes aunque esta vez no tenía nada que decir. No sabía con certeza si aquella risa del abogado era en honor a ella, a sí mismo o a Monk... ni siquiera si había que tomársela a mal o no—. No... —Se esforzó en encontrar algo que decir—. Lo que pasa es que no creo que haya que fiarse de esta cualidad, que es en suma una cualidad falsa: apariencia y no esencia, brillo pero no calor auténtico. No hace falta que me acompañe, gracias, voy con lady Callandra, pero ha sido muy amable ofreciéndose. Adiós, señor Rathbone.

—Adiós, señorita Latterly —dijo haciendo una inclinación y sin que de su rostro desapareciese la sonrisa.

3

Sir Basil Moidore miraba fijamente a Monk desde el otro extremo de la alfombra que cubría el pavimento de la salita de día. Estaba pálido, pero no había vacilación en su cara, ni tampoco falta de aplomo, sólo sorpresa e incredulidad.

—¿Cómo ha dicho? —preguntó fríamente.

—Que el lunes por la noche no penetró nadie en esta casa, señor Moidore —repitió Monk—. La calle estuvo perfectamente vigilada de un extremo a otro durante toda la noche...

—¿Quién la vigilaba? —Moidore enarcó las oscuras cejas, lo que acentuó la sorpresa que evidenciaban sus ojos.

Monk advirtió que el hombre empezaba a ponerse nervioso. No había nada que le molestara tanto como que no le prestaran crédito. Le insinuaban con ello que era un incompetente. Hizo un gran esfuerzo para dominar la voz.

—El policía de turno, sir Basil, el cabeza de familia de una casa que se pasó la mitad de la noche levantado para atender a su esposa enferma, el médico que la visitó. —No dijo nada de Paddy *el Chino* porque tenía la vaga sensación de que Moidore no habría valorado en mucho su testimonio—. Y un gran número de lacayos y cocheros que esperaban a que sus amos salieran de una fiesta que daban en la esquina de Chandos Street.

—Entonces es evidente que el hombre penetró desde las cocheras —respondió Basil, irritado.

—Tanto su mozo de cuadra como los cocheros duermen sobre los establos, señor —le señaló Monk—, y si una persona hubiera trepado por aquella parte no habría pasado por el tejado sin despertar por lo menos a los caballos. Después habría tenido que atravesar el tejado de la casa y bajar por el otro lado, lo que es prácticamente imposible a menos de tratarse de un alpinista provisto de cuerdas, equipo de montaña y...

—Ahórrese las ironías —lo cortó Basil—. Ya lo he entendido. Entonces entró por delante en algún momento comprendido entre las rondas de su policía. No hay otra respuesta. ¡No iba a pasarse el día entero escondido en la casa! ¡Y menos aún salir de ella cuando los criados ya estaban levantados!

Monk se vio obligado a hablar de Paddy *el Chino*.

—Lo siento, pero no fue así. También hemos hablado con un ladrón de casas que se pasó toda la noche en el extremo de Harley Street esperando que se presentara la oportunidad de penetrar en una casa, lo que no ocurrió porque la zona estaba llena de gente que lo habría visto. Estuvo toda la noche de guardia, desde las once hasta las cuatro de la madrugada... periodo que abarca la hora que estamos estudiando. Lo siento.

Sir Basil dio la vuelta a la mesa delante de la cual estaba hacía unos momentos, con la mirada turbia y la boca torcida por la indignación.

—Entonces, ¿se puede saber por qué no lo han detenido? ¡Tiene que haber sido él! Usted mismo ha dicho que es un ladrón de casas. ¿Qué otra prueba necesita? —Miró a Monk con ojos penetrantes—. Entró aquí, la pobre Octavia lo oyó... y él la mató. Pero bueno, ¿qué hace ahí como un tonto? ¿A qué espera?

Monk sintió que el cuerpo se le tensaba de rabia, lo que era más insoportable por el hecho de sentirse impotente. Quería triunfar en su profesión, pero sabía que fracasaría en toda la línea de mostrarse tan brusco como habría sido su deseo. ¡Eso era lo que quería Runcorn! No sólo habría sido su fracaso profesional sino también social.

—Lo que usted dice no es verdad —le replicó con voz monocorde y áspera—, y esto ha sido corroborado por el señor Bentley, por su médico y por una criada que no tiene interés alguno en el asunto ni la más mínima idea de lo que su testimonio puede comportar. —Al decirlo no miró al señor Bentley, porque no se atrevía a revelarle la indignación que reflejaban sus ojos y por otra parte odiaba la sumisión—. El ladrón de casas no pasó por esa calle —continuó—, ni tampoco robó a nadie porque no tuvo ocasión, lo que puede demostrar. Ojalá fuera tan sencillo como esto, nos encantaría resolver el caso con tanta facilidad... señor.

Basil, sentado a la mesa, se inclinó hacia delante.

—Entonces, si no penetró nadie en la casa ni había nadie escondido en ella, usted plantea una situación imposible... a menos que quiera insinuar... —Se calló, de su cara huyó el color y, lentamente, la irritación y la impaciencia de momentos antes cedió a un auténtico horror. Se quedó inmóvil—. ¿Esto es lo que usted insinúa? —dijo en voz baja.

—Sí, sir Basil —respondió Monk.

—Entonces quiere decir... —Basil se calló y durante varios segundos mantuvo un absoluto silencio, pero era evidente que había empezado a cavilar, que estaba devanándose los sesos y que tan pronto se le ocurría una idea como la rechazaba de plano. Por fin llegó a una determinada conclusión que no pudo ya descartar—. Ya entiendo —dijo finalmente—. No me cabe en la cabeza, pero debemos enfrentarnos con lo inevitable. Aparentemente es una idea descabellada y sigo creyendo que encontrará algún fallo en su razonamiento o que verá que las pruebas no son tales. Pero hasta ese momento debemos seguir con esta conjetura. —Frunció levemente el ceño—. ¿Qué quiere saber ahora? Le aseguro que en esta casa no hay disputas violentas ni conflicto alguno y que nadie ha variado su proceder habitual. —Observó a Monk con una mezcla de contrariedad y amargura—. Por otra parte, no mantenemos relaciones personales con los criados, ya no digamos del tipo que podría tener un resultado de estas características. —Se metió las manos en los bolsillos—. Sí, aunque sea un absurdo... no pondré ningún obstáculo a sus pesquisas.

—Admito que una pelea parece improbable —dijo Monk midiendo sus palabras, tanto para mantener su dignidad a flote como para demostrar a sir Basil que sus argumentaciones tenían fundamento— y más teniendo en cuenta que el hecho ocurrió durante la noche, cuando toda la gente de la casa estaba acostada. Pero no hay que descartar la posibilidad de que la señora Haslett tuviera conocimiento de algún secreto, aun en contra de su voluntad, y que alguien pudiera temer que revelara...

—Aquello no sólo era posible, sino que la excluía de toda culpa. Vio que del rostro de Basil desaparecía todo rastro de ansiedad y que en sus ojos asomaba un rayo de esperanza. Suspiró y dejó caer los brazos, de sus hombros desapareció la tensión.

—¡Pobre Octavia! —exclamó Basil dirigiendo la mirada hacia uno de los idílicos paisajes que decoraban la pared para clavarla en él—. Lo que dice cae dentro de lo posible. Lamento haber hablado con excesiva precipitación. Hará bien prosiguiendo las investigaciones. ¿Por dónde va a empezar?

Monk apreció que sir Basil reconociera que había existido precipitación y descortesía por su parte. No esperaba tanto, hasta él habría sido reacio a aquella reacción. Aquel hombre tenía más talla de lo que suponía.

—Primero querría hablar con la familia, señor Moidore. Es posible que alguien observara algo o que la señora Haslett se confiara a alguien.

—¿Con la familia? —La boca de Basil se torció en una mueca, pero Monk no habría sabido decir si el gesto obedecía a miedo o a que en lo íntimo consideraba el hecho risible—. Muy bien —dijo al tiempo que extendía la mano hasta la cuerda de la campanilla. Así que apareció el mayordomo, sir Moidore le ordenó que fuera a avisar a Cyprian Moidore y le dijera que acudiera a la sala de día.

Monk esperó en silencio hasta que Cyprian entró. Éste cerró la puerta tras él y miró a su padre. El parecido entre los dos, al ponerse de lado, era impresionante: la misma forma de la cabeza, los mismos ojos oscuros, casi negros, y aquella boca ancha y en extremo móvil. Pese a todo, la expresión respectiva era tan diferente que el efecto divergía por completo. Basil era más consciente de su fuerza que su hijo, tenía un temperamento más vivo, sabía disimular mejor su disposición de ánimo. Cyprian era más inseguro, como si por no haber puesto a prueba su fuerza temiera no estar a la altura. ¿Aquella faceta más blanda de su manera de ser era compasión o simplemente cautela por saberse vulnerable?

—La policía ha deducido que la persona que mató a Octavia no procedía de fuera de casa —explicó Basil sucintamente y sin más preámbulo. No miró a su hijo, pues al parecer no le interesaba saber si la noticia lo afectaba o no, ni tampoco quería ponerlo al corriente del razonamiento que había hecho Monk acerca de los posibles motivos—. La única solución posible apunta a que el responsable es una persona de la casa, por supuesto no de la familia... lo que hace, por tanto, que debamos sospechar de alguno de los criados. El inspector Monk quiere hablar con todos nosotros para averiguar lo que observamos... en el supuesto de que observáramos algo.

Cyprian clavó los ojos en su padre y seguidamente se volvió a mirar a Monk, como quien mira a un monstruo procedente de tierras extrañas.

—Perdone usted —dijo Monk a modo de disculpa, ya que Basil había omitido aquel detalle—, sé perfectamente que tiene que ser sumamente desagradable para usted, pero le agradecería que me dijera qué hizo el lunes y si la señora Haslett le dijo alguna cosa, de manera especial si en alguna ocasión le confió alguna inquietud o le dijo algo que ella pudiera haber descubierto y que entrañara peligro para alguien.

Cyprian frunció el ceño y lentamente pasó de la sorpresa a la concentración. Se volvió de espaldas a su padre.

—¿Usted cree que mataron a Octavia porque ella estaba enterada de un secreto que afectaba a alguien...? —Se encogió de hombros—. ¿Cómo es posible? ¿Considera capaz de una cosa así a uno de los criados de la casa? —Se calló. Era evidente por sus ojos que él mismo se había respondido mentalmente a la pregunta y que prefería no plasmar la respuesta en palabras—. A mí Octavia no me dijo nada, pero es que además pasé casi todo el día fuera de casa. Por la mañana escribí unas cuantas cartas y alrededor de las once fui a mi club de Piccadilly, me quedé allí a comer y por la tarde estuve con lord Ainslie, con quien hablé sobre todo de cuestiones de ganadería. Es propietario de reses y yo estudié la posibilidad de hacerle una compra. Tenemos una gran finca en Hertfordshire.

Monk tuvo la súbita impresión de que Cyprian mentía, no en relación con su encuentro con lord Ainslie, sino con el motivo del mismo.

—¡Vaya con el condenado seguidor de Owen! —exclamó Basil en un arrebato temperamental—. ¡El que quiere que vivamos en comunas, como los animales de las granjas!

—¡Ni pensarlo! —le replicó Cyprian—. Él cree que...

—Tú cenaste en casa —lo cortó en seco Basil antes de que empezara a hablar—. ¿No viste a Octavia entonces?

—Sólo en la mesa —dijo Cyprian con presteza—. Y no sé si te acuerdas, pero Octavia apenas habló... conmigo ni con nadie.

Basil, que estaba de cara a la chimenea, se volvió a mirar a Monk.

—Mi hija tenía mala salud. Creo que aquel día no se encontraba muy bien. Es verdad que estuvo muy callada y que parecía contrariada por algo. —Volvió a meterse las manos en los bolsillos—. Pensé que a lo mejor tenía dolor de cabeza pero ahora, considerándolo mejor, pienso que quizá se había enterado de algún secreto desagradable y esto la tenía preocupada. De todos modos, difícilmente debía de presumir el peligro que suponía para ella.

—¡Ojalá se hubiera confiado a alguien! —exclamó Cyprian con repentina pasión. No era preciso añadir nada más a todo el cúmulo de sentimientos que se escondían detrás de la frase, cosas como remordimiento o la sensación de haber fallado en algo. Pesaba en su voz y en la tensión de sus rasgos.

Antes de que al viejo Moidore le diera tiempo de contestar, alguien dio unos golpecitos en la puerta.

—¡Adelante! —dijo, levantando vivamente la cabeza, irritado por la intromisión.

Monk se preguntó en un primer momento quién era la mujer que entró pero enseguida, al ver un cambio en la expresión de Cyprian, se acordó de que la había visto en el salón de la casa la primera mañana que había estado en ella: era Romola Moidore. Ahora parecía menos afectada por la desgracia, su cutis era impecable, sin defecto alguno. Tenía unos rasgos regulares, ojos grandes y una espesa cabellera. Lo único que podía impedir calificarla de belleza era un mohín en la boca que traducía una especie de enfurruñamiento, un humor inestable. Miró a Monk con aire de sorpresa. Era evidente que no se acordaba de él.

—El inspector Monk —le dijo Cyprian y, viendo que en el rostro de su mujer no se hacía la luz, aclaró—: sí, de la policía. —Entonces miró a Monk y hubo un momentáneo brillo de complicidad en sus ojos. Dejaba en sus manos la posibilidad de producir el efecto que desease.

Pero Basil lo estropeó todo con su explicación.

—La persona que mató a Octavia, quienquiera que fuese, vive en esta casa. Eso significa que pudo ser uno de los criados. —Hablaba con cautela, sin dejar de mirarla—. La única explicación posible es que uno de ellos tenía un secreto tan vergonzoso que prefirió matar antes que exponerse a que se conociera. O bien Octavia estaba al corriente de dicho secreto o la persona en cuestión se figuraba que lo conocía.

Romola se sentó bruscamente, azorada y lívida, y se llevó la mano a la boca sin dejar de mirar a Basil. Ni una sola vez miró a su marido.

Cyprian observó a su padre, quien le devolvió la mirada con osadía... y con algo que Monk habría podido interpretar como un cierto desdén. A Monk le habría gustado poder acordarse de su padre, pero por mucho que hurgara en su memoria no aparecía en ella otra cosa que una desvaída nebulosa, una impresión vaga de una figura y un olor a sal y a tabaco, el contacto de una barba y de una piel sorprendentemente suave. Pero del hombre, de su voz, de sus palabras, de su rostro... nada. Monk no podía hacerse una idea real, sólo recordar unas pocas frases de su hermana y una sonrisa, como si se tratase de algo íntimo y precioso.

Habló Romola y el miedo hizo que su voz sonara ronca.

—¿Aquí en casa? —miró a Monk, aunque le hablaba a Cyprian—. ¿Un criado?

—Parece que no hay otra explicación —replicó Cyprian—. ¿A ti te dijo algo Octavia? Esfuérzate en recordar. ¿No te dijo nunca nada sobre ningún criado?

—No —respondió Romola casi inmediatamente—. Esto es terrible, sólo pensarlo me pone enferma.

Por la cara de Cyprian pasó una sombra y pareció como si fuera a hablar, pero era consciente de que la mirada de su padre estaba fija en él.

—¿Habló Octavia a solas contigo en algún momento de aquel día? —le preguntó Basil sin cambiar de tono.

—No... no —negó rápidamente—. Me pasé la mañana entrevistando institutrices, ninguna de las cuales me pareció adecuada. Todavía no sé qué voy a hacer.

—¡Pues ver más institutrices! —le soltó Basil—. Si ofreces un salario adecuado, encontrarás una institutriz adecuada.

Romola le dirigió una mirada de contrariedad, aunque tan velada que, juzgada superficialmente, habría podido parecer simplemente angustia.

—Me pasé todo el día en casa —dijo volviéndose a Monk y sin dejar de apretar los puños—. Por las tardes vinieron unas amigas mías, pero Octavia salió. No tengo idea de dónde fue porque cuando volvió no hizo ningún comentario. En el vestíbulo pasó por mi lado como si no me hubiera visto.

—¿Te pareció preocupada? —preguntó Cyprian inmediatamente—. ¿Daba la impresión de estar asustada o contrariada por algo?

Basil los miraba esperando una respuesta.

—Sí —dijo Romola después de reflexionar un momento—, eso parecía. Yo pensé que a lo mejor habría pasado una mala tarde, que quizás había estado con amigas y no lo había pasado bien, pero quizá se trataba de algo bastante más grave.

—¿Qué te dijo? —continuó Cyprian.

—Nada, ya te lo he dicho, como si no me hubiera

visto. Si os acordáis, a la hora de cenar apenas dijo nada y nosotros lo atribuimos a que seguramente no se encontraba bien.

Todos miraron a Monk, como si esperasen que a partir de aquellos hechos pudiera sacar alguna conclusión.

—¿Es posible que se confiara a su hermana? —apuntó Monk.

—No es probable —dijo Basil, tajante—, pero Araminta es una mujer observadora. —Se volvió a Romola—. Gracias, hija, puedes volver a tus cosas. Y no te olvides del consejo que te he dado. ¿Tendrías la bondad de decir a Araminta que venga?

—Sí, papá —respondió ella, obediente, y salió sin volverse a mirar a Cyprian ni a Monk.

Araminta Kellard no era mujer que pudiera pasar inadvertida a Monk como su cuñada. Desde su cabellera de color rojo encendido hasta los rasgos de su cara curiosamente asimétricos y su figura esbelta y erguida, todo en ella la distinguía con un sello absolutamente personal. Lo primero que hizo al entrar en la habitación fue mirar a su padre, ignorar a Cyprian y encararse con Monk, al que observó con cauteloso interés, para después volver a mirar a su padre.

—¡Hola, papá!

—¿Te dijo algo Octavia últimamente sobre una cosa desagradable o peligrosa que sabía? —le preguntó Basil—. Me refiero sobre todo al día anterior a su muerte.

Araminta se sentó y se quedó unos momentos reflexionando sobre la pregunta sin mirar a ninguna persona determinada de la habitación.

—No —dijo finalmente y, fijando en Monk una mirada decidida de sus ojos de un color entre ambarino y avellana, añadió—: nada de particular. Yo sabía, de todos modos, que estaba muy preocupada por algo que había sabido aquella tarde, pero siento decir que no tengo ni idea de lo que podía ser. ¿Cree que podría ser la razón de que la mataran?

Aquella mujer interesaba a Monk más que ninguna de las personas que había visto en aquella casa hasta aquel momento. En su personalidad había una pasión que fascinaba, pese a mostrarse manifiestamente comedida. Tenía las manos delgadas fuertemente enlazadas en el regazo, pero su mirada era resuelta y delataba una penetrante inteligencia. Monk no tenía idea de qué heridas desgarraban el tejido de las emociones de aquella mujer y no podía ni imaginarse que con unas preguntas que le formulara, aunque no fueran demasiado sutiles, haría que se traicionase fácilmente.

—Podría ser, señora Kellard —respondió—, pero si se le ocurre alguna otra razón para que alguien quisiera mal a su hermana, le ruego que me la exponga. Todo se reduce a un trabajo de deducción. De momento no tenemos ninguna prueba, salvo que la persona que la mató no penetró desde fuera de la casa.

—Y esto lo lleva a la conclusión de que dicha persona ya estaba dentro —dijo la mujer con voz pausada— y que, además, vive en esta casa.

—Parece irrefutable.

—Supongo que lo es.

—¿Cómo era su hermana, señora Kellard? ¿Era una mujer inquisitiva, interesada en los problemas ajenos? ¿Era observadora? ¿Tenía buen ojo para juzgar a las personas?

Sonrió, con un gesto forzado en el que sólo intervino la mitad de su cara.

—No estaba mejor dotada en este aspecto que la mayoría de las mujeres, señor Monk. Yo diría incluso que estaba peor dotada. Cuando descubría algo era por puro azar, no porque hubiera puesto gran empeño en averiguarlo. Me ha preguntado cómo era. Era una mujer que iba al encuentro de la vida, que se dejaba llevar por las emociones al precio que fuese, una mujer que se precipitaba al desastre sin haberlo previsto ni entender qué había pasado una vez inmersa en él.

Monk observó a Basil y vio que miraba a Araminta con gran intensidad, concentrado en ella. En su expresión no había emoción alguna, ni tampoco tristeza, ni curiosidad.

Monk se volvió a Cyprian. En él era manifiesto el dolor del recuerdo, la conciencia de la pérdida sufrida. Su rostro estaba profundamente marcado por la desgracia, la sensación de que habían quedado muchas cosas por decir, afectos que no se habían expresado.

—Gracias, señora Kellard —dijo Monk lentamente—. Si se le ocurre algo, le agradeceré que me lo comunique. ¿Qué hizo usted el lunes?

—Por la mañana me quedé en casa —respondió—, por la tarde fui de visita y por la noche cené con la familia. Hablé varias veces con Octavia durante la tarde, pero de nada importante, trivialidades del momento.

—Gracias, señora.

Araminta se levantó, hizo una ligerísima inclinación de cabeza y salió sin volverse a mirar a nadie.

—¿Quiere hablar con el señor Kellard? —preguntó Basil enarcando las cejas y con una cierta altivez en la actitud.

El hecho de que fuera el propio Basil quien se lo propusiera hizo que Monk aceptase.

—Sí, si me hace el favor.

La expresión de Basil se tensó, pero no dijo palabra. Se limitó a llamar a Phillips y a ordenarle que fuera a buscar a Myles Kellard.

—Octavia no se habría confiado a Myles —dijo Cyprian a Monk.

—¿Por qué no? —quiso saber Monk.

La falta de delicadeza que revelaba aquella intromisión hizo que en el rostro de Basil apareciera un sentimiento de contrariedad y que respondiera antes de dar a Cyprian ocasión de hacerlo.

—Porque no se tenían gran simpatía —replicó sir Basil con acritud—, aunque se trataban con cortesía. —Sus ojos oscuros escrutaron a Monk para asegurarse de que entendía que la gente de posición no era como la chusma dispuesta a pelearse por cualquier nimiedad—. Lo más probable es que la pobre niña no confiara a nadie lo que tuvo la desgracia de saber y que, en consecuencia, no lleguemos a enterarnos nunca de lo que fue.

—Y que la persona que la mató se quede sin el castigo que le corresponde —terminó Cyprian a modo de remate—, lo que no deja de ser una monstruosidad.

—¡Pues no va a ocurrir! —exclamó Basil, furioso, echando chispas por los ojos y con las arrugas del rostro más marcadas, lo que infundía a su rostro un aspecto particularmente avinagrado—. ¿Te figuras que voy a pasar el resto de mi vida en esta casa, conviviendo con una persona que ha matado a mi hija? ¡Esto sí que no lo entiendo! ¡Dios mío, qué poco me conoces!

Fue como si Cyprian hubiera recibido un golpe. Monk, de pronto, se sentía cohibido. No hubiera debido estar presente en una escena así, ésas eran emociones que no tenían nada que ver con la muerte de Octavia Haslett. Entre padre e hijo afloraba una agresividad que no provenía de aquel acto imprevisto sino que era fruto de años de resentimiento y de incapacidad para entenderse.

—Si Monk... —dijo Basil volviendo la cabeza con brusquedad hacia el policía— es incapaz de encontrar al asesino, quienquiera que sea, haré que el comisario encargue del caso a otra persona. —Se trasladó, nervioso, desde la ornamentada repisa hasta el centro de la habitación—. ¿Dónde demonios está Myles? ¡Ya que lo he llamado, por lo menos esta mañana podría hacer acto de presencia!

Justo en aquel momento se abrió la puerta sin que nadie llamara a ella y apareció Myles Kellard como respondiendo a los requerimientos de Basil. Era alto y delgado, pero en todo lo demás era absolutamente diferente de los Moidore. Tenía el cabello castaño y ondulado, con algún que otro mechón blanco, y lo llevaba peinado para atrás. Su rostro era alargado, su nariz aristocrática y tenía una boca sensual y con un mohín de tristeza, un rostro que era a la vez el de un soñador y el de un libertino.

La cortesía hizo que Monk vacilara un momento pero, sin darle tiempo a hablar, Basil hizo a Myles las preguntas que Monk le habría hecho, aunque sin darle explicaciones en cuanto al propósito a que obedecían ni a su necesidad. Las suposiciones de Monk resultaron ciertas: Myles no reveló nada que pudiera ser de utilidad. Se había levantado tarde y por la mañana había salido y comido fuera, aunque no especificó dónde. Por la tarde había estado en el banco comercial del que era director y, como los demás, había cenado en casa, pero no había visto a Octavia salvo en la mesa con toda la familia reunida. No había observado nada digno de mención.

Cuando salió, Monk preguntó si quedaba alguien más, aparte de lady Moidore.

—Tía Fenella y tío Septimus —respondió esta vez Cyprian interrumpiendo a su padre—. Le quedaríamos muy agradecidos si las preguntas que tenga que hacer a mi madre fueran lo más sucintas posible. De hecho, preferiríamos hacerle las preguntas nosotros y transmitirle a usted las respuestas, suponiendo que puedan tener algún interés.

Basil miró con frialdad a su hijo, aunque Monk no llegó a saber si era por la sugerencia en sí o simplemente porque le había robado la prerrogativa. Monk sospechó que era por lo último. Dadas las circunstancias en que se encontraba el caso, se trataba de una concesión fácil. Habría tiempo sobrado para ver a lady Moidore, era mejor esperar para poderle hacer preguntas que no fueran generales o fruto de la rutina.

—Por supuesto —concedió Monk—. ¿Quizá sus tíos, entonces? A veces, cuando una persona no encuentra a nadie más confía en los tíos.

Basil soltó un resoplido de desprecio y se volvió hacia la ventana.

—No es el caso de tía Fenella —dictaminó Cyprian, medio sentado en el respaldo de una de las butacas tapizadas de cuero—, pero es una mujer muy observadora... y bastante fisgona. Quizá se fijase en algún detalle que a nosotros pudo pasarnos por alto, siempre que no lo haya olvidado, por supuesto.

—¿Tiene mala memoria? —preguntó Monk.

—Más bien irregular —replicó Cyprian con una media sonrisa. Alcanzó el cordón de la campanilla pero, cuando apareció el mayordomo, fue Basil quien se encargó de ordenarle que fuera a buscar primero a la señora Sandeman y después al señor Thirsk.

Fenella Sandeman se parecía enormemente a Basil: los mismos ojos oscuros, la misma nariz recta y corta y la boca igualmente grande y móvil, pero su cara era más alargada y las arrugas menos marcadas. En su juventud debía de haber tenido un encanto próximo a la belleza, pero su físico actual era simplemente raro. A Monk no le fue preciso preguntar qué parentesco la unía a Basil, ya que era demasiado evidente para que le pasara por alto. Tenía aproximadamente la misma edad que Basil, tal vez más cerca de los sesenta que de los cincuenta, aunque estaba muy claro que libraba una batalla contra el tiempo valiéndose de todos los artificios con que cuenta la imaginación. Monk no sabía tanto de mujeres como para dilucidar con precisión de qué artimañas se valía, pero detectó su existencia. Si alguna vez había sido conocedor de ellas, las había olvidado junto con todo lo demás. En cualquier caso, veía en su rostro algo que le parecía artificial: un color de piel no natural, esa raya de las cejas demasiado marcada, el cabello demasiado tirante y oscuro…

La señora observó a Monk con gran interés y no hizo caso de Basil cuando la invitó a sentarse.

—¿Cómo está usted? —le dijo con voz ronca pero sofisticada, con un deje algo arrastrado.

—Fenella, no se trata de una presentación social, el señor es policía —dijo Basil, cortante—. Está haciendo averiguaciones en relación con la muerte de Octavia. A lo que parece, la persona que la mató vive en la casa, probablemente se trata de algún criado.

—¿Un criado? —Las cejas repintadas de negro se enarcaron con exageración—. ¡Dios mío, qué horroroso! —En realidad, no parecía asustada; si no hubiera sido absurdo, a Monk hasta le habría parecido que la noticia la había excitado.

Basil también captó la inflexión de la voz reveladora de sus sentimientos.

—¡Fenella, compórtate! —la reprendió su hermano—. Te hemos llamado porque parece que Octavia descubrió algún secreto, tal vez accidentalmente, y que por esto la mataron. El inspector Monk ha pensado que a lo mejor ella te había confiado alguna cosa. ¿Es así?

—¡Oh, Dios mío! —volvió a exclamar, sin mirar siquiera a su hermano. Sólo tenía ojos para Monk. Si no mediaran las convenciones sociales y los veinte años, por lo menos, que les separaban, se habría dicho que estaba coqueteando con él—. Tendré que pensarlo —dijo en voz baja—. No sé si podré acordarme de todo lo que me dijo los últimos días. ¡Pobre chica! Su vida era una tragedia. Perdió a su marido durante la guerra, poco después de la boda. ¡Y ahora sólo faltaba el hecho terrible de que hayan tenido que asesinarla por culpa de un maldito secreto! —Un estremecimiento recorrió su cuerpo y se quedó con la espalda encorvada—. Pero,

¿qué secreto? —abrió los ojos desmesuradamente—. ¿Cree que podría tratarse de un hijo ilegítimo? ¡Claro... esto bastaría para que una sirvienta perdiera su puesto! ¡Pero no! ¡No lo hizo una mujer, por descontado! —Se acercó un paso más a Monk—. De todos modos, ninguna de nuestras criadas ha tenido ningún niño... nos habríamos enterado. —Profirió un sonido ahogado, una especie de risita mal disimulada—. Difícilmente habría podido mantenerlo en secreto, ¿verdad? Un crimen pasional... será esto. Seguramente en la casa hay un caso pasional del que no estamos enterados y que Octavia descubrió por casualidad... y por esto la mataron... ¡Pobre niña! ¿En qué podemos ayudarle, inspector?

—Tenga mucho cuidado, señora Sandeman —le replicó Monk con expresión sombría. No sabía si tomarla en serio, pero de todos modos tenía la obligación de advertirla para que no pusiera en riesgo su propia seguridad—. A lo mejor descubre el secreto, o hace que el culpable tema que vaya a descubrirlo. Observe, pero guarde silencio. Es más sensato.

La señora dio un paso atrás, aspiró y sus ojos todavía se hicieron más grandes. A Monk se le ocurrió de pronto que, pese a que sólo era media mañana, aquella mujer quizá no estaba totalmente sobria.

Basil debió de pensar lo mismo, porque extendió la mano mecánicamente hacia la señora y la condujo hasta la puerta.

—Reflexiona un rato, Fenella, y si recuerdas algo, me lo dices y yo se lo transmitiré al señor Monk. Y ahora ve a desayunar, o escribe cartas o algo, anda.

De pronto desapareció del rostro de la mujer toda aquella excitación y aquella especie de arrobamiento y miró a su hermano con profundo desprecio, aunque también esta reacción se desvaneció con igual rapidez. Aceptó las órdenes que se le daban y, al salir, cerró con todo sigilo la puerta detrás de sí.

Basil miró a Monk para captar sus impresiones, pero una hermética expresión cortés no abandonó la cara del policía.

La última de las personas que entraron en la sala también tenía un parentesco evidente con la familia. Era un hombre con los mismos ojos grandes y azules que lady Moidore y, aunque sus cabellos ya eran grises, tenía una piel clara y rosada que habría armonizado muy bien con unos cabellos de un tono ligeramente caoba, mientras que los rasgos de su cara eran la reproducción exacta de aquella sensibilidad y delicadeza tan patentes en el rostro de la esposa de Basil. Era evidente, sin embargo, que era mayor que ella y que los años no habían sido clementes con aquel hombre. Tenía la espalda encorvada y era evidente en él un profundo cansancio que era secuela de muchas derrotas, insignificantes quizá para muchos pero importantes para él.

—Septimus Thirsk —se anunció con un resabio de precisión militar, llevado mecánicamente por una antigua costumbre—. ¿En qué puedo servirle? —Ignoró a su cuñado, en cuya casa al parecer vivía, y también a Cyprian, quien se había acercado al alféizar de la ventana.

—¿Estaba usted el lunes en casa, el día que precedió a la noche en que fue asesinada la señora Haslett? —le preguntó Monk cortésmente.

—No estuve en casa en toda la mañana ni a la hora de comer —respondió Septimus, que seguía de pie, casi en posición de firmes—. Por la tarde sí estuve en casa, la mayor parte del tiempo en mis habitaciones. Cené fuera. —Una sombra de preocupación pasó por su rostro—. ¿Por qué quiere saberlo? No vi ni oí a ningún intruso, de lo contrario ya lo habría dicho.

—Octavia fue asesinada por una persona de la casa, tío Septimus —le explicó Cyprian—. Pensábamos que a lo mejor te había contado algo que pudiera ayudarnos a averiguar las razones del crimen. Estamos preguntando lo mismo a todas las personas de la casa.

—¿Que si me contó algo? —Septimus parpadeó.

El rostro de Basil se ensombreció debido a un acceso de irritación.

—¡Por el amor de Dios, hombre! ¡No es tan complicado! ¿Conocía Octavia un secreto lo bastante desagradable para que alguien la temiera? ¿Hizo o te dijo algo que permita sospecharlo? Es una posibilidad remota, pero aun así hay que hacer la pregunta.

—¡Pues sí! —respondió Septimus de pronto, mientras se le encendían dos manchas de color en sus pálidas mejillas—. Cuando el lunes llegó a casa a última hora de la tarde me dijo que acababa de revelársele todo un mundo, un mundo odioso, por cierto. Dijo que sólo le faltaba comprobar un detalle para tener la prueba absoluta. Aunque le pregunté de qué se trataba, se negó a decírmelo.

Basil se quedó estupefacto y Cyprian parecía clavado en el sitio.

—Por lo que dice llegó de la calle, ¿verdad? ¿Dónde había estado la señora Haslett, señor Thirsk? —preguntó Monk con voz tranquila.

—No tengo ni idea —replicó Septimus con una expresión en los ojos que pasó de la rabia a la pena—. Aunque se lo pregunté, no me lo dijo, sólo añadió que un día yo lo comprendería mejor que nadie. No dijo más.

—Pregunte al cochero —dijo Cyprian inmediatamente—. Él lo sabrá.

—No salió en ninguno de nuestros coches —dijo Septimus, pero al captar la mirada de Basil añadió—: De tus coches, quiero decir. Entró de la calle a pie y supongo que se fue andando o que tomó un *hansom*.

Cyprian masculló una maldición entre dientes. Basil parecía confuso, pero sus hombros se distendieron debajo de la tela negra de la chaqueta y dejó vagar la mirada a lo lejos, más allá de ellos, más allá de la ventana. Habló con Monk dándole la espalda.

—Parece por todas las trazas, inspector, que mi pobre hija se enteró de algo aquel día. Su trabajo consiste en saber de qué se trata, pero si no lo averigua tendrá que encontrar el modo de deducir quién la mató. Es posible que no lleguemos a descubrir nunca las razones, y la verdad es que eso no es tan importante. —Vaciló, por un momento sumido aún más en sus propias cavilaciones, en las que nadie se inmiscuyó.

»En caso de que alguien de la familia pudiera serle de ayuda, no le quepa duda de que recurriremos a usted —continuó—. Ya es más de mediodía y no se me ocurre en qué otra cosa podemos serle útiles. Tanto usted como sus ayudantes están en libertad de interrogar a los criados cuando quieran sin necesidad de molestar a la familia. Daré órdenes a Phillips en este sentido. De momento no puedo hacer otra cosa que agradecerle su cortesía y confiar en que seguirá observándola. Le agradeceré que me mantenga al corriente de sus averiguaciones. Si yo no estuviera, informe a mi hijo. Preferiría que no afligiese a lady Moidore más de lo que ya está.

—Entendido, sir Basil. —Monk se volvió a Cyprian—. Gracias por su cooperación, señor Moidore.

Monk se excusó y esta vez no fue el mayordomo quien lo acompañó a la salida sino un lacayo de muy buen porte y de mirada atrevida, cuya apostura quedaba afeada tan sólo por una boca pequeña y de gesto astuto.

Ya en el vestíbulo encontró a lady Moidore y, cuando se disponía con toda intención a pasar por su lado sólo con un saludo de cortesía, la señora fue a su encuentro y, despidiendo al criado con un gesto de la mano, obligó a Monk a pararse a hablar con ella.

—Buenos días, lady Moidore.

Habría sido difícil saber hasta qué punto era natural la palidez de su rostro, muy en armonía con sus hermosos cabellos, pero lo inequívoco eran sus grandes ojos y la agitación que revelaban sus movimientos.

—Buenos días, señor Monk. Me ha dicho mi cuñada que usted cree que quien cometió el delito no fue ningún intruso. ¿Es así?

Nada se ganaba con mentir. No por venir de otra persona las noticias serían más tolerables y, en cambio, si Monk optaba por mentir, difícilmente conseguiría que le diesen crédito en un futuro. Y además, no habría hecho sino añadir confusión a la ya existente.

—Sí, señora. Lo siento.

La mujer permaneció inmóvil. No se percibía en ella ni siquiera el más leve aleteo de la respiración.

—Esto quiere decir que uno de nosotros mató a Octavia —murmuró. A Monk le sorprendió que no rehuyera la verdad ni intentara disfrazarla con palabras elusivas. Por otra parte, era la única persona de la familia que no había tratado de achacar la responsabilidad exclusivamente a los criados, por lo que Monk sintió por ella una admiración todavía más grande, ya que valoró la valentía que requería su postura.

—¿Vio usted a la señora Haslett cuando llegó a casa aquella tarde, señora? —le preguntó Monk con el máximo comedimiento.

—Sí, ¿por qué?

—Parece que en el curso de su salida se enteró de algo que la impresionó profundamente y, según palabras del señor Thirsk, tenía intención de proseguir las averiguaciones hasta descubrir una prueba concluyente. ¿Le habló a usted del asunto?

—No —respondió con los ojos tan abiertos que parecían fijos en algo muy próximo que le impedía parpadear—, no. Estuvo muy callada durante la cena, y se mostró ligeramente desagradable con... con Cyprian y con su padre. —Su expresión de preocupación se acentuó—. Pero yo supuse que tenía uno de sus dolores de cabeza. Ya se sabe que entre las personas surgen a veces incidentes desgradables, especialmente si viven en la misma casa día tras día. Inmediatamente antes de acostarse vino a mi cuarto a darme las buenas noches. Vi que tenía el salto de cama roto y me brindé a cosérselo... nunca fue muy hábil con la aguja... —La voz se le quebró un momento. El recuerdo debía de ser intolerable para ella por lo preciso y reciente. Su hija había muerto. Todavía no había tenido tiempo de acostumbrarse totalmente a la pérdida de esa vida que acababa de deslizarse al pasado.

Aunque le contrariaba tener que insistir, Monk comprendió que debía hacerlo.

—¿Qué le dijo ella en aquel momento, señora? Aunque no fuera más que una palabra, podría sernos útil.

—Nada, tan sólo me dio las buenas noches —dijo en voz muy baja—. Era muy cariñosa, la recuerdo tanto... mi hija era verdaderamente cariñosa. Me dio un beso, como si supiera que no nos volveríamos a ver. —Se llevó las manos a la cara y se apretó con fuerza los pómulos con sus dedos largos y finos hasta que la piel se le puso tirante.

Monk tuvo la clara sensación de que, más que el dolor por la muerte de su hija, la trastornaba el pensamiento de que la hubiera asesinado alguien de la familia.

Era una mujer fuera de lo común, cuya sinceridad infundió a Monk un gran respeto. Le solivantaba ser tan inferior a ella socialmente, tanto que no podía consolarla en absoluto; tenía que conformarse con testimoniarle una fría cortesía desprovista de cualquier expresión individual.

—Cuente con toda mi comprensión, señora —le dijo Monk torpemente—. Ojalá que no hubiera necesidad de proseguir las averiguaciones... —No añadió más, pero ella lo entendió sin necesidad de explicaciones morosas.

Se retiró las manos de la cara.

—Por supuesto —dijo lady Moidore en voz muy baja.

—Buenos días, señora.

—Buenos días, señor Monk. Percival, acompaña al señor Monk a la puerta, por favor.

Reapareció el mismo lacayo de antes y, para sorpresa de Monk, cuando lo acompañaba hasta la puerta principal y le dejaba frente a la escalera que bajaba directamente a la acera de Queen Anne Street, experimentó una sensación que le era familiar, sin que recordara ni una sola situación que la hubiera producido: una mezcla de piedad, de interés de cariz intelectual y de creciente participación. Seguramente había hecho esto mismo centenares de veces: había empezado con un crimen y después, recorriendo un hecho tras otro, había acabado por conocer a las personas y también sus vidas y sus tragedias.

¿Cuántas habían dejado en él una marca, lo habían afectado tan hondamente hasta el punto de cambiarlo todo en su interior? ¿A quién había amado? ¿De quién se había compadecido? ¿Qué lo había enfurecido?

Como lo habían hecho salir por la puerta principal, ahora tendría que dar la vuelta a la casa para acercarse a la parte trasera y reunirse con Evan, a quien había dado la orden de hablar con los criados y tratar de hacer algunas averiguaciones encaminadas a localizar el cuchillo. Dado que el asesino seguía en la casa y no había salido de ella aquella noche, también el arma tenía que estar dentro, a menos que el interesado se hubiera deshecho de ella después. Sin embargo, en una casa como aquélla tenía que haber innumerables cuchillos, varios de los cuales seguramente se utilizaban para cortar carne. Nada más sencillo que lavarlo y volverlo a colocar en su sitio. Ni siquiera unos restos de sangre en el punto de empalme de la hoja con el mango habrían servido para probar gran cosa.

Vio a Evan que subía la escalera. Quizá le habían comunicado que en aquel momento salía Monk y por esto también él había salido con intención de coincidir con él. Monk observó la cara de Evan mientras subía los peldaños con pie ligero y alta la cabeza.

—¿Hay algo?

—Me he hecho acompañar por Lawley. Hemos registrado toda la casa, especialmente la zona destinada a los criados, pero no hemos encontrado las joyas que faltan. Tampoco lo esperaba, la verdad.

Tampoco lo había esperado Monk. En ningún momento había pensado que el móvil pudiera ser el robo. Probablemente el asesino había arrojado las joyas por el desagüe y, en cuanto al jarrón de plata, podía estar fuera de sitio.

—¿Y qué hay del cuchillo?

—La cocina está llena de cuchillos —dijo Evan, acomodándose al paso de Monk— y de otras cosas igualmente siniestras. La cocinera ha dicho que no ha observado que faltase nada. Si se sirvieron de algún cuchillo de la cocina, volvieron a dejarlo en su sitio. No he encontrado nada. ¿Usted cree que habrá sido uno de los criados? ¿Por qué? —La mueca que hizo reflejaba sus dudas—. ¿Alguna doncella celosa? ¿Un lacayo de disposición amorosa?

Monk soltó un bufido.

—Lo más probable es que la señora Haslett descubriera algún secreto —dijo antes de poner a Evan al corriente de todo lo que había averiguado.

Monk llegó al Old Bailey a las tres y media, pero tardó media hora más en poner en juego considerables artimañas y veladas amenazas para entrar en la sala donde el juicio de Menard Grey estaba llegando a su conclusión. Rathbone estaba haciendo su alegato final. No se trataba de una disertación enardecida —después de todo, Monk había comprobado que el abogado era un exhibicionista, una persona presumida y pedante y, por encima de todo, un actor consumado—, sino que Rathbone hablaba con voz tranquila, palabras precisas, lógica exacta. No intentaba deslumbrar al jurado ni sacar partido de sus emociones. O bien había renunciado con toda deliberación a aquellos recursos o se había dado cuenta de que sólo podía haber un veredicto y de que si debía buscar la compasión de alguien, era la del juez.

La víctima había sido un caballero de alto rango y noble abolengo, pero Menard Grey se encontraba en las mismas circunstancias y, además, él había tenido que luchar largo tiempo con la carga de todo lo que sabía y la terrible y continuada injusticia de saber que, si no actuaba, cada vez sería mayor el número de inocentes que resultarían perjudicados.

Monk vio los rostros de los miembros del jurado y comprendió que solicitarían clemencia. Pero ¿sería eso suficiente?

Sin deliberación alguna, buscó a Hester Latterly entre la multitud. Le había dicho que estaría presente. Le era imposible pensar en el caso Grey ni en nada que hiciera referencia al mismo sin acordarse de ella. Era forzoso que estuviera en la sala para ser testigo del fallo.

Vio a Callandra Daviot, sentada en primera fila detrás de los abogados, cerca de su cuñada Fabia Grey, lady Shelburne consorte. Lovel Grey estaba sentado al lado de su madre, en el extremo del banco. Estaba pálido pero sereno, no temía mirar a su hermano, que estaba en el banquillo. Parecía que la tragedia le había conferido madurez, una certidumbre con respecto a sus convicciones de la que carecía anteriormente. Estaba a menos de un metro de distancia de lady Fabia, pero el espacio era un abismo que ni una sola vez intentó cruzar dirigiendo una mirada a su madre.

Fabia parecía de piedra: una mujer blanca, fría, inflexible. La decepción le había producido una herida que la había destruido. Ahora en ella no quedaba otra cosa que odio. El delicado rostro, hermoso en otro tiempo, se había vuelto anguloso por la violencia de las emociones sufridas, las arrugas que circundaban su boca la afeaban, la barbilla era más puntiaguda, el cuello más delgado, y con los tendones prominentes como cuerdas. Si aquella mujer no hubiera sido la causante de la tragedia de tantas personas, Monk hubiera sentido lástima de ella pero, dadas las circunstancias, lo único que le provocaba era un escalofrío de horror. Sí, había perdido al hijo que idolatraba, asesinado de forma ignominiosa, y con él había desaparecido de su vida todo el entusiasmo y la fascinación que él sabía causarle. El hijo que la hacía reír era Joscelin, el que la halagaba, el que sabía decirle que ella era una mujer encantadora, simpática, alegre. Bastante duro había sido tener que verlo regresar herido de la guerra de Crimea pero, cuando lo apalearon hasta matarlo en su piso de Mecklenburgh Square, la realidad fue superior a lo que sus fuerzas le permitían soportar. Ni Lovel ni Menard podían sustituirlo en su corazón, aunque ella tampoco habría dejado que lo intentaran... ni aceptado de ellos el amor y las atenciones que le habrían dispensado.

La despiadada solución del caso tal como lo había llevado Monk la había dejado anonadada, algo que ella nunca le perdonaría.

Rosamond, la esposa de Lovel, estaba sentada a la izquierda de su suegra, su actitud era la de una mujer reservada y solitaria.

El juez hizo una breve recapitulación de los hechos y el jurado se retiró. La multitud permaneció en sus asientos, temerosa de perder sus puestos en el momento culminante del drama.

Monk se preguntó cuántas veces habría asistido al

juicio de un detenido suyo. Los datos del caso que había investigado con tantas penas y trabajos para llegar a descubrirse a sí mismo habían quedado en suspenso al desenmascarar al criminal. Pero las pesquisas le habían revelado a un hombre minucioso que no dejaba ningún detalle al azar, un hombre intuitivo capaz de saltar de la prueba desnuda a complicadas estructuras que tenían que ver con motivos y oportunidades, en ocasiones de forma brillante y dejando a otros tras él, desconcertados y debatiéndose inútilmente. Poseía también una incansable ambición, una carrera labrada paso a paso, gracias a un trabajo denodado y continuo y a saber manejar a los demás de tal manera que siempre conseguía estar en el sitio adecuado en el momento oportuno, aprovechándose de la ventaja que suponía tener que habérselas con colegas menos capacitados. Cometía pocos errores y no los perdonaba nunca en los demás. Aunque muchos lo admiraban, al único que gustaba de verdad era a Evan. Cuando observaba al hombre que emergía de aquellas páginas de anotaciones, no le sorprendía que así fuera. Tampoco él se gustaba.

No había conocido a Evan hasta después del accidente. El caso Grey había sido su primer encuentro.

Tuvo que esperar otros quince minutos, que dedicó a reflexionar sobre los fragmentos que había ido reuniendo con respecto a su persona y se esforzó en imaginar lo que faltaba, sin saber si le resultaría familiar, fácil de entender y por tanto de perdonar... o si encontraría a un ser que ni le gustaría ni podría respetar. Del hombre anterior, dejando aparte su trabajo, no quedaba nada, ni siquiera una carta o un recordatorio que tuvieran sentido para él.

Ya estaba entrando el jurado, los rostros tensos y los ojos cargados de ansiedad. Cesó el murmullo de voces y lo único que se oyó fue el crujido de las ropas y el rechinar de las botas.

El juez preguntó al jurado si habían emitido el veredicto y si en el mismo estaban todos de acuerdo.

Respondieron afirmativamente. Seguidamente preguntó al portavoz cuál había sido dicho veredicto.

—Culpable, señor... aunque suplicamos clemencia. Le pedimos sinceramente que conceda al culpable toda la clemencia que la ley le permita.

Monk escuchaba con la máxima atención y respiraba muy lentamente, como si hasta el ruido de la respiración en sus oídos pudiera hacerle perder alguna frase. Casi habría golpeado por la inoportuna intromisión a su vecino al oírlo toser.

¿Estaría Hester presente? ¿Se encontraría esperando igual que él?

Miró a Menard Grey, que se había puesto en pie y que, pese a toda la multitud que lo rodeaba, parecía más solo que el ser más solo del mundo. Todos los circunstantes que se encontraban en aquella sala, con sus paredes revestidas de paneles y su techo abovedado, habían acudido a oír el juicio de vida o muerte que se emitiría sobre él. A su lado, Rathbone, más flaco y como mínimo medio palmo más bajo que él, tendió la mano para sostenerlo o simplemente para reconfortarlo con su contacto, o por el simple deseo de que supiera que alguien estaba con él.

—Menard Grey —dijo el juez muy lentamente, el rostro contraído por la tristeza y un sentimiento en el que había mucho de lástima y de impotencia—, este tribunal lo ha encontrado culpable de asesinato. De hecho, usted ya había tenido el acierto de no declarar otra cosa. Un mérito que hay que concederle. Su abogado ha subrayado la provocación que usted se vio obligado a sufrir y los padecimientos espirituales que tuvo que soportar a manos de la víctima. Pero este tribunal no puede considerarlos un eximente. Si todas las personas maltratadas tuvieran que recurrir a la violencia, sería el fin de nuestra civilización.

En la sala se produjo un murmullo de indignación, una exhalación suave de alivio.

—Sin embargo —dijo el juez con aspereza—, se habían cometido graves delitos y usted buscó unos medios tendentes a evitar que se siguieran cometiendo; no pudo ampararse en la ley porque no los contemplaba y por consiguiente perpetró este crimen para evitar la prosecución de tales delitos contra personas inocentes, todo lo cual constituye un factor que es preciso tener en cuenta a la hora de dictar sentencia. Usted es un hombre desencaminado, pero entiendo que no le animaron las malas intenciones. Lo condeno a ser trasladado a la colonia de Su Majestad en Australia Occidental y a permanecer allí durante un periodo de veinticinco años.

Levantó el mazo para indicar el final de la sesión, pero el ruido quedó ahogado por el vocerío y por el ruido de los periodistas encargados de informar de la decisión a sus periódicos saliendo a la carrera.

Monk no encontró ocasión de hablar con Hester, pese a que distinguió una vez su cabeza asomada por encima de un grupo de personas. Le brillaban los ojos, y el cansancio que revelaba la severidad del peinado y la sencillez del vestido se esfumaba con el resplandor del triunfo. ¡Menuda carga acababa de sacarse de encima! Casi estaba hermosa. Sus ojos se encontraron y disfrutaron, juntos los dos, del momento. Después ella desapareció empujada por la muchedumbre y Monk la perdió de vista.

También vio a Fabia Grey cuando abandonaba la sala, iba muy tiesa y estaba pálida, el odio ponía una nota de desolación en su rostro. Quiso salir sola, rechazó el brazo que le ofrecía su nuera y, en cuanto a su hijo mayor, el único que ahora le quedaba, optó por seguirla con la cabeza muy erguida y una sonrisa leve y discreta vagándole en los labios. Callandra Daviot se quedó con Rathbone. Era ella, no la familia de Menard, quien había contratado sus servicios, por lo que quería liquidar cuentas con él.

Monk no vio a Rathbone, pero imaginaba lo ufano que estaría. Todo había salido como Monk también deseaba, había luchado por aquello. Pero por otra parte le molestaba el éxito de Rathbone, la satisfacción que imaginaba reflejada en el rostro del abogado, ese resplandor de una victoria más, en sus ojos.

Fue directamente del Old Bailey a la comisaría y, ya allí, entró en el despacho de Runcorn para informarle de los progresos que había tenido hasta la fecha en el caso de Queen Anne Street.

Runcorn se fijó en la chaqueta extremadamente elegante de Monk, lo que hizo que empequeñeciera los ojos y que por sus mejillas enjutas y sus pómulos asomara un sentimiento de contrariedad.

—Hace dos días que espero su visita —dijo así que Monk atravesó la puerta—. Supongo que estará trabajando de firme, pero le ruego que me tenga informado con toda precisión de todo lo que averigüe... suponiendo que averigüe algo. ¿Ha visto los periódicos? Sir Basil Moidore es un hombre extremadamente influyente. Parece que usted no sabe con quién trata, pero le diré que tiene amigos en las altas esferas: ministros, embajadores extranjeros e incluso príncipes.

—También tiene enemigos en su propia casa —replicó Monk con impertinencia, ya que le constaba que el caso era feo y que se pondría bastante más difícil de lo que ya era. Runcorn se sentiría muy nervioso. Le aterraba ofender a la autoridad o a gente que tenía por importante desde el punto de vista social y temía que el Home Office lo apremiase a encontrar una solución rápida por el nerviosismo del público. Al mismo tiempo seguro que le aterraría causar la más mínima molestia a Moidore. Monk quedaría atrapado en medio y Runcorn estaría más que satisfecho si finalmente tenía la oportunidad de acabar con las pretensiones de Monk y de hacer público su fracaso.

Monk ya se daba cuenta por adelantado y le enfurecía que ni siquiera el conocimiento previo pudiera ayudarlo a escapar.

—No me divierten las adivinanzas —le espetó Runcorn—. Si no ha descubierto nada y el caso es demasiado difícil para usted, no tiene más que decirlo y ponemos a otro en su sitio.

Monk sonrió abiertamente.

—Me parece una idea excelente, señor Runcorn —respondió—. Muchas gracias.

—¡No me venga con impertinencias! —Runcorn estaba que echaba chispas, no se esperaba aquella respuesta—. Si quiere dimitir, hágalo como es debido, no como quien no dice nada. ¿Presenta la dimisión? —Durante unos breves momentos en sus ojos redondos brilló un rayo de esperanza.

—No, señor Runcorn. —Monk no siguió manteniendo el mismo tono en la voz. La victoria no era más que un simple ataque, pero la batalla ya estaba perdida—. Yo me figuraba que usted se ofrecía a sustituirme en el caso Moidore.

—No, yo no. ¿Por qué lo dice? —Runcorn enarcó las cejas, cortas y rectas—. ¿Excede a sus posibilidades? Antes usted era el mejor detective que teníamos... mejor dicho, esto era lo que usted proclamaba a diestro y siniestro. —Su voz se había hecho bronca a causa de la satisfacción áspera que sentía—. Yo tengo muy claro que desde el accidente ha perdido usted facultades. En el caso Grey no estuvo mal, pero le costó lo suyo. Me encantaría que colgasen a Grey. —Miró a Monk con aire de satisfacción. Tenía perspicacia suficiente para leer correctamente los sentimientos de Monk y veía que sentía simpatía por Menard.

—Pues no lo van a colgar —le replicó Monk—. Esta

tarde han pronunciado el veredicto y lo han condenado a veinticinco años de deportación. —Sonrió para demostrar su satisfacción—. En Australia puede abrirse camino.

—Si no lo matan las fiebres —dijo Runcorn con despecho— o una algarada callejera... o se muere de hambre.

—Lo mismo podría ocurrirle en Londres —replicó Monk con rostro inexpresivo.

—Mire, no se quede ahí como un pasmarote. —Runcorn se sentó detrás del escritorio—. ¿Por qué le asusta tanto el caso Moidore? ¿Lo considera por encima de sus posibilidades?

—La mató alguien en su casa —respondió Monk.

—¡Claro que fue en su casa! —dijo Runcorn mirándolo con fijeza—. ¿Se puede saber qué le pasa, Monk? ¿No le trabajan las meninges? La mataron en su dormitorio... una persona que se coló en él. Me parece que nadie ha dicho que la sacaran a rastras para matarla en la calle.

Monk sintió la maliciosa satisfacción de desmentir sus palabras.

—Habían dicho que había sido un ladrón que había penetrado desde fuera —dijo pronunciando cada palabra con toda cautela y precisión, como si hablara con una persona corta de entendederas. Se inclinó hacia delante—. Y yo digo que no fue nadie que entrara de fuera y que la persona que mató a la hija de sir Basil, hombre o mujer, ya estaba en la casa... y sigue en ella. Los formalismos sociales apuntan a que fue uno de los criados, pero el sentido común indica que es más probable que se trate de una persona de la familia.

Runcorn lo miró horrorizado, de su rostro alargado desapareció el color como si dentro de su cabeza se abriera camino todo lo que comportaba la idea. Vio reflejada la satisfacción en los ojos de Monk.

—¡Vaya idea descabellada! —dijo con la garganta seca y la lengua pegada al velo del paladar, como si se hubiera quedado sin palabras—. ¿Se puede saber qué le pasa, Monk? ¿Abriga quizás un odio personal a la aristocracia para incitarlo a acusarla de una monstruosidad como ésta? ¿No le bastó con el caso Grey? ¿Acaso ha perdido el norte?

—La prueba es incontrovertible. —Todo el placer que sentía Monk se centraba en ver el horror reflejado en el rostro de Runcorn. El inspector habría preferido mil veces pensar en un intruso que se había puesto violento, por muy difícil que fuera localizarlo en los laberintos de los delitos más abyectos y en la miseria de las barracas, que en esa consideración se tenía a las destartaladas viviendas de los barrios bajos, zonas donde la policía no se atrevía a penetrar y mucho menos a hacer respetar la ley. Aún así, siempre habría sido menos comprometido para la seguridad personal que acusar, aunque fuera de manera indirecta, a un miembro de una familia como la de los Moidore.

Runcorn abrió la boca y después la volvió a cerrar.

—¿Usted dirá, señor Runcorn? —lo animó Monk abriendo mucho los ojos.

En el rostro de Runcorn iban sucediéndose las emociones, cada una suplantando a la anterior: terror de las repercusiones políticas que podría tener el hecho de que Monk ofendiera a alguien, cometiera alguna torpeza y no refrendara con pruebas la argumentación que pudiera presentar; pero también aquella esperanza de que Monk precipitara un desastre de tales proporciones que fuera causa de su ruina profesional, lo que libraría a Runcorn de una vez por todas de tenerlo pisándole los talones.

—¡Retírese! —le ordenó Runcorn entre dientes—. Y pida a Dios que le ayude si comete algún error en este asunto porque le aseguro que yo no lo haré.

—Tampoco lo esperaba, señor Runcorn. —Monk se cuadró un momento ante él, no por respeto sino con ánimo de burla, y seguidamente se volvió hacia la puerta.

Monk causaba la desesperación de Runcorn y, hasta que estuvo casi en sus aposentos de Grafton Street, no se le ocurrió pensar cómo debió de ser Runcorn en la época en que se conocieron, antes de que Monk proyectara su ambición como una sombra sobre él, y no sólo su ambición sino también su mayor agilidad mental y su ingenio rápido e inflexible. Pero eran unos pensamientos que a Monk no le gustaban y que lo privaban del calor que habría debido infundirle ese hecho de sentirse superior. Era casi seguro que él había contribuido a aquello en que el hombre se había convertido. Era una excusa sin fundamento decir que Runcorn siempre había sido débil, vanidoso, menos capacitado que él, ya que la sinceridad desmentía aquella afirmación. Cuanto más incompetente era una persona, más bajo era aprovecharse de sus fallos con el fin de aniquilarlo. Si el fuerte era irresponsable e interesado, ¿qué podía esperar el débil?

Monk se acostó temprano, pero se quedó despierto mirando el techo, descontento de sí mismo.

Al funeral de Octavia Haslett asistió media aristocracia londinense. Los carruajes, circulaban arriba y abajo de Langham Place, interrumpiendo el tráfico habitual. Los caballos, negros a ser posible, agitaban penachos de negras plumas; los cocheros y lacayos iban vestidos de librea; ondeaban negros crespones y los arneses estaban bruñidos como espejos, pero ni una sola pieza metálica tintineaba ni hacía ruido alguno. Una persona con ínfulas de nobleza habría reconocido los escudos de muchas familias nobles, y no sólo de Gran Bretaña, sino también de Francia y de los estados germánicos. Los que componían el luto iban vestidos de negro riguroso e inmaculado, al último grito de la moda, las enormes faldas armadas con miriñaques y enaguas, los bonetes ribeteados con cintas, los sombreros de copa centelleantes y las botas resplandecientes.

Todo se hacía en silencio: los cascos de los caballos estaban embozados, las ruedas de los coches engrasadas, las voces hablaban en murmullos. Los escasos viandantes aminoraban el paso e inclinaban la cabeza en señal de respeto.

Desde lo alto de la escalinata de la iglesia de Todos los Santos, donde esperaba como un criado más, Monk presenció la llegada de la comitiva, en primer lugar sir Basil Moidore, acompañado de la que ahora era su única hija, Araminta, en quien ni la negrura del velo lograba ocultar el encendido color de sus cabellos ni la blancura de su rostro. Subieron juntos la escalinata, ella agarrada a su brazo, aunque no habría podido decirse quién sostenía a quién.

Seguía a continuación Beatrice Moidore, quien era evidente que se apoyaba en Cyprian. Caminaba muy erguida, pero iba tan cubierta de velos que su rostro era invisible, aunque mantenía muy tiesa la espalda y también los hombros; tropezó dos veces, pero él la ayudó con toda delicadeza al tiempo que acercaba la cabeza a la de ella y le murmuraba unas palabras al oído.

A una cierta distancia, ya que habían llegado en otro coche, seguían Myles Kellard y Romola Moidore y, aunque iban juntas, no parecían brindarse más apoyo que el que presuponía la compañía convencional. Romola parecía cansada, andaba pesadamente y encorvada. Su cara también era invisible a causa del velo que la cubría. A su derecha, Myles Kellard tenía un aire desolado, aunque a lo mejor sólo era aburrimiento. Subió lentamente las escaleras con aire casi ausente y, sólo cuando llegaron arriba, le ofreció su ayuda sujetándole el brazo con la mano, más a modo de cortesía que como apoyo real.

En último lugar iba Fenella Sandeman, vestida de un negro subido, pero con un sombrero en el que había demasiados adornos para tratarse de un funeral, aunque sin duda estaba muy elegante. Llevaba la cintura muy apretada, lo que le daba un aspecto de extrema fragilidad y, vista a distancia, parecía una jovencita, si bien la impresión quedaba desmentida al verla de cerca por el cabello demasiado oscuro y la piel marchita. Monk no sabía si compadecerla por el ridículo que hacía o admirarla por su osadía.

Muy cerca de ella y murmurándole comentarios al oído cada dos por tres estaba Septimus Thirsk. La luz grisácea de aquel día sin sol acentuaba el cansancio de su rostro, la impresión de que aquel hombre había recibido un golpe cruel, de que sus momentos de felicidad se plasmaban en humildes victorias, ya que hacía mucho tiempo que no conocía las importantes.

Monk no entró en la iglesia, sino que esperó a que la reverencia, el dolor y la envidia se abrieran paso antes que él. Captó fragmentos de conversaciones, manifestaciones de lástima, aunque fueron más abundantes las de indignación. ¿A qué se veía abocado el mundo? ¿Dónde estaba la tan elogiada fuerza de la Policía Metropolitana, de reciente creación, mientras ocurrían aquellas cosas? ¿De qué servía pagarla si hasta personas como los Moidore podían ser asesinadas en su propia cama? ¡Habría que hablar con el ministro del Interior para ver si tomaba cartas en el asunto!

Monk ya imaginaba la indignación, los miedos y las exculpaciones que se sucederían durante los días y semanas siguientes. Lloverían quejas sobre Whitehall. Se darían explicaciones, se presentarían corteses evasivas y después, cuando los aristócratas se hubieran retirado, enviarían a buscar a Runcorn y se le exigirían explicaciones con una glacial actitud que escondería un profundo pánico.

Runcorn, entonces, sentiría nacer en él la humillación y la angustia. Odiaba el fracaso y no sabía mantenerse firme. De modo que a su vez él pasaría a Monk sus temores, disfrazados de indignación oficial.

Basil Moidore se situaría al principio de la cadena... y también al final, porque cuando Monk volviera a visitarlo en su casa y comenzara a hacer tambalear el bienestar y la seguridad de su familia, aparecerían las ideas que abrigaba cada uno respecto al otro y respecto a la mujer que ahora enterraban con tanta pompa y boato.

Un vendedor de periódicos pasó voceando la noticia justo cuando Monk entraba en la iglesia.

—¡Horrible crimen! —gritó el chico, sin que le importara encontrarse junto a la escalinata de la iglesia—. ¡La policía desconcertada! ¡Lean la noticia!

La ceremonia fue muy solemne, voces sonoras entonaron las palabras consabidas, la música del órgano llegó hasta oscuros ámbitos, las vidrieras de colores se reflejaron como gemas sobre las grises moles de piedra, rayos de luz incidieron en centenares de diferentes tejidos negros, se oyeron pies que se arrastraban por el suelo, crujidos de tela, alguien gimoteó. Por los pasillos resonaron los pasos de los ujieres, con botas rechinantes.

Monk se quedó detrás y, cuando todos abandonaron sus puestos para acompañar al ataúd hasta la sepultura de la familia, también él fue tras el cortejo todo lo cerca que se atrevió a seguirlo.

Durante el entierro Monk permaneció atrás, cerca de un hombre alto y calvo, con unos escasos mechones agitados por el cortante viento de noviembre.

Justo ante él estaba Beatrice Moidore, ahora al lado de su marido.

—¿Has visto al policía? —le preguntó en voz muy baja—. Está detrás de los Lewis.

—Claro que lo he visto —replicó él—. Menos mal que por lo menos es discreto y parece uno más del cortejo fúnebre.

—Lleva un traje muy bien cortado —comentó la señora con un deje de sorpresa en la voz—. Deben de cobrar más de lo que yo suponía. Casi parece un señor.

—Eso no es cierto —respondió Basil con presteza—. No digas tonterías, Beatrice.

—Tiene que volver a casa, ¿sabes? —insistió ella, ignorando la crítica.

—Naturalmente que tiene que volver —dijo su marido hablando entre dientes—. Volverá cada día hasta que se canse... o hasta que descubra al culpable.

—¿Por qué has dicho «hasta que se canse» primero? —preguntó—. ¿No crees que lo descubra?

—No tengo ni idea.

—¿Basil?

—¿Qué?

—¿Qué haremos si no lo descubre?

Basil respondió con voz resignada.

—Nada, no podemos hacer nada.

—No creo que pueda pasar el resto de mi vida sin saberlo.

Levantó los hombros un momento.

—Pues no tendrás más remedio, cariño, porque no habrá otra alternativa. Hay muchos casos que quedan sin resolver. Tendremos que recordarla tal como era, llorarla y proseguir nuestras vidas.

—¿Te haces el sordo aposta conmigo, Basil? —la voz le tembló únicamente al pronunciar la última palabra.

—He oído todo lo que me has dicho, Beatrice, palabra por palabra... y te he contestado a todo —dijo su marido con impaciencia. Los dos tenían la vista al frente, como si toda su atención estuviera centrada en el entierro. Delante de ellos Fenella descargaba todo su peso en Septimus. Él la sostenía de manera automática, pero era evidente que tenía sus pensamientos en otro sitio. Por su aspecto de tristeza, no ya sólo en su rostro sino en toda la postura de su cuerpo, era evidente que Septimus pensaba en Octavia.

—No fue un intruso —prosiguió Beatrice con indignación pero con serenidad—. Pasarán los días y veremos las caras a nuestro alrededor, escucharemos las inflexiones de las voces y captaremos dobles sentidos en todo lo que digan y después nos preguntaremos si es éste, o aquél, si sabe quién fue, o si no.

—Te estás poniendo histérica —le soltó Basil con voz dura pese a decirlo en voz muy baja—. Si ha de contribuir a que te sosiegues, despediré a todos los criados y contrataremos a otros nuevos. ¡Y ahora te ruego, por lo que más quieras, que estés un poco más atenta a la ceremonia!

—¿Despedir a los criados? —Las palabras se le ahogaron en la garganta—. ¡Oh, Basil! ¿De qué serviría?

Basil permaneció inmóvil, el cuerpo rígido debajo de la negra prenda de velarte, los hombros muy erguidos.

—¿Piensas que habrá sido alguien de la familia? —dijo Basil finalmente con una voz de la que había desaparecido toda inflexión.

Su esposa levantó un poco más la cabeza.

—¿Tú no?

—¿Sabes algo, Beatrice?

—Sé lo que sabemos todos... y lo que me dice el sentido común. —Volvió inconscientemente la cabeza hacia Myles Kellard, que estaba en el extremo más alejado de la cripta.

Araminta, a su lado, miraba fijamente a su madre. Era imposible que hubiera oído lo que habían hablado sus padres, pero tenía las manos tensas delante del cuerpo, que tiraban de un pañuelo hasta desgarrarlo.

El entierro había terminado. El vicario entonó el último amén y toda la comitiva se puso en marcha: Cyprian con su esposa, Araminta al lado de su marido pero separada de él, Septimus con el cuerpo firme como el de un militar junto a Fenella, que se tambaleaba ligeramente y, en último lugar, sir Basil y lady Moidore, uno al lado del otro.

Monk los vio partir con un sentimiento de amargura y rabia, y también con la sensación de encontrarse en medio de una oscuridad que parecía espesarse por momentos.

4

—¿Quiere que siga buscando las joyas? —preguntó Evan con una expresión de duda. Era evidente que estaba convencido de que esa búsqueda no tenía objeto.

Monk pensaba lo mismo. Era más que probable que las hubieran tirado o incluso destruido. El móvil del asesinato de Octavia Haslett no había sido el robo. De eso estaba más que seguro. Ni siquiera abrigaba la sospecha de que un criado codicioso pudiera haberse introducido en la habitación con el mero objeto de robar. Habría tenido que ser francamente estúpido para perpetrar un robo justo cuando Octavia estaba en su habitación, teniendo en cuenta que disponía de todo el día para hacerlo sin que nadie lo molestara.

—No —dijo Monk con decisión—, mejor que aproveche el tiempo interrogando a los criados. —Al sonreírle abiertamente Evan volvió a responderle con una especie de mueca. Ya había estado dos veces en casa de los Moidore para recibir cada vez las mismas respuestas breves y nerviosas. Pero no porque tuviesen miedo había que considerarlos culpables. Si la mayoría de los criados temía por su buen nombre solamente porque la policía los interrogaba, ya no digamos si se sospechaba que sabían algo sobre el asesinato—. Alguien de la casa la mató —añadió Monk.

Evan enarcó las cejas.

—¿Un criado? —No había sorpresa en su voz, pero sí una sombra de duda, más patente debido a la inocencia de su mirada.

—Sería mucho más cómodo —replicó Monk—. Las autoridades del país nos verían con mejores ojos si detuviéramos a una persona de los bajos de la casa, pero es un regalo que por lógica no vamos a hacerles. No, la esperanza que yo abrigaba era que, hablando con los criados, pudiésemos averiguar algo sobre la familia. Los criados ven muchas cosas y, aunque es costumbre advertirles que no vayan divulgándolas por ahí, a veces lo hacen, especialmente si ven sus vidas en peligro. —Se encontraban en el despacho de Monk, más pequeño y además más oscuro que el de Runcorn, pese incluso a aquella mañana luminosa y espléndida de finales de otoño. La sencilla mesa de madera estaba cubierta de papeles y la vieja alfombra, desgastada por el uso, había marcado un camino que iba desde la puerta al sillón—. Ya ha hablado con la mayoría —prosiguió—. ¿No ha averiguado nada hasta ahora?

—Se trata de criados corrientes —dijo Evan lentamente—. Las camareras son jóvenes en su mayoría, aparentemente alocadas y dadas a las risas y a bromas triviales. —A través de la ventana cubierta de polvo se filtró un rayo de luz que acentuó los finos rasgos de su rostro—. Y en cambio tienen que ganarse el sustento trabajando en un mundo rígido, obligadas por la obediencia a estar sometidas a unas personas que les tienen muy poca consideración personal. Conocen una realidad más dura que la mía. Algunas son casi unas niñas. —Levantó los ojos hacia Monk—. Si tuviera un año o dos más, podría ser su padre. —Aquella idea pareció alarmarlo y torció el gesto—. Hay una que sólo tiene doce años. Todavía no he descubierto si saben algo que pueda sernos de utilidad, pero no creo que ninguna de ellas tenga nada que ver.

—¿Se refiere a todas las camareras en general? —dijo Monk tratando de puntualizar.

—Sí, las mayores..., en cualquier caso —Evan no parecía seguro—. Aunque tampoco veo por qué.

—¿Y los hombres?

—El mayordomo no creo. —Evan sonrió con una ligera mueca—. El tipo es un palo seco, muy ceremonioso, muy militar. Si alguien ha despertado alguna pasión en su vida, creo que debió ser hace tanto tiempo que ya no conserva el más mínimo recuerdo. Y además, ¿cómo podría ser que un mayordomo tan respetable como éste matase a la hija de su señora en su dormitorio? ¿A santo de qué iba a meterse en su habitación a altas horas de la noche?

Monk no pudo reprimir una sonrisa.

—Veo que no es usted lector de prensa sensacionalista, Evan. Alguna vez tendría que prestar oído a lo que dicen los lenguaraces.

—¡Bah, todo eso es basura! —dijo Evan con acento de sinceridad—. ¡Phillips no es de ésos!

—Los lacayos... los mozos de cuadra... el limpiabotas... —lo acució Monk—. ¿Y qué me dice de las mujeres de más edad del servicio?

Evan estaba medio apoyado medio sentado en el alféizar de la ventana.

—Los mozos de cuadra están en los establos y la puerta trasera de la casa se cierra con llave por la noche —replicó Evan—. Con el limpiabotas se podría probar, pero no tiene más que catorce años. No veo qué móvil podría tener. En cuanto a las criadas de más edad... supongo que es posible. Podría tratarse de celos o de algún desaire, pero tendría que ser muy violento para provocar un asesinato y a mí me parece que ninguna está tan loca como eso ni ha demostrado nunca inclinaciones violentas. Habría que estar loco de remate para caer en esos extremos y, en cualquier caso, las pasiones que oponen a los criados acostumbran a no salir de su ámbito. Están acostumbrados a soportar todo tipo de trato por parte de la familia —observó a Monk con gravedad no exenta de una cierta ironía—. Las ofensas se producen entre ellos. Hay una rígida jerarquía e incluso han llegado a derramar sangre por delimitar las competencias de cada uno.

Vio la expresión de Monk y se apresuró a añadir:

—¡No, asesinato no! Algún pescozón y algún que otro puñetazo de cuando en cuando —explicó—. Lo que quiero decir es que las reacciones de los que viven en los bajos de la casa afectan sólo a los que viven en esos bajos.

—¿Y si resulta que la señora Haslett sabía algo de ellos, por ejemplo un delito relacionado con un asunto de robo o inmoralidad? —apuntó Monk—. Para un sirviente habría significado perder un trabajo envidiable, y sin buenas referencias se hace difícil conseguir otro... y ya se sabe que cuando un criado no tiene dónde ir, lo único que le queda es un sudadero industrial en el que le exploten, o la calle.

—Es posible —admitió Evan—. También están los lacayos. Hay dos: Harold y Percival. Los dos parecen bastante normales, aunque yo creo que Percival es más inteligente y quizá también más ambicioso.

—¿A qué aspira un lacayo, en todo caso? —preguntó Monk con socarronería.

—Supongo que a llegar a mayordomo —replicó Evan con una ligera sonrisa—. No me mire de esa manera, señor Monk. El cargo de mayordomo es apetecible, aparte de que requiere responsabilidad y es muy respetado. Los mayordomos se consideran muy superiores a los policías desde el punto de vista social. Viven en buenas casas, comen estupendamente y beben de lo mejorcito. He visto a algunos mayordomos que toman vinos que para ellos lo quisieran los amos...

—¿Y los amos lo saben?

—Hay amos que tienen tan poco paladar que no distinguen un burdeos de un vino de cocina —dijo Evan encogiéndose de hombros—. Realmente, la de mayordomo es una posición que, aun siendo humilde, tiene atractivo para muchos.

Monk enarcó sarcásticamente las cejas.

—¿Y hasta qué punto apuñalar a la hija del dueño puede ser un medio para acercarse a tan envidiable posición?

—No lo sería en absoluto... a menos que la hija del dueño supiera algo del sirviente que lo hiciera susceptible de despido sin referencias.

Era plausible y Monk lo sabía.

—Entonces mejor que vuelva a la casa y vea si se entera de algo más —le ordenó—. Yo volveré a hablar con la familia porque, por desgracia, sigue pareciéndome más probable que el culpable esté entre ellos. Quiero verlos a todos a solas, pero no delante de sir Basil. —Su rostro se endureció—. La última vez que los interrogué fue él quien llevó la batuta. Parecía que yo no contase para nada.

—En su casa es el amo —dijo Evan levantándose del alféizar de la ventana—, no entiendo por qué se sorprende.

—Por eso mismo quiero hablar con ellos, si es posible, fuera de Queen Anne Street —replicó Monk, algo tenso—. Yo diría que esto me llevará toda una semana.

Evan puso los ojos en blanco y, sin decir palabra, salió de la habitación. Monk oyó sus pasos escaleras abajo.

El asunto, efectivamente, ocupó a Monk durante gran parte de la semana. Al principio comenzó con éxito, ya que encontró casi inmediatamente a Romola Moidore paseando tranquilamente por Green Park. Romola había iniciado su paseo por la zona de hierba paralela a Constitution Row y entretanto iba contemplando los árboles a lo lejos, junto a Buckingham Palace. El lacayo Percival había informado a Monk de que la señora estaría paseando por aquella parte del parque, ya que había tomado el coche con Cyprian y éste tenía intención de comer en su club, próximo a Piccadilly.

Romola esperaba reunirse con una tal señora Ketteridge, pero Monk supo hacerse el encontradizo cuando todavía estaba sola. Iba enteramente vestida de negro, como correspondía a una persona cuya familia está de luto, pero aun así estaba elegantísima. Llevaba una falda muy ancha con volantes ribeteados de terciopelo y las mangas pérgola de su vestido estaban forradas de seda negra. Lucía además un bonete pequeño, inclinado hacia la nuca, e iba peinada al último grito de la moda, con el cabello recogido en un moño más bajo que las orejas.

Quedó sorprendida al ver a Monk, aunque no le gustó en absoluto. De todos modos, no tenía ningún sitio donde meterse para evitar el encuentro sin que él se apercibiera y quizá se le hubiera quedado grabado en la cabeza lo que les había dicho su suegro acerca de que todos tenían que colaborar con la policía. Monk no se lo había oído decir con estas mismas palabras, pero sí había sido testigo de su decisión.

—Buenos días, señor Monk —dijo Romola fríamente, parándose bruscamente y encarándose con él como si Monk fuera un perro callejero que se acercaba demasiado y del que había que guardarse, por lo que levantaba la punta del paraguas con flecos que llevaba agarrado en la mano, como a punto de darle una estocada.

—Buenos días, señora Moidore —le replicó él, haciéndole una cortés inclinación de cabeza.

—No sé nada que pueda serle de utilidad —incluso

ahora intentaba eludir el asunto, como si bastase con la frase para ahuyentar a Monk—. No tengo ni la más remota idea de lo que pudo suceder. Continúo pensando que usted se equivoca... o que va mal encaminado...

—¿Se llevaba bien con la señora Moidore? —le preguntó Monk con el tono natural propio de una conversación.

Romola intentó seguir hablando con él frente a frente, pero de pronto decidió echar a andar, al ver que ésta parecía ser también la intención de Monk. Le molestaba pasear con un policía como quien pasea con una persona de la misma categoría social, lo que se le notaba en la cara, pero también era cierto que nadie hubiera puesto reparos a Monk, ya que sus ropas estaban casi tan bien cortadas como las de ella y eran igual de modernas y, en cuanto a sus maneras, denotaban parecida desenvoltura.

—Claro que me llevaba bien con ella —respondió Romola con cierta exaltación—. Si supiera algo, ni por un momento encubriría a su atacante. Lo que pasa es que no sé nada.

—No pongo en duda su sinceridad... ni tampoco su indignación, señora —dijo Monk, pese a que no era del todo verdad, ya que de momento no confiaba en nadie—. Lo que yo quería decir es que si usted se llevaba bien con ella, seguramente era porque debían de conocerse bien. ¿Qué clase de persona era?

Pilló a Romola por sorpresa, no era la pregunta que se esperaba.

—Yo... bueno... son cosas difíciles de decir —se defendió—. Esta pregunta no me parece bien. La pobre Octavia está muerta. No está bien hablar de los difuntos como no sea para alabarlos y menos si han muerto en las circunstancias terribles en que ella murió.

—Alabo su delicadeza, señora Moidore —replicó Monk con un esfuerzo de paciencia, acomodando su paso al de Romola—, pero soy de la opinión de que el mejor servicio que le puede hacer en estos momentos es decir la verdad, por desagradable que sea. Y como parece una conclusión inevitable afirmar que, quienquiera que fuera la persona que la mató, sigue todavía en la casa, la cuestión primordial en sus pensamientos debe de ser su propia seguridad y la de sus hijos.

Aquella frase tuvo la virtud de detener bruscamente su marcha, como si acabara de tropezar con uno de los árboles que flanqueaban el paseo. Romola hizo una profunda aspiración y casi soltó un lamento pero de pronto, como apercibiéndose a tiempo de los paseantes con los que iban a cruzarse, optó por morderse los nudillos.

—¿Qué clase de persona era la señora Haslett? —volvió a preguntar Monk.

Romola reanudó su lento caminar a lo largo del paseo, tenía la cara muy pálida y el borde de la falda rozaba la grava del camino.

—Era muy emotiva, muy impulsiva —replicó Romola después de reflexionar un brevísimo instante—. Cuando se enamoró de Harry Haslett, su familia desaprobó la boda, pero ella estaba completamente decidida. No quiso escuchar a nadie. Siempre me sorprendió que sir Basil autorizara el compromiso, pero en realidad el chico era una persona conforme y lady Moidore estaba de acuerdo. La familia de él era excelente y las perspectivas de Harry en cuanto a futuro eran buenas. —Se encogió de hombros—. Por lo menos lo eran a largo plazo, pero Octavia, como hija pequeña, era razonable que tuviese que esperar un poco más.

—¿Acaso él tenía mala fama? —preguntó Monk.

—Que yo sepa, no.

—Entonces, ¿por qué se oponía sir Basil al matrimonio? Si pertenecía a una buena familia y tenía buenas expectativas de futuro, no veo por qué no le gustaba.

—Me parece que se trataba de cuestiones personales. Sé que sir Basil había ido a la misma escuela que el padre de Harry y que no le tenía simpatía. Era uno o dos años mayor que sir Basil y había tenido mucho éxito en la vida. —Se encogió ligeramente de hombros—. Por supuesto que sir Basil no dijo nunca nada al respecto, pero quizás hacía alguna trampa... O a lo mejor es que el hombre había tenido una conducta reprobable en algún aspecto. —Miró al frente. En aquel momento se acercaba un grupo de damas y caballeros a los que ella saludó con una inclinación de cabeza y sin mostrar intención de pararse. Parecía molesta por las circunstancias en que se encontraba. Monk vio que se le subían los colores a la cara y entendió el dilema en que se encontraba. A Romola no debía de gustarle que aquellos conocidos suyos hicieran especulaciones descabelladas en relación con la persona que paseaba con ella por el parque y, por otra parte, tampoco tenía ganas de presentar un policía a sus amigos.

Monk no pudo por menos de sonreír con amargura, como burlándose de sí mismo a la vez que de ella. Le parecía indigno que las apariencias pudieran contar tanto para una persona y que a él pudiera escocerle tanto la situación por las mismas razones.

—¿Era grosero o un insolente? —la espoleó con cierta aspereza.

—En absoluto —replicó ella, con la satisfacción de poder desmentir sus palabras—. Era un muchacho encantador, simpático, con un humor excelente, pero era como Octavia, le gustaba hacer su santa voluntad.

—Que no era fácil gobernarlo, vamos —dijo Monk con humor, dándose cuenta de que cuantas más cosas descubría de aquel Harry Haslett más le gustaba.

—No. —Ahora había una nota de envidia en su voz y una tristeza auténtica que se traslucía a través del tono de dolor reprimido pero, por otra parte, lógico—. Harry se preocupaba siempre de que todo el mundo estuviera a gusto, lo que pasa es que no hacía comedias, no fingía nunca sustentar una opinión que no tenía.

—A lo que parece era un tipo excelente.

—Así es. Octavia quedó destrozada cuando lo mataron... fue en Crimea, ¿sabe usted? Todavía me acuerdo del día que recibimos la noticia. Entonces pensé que Octavia no lo superaría... —Apretó los labios y parpadeó con insistencia, como si las lágrimas pudieran arrebatarle la compostura—. La verdad es que nunca se recuperó —añadió con sosiego—. Lo quería mucho. Creo que nadie de la familia supo que Octavia lo quería tanto hasta aquel momento.

Habían ido aminorando gradualmente el paso pero, conscientes de pronto de que el viento había refrescado, comenzaron a andar más aprisa.

—Lo siento —dijo él con voz sincera.

Junto a ellos pasó un ama de cría empujando un cochecito, un invento de nuevo cuño, mucho más práctico que los antiguos carritos de los que había que tirar y que justo entonces estaba haciendo furor. La acompañaba un niño pequeño y tímido que empujaba un aro.

—Ni un solo momento consideró la posibilidad de volverse a casar —prosiguió Romola sin que Monk se lo hubiera preguntado después de observar el cochecito con interés—. Ya habían pasado más de dos años cuando sir Basil abordó la cuestión. Octavia era joven y no tenía hijos. No era desatinado pensar en aquella posibilidad.

Monk recordó el rostro de la muerta que había visto la primera mañana que estuvo en su casa. Pese a la rigidez y palidez del rostro, había imaginado cómo debía de haber sido antes: sus emociones, sus anhelos y sus sueños. Era un rostro que denotaba pasión y voluntad.

—¿Era muy guapa? —aunque lo preguntó, sabía que lo era.

Romola vaciló, no por mezquindad, sino porque tenía sus dudas al respecto.

—Sí, era guapa —dijo lentamente—, pero el rasgo más destacado de su personalidad era que estaba pletórica de vida y que era muy individualista. Pero cuando Harry murió se volvió taciturna, tenía... tenía mala salud. —Romola evitó los ojos de Monk—. Cuando se encontraba bien era encantadora, gustaba a todo el mundo, pero cuando estaba... —Volvió a callar un momento, como buscando la palabra adecuada— cuando estaba mal, apenas hablaba... y no se esforzaba en ser amable.

Monk tuvo un atisbo de cómo debía de ser la vida de una mujer sola, obligada a mostrarse amable con la familia porque de ello dependía que la aceptasen e incluso sobrevivir en el aspecto financiero. Obligada siempre a hacer centenares, millares de pequeñas acomodaciones, disimulos de creencias y opiniones por el simple hecho de que no eran del gusto de los demás. Es decir, sufrir una humillación constante, como una ampolla en el talón de la que el zapato, al rozarla, arranca terribles dolores a cada paso que das.

Y por otro lado, ¡qué desesperante soledad la de un hombre al advertir que ella le decía siempre no lo que pensaba ni lo que sentía sino lo que ella creía que él quería oír! ¿Consideraría a partir de entonces que sabía algo real, o que mereciera la pena?

—¡Señor Monk!

Romola seguía hablándole, pero él no le había prestado atención.

—Sí, señora... le ruego que me perdone.

—Me ha preguntado por Octavia y yo estaba tratando de ponerle al corriente de algunas cosas —dijo Romola irritada al verle tan distraído—. Era una mujer muy atractiva cuando estaba de buenas y fueron muchos los hombres que la solicitaban, pero ella no les dio nunca ninguna esperanza. Quienquiera que fuera la persona que la mató, no creo que encuentre la menor pista si prosigue sus investigaciones por este camino.

—No, supongo que tiene razón. Dígame, ¿el señor Haslett murió en Crimea?

—¿El capitán Haslett? Sí, murió en Crimea. —Romola vaciló y volvió a apartar de él los ojos—. Señor Monk...

—Sí, diga, señora.

—Creo que hay personas... algunos hombres... que se hacen ideas muy peregrinas en relación con las viudas... —Era evidente que le molestaba hablar de lo que estaba a punto de decirle.

—Así es —dijo Monk, alentándola a hablar.

El viento soplaba con fuerza y le torció un poco el sombrero, aunque a ella no pareció importarle. Monk se preguntó si trataba quizá de encontrar la manera de decirle lo que ya había insinuado sir Basil y si lo diría con las palabras de sir Basil o con las suyas propias.

Pasaron dos niñas con sus vestiditos de volantes, caminando muy erguidas junto a su gobernanta, la mirada al frente como si no hubieran visto al soldado que venía en dirección contraria.

—No es imposible que a alguno de los criados le diera por pensar una de estas cosas absurdas... y que se propasara.

Casi se habían parado. Romola hurgaba en la tierra con la contera del paraguas.

—De haber ocurrido una cosa así... como Octavia lo habría rechazado de plano... a lo mejor esa persona se enfureció... perdió los estribos... —Seguía desviando la mirada, evitando los ojos de Monk.

—Pero ¿en plena noche? —dijo éste en tono dubitativo—. Habría tenido que ser muy osado para entrar en su habitación e intentar propasarse.

A Romola le ardían las mejillas.

—Pero alguien entró —afirmó la mujer con voz entrecortada, los ojos fijos en el suelo—. Sé que parece absurdo y, si Octavia no estuviera muerta, hasta a mí me daría risa.

—Tiene usted razón —dijo Monk aunque de mala gana—. Puede ser también que ella descubriera algún secreto que podía causar la ruina de algún criado de haberlo divulgado y que la mataran para impedir que lo revelara.

Romola levantó los ojos y lo miró.

—Sí... supongo que es... posible. Pero ¿qué secreto? ¿Se refiere usted a engaño... a inmoralidad? ¿Y cómo se habría enterado Octavia?

—No lo sé. ¿No tiene idea del sitio al que pudo ir aquella última tarde? —Monk echó de nuevo a andar y ella lo siguió.

—No, ni la más mínima idea. Aquella noche apenas habló con nadie, salvo una intervención en una discusión tonta, pero nada que pueda aportar ningún dato.

—¿Sobre qué fue la discusión?

—Sobre nada en especial... arranques de mal genio —miró enfrente de ella—. Por supuesto sobre nada que tuviera que ver con el lugar al que había ido aquella tarde ni sobre nada que hiciera referencia a ningún secreto.

—Gracias, señora Moidore, ha sido usted muy amable —Monk se paró y también Romola, ya más tranquila al ver que el policía por fin la dejaba.

—Me gustaría mucho poder cooperar con usted, señor Monk —le dijo con el rostro de pronto triste y contrito. Por un momento la angustia cedió su sitio a una sensación de pesar y de miedo al futuro—. Si recuerdo algo...

—Sí, dígamelo a mí... o al señor Evan. Buenos días, señora.

—Buenos días. —Romola dio media vuelta y se alejó, pero no había caminado diez o quince metros cuando se volvió a mirar a Monk, no porque tuviera que decirle nada sino simplemente para observarlo y ver cómo abandonaba el camino y se dirigía de nuevo hacia Piccadilly.

Monk sabía que Cyprian Moidore estaba en su club, pero no quería pedir permiso para que lo dejasen entrar porque sabía que era muy probable que le vetasen la entrada, lo que no dejaba de ser una humillación. Se quedó, pues, esperando en la acera, contemplando las musarañas y cavilando en lo que diría a Cyprian cuando por fin saliera.

Hacía un cuarto de hora que Monk esperaba en la calle cuando pasaron dos hombres por su lado que caminaban Half Moon Street arriba. En la manera de andar de uno de ellos había algo que hizo vibrar una cuerda de su memoria con una sensación tan aguda que no pudo por menos de abordarlo, pero no había dado media docena de pasos cuando se percató de pronto de que no tenía ni idea de quién era, pese a que por un momento había experimentado una sensación íntimamente familiar, lo que hizo que en aquel instante sintiera esperanza y tristeza a la vez... y la terrible premonición de un renovado dolor.

Se quedó treinta minutos más expuesto al viento y a un sol intermitente, tratando de rememorar a quién pertenecía aquel rostro que había sido para él como el breve destello de un recuerdo: el rostro de un hombre de unos sesenta años como mínimo, bien parecido y de aire aristocrático. Sabía que su voz era discreta, muy comedida, un poco afectada incluso... y sabía también que aquel hombre había tenido una gran influencia en su vida y en la plasmación en realidad de sus ambiciones. Monk lo había imitado: su estilo de vestir, sus maneras y su forma de hablar, barriendo con ello su acento de Northumberland, tan poco distinguido.

Pero sólo lograba captar fragmentos, que desaparecían tan pronto como aparecían, una sensación de éxito desprovista de sabor, el dolor recurrente de una privación y de una responsabilidad frustrada.

Seguía indeciso en la calle cuando de pronto Cyprian Moidore bajó la escalinata del club y emprendió el camino calle abajo. No advirtió a Monk hasta que por poco choca con él.

—¡Ah, Monk! —Se detuvo de pronto—. ¿Me buscaba a mí?

Monk volvió con sobresalto a la realidad.

—Sí, si no tiene inconveniente.

Cyprian parecía inquieto.

—¿Se ha enterado de algo?

—No, simplemente quería hacerle unas cuantas preguntas acerca de su familia.

—¡Oh! —Cyprian volvió a echar a andar, Monk se puso a su lado y, juntos, se encaminaron hacia el parque. Cyprian iba vestido al último grito de la moda y su única concesión al luto estaba representada por un abrigo oscuro sobre la chaquetilla de cuello vuelto hasta la cintura que llevaba encima del moderno chaleco corto; el sombrero de copa lo llevaba ligeramente ladeado.

—¿No me podía esperar en casa? —le preguntó con el ceño fruncido.

—Acabo de hablar con la señora Moidore en Green Park.

Cyprian pareció sorprendido, incluso ligeramente desconcertado.

—Dudo que ella pueda decirle gran cosa. ¿Qué quiere saber exactamente?

Monk se veía obligado a forzar el paso para seguir a Cyprian.

—¿Cuánto tiempo hace que su tía, la señora Sandeman, vive en casa de su padre?

Cyprian pareció vacilar un momento, al tiempo que una sombra cruzó su cara.

—Desde poco después de que muriera su marido —replicó bruscamente.

Monk alargó los pasos para no quedarse más atrás, mientras evitaba chocar con otras personas que iban a paso más tardo o que venían en dirección opuesta.

—¿Se llevan bien ella y el padre de usted? —Monk sabía que no, todavía no había olvidado la cara que puso Fenella al salir del salón de Queen Anne Street.

Cyprian titubeó, pero de pronto se dio cuenta de que la mentira sería transparente; si no ahora, más tarde.

—No, tía Fenella se encontró en una situación muy precaria —dijo con el rostro tenso, haciendo patente que, no le gustaba ni pizca hablar de aquellas flaquezas—, y papá le ofreció su casa. Es una responsabilidad natural tratándose de una persona de la familia.

Monk trató de imaginarlo, el sentimiento personal de gratitud, la exigencia implícita de ciertas formas de obediencia. Le habría gustado saber qué afecto se escondía debajo de aquel sentido del deber, pero sabía que Cyprian se resistiría ante una pregunta franca.

Pasó un carruaje muy cerca del bordillo, que proyectó con las ruedas agua enbarrada. Monk saltó al interior de la acera para preservar sus pantalones.

—Tuvo que ser muy humillante para ella tener que depender de pronto de los recursos ajenos —lo dijo con auténtica comprensión. No fingía. Imaginaba que para Fenella debía de haber sido una gran contrariedad... y un motivo de profundo resentimiento.

—Así es —confirmó Cyprian, taciturno—. Pero ya se sabe que la muerte del marido a menudo deja a las viudas en circunstancias muy precarias. Es algo que cabe esperar.

—¿Se lo esperaba ella? —Monk se sacudió el agua de la chaqueta distraídamente.

Cyprian sonrió, posiblemente ante la inconsciente vanidad de Monk.

—No tengo ni idea, señor Monk. No se lo he preguntado nunca. Habría sido una impertinencia y a la vez una intromisión. Ni me concierne a mí ni a usted. El hecho ocurrió hace muchos años, doce para ser exactos, y no tiene relación alguna con la tragedia que nos ocupa.

—¿Se encuentra el señor Thirsk en la misma desgraciada posición? —Monk llevaba ahora el mismo paso que Cyprian; se cruzaron con tres damas muy peripuestas que debían de haber salido a tomar el aire y con una pareja que se entretenía cortejándose a pesar del frío.

—Si vive con nosotros es por culpa de desgraciadas circunstancias —le soltó Cyprian—. ¿Es ésta la información que busca? Mi tío, evidentemente, no es viudo. —Sonrió apenas, pero la sonrisa era más bien amarga y sarcástica que divertida.

—¿Cuánto tiempo hace que su tío vive en Queen Anne Street?

—Que yo recuerde, unos diez años.

—¿Es hermano de su madre?

—Ya sabe que lo es. —Esquivó a un grupo de caballeros enfrascados en animada conversación e indiferentes a la obstrucción que causaban en la calle—. En serio le digo que, si ese interrogatorio es una muestra del sistema que utiliza para hacer pesquisas, me extraña bastante que conserve su empleo. Tío Septimus en ocasiones bebe un poco más de la cuenta y ciertamente no es rico, pero esto no es óbice para que sea una persona muy decente cuyas desgracias no tienen nada que ver con la muerte de mi hermana. Le puedo asegurar que no sacará ninguna información útil hurgando en ese agujero.

Monk admiró cómo se defendía, animado o no por la sinceridad. Decidió descubrir cuáles eran las circunstancias desgraciadas que afligían a su tío y si Octavia se había enterado de algo sobre él que pudiera haberlo desposeído de aquella hospitalidad, de doble filo pero tan necesaria para él, de habérselo contado a su padre.

—¿Es aficionado al juego? —preguntó Monk.

—¿Cómo? —A Cyprian se le subió el color a la cara y topó con un anciano que se cruzó en su camino, lo que lo obligó a disculparse.

Pasó junto a ellos el carro de un verdulero y su propietario pregonó la mercancía en voz alta y cadenciosa.

—Pensaba que quizás el señor Thirsk era aficionado al juego —repitió Monk—. Es un pasatiempo al que sucumben muchos caballeros, sobre todo cuando la vida les brinda escasos alicientes... y si piensan que una entrada extra de dinero no les vendría mal.

El rostro de Cyprian se mantuvo absolutamente inexpresivo, si bien no desapareció el color de sus mejillas, por lo que Monk pensó que tal vez había tocado alguna fibra sensible, ya fuera en relación con Septimus, ya en relación con el propio Cyprian.

—¿Pertenece al mismo club que usted? —le preguntó volviéndose hacia él al formularle la pregunta.

—No —replicó Cyprian, reanudando la marcha después de un titubeo momentáneo—. No, tío Septimus frecuenta un club diferente.

—¿No es de su gusto? —preguntó Monk con toda naturalidad.

—No —admitió Cyprian con presteza—. Mi tío prefiere a los hombres de su misma edad... y experiencia, supongo.

Atravesaron Hamilton Place, esquivando un carruaje y un *hansom*.

—¿De qué club se trata? —preguntó Monk cuando volvieron a situarse en la acera.

Cyprian no respondió.

—¿Está enterado sir Basil de que el señor Thirsk juega de vez en cuando? —continuó Monk.

Cyprian hizo una profunda aspiración y soltó lentamente el aire antes de contestar. Monk se dio cuenta de que Cyprian estaba considerando la posibilidad de negarlo, y que después había puesto la lealtad a Septimus que por delante de la lealtad a su padre. Era otra postura que también mereció la aprobación de Monk.

—Probablemente no —dijo Cyprian— y le agradecería que no considerara necesario decírselo.

—No veo qué circunstancia podría hacerlo necesario —admitió Monk antes de proseguir con una conjetura basada en la naturaleza del club del que Cyprian acababa de salir—: De manera similar tampoco tengo por qué decirle que usted también juega.

Cyprian se paró y giró en redondo para mirarlo frente a frente y con los ojos muy abiertos. Vio entonces la expresión de Monk y se distendió, con una leve sonrisa en los labios, antes de reanudar la marcha.

—¿Lo sabía la señora Haslett? —preguntó Monk—. ¿Podía ser que se refiriera a esto cuando dijo que el señor Thirsk entendería lo que había descubierto?

—No tengo ni idea —dijo Cyprian, abatido.

—¿Qué otras cosas tienen particularmente en común? —prosiguió Monk—. ¿Qué intereses o experiencias que podrían hacer más profunda la afinidad? ¿Es viudo el señor Thirsk?

—No... no se ha casado nunca.

—Pero antes no vivía en Queen Anne Street. ¿Dónde vivía?

Cyprian caminaba en silencio. Atravesaron Hyde Park Corner y tardaron varios minutos en esquivar los carruajes, los cabriolés, un carro pesado tirado por cuatro magníficos Clydesdales, varios carromatos de verduleros y un barrendero que iba de aquí para allá como un pececillo que tratara de sortear los obstáculos y al mismo tiempo cazar al vuelo los peniques que la gente le arrojaba. A Monk le gustó ver que Cyprian le echaba una moneda, a la que él añadió otra.

Ya en el lado opuesto, pasaron por delante del inicio de Rotten Row y atravesaron el espacio de hierba en dirección al Serpentine. Un grupo de caballeros vestidos con inmaculados indumentos pasó a caballo por el Row, los cascos de los caballos golpeaban sordamente la tierra húmeda. Dos jinetes se echaron a reír ruidosamente y se lanzaron a medio galope acompañados del sonoro cascabeleo de los arneses. Delante de ellos tres mujeres se volvieron a mirarlos.

Cyprian se decidió por fin.

—Tío Septimus estuvo en el ejército, del que fue expulsado. Ésta es la razón de que no disponga de medios económicos. Mi padre le abrió las puertas de casa. Como era un hijo menor, no heredó nada, no tenía otro sitio donde ir.

—¡Qué mala suerte! —dijo Monk con toda sinceridad. Imaginaba perfectamente lo que suponía para un oficial la repentina reducción de las disponibilidades financieras, del poder y de la posición. Era algo que llevaba aparejadas la ignominia y la pobreza, suponía quedarse sin amigos, verse expulsado del ejército, despojado de todo y... para los amigos, dejar de existir.

—No fue por nada deshonesto, ni por cobardía —prosiguió Cyprian. Ya que había empezado a exponer los hechos, ahora había premura en su voz y le interesaba que Monk conociera la verdad—. Se enamoró y su amor fue correspondido con creces. Según él, no ocurrió nada... ninguna aventura... pero esto no mejora la situación...

Monk estaba sorprendido. Aquello no tenía sentido. Los oficiales estaban autorizados a casarse, y muchos lo hacían.

El rostro de Cyprian reflejaba compasión... y también una mezcla de ironía y menosprecio.

—Ya veo que no lo entiende, pero lo entenderá enseguida. La mujer en cuestión era la esposa del coronel.

—¡Oh...! —No había nada más que decir. Se trataba de una ofensa inexcusable. En ella estaba involucrado el honor y, lo que es más, la vanidad. Para un coronel, una vejación como aquélla no tenía más salida que el ejercicio de su autoridad—. Ya comprendo.

—Sí. ¡Pobre Septimus! Ya no volvió a enamorarse nunca más de ninguna mujer. En aquel entonces ya tenía bastante más de cuarenta años y era un comandante con una excelente hoja de servicios. —Calló, pasaron junto a un hombre y una mujer, conocidos suyos a juzgar por las corteses inclinaciones que se cruzaron. Cyprian se tocó ligeramente el sombrero y no continuó lo que estaba diciendo hasta que estuvieron fuera del alcance del oído de los viandantes—. Habría podido llegar a coronel si su familia se lo hubiera costeado... pero los nombramientos militares no van precisamente baratos en los tiempos que corren. Y cuanto más alto se pica... —Se encogió de hombros—. De todos modos, aquello fue el final. O sea que Septimus se vio convertido en un hombre de mediana edad, degradado y sin un céntimo. Como es natural, apeló a mi madre y se vino a vivir con nosotros. ¿Quién va a echárselo en cara si juega de cuando en cuando? No puede decirse que en su vida haya muchas satisfacciones.

—Pero su padre no lo aprobaría...

—No, no lo aprobaría —dijo Cyprin con el rostro lleno de súbita indignación—, sobre todo porque tío Septimus suele ganar.

—¿Y usted suele perder? —se atrevió a conjeturar Monk.

—No siempre, y además nunca por encima de lo que puedo permitirme. Algunas veces gano.

—¿Conocía este dato sobre ustedes dos la señora Haslett... o alguna otra persona de la familia?

—Yo nunca lo había hablado con ella... pero supongo que lo sabía o que lo imaginaba en el caso de tío Septimus. Cuando ganaba, solía hacerle regalos. —De repente volvió a ensombrecérsele el rostro—. A tío Septimus le gustaba mucho mi hermana. Octavia era una persona que se hacía querer, era muy... —Buscó inútilmente la palabra—. El hecho de que fuera una mujer que tenía flaquezas hacía fácil hablar con ella. Se sentía herida fácilmente, pero no por cosas que tuvieran relación con ella, sino con otras personas... Octavia no se ofendía nunca.

El dolor que reflejaba su rostro se hizo más profundo y en aquel momento pareció intensamente vulnerable. Tenía la vista al frente, el viento frío le daba en la cara.

—Octavia se reía con ganas cuando oía contar algo divertido. Nadie podía decirle quién debía gustarle y quién no, hacía siempre lo que se le antojaba. Cuando estaba contrariada lloraba, pero no estaba nunca malhumorada. Últimamente bebía un poco más de lo recomendable para una dama... —Torció la boca como si empleara conscientemente aquel eufemismo—. Y era sincera hasta un punto que rozaba la destrucción. —Enmudeció de pronto, los ojos prendidos en los rizos que el viento formaba en el agua del Serpentine. De no haber sido totalmente imposible que un caballero llorase en un lugar público, Monk pensó que Cyprian en aquel momento habría llorado. Prescindiendo de lo que Cyprian supiera o adivinase acerca de la muerte de Octavia, era un hecho que aquella desgracia lo había afectado profundamente.

Monk no quiso inmiscuirse.

Otra pareja pasó junto a ellos, el hombre vestido con el uniforme de los húsares, la mujer con una falda ribeteada y con muchos adornos.

Por fin Cyprian recuperó el aplomo.

—Habría tenido que ser algo abominable —prosiguió— y probablemente entrañar un peligro para alguien para que Octavia divulgara el secreto de otra persona, inspector —lo dijo con plena convicción—. Si un criado hubiera tenido un hijo ilegítimo o mantenido una relación pasional, Octavia habría sido la última en traicionarlo contándoselo a mi padre... ni a nadie. No la creía capaz siquiera de denunciar un robo, a no ser que se tratara de algo de un valor inmenso.

—Esto quiere decir que el secreto que descubrió aquella tarde no fue una cosa banal, sino una cosa muy fea —le replicó Monk.

El rostro de Cyprian se hizo inescrutable.

—Eso parece. Siento no poderle ser de mayor ayuda, pero no tengo ni idea de qué puede ser ni a quién puede afectar.

—Gracias a su sinceridad, el cuadro es ahora mucho más claro. Gracias, señor Moidore. —Monk hizo una ligera inclinación y, tras verse correspondido por Cyprian, se fue. Siguió a lo largo del Serpentine hasta Hyde Park Corner, aunque esta vez subió sin pérdida de tiempo por Constitution Hill en dirección a Buckingham Palace y a Saint James.

Era alrededor de media tarde cuando se encontró con sir Basil, que cruzaba House Guards Parade procedente de Whitehall. Pareció sobresaltado al ver a Monk.

—¿Tiene alguna cosa de que informarme? —preguntó más bien abruptamente. Iba vestido con pantalones oscuros de ciudad y una levita con costura en el talle según los dictados de la última moda. Su sombrero de copa era de tipo alto y de lados rectos y lo llevaba elegantemente inclinado.

—Todavía no, señor —respondió Monk, preguntándose cómo podía esperar que pudiera decirle algo tan pronto—. Tengo que hacerle unas preguntas.

Basil frunció el ceño.

—¿Y no puede esperar a hacérmelas en casa? Mire, inspector, no me gusta que me interroguen en plena calle.

Monk no le pidió disculpas.

—Necesito ciertas informaciones acerca de los criados que no puedo conseguir a través de su mayordomo.

—No tengo nada que decirle al respecto —dijo Basil en tono glacial—. El que se encarga de contratar a los criados es el mayordomo, él los entrevista y evalúa sus referencias. Si yo no lo juzgara competente para esta tarea, lo sustituiría al momento por otro.

—Naturalmente. —Le molestó el tono que empleaba con él y aquella mirada fría y penetrante de sus ojos, como si ya esperara de Monk la ignorancia que demostraba—. Pero en el caso de que tuviera que aplicar algún correctivo a alguno, ¿usted no se enteraría?

—Lo dudo, a menos que fuera por algo relacionado con algún miembro de la familia, que es lo que usted apunta, según presumo —replicó Basil—. En el caso de impertinencias o de morosidad, sería el propio Phillips quien se encargaría de resolver el caso y, si se tratase de sirvientas, la encargada sería el ama de llaves o la cocinera. La falta de honradez o la relajación moral comportarían el despido y en ese caso sería Phillips quien se encargaría de buscar un sustituto del infractor. Yo lo sabría. Pero a buen seguro no me ha seguido hasta Westminster para preguntarme cosas tan anodinas y que habría podido saber a través del mayordomo... o de otra persona de la casa.

—De las demás personas de la casa no puedo esperar el mismo grado de sinceridad, señor —le espetó Monk con acritud—, sobre todo si pensamos que una de ellas es la responsable de la muerte de la señora Haslett y que por tanto podría mostrarse parcial en el asunto.

Basil lo miró fijamente, mientras el viento le hacía ondear los faldones de la levita, que le batían con fuerza contra el cuerpo. Se quitó el sombrero para evitar la indignidad de que el viento se lo llevara volando.

—¿Cree de verdad que podrían mentirle y que tendrían alguna posibilidad de salirse con la suya? —dijo con un ribete de sarcasmo.

Pero Monk hizo como si no hubiera oído la pregunta.

—¿Existe alguna relación de tipo personal entre sus criados? —le preguntó en cambio—. Entre lacayos y camareras, para poner un ejemplo. O entre el mayordomo y alguna de las doncellas de las señoras... o entre el limpiabotas y alguna camarera de la cocina...

La incredulidad hizo más grandes los negros ojos de Basil.

—¡Santo Dios! ¿Cómo quiere que yo tenga la más remota idea de estas cosas... ? ¿Le parece que puedo tener algún interés por las veleidades románticas de mis criados, inspector? Tengo la impresión de que usted vive en un mundo absolutamente diferente del mío... o del mundo en que viven los hombres como yo.

Monk estaba que echaba chispas, pero no quería ceder ni un ápice.

—Me hago cargo, sir Basil, de que a usted le tiene sin cuidado que sus criados, hombres y mujeres, tengan las relaciones que sean —dijo en tono sarcástico— de dos en dos, de tres en tres o como sean. Tiene toda la razón... se trata de un mundo diferente. Son las clases medias las que se empeñan en evitar este tipo de cosas.

La insolencia del comentario era tan palpable y sir Basil se solivantó tanto que estuvo a punto de ceder a la violencia, pero por lo visto se dio cuenta de que había sido él quien había provocado el comentario porque moderó su réplica y se limitó a contestar con desdén.

—Veo difícil que consiga conservar el cargo que desempeña si es tan estúpido como aparenta. Naturalmente que yo prohibiría este tipo de relaciones, despediría al momento a cualquier sirviente que incurriera en una de estas conductas y lo echaría a la calle sin referencias.

—De existir un tipo de relación así, ¿cree que la señora Haslett se habría enterado? —preguntó Monk con expresión imperturbable, consciente de la mutua antipatía que había surgido entre los dos y de las razones que tenía cada uno para disimularla.

Le sorprendió ver lo rápidamente que se iluminaba la expresión de Basil y cómo asomaba a sus labios algo muy parecido a una sonrisa.

—Quizá sí —admitió, captando la idea—. Sí, las mujeres acostumbran a descubrir este tipo de cosas. Advierten detalles que a nosotros, los hombres, nos pasan por alto. Las historias románticas y las intrigas que llevan aparejadas tienen mucho más peso en sus vidas que en las nuestras. Podría ser, en efecto.

Monk procuró aparentar toda la ingenuidad que pudo.

—¿Qué cree que pudo haber descubierto en su salida de aquella tarde que la afectara tan profundamente como para hablarle del asunto al señor Thirsk? —le preguntó—. ¿Había, quizás, algún sirviente determinado por el que ella sintiera una consideración especial?

Basil quedó confundido un momento. Se esforzaba en encontrar una respuesta que cubriera todos los hechos que conocían.

—Supongo que por su doncella. Es normal. No sé de nadie más —dijo no sin cierta cautela—. Además, parece que no dijo a nadie dónde iba.

—¿Qué día libran los criados? —prosiguió Monk—. Me refiero al día que se ausentan de casa.

—Tienen medio día libre cada dos semanas —replicó Basil inmediatamente—. Es la costumbre.

—No es mucho para dedicarlo a aventuras románticas —observó Monk—. Parece más probable que, fuera cual fuese esa relación, tuviera lugar en Queen Anne Street.

La mirada de los negros ojos de sir Basil se endureció e intentó con aire irritado domeñar los faldones de la levita, que el viento continuaba haciendo aletear.

—Si lo que quiere decirme es que en mi casa tenía lugar alguna relación grave de la que no tenía noticia, de la que sigo sin tener noticia, inspector, lo ha conseguido. Ahora bien, si puede ser lo bastante eficiente en el trabajo por el cual le pagan y descubre de qué se trata, le quedaremos todos muy agradecidos. Y si no tiene nada más que decir, le deseo que pase un buen día.

Monk sonrió. Le había alarmado, y ésa era precisamente su intención. Ahora Basil volvería a casa y acribillaría a todo el mundo con preguntas oportunas e inoportunas.

—Buenos días, sir Basil —dijo Monk llevándose la mano al sombrero, dando media vuelta y dirigiéndose hacia Horse Guards Parade con lo que Basil se quedó con un palmo de narices en medio del césped y con una cara a la vez indignada y resuelta.

Monk intentó entrevistarse con Myles Kellard en el banco comercial donde trabajaba, pero le dijeron que ya había salido. Por otra parte, tampoco tenía ganas de ver a ningún sirviente de Queen Anne Street, ya que veía probable que la conversación fuese interrumpida por sir Basil o Cyprian.

En lugar de ello se dedicó a interrogar someramente al portero del club al que pertenecía Cyprian, a quien apenas pudo sacar nada, excepto que el señor hacía visitas frecuentes al lugar en cuestión y que, efectivamente, de cuando en cuando los caballeros se entretenían jugando a las cartas o apostando a los caballos. No tenía ni idea de las cantidades que estaban en juego, era un asunto que no le incumbía. Los caballeros, como es normal, hacían siempre honor a sus deudas de juego, ya que de lo contrario habrían pasado automáticamente a la lista negra, no sólo en aquel club sino en cualquiera de la ciudad. No conocía al señor Septimus Thirsk, era la primera vez que oía aquel nombre.

Monk se reunió con Evan en la comisaría y compararon sus respectivos resultados fruto de un día de trabajo. Evan estaba cansado y, aunque ya esperaba enterarse de muy poco, le decepcionaba que hubiera sido así, puesto que siempre subsistía en él una burbuja de esperanza que aspiraba a conseguir las mejores posibilidades.

—De aventuras amorosas nada —dijo con desaliento en el despacho de Monk, sentado en la amplia repisa del alféizar de la ventana—. Una de las lavanderas, Lizzie, cree que el limpiabotas estaba colado por Dinah, la camarera del comedor y el salón, una chica alta y rubia con un cutis como la leche y una cintura que se podría rodear con las manos. —Abrió mucho los ojos al volverla a ver en su imaginación—. Pero gusta tanto que ya se da unos aires... No merece comentario. Los dos lacayos y los dos mozos de cuadra están prendados de ella. Y debo admitir que a mí también me ha impresionado. —Sonrió como quitando importancia a la observación—. Pero ya le digo, a Dinah todo eso la trae sin cuidado. Dicen que la chica pica más alto.

—¿Ah, sí? —preguntó Monk con expresión burlona—. ¿O sea que se ha pasado todo el día en los bajos de la casa para enterarse de estas minucias? ¿De la familia nada?

—De momento, no —se disculpó Evan—, pero no pierdo las esperanzas. La otra lavandera, Rose, es un bombón, bajita, morena y con unos ojos del color del aciano... y además tiene una mímica muy graciosa. Parece que siente una gran antipatía por el lacayo Percival, y me da en la nariz que es porque en otro tiempo hubo algo entre los dos...

—¡Evan!

Evan abrió mucho los ojos y lo miró con aire de inocencia.

—Me baso en las observaciones de la doncella de arriba, Maggie, y de la doncella de las señoras, Mary, que tiene un gran respeto por las aventuras amorosas de los demás, y que las hace circular siempre que puede. En cuanto a la otra doncella de arriba, Annie, tiene una gran antipatía por Percival, aunque no ha querido explicar por qué.

—Pues me parece todo muy ilustrativo —admitió

Monk en tono sarcástico—. Cualquier jurado firmaría una condena instantánea basándose en estos datos.

—No se lo tome tan a la ligera, señor Monk —dijo Evan muy serio, abandonando el alféizar de la ventana—. Muchachas como ésas, al no tener otra cosa en que ocupar los pensamientos, a veces son muy observadoras. Pueden decir superficialidades, pero si uno las estudia con detenimiento por detrás de las risitas se esconden datos interesantes.

—Supongo que sí —concluyó Monk con aire dubitativo—, pero necesitamos bastantes más informaciones para contentar a Runcorn y a la ley.

Evan se encogió de hombros.

—Volveré mañana, pero ya no sé qué preguntarles.

Monk buscó a Septimus el día siguiente a la hora de comer en la taberna que frecuentaba regularmente. Era un local pequeño y simpático, situado en las proximidades del Strand, conocido porque era visitado por actores y estudiantes de derecho. Estaba lleno de jóvenes que departían animadamente y con muchas gesticulaciones, agitando mucho los brazos y señalando con el dedo a un público imaginario, aunque no se habría podido decir si era el de un teatro o el de una sala de justicia. Olía a serrín y a cerveza y, a esta hora del día, a un grato aroma de verduras, a salsa de carne y a rica repostería.

No hacía más que unos minutos que se encontraba en el establecimiento delante de un vaso de sidra cuando de pronto descubrió a Septimus, sentado en una butaca tapizada de cuero, instalado en un rincón y ocupado bebiendo. Monk se le acercó y se sentó frente a él.

—Buenos días, inspector —dijo Septimus dejando la jarra sobre la mesa.

Monk tardó un momento en descubrir cómo había

podido verlo, ya que cuando se había sentado Septimus seguía bebiendo. Entonces se dio cuenta de que el fondo de la jarra era de vidrio, antigua costumbre destinada a evitar que los bebedores fueran cogidos por sorpresa en los tiempos en que los hombres iban armados con espadas y en las tabernas no eran raros los altercados.

—Buenos días, señor Thirsk —replicó Monk , admirando al mismo tiempo la jarra en que bebía, con su nombre grabado en ella.

—No puedo darle más información —dijo Septimus con una triste sonrisa—. Si supiera quién mató a Octavia o si tuviera la más leve idea del motivo, ya habría ido a verle y le habría evitado tener que molestarse siguiéndome hasta aquí.

Monk tomó un sorbo de sidra.

—Si he venido es porque he pensado que aquí no nos interrumpirían tan fácilmente como en Queen Anne Street.

Los ojos de Septimus, de un azul desleído, se iluminaron un momento con un rasgo de humor.

—Se refiere a que aquí Basil no me puede recordar cuáles son mis obligaciones y mi deber de comportarme con discreción y como un caballero, pese a que carezco de los medios para serlo, excepto en determinadas ocasiones, por su obra y gracia.

Monk no quiso insultarlo mostrándose evasivo.

—Más o menos —admitió, al tiempo que miraba de reojo a un muchacho muy apuesto, bastante parecido a Evan, que se movió junto a ellos con andar vacilante, como presa de fingida desesperación y, llevándose las manos al corazón, se entregó a un dramático monólogo dirigido a sus compañeros de la mesa vecina. Monk no habría podido asegurar, ni siquiera después de dos minutos de oírlo, si se trataba de un aspirante a actor o de un futuro abogado lanzado a la defensa de un cliente. Por un momento le vino a las mientes la imagen de Oliver Rathbone y se permitió imaginarlo como un joven bisoño en una taberna como aquélla.

—No veo militares por aquí —observó Monk volviendo a mirar a Septimus.

Éste sonrió mientras tomaba otro sorbo de cerveza.

—Ya veo que le han contado mi historia.

—Sí, Cyprian —admitió Monk—, pero lo hizo con gran simpatía.

—Es probable —dijo Septimus, aunque poniendo cara larga—, pero si preguntase a Myles le daría una versión completamente diferente, más rastrera y más sucia, menos halagadora para las mujeres. Y en cuanto a la querida Fenella —continuó después de tomar otro sorbo de la jarra—, la suya sería más espectacular y bastante más exagerada: la tragedia se convertiría en grotesca, el amor en pasión desbocada, los tintes serían bastante más cargados... pero los sentimientos auténticos, el dolor real, perdería efecto... como las luces de colores de un escenario.

—Y sin embargo, a usted le gusta venir a una taberna llena de actores de uno u otro tipo —señaló Monk.

Septimus echó una mirada a las mesas de alrededor y sus ojos se detuvieron en un hombre de unos treinta y cinco años, delgado y vestido de forma extravagante, el rostro afable pero disimulado tras una máscara de cansancio que era resultado de muchas esperanzas frustradas.

—Me gusta este sitio —dijo con voz serena—, me gusta la gente que viene aquí. Tienen imaginación suficiente para huir de la vulgaridad, para olvidar las derrotas de la realidad y alimentarse de los quiméricos triunfos de los sueños. —Su rostro se había suavizado, las arrugas de cansancio que lo surcaban habían quedado borradas por la tolerancia y el afecto—. Saben evocar cualquier estado de ánimo y durante una o dos horas llegan a creer que es espontáneo. Para esto se necesita valor, señor Monk, y una rara fuerza interior. El mundo...

y personas como Basil, lo encuentran ridículo. Para mí es reconfortante.

Hubo una explosión de carcajadas en una de las mesas y Septimus se volvió un momento en aquella dirección antes de dirigirse nuevamente hacia Monk.

—Si podemos superar lo que es natural y creemos lo que queremos creer, pese a la fuerza de la evidencia, entonces nos convertimos en dueños de nuestro destino, aunque sólo sea por un momento, y podemos pintar el mundo que queramos. Prefiero conseguir este fin a través de los actores que de una excesiva cantidad de vino o fumándome una pipa de opio.

Uno se subió a una silla y comenzó un discurso ante la rechifla de su público y algunos amagos de aplausos.

—Me gusta el humor de esta gente —prosiguió Septimus—. Se ríen de ellos y de los demás... les gusta reír, no ven mal en ello ni lo consideran un atentado a la dignidad. Les gusta discutir. No se sienten heridos de muerte porque alguien ponga en cuarentena lo que dicen, es más, lo encuentran normal. —Sonrió tristemente—. Si los obligan a aceptar una nueva idea, primero le dan unas cuantas vueltas, como hacen los niños cuando alguien les pone en las manos un juguete nuevo. Quizá son vanidosos, señor Monk, es muy posible que lo sean, como en un jardín lleno de pavos reales, siempre abriendo la cola y lanzando graznidos al mismo tiempo. —Miró a Monk de manera superficial y sin doble sentido—. Son ambiciosos, egocéntricos, pendencieros y las más de las veces terriblemente triviales.

Monk sintió un acceso de remordimiento, como si una flecha acabara de rozarle la mejilla y hubiera fallado el tiro.

—Pero me divierten —dijo Septimus con voz suave—, me escuchan sin condenarme y ni una sola vez ha intentado nadie convencerme de que tengo la obligación moral o social de ser diferente. No, señor Monk, yo aquí lo paso bien, estoy muy a gusto.

—Se ha explicado usted muy bien —dijo Monk con una sonrisa, esta vez pletórica de sinceridad—. Entiendo por qué. Hábleme del señor Kellard.

Del rostro de Septimus desapareció la sensación de satisfacción.

—¿Por qué? ¿Cree que puede tener algo que ver con la muerte de Octavia?

—Podría ser, ¿no le parece?

Septimus se encogió de hombros y dejó la jarra sobre la mesa.

—No lo sé. A mí el tipo no me gusta y a usted mi opinión no le sirve de nada.

—¿Por qué no le gusta, señor Thirsk?

Pero el viejo código militar del honor era demasiado rígido y Septimus sonrió fríamente, como burlándose de sí mismo.

—Es una cuestión de instinto, señor Monk —mintió, y Monk sabía que mentía—. No tenemos nada en común, ni en lo que se refiere a carácter ni a intereses. Él es banquero, yo un tiempo fui soldado y en la actualidad sólo soy un hombre contemporizador que disfruta con la compañía de unos jóvenes que juegan a hacer de actores y escenifican historias de crímenes, de pasiones y del mundo del delito. Con ellos me río de las barbaridades que ocurren y de vez en cuando empino el codo más de la cuenta. Arruiné mi vida irremisiblemente por el amor de una mujer. —Hizo girar la jarra entre sus manos y la acarició con los dedos—. Myles desprecia este tipo de cosas, a mí sólo me parece absurdo, pero no despreciable. Lo que me digo es que por lo menos fui capaz de un sentimiento de esta naturaleza y esto, para mí, ya es algo importante.

—¡Y que lo diga! —dijo Monk sorprendiéndose a sí mismo con aquellas palabras. No recordaba haber amado nunca y menos aún a un precio tan alto, aunque estaba totalmente convencido de que amar a una persona o a una cosa hasta el punto de sacrificarse hasta tales extremos por ella era señal inequívoca de que uno estaba vivo. ¡Qué despilfarro la vida de un hombre que nunca ha dado nada de su persona por causa alguna, que siempre ha prestado oído a la voz pasiva y cobarde que calcula antes de actuar, que sitúa siempre la cautela en primer lugar! Una persona así envejecería y moriría con el espíritu por estrenar.

Sin embargo, algo había. Aunque aquellas consideraciones no hacían más que transitar por su cabeza, agitaban en ella el recuerdo de emociones intensas vividas alguna vez, una sensación de rabia y dolor por causa ajena, la pasión de una lucha al precio que fuera, no por él sino por otros... y por una persona en particular. Él sabía de la fidelidad y de la gratitud, sólo que ahora no podía obligarse a sentirlas por nadie.

Septimus lo observó lleno de curiosidad.

Monk sonrió.

—A lo mejor es que le tiene envidia, señor Thirsk —dijo Monk de forma espontánea.

Las cejas de Septimus se enarcaron por efecto de la sorpresa. Observó con atención el rostro de Monk buscando en él una sombra de ironía, pero no la vio.

Monk se lo explicó.

—Quizás él ni lo sabe —añadió—, quizás el señor Kellard carece de la hondura o del valor suficientes para sentir algo tan profundo que lo incite a pagar un precio. Considerarle a usted un cobarde es propio de resentidos.

En el rostro de Septimus se dibujó una lenta sonrisa que lo llenó de dulzura.

—Gracias, señor Monk. Hace años que no me decían una cosa tan agradable como ésta. —Se mordió el labio—. Lo siento, pero ni aun así puedo decirle nada sobre Myles. Todo lo que albergo son sospechas y no es ésa una herida que deba exponerse. Tal vez ni siquiera sea una herida, y tal vez al final no se trate más que de un hombre aburrido que dispone de mucho tiempo ocioso y cuya imaginación trabaja demasiado aprisa.

Monk no lo acució. Sabía que no serviría de nada. Septimus era un hombre que sabía guardar silencio cuando estimaba que el honor estaba en juego, cualesquiera que fueran las consecuencias.

Monk terminó la sidra.

—Iré a ver al señor Kellard, pero si a usted se le ocurre algo que explique lo que descubrió la señora Haslett el último día de su vida, eso que ella consideraba que usted entendería mejor que los demás, le ruego que me lo haga saber. Es muy probable que este secreto guarde relación con lo que causó su muerte.

—He reflexionado mucho —replicó Septimus contrayendo la cara—. He estado dándole muchas vueltas y he pensado en todo lo que teníamos en común o en lo que ella podía figurarse que teníamos en común y, si quiere que le diga la verdad, he encontrado muy poca cosa. Ni a ella ni a mí nos gustaba Myles... pero esto parece una banalidad. Él nunca me ha perjudicado en nada... ni tampoco a ella, que yo sepa. Tanto ella como yo dependíamos de Basil en el aspecto económico... pero en cuanto a esto, todos los de la casa se encuentran en las mismas circunstancias.

—¿El señor Kellard no percibe una remuneración en el banco? —inquirió, sorprendido, Monk.

Septimus lo miró con una cierta burla en los ojos, aunque sin antipatía.

—Por supuesto que sí, pero no de tanta cuantía como para llevar el tren de vida al que está acostumbrado... ni al que está acostumbrada Araminta, esto por descontado. Aparte, hay ciertas consideraciones sociales que conviene tener en cuenta: ser hija de Basil Moidore comporta ciertas ventajas, y la posibilidad de vivir en Queen Anne Street no es la menor, que no aumentan precisamente por el hecho de ser la esposa de Myles Kellard.

Monk no esperaba sentir simpatía alguna por Myles Kellard, pero aquella simple frase, con toda su carga de implicaciones, le dio un repentino cambio de percepción.

—Es posible que usted no calibre el nivel de vida de aquella casa cuando la familia no está de luto —prosiguió Septimus—. Normalmente acuden a cenar a ella diplomáticos y ministros, embajadores y príncipes extranjeros, magnates de la industria, mecenas de las artes y las ciencias y hasta en ocasiones algún que otro miembro de segunda fila de nuestra propia realeza. Por las tardes suelen ir de visita duquesas y personas de la alta sociedad y, por supuesto, las visitas generan invitaciones a cambio. Me parece que deben de ser pocas las grandes familias que en una u otra ocasión no han abierto las puertas de su casa a los Moidore.

—¿Adoptaba esa misma postura la señora Haslett? —preguntó Monk.

Septimus sonrió torciendo los labios con gesto de pesar.

—No tuvo otra opción. Ella y Haslett tenían intención de mudarse a una casa propia, pero él tuvo que incorporarse al ejército antes de convertir el proyecto en realidad y, como no podía ser menos, Octavia se quedó en Queen Anne Street. Después Harry, ese pobre chiquillo, murió en Inkerman. Fue uno de los hechos más tristes de mi vida. ¡Era un encanto de muchacho! —Hundió la mirada en el fondo de la jarra, no para fijarla en el poso de la cerveza sino en la antigua herida, que dolía aún—. Fue algo que Octavia no llegó nunca a superar. Lo amaba... más de lo que suponía el resto de la familia.

—¡Lo lamento muchísimo! —dijo Monk con voz amable—. Sé que usted quería mucho a la señora Haslett...

Septimus levantó los ojos.

—Sí, sí, así es. Ella solía prestar oído a lo que yo le decía, como si le importase realmente. Salíamos de paseo, a veces nos pasábamos un poco con la bebida. Era más amable que Fenella... —Se calló, como dándose cuenta de pronto de que no se comportaba como un caballero. Irguió la espalda penosamente y levantó la barbilla—. Si puedo serle de utilidad, puede tener la absoluta seguridad de que me pondré en contacto con usted, inspector.

—Estoy convencido, señor Thirsk. —Monk se puso en pie—. Gracias por el rato que me ha dedicado.

—Tengo más tiempo del que necesito —dijo Septimus con una sonrisa que no llegó a asomar a sus ojos. Después dio unos golpecitos a la jarra y apuró el resto de la cerveza. Monk vio su cara distorsionada a través del fondo transparente.

Monk encontró a Fenella Sandeman al día siguiente a última hora de la mañana, justo cuando acababa de dar un largo paseo a caballo. Estaba de pie junto al caballo en la parte de Kensington Gardens que daba a Rotten Row. Iba muy elegante con su vestido negro de amazona, las botas relucientes y el inmaculado sombrero negro a lo mosquetero. Los únicos detalles blancos de su atuendo eran la blusa de cuello alto y el mango de la fusta, pero su blancura era fulgurante. Llevaba los negros cabellos muy bien peinados y el color artificial del cutis, junto con las cejas pintadas, le daban un aire desenfadado pero poco natural a la luz de aquel fresco día de noviembre.

—¡Caramba, señor Monk! —exclamó, sorprendida, mirándolo de arriba abajo y aprobando al parecer lo que veían sus ojos—. ¿Qué lo ha traído al parque? —Se rió a lo tonto, como hacen las jovencitas—. ¿No debería estar interrogando a los criados? ¿Cómo se hacen las pesquisas?

Ignoró el caballo, dejando sueltas las riendas sobre el brazo, como si bastara con esto para tenerlo sujeto.

—Pues de muchas maneras, señora. —Monk trató de mostrarse cortés, aunque sin seguir la veta de frivolidad a la que la dama se había lanzado—. Pero antes de hablar con los criados me gustaría tener una impresión más clara de los hechos a través de la familia, para poder hacerles las preguntas pertinentes llegado el momento.

—O sea que ha venido a interrogarme. —Hizo como si se estremeciera con gesto melodramático—. Pues adelante, inspector, pregunte lo que quiera y yo le contestaré lo que considere más oportuno.

Era baja y lo miraba a través de las pestañas entrecerradas, levantando la cabeza.

¿Sería posible que ya estuviera bebida a aquella hora de la mañana? Más bien debía de estar divirtiéndose a su costa. Monk hizo como si no se percatara de su estado y se mantuvo muy serio, procurando aparentar una conversación sesuda que podía conducir a informaciones importantes.

—Gracias, señora Sandeman. Tengo entendido que usted se instaló a vivir en Queen Anne Street poco tiempo después de la muerte de su marido, es decir, hará de eso unos once o doce años...

—¡Conque ha estado indagando en mi pasado! —dijo con voz ronca, pero en absoluto molesta, sino más bien halagada con la idea.

—En el pasado de todos, señora —respondió Monk fríamente—. Si ha vivido todo este tiempo en la casa, seguramente habrá tenido ocasiones frecuentes de observar tanto a la familia como a los criados. Mejor dicho, debe de conocerlos muy bien a todos.

Agitó el látigo, sobresaltando al caballo, y poco faltó para que le diera al animal en la cabeza. Parecía despreocuparse por completo del caballo, pero por fortuna estaba muy bien adiestrado: permanecía junto a ella, acomodando obedientemente su paso al de su ama cuando ella echó a andar lentamente.

—Naturalmente —admitió con toda desenvoltura—. ¿En quién está interesado? —Encogió los hombros, que llevaba magníficamente cubiertos—. Myles es un tipo divertido, pero despreciable... lo que suele ocurrir con la mayoría de hombres guapos, ¿no cree? —Volvió la cabeza a un lado para mirar a Monk. En otro tiempo sus ojos debían de ser maravillosos, muy grandes y oscuros, pero ahora los años habían modificado tanto el resto de su cara que esos ojos más bien resultaban grotescos.

Monk sonrió levemente.

—Creo que mi interés por ellos difiere bastante del suyo, señora Sandeman.

La mujer se echó a reír de forma estentórea provocando la atención de unas doce personas que, al oírla, se volvieron a mirarla llenas de curiosidad, tratando de averiguar la razón de tanta hilaridad. Incluso después de recuperada la compostura, todavía parecía francamente divertida.

Monk estaba sumamente incómodo. Le molestaba que lo miraran como si acabara de decir una procacidad.

—¿Usted no encuentra soporíferas a las mujeres religiosas, señor Monk? —dijo la mujer abriendo mucho los ojos—. Respóndame con franqueza.

—¿Hay mujeres religiosas en su familia, señora Sandeman? —le preguntó con mayor frialdad que la que se proponía emplear, aunque si ella se dio cuenta no lo demostró.

—¡Está llena! —suspiró—. Tan molestas como las pulgas. Mi madre, que Dios la tenga en su santa gloria, era una mujer religiosa. Mi cuñada es otra, quiera el cielo guardarme de ella... ya que vivo en su casa. ¡No sabe lo difícil que resulta preservar la intimidad en un ambiente así! Las beatas son muy fisgonas en lo tocante a la vida de los demás... debe de ser porque no tienen vida propia. —Volvió a soltar una carcajada, esta vez sonora y con gorgoritos.

Monk empezó a darse cuenta de que la mujer le encontraba atractivo, por lo que se sintió extremadamente incómodo.

—Y Araminta todavía es peor, la pobre —prosiguió, caminando con más brío y haciendo balancear el látigo. El caballo caminaba pegado obedientemente a sus talones, mientras las riendas colgaban fláccidas del brazo de la mujer—. Supongo que se ve obligada, por culpa de Myles. Ya le he dicho que este hombre es despreciable. Se lo he dicho, ¿verdad? Octavia, en cambio, era un encanto. —Miró recto a lo largo del Row en dirección a un grupo de personajes muy elegantes que se acercaban en dirección opuesta—. Octavia bebía, ¿sabe usted? —le echó una ojeada y seguidamente volvió a mirar hacia delante—. ¡Tantas tonterías como contaban sobre su mala salud y sus dolores de cabeza! O estaba borracha... o tenía resaca. Sacaba la bebida de la cocina. —Se encogió de hombros—. Yo diría que se la proporcionaba uno de los criados. Todos la querían porque era muy generosa. Si quiere saber mi opinión, se aprovechaban de ella. Trataba a los criados mejor de lo que se merecían y ellos olvidaban cuál era su sitio y se tomaban libertades.

De pronto se volvió y clavó en él sus ojos, unos ojos exageradamente abiertos.

—¡Oh, Dios mío! ¡Qué cosa tan terrible! ¿Cree usted que fue esto lo que pasó? —Se tapó la boca con su mano pequeña y elegantemente enguantada—. ¿Cree que algún criado se tomó familiaridades excesivas con ella? El hombre se hizo una idea equivocada... o quizás... ¡oh, Dios mío!... la idea justa —dijo casi sin aliento—. Después ella se defendió... y él, arrastrado por la pasión, la mató. ¿Qué cosa tan espantosa! ¡Qué escándalo! —Tragó saliva—. ¡Oh! Esto Basil no lo va a digerir en la vida. ¡Imagínese qué dirán sus amigos!

Monk estaba que no podía más, no por la idea, pedestre en sí, sino por ver cómo aquella mujer se excitaba a medida que iba dándole vueltas al asunto. A duras penas consiguió dominarse y, sin darse cuenta, se paró para mirarla a más distancia.

—¿Cree que fue esto lo que pasó, señora?

La mujer no percibió en su tono de voz nada que apagara su excitación.

—¡Oh, es muy posible! —prosiguió, representándose el cuadro para su uso particular, apartándose y echando nuevamente a andar—. Yo sé cuál es el hombre indicado para hacer una cosa así: Percival, uno de los lacayos. Un hombre muy guapo... aunque todos los lacayos lo son, ¿no encuentra? —Lo miró de soslayo y alejó nuevamente la vista—. No, quizás usted no lo ha observado, no habrá tenido muchas ocasiones de comprobarlo, no debe tropezarse con muchos lacayos en su trabajo. —Volvió a echarse a reír, siempre sin mirarlo—. Percival es un hombre con una cara demasiado inteligente para ser el típico buen criado. Es ambicioso y, además, tiene una boca maravillosamente cruel. Un hombre con una boca así es capaz de cualquier cosa. —Se estremeció y todo su cuerpo se retorció como si pretendiera librarse de una molestia... o como si notara una sensación deliciosa en la piel, lo que hizo que Monk se preguntara si aquella mujer no habría alentado a algún joven lacayo a anudar alguna relación por encima y fuera de su situación. Era una idea que le resultaba particularmente repelente al observar su rostro de cutis inmaculado... y artificioso. Ahora que la tenía cerca y la observaba a plena luz veía claramente que estaba más cerca de los sesenta que de los cincuenta y sabía que Percival no tenía más de treinta.

—¿Tiene algún fundamento para hacer esta afirmación, señora Sandeman, aparte de lo que haya podido observar en la cara del joven? —le preguntó Monk.

—¡Oh... ya veo que se ha enfadado! —Volvió hacia él su mirada límpida—. Veo que he ofendido su sentido del decoro. También usted debe de ser un hombre religioso, ¿verdad, inspector?

¿Lo era? Monk ni siquiera lo sabía. Lo que sí sabía, en cambio, es que tenía reacciones instintivas: los rostros suaves y vulnerables, como el de Imogen Latterly, le suscitaban emociones; los rostros apasionados e inteligentes, como el de Hester, le gustaban e irritaban a un tiempo; los de expresión depredadora y calculadora, como el de Fenella Sandeman, le repelían y desagradaban. De todos modos, no recordaba haber mantenido una verdadera relación con ninguna mujer. ¿Tan engreído y frío era, tan egoísta e incapaz de comprometerse, aunque sólo fuera durante un breve espacio de tiempo?

—No, señora Sandeman, lo que me ofende es que un lacayo pueda tomarse libertades con la hija de la dueña de la casa y que después le quite la vida a golpe de cuchillo —le soltó a bocajarro—. ¿A usted no?

Pese a aquellas palabras, la mujer no se molestó. La desidia que demostraba hería a Monk más profundamente que cualquier insulto, por sutil que fuera, o que el mero distanciamiento.

—¡Oh, cuánta sordidez! ¡Claro que me ofende! Usted emplea un lenguaje francamente molesto, inspector. No es persona para invitar al salón de casa. ¡Qué lástima! En usted hay... —le dijo con una mirada francamente apreciativa, lo que sacó de sus casillas a Monk— hay como una sensación de riesgo. —Lo observaba con un brillo en los ojos, como incitándolo a la iniciativa.

Monk entendió el eufemismo y se paró para decir:

—La mayoría de las personas considera que la policía mete las narices donde no debería, señora, pero yo ya estoy acostumbrado. Gracias por el rato que me ha dedicado, me ha sido de mucha utilidad.

Hizo una ligerísima inclinación y giró sobre sus talones, dejándola junto al caballo, látigo en mano y con las riendas descansando en el brazo. No había llegado al final de la zona de césped cuando, al volverse, Monk vio que la mujer estaba hablando con un caballero de mediana edad que acababa de desmontar de un gran caballo gris y que la piropeaba de forma desvergonzada.

Aunque a Monk le parecía que aquella teoría del lacayo enamorado no sólo era descabellada sino además improbable, tampoco podía descartarla del todo. Estaba posponiendo demasiado el interrogatorio de los criados. Paró un cabriolé en Knightsbridge Road y dio al cochero las señas de Queen Anne Street, donde se apeó y, después de pagar el trayecto, bajó la escalera que accedía a los bajos de la casa por la puerta trasera.

En la cocina reinaba un agradable calorcito y en ella había una gran actividad, olía a carne asada, a masa para pasteles y a manzanas frescas. Sobre la mesa había espirales de mondaduras y la señora Boden, la cocinera, estaba hasta los codos de harina. Tenía la cara roja por el esfuerzo y el calor, pero la expresión de su rostro era agradable y era una mujer que todavía estaba de buen ver, aunque ya empezaban a marcársele las venas en la piel y cada vez que sonreía dejaba ver unos dientes descoloridos que ya no le durarían mucho tiempo.

—Si busca al señor Evan, está en la sala del ama de llaves —anunció a Monk a modo de saludo— y si lo que busca es una taza de té llega demasiado pronto. Vuelva dentro de media hora. Y quítese de delante porque ahora tengo que pensar en la cena. Aunque estén de luto, comen lo mismo... y nosotros igual.

Aquel «nosotros» se refería a los criados. Monk advirtió la distinción inmediatamente.

—Sí, señora, y gracias, pero yo querría hablar con los lacayos, a ser posible en privado.

—¿Ahora? —dijo secándose las manos con el delantal—. ¡Escucha, Sal, deja las patatas y ve a buscar a Harold! Y una vez lo hayas traído aquí, vas a avisar a Percival y le dices que venga. Pero ¿se puede saber por qué te quedas aquí como una maceta de flores? ¡Anda, ve corriendo a hacer lo que te he dicho! —Exhaló un suspiro y comenzó a mezclar la harina con el agua para que adquiriese la consistencia adecuada—. ¡Madre mía, hay que ver cómo están las chicas hoy en día! Ésta come más que una lima y, ¡mírela usted!, corre menos que una tortuga en invierno. ¡Arre ya! A ver si despiertas de una vez...

La camarera pelirroja tuvo un repentino arranque de genio y salió de la cocina, desde donde oyeron el taconeo de sus zapatos al golpear el suelo desnudo del pasillo.

—¡Y no me vengas con estos humos! —le gritó la cocinera—. ¿Te has enterado? Siempre con el lacayo de al lado, está más loca... De aquí le viene la holgazanería. —Volvió la espalda a Monk—. Y ahora, si ya no tiene nada más que preguntarme, váyase usted también. Hable con los lacayos en la despensa del señor Phillips. Él tiene trabajo en la bodega, no les molestará.

Monk obedeció y Willie, el limpiabotas, lo acompañó a la despensa, la habitación donde el mayordomo guardaba todas las llaves, los libros de cuentas y la plata que se utilizaba normalmente, como también era el cuarto donde solía pasar gran parte del tiempo cuando no estaba de servicio. En la habitación reinaba una agradable temperatura y estaba amueblada de manera cómoda y práctica.

Harold, el lacayo más joven, era un muchacho fornido y de rubios cabellos, no se parecía en nada a Percival,
salvo en lo relativo a la altura. Sin embargo debía de tener
alguna otra virtud, menos visible a primera vista, ya que de
lo contrario sus días en la casa habrían estado contados. Lo
interrogó, probablemente con las mismas preguntas que
ya le había hecho Evan, y Harold contestó con las respuestas que ahora ya tenía bien aprendidas. Monk no podía
imaginárselo en el papel de galanteador que Fenella Sandeman había atribuido a los lacayos.

Pero Percival era otro cantar: más seguro, más beli-
gerante y más dispuesto a defenderse. Al verse acuciado a
preguntas por Monk, presintiendo un peligro personal,
respondió con mirada llena de osadía y lengua presta.

—Sí, señor, sé que la persona que mató a la señora
Haslett vive en la casa, lo cual no quiere decir que sea un
criado. ¿Por qué tiene que ser un criado? No ganaría
nada con ello y tendría todas las de perder. Además, la
señora Haslett era una señora muy simpática a la que
nadie podía querer ningún mal.

—¿A usted le gustaba?

Percival sonrió. Había entendido la insinuación de
Monk mucho antes de replicar, pero habría sido imposible saber si la comprendía por mala conciencia o por as-
tucia.

—He dicho que era simpática, señor. Yo no tenía familiaridad con ella, si es a esto a lo que se refiere.

—Pues se le ha ocurrido muy pronto —le replicó
Monk—. ¿Qué le ha hecho pensar que me refería a esto?

—Usted intenta acusar a una persona de los bajos de
la casa para no tener que pasar por el bochorno de acusar
a alguien de arriba —dijo Percival en un arranque de osadía—. Que yo lleve librea y vaya por ahí diciendo «sí, señor; no, señora» no quiere decir que me chupo el dedo.
Usted es un policía, no es más que yo...

Monk dio un respingo.

—Y además sabe lo que le puede costar si acusa a uno de la familia —remató Percival.

—Yo acusaré a uno de la familia si encuentro una prueba contra él —replicó Monk con brusquedad—, pero de momento no la he encontrado.

—Entonces será porque tiene demasiados miramientos —Percival hablaba con marcado desdén—. No encontrará la prueba si no la quiere encontrar... porque no le conviene, ¿verdad?

—Buscaré donde haya que buscar —dijo Monk—. Usted se pasa todo el día y toda la noche en la casa. Dígame dónde tengo que buscar.

—Mire usted, el señor Thirsk roba en la bodega... en los últimos años se ha llevado la mitad del mejor oporto. No entiendo cómo no está todo el día borracho.

—¿Es ésa una buena razón para matar a la señora Haslett?

—Podría serlo... si ella lo hubiera sabido y lo hubiera amenazado con delatarlo a sir Basil. Él se lo habría tomado muy mal y a lo mejor habría puesto al vejete de patitas en la calle.

—Entonces, ¿por qué se arriesga?

Percival se encogió ligeramente de hombros. No era el gesto de un criado.

—¡Y yo qué sé! El hecho es que se lo lleva y punto. Lo he visto infinidad de veces bajando la escalera a hurtadillas y subiendo con una botella escondida debajo de la chaqueta.

—La verdad es que eso no me impresiona demasiado.

—Entonces fíjese en la señora Sandeman. —La cara de Percival se tensó y su boca se torció con gesto perverso—. No tiene más que ver qué clase de personas frecuenta. He salido con ella en coche alguna vez y la he llevado a lugares muy raros. He visto cómo se pasea arriba y abajo de Rotten Row como una puta de seis peniques y lee unas porquerías que, como se enterara sir Basil, se lo quemaba todo: publicaciones escandalosas, prensa sensacionalista. Si el señor Phillips sorprendiera a una de las camareras con estas porquerías, la echaba de una patada.

—Esto no tiene ninguna importancia. El señor Phillips no puede echar a la señora Sandeman, lea lo que lea —dijo Monk.

—Pero sir Basil sí.

—¿Se figura que iba a echarla de su casa por una cosa así? Es su hermana, no una criada.

Percival sonrió.

—Como si lo fuera. La señora Sandeman entra y sale de casa cuando él se lo ordena, tiene que vestirse como él quiere, hablar con las personas que él elige y quedar bien con sus amigos. En cambio, ella no puede invitar a nadie en casa si él no da su aprobación... o ella no le pide permiso, cosa que no hace ninguno de los dos.

Monk vio que aquel joven tenía una lengua maliciosa y que conocía muy bien a la familia. Era muy posible que, además, estuviera asustado. A lo mejor su miedo estaba justificado. Los Moidore no dejarían que la sospecha recayera en una persona de la familia si podían desviarla hacia un criado. Y Percival lo sabía, quizás era el primero de los bajos de la casa que sabía qué peligro corrían. No había duda de que, con el tiempo, otros también lo sabrían. A medida que el miedo estuviera más cerca, la cosa iría poniéndose más fea.

—Gracias, Percival —dijo Monk con aire cansado—. Es todo por ahora. Puede marcharse.

Percival abrió la boca para añadir algo más, pero cambió de opinión y salió. Sus movimientos eran gráciles... había recibido una esmerada educación.

Monk volvió a la cocina para tomar la taza de té que la señora Boden le había ofrecido poco antes, pero aunque escuchó con gran atención lo que le dijo no se enteró de nada que pudiera serle de utilidad, por lo que se fue por donde había venido y tomó un cabriolé que lo llevó desde Harley Street hasta la City. Esta vez tuvo más suerte y encontró a Myles Kellard en su despacho del banco.

—No se me ocurre qué puedo decirle —dijo Myles mirando a Monk lleno de curiosidad, su cara alargada iluminada por una ligera nota de humor, como si encontrara un poco absurdo aquel encuentro. Estaba sentado en elegante pose en una butaca Chippendale de su despacho exquisitamente alfombrado y tenía las piernas cruzadas con gran desenvoltura—. Por supuesto que hay tensiones familiares, como ocurre en todas las familias, aunque ninguna que sea razón suficiente para asesinar a nadie, a no ser que se tratara de un loco.

Monk siguió a la espera.

—Para mí habría sido mucho más fácil de entender que la víctima hubiera sido Basil —prosiguió Myles con una cierta acritud en la voz—. Cyprian habría podido cultivar sus intereses políticos en lugar de doblegarse a los que le ordena su padre y estaría en condiciones de pagar sus deudas, lo que le facilitaría mucho la vida... y también la de Romola. Para ella es muy duro tener que vivir en casa ajena y a menudo reluce en sus ojos la ambición de ser un día la señora de Queen Anne Street. Pero mientras espera a que llegue ese día se comporta como una nuera obediente. Vale la pena esperar.

—Pero entonces usted tendrá que mudarse a otra casa —dijo Monk a bocajarro.

—¡Ah! —dijo Myles poniendo cara larga—. ¡Qué descortesía recordármelo, inspector! Sí, no tendremos más remedio. Pero el viejo Basil tiene salud para dar y vender y va a durar otros veinte años. De todos modos, a quien mataron fue a la pobre Octavia, o sea que estas consideraciones no nos llevan a ninguna parte.

—¿Estaba enterada la señora Haslett de las deudas de su hermano?

Myles enarcó las cejas, lo que confirió un extraño aspecto a su cara.

—No creo, pero cabe dentro de lo posible. Lo que ella sí sabía era que su hermano estaba interesado en las ideas filosóficas del espantoso señor Owen y sus conceptos de disolución de la familia —sonrió con humor retorcido—. No habrá leído usted a Owen supongo, ¿verdad, inspector? Es sumamente radical... considera que el sistema patriarcal de la familia tiene la culpa de muchas ambiciones, opresiones y abusos, opinión que Basil está bastante lejos de compartir.

—Me hago cargo —admitió Monk—. ¿Son del dominio público las deudas de Cyprian?

—¡Qué va!

—Pero a usted le ha confiado el secreto.

Myles se encogió de hombros un momento.

—No... la verdad es que no, pero ocurre que yo soy banquero, inspector, y me entero de cosas que no son del dominio público —le subieron los colores a la cara—. Se lo digo porque usted está investigando un asesinato de mi familia, pero ésta no es razón para que haya que hablar públicamente del asunto. Espero que lo entienda.

Había violado un secreto, de lo que Monk se apercibió inmediatamente. Recordó lo que había dicho Fenella acerca de él y la mirada pícara de sus ojos al pronunciar las palabras.

Myles se apresuró a añadir:

—Yo diría que todo obedece a una estúpida disputa con un criado y a que éste perdió los estribos. —Miró abiertamente a Monk—. Octavia era viuda y joven. Ella no se alimentaba de folletines escandalosos como tía Fenella. Yo diría que seguramente alguno de los lacayos le manifestó su admiración y que ella no supo ponerlo en su sitio con la energía suficiente.

—¿Cree en serio que fue esto lo que ocurrió, señor Kellard? —dijo Monk escrutándole la cara y observando sus ojos castaños bajo las rubias cejas, su nariz larga y ligeramente ganchuda y aquella boca que tan fácilmente podía reflejar imaginación como relajarse, según el humor del momento.

—Por lo menos es más probable esto que pensar que Cyprian, al que Octavia quería mucho, la matase porque ella lo hubiera amenazado con contar lo de las deudas a su padre, sobre todo teniendo en cuenta lo poco que lo apreciaba... o que la matara Fenella porque Octavia quisiera informar a Basil acerca de sus acompañantes, que dejan bastante que desear.

—Deduzco que la señora Haslett seguía echando de menos a su marido —dijo Monk lentamente, con la esperanza de que Myles sabría leer la insinuación menos comprometida que se escondía detrás de sus palabras.

Myles se echó a reír con ganas.

—¡Oh, Dios, no! ¡Qué mojigato es usted! —Se recostó en su asiento—. Octavia llevó luto por la muerte de Haslett... pero era una mujer. Ella habría seguido llorándolo. No cabía esperar otra cosa. Pero al fin y al cabo era una mujer como todas y yo diría que Percival lo sabía. Y también sabía cómo tomarse algunas protestas o resistencias, unas sonrisas acompañadas de miradas con las pestañas entrecerradas y unas ojeadas discretas.

Monk notó una fuerte tensión en los músculos del cuello y del cráneo, pero procuró que su voz no trasluciera emoción.

—Lo que, suponiendo que esté usted en lo cierto, era bastante. Cuando ella decía una cosa era porque estaba convencida de ello.

—¡Oh!... —exclamó Myles con un suspiro y encogiéndose de hombros—. Yo diría que cambió de actitud cuando recordó que era un lacayo, pero entonces él ya había perdido la cabeza.

—¿Se basa usted en algún dato para afirmarlo, señor Kellard, o habla solamente por intuición?

—Por observación —dijo Myles algo irritado—. Percival es un hombre que gusta a las mujeres, ya había tenido algunos escarceos con una o dos camareras. No cabía esperar otra cosa, ¿sabe usted? —A través de su rostro aleteó un sentimiento de oscura satisfacción—. Es imposible que varias personas convivan en una misma casa sin que de vez en cuando surja algún lance inesperado. Este hombre es ambicioso. Estudie el asunto, inspector, pero ahora, si me disculpa, no tengo más que decirle salvo que utilice su sentido común y el conocimiento de que disponga sobre las mujeres. Buenos días, inspector.

Monk volvió a Queen Anne Street con una sensación de oscuridad en su interior. La entrevista con Myles Kellard habría debido alentarlo, ya que le había proporcionado un motivo aceptable para que uno de los criados matara a Octavia Haslett y era indudable que ésta era la solución menos desagradable. Runcorn estaría encantado, sir Basil quedaría satisfecho, Monk detendría al lacayo y cantaría victoria, la prensa lo alabaría por haber encontrado la solución de forma rápida y acertada y, aunque esto no gustaría demasiado a Runcorn, sentiría un inmenso alivio al ver desaparecer el peligro de escándalo y comprobar que un caso importante quedaba cerrado de forma satisfactoria.

Pero la entrevista con Myles le había dejado una sensación deprimente. Myles despreciaba tanto a Octavia como al lacayo Percival. Sus insinuaciones nacían de una especie de malevolencia. En él no había ningún tipo de afabilidad.

Monk se subió un poco más el cuello del abrigo para resguardarse de la lluvia helada que caía en la acera, al tiempo que enfilaba Leadenhall Street y subía la cuesta de Cornhill. ¿No sería él una especie de Myles Kellard?

En viejos expedientes que él había formulado y que había tenido ocasión de revisar había visto pocos signos de compasión. Sus juicios eran certeros. ¿Eran cínicos, además? Le aterraba pensarlo. De ser así, querría decir que era un hombre vacío. En los meses transcurridos desde el día que despertara en el hospital no había encontrado a nadie que se interesara profundamente por él, nadie que sintiera amor o gratitud por él, salvo su hermana, Beth, y su cariño era más fruto de la fidelidad y del recuerdo que del conocimiento. ¿No existía nadie más para él? ¿Ninguna mujer? ¿Dónde estaban sus amistades, deudas contraídas, dependencias, confianzas y recuerdos?

Hizo una seña a un cabriolé e indicó al cochero que volviera a conducirlo a Queen Anne Street, después se sentó e intentó dejar de pensar en él y centrarse en el lacayo Percival... y en la posibilidad de que se hubiera producido un escarceo físico estúpido que pudiera haber escapado a su control y terminado en violencia.

Volvió a entrar por la puerta de la cocina y preguntó por Percival. Esta vez se reunió con él en la salita del ama de llaves. Ahora el lacayo estaba pálido, como si tuviera la sensación de que la red se cerraba a su alrededor, fríamente, cada vez más apretada. Estaba muy erguido pero se notaba que se le estremecían los músculos debajo de la librea, tenía las manos enlazadas delante del cuerpo y el sudor brillaba en su frente y en sus labios. Miró a Monk fijamente, aguardando el ataque para defenderse de él.

Así que Monk le dirigió la palabra supo que no encontraría la manera de formular una pregunta que fuera sutil. Percival ya había adivinado el hilo de sus pensamientos y se había adelantado a ellos.

—Hay muchas cosas que no sabe de esta casa —dijo con voz áspera y nerviosa—. ¿Por qué no pregunta al señor Kellard qué relación tenía con la señora Haslett?

—¿Qué relación era, Percival? —le preguntó Monk con voz tranquila—. Por lo que he oído decir, no parece que estuvieran en muy buenos términos.

—Aparentemente no —dijo Percival con una ligera burla en los labios—. A ella nunca le gustó demasiado, pero él la deseaba...

—¿Ah, sí? —exclamó Monk levantando las cejas—. Pues parece que lo disimulaban muy bien. ¿Usted cree que el señor Kellard intentó propasarse y, al chocar con su negativa, se puso violento y la mató? Y todo sin que hubiera lucha.

Percival lo miró con profundo desagrado.

—No, no creo. Más bien pienso que él quería seducirla y, aunque no llegó a conseguir nada, la señora Kellard se enteró... y le entraron unos celos de esos que sólo sienten las mujeres cuando se sienten rechazadas. Odiaba tanto a su hermana que la habría matado.

Se dio cuenta de que Monk abría mucho los ojos y de que tenía las manos tensas. Sabía que había sembrado la inquietud en el cuerpo del policía y que por una vez había conseguido confundirlo.

Una leve sonrisa alteró apenas las comisuras de los labios de Percival.

—¿Esto es todo, señor?

—Sí... de momento nada más —dijo Monk después de un titubeo—. De momento...

—Gracias, señor.

Y Percival dio media vuelta y salió, esta vez con paso ligero y un leve balanceo de los hombros.

5

El hospital no se hizo más soportable para Hester a medida que iban pasando los días. El resultado del juicio le había permitido saber qué era luchar y salir vencedora. Había vuelto a enfrentarse con un dramático conflicto entre enemigos y, pese a toda la oscuridad y al dolor que el asunto suscitaba, por lo menos ella había estado en el bando de los vencedores. Había visto la terrible expresión del rostro de Fabia Grey al abandonar la sala donde se había celebrado el juicio y sabía que a partir de entonces su vida estaría marcada por el odio, pero había sido testigo también de la nueva libertad que dejaba traslucir el rostro de Lovel Grey, como si los fantasmas que se hubieran desvanecido y dejaran entrever un rayo de luz. Quería creer que Menard iniciaría una nueva vida en Australia, país del que ella apenas sabía nada; sabía, eso sí, que mientras no fuera Inglaterra, para él encerraba una esperanza. No habían luchado para otra cosa.

No estaba segura de si le gustaba o no Oliver Rathbone, pero era evidente que se trataba de una persona estimulante. Había vuelto a paladear el sabor de la batalla, que había espoleado su deseo de seguir luchando. Pero ahora había encontrado a Pomeroy todavía más difícil de soportar que antes: su insufrible altanería, las inaceptables excusas con las que recibía la muerte considerándola inevitable, cuando Hester estaba convencida de que si hubiera puesto a colación un poco más de esfuerzo y aceptado la colaboración, hubiera utilizado mejores enfermeras y aprovechado en mayor grado la iniciativa de los médicos jóvenes no habría tenido por qué ocurrir. Pero fuera o no verdad... él habría debido luchar. Ser vencido era una cosa, rendirse otra muy diferente... e intolerable.

Por lo menos había operado a John Airdrie y, justo en este momento, en aquella encapotada y húmeda mañana de noviembre, lo veía dormido en su lecho en un extremo de la sala, respirando tranquilamente. Se acercó para comprobar si tenía fiebre. Le arregló las mantas y aproximó la lámpara a su cara para observarlo mejor. Tenía las mejillas arreboladas y, al tocarlo, notó que estaba caliente. Era de esperar después de una operación, pero también era algo que Hester temía. Podía tratarse de una reacción normal o del primer estadio de una infección tal vez irreversible. La única esperanza era que las propias defensas del cuerpo venciesen la enfermedad.

En Crimea, Hester había estado en contacto con cirujanos franceses y estaba al corriente de los tratamientos puestos en práctica durante las guerras napoleónicas de la generación anterior. En 1640, la esposa del gobernador del Perú había sanado de unas fiebres gracias a la administración de una destilación de tres cortezas conocida antiguamente con el nombre de «Poudre de la Comtesse» y, más tarde, «Poudre des Jesuites». Ahora se conocía con el nombre de loxa quinina. Tal vez Pomeroy recetase aquel fármaco al niño, si bien no era seguro porque era un hombre extremadamente conservador y no haría la ronda hasta dentro de otras cinco horas.

El niño tenía escalofríos. Hester se inclinó sobre él y lo tocó suavemente, sobre todo para tranquilizarlo. Pero lejos de recuperar la conciencia, el niño parecía a punto de caer en el delirio.

Abandonando vacilaciones, Hester por fin se decidió. Aquélla era una batalla en la que no pensaba rendirse. Se había traído de Crimea algunos medicamentos básicos, cosas que no creía encontrar fácilmente en Inglaterra. Entre ellos había una mezcla de triaca, loxa quinina y licor de Hoffman. Los tenía guardados en un pequeño estuche de cuero provisto de un buen cierre que dejaba junto con la capa y el bonete en una habitación exterior destinada a este fin.

Ahora, ya tomada la decisión, echó otra mirada a la sala para asegurarse de que no había ningún otro enfermo cuyo estado hubiera empeorado y, viendo que todo seguía igual, salió al corredor y una vez en la habitación sacó de entre los pliegues de su capa el estuche escondido. Estiró de una cadenita y del bolsillo sacó la llave, que giró con facilidad en la cerradura. Hester levantó la tapadera. Debajo de un delantal limpio y dos gorritos de lino recién lavados y planchados estaban los medicamentos. Encontró enseguida la mezcla de triaca y quinina. Se la guardó en el bolsillo, después volvió a cerrar la caja con llave y la escondió de nuevo debajo de la capa.

Ya otra vez en la sala, encontró una botella de la cerveza que solían beber las enfermeras. Se suponía que el medicamento debía mezclarse con vino pero como no disponía de nada más, aquella bebida serviría. Vertió un poco de líquido en una taza, añadió una pequeña dosis de quinina y agitó la mezcla enérgicamente. Sabía que tenía un sabor muy amargo.

Se acercó a la cama del niño, lo incorporó suavemente y descansó su cabeza contra su cuerpo. Le dio dos cucharadas de la poción introduciéndoselas suavemente entre los labios. El niño no parecía darse cuenta de nada y tragó el líquido de forma automática. Hester le secó los labios con una servilleta y volvió a dejar al niño tumbado en la cama, le apartó el cabello de la frente y lo cubrió con la sábana.

Dos horas más tarde le administró otras dos cucharadas más del medicamento e hizo lo mismo una tercera vez antes de que llegara Pomeroy.

—¡Excelente! —dijo éste, observando de cerca al niño y con el rostro pecoso rebosante de satisfacción—. Parece que reacciona estupendamente. ¿Lo ve? Hice muy bien en demorar la operación. No era tan urgente como usted se figuraba. —La miró con una sonrisa forzada—. Se deja usted llevar por el pánico. —Se irguió y se acercó a la próxima cama.

Hester consiguió a duras penas abstenerse de comentarle lo ocurrido. Pero si le decía que el niño había tenido fiebre no hacía más que cinco horas también tendría que decirle que le había administrado la medicación. Ignoraba cuál podía ser la reacción del médico, pero seguro que no sería favorable. Si tenía que decírselo, lo haría cuando el niño se hubiera recuperado. Lo mejor era ser discreta.

Sin embargo, las circunstancias no le permitieron demorar las cosas. A mediados de la semana, John Airdrie ya se sentaba en la cama, había desaparecido el color rojo de sus mejillas y empezaba a tener un poco de apetito. Pero tres camas más allá de la suya había una mujer que había sufrido una operación de abdomen y que estaba empeorando a ojos vistas. Pomeroy la observaba con preocupación creciente pero no recomendaba como tratamiento otra cosa que hielo y baños fríos frecuentes, aunque en su voz no había esperanza, sólo resignación y lástima.

Hester no pudo guardar silencio por más tiempo. Observando el dolor que reflejaba el rostro de la mujer, decidió hablar con el médico:

—Doctor Pomeroy, ¿no estima apropiado administrarle loxa quinina con una mezcla de vino, triaca y licor mineral de Hoffman? Podría bajarle la fiebre.

El médico la miró con ojos llenos de incredulidad, que fue transformándose progresivamente en indignación a medida que se percataba de lo que acababa de decirle la enfermera. Se había sonrojado y se le habían erizado los pelos de la barba.

—Señorita Latterly, ya le he dicho en otras ocasiones que usted no tiene arte ni parte en un campo para el cual carece de preparación y de credenciales. Pienso administrar a la señora Begley lo que más le conviene y usted no tiene que hacer otra cosa que obedecer mis órdenes. ¿Lo ha entendido?

Hester tragó saliva.

—¿Ordena usted que administre a la señora Begley un poco de loxa quinina para hacerle bajar la fiebre, doctor Pomeroy?

—¡No, de ninguna manera! —replicó, tajante—. El medicamento del que usted habla está indicado para fiebres tropicales, no para recuperarse de una operación. No haría ningún bien a la enferma. Además, aquí no tenemos ese potingue extranjero.

Una parte de Hester todavía seguía debatiéndose con la decisión de confiárselo todo, pero ya se le había desatado la lengua para anunciar lo que su conciencia le dictaba de forma irrenunciable.

—Vi administrar con éxito este fármaco a un cirujano francés, señor, en un caso de fiebre después de amputación y su uso se remonta a las campañas de Napoleón anteriores a Waterloo.

La expresión del médico se ensombreció.

—Yo no sigo órdenes de los franceses, señorita Latterly. Pertenecen a una raza sucia e ignorante que no hace mucho tiempo soñaba incluso con conquistar estas islas y someterlas a su yugo junto con el resto de Europa. Y quisiera recordarle, ya que parece que lo ha olvidado, que usted recibe órdenes mías y únicamente mías.

Dio media vuelta decidido a abandonar a la infortunada mujer y a Hester, pero ésta le cortó el paso colocándose delante de él.

—¡Esta mujer delira, doctor! ¡No podemos abandonarla! Le ruego que me permita darle un poco de quinina, no puede hacerle ningún daño y quizá le beneficie. Le daré una cucharada cada dos o tres horas y, en caso de que no mejore, abandonaré el tratamiento.

—¿Y de dónde quiere que saque este medicamento en el supuesto de que quisiera dárselo?

Hester hizo una profunda inspiración y poco le faltó para traicionarse.

—Del hospital de la fiebre, doctor. Podríamos enviar un cabriolé. Yo misma podría ir a buscarlo, si usted me lo permite.

Al hombre se le encendió la cara.

—Señorita Latterly, me figuraba haber sido lo bastante claro sobre el particular: las enfermeras tienen la misión de mantener a los pacientes limpios y frescos cuando las temperaturas son excesivas, les aplican hielo siguiendo instrucciones de los médicos, así como los líquidos prescritos. —Su voz iba subiendo de tono al tiempo que descargaba el peso del cuerpo en la parte anterior de las plantas de los pies, balanceándose ligeramente—. Van a buscar vendas, las facilitan a los médicos cuando se las piden. Se encargan de que la sala esté limpia y ordenada, encienden las chimeneas y sirven la comida a los enfermos. Vacían los orinales y se ocupan de atender las necesidades físicas de los pacientes. —Se metió las manos en los bolsillos y siguió balanceándose sobre los pies ahora algo más rápidamente—. Se ocupan de mantener el orden y de elevar la moral de los enfermos. ¡Y aquí termina su trabajo! ¿Lo ha entendido, señorita Latterly? No tienen ninguna competencia en medicina, salvo muy rudimentaria. ¡En ninguna circunstancia ponen en práctica sus criterios!

—¿Y si no tienen el médico a mano? —le preguntó Hester.

—¡Entonces esperan! —La voz se le ponía más aguda por momentos.

Hester no pudo reprimir su indignación.

—Pero los pacientes pueden morir o, en el mejor de los casos, empeorar hasta un punto en que ya no haya posibilidad de salvarlos.

—Entonces se busca al médico urgentemente, pero nunca se hace nada que vaya más allá de la propia competencia y, cuando se dispone del médico, éste decide qué es lo mejor. Eso es todo.

—Pero cuando una sabe lo que hay que hacer...

—¡No lo sabe! —Sacó las manos de los bolsillos y las agitó en el aire—. ¡Por el amor de Dios, mujer! Usted no tiene conocimientos de medicina. Usted no sabe nada aparte de los chismes que suelen circular en este medio y la experiencia práctica que pudo adquirir de los extranjeros en algún hospital de campaña de Crimea. ¡Ni es usted médico ni nunca lo será!

—La medicina no es más que aprendizaje y observación —ahora también ella levantó la voz y hasta algunos pacientes alejados comprendieron que estaban discutiendo—. No hay normas, salvo que si algo funciona quiere decir que va bien y si no funciona quiere decir que hay que probar otra cosa. —Hester estaba tan exasperada que se le estaba agotando la paciencia ante el empecinamiento de aquel hombre—. Si no experimentáramos, no descubriríamos nada y entretanto la gente se iría muriendo cuando a lo mejor habríamos podido curarlos.

—¡O más probablemente los habríamos matado con nuestra ignorancia! —dijo el médico complaciéndose en vengarse de sus palabras—. Usted no tiene derecho alguno a hacer ningún tipo de experimentos. Usted no es más que una mujer sin ninguna competencia, por muy cargada de buenas intenciones que esté, y como vuelva a oírle una palabra más en ese sentido, la echaré a la calle sin más contemplaciones. ¿Me comprende?

Hester vaciló un momento, pero lo miró a los ojos. En la mirada del médico no había incertidumbre alguna, tampoco la más mínima flexibilidad en su decisión. Si ahora Hester guardaba silencio, todavía existía la posibilidad de volver más tarde, cuando el médico ya se hubiera ido a su casa, para darle la quinina a la señora Begley.

—Sí, lo he entendido —se obligó a decir, pero tenía los puños cerrados entre los pliegues del delantal y de las faldas.

Con todo, tampoco esta vez el médico quería marcharse sin que quedara patente que había ganado la batalla.

—La quinina no sirve para nada en las infeciones posoperatorias que cursan con fiebre, señorita Latterly —prosiguió con unos aires de suficiencia que iban aumentando por momentos—. La quinina es útil para las fiebres tropicales y ni siquiera en estos casos da siempre resultado. Usted limítese a administrar hielo a la paciente y a lavarla regularmente con agua fría.

Hester inspiró y espiró lentamente. Aquellos aires de suficiencia que el médico se daba le resultaban insoportables.

—¿Me ha oído? —preguntó el doctor Pomeroy.

Antes de que tuviera tiempo de replicar, uno de los pacientes que estaba en una cama del fondo de la sala, con expresión reconcentrada dijo:

—Ella le ha dado una cosa al niño de allí al fondo cuando tenía fiebre después de la operación —articuló con voz clara—. Estaba muy mal, como si fuera a delirar. Se lo ha dado cuatro o cinco veces y el niño se ha puesto bien. Ahora está tan fresco como usted. Ésta sabe lo que se lleva entre manos... ¡sabe mucho!

Se produjo un momento de silencio terrible. El hombre no tenía ni idea de lo que acababa de hacer.

Pomeroy se quedó pasmado.

—¡Usted ha dado loxa quinina a John Airdrie! —la acusó, percatándose ahora del hecho—. ¡Y lo ha hecho a mis espaldas! —Su voz iba subiendo de tono y ahora era estridente a causa de la indignación y de la traición que suponía, y no sólo por ella sino, lo que era aún peor, por el paciente.

De pronto lo asaltó una nueva idea.

—¿Y de dónde ha sacado ese fármaco? ¡Respóndame, señorita Latterly! Dígamelo ahora mismo, ¿de dónde lo ha sacado? ¿Ha tenido la osadía de pedirlo en mi nombre en el hospital de la fiebre?

—No, doctor Pomeroy. Tengo una pequeña cantidad de quinina... muy poca, en realidad —añadió atropelladamente—. Es para combatir la fiebre. Le he dado un poco.

El médico estaba temblando de rabia.

—Queda usted despedida, señorita Latterly. Desde que llegó a esta casa no ha hecho otra cosa que causar problemas. La admitimos por recomendación de una señora que seguramente debía algún favor a su familia y que posiblemente no tenía ni idea de su carácter irresponsable y díscolo. ¡Hoy mismo dejará este establecimiento! Recoja todas sus cosas y váyase. Y no me pida recomendación alguna porque no pienso dársela.

En la sala se produjo un impresionante silencio. Hasta se oían los crujidos de la ropa de cama.

—¡Ella ha curado al niño! —protestó el paciente—. ¡Ha obrado bien! ¡Si el niño está vivo es gracias a ella! —La voz del enfermo dejó traslucir la desesperación que sentía al comprender lo que había hecho. Miró primero a Pomeroy y después a Hester—. ¡Ha obrado bien! —insistió.

Por lo menos ahora Hester podía permitirse el lujo

de despreocuparse de lo que pudiera pensar Pomeroy. Ya no tenía nada que perder.

—¡Claro que me iré! —aceptó Hester—. Pero su orgullo no me impedirá que ayude a la señora Begley. Esta mujer no merece morir para salvarle a usted la cara porque una enfermera le haya dicho lo que tenía que hacer. —Hizo una profunda inspiración—. Y como todo el mundo de esta sala sabe lo que ha pasado, le costará bastante encontrar excusa.

—Pero ¿cómo...? ¡Habráse visto...! —farfulló Pomeroy rojo como la grana, pero sin encontrar palabras lo bastante violentas para dejar a salvo su orgullo y al mismo tiempo no revelar su debilidad—. Usted...

Hester le dirigió una mirada fulminante, después se volvió y se dirigió al enfermo que la había defendido, que ahora se había sentado en la cama, se había arrebujado con las mantas y estaba pálido de vergüenza.

—No se eche la culpa —le dijo Hester con voz suave, pero lo bastante alta para que se enteraran todos los que estaban en la sala, porque vio que el hombre necesitaba que todos supieran que había pedido perdón—. Tenía que ocurrir, un día u otro yo debía chocar con el doctor Pomeroy, era inevitable. Por lo menos usted ha dicho lo que sabía y quizá, gracias a usted, la señora Begley se ahorrará muchos dolores y quizás incluso la muerte. No sienta remordimientos por lo que ha hecho ni se figure que me ha perjudicado en nada. Lo único que ha hecho ha sido avanzar el momento de lo que ya era inevitable.

—¿Seguro, señorita? ¡Lo siento muchísimo! —La miraba angustiado, escrutando el rostro de Hester como para convencerse de sus palabras.

—Claro que es seguro —dijo esforzándose en sonreírle—. ¿No sabe lo que ha pasado? ¿No es capaz de juzgar por sí mismo? El doctor Pomeroy y yo estábamos destinados a chocar en algún momento. Y como es lógico, a mí me tenía que tocar la peor parte. —Le arregló la ropa de la cama—. Cuídese mucho... y ojalá que Dios haga que se cure. —Le tomó un momento la mano y seguidamente se alejó añadiendo en voz baja—:... a pesar de Pomeroy.

Así que llegó a sus habitaciones y se hubo apaciguado un poco, comenzó a cobrar conciencia de la situación. Ahora no sólo no tenía un trabajo con que llenar el tiempo de que disponía y que le proporcionara los medios económicos necesarios para cubrir su subsistencia sino que, además, había traicionado la confianza que Callandra Daviot había puesto en ella y la recomendación que había dado.

Comió sola a última hora de la tarde, pero si lo hizo fue simplemente porque no quería ofender a la patrona no probando bocado. No le encontró ningún sabor. A las cinco de la tarde la calle estaba más oscura y, después de encendidas las lámparas de gas y corridas las cortinas, encontró la habitación tan exigua y cerrada que sintió el peso de la forzada ociosidad y el aislamiento total. ¿Y mañana? ¿Qué haría? No habría dispensario ni tampoco pacientes que cuidar. Se sentía completamente inútil, no tenía utilidad para nadie. Aquellos pensamientos la atormentaban y, si persistía en ellos, acabarían minándola hasta tal punto que lo único que querría sería meterse en cama y no moverse de ella.

También le preocupaba pensar que al cabo de dos o tres semanas estaría sin dinero y se vería obligada a dejar la casa donde ahora vivía, y tendría que recurrir de nuevo a su hermano Charles para que le proporcionara un techo hasta que ella pudiera... ¿qué? Le resultaría extremadamente difícil, probablemente imposible, conseguir otro puesto de enfermera. Pomeroy ya se ocuparía de que así fuera.

Estaba al borde del llanto y ése era un estado que detestaba. Tenía que hacer algo. Cualquier cosa sería mejor que permanecer sentada en aquella inhóspita habitación escuchando el siseo del gas, el único ruido que rompía el silencio, y lamentándose de su situación. Una tarea desagradable que tenía pendiente era explicarse con Callandra. Era un gesto que le debía y siempre sería mucho mejor hacerlo personalmente y en una conversación frente a frente que por carta. ¿Por qué, pues, no afrontar la situación? No podía ser peor que quedarse encerrada en su cuarto dejando pasar el tiempo hasta que llegara una hora razonable para meterse en cama, donde el hecho de dormir tampoco le permitiría escapar a la situación.

Se puso su mejor abrigo —en realidad sólo tenía dos, pero uno le sentaba mucho mejor que el otro, aunque era menos práctico— y un bonito sombrero y salió a la calle en busca de un cabriolé, a cuyo cochero dio las señas de Callandra Daviot.

Llegó unos minutos antes de las siete y se sacó un peso de encima al enterarse de que Callandra estaba en casa y no tenía visitas, contingencia en la que no se había parado a pensar al salir.

Preguntó a la doncella que acudió a abrirle la puerta si podía ver a lady Callandra y aquélla la hizo pasar sin más comentarios.

Callandra bajó la escalera unos minutos después, vestida de una manera que sin duda ella consideraba a la moda pero que en realidad había estado de moda dos años atrás y cuyo color no era especialmente favorecedor. Ya empezaba a soltársele el cabello de las horquillas, a pesar de que hacía un momento que había salido del vestidor, pero el efecto general de su persona quedaba redimido por la inteligencia y la vitalidad reflejadas en su rostro... y el evidente placer de ver a Hester, incluso a aquella hora y sin previo aviso. Una sola mirada le bastó para descubrir que las cosas no iban bien.

—¿Qué pasa, querida? —le dijo al llegar al pie de la escalera—. ¿Qué ha ocurrido?

No habría servido de nada andarse con evasivas y menos con Callandra.

—Apliqué un tratamiento a un niño sin permiso del médico... porque él no estaba. El niño parece que se está recuperando estupendamente... Pero el médico me ha despedido. —Ya lo había dicho, y quiso ver qué efecto causaban sus palabras en el rostro de Callandra.

—¡Vaya, vaya! —Callandra levantó ligeramente las cejas—. Y supongo que el niño estaba muy enfermo, ¿verdad?

—Tenía fiebre y empezaba a delirar.

—¿Qué tratamiento le aplicó?

—Loxa quinina, triaca, licor mineral de Hoffman... y un poco de cerveza para darle mejor sabor.

—A mí me parece muy razonable —comentó Callandra abriendo camino hacia la sala de estar—, aunque, por supuesto, estaba fuera de sus atribuciones.

—Sí —admitió Hester con voz tranquila.

Callandra cerró la puerta detrás de las dos.

—Y usted no lo lamenta en absoluto, ¿verdad? —añadió—. Seguramente lo volvería a hacer.

—Yo...

—No me mienta, querida amiga, porque estoy segura de que lo volvería a hacer. Es una lástima que no autoricen a estudiar medicina a las mujeres, estoy convencida de que usted sería un excelente médico. Posee inteligencia, criterio y valor sin caer en la jactancia. Pero es mujer y está fuera de su alcance. —Se sentó en un gran sofá extremadamente cómodo e indicó a Hester que la imitase—. ¿Y qué piensa hacer ahora?

—No tengo ni idea.

—Ya me lo figuraba. Mire, quizá lo primero que podría hacer sería acompañarme al teatro. Ha pasado un día extremadamente agotador y el contacto con el reino de la fantasía será un contraste muy satisfactorio. Después ya hablaremos de lo que puede hacer. Perdone que le haga una pregunta tan poco delicada pero ¿dispone de fondos suficientes para pagar la pensión una semana o dos más?

Hester no pudo por menos de sonreír al ver que se acordaba enseguida de cosas tan prácticas y mundanas y que no hablaba de ultrajes morales ni vaticinaba desastres, como habría cabido esperar de otra persona cualquiera.

—Sí... sí, naturalmente.

—Espero que no me engañe. —Las erizadas cejas de Callandra se enarcaron en un gesto inquisitivo—. De acuerdo, pues. Esto nos concede un poco más de tiempo. En caso contrario, puede venirse a vivir conmigo hasta que encuentre alguna cosa más conveniente.

Sería mejor explicarlo todo.

—Me excedí en mis deberes —confesó Hester—. Pomeroy está furioso conmigo y no querrá dar referencias mías. En realidad, me sorprendería que no informara a todos sus colegas de mi proceder.

—Supongo que lo hará —admitió Callandra—, siempre que lo consulten al respecto. Pero si el niño se recupera y sobrevive, lo más probable es que no sea Pomeroy quien ponga la cuestión sobre el tapete. —Callandra observó a Hester con mirada crítica—. ¡Amiga mía, no la veo vestida a propósito para salir! De todos modos, ya no se puede hacer gran cosa porque es un poco tarde. Mejor así. Quizá mi doncella podrá arreglarle un poco el pelo. Así estará presentable. Vaya arriba y dígale de mi parte que la peine.

Hester vaciló. ¡Todo había sido tan rápido!

—¡Venga, no se quede ahí! —la animó Callandra—. ¿Ya ha comido? Allí podremos tomar algún refresco, pero no será una comida de verdad.

—Sí... yo ya he comido. Gracias.

—Entonces suba a que la peinen... ¡rápido!

Como no se le ocurría nada mejor, Hester obedeció.

El teatro estaba lleno a rebosar de gente dispuesta a pasar una velada agradable, las mujeres ataviadas con sus faldas armadas de crinolina y adornadas con volantes, flores, encajes, terciopelos, cintas y todo tipo de ornamentos femeninos. Hester se sentía humildemente vestida y con muy pocas ganas de reír, aparte de que la sola idea de dejarse cortejar por algún jovencito de cabeza hueca bastaba para agriar el poco humor que le quedaba. La única cosa que le frenaba la lengua era saberse en deuda con Callandra y recordar el afecto que sentía por ella.

Como Callandra tenía un palco, no había que preocuparse por los asientos y, por otra parte, tampoco tenían a nadie cerca. La obra era una de las doce más taquilleras del momento y hacía referencia a la pérdida de la virtud de una muchacha, tentada por la debilidad de la carne, seducida por un hombre indigno y sólo al final, cuando ya era demasiado tarde, manifestando el deseo de volver junto a su probo marido.

—¡Habráse visto hombre más estúpido, testarudo y presumido! —dijo Hester por lo bajo, cuando su sentido de la tolerancia tocó a su límite—. No sé si la policía habrá acusado nunca a un hombre por aburrir a una mujer hasta la muerte.

—No sería ningún delito, amiga mía —le murmuró Callandra—. Se considera que las mujeres no se interesan por nada.

Hester usó una palabra que había oído decir a los soldados en Crimea y Callandra hizo como si no la oyera, aunque en realidad la había oído muchas veces y hasta sabía qué significaba.

Así que terminó la obra cayó el telón en medio de

entusiastas ovaciones. Callandra se puso en pie y Hester, después de dirigir una fugaz mirada al público, se levantó también y la siguió hasta el concurrido vestíbulo de entrada, que ahora se estaba llenando rápidamente de hombres y mujeres que charlaban animadamente sobre la obra, así como sobre todo tipo de banalidades y chismes que se les ocurrían.

Hester y Callandra se abrieron paso entre ellos y a los pocos minutos, después de unos cuantos intercambios de frases corteses, se encontraron frente a frente con Oliver Rathbone, que iba acompañado de una joven muy bonita de piel morena y aire reservado.

—Buenas noches, lady Callandra —dijo Rathbone con una ligera inclinación y volviéndose con una sonrisa a Hester—. Señorita Latterly, quiero presentarles a la señorita Newhouse.

Se intercambiaron los saludos que dictaban los buenos modales.

—¿No han encontrado entretenida la obra? —preguntó la señorita Newhouse para decir algo amable—. Es conmovedora, ¿verdad?

—Mucho —admitió Callandra—, una trama muy popular para los tiempos que corren.

Hester no dijo nada. Se dio cuenta de que Rathbone la observaba con aquella misma mirada divertida e inquisitiva del día que se habían conocido, con anterioridad al juicio. Hester no estaba para conversaciones banales pero, como era una invitada de Callandra, se vio obligada a fingir y a soportar el chaparrón.

—No he podido evitar sentir lástima de la protagonista —prosiguió la señorita Newhouse—, a pesar de sus fallos —bajó la vista un momento—. Ya sé que si se atrajo la ruina fue por su culpa. Demuestra una gran habilidad por parte del autor que uno tenga que deplorar su comportamiento y al mismo tiempo llorar por ella —se volvió a Hester—, ¿no encuentra, señorita Latterly?

—A mí me inspira más simpatía de la que el autor pretende —dijo Hester con una sonrisa, como excusándose.

—¡Oh! —La señorita Newhouse parecía confundida.

Hester se vio obligada a explicarse. Era muy consciente de que Rathbone la estaba observando.

—El marido es un hombre tan aburrido que se entiende muy bien que su mujer... pierda interés.

—¡Pero así no se puede excusar que falte a sus deberes! —exclamó, escandalizada, la señorita Newhouse—. Más bien demuestra lo fácilmente que las mujeres perdemos la cabeza cuando nos dicen algunas palabras halagadoras. Nos dejamos seducir por una cara agradable y unos cuanto encantos superficiales en lugar de fijarnos en los méritos auténticos.

Hester habló sin pararse a pensar. En su opinión la protagonista era muy atractiva y parecía que lo único que interesaba al marido era aquel aspecto.

—Además, yo no necesito a nadie que me lleve a la perdición. Soy perfectamente capaz de hacer ese viaje sola.

La señorita Newhouse la miró desconcertada.

Callandra tosió tapándose la boca con el pañuelo.

—Pero descarriarse sola no es tan divertido, ¿no le parece? —dijo Rathbone con los ojos brillantes y refrenando la sonrisa que ya le asomaba a los labios—. ¡Un viaje así no sé si vale la pena!

Hester se volvió y lo miró a los ojos.

—Yo iré sola, señor Rathbone, y estoy segura de que cuando llegue no encontraré deshabitado ese lugar.

El hombre sonrió abiertamente y mostró unos dientes sorprendentemente hermosos. Le tendió el brazo como invitándola a caminar con él.

—¿Me permite? Sólo hasta el coche —dijo Rathbone con rostro inexpresivo.

Hester se echó a reír con ganas y el hecho de que la señorita Newhouse no supiera de qué se reía no hizo sino aumentar lo cómico de la situación.

Al día siguiente Callandra envió a su lacayo a la comisaría con una nota en la que pedía a Monk que la visitara cuanto antes. No daba ninguna explicación a su deseo de verlo ni tampoco ninguna información orientativa ni útil.

Sin embargo, a última hora de la mañana Monk se dirigió a su casa, donde lo hicieron pasar al momento. Monk tenía una gran consideración por Callandra, de la cual ella era sabedora.

—Buenos días, señor Monk —dijo la señora cortésmente—. Por favor, tome asiento y póngase cómodo. ¿Puedo ofrecerle algo de beber? ¿Quiere tomar un chocolate caliente? Hace una mañana muy desagradable.

—Sí, gracias —aceptó Monk, cuyo rostro no podía disimular la extrañeza que le producía el hecho de que lo hubiera llamado.

Lady Callandra llamó a la camarera y, así que apareció, le pidió el chocolate caliente. Después se volvió a Monk con una encantadora sonrisa.

—¿Qué tal su caso? —Callandra no tenía ni la más remota idea del caso que podía ocuparlo en aquellos momentos, pero suponía que alguno entre manos debía de tener.

Monk vaciló el tiempo justo para decidir si la pregunta obedecía a pura cortesía para entretener el rato hasta que llegase el chocolate o si la señora estaba realmente interesada en que le diera una respuesta. Se inclinó por lo último.

—Sólo dispongo de una serie de indicios fragmentarios pero que de momento no parecen conducir a ninguna parte —replicó Monk.

—¿Es frecuente esta situación?

El rostro de Monk reflejó un cierto humor.

—No es rara, pero esta vez resulta bastante desorientadora. Y tratándose de una familia como la de sir Basil Moidore, no se pueden ejercer presiones tan fuertes como en el caso de gentes menos relevantes desde el punto de vista social.

Callandra ya disponía de la información que le hacía falta.

—Naturalmente, en un caso así tiene que ser muy difícil. Y por otra parte, tanto el público a través de los periódicos como las autoridades presionan muy fuerte para que se encuentre una solución.

La camarera trajo el chocolate y la propia Callandra se encargó de servirlo para que la sirvienta saliera cuanto antes. Estaba caliente y cremoso, una verdadera delicia, y Callandra tuvo la satisfacción de ver lo bueno que le sabía a Monk así que lo cató.

—Aparte de que uno tiene la desventaja de no poder observarlos salvo en circunstancias muy poco normales —prosiguió Callandra, a lo que Monk asintió con aire apesadumbrado—. ¿Cómo va a hacerles uno las preguntas que querría cuando los ve tan desconfiados y comprueba que todas sus respuestas son precavidas y tienen como única finalidad protegerse? Lo único que cabe esperar es que sus mentiras sean tan complicadas que acaben revelando alguna verdad.

—¿Conoce usted a los Moidore? —Monk sintió aquella curiosidad al ver el interés que despertaba en ella el caso.

Callandra agitó la mano en el aire.

—Tengo con ellos una relación social. Londres es muy pequeño y la mayor parte de familias distinguidas se relacionan poco o mucho. Ésta es la finalidad de un gran número de matrimonios. Un primo mío lejano está emparentado con uno de los hermanos de Beatrice.

¿Cómo se ha tomado Beatrice la tragedia? Debe de pasarlo muy mal.

Monk dejó la taza en el plato.

—Muy mal —replicó, abstraído ahora en un hecho que lo desconcertaba—. Al principio pareció soportarlo bastante bien, con mucha calma y una gran entereza, pero de pronto se vino abajo y se encerró en su dormitorio. Me han dicho que está enferma, pero yo no la he visto.

—¡Pobre! —exclamó Callandra, llena de comprensión—. ¡Lástima que no pueda ayudarle a usted en sus pesquisas! ¿Cree que debe de saber alguna cosa?

La miró atentamente. Monk tenía unos ojos penetrantes, de un color gris oscuro pero límpido, y una manera de mirar tan directa que habría hecho vacilar a más de uno, pero Callandra tenía arrestos para aguantar la mirada de un basilisco.

—Es posible —dijo Monk con cautela.

—Lo que usted necesita es una persona que viva en la casa y a quien la familia y los criados no le den ninguna importancia —dijo como si acabase de ocurrírsele aquella idea justo en aquel momento— y por supuesto que no tenga nada que ver con la investigación... una persona que esté muy enterada del comportamiento de la gente y que pueda observarlos a todos para después darle cuenta de todo lo que dicen y hacen en privado, de todos los matices de tono y expresión.

—Un milagro —dijo él secamente.

—En absoluto —replicó ella con igual severidad en el rostro—, bastaría con disponer de una mujer.

—No tenemos mujeres en la policía. —Volvió a coger la taza y, mientras bebía, miró a Callandra por encima del borde de la misma—. Incluso si las tuviéramos sería muy difícil colocar a una en la casa.

—¿No me ha dicho que lady Moidore está en cama?

—¿Y en qué puede favorecernos esta situación? —dijo él mirándola con ojos muy abiertos.

—A lo mejor a ella le conviene contar con los servicios de una enfermera. Como es natural, la pobre está desolada debido a la muerte de su hija por asesinato. Es muy posible que tenga alguna idea acerca de quién puede ser el responsable. No me extraña que esté enferma, la pobre. ¿Quién no lo estaría en su lugar? Estoy convencida de que disponer de una enfermera le vendría de perlas.

Monk dejó el chocolate y miró fijamente a Callandra.

Ésta se esforzó en mantener el rostro inexpresivo y mostrar un aire perfectamente inocente.

—En estos momentos Hester Latterly, que es una enfermera excelente, está sin trabajo. Es una de las enfermeras de la señorita Nightingale. Se la recomiendo encarecidamente. La considero perfectamente preparada para encargarse de esta misión. Como usted sabe, es una joven muy observadora y no carece de valentía personal. No porque se haya cometido un asesinato en la casa va a sentirse arredrada en lo más mínimo.

—¿Y el dispensario? —dijo Monk lentamente, al tiempo que en sus ojos brillaba una lucecita.

—Ya no trabaja en él —precisó con cara perfectamente inocente.

Monk pareció sorprendido.

—Una diferencia de opinión con el médico —explicó ella.

—¡Ah!

—Que es un perfecto imbécil —añadió ella.

—Ya me lo imagino —dijo Monk con una ligera sonrisa que le iluminó los ojos.

—Estoy segura de que si usted se lo pide —prosiguió— y lo hace con un poco de tacto, Hester estará dispuesta a solicitar de sir Basil Moidore que le permita ocuparse de su esposa hasta que vuelva a ser la misma de antes. Yo estaré encantada de facilitar las referencias necesarias. Yo que usted no hablaría con el hospital y, por otra parte, convendría que tampoco le hablase a Hester de mí... a menos que sea necesario ir con la verdad por delante.

La sonrisa de Monk era ahora absolutamente franca.

—Muy bien, lady Callandra. Es una idea excelente y le estoy sumamente agradecido.

—No tiene ninguna importancia —dijo Callandra con aire inocente—, ni la más mínima. También hablaré con mi prima Valentina, que estará encantada de hacer esta sugerencia a Beatrice al tiempo que le recomienda a la señorita Latterly.

Hester quedó tan sorprendida al ver a Monk que ni se le ocurrió preguntarse cómo se había enterado de su dirección.

—Buenos días —dijo, sorprendida—. ¿Acaso ha...? —Pero se calló porque no estaba segura de lo que quería preguntarle.

Monk sabía ser circunspecto cuando le interesaba. Había aprendido a comportarse de aquel modo no sin ciertas dificultades, pero su ambición había acabado dominando su temple y hasta su orgullo, hecho que había ocurrido en el momento oportuno.

—Buenos días —respondió con voz afable—. No, no ha ocurrido nada alarmante, pero tengo que pedirle un favor que me gustaría mucho que me concediese.

—¿Yo? —Hester todavía no había salido de su asombro, casi no podía dar crédito a lo que le sucedía.

—Sí, suponiendo que quiera concedérmelo. ¿Puedo sentarme?

—Sí, por supuesto.

Estaban en la salita de la señora Horne y Hester le indicó el asiento más próximo al magro fuego de la chimenea.

Monk obedeció y le expuso el objeto de su visita antes de que una conversación trivial pudiera llevarlo a traicionar a Callandra Daviot.

—Me ocupo del caso de Queen Anne Street, el asesinato de la hija de sir Basil Moidore.

—Ya me lo figuraba —respondió ella con mucho comedimiento y con los ojos rebosantes de expectación—. Los periódicos no hablan de otra cosa, pero yo no conozco a nadie de la familia, ni tampoco sé nada de ellos. ¿Tienen alguna conexión con Crimea?

—Sólo lejana.

—Entonces, ¿en qué puedo...? —Se calló esperando que él le diera una respuesta.

—Quien la mató fue una persona de la casa —dijo Monk— y lo más probable es que sea de la familia.

—¡Oh...! —Su mirada revelaba que estaba empezando a comprender, si no la parte que ella podía tener en el caso, por lo menos las dificultades con las que Monk se enfrentaba—. ¿Y cómo hará para investigar?

—Con mucho cuidado —dijo Monk sonriendo—. Lady Moidore está en cama. No sé qué parte de su malestar responde al dolor producido por lo ocurrido, ya que al principio se lo tomó con una gran entereza, y qué parte responde a que quizá sepa algo comprometedor para algún miembro de la familia y le resulte insoportable.

—¿Y yo qué puedo hacer? —preguntó Hester con toda su atención puesta en él.

—¿Le podría interesar hacer de enfermera de lady Moidore, observar a la familia y, en caso de que sea posible, enterarse de qué preocupa especialmente a la señora?

Se sintió inquieta.

—Me pedirían mejores referencias que las que puedo ofrecer.

—¿Acaso la señorita Nightingale no las daría buenas?

—Sí, ella sí, pero el dispensario no.

—De acuerdo, esperemos entonces que no pregunten al dispensario. Creo que lo principal es que usted sea del gusto de lady Moidore...

—Supongo que lady Callandra también hablaría bien de mí.

Monk se recostó en el asiento con aire tranquilo.

—Seguro que con esto bastará. Entonces, ¿le gustaría hacer este trabajo?

Hester sonrió apenas.

—Si la familia solicita una persona para este puesto, puedo optar a él... lo que no puedo hacer es llamar a la puerta de su casa preguntándoles si necesitan una enfermera.

—¡Naturalmente! Haré lo que pueda para arreglar este particular. —No le dijo nada acerca del primo de Callandra Daviot y procuró evitar explicaciones difíciles—. La gestión se hará verbalmente, como suelen hacerse estas cosas en las mejores familias. Supongo que dejará que hablen de usted, ¿verdad? ¡Estupendo!

—Dígame algo sobre la familia.

—Creo que será mejor que usted misma vaya descubriéndolo todo... y ni que decir tiene que sus opiniones serán preciosas para mí. —Frunció el ceño lleno de curiosidad—. ¿Qué pasó en el dispensario?

Hester, apesadumbrada, lo puso al corriente de lo ocurrido.

Consiguieron convencer a Valentina Burke-Heppenstall de que fuera personalmente a Queen Anne Street para interesarse por la enferma pero, al ver que Beatrice no quería recibirla, se lamentó de la desgracia que afligía a su amiga y sugirió a Araminta que tal vez podría serle útil contar con la colaboración de una enfermera que la ayudara y llegara allí donde no alcanzaran las atareadas doncellas de la casa.

Después de pensárselo un rato, Araminta comprendió que debía acceder. Aquella solución descargaría a todas las personas de la casa de una responsabilidad que en realidad no estaban en condiciones de asumir.

Valentina podía aconsejarles una persona siempre que no consideraran una impertinencia que se inmiscuyera en aquel asunto. Las jóvenes formadas por la señorita Nightingale, verdaderamente raras de encontrar entre las enfermeras, eran las mejores; además, solían ser muchachas de buena familia, es decir, señoritas que se podían tener en casa.

Araminta se sintió muy agradecida. Se entrevistaría lo antes posible con la persona que ella le recomendara.

En consecuencia, Hester se puso su mejor uniforme, tomó un cabriolé y se dirigió a Queen Anne Street, donde se sometió a la inspección de Araminta.

—Me la ha recomendado lady Burke-Heppenstall —le anunció Araminta con voz grave.

Araminta llevaba un vestido de tafetán negro que crujía a cada uno de sus movimientos y su enorme falda rozaba las patas de las mesas y los ángulos de los sofás y butacas cuando se desplazaba de un lado a otro del salón recargado de muebles. Lo oscuro del vestido y los negros crespones que cubrían los cuadros y puertas en señal de luto hacían resaltar la llamarada de su cabellera, de la que se prendía la luz, cálida y llena de vida como el oro.

Araminta observó con satisfacción el vestido de paño gris que llevaba Hester y juzgó positivamente su severo aspecto.

—¿Puedo saber por qué busca usted trabajo en estos momentos, señorita Latterly? —No hizo ningún intento de mostrarse cortés. Aquélla era una entrevista de negocios, no de tipo social.

Hester, siguiendo las sugerencias de Callandra, ya tenía preparada una excusa. Era frecuente que los servidores ambiciosos aspirasen a trabajar para una persona con título. A veces los sirvientes eran más convencionales que sus propios amos y tanto los modales como la corrección con que pudieran expresarse los demás criados eran para ellos de considerable importancia.

—Desde que he regresado a Inglaterra, señora Kellard, prefiero prestar mis servicios de enfermera en casa de una buena familia que en un hospital.

—Lo encuentro muy lógico —aceptó Araminta sin un titubeo—. Mi madre no está enferma, señorita Latterly, lo que pasa es que acaba de sufrir una terrible desgracia y no queremos que se hunda en un estado de melancolía. Le costaría muy poco. Necesita una compañía agradable... una persona que se ocupe de que duerma bien y coma lo suficiente para conservar la salud. ¿Está dispuesta a desempeñar este tipo de trabajo, señorita Latterly?

—Sí, señora Kellard, me encantará si cree que puedo serle de utilidad. —Hester se obligó a mostrarse humilde recordando la cara de Monk... y la verdadera finalidad que la llevaba a aquella casa.

—Muy bien, entonces puede considerarse contratada. Puede traer todas sus cosas y empezar mañana mismo. Buenos días.

—Buenos días, señora... y muchas gracias.

Así pues, al día siguiente Hester se trasladó a Queen Anne Street con sus escasos bártulos embutidos en una maleta y llamó a la puerta trasera de la casa dispuesta a que le indicaran dónde estaba su habitación y cuáles serían sus obligaciones. Su posición se salía bastante de lo común: era bastante más que una criada pero mucho menos que una invitada. Aunque la consideraban competente, no formaba parte del personal de servicio propiamente dicho, pero tampoco podían equipararla con un profesional, como por ejemplo un médico. Era un miembro más de la casa, por consiguiente debía moverse al son que tocaban los demás y conducirse en todas las circunstancias de forma aceptable a ojos de su ama y señora, palabra esta última que se le quedaba atravesada entre los dientes.

Sin embargo, ¿por qué era así? Ella no tenía nada, ni bienes ni perspectivas de futuro y, por otra parte, como se había excedido en sus funciones y había aplicado un tratamiento médico a John Airdrie sin contar con el permiso de Pomeroy, tampoco contaba con ningún otro trabajo. Y por supuesto, aquí no se trataba únicamente de ocuparse tan bien como supiera de lady Moidore sino que, además, debía hacer para Monk aquel trabajo más interesante y peligroso que él le había encomendado.

Le adjudicaron una agradable habitación en el piso situado encima de los dormitorios de la familia, donde gracias a la conexión de una campana podía responder así que la llamasen. Durante los ratos libres, suponiendo que los tuviera, podía dedicarse a leer o escribir cartas en la salita destinada a las doncellas de las señoras. Le especificaron muy claramente cuáles serían sus deberes y cuáles correspondían a la doncella Mary, una muchacha morena y espigada de poco más de veinte años con un rostro lleno de carácter y una lengua muy pronta. También la informaron de las competencias de la doncella del piso superior, Annie, una muchachita de unos dieciséis años, llena de curiosidad, muy lista y excesivamente obstinada para sus gustos.

Le mostraron la cocina y le presentaron a la cocinera, la señora Boden, a la camarera de cocina Sal, a la fregona May, al limpiabotas Willie y, finalmente, a las lavanderas Lizzie y Rose, que se ocupaban de la ropa blanca. Vio en el rellano a la doncella de las otras señoras, Gladys, que estaba al servicio de la esposa de Cyprian Moidore y de la señorita Araminta. En cuanto a la doncella del piso de arriba, Maggie, a la doncella para todo Nellie y a la vistosa camarera Dinah, estaban al margen de la responsabilidad de Hester. En lo que respectaba a la bajita y mandona ama de llaves, la señora Willis, no tenía jurisdicción alguna sobre las enfermeras, lo que era un mal principio para su relación. Estaba acostumbrada a ejercer la autoridad y le molestaba que en la casa hubiera una persona que para ella era una criada pero que quedaba fuera de su ámbito. Su rostro pequeño y franco demostró una desaprobación instantánea. A Hester le recordaba una matrona de hospital particularmente eficiente, pero la comparación no era de lo más afortunado.

—Usted comerá con los demás sirvientes —le informó la señora Willis con malos modos—, a menos que sus deberes se lo impidan. Después del desayuno, que es a las ocho de la mañana, nos reunimos todos. —Se apoyó particularmente en la última palabra, mirando a Hester a los ojos—. Todos los días rezamos oraciones que dirige sir Basil. Supongo, señorita Latterly, que usted pertenece a la Iglesia de Inglaterra.

—Oh, sí, señora Willis —respondió Hester inmediatamente, aunque no profesaba aquella religión por propia inclinación, ya que era no conformista por naturaleza.

—Bien —asintió la señora Willis—, perfectamente. Nosotros comemos entre las doce y la una del mediodía, mientras lo hace también la familia. En cuanto a la cena, depende de los días. En ocasión de banquetes, a veces se cena bastante tarde. —Enarcó, muy altas, las cejas—. En esta casa se dan banquetes de los más suntuosos de Londres, y la cocina es excelente. Pero como actualmente estamos de luto, la familia no está para esas diversiones. Cuando vuelva la normalidad supongo que sus servicios ya no serán necesarios en esta casa. Me imagino que usted tendrá medio día de fiesta cada quincena, como el resto del personal. Con todo, si la señora manda otra cosa, será lo que ella diga.

Como no era un puesto permanente, Hester no estaba todavía muy interesada en el tiempo libre que tenía destinado, siempre que tuviera oportunidad de ver a Monk para informarlo de alguna averiguación.

—Sí, señora Willis —replicó, ya que al parecer la mujer esperaba respuesta.

—Creo que tendrá pocas ocasiones, por no decir ninguna, de ir a la sala de estar, pero en caso de que tuviera que ir a dicha habitación espero que ya sabrá que no está bien visto llamar con los nudillos en la puerta. —Tenía los ojos fijos en la cara de Hester—. Es una intolerable vulgaridad llamar a la puerta de una sala de estar.

—Por supuesto, señora Willis —se apresuró a decir Hester.

Jamás se había detenido a reflexionar sobre el asunto, pero pensó que era mejor que no se notase.

—La doncella se ocupará de su habitación, por supuesto —prosiguió el ama de llaves observando a Hester con mirada crítica—, pero usted tendrá que encargarse de planchar sus delantales. Las lavanderas ya tienen bastante trabajo y, por otra parte, las camareras de las señoras tienen muchas cosas que hacer para tener que ocuparse, además, de usted. Si recibe cartas... ¿tiene usted familia? —Esta última frase sonó como un reto, era cosa sabida que las personas que no tenían familia carecían de respetabilidad, eran unas cualquiera.

—Sí, señora Willis, tengo familia —dijo Hester con decisión—. Por desgracia, mis padres murieron hace muy poco tiempo y uno de mis hermanos perdió la vida en Crimea, pero me queda un hermano; lo quiero mucho, y a su esposa también.

La señora Willis quedó satisfecha.

—Muy bien. Siento la muerte de su hermano en Crimea, pero ya se sabe que en aquella guerra murieron muchos jóvenes. Morir por la reina y por la patria siempre es un honor, aunque no deja de ser una desgracia que hay que sobrellevar con toda la fortaleza posible. Mi padre también fue soldado... un hombre hecho y derecho, un hombre íntegro. La familia es algo muy importante, señorita Latterly. Todo el personal de la casa es extremadamente respetable.

Hester se mordió la lengua y se esforzó en abstenerse de decir lo que pensaba sobre la guerra de Crimea y sus motivos políticos o la manifiesta incompetencia demostrada en la dirección de la misma. Se dominó limitándose a bajar los ojos como otorgando su modesto consentimiento.

—Mary le enseñará dónde está la escalera de las sirvientas. —La señora Willis había terminado con las cuestiones de tipo personal y volvía a ocuparse de lo referente al trabajo.

—¿Cómo dice? —Hester se quedó un momento confusa.

—La escalera de las sirvientas —repitió la señora Willis con acritud—. Tendrá que subir y bajar por esa escalera, hija mía. Ésta es una casa decente. No irá a suponer que va a servirse de la escalera de los criados, ¿verdad? ¡No faltaría más! Espero no se le pasen por la cabeza ideas semejantes.

—¡Claro que no, señora! —Hester reaccionó rápidamente e inventó una explicación—. Lo que pasa es que no estoy acostumbrada a casas tan enormes. Hace poco tiempo que he vuelto de Crimea. —Lo dijo por si la señora Willis sabía de la mala reputación de las enfermeras de Inglaterra—. Allí no había criados.

—Sí, ya sé. —En realidad, la señora Willis, no sabía nada del asunto, aunque no estaba dispuesta a confesarlo—. Pero resulta que aquí tenemos cinco criados que residen fuera de la casa, y a los que usted no es probable que llegue a conocer, y dentro de la casa tenemos al señor Phillips, el mayordomo; a Rhodes, el camarero de sir Basil; a Harold y a Percival, los lacayos. Y también a

Willie, el limpiabotas. Pero no tratará con ninguno de ellos.

—No, señora.

La señora Willis sorbió aire por la nariz.

—Muy bien. Pues lo mejor que ahora puede hacer es presentarse a lady Moidore y ver si puede hacer algo por ella, la pobre. —Se alisó el delantal, y un tintineo de llaves acompañó ese movimiento—. Como si no le bastara con la pérdida de una hija, encima todavía tiene que soportar a la policía metiéndose por toda la casa y acribillando a la gente a preguntas. ¡Dónde iremos a parar! Si todo el mundo hiciera lo que tiene que hacer, no ocurrirían estas cosas.

Como se suponía que Hester no estaba al tanto del asunto, se refrenó de decir que no podía esperarse de la policía, por muy diligente que fuera, que evitara los crímenes que se cometen en las casas.

—Gracias, señora Willis —dijo para no comprometerse. Dio media vuelta y subió al piso de arriba para conocer a Beatrice Moidore.

Dio unos golpecitos en la puerta del dormitorio y, pese a no obtener respuesta, entró. La habitación era muy agradable y femenina, adornada con brocados floreados, cuadros y espejos con marcos ovalados y tres sillones cómodos y ligeros que no sólo tenían una función ornamental sino también útil. Las cortinas estaban descorridas y un sol frío inundaba la habitación.

Beatrice estaba tendida en la cama y llevaba encima un salto de cama de satén. Tenía los ojos fijos en el techo y la cabeza apoyada en los brazos doblados. Al entrar Hester no cambió de postura.

Aun cuando Hester había ejercido de enfermera en el ejército, donde se había ocupado mayormente de atender a hombres heridos de gravedad o afectados de enfermedades sin camino de retorno, también tenía una cierta experiencia de la conmoción, profunda depresión y miedo que seguían a una amputación, de la sensación de manifiesta impotencia que abruma a los seres humanos cuando son pasto de estas emociones. En Beatrice Moidore le pareció ver miedo y también esa actitud hierática del animal que no se atreve a moverse para no atraerse la atención ajena, que no sabe hacia qué lado huir.

—Lady Moidore —Hester se dirigió a ella con voz queda.

Beatrice se dio cuenta de que acababa de oír una voz desconocida en un tono desacostumbrado, más resuelto que el de una sirvienta. Volvió la cabeza para mirarla.

—Lady Moidore, soy Hester Latterly. Soy enfermera y he venido a su casa para cuidar de usted hasta que se encuentre mejor.

Beatrice se incorporó lentamente apoyándose en los codos.

—¿Una enfermera? —dijo con una sonrisa débil y torciendo ligeramente los labios—. Pero si yo no estoy... —Seguramente cambió de parecer porque calló y volvió a tenderse— en mi familia se ha cometido un asesinato... lo mío no es una enfermedad.

Así pues, Araminta no le había dicho nada acerca de las decisiones que habían tomado, ni siquiera le habían consultado al respecto... ¿quizá debido a un olvido?

—No —admitió Hester en voz alta—, yo veo su mal más bien como una herida, pero yo me formé como enfermera en Crimea, o sea que estoy acostumbrada a curar heridas y ocuparme también de la conmoción y el dolor que provocan. A veces uno incluso tarda tiempo en recuperar el deseo de ponerse bien.

—¿Estuvo en Crimea? ¡Qué trabajo tan útil!

Hester quedó sorprendida. Era un apreciación curiosa. Observó con más atención el rostro sensible e inteligente de Beatrice, sus grandes ojos, su nariz prominente y sus labios finos. Distaba mucho de ser una mujer de belleza clásica, tampoco tenía ese aire duro y severo que suele ser objeto de admiración. Parecía demasiado vital para resultar atractiva a ojos de muchos hombres, que normalmente buscan en la mujer un carácter mucho más apacible. Hoy, sin embargo, su aspecto desmentía completamente el carácter que revelaban sus rasgos.

—Sí —hubo de admitir Hester—, y como mis familiares han muerto y no me han dejado bien provista, tengo necesidad de continuar siendo útil.

Beatrice volvió a sentarse.

—Ser útil debe de ser muy satisfactorio. Mis hijos son personas adultas y, además, están casados. Solemos procurarnos esparcimientos... bueno, antes nos los procurábamos... mi hija Araminta posee el don de saber elegir a los invitados y se ocupa de que sean personas interesantes y divertidas, mi cocinera es la envidia de medio Londres y mi mayordomo sabe dónde encontrar quien le preste ayuda cuando la necesita. Todo el personal de la casa está muy preparado y, encima, tengo un ama de llaves tan extraordinaria que no aprecia demasiado que me meta en sus asuntos.

Hester sonrió.

—Sí, ya me lo imagino porque he tenido ocasión de conocerla. ¿Usted ya ha comido?

—No tengo hambre.

—Entonces podría tomar un poco de sopa y algo de fruta. Si no bebe, se encontrará peor y, si se siente mal físicamente, su situación general no mejorará.

Beatrice pareció tan sorprendida como le permitía demostrar el estado de indiferencia en que se encontraba.

—Es usted muy contundente.

—Hablo así para que no se me entienda mal.

Beatrice sonrió aún en contra de su voluntad.

—No creo que la malinterpreten demasiado a menudo.

Hester mantuvo la compostura. No quería olvidar

que su deber primordial era cuidar de una mujer que estaba sufriendo.

—¿Quiere que le traiga un poco de sopa y algo de tarta de fruta o un flan?

—Supongo que, aunque le diga que no, me lo traerá lo mismo... ¿No será usted la que tiene hambre?

Hester sonrió, echó otra mirada a su alrededor y se dirigió a la cocina para comenzar a ejercer sus deberes de señorita de compañía.

Aquella noche Hester volvió a tener otro encuentro con Araminta. Había bajado a la biblioteca para ver de encontrar algún libro que pudiera interesar a Beatrice y tal vez ayudarle a conciliar el sueño y, después de rebuscar en los estantes y desechar voluminosos libros de historia y libros de filosofía, más voluminosos aún, encontró los libros de poesía y las novelas. Estaba arrodillada en el suelo con las faldas alrededor del cuerpo cuando entró Araminta.

—¿Se le ha perdido a usted algo, señorita Latterly? —preguntó con un leve tono de desaprobación en la voz. Después de todo, la postura era inconveniente y denotaba una excesiva familiaridad para una persona que era poco más que una criada.

Hester se puso en pie y se recompuso la ropa. Las dos mujeres eran aproximadamente de la misma estatura y estaban ahora frente a frente, separadas por una pequeña mesa de lectura. Araminta llevaba un vestido de seda negro con ribetes de terciopelo y cintas de seda entretejidas hasta el talle y su encendida cabellera refulgía como las caléndulas bajo el sol. Hester llevaba un vestido de una tonalidad gris azulada y un delantal blanco encima y sus cabellos adquirían un discreto color castaño con leves toques de caoba y miel cuando estaba al sol, aunque bastante apagados comparados con los de Araminta.

que nos digan, nadie llega a convencernos nunca de que son infundadas.

Araminta inclinó ligeramente la cabeza a un lado.

—Después de todo, ¿qué razón podrías haber tenido para pelearte tan violentamente con Octavia? —Parecía dudar—. Pero mamá se lo ha creído, eso es evidente. Espero que no le diga nada al señor Monk, porque sería de lo más molesto. —Volviéndose en redondo hacia Hester añadió—: ¿No podría intentar convencer a mi madre de la realidad, señorita Latterly? Le quedaríamos eternamente agradecidos. Bueno, tengo que ir a ver a la pobre Romola. Tiene dolor de cabeza y Cyprian nunca sabe cómo cuidarla. —Se recogió la falda y salió de la estancia erguida y con garbo.

Hester estaba muy azorada. Era evidente que Araminta sabía que había asustado a su marido y que había disfrutado haciéndolo, que era una maniobra calculada. Hester volvió a inclinarse sobre los libros porque no quería que Myles advirtiera que se había percatado de la situación.

Myles se colocó detrás de ella, a menos de un metro de distancia. Hester tenía una aguda sensación de su presencia.

—No tiene por qué preocuparse, señorita Latterly —dijo con voz ligeramente ronca—. Lady Moidore tiene una imaginación desbocada. Como muchas mujeres, dicho sea de paso. Lo embarulla todo y las más de las veces dice las cosas sin intención. Supongo que lo entenderá, ¿verdad? —Lo dijo como queriendo indicar que Hester era como todas y que tampoco había que hacer demasiado caso de lo que ella dijera.

Se levantó y lo miró a los ojos, estaba tan cerca que veía la sombra de las largas pestañas de Myles sobre las mejillas, pero no quiso retroceder.

—No, yo no lo entiendo, señor Kellard —dijo eligiendo cuidadosamente las palabras—. Raras veces digo

—No, señora Kellard —respondió con voz grave—. Estaba buscando un libro para dedicar un rato de lectura a lady Moidore antes de que se retirara a descansar. He pensado que podría ayudarle a conciliar el sueño.

—¿En serio? Creía que el láudano era mucho más efectivo.

—Sólo hay que utilizarlo como último recurso, señora —dijo Hester con voz monocorde—, porque suele provocar adicción y resulta peor el remedio que la enfermedad.

—Supongo que ya sabrá que hace menos de tres semanas asesinaron a mi hermana en esta misma casa. —Araminta estaba muy erguida y su mirada era muy decidida. Hester admiró aquella fuerza moral que le permitía hablar tan abiertamente de un tema que habría resultado muy delicado para muchos.

—Sí, estoy enterada —respondió Hester en tono grave—. No es de extrañar, por tanto, que su madre esté tan afectada, especialmente porque la policía sigue viniendo a menudo a esta casa para hacer pesquisas. Yo había pensado que un libro la ayudaría a apartar sus pensamientos de los pesares que ahora le acongojan, por lo menos hasta que le entrara sueño, evitando así las consecuencias desagradables de los fármacos. Por supuesto que no servirá para que olvide por completo sus penas. No quisiera parecer ruda, pero también yo perdí a mis padres y a un hermano, y estoy muy familiarizada con el sufrimiento.

—Seguramente por esto nos la recomendó lady Burke-Heppenstall. Considero que lo mejor que puede hacer por mi madre será procurar que no piense en mi hermana Octavia ni en la persona responsable de su muerte. —Los ojos de Araminta no vacilaron ni evitaron en lo más mínimo los de Hester—. Menos mal que usted no tiene miedo de vivir en la casa, aunque tampoco haya motivo para tenerlo, claro. —Sacudió ligeramente los hombros, como si hubiera sentido un escalofrío—. Es muy probable que todo sea fruto de una relación errónea que terminó en tragedia. Si usted se conduce como es debido y no se permite familiaridades con nadie, no se entromete en nada ni se muestra en exceso curiosa...

Se abrió la puerta y entró Myles Kellard. Lo primero que se le ocurrió a Hester al verlo fue que era un hombre muy guapo y con una gran personalidad, uno de esos hombres que saben cantar o que cuentan chistes con gracia, seguramente un buen conversador. Si su boca denotaba quizás una falta de sobriedad a lo mejor era porque tenía mucho de soñador.

—... estoy segura de que no va a tener dificultades —Araminta terminó la frase sin volverse a mirar a Myles ni dar muestras de que se había dado cuenta de su presencia.

—¿Estás poniendo en guardia a la señorita Latterly en relación con nuestro arrogante y entrometido policía? —preguntó Myles, lleno de curiosidad. Se volvió hacia Hester con una sonrisa, una expresión espontánea y simpática—. Lo mejor es que lo ignore, señorita Latterly, y si se pone muy pesado con usted, me lo dice y tendré sumo gusto en librarla de sus importunidades. Ése es capaz de sospechar... —Sus ojos observaron a Hester con interés, lo que provocó en ella la desagradable y repentina sensación de ser una mujer poco favorecida por la naturaleza y de llevar un atuendo excesivamente humilde. Le hubiera encantado ver brillar en los ojos de aquel hombre una chispa de interés al mirarla.

—¿Cómo va a sospechar de la señorita Latterly? —dijo Araminta—. No olvides que ella no estaba aquí entonces.

—¡Claro que no! —admitió él extendiendo el brazo hacia su mujer, aunque ella, con un gesto leve, imperceptible casi, se apartó para evitar que la tocara.

Él se quedó en suspenso, pero modificó el gesto y enderezó un dibujo colocado sobre el escritorio.

—De no ser así, seguro que la molestaba —prosiguió Araminta con frialdad—. Parece sospechar de todo el mundo, incluso de la familia.

—¡Tonterías! —Myles quería mostrarse impaciente, pero a Hester le pareció que más bien parecía incómodo. Se había sonrojado de pronto y los ojos se le movían, inquietos, de un objeto a otro, como evitando mirar a nadie—. ¡Es de lo más absurdo! ¿Qué motivo podía tener ninguno de nosotros para cometer un acto tan espantoso? Y aunque existiera ese motivo, tampoco habríamo podido hacerlo. De veras, Minta, creo que estás asusta do a la señorita Latterly.

—Yo no he dicho que lo haya hecho uno de no tros, Myles, sólo que esto es lo que cree el inspe Monk... quizá por algo que le dijo Percival sob —Myles se quedó lívido, después Araminta se vo prosiguió con toda deliberación—: Ese Percival tipo de lo más irresponsable. Como estuviera ab mente segura de que le ha contado algo, lo ech calle. —Hablaba con decisión, pero parecía pensara en voz alta, absorta en sus elucubracio el efecto que pudieran tener. Se habría dic cuerpo, cubierto por el hermoso vestido que taba envarado como un tronco en medio de dad del ambiente, y su voz era penetrante la sospecha que tiene mamá de lo que hay cir Percival ha sido lo que la ha condenad no quieres que se ponga peor, mejor q Myles. Es posible que te tenga miedo. pente hacia Myles con una sonrisa, er lumbrante y frágil a la vez—. Ya sé q totalmente absurdo, pero el miedo a Ocurre que en ocasiones nos hacem regrinas acerca de determinadas pe

lo que no pienso y cuando da esa impresión es por una razón accidental, por un uso indebido de las palabras, no porque exista confusión en mis pensamientos.

—Naturalmente, señorita Latterly —sonrió—. Pero en el fondo estoy seguro de que usted es como todas las mujeres...

—Si la señora Moidore tiene dolor de cabeza, quizá pueda aliviárselo —dijo Hester de pronto, ya que no quería replicarle con la frase que tenía en la punta de la lengua.

—Lo dudo —replicó Myles, dando un paso a un lado—. Lo que ella desea no son sus cuidados. De todos modos, puede intentarlo. Incluso sería divertido.

Hester optó por hacer como que no lo entendía.

—Cuando uno tiene dolor de cabeza le importa poco de quién puede venir la ayuda.

—Es posible —admitió—. Lo que pasa es que yo nunca tengo dolor de cabeza... por lo menos no del mismo tipo de los que tiene Romola. Los de ese tipo sólo los tienen las mujeres.

Hester cogió el primer libro que tenía delante de la mano y, sosteniéndolo con la cubierta hacia ella de modo que no se pudiera leer el título, pasó junto a Myles dispuesta a salir.

—Si usted me perdona, tengo que ir a ver cómo se encuentra Lady Moidore.

—Naturalmente —murmuró él—, aunque dudo que la encuentre diferente a como la ha dejado.

Al día siguiente Hester tuvo ocasión de comprender mejor lo que había querido insinuar Myles al referirse al dolor de cabeza de Romola. Venía del invernadero con un ramillete de flores para adornar la habitación de Beatrice cuando se encontró con Romola y Cyprian. Estaban hablando de pie, de espaldas a ella, demasiado enzarzados en la conversación para advertir su presencia.

—Me haría muy feliz que tú quisieras —le decía Romola con una nota implorante en la voz, arrastrando las palabras, un poco quejumbrosa, como si no fuera la primera vez que le pedía aquello.

Hester se detuvo y retrocedió un paso para ver de ocultarse detrás de la cortina, desde donde podía ver la espalda de Romola y la cara de Cyprian. Él tenía aspecto cansado y torturado, con sombras debajo de los ojos y los hombros encorvados, como si esperase que le asestasen un golpe.

—Sabes que en este momento no serviría de nada —replicó él con actitud paciente—, nuestros asuntos no mejorarían.

—¡Oh, Cyprian! —Romola se volvió hacia él, irritada, manifestando con todo su cuerpo la desilusión y la contrariedad que sentía—. De veras te digo que deberías intentarlo. Para mí cambiaría todo por completo.

—Ya te he explicado que... —comenzó a decir él, pero renunció al intento de explicarle nada—. Sé que lo deseas —dijo con aspereza, evidenciando toda la exasperación que sentía—, y si pudiera convencerlo, lo haría.

—¿De veras lo harías? A veces dudo que te importe mi felicidad.

—Romola... yo...

Al llegar a este punto, Hester ya no pudo soportarlo por más tiempo. Le molestaban las personas que, a través de presiones morales, hacían responsables a los demás de su felicidad. Quizá fuera porque ella no había contado nunca con nadie que se responsabilizara de la suya, pero la cuestión era que, aun sin conocer los detalles, se ponía del lado de Cyprian. De pronto tropezó ruidosamente con la cortina e hizo sonar las anillas, soltó una exclamación de sorpresa y enfado y, cuando se volvieron los dos a mirarla, sonrió como disculpándose, se excusó y pasó con el ramillete de margaritas de color rosa en la mano. El jardinero las había llamado de otra manera, pero para ella «margaritas» ya estaba bien.

Se amoldó a la vida de Queen Anne Street con ciertas dificultades. En el aspecto material, la casa era extremadamente cómoda. Estaba bien caldeada, salvo las habitaciones de los criados, situadas en los pisos tercero y cuarto y, en lo que se refería a la comida, no había comido nunca tan bien, aparte de que las cantidades eran en extremo abundantes. Había carne, pescado de río y de mar, caza, aves de corral, ostras, langosta, venado, estofado de liebre, empanadas, pasteles, verduras, fruta, dulces, tartas y flanes, budines y postres. Los criados a menudo comían no sólo las sobras del comedor sino también la comida preparada especialmente para ellos.

Hester se aprendió la jerarquía de los criados, sabía qué competencias correspondían exactamente a cada uno y quién estaba por debajo de quién, detalles que tenían una extraordinaria importancia. Nadie se inmiscuía en el trabajo que competía a los demás, que se situaba ya fuera por debajo ya por encima de la jurisdicción de cada uno, y todos se reservaban el suyo propio con celosa precisión. No permitiera el cielo que nadie solicitara de una camarera veterana que hiciera el trabajo que correspondía a otra camarera de menor rango o, peor aún, que un lacayo se tomase alguna libertad en la cocina y ofendiera a la cocinera.

Y lo más interesante de todo es que Hester averiguó en qué se basaban las simpatías y en qué las rivalidades, quién podía sentirse ofendido por las observaciones de otro y, muy a menudo, por qué.

Todo el mundo sentía un gran respeto por la señora Willis y, en el terreno práctico, muchos de los criados tenían al señor Phillips por más amo que al propio sir

Basil, entre otras razones porque a éste muchos no lo habían llegado a ver nunca. Circulaban bastantes chistes y manifestaciones irrespetuosas en relación con el amaneramiento militar del señor Phillips y se había oído más de una broma sobre los brigadas, aunque eran comentarios que se hacían siempre fuera del alcance de su oído.

La señora Boden, la cocinera, mandaba en la cocina con vara de hierro, pero surtía mucho más efecto su mano izquierda, sus deslumbrantes sonrisas y su genio más bien vivo que el respeto glacial que inspiraban el ama de llaves o el mayordomo. La señora Boden sentía un gran afecto por los hijos de Cyprian y Romola: Julia, una niña rubita de ocho años, y su hermano Arthur, que acababa de cumplir los diez. Solía mimarlos con exquisiteces que ella misma les preparaba en la cocina siempre que tenía ocasión, lo que quería decir muy a menudo, porque aunque los niños comían en un cuarto especialmente reservado para ellos, la señora Boden supervisaba siempre la bandeja que les servían.

Dinah, la camarera del salón, se situaba un poco por encima de las demás, aunque más por la función que desempeñaba que por su manera de ser. Las camareras de salón eran seleccionadas por su apariencia y se exigía de ellas que entraran y salieran de los salones principales con la cabeza alta y con fragor de faldas, que abrieran la puerta principal a los visitantes de la tarde y que llevaran sus tarjetas en bandeja de plata. Hester encontró a la chica muy accesible, muy bien dispuesta a hablar de sus familiares, lo bien que se habían portado con ella y de las muchas oportunidades que le habían brindado en lo que a educación se refería.

Pero Sal, la camarera de la cocina, decía que nadie había visto nunca que Dinah recibiera cartas de su familia y que ésta la ignoraba por completo. Una vez al año, Dinah aprovechaba todo el tiempo de vacaciones que le concedían y hacía un viaje a su pueblo natal, perdido en algún lugar de Kent.

Lizzie, la lavandera más veterana, por su parte, desempeñaba un cargo importante y se ocupaba de la ropa con férrea disciplina. Tanto Rose como las mujeres que tenían a su cargo las tareas de plancha más pesadas no la desobedecían nunca, prescindiendo siempre de sus preferencias particulares. Todo el conjunto formaba un cuadro de personajes muy curioso, si bien no parecía contar demasiado para desentrañar quién había asesinado a Octavia Haslett.

Por supuesto que se hablaba del asunto en los bajos de la casa. No habría sido lógico que hubiera habido un asesinato y no se hubiera hablado de él, sobre todo considerando que todos eran sospechosos... y uno culpable.

La señora Boden no sólo se negaba a admitirlo sino que tampoco permitía que nadie lo creyera.

—En mi cocina no —decía, enérgica, batiendo media docena de huevos con tal brío que casi le saltaban fuera del cuenco—. Aquí dentro no quiero chismes. Algo mejor tendréis que hacer que perder el tiempo en palabrerías. Tú, Sal, prepara las patatas mientras yo termino esto o te aseguro que sabré por qué no las tienes a punto. ¡May! ¡May! ¿Y este suelo? ¡No quiero ver el suelo sucio!

Phillips se movía con su aire majestuoso pero esquivo de una habitación a otra de la casa. La señora Boden comentaba que el pobre hombre se había llevado un gran disgusto ante aquel hecho tan terrible que había ocurrido en su casa. Si el culpable no podía ser un miembro de la familia, y ésa era una verdad a la que ninguno de ellos replicaba, tenía que ser por fuerza uno de los criados... lo que significaba que era una persona que él había contratado.

La mirada glacial de la señora Willis cortaba de raíz cualquier comentario que oyera. No sólo lo consideraba una indecencia sino una solemne insensatez. La policía era absolutamente incompetente, ya que de otro modo no habría dicho que el asesino era una persona de la casa. Hablar de estas cosas servía únicamente para asustar a las chicas más jóvenes y era una verdadera irresponsabilidad. Si alguien se atrevía a hablar del asunto recibiría su merecido.

Por supuesto que esta clase de amenazas no paraban los pies a los inclinados a chismorrear, entre los que figuraban no sólo todas las camareras, sino también el personal masculino, con sus interminables comentarios rebosantes de altivez y con las mismas cosas que decir pero bastante menos francos. El nivel de los comentarios alcanzaba su cota máxima a la hora del té en la salita destinada al servicio.

—Yo creo que lo hizo el señor Thirsk un día que estaba bebido —dijo Sal, asintiendo con la cabeza—. Roba oporto de la bodega, todo el mundo lo sabe.

—¡Bah, tonterías! —descartó Lizzie con desdén—. Siempre ha sido un caballero. ¿Cómo va a hacer una cosa así? ¿Quieres decírmelo?

—A veces me pregunto de dónde has salido —dijo Gladys, atisbando por encima del hombro para cerciorarse de que la señora Boden no podía oírla. Se inclinó sobre la mesa avanzando el cuerpo, tenía la taza de té junto al codo—. ¿No sabes nada?

—Ella trabaja abajo —le susurró Mary desde atrás— y los de abajo no saben ni la mitad de cosas que los de arriba.

—¡Anda, dilo, pues! —la retó Rose—. ¿Tú quién crees que lo hizo?

—La señora Sandeman en un ataque de celos —replicó Mary, perfectamente convencida—. Tendrías que ver cómo las gasta... y no sé si sabéis a qué sitios la lleva Harold a veces, según él dice.

Todas dejaron de comer y de beber y hasta casi de respirar esperando la respuesta.

—¿Dónde? —preguntó Maggie.

—Tú eres demasiado joven para esas cosas —dijo Mary haciendo un movimiento negativo con la cabeza.

—¡Anda, dímelo! —le rogó Maggie—. ¡Dínoslo!

—¿Cómo va a decirlo si ni ella lo sabe? —dijo Sal con una mueca—. ¡Nos está tomando el pelo!

—¡Lo sé y de buena tinta! —replicó Mary—. La lleva a calles donde no van las mujeres decentes... por la zona de Haymarket.

—¿Cómo? ¿A ver a algún admirador? —exclamó Gladys imaginando la situación—. ¡Bah! ¿Lo dices en serio?

—¿Se te ocurre algo mejor? —le preguntó Mary.

De pronto asomó Willie por la puerta de la cocina, junto a la cual estaba montando guardia por si la señora Boden hacía acto de presencia.

—Pues yo digo que fue el señor Kellard —dijo el chico echando una mirada por encima del hombro—. ¿Me puedo comer ese trozo de pastel? Estoy que me muero de hambre.

—Lo dices porque a ti el señor Kellard no te gusta. —Mary empujó el pastel hacia él, que lo tomó rápidamente para darle un buen mordisco.

—¡Cerdo! —le dijo Sal, aunque sin rencor.

—Pues a mí me parece que fue la señora Moidore —dijo May, la fregona, a bocajarro.

—¿Por qué? —preguntó Gladys con aire de dignidad ofendida, ya que ella se ocupaba de Romola y por eso la alusión la tocaba muy de cerca.

—¡No digas tonterías! —descartó Mary de plano—. ¡Si tú no has visto en tu vida a la señora Moidore!

—¡Claro que la he visto! —le replicó May—. Bajó aquí aquella vez que se puso enferma la señorita Julia. Es una buena madre, incluso demasiado buena... con aquella cara tan fina que tiene, tan delicada y tan bien hecha. Si se casó con el señor Cyprian fue por dinero.

—¡Pero si él no tiene un chavo! —dijo William con la boca llena—. Siempre anda dando sablazos... por lo menos eso dice Percival.

—Pues eso quiere decir que Percival habla a tontas y a locas —lo reprendió Annie—, pero lo que yo no digo es que no fuera la señora Moidore, aunque es más probable que fuera la señora Kellard. Las hermanas se odiaban a matar.

—Pero ¿qué dices? —exclamó Maggie—. ¿Cómo quieres que la señora Kellard odiase a la pobre señorita Octavia?

—Pues porque Percival dijo que el señor Kellard estaba que bebía los vientos por la señorita Octavia —explicó Annie—. No es que yo haga mucho caso de Percival, porque tiene una lengua de cuidado, pero...

En aquel momento entró la señora Boden.

—¡Basta de cotilleo! —dijo cortando por lo sano—. Y tú no hables con la boca llena, Annie Latimer. ¡En cuanto a ti, Sal, a lo tuyo! Tienes que raspar las zanahorias y limpiar la col para la cena. No es que te sobre tiempo para perderlo tomando tacitas de té, digo yo.

La última sugerencia fue la única que Hester consideró interesante para Monk cuando éste se presentó en la casa e insistió en volver a interrogar a todo el personal, incluida la nueva enfermera, a pesar de que le indicaron que ella no estaba en la casa cuando ocurrió el crimen.

—Olvídese de las habladurías de la cocina y dígame cuál es su opinión —le preguntó Monk en voz baja, por si pasaba algún criado junto a la puerta de la salita del ama de llaves y pescaba alguna frase al vuelo.

Hester frunció el ceño y vaciló un momento tratando de encontrar las palabras apropiadas para describir a Monk aquella curiosa sensación de azoramiento y de inquietud que había sentido cuando Araminta irrumpió en la biblioteca.

—¿Ocurre algo, Hester?

—No estoy muy segura —respondió ella lentamente—. El señor Kellard estaba asustado, de esto no me cabe la menor duda, pero no sé si era porque es el asesino de Octavia o porque en alguna ocasión se propasó con ella... o si se trataba simplemente de miedo porque era muy evidente que su esposa se regodeaba en la posibilidad de que sospecharan de él... e incluso de que lo acusaran. Ella... —Se quedó pensativa antes de emplear la palabra, porque era demasiado melodramática, pero al final la dijo porque no encontró otra mejor—. Lo torturaba, claro que —se apresuró a añadir— no sé cómo reaccionaría si usted acusara a su marido. A lo mejor lo atacaba para castigarlo por alguna pelea de índole personal y quizá lo defendería como una leona si otros lo atacasen.

—¿Le parece que lo considera culpable? —Monk estaba de pie apoyado en la repisa de la chimenea, tenía las manos en los bolsillos y el rostro enfurruñado debido a la concentración de sus pensamientos.

Desde el incidente Hester había estado pensando intensamente en el asunto y tenía la respuesta pronta en los labios.

—Ella no le tiene ningún miedo, de eso estoy más que segura, pero sé que hay de por medio un sentimiento muy profundo que lleva aparejada una cierta amargura y creo más bien que es él quien tiene miedo de ella... aunque no sé si esto puede guardar relación con la muerte de Octavia o simplemente si ella dispone del arma precisa para herirlo.

Hester hizo una profunda aspiración.

—Tiene que ser muy duro para él vivir en casa de su suegro y estar bajo su jurisdicción, obligado constantemente a complacerlo o a afrontar situaciones desagradables. Y a lo que parece, sir Basil los dirige a todos con mano de hierro. —Hester se sentó de lado en el brazo de una butaca, postura que a buen seguro habría sacado de quicio a la señora Willis de haberla presenciado, tanto por el poco señorío que delataba como por el perjuicio que a su modo de ver debía de causar a la butaca—. No he visto mucho al señor Thirsk ni a la señora Sandeman. Ella lleva una vida muy ajetreada y tal vez la difamo si digo que estoy casi segura de que es aficionada a la bebida, pero vi bastantes casos en la guerra para reconocer los signos, incluso en las personas que menos lo aparentan. Ayer por la mañana la vi aquejada de un fuerte dolor de cabeza que, a juzgar por el esquema de su recuperación, no parecía tratarse de la dolencia de tipo corriente. De todos modos, quizá me precipito a sacar conclusiones porque la verdad es que sólo la vi un momento en el rellano cuando me disponía a ir a atender a lady Moidore.

Monk sonrió ligeramente.

—¿Qué le parece lady Moidore?

Del rostro de Hester desapareció todo rastro de humor.

—Creo que está muy asustada. Sabe o imagina algo tan monstruoso que ni siquiera se atreve a afrontarlo, aunque tampoco puede apartarlo de sus pensamientos...

—¿Qué sabe? ¿Que el asesino de Octavia es Myles Kellard? —preguntó Monk dando un paso adelante—. Hester... ándese con mucho cuidado. —La cogió por el brazo y se lo oprimió con fuerza, hasta casi hacerle daño—. Vigile y escuche siempre que se presente la oportunidad, pero sobre todo no haga preguntas. ¿Me ha entendido?

Hester retrocedió restregándose el brazo.

—¡Y tanto que lo he entendido! Usted me pidió que lo ayudara... y eso hago. No tengo intención de hacer preguntas... no sólo no las responderían sino que además me echarían a la calle por impertinente y por meterme donde no me llaman. Yo aquí soy una criada.

—¿Y qué me dice de los criados? —Monk no se

movió de su sitio, siguió junto a ella—. Tenga mucho cuidado con los criados, Hester, especialmente con los lacayos. Es muy probable que alguno se hiciera ideas amorosas en relación con Octavia y que interpretara mal las cosas... o quizá las interpretara bien y ella se cansara de la aventura...

—¡Dios mío! Ya veo que no es usted mejor que Myles Kellard —le echó en cara—. Vino a decir que Octavia era poco menos que una cualquiera.

—Cae dentro de lo posible —dijo Monk entre dientes y le salió como un siseo—. No hable tan alto. En la puerta puede haber toda una caterva de espías. ¿Tiene cerradura su dormitorio?

—No.

—Entonces trabe el pomo con una silla.

—No pienso en estas cosas... —Pero Hester se acordó de pronto de que Octavia Haslett había sido asesinada en su propio dormitorio en plena noche y no pudo reprimir un estremecimiento.

—¡La mató una persona que vive en esta casa! —repitió Monk observándola de cerca.

—Sí —dijo Hester, obediente—, ya lo sé. Lo sabemos todos... esto es lo terrible.

6

La entrevista de Hester con Monk la había aleccionado. Volverlo a ver le había recordado que aquélla no era una casa corriente y que tal vez una diferencia de opinión, una disputa, cosas que en sí son aparentemente triviales, en un caso habían alcanzado una dimensión que había conducido a una muerte violenta y traicionera. Una cualquiera de aquellas personas a las que miraba desde el otro lado de la mesa o con las que se cruzaba en la escalera había apuñalado a Octavia una noche y la había dejado desangrarse en su cuarto.

No se encontraba muy bien cuando volvió al dormitorio de Beatrice y llamó con los nudillos en la puerta antes de entrar. Beatrice estaba de pie junto a la ventana contemplando el jardín en plena estación otoñal, observando al hijo del jardinero que barría las hojas secas y arrancaba unos hierbajos del macizo de áster silvestres. Arthur, cuyos cabellos agitaba el viento, lo ayudaba con esa solemnidad propia de un niño de diez años. Beatrice se volvió cuando entró Hester. Estaba pálida y tenía los ojos muy abiertos y cargados de angustia.

—Parece disgustada —dijo a Hester al tiempo que la observaba. Se acercó a la butaca pero no se sentó, como si pensara que el asiento podía ser para ella una prisión y quisiera disponer de libertad para moverse a su antojo—. ¿Por qué quería hablar con usted el policía? Usted no estaba en la casa cuando... cuando mataron a Octavia.

—No, lady Moidore. —El cerebro de Hester comenzó a funcionar a toda máquina buscando una razón plausible que pudiera librar a Beatrice del miedo que seguramente la turbaba—. No estoy demasiado segura, pero creo que se figuraba que podía haber observado alguna cosa desde mi llegada a la casa. Yo no tengo ningún motivo para mentir, puesto que no he de temer que pueda acusarme.

—¿Quién cree que puede mentir? —le preguntó Beatrice.

Hester titubeó un poco antes de contestar y se acercó a la cama para poner orden en las ropas, esponjar las almohadas y procurar dar la impresión de que estaba haciendo algo.

—No lo sé, pero es evidente que alguien miente.

Beatrice pareció sobresaltada, como si no hubiera previsto aquella respuesta.

—¿Quiere decir que puede haber alguien que proteja al asesino? ¿Por qué? ¿Quién podría ser y por qué? ¿Qué motivo podría tener?

Hester intentó excusarse.

—Yo sólo quería decir que la persona en cuestión está en la casa, y que miente para protegerse. —Entonces se dio cuenta de que casi se le había escapado la oportunidad—. Ahora que lo dice, tiene usted razón: es probable que lo sepa alguien más, o que por lo menos conozca el motivo. Casi me atrevería a decir que varias personas eluden la verdad, sea cual fuere. —Miró a Beatrice desde la cama—. ¿No le parece, lady Moidore?

Beatrice titubeó.

—Eso temo —dijo en voz muy baja.

—Si usted me pregunta por la persona —prosiguió

Hester, pasando por alto el hecho de que nadie le había pedido parecer—, yo me he hecho mis cábalas. Pienso que puede haber alguien que esconda una verdad que sabe o sospecha y que lo haga para proteger a una persona porque la quiere... —Observó el rostro de Beatrice y se fijó en que se le tensaban los músculos, como si el dolor la hubiera sorprendido desprevenida—. Cuesta decir algo que podría provocar una sospecha injustificada y, por consiguiente, causar un gran disgusto. Por ejemplo, un afecto que podría haber sido mal interpretado...

Beatrice la miró a su vez con los ojos muy abiertos.

—¿Le ha dicho esto al señor Monk?

—¡Oh, no! —replicó Hester fingiendo escandalizarse—. Podría haberse figurado que pensaba en alguien en particular.

Beatrice esbozó una leve sonrisa. Se acercó a la cama y se tendió en ella, aunque con un cansancio que no parecía físico, sino sólo mental, mientras Hester la tapaba, solícita, con las mantas y trataba de disimular su impaciencia. Estaba convencida de que Beatrice sabía algo y de que cada día que pasaba en silencio reforzaba el peligro de que no llegase nunca a descubrirse y de que todas las personas de la casa se encerrasen en sí mismas, corroídas por las sospechas y por veladas acusaciones. ¿Bastaría con que ella callase para protegerse indefinidamente del asesino?

—¿Está cómoda? —le preguntó Hester con voz amable.

—Sí, gracias —dijo Beatriz, ausente—. Oiga, Hester.

—Sí, diga.

—¿Pasó usted miedo en Crimea? Debió de correr muchos peligros. ¿No temía por usted... y por aquellos que usted amaba?

—Sí, naturalmente. —Los pensamientos de Hester volaron hasta los tiempos en que, echada en su camastro, sentía que el horror le recorría la piel ante el pensamiento del dolor que aguardaba a los hombres que había visto hacía unos momentos, mientras el frío le entumecía los miembros en las colinas que coronaban Sebastopol y veía las mutilaciones resultado de las heridas, la carnicería de las batallas, los cuerpos fracturados y despedazados hasta el punto de no parecer seres humanos, sólo piltrafas sanguinolentas, hombres que antes estaban vivos y que habían sufrido inimaginables dolores. Raras veces había temido por sí misma, aunque en alguna ocasión, cuando estaba tan cansada que se sentía enferma, el súbito espectro del tifus o del cólera la aterraba hasta tal punto que se le revolvía el estómago y todo el cuerpo le quedaba empapado de sudor frío.

Beatrice la miraba, por una vez sus ojos estaban impregnados de verdadero interés... pero ahora no la observaba con simple cortesía, no fingía.

Hester sonrió.

—Sí, alguna vez pasé miedo, pero no a menudo. La mayoría de las veces estaba demasiado atareada. Cuando una persona está ocupada en algo, por insignificante que sea, desaparece la avasalladora sensación de horror. Se borra el conjunto y sólo queda al descubierto una pequeña parte, la que te mantiene ocupada. El simple hecho de hacer algo también te apacigua, pese a que a veces sólo alivies los sufrimientos de una persona o le ayudes a soportarlos con esperanza. En alguna ocasión el solo hecho de limpiar cosas sucias ya te hace bien, es una manera de poner orden en el caos.

Sólo al terminar y ver asomar la comprensión en el rostro de Beatrice se dio cuenta de los significados involucrados en lo que había dicho. Si en otro tiempo le hubieran preguntado si habría cambiado su vida por la de Beatrice, una mujer casada y con buena posición social, con familia y amigos, habría dicho que sí por considerar que aquélla era la función ideal de una mujer, como si hasta el simple hecho de dudarlo ya fuera una estupidez.

Quizá Beatrice habría dicho que no con la misma presteza. Ahora las dos habían modificado sus puntos de vista y en ellas había surgido una sorpresa que todavía crecía. Beatrice estaba a salvo de la desgracia material, pero por dentro se marchitaba de aburrimiento y se sentía inútil. Era un dolor que se le hacía más insoportable porque no podía intervenir en él, y lo aguantaba pasivamente, sin conocimiento ni armas con que combatirlo: ni en ella ni en aquellos que ella amaba o compadecía las encontraba. Hester ya había conocido a mujeres desgraciadas como aquéllas, nunca las había comprendido de manera tan nítida y lacerante.

Habría sido una torpeza intentar expresar con palabras algo tan sutil, para afrontarlo según sus respectivas percepciones ambas necesitaban tiempo. Hester quería decir algo reconfortante, pero sólo se le ocurrían frases que denotaban superioridad y que habrían roto la delicada empatía que existía entre las dos.

—¿Qué quiere comer? —preguntó finalmente.

—¿Tiene eso alguna importancia? —dijo Beatrice con una sonrisa y encogiéndose de hombros, advirtiendo el contraste de pasar de una cuestión a otra tan diferente y tan extremadamente trivial.

—No tiene ninguna. —Hester le sonrió con tristeza—. De todos modos, sería mejor que se complaciera usted en lugar de complacer a la cocinera.

—Entonces, ni flan de huevo ni budín de arroz —dijo Beatrice con decisión—. Me recuerda la comida de los niños, tengo la impresión de volver a ser una niña.

Hester acababa de volver a la habitación con una bandeja en la que había un trozo de cordero frío, encurtidos frescos, pan, mantequilla y una buena porción de flan de frutas con crema de leche, lo que mereció la lógica aprobación de Beatrice, cuando de pronto se oyeron unos enérgicos golpes en la puerta y entró Basil. Pasó junto a Hester como si no la hubiera visto y se sentó en una silla próxima a la cama, cruzó las piernas y se puso cómodo.

Hester no sabía si salir o quedarse. Tenía poco que hacer en la habitación, pero sentía la curiosidad de saber cómo debía de ser la relación entre Beatrice y su marido, una relación que dejaba tan aislada a aquella mujer que no le quedaba otro recurso que retirarse a su cuarto en lugar de recurrir a su esposo para que la protegiera o, mejor, para luchar juntos contra la adversidad. ¿No sería que toda su aflicción estaba centrada en el campo de la familia y de las emociones, no sería que había dolor, amor, odio, probablemente celos... asuntos todos que pertenecen al terreno de la mujer, ese campo donde adquieren todo su peso sus dones y donde puede utilizar su fuerza?

Beatrice se sentó recostada en las almohadas y comió con gran satisfacción el cordero frío.

Basil miró la comida como desaprobándola.

—¿No es un poco fuerte esta comida para una enferma? Déjame que pida algo más apropiado, cariño. —Alcanzó el cordón de la campana sin esperar respuesta.

—A mí me gusta —dijo Beatrice en un acceso de enfado— y en el estómago no me pasa nada. Me lo ha ido a buscar Hester y aquí la señora Boden no tiene nada que decir. Como la hubiera dejado a ella, lo que me habría traído habría sido budín de arroz.

—¿Hester? —dijo él frunciendo el ceño—. ¡Ah, sí, la enfermera! —Hablaba como si Hester no estuviera presente o no pudiese oír sus palabras—. Bueno... si a ti te gusta...

—Sí, me gusta. —Beatrice tomó unos bocados más antes de volver a hablar—. Tengo entendido que el señor Monk continúa visitándonos.

—Sí, sí, naturalmente. De todos modos, me parece que no hace gran cosa... no he visto que haya conseguido nada hasta ahora. Sigue interrogando a los criados. Tendremos suerte si, cuando termine todo esto, no se despiden en bloque. —Apoyó los codos en los brazos de la butaca y juntó las yemas de los dedos de ambas manos—. No tengo ni idea de lo que espera conseguir. Me parece, querida mía, que debes comenzar a hacerte a la idea de que no llegaremos a saber nunca la verdad. —Comprobó cómo a su mujer se le tensaban los músculos, encorvaba la espalda y los nudillos se le quedaban blancos de tanto apretar el cuchillo—. Yo también me he hecho mis cábalas —continuó—, no creo que haya que culpar a ninguna de las sirvientas, esto para empezar...

—¿Por qué no, Basil? —le preguntó su mujer—. No veo que sea imposible que una mujer apuñale a otra con un cuchillo y la mate. No se necesita tanta fuerza como eso. Y Octavia habría desconfiado mucho menos de una mujer, al verla aparecer en su habitación por la noche, que de un hombre.

Por la cara de Basil cruzó una sombra de irritación.

—Mira, Beatrice, ¿no te parece que ya es hora de aceptar unas cuantas verdades en relación con Octavia? Hacía casi dos años que era viuda. Era una mujer en la flor de la vida...

—¡O sea que tenía un lío con el lacayo! —dijo Beatrice, furiosa, con los ojos desencajados y la voz rebosante de desdén—. ¿Eso es lo que piensas de tu hija, Basil? Si en esta casa hay alguien que se rebaja a encontrar placer con un criado, creo que esa persona debe de ser Fenella. Aunque dudo que sea capaz de inspirar una pasión que provoque el asesinato... como no sea la pasión de asesinarla a ella. De todos modos, no es de las que cambian de actitud y se resisten hasta el último momento. ¡Dudo que nunca ella haya rechazado a nadie! —En su rostro apareció una mueca de asco e incomprensión.

La expresión de Basil reflejó un desagrado equivalente, aunque en la de él había una indignación que no era momentánea, sino que procedía de muy adentro.

—La vulgaridad es indecorosa, Beatrice, y ni siquiera esta tragedia puede excusarla. Si se llega a una situación que lo justifique, sé lo que tengo que decir a Fenella. ¿No estarás insinuando que Fenella mató a Octavia en un arranque de celos porque le robaba las atenciones del lacayo, verdad?

Era evidente que lo había dicho con ironía, pero Beatrice se lo tomó al pie de la letra.

—Yo no insinúo nada —dijo—, pero ya que pones el asunto sobre el tapete, no me parece imposible. Percival es un muchacho de muy buen ver y me he fijado que Fenella lo mira con agrado. —Se le formaron unas pequeñas arrugas en la cara y se estremeció ligeramente. Dejó vagar la mirada hasta el tocador, con sus tarros de cristal tallado y sus frascos con tapón de plata, todo cuidadosamente dispuesto y añadió—: Ya sé que es repugnante, pero creo que Fenella tiene algo de viciosa...

Basil se puso en pie y le volvió la espalda para mirar más allá de la ventana, al parecer todavía olvidado de Hester, que estaba de pie junto a la puerta del vestidor con un salto de cama colgado del brazo y el cepillo de la ropa en la mano.

—Tú eres mucho más remilgada que la mayoría de las mujeres, Beatrice —le soltó a quemarropa—. A veces me parece que no conoces la diferencia que hay entre la moderación y la abstinencia.

—Pero conozco la diferencia que hay entre un lacayo y un señor —dijo con voz tranquila, aunque se quedó callada de pronto, frunció el ceño y por sus labios vagó la sombra de una sonrisa—. Bueno, en realidad no es verdad... no tengo ni idea. Nunca he tenido familiaridades con los criados...

Basil dio media vuelta, sin advertir el más ligero humor en su observación ni en la situación en general, movido sólo por la ira y el más descarnado insulto.

—Esta tragedia te ha desquiciado por completo

—dijo con frialdad y una mirada de sus negros ojos está-
tica e inexpresiva vista a la luz de la lámpara—. Has perdido el sentido de la proporción entre lo que está bien y
lo que está mal. Mejor será que permanezcas en esta habitación hasta que consigas centrarte un poco. No se
podía esperar otra cosa teniendo en cuenta que no eres
una mujer fuerte. Deja que la señorita... como se llame...
se ocupe de ti. Araminta se encargará del servicio hasta que estés más recuperada. Ahora no habrá festejos,
como es natural, así es que no tienes que preocuparte.
Nos arreglaremos perfectamente sin ti. —Y sin añadir
nada más, salió y cerró la puerta tras él con cuidado, dejando que la lengüeta del cierre encajara en su sitio con
un ruidoso chasquido.

Beatrice apartó la bandeja sin terminar la comida,
volvió la cabeza a un lado y escondió el rostro entre las
almohadas. Por el temblor de sus hombros Hester se
dio cuenta de que estaba llorando, pese a que su boca no
profería sonido alguno.

Hester tomó la bandeja y la colocó sobre la mesilla
de al lado, después sumergió un paño en el agua caliente
de un aguamanil y volvió a la cama. Con gran delicadeza
rodeó con el brazo a la mujer y la retuvo hasta que vio
que se había tranquilizado; le alisó los cabellos y se los
apartó de la frente, para después secarle los ojos y las
mejillas con el paño mojado.

Empezaba la tarde cuando Hester volvía de la lavandería con los delantales limpios y, medio por casualidad, medio con intención, sorprendió una conversación
entre el lacayo Percival y la lavandera Rose. Ésta estaba
doblando un montón de fundas de almohada de hilo re-
camadas de bordados y acababa de dar a Lizzie, que era
su hermana mayor, los delantales rematados de encajes
de la camarera del salón.

Rose se tenía muy erguida, la espalda rígida, los hombros levantados y la barbilla hacia delante. Era tan diminuta que hasta Hester habría podido rodearle la cinturita con las manos, pero tenía manos pequeñas y cuadradas, dotadas de una fuerza sorprendente. Sus ojos azules, del color de las flores de aciano, eran enormes y su rostro era agraciado, sin que la larga nariz ni la boca exageradamente grande estropeasen en nada la armonía del conjunto.

—¿Qué haces aquí? —le preguntó Rose, aunque sus palabras quedaban desmentidas por el tono con que las había pronunciado. Las había articulado como una pregunta, pero parecían más bien una invitación.

—Vengo a por las camisas del señor Kellard —dijo el muchacho, evasivo.

—No sabía que te encargaras de esos menesteres. Como se entere el señor Rhodes, sabrás lo que es bueno. Le estás pisando el terreno.

—Precisamente ha sido Rhodes quien me ha dicho que las viniera a buscar —replicó él.

—Pero tú preferirías hacer de ayuda de cámara, ¿verdad?, y acompañar al señor Kellard cuando viaja y está invitado en estas grandes mansiones donde dan esas fiestas tan estupendas y todas esas cosas... —lo decía con una voz melosa y, sólo oyéndola, Hester ya se imaginaba sus ojos brillantes, sus labios entreabiertos por la excitación, un entusiasmo que venía de pensar en todos aquellos placeres, gente nueva, un saloncito para los criados, buena comida, música, reuniones hasta tarde, vino, risas y chismorreo.

—No estaría mal —admitió Percival con una nota de entusiasmo en la voz—. De todos modos, voy a sitios bastante interesantes. —Ahora hablaba como un fanfarrón y Hester lo sabía.

Y al parecer, Rose también.

—Pero te quedas fuera —le soltó ella—, tienes que esperar en las caballerizas, junto a los coches.

—¡Oh, no!, no es verdad —había crispación en su voz y Hester ya imaginaba el brillo de sus ojos y la pequeña curva de sus labios, porque había tenido ocasión de verlo varias veces cuando atravesaba la cocina y pasaba junto a las criadas—, algunas veces entro.

—Sí, en la cocina —dijo Rose con desprecio—, pero si fueras ayuda de cámara también podrías ir arriba. Ayuda de cámara siempre es mejor que criado.

Todos eran muy conscientes de la jerarquía.

—Pero mejor mayordomo —puntualizó él.

—Sí, mejor pero no tan divertido. Mira al señor Phillips, pobre viejo —se le escapó la risa—, hace veinte años que no se divierte... si hasta parece que se le ha olvidado.

—No te vayas a figurar que él se divertiría con lo mismo que tú. —Percival se había vuelto a poner serio, ahora sonaba distante y un poco pomposo, porque hablaba de asuntos de hombres y quería poner a la mujer en su sitio—. Él tenía la ambición de estar en el ejército, pero no lo quisieron por culpa de los pies. Tampoco podía ser lacayo debido a cómo tiene las piernas. Nunca lleva librea sin rellenos en las medias.

Hester sabía muy bien que Percival no tenía necesidad de realzar artificialmente sus pantorrillas.

—¿Por culpa de los pies? —preguntó Rose con aire incrédulo—. ¿Qué le pasa en los pies?

Esta vez la voz de Percival sonó burlona.

—¿No te has fijado cómo anda? Pues como si caminara sobre cristales rotos. Callos, juanetes... tiene de todo.

—¡Qué pena me da! —dijo Rose burlona—. Habría sido un brigada fabuloso... ¡ni pintado! Y claro, como no pudo serlo, se tiró por lo de mayordomo, y tal como lo lleva parece que le gusta... A la hora de poner a algunos visitantes en su sitio no se corta. De un vistazo toma la medida al primero que llega. Según Dinah no falla nunca, y tendrías que ver la cara que pone cuando ve que un señor, o una señora, que para el caso es lo mismo, no están a la altura: cuando quiere, es desagradable a tope, le basta con levantar las cejas de una manera especial. Dinah dice que ha visto gente que después se queda como si les hubieran echado encima un jarro de agua fría: muertos de vergüenza. No todos los mayordomos son capaces de hacerlo.

—Cualquier criado, si conoce su oficio, se da cuenta de la calidad de una persona con sólo mirarla. Si no sabe, quiere decir que no es buen criado —dijo Percival con arrogancia—. Yo, por lo menos, me doy cuenta enseguida... y también sé cómo poner a la gente en su sitio. Hay muchas maneras de hacérselo notar... haces ver que no has oído la campana, te olvidas de cargar la chimenea, los miras exactamente igual que mirarías a uno que hubiera entrado empujado por el viento y después saludas a la persona que le sigue como si fuera el rey en persona. Yo esto lo sé hacer igual de bien que el señor Phillips.

Rose no se dejó impresionar y volvió a remachar lo primero:

—De todos modos, Percy, tú estarías muy por debajo de él si fueras ayuda de cámara...

Hester sabía por qué le habría gustado a Rose que Percival cambiase de puesto. Los ayudas de cámara trabajaban mucho más cerca de las lavanderas y, pese a que llevaba pocos días en la casa, Hester se había fijado en cómo seguían a Percival aquellos ojos azules y sabía muy bien qué se escondía detrás de aquel aire de inocencia, de aquellos comentarios que parecían dichos a la buena de Dios, de aquellos grandes lazos con los que se ceñía el delantal a la cintura, de aquel amplio vuelo de las faldas y de aquellos movimientos ondulantes de los hombros. También Hester se había sentido atraída a menudo por los hombres y, de haber tenido la seguridad de Rose y sus dotes femeninas, se habría comportado igual que ella.

—Quizá —dijo Percival sin interés alguno—. En cualquier caso, no sé muy bien si quiero seguir en esta casa.

Hester sabía que aquella frase era un desaire calculado, pero no se atrevía a atisbar por la esquina por si la descubrían. Estaba inmóvil, apoyada en los montones de sábanas colocadas detrás de ella y se apretaba los delantales con fuerza contra el cuerpo. Imaginaba el frío que de pronto sentía Rose en su corazón. Se acordaba de que a ella le había ocurrido algo muy parecido en el hospital de Shkodër. Había conocido allí a un médico al que admiraba, mejor dicho, a un hombre por el que sentía algo más que admiración y en el que soñaba despierta imaginando locas fantasías. Y un día él, con una sola palabra, había destruido todos sus sueños. Después, por espacio de varias semanas, había estado dando vueltas y más vueltas a aquel lance intentando dilucidar si él había herido sus sentimientos con intención, si lo había hecho a propósito. Aquellos pensamientos la habían cubierto de vergüenza. Otras veces había pensado que lo había hecho totalmente sin querer, revelando simplemente una faceta de su carácter, un aspecto que ella habría tenido que descubrir de no estar tan cegada. Nunca lo sabría con certeza, y ahora poco importaba ya.

Rose no dijo nada. Hester ni siquiera la oyó suspirar.

—Después de todo —prosiguió Percival, recargando las tintas y mirando de justificarse—, en estos momentos no puede decirse que ésta sea la mejor casa del mundo... la policía no hace más que entrar y salir, no para de hacer preguntas... Todo Londres sabe que aquí se ha cometido un asesinato. Y lo que es peor, que el asesino está dentro de casa. Ya sabes que no pararán hasta que den con él.

—Pero como no lo encuentren, no van a dejarte marchar, ¿no crees? —dijo Rose, un tanto despechada—. Después de todo... podrías ser tú.

El golpe dio en el clavo. Percival permaneció unos segundos en silencio y, cuando le dio por hablar, su voz sonó áspera y cortante, delatando inquietud.

—¡No digas tonterías! ¿Cómo quieres que uno de nosotros haya hecho una cosa así? Tiene que ser alguno de la familia. A la policía no se la engaña así como así. Por eso siguen viniendo.

—¿Ah, sí? ¿Y por esto nos hacen tantas preguntas? —le replicó Rose—. Si fuera como dices, ¿qué esperan que les digamos?

—Esto no es más que una excusa. —Volvía a aparecer la certidumbre—. Hacen ver que se han tragado que el que lo ha hecho es uno de nosotros. ¿Te imaginas lo que diría sir Basil si se enterase de que sospechan de uno de la familia?

—¿Y qué iba a decir? —Rose seguía sulfurada—. La policía puede hacer lo que le da la gana.

—Seguro que ha sido uno de la familia —insistió Percival con desdén—. Yo ya me imagino quién... y por qué. Sé algunas cosas pero no pienso decirlas, las descubrirá la policía uno de estos días. Y ahora me voy, tengo trabajo... y tú también debes tenerlo.

Percival salió de la estancia en la que seguidamente Hester apareció. Nadie se había dado cuenta de que había estado escuchando.

—Oh, sí —dijo Mary con ojos centelleantes mientras sacudía una funda de almohada y la doblaba—. Rose está pirrada por Percival. ¿Será estúpida? —Cogió otra funda, examinó con atención la blonda para comprobar que estaba intacta y después la dobló para que la planchasen y la guardasen—. El chico no está nada mal pero ¿de qué sirve eso? Seguro que sería un marido horrible, más presumido que un gallo y siempre a lo suyo. Y a lo mejor se cansaba de ella al cabo de un año o dos.

Éste tiene la cabeza a pájaros y además... no es de fiar. Harold es muchísimo mejor... pero éste no se mira a Rose, sólo tiene ojos para Dinah. Hace año y medio que se muere por sus huesos, el pobre. —Apartó las fundas de almohada a un lado y empezó a formar otro montón nuevo con las enaguas con remates de blonda, lo bastante amplias para cubrir los enormes aros del miriñaque y hacer que las faldas adoptaran una forma incómoda pero favorecedora, que gustaba a todas aquellas que querían tener un aire frágil y un poco infantil. Hester tenía preferencias más prácticas y le gustaban las formas más naturales, ella y la moda no iban de acuerdo... y no era la primera vez que sucedía.

—Y Dinah tiene los ojos puestos en un lacayo más próximo —prosiguió Mary, arreglando los volantes con gestos automáticos—. Aunque yo no le veo gracia ninguna, salvo que el chico es alto, eso sí, lo que tampoco está mal teniendo en cuenta que Dinah también es alta. Pero en las noches frías la altura no sirve de gran cosa, ni calienta ni te alegra la vida. Me imagino que usted encontraría soldados guapos cuando estuvo en el ejército.

Hester sabía que había hecho la pregunta con buena intención, por esto la contestó de la misma manera.

—Sí, algunos sí lo eran —dijo con una sonrisa—, pero desgraciadamente no estaban en muy buena forma.

—¡Oh! —exclamó Mary con una carcajada, al tiempo que movía la cabeza y daba por terminado el trabajo de recoger la ropa recién lavada de su señora—. Claro, no lo había pensado. En fin, no importa. Como siga trabajando en casas como ésta, no sabe con lo que se puede llegar a encontrar. —Y después de una observación tan esperanzadora como aquélla, se cargó el fardo de ropa y se lo llevó, haciendo balancear las caderas con garbo mientras se dirigía hacia la escalera.

Hester sonrió, terminó su trabajo y fue a la cocina a preparar una tisana para Beatrice. Subía con la bandeja cuando se cruzó con Septimus, que salía por la puerta de la bodega con un brazo torpemente doblado sobre el pecho, como si llevara algo escondido debajo de la chaqueta.

—Buenas tardes, señor Thirsk —dijo Hester cordialmente, como dándole a entender que encontraba normal que tuviera alguna ocupación en la bodega.

—Ejem... buenas tardes, señorita... ejem...

—Latterly —le facilitó su nombre—, soy la enfermera de lady Moidore.

—¡Ah, sí, claro! —dijo el hombre con un parpadeo de sus ojos descoloridos—. Le ruego que me perdone. Buenas tardes, señorita Latterly. —Se apartó rápidamente de la puerta de la bodega y se notó por su actitud que estaba muy azarado.

Annie, una de las camareras de arriba que pasaba en aquel momento por allí, echó a Septimus una mirada cargada de intención y a Hester una sonrisa. Era una muchacha alta y espigada, como Dinah. Habría podido ser una buena camarera de salón, pero era demasiado joven en aquellos momentos y bastante novata, ya que sólo tenía quince años. Era posible, además, que fuera excesivamente testaruda. Hester la había sorprendido más de una vez cuchicheando con Maggie y riendo a hurtadillas en la habitación de las sirvientas del primer rellano, que era donde se preparaba el té por la mañana, o agachadas las dos curioseando un libro de tres al cuarto, medio escondidas en el armario de la ropa blanca, examinando con unos ojos como platos ilustraciones de escenas románticas y arriesgadas aventuras. Sólo Dios sabía qué cosas debían de pasarles por la imaginación. Algunos de los comentarios que habían hecho sobre el asesinato pecaban más de pintorescos que de creíbles.

—Una niña encantadora —comentó Septimus con aire ausente—. Su madre se dedica a hacer pasteles en Portman Square, pero ella no llegará nunca a cocinera. Sueña despierta —dijo en tono afectuoso—, le gusta que le cuenten historias del ejército. —Se encogió de hombros y por poco le resbala la botella que sostenía con el brazo. Se sonrojó pero le dio tiempo a agarrarla.

Hester le devolvió la sonrisa.

—Ya lo sé —comentó—, a mí me ha hecho un montón de preguntas. Estoy segura de que tanto ella como Maggie podrían ser unas buenas enfermeras, justo el tipo de chicas que necesitamos, inteligentes, rápidas y con ideas propias.

Septimus pareció un poco desconcertado ante sus palabras, lo que hizo suponer a Hester que debía de estar acostumbrado al tipo de cuidados médicos que se dispensaban en el ejército antes de los tiempos de Florence Nightingale, razón por la cual aquellas ideas nuevas caían fuera de su campo de experiencias.

—Maggie también es una buena chica —dijo con el ceño fruncido y un tanto desorientado—, rebosa sentido común. Su madre es lavandera, creo que en un pueblo de Gales. Ya se ve que la chica tiene temperamento, pero aunque su genio es vivo también sabe ser paciente cuando conviene. Se pasó toda una noche en vela cuando el gato del jardinero se puso enfermo, o sea que supongo que debe de tener usted razón y que, en efecto, sería una enfermera bastante buena. De todos modos, a mí me parece una lástima poner a dos chicas decentes como éstas en un trabajo así. —Se removió disimuladamente para colocarse mejor la botella debajo de la chaqueta y procurar que no se notara el bulto, pero puso cara de saber que se le había visto la oreja. Tampoco parecía haberse enterado de que había insultado a las mujeres que ejercían la profesión de Hester: se había limitado a hablar con franqueza de la fama que tenían y no le había pasado por las mientes que también ella hacía aquel trabajo.

Hester se quedó dudando entre ahorrarle el bochorno o informarle mejor. Ganó la primera opción, de manera que apartó los ojos de aquel bulto de debajo de la chaqueta y continuó como si no hubiese observado nada.

—Gracias, quizá les exponga sus ideas cuando tenga ocasión. Eso sí, le ruego que no mencione las mías al ama de llaves —dijo Hester.

El hombre hizo una mueca entre burlona y asustada.

—Créame, señorita Latterly, ¡eso ni soñarlo! Soy un soldado demasiado veterano para andar acusando sin fundamento.

—¡Exacto! —admitió Hester—. Y yo también he cuidado a demasiados de esos soldados.

Por un instante el rostro del hombre se mostró totalmente sobrio, sus ojos azules se aclararon, le desaparecieron de la cara aquellas arrugas producidas por la ansiedad y se produjo entre los dos una afinidad completa. Los dos habían visto la carnicería del campo de batalla y la inacabable tortura de las heridas de guerra, las vidas truncadas. Sabían qué precio costaba la incompetencia y la arrogancia. Aquélla era una vida que nada tenía que ver con la de esta casa ni con su civilizada rutina y su disciplina férrea compuesta de trivialidades: las camareras que se levantaban a las cinco de la mañana para limpiar las chimeneas, ennegrecer los hierros, sembrar de hojas húmedas de té las alfombras y barrerlas después, ventilar las habitaciones, vaciar los desechos, sacar el polvo, barrer, bruñir, dar la vuelta a los colchones, lavar, planchar metros y más metros de ropa de lino, enaguas, encajes y cintas, zurcir, ir a buscar cosas, transportarlas... hasta que a las nueve de la noche, o a las diez, o a las once se las autorizaba a dejar de trabajar.

—Sí, hábleles de eso de la enfermería —dijo el hombre finalmente y, sin disimulo alguno, se sacó la botella de debajo de la chaqueta y se la colocó más cómodamente antes de dar media vuelta y salir caminando con paso ligero pero con una cierta vacilación.

Hester subió la bandeja a Beatrice y la dejó ante ella. Se disponía a salir cuando entró Araminta.

—Buenas tardes, mamá —le dijo en tono alegre—. ¿Qué tal te encuentras? —al igual que le ocurría a su padre, para ella Hester era invisible. Se acercó a su madre, la besó en la mejilla y después se sentó en la butaca más próxima, con las anchas faldas convertidas en montañas de muselina gris oscuro y una delicada pañoleta de color lila sobre los hombros que le sentaba muy bien, tolerada para el luto por su color. Su cabellera llameante relucía como siempre y enmarcaba aquel rostro delicado y de leve asimetría.

—Exactamente igual, gracias —respondió Beatrice sin verdadero interés. Se volvió ligeramente hacia Araminta, con los labios fruncidos en un gesto expectante. No se notaba afecto entre las dos y Hester dudaba entre salir o quedarse. Experimentaba la curiosa sensación de que en cierto modo no era una intrusa, porque la tensión entre las dos mujeres, el hecho de no saber qué decirse una a la otra ya la excluía. Ella era una sirvienta, alguien cuya opinión no tenía la más mínima importancia, alguien inexistente.

—Bueno, supongo que es lo que cabía esperar —dijo Araminta con una sonrisa, pero sin que en sus ojos apareciera el más mínimo signo de afecto—. Me temo que la policía no va a conseguir nada. He hablado con el sargento de la policía... creo que se llama Evan... pero o no sabe nada o no quiere decírmelo. —Fijó una mirada ausente en los adornos del brazo de la butaca—. En el caso de que quieran hacerte alguna pregunta, ¿querrás hablar con ellos?

Beatrice levantó los ojos y los fijó en la araña de cristal que pendía del centro del techo. Era primera hora de la tarde y estaba apagada, pero los últimos rayos del sol que ya iba a la puesta arrancaban reflejos de uno o dos cristales.

—No puedo negarme. Daría la impresión de que no quiero colaborar.

—Eso parecería, en efecto —admitió Araminta observando a su madre con atención—, y de hecho no se les podría criticar si lo pensasen. —Vaciló, pero su voz era cortante, lenta y muy tranquila, las palabras articuladas con precisión—. Después de todo, sabemos que el autor del hecho fue una persona de la casa y ya que es posible que sea uno de los criados... yo soy de la opinión de que probablemente se trata de Percival.

—¿Percival? —preguntó Beatrice, crispada, volviéndose a mirar a su hija—. ¿Por qué?

Araminta no miraba a su madre a los ojos sino que los tenía fijos en un punto situado un poco a la izquierda de su cara.

—Mamá, no es momento de refugiarse en subterfugios cómodos. Demasiado tarde.

—No entiendo lo que quieres decir —respondió Beatrice con tristeza y levantando las rodillas.

—Claro que me entiendes —le contestó Araminta con impaciencia—. Percival es un muchacho arrogante y presumido, con los apetitos normales de cualquier hombre, y se hace muchas ilusiones con respecto a la manera de desahogarlos. Es posible que te niegues a reconocerlo, pero a Octavia le halagaba que el chico la admirase... y hasta de vez en cuando lo animaba con incitaciones...

La repugnancia que sintió Beatrice hizo que se estremeciera.

—Por favor, Araminta...

—Ya sé que todo esto es muy sórdido —dijo Araminta con voz más suave, pero cada vez con más seguridad—. Parece que fue una persona de esta casa quien la mató. Ya sé que es muy duro, mamá, pero no podemos cambiarlo por mucho que nos andemos con fingimientos. Lo único que haremos es ponerlo todo cada vez peor, y llegará un momento en que la policía lo descubrirá todo.

Beatrice se encogió todavía más, inclinando el cuerpo hacia delante, se abrazó las piernas y dejó vagar la mirada.

—¿Mamá? —le preguntó Araminta con voz contenida—. Dime, mamá, ¿tú sabes algo?

Beatrice no dijo nada, sólo se limitó a abrazarse con más fuerza las piernas. Era ensimismamiento, una pena muy honda de la que Hester ya había sido testigo en otras ocasiones.

Araminta se inclinó para acercarse más.

—Mamá, ¿intentas protegerme...? ¿Lo haces por Myles?

Lentamente Beatrice levantó los ojos, muy erguida pero en silencio, la cabeza vuelta en dirección opuesta al lugar donde estaba Hester, el color de sus cabellos parecido al de los de su hija.

Araminta estaba lívida, inexpresiva, la mirada brillante y dura.

—Mamá, sé que a él le gustaba Octavia y que no se abstenía... —Aspiró y exhaló lentamente—. Que no se abstenía de visitarla en su habitación. Como soy su hermana, me gusta pensar que ella lo rechazaba, pero en realidad no lo sé. Es posible que fuera a verla un día, que ella lo rechazara y... no se toma muy bien los desaires, lo digo por experiencia.

Beatrice miró a su hija y lentamente le tendió la mano en un gesto de dolor compartido. Pero Araminta no se acercó a su madre y ésta dejó caer la mano. No dijo nada. Tal vez no existían palabras para lo que sabía o temía.

—¿Esto es lo que ocultas, mamá? —preguntó Araminta, implacable—. ¿Temes que alguien te pregunte si fue esto lo que ocurrió?

Beatrice se tendió de nuevo y, antes de responder, ordenó un poco la ropa de la cama. Araminta no hizo gesto alguno para ayudarle.

—Preguntarme a mí es perder el tiempo. Yo no sé nada y, como es natural, no voy a decir una cosa así —levantó los ojos—. Araminta, por favor, ¿lo sabes tú?

Por fin Araminta se inclinó hacia delante y puso su mano delgada y fuerte sobre la de su madre.

—Mamá, si el culpable fuera Myles, no podemos ocultar la verdad. Ojalá que no lo sea y que encuentren a quien lo hizo, ¡y pronto! —Su rostro estaba lleno de preocupación, como si la esperanza luchase en ella contra el miedo, profundamente abstraída.

Beatrice intentó decirle algo amable, algo que apartara el horror que se estaba adueñando de las dos, pero se sintió incapaz al ver la valentía y el inflexible deseo de verdad que reflejaba la expresión de su hija.

Araminta se levantó, se inclinó hacia delante, le dio un beso rozándole apenas la frente con los labios y salió de la habitación.

Beatrice todavía permaneció sentada unos minutos, pero lentamente fue dejándose caer en la cama.

—Puede llevarse la bandeja, Hester, me parece que no me tomaré el té.

O sea que Beatrice no había olvidado ni por un momento que su enfermera estaba en la habitación. Hester no sabía si sentirse agradecida porque su situación le brindaba la oportunidad de observar o insultada porque su persona importaba tan poco que daba igual lo que pudiera ver u oír. Era la primera vez en su vida que tenía la sensación de contar tan poco y esto le dolía.

—Sí, lady Moidore —dijo con tranquilidad y, tomando la bandeja, dejó a Beatrice a solas con sus pensamientos.

Aquella noche tenía un poco de tiempo disponible y decidió pasarlo en la biblioteca. Había cenado en el comedor de los criados. De hecho había sido una de las mejores cenas de su vida, mucho más sustanciosa y variada que cuando estaba en su propia casa e incluso cuando las circunstancias económicas de su familia eran más favorables, es decir, en vida de su padre. Nunca le habían ofrecido más de seis platos y normalmente el más fuerte era cordero o buey. Esta noche, en cambio, había tenido posibilidad de elegir entre tres tipos de carne y un total de ocho platos.

Encontró un libro que trataba de las campañas peninsulares del duque de Wellington y estaba metida de lleno en él cuando se abrió la puerta y apareció Cyprian Moidore.

Pareció sorprendido, pero no contrariado.

—Siento molestarla, señorita Latterly. —Echó una ojeada al libro que Hester estaba leyendo—. Estoy seguro de que tiene muy bien merecido un poco de descanso, pero me gustaría que me dijera con franqueza qué piensa de la salud de mi madre. —Parecía preocupado y angustiado, sus ojos la miraban sin vacilación alguna.

Hester cerró el libro y él leyó el título.

—¡Santo cielo! ¿No ha encontrado nada más interesante que esto? Tenemos cantidad de novelas y también poesía... un poco más hacia la derecha, creo.

—Sí, ya lo sé, gracias. He elegido el libro con toda intención. —Hester vio la duda pintada en sus ojos y, al percatarse de que no bromeaba, la sorpresa—. Creo que lady Moidore está profundamente afectada por la muerte de la hermana de usted —se apresuró a decir Hester—. Por supuesto que eso de tener a la policía siempre en casa es muy molesto. De todos modos, no creo que su salud esté en peligro de sufrir una crisis. El dolor siempre tarda un tiempo en mitigarse, aparte de que es natural que esté indignada y desconcertada, sobre todo teniendo en cuenta lo inesperado de la pérdida. Cuando hay una enfermedad, por lo menos uno tiene tiempo de irse preparando...

Bajó los ojos y los fijó en la mesa, colocada entre los dos.

—¿Mi madre ha dicho algo sobre quién piensa que pueda ser el culpable?

—No... yo no he hablado con ella del tema... aunque la he escuchado cuando ella ha tenido necesidad de hablar conmigo, si he creído que podía servir para aliviar su angustia.

Levantó los ojos y en su rostro brilló una inesperada sonrisa. En otro sitio, lejos de aquella familia y del ambiente opresivo de sospecha y defensa que había en ella y de no haber tenido que desempeñar la función de sirvienta, aquel joven le habría gustado. Tenía sentido del humor y, detrás de sus maneras comedidas, se traslucía su inteligencia.

—¿No cree que sería conveniente consultar con un médico? —insistió.

—No creo que un médico le fuera de gran ayuda —dijo Hester con franqueza. Le habría dicho lo que ella pensaba, pero temía causarle sólo mayor preocupación y levantar sospechas al hacer evidente que recordaba y valoraba todo lo que escuchaba.

—¿Qué le pasa a mi madre? —Se había dado cuenta de su indecisión y sabía que había algo más—. Por favor, le ruego que me lo diga, señorita Latterly.

Hester, sin que se apercibiera de las razones, respondió más por instinto que obedeciendo a un criterio personal, más por unas afinidades con aquel hombre que para obedecer a una decisión racional.

—Creo que tiene miedo porque se figura que sabe quién mató a la señora Haslett y sabe también que esto podría causar un gran disgusto a la señora Kellard —respondió—. Prefiere mantenerse retirada y guardar silencio que correr el riesgo de contárselo todo a la policía y que descubran lo que piensa. —Calló y esperó, atenta a los cambios de expresión de aquella cara.

—¡Maldito sea Myles! —exclamó lleno de furia, levantándose y volviéndose de espaldas. Había indignación en su voz, pero curiosamente no había sorpresa—. ¡Papá habría tenido que echarlo a él, no a Harry Haslett! —Se volvió a mirarla—. Lo siento mucho, señorita Latterly, y le ruego que perdone mi lenguaje. Yo...

—Por favor, señor Moidore, no necesita disculparse —se apresuró a decir Hester—. Las circunstancias son tan críticas que es lógico perder los estribos. La presencia constante de la policía y las interminables dudas, aunque sean expresadas con palabras como en caso contrario, tienen por fuerza que ejercer una presión muy fuerte en cualquiera que no sea un irresponsable.

—Es usted muy amable. —Pese a ser un adjetivo tan sencillo, Hester sabía que lo había dicho sinceramente y que no era un mero cumplido.

—Imagino que los periódicos siguen hablando del caso —prosiguió Hester, más para llenar el silencio que porque importara realmente.

Él se sentó en el brazo de la butaca cerca de ella.

—Todos los días —dijo él con aire sombrío—. Los mejores se ensañan con la policía, dicen que es incompetente. Pero yo creo que hace lo que puede. No van a someternos a torturas como hacían en la Inquisición española hasta que alguien confiese. —Se echó a reír convulsivamente, traicionando de ese modo el profundo dolor que sentía—. La prensa sería la primera en quejarse en caso de que obraran así. Simplemente parece que se encuentran atrapados y que no saben qué camino escoger. Si son demasiado rigurosos con nosotros, los acusarán de olvidarse de cuál es su sitio y de molestar a las familias acomodadas y, si son demasiado indulgentes, los acusarán de indiferencia e incompetencia. —Hizo una pausa para respirar con profundidad—. Ya me imaginaba las maldiciones que iban a caer sobre el pobre muchacho el día que tuvo la clarividencia de demostrar que el culpable había sido una persona de la casa. Pero no me parece una de esas personas que escogen el camino más fácil...

—No, claro. —Hester estaba más de acuerdo con él de lo que Cyprian podía imaginar.

—En cuanto a los sensacionalistas, especulan con todas las posibilidades que se les ocurren —prosiguió él con aire contrariado, frunciendo los labios y con una mirada llena de contrariedad.

De pronto Hester tuvo un atisbo de hasta qué punto lo afectaba la intromisión, la consideraba una cosa horrible que impregnaba su vida con su olor a podrido. Él se guardaba la pena en lo más hondo de su ser, era lo que le habían enseñado cuando era pequeño: los niños tienen que ser valientes, no deben quejarse nunca y jamás tienen que llorar, porque es una reacción afeminada, un signo de debilidad merecedor de desprecio.

—¡No sabe cuánto lo siento! —dijo Hester con voz suave y, tendiendo la mano, la puso sobre la de Cyprian y cerró los dedos, olvidándose de que no era una enfermera que consolaba a un herido del hospital, sino simplemente una criada, una mujer que tenía un contacto físico con su amo en la intimidad de la biblioteca de su casa.

De cualquier modo, si ahora retiraba la mano y se disculpaba no haría otra cosa que atraer una mayor atención sobre el gesto obligándolo con ello a responder y entonces los dos se sentirían cohibidos: aquel momento de afinidad se esfumaría y se transformaría en mentira.

En lugar de esto, ella volvió a recostarse en el asiento con una leve sonrisa.

Le impidió hablar la puerta de la biblioteca al abrirse y dar paso a Romola. Al verlos juntos, su rostro se ensombreció.

—¿No tendría que estar con lady Moidore? —preguntó a Hester con acritud.

El tono hirió a Hester, que a duras penas consiguió reprimir su indignación. De haber estado en libertad de hacerlo, le habría replicado con igual aspereza.

—No, lady Moidore me ha autorizado a disponer de la noche a mi antojo. Quería retirarse a dormir temprano.

—Entonces será porque no se encuentra bien —le replicó Romola con presteza—: razón de más para que usted esté disponible en caso de que ella la llame. Podría haberse quedado leyendo en su dormitorio o dedicarse a escribir cartas. ¿No tiene familiares o amigos a los que pueda interesar recibir noticias suyas?

Cyprian se levantó.

—Estoy seguro de que la señorita Latterly es perfectamente capaz de organizar su correspondencia, Romola, y en cuanto a dedicarse a leer, primero tiene que pasar por la biblioteca para coger un libro.

Las cejas de Romola se enarcaron de forma sarcástica.

—¡Ah! ¿Era eso lo que hacía usted en la biblioteca, señorita Latterly? Ya me perdonará, entonces, porque las apariencias parecían indicar otra cosa.

—Estaba respondiendo al señor Moidore las preguntas que él me ha hecho en relación con la salud de su madre —dijo Hester con voz inalterable.

—¿Ah, sí? Pues si él ha quedado satisfecho, usted puede volver a su habitación y dedicarse a lo que quiera.

Cyprian ya se disponía a replicar cuando entró su padre, los observó a todos y miró con aire inquisitivo a su hijo.

—La señorita Latterly no cree que lo de mamá sea muy grave —dijo Cyprian un tanto cohibido, como si buscara una excusa plausible.

—¿Y quién ha dicho que lo fuera? —preguntó Basil secamente, avanzando hasta el centro de la habitación.

—Yo no —se aprestó a responder Romola—, sufre muchísimo, esto es evidente... pero nada más. Yo tampoco duermo bien desde que ocurrió el hecho.

—A lo mejor la señorita Latterly podría recomendarte alguna cosa para ayudarte a dormir —apuntó Cyprian dirigiendo una mirada a Hester... y un esbozo de sonrisa.

—Gracias, sé arreglármelas sola —le espetó Romola—. Mañana por la tarde pienso ir a visitar a lady Killin.

—Es demasiado pronto —dijo Basil antes de que Cyprian tuviera ocasión de hablar—. Soy de la opinión de que todavía debes quedarte en casa un mes más. De todos modos, si ella viene, puedes recibirla.

—No vendrá —contestó Romola, malhumorada—. Se sentiría incómoda, sin saber qué decir... razón no le falta...

—No tiene ninguna importancia —dijo Basil dejando zanjada la cuestión.

—Entonces la visitaré yo —repitió Romola mirando a su suegro, no a su marido.

Cyprian se volvió hacia ella para reconvenirla, pero Basil le tomó de nuevo la delantera.

—Estás cansada —dijo fríamente—. Mejor que te retires a tu habitación y que mañana pases un día tranquilo. —No había duda de que era una orden. Romola se quedó indecisa un momento, aunque no existía la menor duda acerca de cuál sería la decisión final: haría lo que le habían mandado, esta noche y mañana. Ni Cyprian ni lo que pudiera opinar contaban para nada.

Hester se sintió profundamente incómoda ante la situación, no por Romola, que se había comportado como una niña pequeña y necesitaba que la reprendiesen, sino por Cyprian, a quien no se había tenido en cuenta para nada. Se volvió hacia Basil.

—Si usted me permite, señor, también yo voy a retirarme. La señora Moidore ha sugerido que debería estar en mi cuarto por si lady Moidore necesitaba de mis servicios.

Y haciendo una leve inclinación de cabeza a Cyprian, sin casi mirarlo a los ojos para no ver en ellos la humillación, Hester atravesó el vestíbulo con el libro entre los brazos y se fue escaleras arriba.

El domingo era bastante igual a los demás días de la semana en casa de los Moidore, como ocurría de hecho a todo lo ancho y largo de Inglaterra. Había que llevar a cabo las labores corrientes: limpiar las chimeneas, encenderlas y aprovisionarlas y, por supuesto, también había que preparar el desayuno. Las oraciones eran más breves que de costumbre, ya que todos los que podían iban a la iglesia como mínimo una vez durante ese día.

Beatrice optó por no encontrarse bien, lo cual no le discutió nadie, pero insistió en que Hester acompañara a la familia en las ceremonias religiosas. Ella habría preferido ir por la tarde con los criados de arriba, pero era posible que Beatrice entonces la necesitara.

La comida había sido sobria y la conversación escasa, según informaciones de Dinah. La tarde la consagraron a escribir cartas; Basil por su parte, se puso la chaqueta batín y se retiró al salón a pensar, o quizás a dormitar. Estaban prohibidos los libros y los periódicos, por considerarlos inadecuados para el día de descanso y ni siquiera los niños podían sacar sus juguetes ni leer, salvo las Escrituras, ni dedicarse a juego alguno. Incluso la práctica musical se consideraba inadecuada.

La cena tenía que ser fría, para que la señora Boden y demás criados de arriba pudieran ir a la iglesia. La tarde se ocupaba con la lectura de la Biblia, presidida por sir Basil. Era un día que no gustaba a nadie.

A Hester le recordó su infancia, aunque su padre no se había mostrado tan irremediablemente triste ni siquiera en su época más ceremoniosa. Desde que se había ido de su casa para viajar a Crimea, pese a que de eso no hacía tanto tiempo, había olvidado con qué rigor se respetaban aquellas normas. La guerra no había permitido este tipo de ceremonias y el cuidado de los enfermos no se suspendía ni siquiera en plena noche, y ya no digamos un día determinado de la semana.

Hester pasó la tarde en el estudio escribiendo cartas. Habría podido servirse de la sala de estar de las camareras de haber querido, pero como Beatrice decidió dormir y no necesitó de sus servicios, le resultó más fácil escribir apartada de la cháchara de Mary y Gladys.

Había ya escrito a Charles e Imogen y a varios amigos de los tiempos de Crimea cuando de pronto entró Cyprian. No pareció sorprendido de verla y se limitó a disculparse superficialmente por la intromisión.

—¿Tiene usted una familia muy numerosa, señorita Latterly? —le preguntó fijándose en el montón de cartas.

—¡Oh, no, sólo un hermano! —le respondió ella—. Las otras cartas son para amigos a los que cuidé durante la guerra.

—Pues veo que tiene muchos amigos —comentó no sin cierta curiosidad y con creciente interés en su rostro—. ¿No le costó instalarse de nuevo en Inglaterra después de unas experiencias tan violentas y terribles?

Ella sonrió, más burlándose de ella misma que de él.

—Sí, mucho —admitió ingenuamente—. Se tenían muchas más responsabilidades; quedaba poco tiempo para trivialidades y para guardar las formas. ¡Ocurrían tantas cosas!: terror, agotamiento, libertad, amistad que cruzaba todas las barreras normales, una sinceridad que en la vida corriente es imposible...

Se sentó frente a ella, balanceándose en el brazo de una de las poltronas.

—Leí algunas cosas acerca de la guerra en los periódicos —dijo con el ceño fruncido—, pero el lector no sabe nunca hasta qué punto son verdad las cosas que se cuentan. Me temo que nos dicen lo que quieren que creamos. No creo que usted leyera las crónicas... no, claro.

—¡Sí que las leía! —lo contradijo inmediatamente, olvidando en el calor de la conversación lo impropio que resultaba que las mujeres bien educadas tuvieran acceso a otra cosa que no fueran las notas de sociedad publicadas por los periódicos.

Pero él no se sorprendió lo más mínimo; al contrario, todavía pareció más interesado.

—Resulta que uno de los hombres más valientes y admirables que atendí era corresponsal de guerra de uno de los mejores periódicos londinenses —prosiguió Hester— y cuando se puso tan enfermo que ni siquiera podía escribir me dictaba los artículos y yo me encargaba de enviar los despachos.

—¡Dios mío, con usted voy de sorpresa en sorpresa, señorita Latterly! —dijo lleno de sinceridad—. Si dispone de un poco de tiempo me encantaría conocer sus opiniones sobre los hechos de que fue testigo. He oído decir que imperaba una gran incompetencia y que se habrían podido ahorrar muchas muertes, pero otros dicen que esto son mentiras que hacen circular los díscolos y alborotadores que a lo único que aspiran es a hacer prosperar sus ideas a expensas de los demás.

—Algo hay de esto —admitió Hester, dejando a un lado papel y pluma. Le pareció tan interesado en el tema que para ella supuso un auténtico placer exponerle lo que había visto y experimentado personalmente y las conclusiones que había sacado de aquellos hechos.

Él escuchaba con total atención y las pocas preguntas que le hizo fueron muy atinadas y formuladas de manera que revelaba compasión y una ironía que ella encontró muy atractiva. Lejos de la influencia de su familia y olvidado por espacio de una hora de la muerte de su hermana y de todas las miserias y sospechas que la habían seguido como siniestra estela, era un hombre de ideas personales, algunas sumamente innovadoras en relación con las condiciones sociales y las circunstancias de los acuerdos y servicios entre los gobernantes y los gobernados.

Se encontraban enzarzados en una conversación sumamente absorbente y las sombras del exterior ya empezaban a alargarse cuando entró Romola y, pese a que ambos se dieron cuenta de su presencia, pasaron unos minutos antes de que abandonaran el tema que tenían entre manos y reconocieran que había entrado una persona en la biblioteca.

—Papá quiere hablar contigo —dijo Romola, enfurruñada—. Te espera en la sala de estar.

Cyprian se levantó de mala gana y se excusó con Hester por tener que dejarla, ni más ni menos que si fuera una amiga a la que tuviera en gran estima y no una especie de criada.

Así que hubo salido, Romola se quedó mirando a Hester con expresión de perplejidad mezclada con una cierta preocupación en su hermoso rostro. Tenía una piel realmente maravillosa y los rasgos de su cara guardaban una proporción perfecta, salvo el labio inferior, que era ligeramente grueso y a veces, sobre todo cuando estaba cansada, le caía por las comisuras, dándole un aspecto de descontento.

—Si he de serle franca, señorita Latterly, no sé cómo expresarme sin parecer crítica, ni cómo brindarle consejo si a usted no le interesa recibirlo pero, si tiene ganas de tener marido, aspiración lógica en toda mujer normal, deberá aprender a dominar la faceta intelectual e inclinada a la polémica de su manera de ser. Es un rasgo que a los hombres no les gusta ni pizca cuando se da en una mujer y que hace que se sientan incómodos. No están a gusto, les altera los nervios, a diferencia de lo que ocurre cuando la mujer se muestra respetuosa ante sus opiniones. ¡No hay que mostrarse obstinada! ¡Es una actitud horrible!

Con mano hábil sujetó con las horquillas un mechón de pelo que se le había desmandado.

—Recuerdo que mi madre ya me lo aconsejaba cuando era niña: es realmente indecoroso que una mujer altere su compostura por la razón que sea. La mayoría de los hombres se siente a disgusto cuando está ante una mujer que se agita por una nimiedad y, en general, ante cualquier estado que desvirtúe la imagen de la mujer como persona serena, fiable, al margen de la vulgaridad y la mezquindad bajo todas sus formas, que no critica nada salvo el desaliño o la incontinencia y, por encima de todo, que no contradice nunca al hombre, ni siquiera cuando cree que se ha equivocado. Aprenda a llevar una casa, a comer con elegancia, a vestir bien y a comportarse con dignidad y gracia, a dirigirse correctamente a todo el mundo en sociedad, aprenda un poco de pintura y de dibujo, toda la música de que sea capaz, de manera especial canto si está dotada para ese arte, algunos rudimentos de labor de aguja, una caligrafía elegante con la pluma y frases agradables en las cartas... y por encima de todo, aprenda a obedecer y a dominar sus prontos aunque la provoquen.

»Si aprende todas estas cosas, señorita Latterly, hará un buen matrimonio dentro de lo que permiten sus cualidades personales y su posición social en la vida y, además, hará feliz a su marido. Y a su vez, también usted será feliz. —Hizo unos leves movimientos con la cabeza—. Me temo que le queda mucho camino por recorrer.

Hester captó instantáneamente la intención de la última amonestación y, pese a la enorme provocación, supo dominarse.

—Gracias, señora Moidore —dijo después de hacer una profunda aspiración—. No olvidaré sus consejos, aunque me temo que estoy destinada a permanecer soltera.

—¡Oh, espero que no! —dijo Romola con sentimiento—. Ése es un estado muy poco natural en una mujer. Aprenda a refrenar la lengua, señorita Latterly, y no pierda nunca la esperanza.

Afortunadamente, después de aquel último consejo salió de la habitación mientras Hester se quedaba echando chispas por todas las palabras que no había dicho y se le habían quedado metidas dentro del cuerpo. Pese a todo, se sentía extrañamente perpleja, atormentada por una sensación de pena cuya razón desconocía. Sólo sabía que experimentaba confusión e infelicidad y tenía una aguda conciencia de la misma.

A día siguiente, Hester se levantó temprano y se buscó algunas tareas en la cocina y en la lavandería con la esperanza de relacionarse con algunas sirvientas y, por qué no, ver de sacarles alguna cosa. Aunque aparentemente tenía la impresión de que las piezas no encajaban, tal vez Monk podría ensamblar unas con otras y reconstruir el cuadro completo.

Annie y Maggie se perseguían escaleras arriba y se revolcaban por el suelo muertas de risa, tapándose la boca con el delantal para ahogar sus gritos e impedir que se propagaran por el rellano.

—¿De qué pueden reírse tan temprano? —preguntó Hester con una sonrisa.

Las dos la miraron con ojos muy abiertos y conteniendo la risa.

—Bueno, ¿qué me dicen? —insistió Hester sin la menor crítica en la voz—. ¿No quieren decírmelo? ¡A mí también me gustan los chistes!

—La señora Sandeman... —se apresuró a responder Maggie, apartándose los rubios cabellos de los ojos—. Es que tiene unas revistas que hay que ver, señorita. Seguro que usted no ha visto cosa igual en su vida, son unas historias como para helarte la sangre... y no sé, historias de hombres con mujeres que hasta a una chica de las que hacen la calle se le subirían los colores a la cara.

—¿En serio? —exclamó Hester levantando las cejas—. ¿O sea que la señora Sandeman se dedica a leer cosas subidas de tono?

—¡Y tan subidas! Cosas de un rojo subido, diría yo —dijo Annie, tronchándose.

—O mejor verde subido —la corrigió Maggie sin parar de reír.

—¿Y de dónde han sacado la revista? —les preguntó Hester, sosteniéndola en las manos y tratando de aparentar que se quedaba tan fresca.

—De fuera de su habitación, cuando hemos limpiado —replicó Annie con transparente ingenuidad.

—¿A esta hora de la mañana? —dijo Hester, como poniéndolo en duda—. Si no son más que las seis y media... ¡No me dirán que la señora Sandeman ya está levantada!

—¡No, ni hablar! No se levanta hasta la hora de comer —se apresuró a decir Maggie—. Tiene que dormirla... y no me extraña.

—¿Qué es lo que tiene que dormir? —Hester no estaba dispuesta a dejar escapar aquella oportunidad—. Ayer noche no salió, que yo sepa.

—Se pone a tono en su habitación —replicó Annie—. El señor Thirsk lo pilla de la bodega. No acabo de entender por qué, yo me figuraba que al señor Thirsk no le gustaba esta mujer, pero debe de gustarle si birla el oporto de la bodega para ella... y del mejorcito, además.

—¡Será tonta! ¡Lo roba porque el señor Thirsk no traga a sir Basil! —intervino Maggie—. Por esto toma el mejor. Cualquier día sir Basil enviará al señor Phillips a buscar una botella de oporto y se encontrará con que no hay. La señora Sandeman se lo habrá bebido todo.

—Yo sigo pensando que al señor Thirsk no le gusta

esta mujer —insistió Annie—. ¿No te has fijado en la cara que pone cuando la mira?

—A lo mejor hubo un tiempo en que le gustaba —dijo Maggie esperando haber dado en el clavo y ofreciendo una panorámica enteramente nueva del caso que acababa de abrirse a su imaginación— y ella se lo sacó de encima y por eso ahora la odia.

—No —en este punto Annie estaba completamente segura—, yo creo que él la desprecia. Antes era militar, y de los buenos, ¿sabe?, en fin, un oficial de bastante categoría... pero se ve que tuvo una aventura de faldas que terminó muy mal.

—¿Y eso cómo lo sabe? —le preguntó Hester—, no será porque él se lo haya contado.

—¡No, claro! Pero oí que la señora se lo contaba una vez al señor Cyprian. Yo creo que al señor Thirsk esa mujer le da asco, que no la ve como una señora. —De pronto puso unos ojos muy grandes—. ¿Y si resulta que fue ella la que se le insinuó y, como a él le da asco, la mandó a hacer gárgaras?

—Entonces sería ella la que lo odiaría —dijo Hester.

—¡Pero es que ella lo odia! —respondió Annie al momento—. Cualquier día de éstos dirá a sir Basil que el señor Thirsk le roba el oporto, ya veréis. Sólo que quizá, cuando se lo diga, ella estará tan pirada que él no se lo creerá.

Hester aprovechó aquella oportunidad, si bien algo avergonzada por su proceder.

—¿Quién creen ustedes que mató a la señora Haslett?

Las sonrisas se borraron de sus rostros instantáneamente.

—Pues... el señor Cyprian es muy buena persona y además, ¿por qué iba a hacer una cosa así? —Annie descartó la idea—. La señora Moidore, como no hace caso de nadie, no creo que pueda odiar a alguien. Y la señora Sandeman tres cuartos de lo mismo...

—A menos que la señora Haslett supiera algo de ella que a ella no le gustara —apuntó Maggie—. Eso es lo más probable. Yo veo a la señora Sandeman capaz de clavarte un cuchillo si la amenazas con delatarla.

—¡Y tanto que sí! —admitió con ella Annie, que de pronto se había puesto seria y ya se había dejado de fantasías y de bromas—. Con franqueza, señorita, nosotras creemos que igual fue Percival, que se da muchos aires en esta casa. Además, la señora Haslett le gustaba. Es un tipo de cuidado, se lo digo yo.

—Sí, se figura que Dios lo hizo para regalo de las mujeres —exclamó Maggie con desprecio—, es tan imbécil que se lo tiene creído. Si fuera verdad, querría decir que Dios conoce poco a las mujeres.

—¡Y también está Rose! —prosiguió Annie—. Ésa sí que bebe los vientos por Percival. ¡Mira a quién ha ido a escoger! ¿Será imbécil?

—¿Y ella por qué iba a matar a la señora Haslett? —preguntó Hester.

—Por celos, naturalmente. —Las dos se miraron como si la consideraran corta de entendederas.

Hester estaba sorprendida.

—¿Tanto le gustaba a Percival la señora Haslett? ¡Pero si no es más que un lacayo, por el amor de Dios!

—Sí, váyale a él con ese cuento —dijo Annie, como asqueada.

Nellie, la criada que se encargaba de los dos pisos, apareció de pronto subiendo la escalera a todo correr con una escoba en una mano y un cubo de hojas de té frío en la otra con la intención de esparcirlas sobre las alfombras para quitarles el polvo.

—¿Por qué no barréis? —preguntó a sus compañeras, mayores que ella—. Como aparezca la señora Willis a las ocho y vea que no hemos limpiado vais a ver la bronca. No quiero que me deje sin té a la hora de acostarme.

Bastó el nombre del ama de llaves para galvanizar a las chicas y propulsarlas a la acción inmediata, por lo que dejaron a Hester en el rellano mientras corrían escaleras abajo a buscar las escobas y los trapos del polvo.

Una hora más tarde, en la cocina, Hester preparaba la bandeja del desayuno para Beatrice: simplemente té, una tostada, mantequilla y mermelada de albaricoque. Estaba dando las gracias al jardinero por haberla obsequiado con una de las últimas rosas con la que quería adornar el jarrón de plata cuando pasó Sal, la criada pelirroja que trabajaba en la cocina, riendo a carcajadas y dando codazos a un lacayo que había aparecido con una nota de su cocinera para la cocinera de Sal. Los dos bromeaban y se daban golpes y manotazos justo en la puerta y los chillidos de Sal se oían desde la trascocina y resonaban por todo el pasillo.

—Esta chica es una cabeza a pájaros —dijo la señora Boden acompañando las palabras con unos movimientos de la cabeza—. Fíjese en lo que le digo... es una frescales donde las haya. ¡Sal! —gritó—. ¡Ven aquí inmediatamente y a cumplir con tus obligaciones! —Volvió a mirar a Hester y añadió—: ¡No he visto chica más vaga que ésta! No entiendo cómo la aguanto. ¡Cómo está el mundo! ¡No sé dónde iremos a parar! —Tomó el cuchillo de la carne y probó el filo con el dedo. Hester miró la hoja, tragó saliva y sintió un estremecimiento al pensar que tal vez aquel cuchillo era el que habían empuñado una noche las manos que habían dado muerte a Octavia Haslett en el piso de arriba.

La señora Boden encontró satisfactoria la hoja, sacó el tajo de la carne y comenzó a cortar lonchas para preparar el pastel.

—Como si no hubiera bastante con la muerte de la señorita Octavia, la casa llena de policías metiéndose por todos los rincones, todo el mundo asustado hasta de su sombra y la señora en cama, resulta que encima tengo que aguantar a esta zángana de Sal en mi cocina... ¡No hay mujer decente con arrestos bastantes para soportar tanto!

—Estoy segura de que usted es capaz de soportar esto y más —dijo Hester tratando de calmarla. Si pensaba tentar a dos camareras y conseguir que cambiaran de oficio, no tenía intención, en cambio, de contribuir al caos doméstico alentando, además, a la cocinera a liar los bártulos—. Con el tiempo la policía se irá de la casa, se arreglará la situación, la señora se recuperará y usted, entretanto, es muy capaz de poner en cintura a Sal. No va a ser la única criada respondona que usted acaba haciendo entrar en razón... con el tiempo, claro.

—En esto tiene usted razón —admitió la señora Boden—, tengo buena mano con las chicas, ni yo puedo negarlo, pero lo que más deseo es que la policía descubra al culpable y lo detenga. Así podré dormir tranquila sin tener que cavilar. No me cabe en la cabeza que una persona de la familia haya podido hacer una cosa así. Estoy en esta casa desde antes de que naciera el señor Cyprian, ya no digamos la señorita Octavia y la señorita Araminta. No he sentido nunca un gran afecto por el señor Kellard, pero me digo que sus cualidades tendrá y, después de todo, no deja de ser un caballero.

—¿A usted le parece que pudo ser uno de los criados, entonces? —preguntó Hester fingiendo sorpresa y considerable respeto, como si para ella contara mucho la opinión que pudiera tener la señora Boden sobre un asunto de tal naturaleza.

—Pues podría ser, ¿no cree? —dijo la señora Boden con voz tranquila, cortando la carne con gran pericia y mano rápida, ágil y extremadamente fuerte—. Y no precisamente una chica porque... además, ¿quiere decirme por qué iba a matarla una chica?

—¿Por celos, quizás? —apuntó Hester con aire de inocencia.

—¡Bobadas! —exclamó la señora Boden cogiendo unos riñones—. Habría que estar muy loca para hacer una cosa así. Sal no sube nunca arriba. Lizzie es muy mandona y no daría un chavo a un ciego, pero sabe distinguir entre lo que está bien y lo que está mal y obra como corresponde. Y Rose es muy cabezona, siempre quiere lo que no puede tener y yo no pondría las manos en el fuego por ella para según qué cosas, pero es que una cosa así... —Movió negativamente la cabeza—. De matar, nada, aunque sólo fuera por el riesgo. Tiene mucho apego a su piel.

—¿Y las chicas de arriba tampoco? —añadió Hester como por instinto, aunque después pensó que habría sido mejor esperar a que hablara la señora Boden.

—Ésas son unas tontorronas —dijo la señora Boden—, pero no tienen maldad, esto por descontado. Y Dinah es un pedazo de pan, incapaz de hacer una barbaridad como ésta. Es una buena chica, aunque sosa la pobre. Viene de una buena familia de un pueblo de no sé dónde. Quizá demasiado guapetona, pero por algo hace de camarera de salón. Y en cuanto a Mary y a Gladys... bueno, Mary tiene su genio, pero todo se va en humo de pajas. No mataría una mosca... ¿y qué motivo tendría para hacer una cosa así? Si, además, estaba encantada con la señorita Octavia, y la señorita Octavia con ella, que todo hay que decirlo. Y Gladys es una chica agria que se da muchos aires... pero así son las camareras de las señoras. No es mala, por lo menos no para hacer una cosa tan gorda. ¡Hasta le faltaría valor!

—¿Y Harold? —preguntó Hester. No se molestó siquiera en mencionar al señor Phillips, no porque lo considerara incapaz de hacerlo, sino porque sabía que las fidelidades que empujaban a la señora Boden de una manera natural a guardar respeto a un criado que ella consideraba un superior le impedirían contemplar aquella posibilidad con mentalidad bastante abierta.

La señora Boden le dirigió una mirada que parecía venir de otros tiempos.

—¿Para qué, si me permite que se lo pregunte? ¿Qué podía hacer Harold en la habitación de la señorita Octavia en mitad de la noche? Ése sólo tiene ojos para Dinah, ¿será desgraciado?, aunque de poco le sirve.

—¿Y Percival? —Hester dijo por fin lo inevitable.

—Ése podría ser. —La señora Boden apartó a un lado el resto del riñón y alcanzó el mortero lleno de harina ya amasada. Extendió la masa sobre el tajo, la espolvoreó con harina y comenzó a trabajarla con ayuda del rodillo dándole unos golpecitos enérgicos y certeros primero a un lado y, tras darle la vuelta con un solo gesto, al otro lado—. Éste siempre se ha figurado que es más de lo que es, pero nunca me habría figurado que pudiera llegar tan lejos. Maneja mucho dinero, y no me lo explico —añadió con aire avieso—. Tiene mala laya el chico ese, se lo he notado más de una vez. Mire, el agua de la marmita está hirviendo, no me vaya a llenar la cocina de vapor.

—Gracias —dijo Hester dándose la vuelta para acercarse al hornillo, apartar el hervidor del fuego con ayuda de un agarrador, y escaldar la tetera, vaciándola después para preparar el té con el agua restante.

Monk volvió a la casa de Queen Anne Street porque tanto él como Evan habían agotado todas las demás vías posibles de investigación. No habían encontrado las joyas desaparecidas ni esperaban tampoco encontrarlas, pero se sentían obligados a seguir las investigaciones hasta el final, aunque fuera sólo para dar satisfacción a Runcorn. También habían recogido todas las referencias personales de los criados que trabajaban con la familia Moidore, habían hecho las comprobaciones pertinentes en casa de sus anteriores amos y no habían encontrado ningún dato desfavorable que diera motivo para pensar ni de lejos que ningún criado era dado a violencias o actos como el que se había producido. Tampoco habían encontrado historias de amores oscuros, ni acusaciones de robos o inmoralidades, sólo vidas muy normales de trabajo y vida doméstica.

No quedaba más remedio que volver a Queen Anne Street e interrogar de nuevo a los criados. Hicieron pasar a Monk a la salita del ama de llaves, donde se quedó esperando a Hester con impaciencia. Tampoco esta vez explicó a la señora Willis la razón de querer ver a la enfermera, pese a que no estaba en la casa cuando ocurrió el asesinato. Monk era plenamente consciente de la sorpresa que despertaba en la mujer y de las considerables críticas que suscitaría. La próxima vez que tuviera que verla tendría que pensar alguna excusa.

Dieron unos golpes en la puerta.

—Adelante —dijo Monk.

Entró Hester y cerró la puerta detrás de ella. Tenía muy buen aspecto y un aire muy profesional, llevaba el pelo recogido en la nuca, lo que le prestaba una apariencia muy severa, y además un vestido de paño de un color gris azulado sin adorno alguno, encima del cual resaltaba el delantal de restallante blancura. Era una vestimenta práctica, aunque en exceso gazmoña.

—Buenos días —dijo Hester con voz monocorde.

—Buenos días —replicó él y, sin que mediara preámbulo alguno, comenzó a hacerle preguntas sobre los días transcurridos desde que la había visto por última vez, utilizando un lenguaje más lacónico que el que habría empleado normalmente, por el simple hecho de que Hester era tan parecida a su cuñada, Imogen, pero tan diferente a la vez, absolutamente carente del misterio y la gracia femenina que adornaban a esta última.

Hester le expuso lo que había hecho y también lo que había visto y oído sin proponérselo.

—Todo esto me confirma únicamente que Percival

no es persona que goce de las simpatías del personal —dijo Monk con aspereza— o simplemente que todo el mundo tiene miedo y que él parece el chivo expiatorio más propicio.

—Ni más ni menos —admitió ella con viveza—. ¿Se le ocurre alguna idea mejor?

La lógica de su pregunta le cayó mal. Monk sabía perfectamente que de momento no había conseguido ningún resultado y que no tenía otro sitio donde buscar que en aquella casa.

—¡Sí! —le respondió con brusquedad—. Estudie más a fondo a la familia. Descubra más cosas acerca de Fenella Sandeman, esto para empezar. ¿Tiene alguna idea de los lugares que frecuenta para desahogar sus escandalosos gustos, suponiendo que sean realmente escandalosos? Perdería mucho si sir Basil la echara a la calle. Quizás Octavia se enteró de algo sobre ella aquella tarde. A lo mejor se refería a esto cuando habló con Septimus. Y averigüe si Myles Kellard tuvo realmente una aventura con Octavia o si sólo se trata de uno de esos chismes maliciosos que circulan entre los criados lenguaraces y con excesiva imaginación. Parece que a los de esta casa no les falta una cosa ni la otra.

—No me dé órdenes, señor Monk —le dijo con mirada glacial—, yo no soy su sargento.

—Agente, señora —la corrigió Monk con una sonrisa irónica—. Se ha adjudicado un rango que no le corresponde. Lo que ha querido decir es que usted no es mi agente.

Hester se puso muy tiesa, los hombros levantados casi al estilo militar y el rostro enfurruñado.

—Cualquiera que sea el rango que me adjudique y que no ostento, señor Monk, considero que la razón principal para insinuar que Percival pudo matar a Octavia se funda en la suposición de que tenía una aventura con ella o pretendía tenerla.

—¿Y por esto la mató? —levantó las cejas con aire sarcástico.

—No —respondió Hester haciendo alarde de paciencia—, sino porque ella se cansó de él y entonces se pelearon, supongo yo. O a lo mejor lo hizo la lavandera Rose, en ese caso por celos. Está enamorada de Percival... bueno, quizá la palabra amor no sea la más adecuada... habría que emplear otra palabra que reflejase un sentimiento más ordinario y compulsivo, creo. Lo que ignoro es cómo puede demostrarlo.

—¡Vaya, por un momento temía que quisiera darme una lección!

—Ahora no me atrevería... por lo menos hasta que alcance la graduación de sargento. —Y con un revuelo de faldas dio media vuelta y salió.

Aquello era absurdo. No era así cómo Monk había querido que se desarrollase la entrevista, pero en aquella mujer había una especie de arbitrariedad que a menudo lo sacaba de quicio. Gran parte de la indignación que le causaba venía de que ella hasta cierto punto tenía razón y lo sabía. No tenía idea de cómo demostrar la culpabilidad de Percival... en el caso de que fuera culpable.

Evan estaba ocupado hablando con los mozos de cuadra sin que tuviera nada específico que preguntarles. Monk habló con Phillips sin sacar nada en limpio y seguidamente solicitó la presencia de Percival.

Esta vez el lacayo parecía mucho más nervioso. Monk vio que tenía los hombros tensos y ligeramente levantados, que sus manos no se estaban un momento quietas, que sobre el labio superior tenía unas finas gotitas de sudor y la preocupación pintada en los ojos. Aquello no quería decir nada, salvo que Percival tenía inteligencia suficiente para advertir que el círculo se estaba cerrando y que no gozaba de las simpatías de nadie. Todos temían por ellos y, cuanto antes acusaran a alguien, antes se volvería a normalizar la vida y se impondría la seguridad para todos. La policía saldría de la casa y las acuciantes y terribles sospechas se desvanecerían de una vez. Y entonces ya todos podrían volverse a mirar a los ojos.

—¡Es usted un joven bien parecido! —dijo Monk mirándolo de arriba abajo, aunque en la frase había de todo menos elogio—. Supongo que a los lacayos los eligen principalmente por su aspecto.

Percival lo miró con desenfado, pero Monk casi podía oler el miedo que sentía.

—Sí, señor.

—Yo diría que hay bastantes mujeres que están prendadas de usted. A las mujeres les gustan los hombres guapos.

Por el rostro impenetrable de Percival cruzó una sombra de vanidad que, sin embargo, no tardó en desvanecerse.

—Sí, alguna que otra vez.

—Seguro que habrá tenido ocasión de comprobarlo.

Percival se distendió ligeramente, se notó que su cuerpo se relajaba debajo de la librea.

—En efecto.

—¿Y no le cohíbe un poco la situación?

—En general, no. Uno acaba por acostumbrarse.

Monk pensó que aquel tipo era un cerdo presumido, por mucho que no le faltaran motivos. Tenía una especie de vitalidad contenida y algo así como una insolencia que Monk supuso que muchas mujeres encontraban excitante.

—Pero seguramente se verá obligado a ser muy discreto —dijo Monk en voz alta.

—Sí, señor. —Percival ahora se encontraba a sus anchas, había bajado la guardia, se regodeaba en sí mismo rememorando anécdotas vividas.

—Sobre todo si se trata de una señora, es decir, no de una de las sirvientas de la casa —prosiguió Monk—.

A veces hasta debe de resultar embarazoso que venga una señora de visita y se muestre interesada por usted.

—Sí, señor, todas las precauciones son pocas.

—Y yo diría que los hombres deben de ponerse celosos.

Percival estaba desorientado; no había olvidado por qué estaba hablando con el policía. Monk veía los pensamientos reflejados en su rostro, pero ninguno le aportaba claves.

—Podría ser —dijo con tiento.

—¿Podría? —Monk enarcó las cejas y habló con voz condescendiente y sarcástica—. ¡Vamos, Percival!, si usted fuera un caballero, ¿no se volvería loco de celos si la dama de sus sueños demostraba que prefería las atenciones de su lacayo?

Esta vez la sonrisa presuntuosa fue inequívoca, era demasiado halagadora aquella imagen, pasaba a convertirse en la más deliciosa de las excelsitudes, en la mejor, más próxima a la esencia del hombre que el dinero o el rango.

—Sí, señor... imagino que eso debe de suceder.

—Y más especialmente tratándose de una mujer tan agraciada como la señora Haslett.

Ahora Percival estaba confundido.

—Ella era viuda, señor. El capitán Haslett murió en la guerra. —Desplazó el peso de su cuerpo de un lado a otro en actitud incómoda—. No tenía admiradores serios. No hacía caso de ninguno... todavía lloraba al capitán.

—Pero era joven, estaba acostumbrada a la vida matrimonial y, además, era guapa —siguió acuciándolo Monk.

La luz volvió a incidir en el rostro de Percival.

—¡Oh, sí! —hubo de admitir—, pero no tenía intención de volver a casarse. —Se rehízo inmediatamente—. De todos modos, a mí nadie me amenazó... a la que mataron fue a ella. Y no había nadie que tuviera tal intimidad con ella como para sentirse celoso. De todos modos, aun suponiendo que hubiera existido esa persona, aquella noche no había nadie más en la casa.

—Pero si hubiera habido ese alguien más, ¿podría haberse sentido celoso? —Monk frunció el ceño, como si la respuesta le importara y acabara de encontrar una clave preciosa.

—Pues... tal vez sí. —Los labios de Percival se torcieron en una sonrisa de satisfacción y abrió mucho los ojos, lleno de esperanza—. ¿Había alguien, señor?

—No —respondió Monk con un cambio de expresión en la cara, de la que desapareció toda cordialidad—, lo único que a mí me interesaba saber es si usted había tenido una aventura con la señora Haslett.

De pronto Percival se hizo cargo de la situación y de su rostro huyó todo el color dejándolo mortalmente pálido. Porfiaba por encontrar las palabras adecuadas, pero de su garganta sólo salían sonidos ahogados.

Monk conocía el sabor de la victoria y el instinto de matar, le era tan familiar como el dolor o el reposo o la súbita impresión del agua fría, un recuerdo en la carne al igual que en la mente. Y se despreciaba por ello. Era su yo primigenio que asomaba a través de la bruma del olvido interpuesta por el accidente, era el hombre que figuraba en los expedientes, admirado y temido, un hombre sin amigos.

Y sin embargo, aquel arrogante lacayo podía haber asesinado a Octavia Haslett en un acceso de lujuria desatada y de machismo. Monk no podía permitirse complacer su conciencia al precio de dejarlo escapar.

—¿Qué pasó? ¿Cambió Octavia de parecer? —le preguntó con una rabia ancestral en la voz, todo un mundo de cáustico desdén—. ¿Se dio cuenta de pronto de lo ridículamente vulgar que era tener una aventura amorosa con un lacayo?

Percival lo insultó para sus adentros con una palabra obscena, después levantó la barbilla y refulgieron sus ojos.

—¡Ni hablar! —respondió engallándose y consiguiendo dominar su terror, por lo menos aparentemente. Aunque le temblaba la voz, sus palabras fueron de una clara diafanidad—. Suponiendo que este asunto tenga algo que ver conmigo, la culpable sería Rose, la lavandera. Está loca por mí y se muere de celos. Ella podría haber subido al cuarto de la señora Haslett durante la noche y haberla apuñalado con un cuchillo de cocina. Tenía motivos para hacerlo. Yo, no.

—Hay que reconocer que usted es todo un señor —dijo Monk sin poder evitar que el desdén le torciera los labios, pese a pensar que aquélla era una posibilidad que no se podía descartar. Percival lo sabía. Por la frente del lacayo resbalaba el sudor, pero ahora a causa del alivio que sentía.

—Muy bien —dijo Monk despidiéndolo—, ahora ya se puede marchar.

—¿Quiere que le envíe a Rose? —le preguntó ya en la puerta.

—No, no hace falta. Y si tiene interés en sobrevivir en esta casa, hará bien no hablando con nadie sobre la conversación que hemos tenido. Los amantes que insinúan que sus amiguitas son unas asesinas no son bien vistos por la gente.

Percival no dijo palabra, pero no parecía sentirse culpable, sólo aliviado... y cauteloso.

Monk se dijo para sí que aquel tipo era un cerdo, aunque no podía echarle enteramente la culpa. El hombre se sentía acorralado, eran muchas las manos que se levantaban contra él, no necesariamente porque lo creyesen culpable, sino porque algún culpable tenía que haber y aquel hombre tenía miedo.

Al final de otro día de interrogatorios, todos los cuales salvo el sostenido con Percival resultaron estériles, Monk se dirigió a la comisaría con el objeto de informar a Runcorn, no porque tuviera nada concluyente que notificarle sino porque Runcorn se lo había pedido.

Iba caminando tranquilamente el último kilómetro del trayecto en aquella tarde fría de finales de otoño, intentando preparar mentalmente lo que diría a Runcorn, cuando pasó junto a un cortejo fúnebre que seguía lentamente su camino Tottenham Court Road arriba en dirección a Euston Road. La carroza funeraria iba tirada por cuatro caballos negros empenachados también de negro y a través del cristal en el que estaba encerrado vio el ataúd cubierto de flores, kilos y más kilos de flores. Imaginó el perfume que exhalarían y pensó en los cuidados que habrían exigido, ya que seguramente habían sido cultivadas en invernadero dada la época del año.

Detrás del coche fúnebre seguían otros tres carruajes más, en los que viajaban los enlutados deudos. Una vez más experimentó una sensación de familiaridad. Sabía por qué aquellos coches iban atestados de personas apretujadas en su interior codo con codo, por qué relucían tanto los arneses, por qué no había escudo alguno en las puertas. Era el entierro de un pobre y los carruajes eran de alquiler. No se había ahorrado en gastos: los caballos eran negros, no alazanos o bayos; todos debían de haber contribuido con sus flores, aunque después no les quedara dinero para comer durante el resto de la semana y por la noche tuvieran que sentarse junto a chimeneas apagadas.

Había que pagar a la muerte el tributo que le correspondía; no se podía decepcionar al vecindario ofreciéndole un espectáculo de poca monta y pecando de mezquindad.

Había que ocultar la pobreza a toda costa.

Como último tributo ofrecían un luto a lo grande.

Monk detuvo su camino, se quitó el sombrero en actitud reverente y vio pasar el cortejo con un sentimiento cercano a las lágrimas, no ya por el cadáver de un desconocido, ni siquiera por aquellos que lamentaban la desgracia, sino por todos los que se preocupaban tan desesperadamente de lo que pudieran pensar los demás y por las sombras y fulgores de su propio pasado, que veía aletear en aquel tipo de actitudes. Cualesquiera que fueran sus sueños, aquella gente era la suya, no la de Queen Anne Street ni sus semejantes. Ahora él vestía bien, comía bien y no poseía casa ni familia, pero sus raíces estaban en estrechos callejones donde todos sus habitantes se conocían, donde todos participaban en las bodas y en los funerales, donde todos se enteraban de si en el vecindario había habido un nacimiento o alguien había caído enfermo, donde todos se sumaban a las esperanzas y a las desgracias de todos, donde no existía la intimidad pero tampoco la soledad.

¿Quién era aquel hombre cuyo rostro se le había aparecido tan claramente durante un breve instante mientras esperaba en la puerta del club de Piccadilly y por qué había deseado tan intensamente emularlo, no ya sólo en lo tocante a intelecto, sino incluso en su manera de hablar, en su estilo de vestir y en su forma de andar?

Miró de nuevo a los que formaban el duelo como buscando algún signo de identidad que lo identificase con ellos y, cuando por delante de él pasó lentamente el último carruaje, tuvo un atisbo del rostro de una mujer, una mujer sencilla, de nariz ancha, boca grande y cejas bajas y planas, una mujer que despertó en él una sensación tan intensa de familiaridad que, una vez hubo pasado, se quedó jadeando y con otra imagen familiar que había acudido por un momento a sus pensamientos y se había esfumado, la imagen de una mujer fea con las mejillas bañadas en lágrimas y unas manos que él amaba tanto que no se habría cansado nunca de mirarlas ni de privarse del intenso placer que le causaba su delicadeza y su gracia. Y sintió la herida de un viejo remordimiento, aunque sin conocer el motivo ni de cuándo databa.

7

Araminta estaba impertérrita, de pie en el salón-tocador delante de Monk. Aquélla era una habitación cómoda y confortable especialmente destinada a las mujeres de la casa. Estaba suntuosamente decorada con mobiliario estilo Luis XVI, todo volutas y arabescos, dorados y terciopelos. Las cortinas eran de brocado y el papel que revestía las paredes era de color rosa con relieves dorados. Era una habitación opresivamente femenina en la que Araminta parecía fuera de lugar, no ya por su apariencia, puesto que era una mujer de figura esbelta y osamenta delicada y con una cabellera que era como una llamarada, sino por su actitud, que era casi agresiva. No era una persona propicia a las concesiones, no poseía una suavidad a tono con la dulzura del saloncito rosa.

—Lamento tener que decirle lo que le voy a decir, señor Monk. —Lo miró sin titubeo alguno—. Como es natural, me importa mucho el buen nombre de mi hermana pero, dadas las actuales condiciones de tensión y la tragedia que estamos viviendo, creo que lo único que sirve es la verdad. Aquellos de nosotros que se sienten heridos por las circunstancias tendrán que soportarlas lo mejor que puedan.

Monk abrió la boca intentando encontrar unas palabras de ánimo y de consuelo, pero era evidente que Araminta no las necesitaba. Siguió hablando con un dominio tal en la expresión de su rostro que no revelaba tensión alguna ni el más mínimo temblor en sus labios o en su voz.

—Mi hermana Octavia era una persona encantadora y sumamente afectuosa. —Elegía las palabras con mucho cuidado; lo que le decía había sido ensayado antes de que llegara Monk—. Como la mayoría de personas que son conscientes de gustar a los demás, disfrutaba de esa admiración, es más, se sentía hambrienta de ella. Como es lógico, sufrió muchísimo cuando mataron a su marido, el capitán Haslett, en Crimea. Pero esto había ocurrido hacía casi dos años, mucho tiempo para que una persona con el carácter de Octavia se conformara con estar sola.

Esta vez él no la interrumpió, sino que esperó a que continuase hablando, demostrándole únicamente a través de su mirada que le prestaba una atención absoluta.

Los sentimientos más íntimos de Araminta se revelaban a través de una sorprendente inmovilidad, como si hubiera algo dentro de ella que le impidiese moverse.

—Lo que trato de decirle, señor Monk, por mucho que me apene tanto a mí como a mi familia, es que Octavia de vez en cuando alentaba en los lacayos una admiración totalmente personal y de naturaleza mucho más familiar que la debida.

—¿A qué lacayo se refiere, señora? —No sería él quien pusiera el nombre de Percival en boca de Araminta.

Una sombra de irritación torció el gesto de Araminta.

—A Percival, por supuesto. No hace falta que se ande con comedias conmigo, señor Monk. ¿Acaso Harold se da esos aires? Además, usted lleva el tiempo suficiente en la casa para haberse dado cuenta de que Harold está encandilado con la camarera del salón y que no es probable que mire a nadie más con los mismos ojos... por mucho que esto pudiera beneficiarlo. —Araminta hizo un gesto nervioso con los hombros, como quien se sacude una idea desagradable—. Es más que probable que esa chica no sea tan encantadora como él imagina, de manera que le conviene creer más en los sueños que sufrir la desilusión de la realidad. —Por vez primera apartó de él los ojos—. Estoy segura de que se convierte en una chica sosa y aburrida cuando uno se ha cansado de mirar su cara bonita.

Si Araminta hubiera sido una mujer del montón, quizá Monk habría sospechado que por su boca hablaba la envidia pero, tratándose de una mujer excepcionalmente guapa como ella, no era muy probable.

—Los sueños imposibles terminan siempre cuando uno despierta —admitió Monk—, pero a lo mejor sale de esa obsesión antes de que descubra la realidad. Esperémoslo.

—Es un asunto que no me interesa —dijo Araminta, volviendo a mirarlo fijamente y recordándole el tema que interesaba—. Lo que yo quiero es informarle de la relación de mi hermana con Percival, no de las fantasías que pueda hacerse Harold con la camarera del salón. Dado que es irrefutable que quien mató a mi hermana es una persona que vive en esta casa, importa que usted sepa que entre ella y el lacayo existía una relación que excedía lo normal en estos casos.

—Me parece una información importante —repuso Monk, sereno—. Pero ¿por qué no me lo dijo antes, señora Kellard?

—Porque no lo creí necesario, evidentemente —replicó ella de inmediato—. No es muy agradable tener que admitir una cosa como ésta... y menos a la policía.

No precisó si lo había hecho por las implicaciones

del crimen o por la indignidad que suponía tener que tratar un asunto como aquél con una persona del nivel social de un policía, pero por la expresión de desprecio que su boca dibujaba Monk dedujo que se trataba de lo último.

—Gracias por decirlo ahora, entonces. —Monk trató de disimular lo mejor que pudo la indignación que pudiera revelar su expresión, y se vio recompensado e insultado a la vez al ver que ella parecía no haberse dado cuenta—. Haré las oportunas pesquisas en este sentido —terminó.

—Lo encuentro muy natural. —Levantó sus finas y rojizas cejas—. No habría pasado por el desagradable trance de confesarle una cosa así simplemente para que usted me prestase oído y se cruzara de brazos.

Monk se tragó cualquier comentario que habría podido hacerle y se limitó a abrir la puerta para que ella pasara primero y a desearle buenos días.

No le quedaba otra alternativa que enfrentarse con Percival ahora que ya había reunido, gracias a las informaciones de todos, los fragmentos de cosas conocidas e imaginadas y las valoraciones de los personajes. Nada que pudiera añadirse podría probar nada, las palabras sólo revelarían miedo, oportunismo o malicia. Era indudable que Percival, con mayor o menor motivo, gozaba de las antipatías de algunos de sus compañeros de trabajo. Era arrogante y áspero y había jugado, como mínimo, con el afecto de una mujer, lo que había dado lugar a un testimonio endeble y nada fiable, por no decir otra cosa peor.

Esta vez Percival presentó una actitud diferente; seguía presente aquel miedo impregnándolo todo, pero era mucho menos invasor. En la manera de ladear la cabeza y en la insolencia al mirar se evidenciaba una recuperación de la antigua confianza. Monk se dio cuenta inmediatamente de que habría sido inútil tratar de sembrar el pánico en él intentando forzar una confesión.

—¿Usted dirá, señor? —dijo Percival esperando con aire expectante, plenamente consciente de las celadas y posibles trampas verbales.

—Tal vez la discreción le impidió confesarlo antes —dijo Monk—, pero la señora Haslett era una de las que profesaba por usted algo más que la consideración propia de su condición, ¿no es verdad? —Percival sonrió mostrando los dientes—. No deje que la modestia guíe su respuesta, ya que la información me ha llegado a través de otra fuente.

La boca de Percival esbozó una sonrisa cargada de afectación, pero no por esto se olvidó de cuál era su situación.

—Sí, señor. La señora Haslett me tenía... una gran consideración.

De pronto a Monk le enfureció aquella vanidad del hombre, su intolerable engreimiento. Recordó a Octavia muerta, tendida y con aquella herida oscura que le bajaba a lo largo de la bata. Le había parecido tan vulnerable entonces, tan indefensa e incapaz de protegerse... lo cual en realidad era absurdo, ya que ella era la única persona de toda aquella tragedia que ahora estaba más allá de la conmiseración o de las mezquinas fantasías de la dignidad, pero a Monk le herían amargamente las referencias que hacía de ella aquel repugnante hombrecillo, su autocomplacencia, incluso sus pensamientos mismos.

—¡Qué cosa tan estupenda para usted! —le dijo Monk con acritud—, aunque a veces debía resultar embarazoso, ¿no?

—No, señor —se apresuró a responder Percival con un evidente sentimiento de vanidad—. Ella era muy discreta.

—Ya lo supongo —admitió Monk, despreciando a Percival todavía más que antes—. Después de todo, era una señora, aunque ocasionalmente lo olvidase.

Los finos labios de Percival se torcieron en un gesto de irritación. El desprecio de Monk le había llegado al alma. No le gustaba que le recordasen que el hecho de que una señora admirase a un lacayo como él era rebajarse.

—Veo que no lo entiende —dijo Percival con desprecio. Miró a Monk de arriba abajo y se irguió un poco más, antes de añadir—: La verdad, no me extraña.

Monk no tenía ni idea de qué mujeres ni de qué clase le habían admirado a él de forma similar. Su memoria estaba en blanco, pero se le estaba acabando la paciencia.

—No lo entiendo pero lo imagino —replicó agresivamente—. He detenido a algunas putas en diversas ocasiones.

Las mejillas de Percival se encendieron, pero no se atrevió a decir lo que se le ocurría. Le devolvió la mirada con ojos brillantes.

—¿De veras, señor? Su trabajo debe de ponerlo en contacto con muchos tipos de personas que desconozco por completo. ¡Es lamentable! —Ahora sus ojos lo miraban de tú a tú y con dureza—. Pero entiendo que es necesario, como limpiar cloacas: alguien tine que hacerlo.

—Una situación precaria, ¿no? —dijo Monk haciendo caso omiso de aquellas insinuaciones—. Si gozas de la admiración de una señora, debe ser difícil saber dónde estás. Tan pronto hay que hacer de criado, mostrarse disciplinado y respetuosamente inferior, como hay que hacer de amante, lo que te lleva a creer que eres más poderoso, más dueño de la situación de lo que eres en realidad. —Sonrió de una manera bastante parecida a como sonreía Percival—. Después, antes de tener tiempo de saber dónde estás, vuelves a quedar rebajado a la condición de lacayo: «sí, señora», «no, señora». Y al final, cuando la señora se ha aburrido o ya tiene bastante, te dice que ya puedes retirarte, y que te vayas a tu habitación. ¡Qué difícil no cometer errores! —Miró la cara de

Percival y las emociones sucesivas que se iban reflejando en ella—. ¡Qué difícil no perder los estribos!

Ya había vuelto... ya había aparecido la primera sombra de miedo real, aquellas gotitas de sudor que brotaban en el labio, la respiración entrecortada...

—Yo no perdí nunca los estribos —dijo Percival con la voz rota y la mirada cargada de desdén—. Yo no sé quién la mató... yo no fui.

—¿No? —preguntó Monk enarcando, muy altas, las cejas—. ¿Quién más podía tener un motivo? Ella no «admiraba» a nadie más, ¿verdad? Ella no dejó dinero alguno, no encontramos nada que pueda indicarnos que supiera alguna cosa vergonzosa para alguna persona. No encontramos a nadie que la odiase...

—Porque ustedes no son muy listos, ¿sabe? —Percival tenía entrecerrados y muy brillantes sus ojos oscuros—. Ya le he dicho que Rose la odiaba porque estaba más celosa de ella que una gata. ¿Y el señor Kellard? ¿O está usted tan bien enseñado que no acusa a un aristócrata si puede colgarle el muerto a un criado?

—Seguro que a usted le gustaría que yo le preguntase por qué el señor Kellard iba a querer matar a la señora Haslett. —Monk también estaba alterado, pero no quería replicar a la pulla porque hubiera equivalido a admitir que lo había herido. Si por él fuera, estaba igualmente dispuesto a acusar a una persona de la familia que a un criado, pero sabía qué diría Runcorn y qué quería empujarlo a hacer, por lo que se sentía frustrado por igual ante él que ante Percival—. Y usted me lo dirá tanto si se lo pregunto como si no, con tal de apartar la atención de usted.

Aquello robó a Percival buena parte de su satisfacción, que era precisamente lo que Monk se había propuesto. No obstante, no podía continuar en silencio.

—A él le gustaba la señora Haslett —dijo Percival con voz dura, pero tranquila—. Y cuanto más se lo sacaba ella de encima, más le gustaba a él... las cosas estaban así.

—¿O sea que la mató él? —dijo Monk, dejando los dientes al descubierto en un gesto que no llegaba a sonrisa—. ¡Extraña manera de convencerla! Así la dejaba definitivamente fuera de su alcance, ¿no le parece? ¿O le atribuye una cierta necrofilia?

—¿Cómo?

—Una relación sexual con una persona muerta —le explicó Monk.

—¡Qué asco! —exclamó Percival con una mueca.

—O quizás estaba tan colado por ella que decidió que, ya que no podía ser para él, que no fuera para nadie —apuntó Monk en tono sarcástico. Pero éste no era el tipo de pasión que ninguno de los dos atribuía a Myles Kellard y él lo sabía.

—¡Usted se hace el loco a sabiendas! —le espetó Percival hablando entre dientes—. No es que sea usted muy inteligente, como demuestra claramente su forma de llevar este caso, pero tampoco es tan tonto como quiere hacer creer. Lo que quería el señor Kellard era acostarse con ella y punto, nada más. Pero no es un hombre al que le guste que le den esquinazo. Y si a él le gustaba la señora Haslett y ella le dijo que se lo contaría a todo el mundo, él tuvo que matarla para hacerla callar. No podía taparle la boca como hizo con la pobre Martha. Una cosa es violar a una criada, eso a nadie le importa... pero violar a la hermana de tu mujer es harina de otro costal. Para un asunto así el viejo ya no le cubriría las espaldas.

Monk lo miró fijamente. Esta vez Percival había atraído su atención sin paliativos y él lo sabía; la victoria resplandecía en sus ojos, que tenía entrecerrados. Le molestaba hacerlo, pero no tenía más remedio que preguntar:

—¿Quién es Martha?

Percival esbozó una lenta sonrisa. Tenía unos dientes pequeños y regulares.

—Era —le corrigió—. Sólo Dios sabe dónde habrá ido a parar... estará en un asilo, suponiendo que esté viva.

—Bien, ¿quién era la chica?

Miró a Monk con mirada satisfecha.

—La camarera del salón antes de Dinah. Una chica preciosa, de cuerpo alto y esbelto. Con andares de princesa. Él se encaprichó con la chica y no aceptó un no por respuesta. No tragaba que ella se negara en serio. La violó y santas pascuas.

—¿Y usted cómo lo sabe? —Monk se sintió escéptico, aunque sabía que podía haber algo de verdad. Percival lo decía con demasiada seguridad para que fuera puramente una invención maliciosa, ahora su piel no rezumaba el sudor del miedo. Estaba muy tranquilo, el cuerpo distendido pero excitado.

—Los criados son invisibles —replicó Percival con ojos muy abiertos—. ¿No lo sabía? Forman parte del mobiliario. Oí lo que decía sir Basil cuando lo arregló todo. Echaron a la calle a la pobre desgraciada por tener la lengua larga y poca moralidad. Tuvo que largarse sin tiempo siquiera para contar lo que había pasado. Cometió el error de acudir a él porque tenía miedo de haber quedado embarazada, y lo estaba. Lo bueno del caso es que él no dudó de sus palabras, sabía que decía la verdad. Pero le dijo que todo había sucedido de aquella manera porque ella debía de haberlo incitado, que la culpa era suya. La echó sin referencias. —Se encogió de hombros—. ¡Sabe Dios qué habrá sido de ella!

Monk pensó que la ira de Percival era más producto de la ofensa a los de su clase que lástima de la chica en particular, aunque le avergonzó pensar así. Sabía que se mostraba duro al hacerse aquellas consideraciones y que no tenía pruebas, pese a lo cual no varió de actitud.

—¿Y ahora no sabe usted dónde está?

Percival soltó un resoplido.

—¿Una criada sin trabajo ni referencias, sola en

Londres y con un hijo? ¿Dónde le parece que puede estar? No puede ir a un taller porque tiene un niño ni tampoco a un burdel por la misma razón. Estará en un asilo, supongo... o en el cementerio.

—¿Cuál era su nombre completo?

—Martha Rivett.

—¿Cuántos años tenía?

—Diecisiete.

A Monk no le sorprendió el caso, pero sintió una rabia incontenible y un absurdo deseo de llorar. No sabía por qué le daba lástima una muchacha que ni siquiera conocía. Seguramente había visto a centenares como ella, muchachas sencillas, violadas, expulsadas a la calle sin la menor sombra de remordimiento. Seguro que había visto rostros como el de ella, rostros de mujeres derrotadas en los que se leía la esperanza y la muerte de la esperanza y que había visto también sus cuerpos agredidos por el hambre, la violencia y la enfermedad.

¿Por qué sentía aquel dolor? ¿Por qué no se había curtido aquella herida? ¿Acaso aquel hecho le recordaba algo o alguien que lo tocaba muy de cerca? ¿Era lástima o remordimiento? Tal vez no lo sabría nunca. Era un recuerdo que se había desvanecido, como casi todo lo demás.

—¿Quién más se enteró? —preguntó con una voz cargada de emoción, aunque los sentimientos que revelaba podían ser otros.

—Que yo sepa, sólo lady Moidore. —En los ojos de Percival brilló una chispa fugaz—. Quizá fue esto lo que descubrió la señora Haslett. —Levantó ligeramente los hombros—. Quizás ella lo amenazó con contárselo todo a la señora Kellard. Y a lo mejor hasta llegó a decírselo aquella misma noche... —Dejó la frase colgada en el aire. No necesitaba añadir que tal vez Araminta había matado a su hermana en un acceso de rabia y de vergüenza para impedir que fuera con el cuento a toda la casa. Las posibilidades eran muchas, todas detestables, y no tenían nada que ver con Percival ni con ninguno de los demás criados.

—¿Y usted no se lo dijo a nadie? —le preguntó Monk con evidente escepticismo—. ¿Usted estaba al tanto de una cosa tan importante como ésta y la guardó en secreto? ¡Eso era ni más ni menos lo que quería la familia! Fue muy discreto y obediente. ¿Y por qué, si puede saberse? —Dejó traslucir en su voz una imitación lo más exacta posible del desprecio que Percival le había demostrado unos momentos antes—. Saber una cosa así es un arma... ¿quiere hacerme creer que no la utilizó?

Pero Percival no se sintió derrotado.

—No entiendo a qué se refiere, señor.

Monk sabía que mentía.

—No había razón para decírselo a nadie —prosiguió Percival—, ¿qué interés podía tener? —Volvió a sus labios la sonrisa desdeñosa—. A sir Basil seguramente no le iba a gustar y a lo mejor también yo acababa en un asilo. Pero ahora es diferente, ahora es una cuestión de deber que cualquier amo comprendería. Ahora se trata de esconder un crimen...

—¿O sea que de pronto la violación se ha convertido en crimen? —Monk se sentía asqueado—. ¿Desde cuándo? ¿Desde que el cuello de usted está en peligro?

Si el comentario asustó o descolocó a Percival no se reflejó en la expresión de su rostro.

—No, la violación no, señor... el asesinato. El asesinato siempre ha sido un delito. —Sus hombros volvieron a levantarse en un expresivo gesto—. Suponiendo que se le llame asesinato, no justicia, privilegio o cosa parecida.

—Como ocurre con la violación de una criada, por ejemplo. —Monk por una vez estaba de acuerdo con él, también él odiaba aquel tipo de cosas—. Muy bien, puede marcharse.

—¿Quiere que le diga a sir Basil que quiere verlo?

—Si quiere conservar su puesto, mejor que no se lo diga en estos términos.

Percival no se molestó en responder, salió caminando con absoluta naturalidad e incluso con una cierta gracia, el cuerpo totalmente distendido.

Monk estaba demasiado preocupado, demasiado furioso ante aquella terrible injusticia y los sufrimientos que comportaba y también receloso de su entrevista con Basil Moidore como para permitirse sentimientos de desprecio hacia Percival.

Pasó casi un cuarto de hora antes de que apareciera Harold para decirle que sir Basil se entrevistaría con él en la biblioteca.

—Buenos días, Monk. ¿Quería verme? —Basil estaba de pie junto a la ventana con la butaca y la mesa situadas entre los dos, lo que imponía una cierta distancia. Tenía aire preocupado y en su rostro se marcaban unas arrugas que denotaban impaciencia. Monk lo irritaba con sus preguntas, su actitud, la forma misma de su cara.

—Buenos días, señor —contestó Monk—. Esta mañana he sabido algunas cosas y quisiera preguntarle si son verdad y, si es así, que me diga qué más sabe al respecto.

Basil no mostró ningún signo de preocupación, sino tan sólo un limitado interés. Su luto era riguroso, pero elegante y distinguido. No era el luto propio de una persona hundida por la pena.

—¿De qué se trata, inspector?

—De una sirvienta que trabajó en esta casa hace dos años y cuyo nombre era Martha Rivett.

A Basil se le tensaron los rasgos y se apartó de la ventana irguiéndose todavía más.

—¿Y eso qué tiene que ver con la muerte de mi hija?

—¿La muchacha fue víctima de una violación, sir Basil?

Sir Basil abrió más los ojos y en su rostro asomó un

sentimiento de desagrado, sustituido poco después por una expresión concentrada.

—¡No tengo ni la más mínima idea!

Monk consiguió a duras penas dominarse.

—¿No acudió a usted para comunicarle que la habían violado?

La boca de sir Basil esbozó una media sonrisa mientras la mano, que colgaba a un lado del cuerpo, comenzó a abrirse y a cerrarse.

—Mire, inspector, si usted tuviera una casa con un personal tan numeroso como yo en la mía, formado en gran parte por mujeres jóvenes, imaginativas y dadas a reacciones histéricas, a buen seguro que tendría que escuchar un montón de historias sobre enredos, ataques y contraataques de todo tipo. No le niego que vino a verme para decirme que había sufrido una agresión, pero no puedo saber si era verdad lo que decía o si había quedado en estado debido a su conducta y quería descargar las culpas en otra persona, para que nosotros nos ocupásemos de ella. Es posible que alguno de los criados llevara sus desahogos más allá... —Distendió las manos y se encogió ligeramente de hombros.

Monk se mordió la lengua pero dirigió a Basil una mirada cargada de dureza.

—¿Eso cree usted, señor? Usted habló con la chica. Tengo entendido que ella acusó al señor Kellard, dijo que había sido él quien la había asaltado. Imagino que usted también hablaría con el señor Kellard. ¿Le dijo, quizá, que él no tenía nada que ver?

—¿Y eso qué le importa, inspector? —dijo Basil fríamente.

—En caso de que el señor Kellard violara a la chica, sí me importa, sir Basil, ya que este hecho podría ser la raíz del crimen que nos ocupa.

—¿En serio? No entiendo por qué. —En su voz no había ni deseo de conciliación ni tampoco ultraje.

—Bueno, entonces tendré que explicárselo —dijo Monk entre dientes—. En el supuesto de que el señor Kellard violara a aquella desgraciada, el hecho se ocultó y echaron a la chica a la calle, abandonada a lo que pudiera depararle el destino, lo que dice muchas cosas acerca de la manera de ser del señor Kellard y de que está convencido de que puede forzar a las mujeres a aceptar sus atenciones con independencia de cuáles puedan ser sus sentimientos. Es muy probable que admirara a la señora Haslett y de que intentara también obligarla a aceptar sus atenciones.

—¿Y que la asesinara? —Basil estaba considerando la posibilidad, había cautela en su voz, el inicio de un nueva línea de pensamiento, aunque profundamente marcada por la duda—. Martha no insinuó en ningún momento que la amenazara con arma alguna y es perfectamente evidente que no la lastimó en absoluto.

—¿La hizo usted examinar? —le preguntó Monk a quemarropa.

A Basil se le encalabrinaron los nervios.

—¡No, naturalmente! ¿Para qué? Ella no dijo en ningún momento que hubiera mediado violencia, ¡ya se lo he dicho!

—Creo que no lo explicó porque lo consideró inútil, y no iba desencaminada: denunció que la habían violado y la echaron a la calle sin referencias, sin otro sitio donde vivir o morir. —Así que hubo pronunciado aquellas palabras se dio cuenta de que eran fruto del genio, no de la reflexión.

A Basil se le encendieron las mejillas debido a la indignación.

—¡Una mocosa que hace de criada en mi casa se queda embarazada y acusa al marido de mi hija de haberla violado! ¡Por el amor de Dios, hombre! ¿Cree usted que iba a dejarla en mi casa? ¿O que la recomendaría a algún amigo? —Seguía en el extremo opuesto de la estancia, mirando a Monk por encima de la mesa y de la butaca que los separaban—. Mi deber es proteger a mi familia y de manera especial a mi hija procurando su bienestar, así como el bienestar de mis amigos. Recomendar una chica así a un amigo y darle unas referencias sin considerar lo que había afirmado acerca de su amo habría demostrado una falta de responsabilidad absoluta.

Monk habría querido preguntarle acerca de su responsabilidad sobre Martha Rivett, pero sabía que de haberle hecho una afrenta de tal naturaleza probablemente habría propiciado la queja que Runcorn estaba esperando y le habría proporcionado una excusa para censurarlo y quizás incluso retirarle el caso de las manos.

—¿Usted no creyó lo que dijo la chica, señor? —A duras penas conseguía dominarse—. ¿Negó el señor Kellard que había mantenido relaciones con ella?

—No, no lo negó —respondió Basil con viveza—. Dijo que ella lo había incitado y que había consentido plenamente y que sólo más tarde, cuando descubrió que estaba embarazada, lo acusó para protegerse. Yo diría que quería obligarnos a ocuparnos de ella para impedir que divulgara el incidente. Esa chica tenía una moral muy laxa y se había propuesto sacar tajada de la ocasión, es de lo más evidente.

—O sea que usted dio el caso por cerrado y supongo que creyó la versión que le dio el señor Kellard.

Basil lo miró con frialdad.

—No, la verdad es que no. Yo no digo que él no impusiera sus pretensiones a la chica, pero es un detalle que ahora importa poco. Los hombres tienen apetencias naturales, siempre ha sido así. Soy del parecer de que la chica coqueteó con él y de que él interpretó mal sus avances. ¿Insinúa usted que intentó lo mismo con mi hija Octavia?

—Podría ser.

Basil frunció el ceño.

—Y en caso de que lo hiciera, ¿por qué su comportamiento debía conducir necesariamente al asesinato, que es lo que usted parece apuntar? Si ella lo hubiera atacado, caería dentro de lo posible, pero ¿matarla?

—A lo mejor ella amenazó con decirlo —replicó Monk—. Parece que eso de violar a una criada se puede aceptar, pero ¿habría usted visto con igual condescendencia que hubiera violado a su hija? ¿Y qué me dice de la señora Kellard, si se hubiera enterado?

Basil tenía el rostro surcado por profundas arrugas, que ahora el disgusto y la ansiedad hacían más trágicas.

—Ella no lo sabe —dijo lentamente, mirando a Monk a los ojos—. Confío en que le he hablado claramente, ¿verdad, inspector? Si ella se enterara del fallo de Myles, se vendría abajo y no serviría de nada. Es su marido y continuará siéndolo. No sé qué hacen las mujeres del mundo de usted cuando se encuentran en una situación así, pero las de nuestro mundo arrostran los problemas con dignidad y en silencio. ¿Me ha comprendido?

—Del todo —respondió Monk con acritud—. Si ella no lo sabe, no seré yo quien se lo diga a menos que sea necesario... y supongo que entonces ya será de dominio público. También yo quisiera pedirle un favor, señor, y es que no advierta al señor Kellard que yo estoy al corriente del asunto. No me hago muchas ilusiones con respecto a que confiese algo, pero espero mucho de su reacción inmediata cuando se lo diga.

—O sea que usted quiere que yo... —comenzó a decir Basil, evidentemente indignado, aunque calló al darse cuenta de lo que iba a decir.

—Eso mismo —admitió Monk torciendo el gesto—. Dejando aparte los fines de la justicia con respecto a la señora Haslett, usted y yo sabemos que fue alguien de la casa. Si usted protege al señor Kellard para ahorrarse un escándalo, o un disgusto en el caso de la señora Kellard, no hace más que alargar las pesquisas, las sospechas, las penas que sufre lady Moidore, cuando es evidente que al final alguien de la casa tendrá que pagar los platos rotos.

Se miraron un momento y sus miradas reflejaron la mutua antipatía que se tenían... pero también que se habían entendido perfectamente.

—En caso de que sea preciso que la señora Kellard se entere, se lo diré yo —dictaminó Basil.

—Como usted quiera —accedió Monk—, aunque yo que usted no esperaría mucho. Si yo puedo sacar partido de la noticia, también ella...

Basil se irguió.

—¿Y a usted quién se lo ha dicho? ¡Seguro que no ha sido Myles! ¿Ha sido lady Moidore?

—No, no he hablado con lady Moidore.

—Bueno, no me entretenga más, hombre. ¿Quién ha sido?

—Prefiero callármelo, señor.

—¡Me importa un rábano lo que usted prefiera! ¿Quién ha sido?

—Ya que me obliga... le diré que me niego a decírselo.

—¿Cómo dice? —intentó sostener la mirada de Monk hasta que comprendió que no estaba en condiciones de intimidarlo sin una amenaza específica y que no estaba preparado para formularla. Volvió a bajar los ojos; no estaba acostumbrado a que lo retasen, por esto le fallaba la reacción rápida—. Bueno, prosiga sus averiguaciones de momento, pero acabaré por enterarme, se lo prometo.

Monk no se apoyó excesivamente en su victoria, era demasiado endeble y el enfrentamiento que había surgido entre los dos demasiado volátil.

—Sí, señor, es muy posible. Puesto que ella es la única persona más que, según a usted le consta, está enterada del asunto, ¿podría hablar con lady Moidore?

—Dudo que ella pueda facilitarle ningún dato. El que se ocupó del asunto fui yo.

—De eso estoy seguro, señor, pero también ella se enteró del lance y es posible que observara emociones en la gente que a usted le pasaron por alto. Pudo tener oportunidades que usted no tuvo, ocasiones que brinda la vida doméstica; las mujeres suelen tener más sensibilidad para este tipo de cosas.

Basil titubeó.

Monk pensó en varios aspectos de la situación: el final abrupto del caso, hacer justicia a Octavia... y entonces la cautela le apuntó que Octavia estaba muerta y que Basil podía pensar que lo que ahora más importaba era salvaguardar la fama de los vivos. Ya no podía hacer nada por Octavia, pero podía proteger a Araminta de sufrir una terrible vergüenza o algún daño. Monk acabó por no decir nada.

—Muy bien —admitió Basil a contrapelo—, pero que esté presente la enfermera y, en caso de que lady Moidore se sintiera mal, que abandone inmediatamente el interrogatorio. ¿Está claro?

—Sí, señor —dijo Monk al momento, al tiempo que pensaba que para él supondría una ventaja imprevista contar con las impresiones de Hester—. Gracias.

Volvieron a hacerlo esperar mientras Beatrice se vestía convenientemente para recibir a la policía y, alrededor de media hora más tarde, apareció Hester en la salita para acompañarlo a la sala de estar.

—Cierre la puerta —le ordenó Monk así que la vio entrar.

Hester obedeció y lo observó llena de curiosidad.

—¿Sabe algo? —le preguntó a Monk con cautela, como si previera que, independientemente de lo que hubiera podido averiguar, era algo que no le gustaba del todo.

Esperó a que hubiera cerrado la puerta y a que se situase en el centro de la habitación.

—Hace dos años que en esta casa había una sirvienta que acusó a Myles Kellard de haberla violado y que, a consecuencia de esto, fue despedida sin referencias.

—¡Oh! —Hester pareció sobresaltarse. Era evidente que no se había enterado del particular a través de los criados. Así que de su rostro hubo desaparecido la sorpresa, apareció la cólera y se le encendieron las mejillas—. ¿Se refiere a que la echaron a la calle? ¿Qué le pasó a Myles?

—Nada —dijo Monk secamente—. ¿Qué esperaba que le pasase?

Hester estaba muy erguida, los hombros echados para atrás y la barbilla levantada, y lo miraba fijamente. Fue percatándose con rapidez de que lo que él acababa de decir era un hecho inexorable, mientras que sus ilusiones iniciales de justicia y transparencia chocaban siempre con la realidad.

—¿Quién está enterado? —preguntó al fin.

—Sólo sir Basil y lady Moidore, que yo sepa —replicó Monk—. Por lo menos eso cree sir Basil.

—¿Y a usted quién se lo dijo? Sir Basil no, seguro.

Monk sonrió, pero su boca se torció en una mueca de desagrado.

—Percival, cuando se dio cuenta de que yo iba estrechando el círculo en torno a él. No estaba dispuesto a sumirse en las tinieblas por culpa de ellos, no quería acabar como la pobre Martha Rivett. Si Percival tiene que hundirse, hará cuanto esté en su mano para arrastrar tras él a cuantos más mejor.

—A mí ese hombre no me gusta —dijo Hester con voz tranquila y bajando los ojos—, pero no le censuro que se defienda. Creo que yo haría lo mismo. Quizá sería capaz de soportar una injusticia por alguien a quien amase, pero no por esta clase de gente, no por personas que piensan que otros deben cargar con sus culpas para poder salir con las manos limpias. ¿Qué preguntará a lady Moidore? Si usted sabe que es verdad...

—No, no lo sé —la contradijo Monk—, Myles Kellard dice que la chica era ligera de cascos y que lo incitó, y a Basil le tiene sin cuidado que eso sea verdad o no. Ella no podía seguir en la casa habiendo acusado a Kellard, y además estaba embarazada. Lo único que le importaba a Basil era quitarse el problema de encima y proteger a Araminta.

Hester puso cara de sorpresa.

—¿Ella no sabe nada?

—¿A usted le parece que sí? —le preguntó él a bocajarro.

—Lo que a mí me parece es que ella lo odia por algo. Tal vez no sea por esto pero...

—Puede ser por cualquier otra razón —admitió él— pero, aun así, no veo que saberlo pueda ser un motivo para matar a Octavia... aunque ésta hubiera descubierto el día anterior lo de la violación.

—Yo tampoco —admitió ella—. Hay algo muy importante que todavía no sabemos.

—Y no creo que me entere a través de lady Moidore. De todos modos, lo mejor que puedo hacer es verla ahora. No quisiera que sospechasen que usted y yo hablamos de ellos, de lo contrario a partir de ahora no se manifestarían con la misma libertad delante de usted. ¡Vamos!

Hester, obediente, volvió a abrir la puerta y lo acompañó a través del amplio vestíbulo hasta la sala de estar. El día era frío y ventoso y en los largos ventanales repiqueteaban las primeras gotas de lluvia. El fuego crepitaba en la chimenea y su fulgor iluminaba la roja alfombra Aubusson y se propagaba hasta el terciopelo de las cortinas que colgaban de las barras coronadas por bastidores con abundantes y ricos pliegues y faldones rematados de flecos que rozaban el suelo.

Beatrice Moidore estaba sentada en la butaca más grande, vestida de luto riguroso, como si quisiera recordarles con su atuendo la desgracia que la abatía. Pese a su hermosa cabellera, o quizá por ella, parecía muy pálida, pero le brillaban los ojos y parecía estar muy atenta.

—Buenos días, señor Monk. Siéntese, por favor. Parece que quiere hacerme algunas preguntas, ¿no es así?

—Buenos días, lady Moidore. Sí, quisiera preguntarle algunas cosas, si usted me permite. Sir Basil me ha pedido que la señorita Latterly estuviera presente en la conversación por si usted se encontraba mal y necesitaba de su ayuda. —Obedeciendo a su invitación se sentó en una de las butacas colocadas frente a ella. Hester se quedó de pie como correspondía a su condición.

Por los labios de Beatrice pasó una media sonrisa, provocada por algo que él no pudo entender.

—Muy precavido —dijo con expresión indescifrable—. ¿Qué me quiere preguntar? No sé nada más que no supiera ya la última vez que hablamos.

—Yo sí, señora.

—¿En serio? —esta vez apareció en su rostro la sombra del miedo, lo miró con desconfianza y sus blancas manos, que descansaban en su regazo, se tensaron.

¿Miedo por quién? No por ella. ¿Quién la inquietaba hasta tal punto que, aun sin saber qué había averiguado Monk, temía por esa persona?

—¿Qué quería preguntarme, señor Monk? —Tenía la voz quebrada, pero la mirada límpida.

—Quiero excusarme por suscitar una cuestión que puede resultarle dolorosa, pero sir Basil me ha confirmado que hace unos dos años una de las sirvientas de esta casa, una muchacha llamada Martha Rivett, denunció que el señor Kellard la había violado. —Observó su expresión y vio que se le tensaban los músculos del cuello y se le marcaba el ceño entre sus cejas delicadas. Sus labios se torcieron en una mueca de desagrado.

—No veo qué puede tener que ver con la muerte de mi hija. Eso ocurrió hace dos años y ella no tenía ninguna relación con el asunto. Ni siquiera llegó a enterarse.

—¿Pero es verdad, señora? ¿Violó el señor Kellard a la camarera del salón?

—No lo sé. Como mi marido la despidió, debo suponer que ella era como mínimo en parte culpable de lo ocurrido. Sí, es posible. —Hizo una profunda aspiración y tragó saliva. Monk vio el movimiento forzado del cuello—. Es muy posible que la chica tuviera otra relación y quedara embarazada y que, al objeto de protegerse, echase la culpa a una persona de la familia, pensando que nosotros nos sentiríamos responsables y nos haríamos cargo de ella. Son cosas que, desgraciadamente, ocurren.

—Sí, supongo que sí —admitió él, consiguiendo con gran esfuerzo mantener un tono de voz neutro. Sabía perfectamente que Hester estaba detrás de la silla e imaginaba cómo se sentiría—. Pero si esto era lo que esperaba, debió llevarse un buen chasco, ¿verdad?

Beatrice palideció y movió apenas la cabeza hacia atrás, como si acabara de recibir un golpe pero optara por ignorarlo.

—Es terrible, señor Monk, acusar falsamente a una persona de un hecho como ése.

—¿Ah, sí? —preguntó Monk, sardónico—, pues no veo que haya afectado en nada al señor Kellard.

—Será porque no prestamos ningún crédito a la chica —respondió Beatrice ignorando la pulla.

—¿De veras? —prosiguió él—, pues yo me figuraba, a juzgar por sus palabras, que sir Basil había creído lo que le había dicho la chica.

Beatrice volvió a tragar saliva y pareció bajar un poco de nivel en la butaca donde estaba sentada.

—¿Qué quiere de mí, señor Monk? Aun suponiendo que la chica dijera la verdad y que fuera víctima de una agresión de Myles, como ella dijo... ¿qué tendría que ver este asunto con la muerte de mi hija?

En aquel momento Monk lamentó haberla interrogado de manera tan abrupta. La desgracia que sufría era importante y ella reaccionaba con evasivas o con una actitud antagónica.

—Demostraría simplemente que el señor Kellard tiene apetencias que está dispuesto a satisfacer —repuso Monk con voz tranquila—, independientemente de lo que pueda suponer para la persona afectada y, teniendo en cuenta el hecho ocurrido, que puede obrar con entera impunidad.

Ante aquellas palabras Beatrice se quedó tan blanca como el pañuelo de batista que estrujaba entre sus dedos.

—¿Insinúa que Myles intentó forzar a Octavia? —La idea la aterraba, un terror que abarcaba también a su otra hija. Monk sintió una puñalada del remordimiento por haberla obligado a pensar en aquella posibilidad, aunque no tenía otra alternativa si quería ser sincero.

—¿Le parece imposible, señora? Según tengo entendido, su hija era una mujer muy atractiva y era cosa sabida que él la había admirado en otros tiempos.

—Pero... pero ella no... me refiero a que el cadáver... —Su voz se extinguió, le habría sido imposible articular las palabras en voz alta.

—No, no me refiero a que llegara a abusar de ella —la tranquilizó Monk—, pero es posible que ella supiera previamente que él iría a verla, que se hubiera preparado para defenderse y que, en la lucha, resultara muerta ella y no él.

—¡Esto es... grotesco! —protestó lady Moidore con los ojos desorbitados—. Atacar a una criada es una cosa, pero ir deliberadamente de noche y con toda la sangre fría a la habitación de la propia cuñada con intención de obrar de la misma manera, en contra de la voluntad de la interesada... es... una cosa muy diferente y, además, horrible. ¡Yo diría que es una perversidad!

—¿Cree que hay tanta distancia de uno a otro caso?

—dijo inclinándose poco más hacia ella con voz tranquila y apremiante—. ¿Cree de veras que, en el caso de Martha Rivett, no fue también contra la voluntad de la chica? Y encima, ella estaba menos preparada para defenderse: era más joven, tenía más miedo y era más vulnerable, porque era una sirvienta de esta casa y no podía encontrar demasiada protección.

Era tal la lividez del rostro de Beatrice que no era sólo Hester la que temía que pudiera desmayarse, sino que hasta el propio Monk temía haber sido excesivamente brutal. Hester dio un paso adelante, pero se quedó en silencio, con los ojos fijos en Beatrice.

—¡Es verdaderamente terrible! —La voz de Beatrice era áspera, a duras penas podía articular las palabras—. Dice usted que no nos ocupamos debidamente de nuestros criados, que no obramos con ellos de una manera... decente... ¡que somos inmorales!

No podía disculparse porque era ni más ni menos lo que había dicho.

—No me refería a la familia en su totalidad, señora... sino al señor Kellard en particular y que, quizá para ahorrar a su hija la vergüenza y el dolor de saber lo que había hecho su marido, ustedes le ocultaron los hechos... y para esto no tenían más remedio que echar a la chica a la calle y evitar así que nadie se enterara.

Se llevó las manos a la cara y se restregó las mejillas, después fue subiendo las manos hasta llegar a los cabellos y se pasó los dedos entre ellos, alterando la compostura del peinado. Tras un momento de penoso silencio, apartó los dedos de los cabellos y lo miró fijamente.

—¿Qué quiere que hagamos, señor Monk? Si Araminta lo supiera, su vida quedaría destrozada. Ni podría vivir con él, ni divorciarse de él, porque él no la ha abandonado. El adulterio no es motivo suficiente para la separación, a menos que sea la mujer quien lo cometa. Si es el hombre, no significa nada. Usted debe de saberlo. Lo único que puede hacer una mujer es esconderlo si no quiere verse cubierta públicamente de oprobio y convertirse en un ser digno de lástima para la familia... y digno de desprecio para los demás. A ella no se le puede achacar nada... y además es mi hija. ¿Usted no protegería a una hija suya, señor Monk?

Monk no tenía respuesta para aquella pregunta. No sabía qué era amar a un hijo de aquella manera avasalladora y absoluta, no sabía nada de aquella ternura, de aquel vínculo, de aquella responsabilidad. No tenía hijos, sólo una hermana, Beth, y recordaba muy poco de ella, sólo que lo seguía con ojos llenos de admiración, recordaba su batita blanca con los bordes raídos y que a veces Beth se caía cuando corría tras él para darle alcance. Recordaba haber estrechado su manita suave y húmeda con la suya mientras recorrían juntos la orilla y él la levantaba para escalar las rocas hasta que llegaban a la arena suave de la playa. Sintió que lo invadía una oleada de afecto, una mezcla de exasperación impaciente y de ansia de protección que lo abarcaba todo.

—Tal vez sí, señora, aunque creo que si yo tuviera una hija sería más parecida a una camarera de salón, como Martha Rivett —dijo Monk, implacable, dejando colgado en el aire que se interponía entre él y Beatrice todo el sentido de sus palabras, mientras observaba el dolor y el remordimiento pintados en el rostro de la mujer.

Se abrió la puerta y entró Araminta con el menú de la tarde en la mano. Se detuvo, sorprendida al ver a Monk en el cuarto de su madre y después miró a ésta. Ignoró a Hester, una sirvienta más que cumplía con las funciones que le competían.

—Mamá, ¿no te encuentras bien? ¿Qué ha pasado? —Se volvió hacia Monk con un brillo acusador en los ojos—. Mi madre no se encuentra bien, inspector. ¿Quiere tener un mínimo de cortesía y dejarla en paz? Ella no puede decirle nada que no le haya dicho ya. La señorita

Latterly le abrirá la puerta y el lacayo le indicará la salida. —Se volvió hacia Hester, la voz tensa por la irritación—. Y usted, señorita Latterly, vaya a buscar una tisana y las sales para mi madre. No entiendo cómo ha permitido tal cosa. Tendrá que tomarse sus obligaciones más en serio o de lo contrario tendremos que buscar una sustituta que esté más atenta a sus deberes.

—Si estoy aquí es porque sir Basil me ha autorizado a entrar, señora Kellard —respondió Monk con brusquedad—. Todos sabemos que hablar de ciertas cosas es sumamente doloroso, pero posponerlas no hará sino prolongar la tristeza. En esta casa se cometió un crimen y lady Moidore está tan interesada en descubrir al culpable como puede estarlo cualquiera.

—¿Qué dices, mamá? —preguntó Araminta en actitud desafiante.

—Así es —dijo Beatrice con voz tranquila—. Yo creo...

Araminta la miró con los ojos muy abiertos.

—¿Qué es lo que piensas? ¡Oh...! —De pronto pensó en algo que la hirió con la fuerza de un golpe físico. Se volvió muy lentamente hacia Monk—. ¿Cuáles eran sus preguntas, señor Monk?

Beatrice hizo una aspiración y retuvo el aire, como si no se atreviera a exhalarlo hasta que Monk hubiera hablado.

—Lady Moidore ya las ha respondido —replicó Monk—. Gracias por ofrecer su colaboración, pero hablábamos de una cuestión de la que usted no tiene conocimiento alguno.

—No me había ofrecido a colaborar. —Araminta no miraba a su madre, sino que ahora dirigía sus ojos imperturbables hacia Monk—. Quería informarme y nada más.

—Lo siento —dijo Monk no sin un leve deje de sarcasmo—, me figuraba que quería ayudarnos.

—¿O sea que se niega a decírmelo?

No podía seguir contestándole con evasivas.

—Si quiere que se lo diga francamente, señora, se lo diré: efectivamente, me niego.

Lentamente, en los ojos de Araminta apareció la expresión de un sentimiento que era una curiosa mezcla de dolor, aceptación, casi un placer sutil.

—¿Porque tiene que ver con mi marido? —Se volvió apenas hacia Beatrice. Esta vez lo que había entre ellas era miedo, un miedo que casi se palpaba—. ¿Intentas protegerme, mamá? Tú sabes algo que involucra a Myles, ¿verdad? —su voz dejaba traslucir todo un torbellino de emociones. Beatrice tendió las manos hacia ella, pero las dejó caer.

—No creo —dijo en voz muy baja—, no veo razón para hablar de Myles... —Arrastraba la voz, su falta de sinceridad pesaba en el aire.

Araminta se volvió a Monk.

—¿Y usted qué me dice, señor Monk? —dijo con voz monocorde—. Se hablaba de esto, ¿no es así?

—Todavía no puedo decir nada, señora. Es imposible afirmar nada hasta disponer de más datos.

—Pero ¿hace referencia a mi marido? —insistió ella.

—No hablaré de este asunto hasta que disponga de más datos que confirmen la verdad —replicó Monk—. No sólo pecaría de injusto... sino también de malévolo.

Aquella curiosa sonrisa asimétrica de Araminta denotaba dureza. Su mirada volvió a trasladarse de él a su madre.

—Corrígeme si me equivoco, mamá. —En el tono de voz de Araminta se percibía una cruel imitación de la forma de hablar de Monk—. ¿Tiene esto algo que ver con la atracción que despertaba Octavia en Myles y con la posibilidad de que él se hubiera mostrado demasiado insistente con ella y que, al ver que ella lo rechazaba, la hubiera matado?

—Te equivocas —dijo Beatrice con una voz que era apenas un murmullo—. No tienes motivo para pensar esto de tu marido.

—Pero tú sí —dijo Araminta con decisión, con dureza, con lentitud, como queriendo herir sus propias carnes—. Mamá, no merezco que me mientas.

Beatrice cedió al fin, no le quedaban arrestos para continuar mintiendo. Tenía demasiado miedo, era un sentimiento que se palpaba en el ambiente como un presagio eléctrico de tormenta. Estaba inmóvil, de una manera absolutamente artificial, sin mirar a ninguna parte, las manos enlazadas en el regazo.

—Martha Rivett acusó a Myles de haberla forzado —dijo con voz inexpresiva, exenta de apasionamiento—, por esto se marchó. Tu padre la despidió. Estaba... —Vaciló, pensando quizá que habría sido un golpe innecesario decir a su hija que la chica estaba embarazada. Araminta no había tenido hijos. Pese a todo, Monk sabía lo que Beatrice había estado a punto de decir como si lo hubiera dicho realmente—. Era una chica irresponsable. No podíamos seguir teniéndola en casa y consentir que dijera este tipo de cosas.

—Ya lo comprendo —dijo Araminta con el rostro lívido, sólo dos manchas de color en las mejillas.

Volvió a abrirse la puerta y esta vez entró Romola, que no pudo disimular su sorpresa al ver aquella escena congelada ante sus ojos: Beatrice sentada muy erguida en el sofá, Araminta tiesa como un palo, el rostro tenso y los dientes apretados, Hester de pie detrás de la otra butaca grande, indecisa y sin saber qué hacer, y Monk sentado en una postura forzada y con el cuerpo inclinado hacia delante. Romola echó una ojeada al menú que Araminta sostenía en la mano, pero enseguida apartó de él los ojos. Incluso ella se había dado cuenta de que acababa de interrumpir algo sumamente doloroso y que la cena era una cuestión que carecía de toda importancia.

—¿Qué pasa? —preguntó mirándolos a todos, uno por uno—. ¿Se ha sabido quién mató a Octavia?

—No, no se ha sabido —Beatrice se había vuelto a ella y le había hablado en un tono curiosamente áspero—. Estábamos hablando de la sirvienta que despedimos hace dos años.

—¿Por qué? —en la voz de Romola se percibía un sentimiento de incredulidad—. ¿Qué importancia tiene esto ahora?

—Probablemente ninguna —admitió Beatrice.

—Entonces, ¿se puede saber por qué perdéis el tiempo hablando de este asunto? —Romola se colocó en el centro de la habitación y se sentó en una de las butacas pequeñas, después de lo cual se recompuso cuidadosamente el vuelo de la falda—. Ponéis una cara como si hubiera ocurrido algo terrible. ¿Le ha ocurrido algo a la chica?

—No tengo ni idea —le espetó Beatrice, y añadió algo más dando rienda suelta a su indignación—, pero no me extrañaría nada.

—¿Por qué? —Romola estaba hecha un lío y ahora parecía tener miedo; todo aquello era demasiado para ella—. ¿No se la despidió con referencias? Y a propósito, ¿por qué la despidieron? —Se volvió para mirar a Araminta, con las cejas levantadas.

—No, no le di referencias —dijo Beatrice sin vacilación alguna.

—¿Ah, no? ¿Por qué? —Romola miró primero a Araminta y después apartó los ojos de ella—. ¿No era honrada, quizá? ¿Robó algo? ¡A mí nadie me dio ninguna explicación!

—¿Y a ti qué te importaba? —le respondió Araminta con brusquedad.

—Si era una ladrona, me importaba. Podía haberme robado a mí.

—No creo. Lo que pasó fue que dijo que la habían violado —dijo Araminta mirándola fijamente.

—¿Violado? —Romola se quedó de una pieza y su expresión pasó del miedo a la incredulidad total—. ¿Violado... has dicho? ¡Dios mío! —parecía que se hubiera sacado un peso de encima y el color volvió a su hermosa piel—. Comprendo muy bien que, tratándose de una chica falta de principios morales, no había más remedio que despedirla. Esto es indiscutible. Seguro que se dedicó a la mala vida, la mayoría de esas chicas terminan así. Pero ¿por qué hablamos de esta chica ahora? Nosotros no podemos hacer nada por ella, ni ahora ni nunca.

Hester ya no pudo reprimirse por más tiempo.

—A la chica la violaron, señora Moidore... un hombre más corpulento y más fuerte que ella la forzó. Esto no tiene nada que ver con la moral. Podía haberle ocurrido a cualquier mujer.

Romola la miró como si a Hester acabaran de salirle unos cuernos en la frente.

—¡Claro que tiene que ver con la moral! A las mujeres decentes no las viola nadie, no dejan que les ocurra ese tipo de cosas, no incitan a los hombres, ni frecuentan determinados sitios con determinadas compañías. No sé de qué medio social debe usted de proceder para hacer este tipo de afirmaciones. —Acompañó sus palabras con unos movimientos de la cabeza—. Me parece que sus experiencias como enfermera son la causa de su falta de sensibilidad y perdone si se lo digo con estas palabras, pero usted me ha obligado. Las enfermeras tienen fama de conducta ligera, es cosa sabida, y nada envidiable por cierto. Las mujeres respetables que se comportan con moderación y se visten con decoro no excitan ese tipo de pasiones de que usted habla ni se ponen en situación de que les ocurran ese tipo de cosas. Hasta la misma idea es absurda, y repulsiva.

—No es absurda —la contradijo Hester abiertamente—, más bien es aterradora, de eso no hay duda.

Sería muy cómodo creer que si una persona se comporta discretamente no corre peligro de que la asalten ni de que la conviertan en víctima de determinadas agresiones. —Aspiró largamente—. Sería absolutamente falso y, por otra parte, produciría una sensación de seguridad completamente equivocada, una creencia errónea de que una es moralmente superior y puede librarse del dolor y la humillación que reporta un acto de esta naturaleza. A todas nos gustaría pensar que no puede ocurrirnos a nosotras ni a ninguna de nuestras amistades, pero sería un error —se calló al ver que la incredulidad de Romola se transformaba en indignación, en el caso de Beatrice en sorpresa y en un fogonazo de respeto y, en el de Araminta, en un extremado interés y en algo que parecía un momentáneo destello de cordialidad.

—¡Usted se propasa! —dijo Romola—. ¡Y se olvida de quién es, además! Quizá no lo ha sabido nunca. Ignoro a qué personas tuvo bajo su cuidado antes de venir a esta casa, pero le puedo asegurar que aquí no tenemos nada que ver con hombres que se dedican a forzar mujeres.

—¡Tú eres una imbécil! —le dijo Araminta con desprecio—. A veces me pregunto en qué mundo vives.

—¡Minta! —la reconvino su madre con voz compungida y las manos enlazadas—. Creo que ya hemos hablado bastante del asunto. Que el señor Monk siga los trámites que considere oportunos. De momento no podemos aportarle nada más. Hester, ¿tiene la bondad de ayudarme a subir la escalera? Tengo ganas de retirarme a mi cuarto. No bajaré a cenar ni quiero ver a nadie hasta que me encuentre mejor.

—Me parece muy oportuno —dijo Araminta fríamente—, pero estoy segura de que nos arreglaremos. No te necesitamos, yo me ocuparé de todo e informaré a papá. —Se volvió hacia Monk—. Buenos días, señor Monk. De momento tiene suficientes asuntos para mantenerlo ocupado durante un tiempo, aunque dudo que le sirva para otra cosa que para aparentar que es usted muy diligente. Sea lo que fuere lo que usted sospecha, no veo cómo podrá probarlo.

—¿Sospecha? —Romola miró primero a Monk y después a su cuñada, mientras su voz subía de tono a causa del miedo que la embargaba—. ¿Qué sospecha? ¿Qué tiene que ver todo esto con Octavia?

Pero Araminta ignoró sus palabras y pasó junto a ella en dirección a la puerta.

Monk se levantó y se excusó con Beatrice, hizo una inclinación de cabeza a Hester y les abrió la puerta para que pasaran primero ellas dos, seguidas de Romola, nerviosa y contrariada, pero impotente para hacer nada.

Así que Monk entró en la comisaría, el sargento levantó la cabeza del escritorio y, con aire muy serio y los ojos brillantes, le anunció:

—El señor Runcorn quiere verle, señor. Parece que inmediatamente.

—¿Ah, sí? —replicó Monk con rostro malhumorado—, supongo que no va a alegrarse mucho, pero le informaré de lo que hay.

—Está en su despacho.

—Gracias —dijo Monk—. ¿Está el señor Evan?

—No, señor. Ha venido pero ha vuelto a salir. No ha dicho adónde iba.

Tras esta respuesta Monk subió la escalera en dirección al despacho de Runcorn. Llamó con los nudillos en la puerta y, así que éste le respondió, entró. Runcorn estaba sentado detrás de su mesa grande y bruñida, sobre la cual tenía dos elegantes sobres y media docena de hojas escritas y dobladas por la mitad colocadas al lado de los mismos. En las otras mesillas había cuatro o cinco periódicos, algunos abiertos y otros doblados.

Levantó los ojos, el rostro sombrío por la furia y los ojos entrecerrados y echando chispas.

—Y bien, supongo que habrá visto los periódicos, ¿no? ¿Ha leído lo que dicen de nosotros? —agitó uno en el aire y Monk leyó los titulares que aparecían a media página: EL ASESINO DE QUEEN ANNE STREET TODAVÍA ANDA SUELTO. LA POLICÍA SIN PISTAS.

Y seguidamente el periodista se explayaba cuestionándose la utilidad de la nueva fuerza policial y preguntándose si el dinero que costaba estaba bien empleado o si había sido una idea impracticable.

—¿Qué me dice? —preguntó Runcorn.

—Pues que no he leído este periódico —respondió Monk—, no he tenido mucho tiempo para periódicos.

—No le estoy diciendo que lea periódicos, ¡maldita sea! —estalló Runcorn—, lo que quiero es que actúe para que no anden echándonos toda esta basura encima... ¡o ésta! —Le mostró el siguiente—. ¡O esta otra! —Los arrojó todos sobre la mesa, de modo que patinaron sobre la bruñida superficie y fueron a parar al suelo en desordenado montón. Después tomó una de las cartas—. Ésta es del Home Office. —Sus dedos la aferraron con tal fuerza que los nudillos le quedaron blancos—. Me hacen una serie de preguntas embarazosas, Monk, y estoy incapacitado para contestarlas. No voy a estarlo defendiendo a usted indefinidamente, no puedo. ¿Se puede saber qué hace, hombre de Dios? Si la persona que mató a aquella pobre mujer vive en la casa, no tiene que buscar muy lejos, digo yo. ¿Por qué no soluciona el problema de una vez? ¿Quiere explicármelo? ¿Cuántos sospechosos tiene? Cuatro o cinco, a todo tirar. ¿Qué demonios le pasa para atascarse de este modo?

—Si tenemos cuatro o cinco quiere decir que sobran tres o cuatro ¿no? A menos que pudiera demostrarse que hubo una conspiración —dijo Monk en tono sarcástico.

Runcorn descargó un puñetazo sobre la mesa.

—¡No sea usted impertinente, maldita sea! No porque tenga la lengua larga va a librarse del asunto. ¿Quiénes son los sospechosos? Uno es el lacayo ese, cómo se llama... Percival creo. ¿Quién más? Que yo sepa, aquí se acaba la historia. ¿Por qué no lo soluciona de una vez, Monk? Está empezando a parecerme un incompetente. Usted era antes nuestro mejor detective, pero no hay duda de que últimamente ha perdido los papeles. ¿Quiere decirme por qué no detiene de una vez a ese maldito lacayo?

—Porque no tengo ninguna prueba que demuestre que haya hecho nada —respondió Monk, tajante.

—Pero ¿quién más puede ser? Procure esforzarse un poco. Usted era el policía más inteligente, el más racional que teníamos. —Sus labios se curvaron—. Antes del accidente sus planteamientos eran más lógicos que el álgebra, e igual de aburridos. Pero esto aparte, sabía qué se llevaba entre manos. En cambio ahora ya estoy empezando a dudarlo.

Monk consiguió a duras penas refrenar su indignación.

—Si pensamos en Percival también tendremos que pensar en una de las lavanderas —dijo Monk con voz hosca...

—¿Cómo? —Runcorn se quedó boquiabierto, su sorpresa rayaba en la burla—. ¿Una de las lavanderas? ¡No sea absurdo, hombre! ¿Por qué iba a matarla una lavandera? Si todo lo que sabe hacer es esto, mejor que encargue del asunto a otra persona. ¡Una lavandera! ¿Cómo quiere que una lavandera se levante de la cama en plena noche, vaya sigilosamente hasta el cuarto de su ama y la apuñale hasta matarla? Si hiciera una cosa así querría decir que está como una chota. ¿Está como una chota la lavandera, Monk? No me diga que no sabe identificar a un loco cuando lo tiene delante.

—No, la chica no está como una chota, pero es muy celosa —respondió Monk.

—¿Celosa? ¿De su ama? ¡Qué cosa tan absurda! ¿Cómo va a compararse una lavandera con su señora? Esto necesita una explicación, Monk. Usted va recogiendo migajas y nada más.

—La lavandera está enamorada del lacayo, lo que no es particularmente difícil de entender —dijo Monk con una enorme pero envenenada paciencia—. El lacayo se da muchos aires de superioridad y se tiene creído que la señora estaba encaprichada con él, lo que tanto puede ser verdad como no. Lo cierto es que ha hecho creer a la lavandera que era así.

Runcorn frunció el ceño.

—¿O sea que fue la lavandera? Entonces, ¿no puede detenerla?

—¿Por qué?

Runcorn lo miró fijamente.

—De acuerdo, pero ¿y los demás sospechosos? Usted habló de cuatro o cinco, pero hasta ahora sólo me ha citado a dos.

—Myles Kellard, el marido de la otra hija...

—¿Qué motivos habría tenido? —Runcorn ahora empezaba a preocuparse—. Usted no ha hecho ninguna acusación, ¿verdad? —Se le habían puesto sonrosadas las enjutas mejillas—. Se trata de una situación muy delicada. No podemos andar por ahí acusando a personas como sir Basil Moidore y a su familia. Por el amor de Dios, ¿ha perdido la cabeza?

Monk lo miró con desprecio.

—Ésta es ni más ni menos la razón de que no acuse a nadie, señor Runcorn —le dijo fríamente—. Parece que Myles Kellard se sentía fuertemente atraído por su cuñada, de lo que estaba enterada su esposa...

—Pero no veo razón para matarla —protestó Runcorn—. Si él hubiera matado a su esposa, todavía tendría una justificación. ¡Por el amor del cielo, Monk, procure pensar con claridad!

Monk se abstuvo de hablarle de Martha Rivett y lo dejó para cuando hubiera localizado a la chica, en caso de que fuera posible, hubiera escuchado su versión de la historia y emitido algún juicio para saber a qué atenerse.

—Si insistió en cortejarla —dijo Monk prosiguiendo con su racha de paciencia— y ella se defendió, quizá se produjera una lucha en la que acabó apuñalada.

—¿Con un cuchillo de cocina? —Runcorn enarcó las cejas—. ¿Lo guardaba, quizá, la señora en su habitación?

—No creo que los hechos obedecieran a un azar —dijo Monk devolviéndole la pelota con furia—. Si la señora tenía motivos para pensar que el hombre podía ir a verla a su habitación, probablemente se llevara el cuchillo a su cuarto con toda intención.

Runcorn refunfuñó.

—También pudo ser la señora Kellard —prosiguió Monk—. Tenía motivos sobrados para odiar a su hermana.

—¡Pues vaya con la señora Hasslet! —exclamó con gesto de desagrado—. Primero el lacayo y después el marido de su hermana.

—No existen pruebas de que alentara al lacayo —dijo Monk, malhumorado—. Y por supuesto tampoco a Kellard. No sé si usted considera inmoral que una mujer sea guapa, en cuyo caso sí podría creer que ella tenía la culpa en ambas situaciones.

—Usted siempre ha tenido unas ideas un poco extrañas acerca de lo que está bien y de lo que no lo está —dijo Runcorn. Parecía disgustado y confuso. Aquellos horribles titulares eran un presagio de la amenaza de la opinión pública. Las cartas del Home Office seguían, inmóviles y blancas, sobre su mesa. Eran educadas pero frías, y le advertían que sería muy mal visto que no encontrara la manera de poner fin pronto a aquel caso y, por supuesto, de manera satisfactoria.

—Mire, no se quede ahí parado —dijo a Monk—. Vaya por ahí y procure descubrir cuál de los sospechosos es el culpable. ¡Sólo tiene cinco y sabe que tiene que ser forzosamente uno de ellos! Es un asunto de eliminación. Para empezar, descarte de plano a la señora Kellard. Una pelea cae dentro de lo posible, pero ¿apuñalar a su hermana por la noche? Esto ya es sangre fría. No podía irse de rositas como quien no ha hecho nada.

—Ella no podía saber que Paddy *el Chino* estaba en la calle —apuntó Monk.

—¿Cómo? Ah, bueno, tampoco lo sabía el lacayo. Yo en este asunto buscaría a un hombre, o quizás a la lavandera. Bueno, haga lo que le parezca, pero haga algo. No se quede aquí delante tapándome el fuego.

—Usted me mandó llamar.

—Sí, pero ahora le mando salir. Y cierre la puerta cuando haya salido, que en el pasillo hace frío.

Monk pasó los dos días y medio siguientes buscando en los asilos, recorriendo interminables trayectos en coche a través de estrechos callejones y a pie a lo largo de aceras mojadas de lluvia que brillaban a la luz de los faroles, entre el matraqueo producido por los carros y el griterío de las calles, el ruido de las ruedas de los carruajes y el repiqueteo de los cascos de los caballos en el empedrado. Empezó por la zona situada al este de Queen Anne Street, donde en Farringdon Road estaba el asilo de Clerkenwell, y después fue a Gray's Inn Road, donde estaba el de Holborn. El segundo día se dirigió a la parte oeste y probó fortuna en el asilo de St. George, en Mount Street, y seguidamente en el de St. Marylebone, en Northumberland Street. La tercera mañana fue al asilo de Westminster, en Poland Street, y a la salida ya comenzó a sentirse descorazonado. Eran ambientes que lo deprimían más que ninguno de cuantos conocía. Experimentaba un miedo que sentía nacer en su interior a partir del nombre de la institución y, así que veía los muros planos y parduscos del edificio erguidos ante él, experimentaba una desazón que lo penetraba y un frío que no tenía nada que ver con el viento cortante de noviembre que soplaba y gemía a lo largo de la calle.

Llamó a la puerta y, en cuanto la abrió un hombre delgado de cabellos oscuros y expresión lúgubre, Monk, para evitar confusiones respecto al motivo de su visita, se apresuró a decirle su nombre y su profesión. No dejaría ni por un instante que supusieran que buscaba cobijo o el mísero alivio que aquel tipo de edificios podían brindar y para cuya finalidad habían sido construidos y subsistían.

—Mejor que pase. Preguntaré al director si puede recibirlo —dijo el hombre sin el más mínimo interés—, pero si necesita ayuda, mejor que no se ande con mentiras —añadió después de un momento de reflexión.

Monk ya le iba a replicar cuando descubrió a uno de los «pobres externos» que sí la necesitaban y a los que las circunstancias los obligaban a buscar la caridad de aquellas sórdidas instituciones para sobrevivir a cambio de que los desposeyeran de la voluntad, la dignidad, la identidad e incluso la ropa y el aspecto personal, lugares donde los alimentaban a base de pan y patatas, donde separaban familias, hombres de mujeres e hijos de padres, donde los albergaban en dormitorios comunes, los vestían de uniforme y los hacían trabajar desde la madrugada hasta el anochecer. Quien acudiera a un sitio como aquél en demanda de ayuda tenía que estar muy desesperado, pero ¿quién puede dejar que su esposa o sus hijos perezcan de hambre?

Monk se dio cuenta de que la negativa que pugnaba por salir se le quedaba atravesada en la garganta. Lo único que conseguiría con ello sería humillar inútilmente al hombre. Se contentó, pues, con dar las gracias al portero y seguirlo obedientemente.

El director del asilo tardó casi un cuarto de hora en llevarlo a la pequeña cámara que daba al patio de trabajo, donde había varias hileras de hombres sentados en el suelo con martillos, cinceles y montones de piedras.

La cara de aquel hombre tenía un color desvaído, llevaba el cabello cortado a ras del cráneo y tenía unos ojos sorprendentemente negros y cercados por unos hoyos circulares, como si no durmiera nunca.

—¿Ocurre algo, inspector? —le preguntó con voz cansada—. No vaya a figurarse que aquí albergamos a criminales. Tendría que ser una persona muy desesperada para recurrir a este asilo, un bergante realmente fracasado.

—Yo busco una mujer que parece que fue víctima de una violación —replicó Monk con un deje oscuro e indignado en la voz—. Me gustaría oír la versión de sus propios labios.

—¿Es usted nuevo en el oficio? —dijo el director del asilo con aire dubitativo observándolo de arriba abajo, escrutando la madurez de su rostro, las ligeras arrugas de su piel, la nariz poderosa, la seguridad y la indignación—. No —respondió a su propia pregunta—, entonces, ¿de qué le va a servir verla? No irá a juzgar ni a condenar a nadie fundándose en las palabras de una indigente, ¡hasta aquí podríamos llegar!

—No, no, se trata simplemente de corroborar unos hechos.

—¿Qué?

—Simplemente queremos confirmar lo que ya sabemos... o sospechamos.

—¿Cómo se llama la mujer?

—Martha Rivett. Es posible que ingresara aquí hace unos dos años: estaba embarazada. Yo diría que el niño pudo nacer unos siete meses más tarde, si es que no lo perdió.

—Martha Rivett... Martha Rivett... ¿una chica alta, rubia, de unos diecinueve o veinte años?

—Diecisiete. Lamento decirle que no sé cómo era físicamente, sólo sé que hacía de camarera de salón, por lo que deduzco que tenía que ser una chica guapa, seguramente alta.

—Nosotros tenemos a una Martha que tendría esa edad, cuando vino. Estaba embarazada. No recuerdo su apellido, pero mandaré a por ella y usted le puede preguntar lo que quiera —se brindó el director.

—¿No podría acompañarme hasta donde está? —sugirió Monk—. No me gustaría que ella se figurara... —Se calló sin saber qué palabras emplear.

El director del asilo sonrió irónicamente.

—Bueno, a mí me parece que ella preferiría hablar sin que la oyeran las demás, pero haremos lo que usted quiera.

Monk cedió, y se sintió aliviado. No tenía deseo alguno de ver otras dependencias de la casa, ya se le había metido hasta lo más profundo de la nariz el olor del lugar, un olor a col hervida, a polvo, a desagües atascados... y tanta miseria lo agobiaba.

—Sí, gracias. Mejor será que lo hagamos como usted dice.

El director del asilo desapareció y volvió a los quince minutos acompañado de una muchachita delgada y de espalda encorvada, con el rostro descolorido y cerúleo. Tenía el cabello castaño, fuerte pero sin brillo, y en sus ojos azules no había vida. No era difícil imaginar que había sido hermosa dos años atrás; ahora, sin embargo, estaba apática y clavó en Monk unos ojos indiferentes. Ocultaba los brazos bajo la pechera del delantal y el vestido gris de tela ordinaria y áspera se adaptaba mal a su cuerpo.

—Usted dirá, señor —dijo con actitud obediente.

—Martha —dijo Monk hablándole con voz suave. Sentía un dolor en el estómago, algo que se removía dentro y que lo ponía enfermo—. Martha, ¿trabajó usted para sir Basil Moidore hace un par de años?

—Yo no cogí nada. —No había protesta en su voz, simplemente una constatación de los hechos.

—Ya lo sé —se apresuró a decir Monk—. Lo único que quiero saber es esto: ¿fue usted objeto por parte del señor Kellard de unas atenciones que no deseaba? —¡Qué manera meliflua de expresarse! Pero no quería que malinterpretara sus palabras, que se figurase que volvían a acusarla de mentirosa, de enredadora, recordándole viejas e infructuosas acusaciones que nadie había creído... quizás hasta podía pensar que la iban a castigar por calumniadora. Observó su cara, pero atisbó reflejada en ella nada más que una leve reacción, tan leve que ni siquiera sabía cómo interpretarla—. ¿Lo que ocurrió fue lo que le acabo de decir, Martha?

La chica estaba indecisa, lo observaba fijamente pero sin decir palabra. La desgracia y la vida en el asilo le habían arrebatado toda voluntad de luchar.

—Martha —dijo él con voz suave—, es posible que este hombre forzara también a otra persona, no una sirvienta esta vez, sino una señora. Lo que necesito saber es si usted deseaba sus atenciones o no, y también si el culpable de la situación de usted fue él u otra persona.

La muchacha lo miró en silencio, pero esta vez con una chispa en los ojos, una sombra de vida.

Monk esperaba.

—¿La señora lo ha dicho? —preguntó ella finalmente—. ¿Ha dicho que ella no quería?

—No, no ha dicho nada. Está muerta.

Los ojos de la chica se desorbitaron de horror: estaba empezando a comprender a medida que el recuerdo se hacía más claro y preciso.

—¿La mató él?

—No lo sé —respondió Monk con toda franqueza—. ¿Se mostró brutal con usted?

La chica asintió, y el recuerdo de lo ocurrido hizo aparecer en su cara una expresión de dolor intenso que espoleó el miedo.

—Sí.

—¿Usted se lo dijo a alguien?

—¿De qué me habría servido? Ni siquiera quisieron creer que yo no quería. Me dijeron que tenía la lengua muy larga, que era una liosa y que tenía mi merecido. Me echaron sin referencias y no pude encontrar trabajo. Si no tienes referencias nadie te da trabajo. Además, estaba embarazada... —Las lágrimas pusieron un velo en sus ojos, pero de pronto volvió la vida a ellos en forma de pasión y de ternura.

—¿Tiene usted un hijo? —le preguntó Monk, aunque temía saberlo y hasta sintió una contracción en su interior, como si esperase un golpe.

—Es una niña, está aquí con los demás niños —contestó en voz baja—. La veo de cuando en cuando, no es una niña fuerte. ¿Cómo iba a serlo si se ha criado aquí dentro?

Monk decidió que hablaría con Callandra Daviot. Estaba seguro de que estaba en condiciones de dar trabajo a otra camarera. Pese a que Martha Rivett sólo era una entre decenas de millares de personas, siempre era mejor salvar a una que a ninguna.

—¿Estuvo violento con usted? —le repitió Monk—. ¿Le dejó usted bien claro que no quería sus atenciones?

—No me quiso creer... decía que las mujeres no hablan en serio cuando se niegan —le contestó ella con una leve sonrisa, más bien una mueca—. Me dijo que con la señorita Araminta le ocurría lo mismo, que también a ella le gustaba que la forzara... pero yo no lo creo. Yo estaba en la casa cuando se casaron, ella entonces lo quería. ¡Tenía que haberle visto la cara! La señorita estaba radiante, era feliz. Pero después de la noche de bodas cambió todo. Por la noche estaba alegre como unos cascabeles, llevaba un vestido de color cereza, estaba llena de vida. Al día siguiente todo aquel fuego no era más que un montón de cenizas frías. Ya nunca más le volví a ver aquella cara de felicidad mientras estuve en la casa.

—Comprendido —dijo Monk con voz tranquila—. Gracias, Martha, me ha hecho un gran favor. Procuraré devolvérselo, no pierda la esperanza.

Por un breve espacio de tiempo Monk le había restituido su dignidad, pese a que no había vida en su sonrisa.

—Para mí no hay esperanza, señor. Nadie se casaría conmigo. Aquí metida no tengo trato con nadie. Los que están aquí dentro son más pobres que una rata, y no hay quien vaya a buscar camareras en los asilos. De todos modos, yo tampoco abandonaría nunca a Emmie. Aunque ella se muriera un día, no hay nadie que contrate a una camarera si no dispone de referencias... y yo ahora ya no tengo la presencia de antes.

—Volverá a tenerla. Lo único que le pido es que no renuncie a la esperanza —la instó Monk.

—Gracias, señor, usted no sabe qué dice.

—Sí, lo sé.

La chica sonrió como disculpando la ignorancia de Monk y pidió permiso para retirarse: tenía que volver al patio para limpiar y remendar ropa.

Monk dio las gracias al director del asilo y también se fue, pero no a la comisaría para notificar a Runcorn que tenía un sospechoso con más visos de culpabilidad que Percival. Esto podía esperar. Lo primero que haría sería ir a ver a Callandra Daviot.

8

La alegría de Monk duró poco. Cuando al día siguiente volvió a Queen Anne Street fue acogido en la cocina por la señora Boden, que lo miró desconsolada y angustiada, el rostro sonrosado y unos mechones de pelo asomando, desordenados y tiesos, por debajo del gorro blanco.

—Buenos días, señor Monk. ¡Me alegra que haya venido!

—¿Qué pasa, señora Boden? —A Monk le cayó el alma a los pies, pese a que no sabía de nada específico que pudiera asustarlo—. ¿Ha ocurrido algo?

—Encuentro a faltar uno de los cuchillos grandes, señor Monk. —Se secó las manos en el delantal—. Habría jurado que lo tenía la última vez que hice un *roast-beef*, pero Sal dice que lo corté con el otro y ahora pienso que quizá tiene razón. —Se metió dentro del gorro los cabellos que se le desmandaban y se secó la cara con gesto nervioso—. No hay nadie que se acuerde y May se ha puesto fuera de sí sólo de pensarlo. Se me revuelve el estómago cuando pienso que puede haber sido el cuchillo con el que mataron a la pobre señorita Octavia.

—¿Cuándo se dio cuenta, señora Boden? —preguntó Monk con cautela.

—Ayer por la tarde. —Lanzó un resoplido—. La señorita Araminta ordenó que cortaran un trozo fino de carne para sir Basil. Había llegado tarde y quería comer un bocado. —Hablaba cada vez más alto, con una nota de histeria—. Fui a buscar el mejor cuchillo y vi que no estaba en su sitio. Entonces comencé a buscarlo, pensando que quizás había quedado en otro lugar. Pero no, no estaba en parte alguna.

—¿Y no lo había vuelto a ver desde la muerte de la señora Haslett?

—No lo sé, señor Monk —dijo levantando las manos en el aire—. Yo me figuraba que lo había visto, pero tanto Sal como May han dicho que ellas no habían visto el cuchillo y que la última vez que corté carne utilicé el viejo. Yo es que me quedé tan trastornada que no me acordaba de nada, es la pura verdad.

—Entonces supongo que lo mejor es que tratemos de encontrarlo —admitió Monk—. Daré orden al sargento Evan para que haga un registro. ¿Quién más está enterado?

La mujer se había quedado en blanco, no entendía nada.

—¿Quién más lo sabe, señora Boden? —le repitió Monk con calma.

—¡Y yo qué sé, señor Monk! No sé a quién preguntar. Lo he buscado, naturalmente, y ya he preguntado a todo el mundo si había visto el cuchillo.

—Cuando dice a todo el mundo, ¿a quién se refiere, señora Boden? ¿A quién más, aparte del personal de la cocina?

—Pues... ahora no puedo pensar —había empezado a entrarle pánico porque veía la urgencia que reflejaba la expresión de Monk y no entendía el motivo—. A Dinah, he preguntado a Dinah porque a veces cambian las cosas de sitio en la despensa... y quizá también se lo he dicho a Harold. ¿Por qué? Ninguno de los dos sabía dónde está el cuchillo... o me lo habrían dicho.

—Hay una persona que no se lo habría dicho —le señaló Monk.

Tardó varios segundos en captar lo que quería decir, después se llevó la mano a la boca y soltó un grito ahogado.

—Se lo comunicaré a sir Basil —dijo Monk —. Será lo mejor. —Era un eufemismo que significaba pedirle permiso para el registro. Sin su consentimiento no podía llevarlo a cabo y oponerse a los deseos de sir Basil equivalía a perder el puesto de trabajo. Dejó a la señora Boden sentada en la silla de la cocina y a May corriendo a buscar el frasco de las sales... y muy probablemente un buen trago de brandy del fuerte.

Le sorprendió que después de que le hubieran acompañado a la biblioteca sólo transcurrieran cinco minutos antes de que entrara Basil con el rostro tenso y enfurruñado y una mirada sombría en sus ojos oscuros.

—¿Qué hay, Monk? ¿Sabe algo finalmente? ¡Santo Dios, ya sería hora!

—La cocinera me ha informado de que ha encontrado a faltar un cuchillo de cortar carne y por esto quisiera pedirle permiso para practicar un registro en la casa.

—¡Búsquelo, no faltaría más! —dijo Basil—. ¿O quiere que lo busque yo?

—Necesitaba su permiso, Sir Basil —dijo Monk hablando entre dientes—. No voy a ponerme a revolver sus cosas sin autorización, a menos que usted me lo pida.

—¿Mis cosas? —pareció sorprendido y lo miró con los ojos muy abiertos y llenos de incredulidad.

—¿No es suyo todo lo que hay en la casa, señor, dejando aparte lo que pueda ser del señor Cyprian o del señor Kellard... y quizá lo del señor Thirsk?

Basil sonrió con aire desolado, un ligero movimiento de las comisuras de los labios.

—Dejando aparte las pertenencias de la señora Sandeman que, efectivamente, son suyas, todo lo demás es mío, efectivamente. Cuenta usted con mi permiso para registrar todo lo que le plazca. Seguramente necesitará ayuda. Pida a mi mozo de cuadra que vaya a buscar con el coche pequeño a las personas que necesite, a su sargento... —Se encogió de hombros, pero se notaba que su cuerpo, debajo de la chaqueta negra de barathea, estaba tenso—. O a sus agentes...

—Gracias —respondió Monk—, es usted muy amable. Procederé inmediatamente.

—Quizá podría esperar en la escalera de los criados —dijo Basil levantando un poco la voz—. Si la persona que retiene el cuchillo se entera de que se va a hacer un registro, lo más probable es que lo saque de su escondrijo antes de que se inicie. Desde lo alto de la escalera usted podrá vigilar el pasillo hasta el extremo opuesto, el lugar de donde arranca la escalera de las sirvientas. —Daba muchas más explicaciones que las habituales en él. Era la primera vez que Monk advertía un cambio en su compostura—. No le puedo indicar lugar más estratégico que éste. De nada serviría que uno de los criados montara guardia. Todos son sospechosos —observó la cara de Monk.

—Gracias —volvió a decir Monk—, muy precavido por su parte. ¿Puedo apostar a una de las sirvientas de arriba en el rellano principal? Así podrá observar todas las idas y venidas que se salgan de lo normal. Y quizá se podría pedir a las lavanderas y demás criados que se quedasen abajo hasta que terminemos el registro... y también a los mozos de cuadra.

—Sí, sí, claro —Basil estaba recuperando sus dotes de mando—. Y también al ayuda de cámara.

—Gracias, sir Basil. Será una gran ayuda.

Basil enarcó las cejas.

—¿Qué otra cosa quiere que haga, hombre de Dios? ¿No se da cuenta de que a quien asesinaron fue a mi hija? —Había recobrado totalmente su dominio.

Monk no podía responder nada a esto, salvo volver a manifestar su agradecimiento, pedir permiso para bajar, escribir una nota para Evan, que debía de estar en la comisaría, y hacerla llevar por el mozo de cuadra para que volviera con Evan y otro agente.

El registro comenzó cuarenta y cinco minutos más tarde y se inició en las habitaciones de las sirvientas, situadas en uno de los extremos de la buhardilla, exiguos y fríos desvanes que daban a las lascas de pizarra gris que cubrían los establos y tejados de Harley Mews, situados más allá. Cada una de estas habitaciones estaba amueblada con un camastro de hierro provisto de colchón, almohada y ropa de cama, una silla de respaldo duro y un sencillo tocador de madera con un espejo de pared sobre el mismo. No se habría tolerado que ninguna criada se presentase a trabajar sin haberse aseado primero y vestido con el uniforme en perfectas condiciones. Había también un armario ropero, además de un aguamanil y una jofaina para lavarse. La única cosa que diferenciaba una habitación de otra era el dibujo de las esteras de nudos colocadas en el suelo y las escasas estampas que pertenecían a cada uno de sus habitantes, un dibujo de la familia, en un caso una silueta, algún texto religioso o reproducción de alguna pintura famosa.

Ni Monk ni Evan encontraron ningún cuchillo. El agente, siguiendo instrucciones precisas, registró el exterior de la casa, simplemente porque era la otra única zona a la que tenían acceso los criados sin abandonar el terreno de la propiedad y de la que, por consiguiente, se ocupaban,

—Si el que lo hizo fue un miembro de la familia, seguro que se lo habrá llevado al otro extremo de Londres —observó Evan con una media sonrisa—. Puede estar en el fondo del río, en cualquier cloaca o en un depósito de basura.

—Ya lo sé —dijo Monk sin interrumpir su trabajo—. Myles Kellard parece el sospechoso más probable en este momento. O Araminta, en caso de que estuviera enterada. Pero ¿se le ocurre algo mejor?

—No —admitió Evan con aire apenado—, me he pasado la última semana y media persiguiendo mi sombra por todo Londres buscando las joyas y me apuesto lo que quiera a que se deshicieron de ellas la misma noche en que las robaron. También he comprobado el historial de los criados, todos con unos antecedentes ejemplares y yo diría que de una monotonía mortal. —Vaciaba cajones de ropa femenina limpia y en buen uso mientras iba hablando, palpándola cuidadosamente con sus largos dedos y poniendo una cara de extrema contrariedad causada por su propia intromisión—. Ya estoy empezando a pensar que los amos no ven personas, sino sólo delantales, uniformes y gorros de encaje —prosiguió—. Les importa un pepino la cabeza de la persona que lleva estas prendas con tal de disponer de té caliente, tener mesa puesta, chimenea limpia, encendida y bien provista, comida a punto, servida a la hora y retirados los platos y que cada vez que hacen sonar la campanilla alguien responda a ella y haga lo que ellos necesiten que haga. —Dobló la ropa con todo esmero y volvió a colocarla en su sitio—. ¡Ah... y que la casa esté limpia y en los cajones de la cómoda encuentren la ropa a punto! Las personas que hacen todas estas cosas no son nadie.

—Se está volviendo cínico, Evan.

Evan sonrió.

—Estoy aprendiendo, señor Monk.

Después de registrar las habitaciones de las sirvientas bajaron al segundo piso de la casa. A un lado del rellano estaban las habitaciones del ama de llaves, de la cocinera, de las doncellas de las señoras y ahora también la de Hester, mientras que al otro estaban las habitaciones del mayordomo, de los dos lacayos, del limpiabotas y del ayuda de cámara.

—¿Empezamos por Percival? —preguntó Evan, mirando a Monk no sin cierta aprensión.

—Podemos seguir por orden —respondió Monk—. El primero es Harold.

Pero en la habitación de Harold no encontraron nada aparte de las cosas particulares de un joven normal y corriente que trabaja como criado en una casa importante: un traje de vestir para las raras ocasiones en que tenía permiso para salir, cartas de su familia, varias de su madre, unos cuantos recuerdos de la infancia, una fotografía de una mujer de mediana edad y de rostro afable que tenía los mismos cabellos que él y unos rasgos igual de suaves, posiblemente su madre, y un pañuelo femenino de batista barata, cuidadosamente doblado y colocado dentro de una Biblia... seguramente de Dinah.

Entre las habitaciones de Percival y Harold había la misma diferencia que existía entre Percival y Harold. En la del primero había libros de poesía, algunos de filosofía sobre las condiciones y el cambio social y una o dos novelas. No había cartas, ningún testimonio familiar ni de otro tipo de vínculos. Tenía dos trajes en el armario para sus salidas particulares y algunas botas muy elegantes, varias corbatas y pañuelos, una sorprendente cantidad de camisas y algunos vistosos gemelos y botones de cuello. Debía de convertirse en un petimetre cuando se lo proponía. Monk sintió un alfilerazo de cosa conocida al revisar las pertenencias de aquel joven que se vestía y se conducía por encima de su nivel de vida. ¿No habría empezado también él comportándose de aquella misma manera? ¿Viviendo en casa de otra persona e imitando sus maneras con intención de subir de nivel? Por otra parte sentía la curiosidad de saber de dónde sacaba Percival el dinero para aquel tipo de cosas: su coste estaba muy por encima del salario de un lacayo, aunque se hubiera pasado ahorrando años y años.

—¡¡Señor Monk!!

Miró sobresaltado a Evan, que estaba de pie con el rostro lívido, con el cajón de la cómoda ante él, en el suelo. En sus manos sostenía una prenda larga de seda de color marfil cubierta de manchas oscuras y entre cuyos pliegues asomaba una hoja afilada y cruel, también cubierta de manchones de óxido producidos por la sangre al secarse.

Monk miró aquello, estupefacto. Se había esperado una serie de intentos infructuosos, simplemente algo que demostrase que por lo menos estaba haciendo lo que podía... y ahora Evan tenía en sus manos lo que era evidentemente el arma homicida, envuelta en un salto de cama de mujer, todo ello escondido en la habitación de Percival. Era una conclusión tan sorprendente que le costaba asimilarla.

—¡Bueno, queda descartado Myles Kellard! —dijo Evan, tragando saliva, dejando el cuchillo y la prenda de seda con sumo cuidado en un extremo de la cama y retirando la mano rápidamente como quien desea apartarse de ella.

Monk volvió a colocar en el armario las cosas que ya había revisado y se quedó de pie muy erguido y con las manos en los bolsillos.

—Pero ¿por qué lo tenía metido aquí dentro? —dijo lentamente—. ¡Es una prueba inequívoca!

Evan frunció el ceño.

—Supongo que no quería dejar el cuchillo en el cuarto de la víctima, pero tampoco podía arriesgarse a llevarlo por la casa descubierto, con la sangre pegada a la hoja... Podía encontrarse a alguien...

—¿A quién? ¡Por el amor de Dios!

El rostro sereno de Evan ahora mostraba una profunda turbación, se le habían ensombrecido los ojos y torcía los labios en un gesto de repugnancia que era más que física.

—¡No sé! Podía encontrar a alguien en el rellano por la noche...

—¿Y cómo iba a explicar su presencia... con o sin cuchillo? —preguntó Monk.

—¡Yo qué sé! —Evan movió la cabeza—. ¿Qué trabajo hacen los lacayos? Podía decir que había oído algo raro, que se había figurado que algún intruso entraba, que había oído ruidos en la puerta ... No sé. Pero claro, habría sido más convincente sin un cuchillo en la mano... manchado de sangre, además.

—Naturalmente. Lo lógico habría sido dejarlo en la habitación de ella —argumentó Monk.

—A lo mejor lo cogió sin pensar. —Evan levantó los ojos y encontró los de Monk—. Lo tenía en la mano y salió con el cuchillo. Quizá tuvo un ataque de pánico. Después salió y cuando estaba hacia la mitad del pasillo ya no se atrevió a retroceder.

—¿Y el salto de cama? —dijo Monk—. Lo envolvió en la prenda para taparlo. No es el pánico del que usted habla. ¿Y por qué demonios iba a querer el cuchillo? ¡No tiene sentido!

—Para nosotros, no —admitió Evan lentamente y con los ojos clavados en la prenda de seda arrugada que tenía en la mano—. Para él debe de tenerlo... ¡está aquí!

—¿Y no es posible que no haya tenido ocasión de desembarazarse de este cuchillo desde entonces hasta ahora? —Monk frunció el ceño—. ¡No puede haberlo olvidado!

—¿Y qué otra explicación puede haber? —Evan se sentía impotente—. ¡El cuchillo es éste!

—Sí, pero ¿será Percival el que lo ha puesto aquí? ¿Por qué no lo encontramos cuando buscamos las joyas?

Evan se sonrojó.

—Bueno, no saqué los cajones, ni miré detrás. Y yo diría que el agente tampoco. Si quiere que le hable con sinceridad, estaba absolutamente convencido de que no íbamos a encontrar nada... aparte de que el jarrón de plata tampoco habría encajado en este escondrijo. —Parecía nervioso.

Monk se puso muy serio.

—Supongo que, aunque entonces hubiéramos mirado, tampoco lo habríamos encontrado. No sé, Evan. ¡Lo encuentro tan... estúpido! Percival puede ser arrogante, antipático, desdeñoso con los demás, de manera especial con las mujeres y, a juzgar por su guardarropa, saca dinero de alguna parte, pero de tonto no tiene un pelo. ¿Por qué iba a esconder en su cuarto una cosa tan comprometedora como ésta?

—¿Por arrogancia? —sugirió Evan, vacilante—. A lo mejor se figura que somos unos ineptos y que no hay motivo para tenernos miedo. Y hasta ahora no se había equivocado.

—Pero sí, sí que tenía miedo —insistió Monk, acordándose de la palidez de Percival y del sudor que brillaba en su piel—. Yo hablé con él en la sala del ama de llaves y me di cuenta de que estaba atemorizado, le olí el miedo. Luchaba para sacudírselo de encima, y trataba de echar las culpas a quien fuese: a la lavandera, a Kellard, incluso a Araminta.

—¡No sé qué decirle! —Evan sacudió la cabeza, había extrañeza en su mirada—. La señora Boden nos dirá si el cuchillo es éste, y la señora Kellard si esta prenda era de su hermana. ¿Cómo se le llama a esto?

—Salto de cama —replicó Monk—, batín.

—De acuerdo... salto de cama. Supongo que vale más que digamos a sir Basil lo que hemos encontrado.

—Sí. —Monk cogió el cuchillo, dobló la seda sobre la hoja y salió de la habitación.

—¿Va a detenerlo? —preguntó Evan, bajando la escalera un peldaño por detrás de él.

Monk vaciló.

—A mí esto no acaba de convencerme —dijo, pensativo—. Cualquiera puede haberlo metido en la habitación y sólo un imbécil lo dejaría en el sitio.

—Pero estaba muy bien escondido.

—Y ¿por qué iba a tenerlo escondido? —insistió Monk—. Sería una estupidez. Percival es demasiado astuto para una cosa así.

—Entonces, ¿qué? —Más que ganas de discutir, Evan sentía la confusión, y el desconcierto propio de aquella serie de descubrimientos tan desagradables y sin sentido—. ¿La lavandera? ¿Es una chica tan celosa que asesina a Octavia y después esconde el arma y el salto de cama en la habitación de Percival?

Habían llegado al rellano principal, donde esperaban una al lado de la otra Maggie y Annie, que los miraban con los ojos muy abiertos.

—Muy bien, chicas, se han portado muy bien. Muchas gracias —les dijo Monk con sonrisa tensa—. Ahora ya pueden ir a cumplir con sus obligaciones.

—¡Ha encontrado algo! —Annie tenía los ojos clavados en la prenda de seda que Monk llevaba en la mano, se había quedado muy pálida y parecía asustada. Maggie estaba muy cerca de ella y su rostro expresaba el mismo miedo.

De nada habría servido mentir, no habrían tardado en descubrirlo.

—Sí —admitió—. Tenemos el cuchillo. Y ahora vayan a cumplir con sus obligaciones, porque de lo contrario la señora Willis se enfurecerá con ustedes.

Bastaba el nombre de la señora Willis para romper el estado de trance en que se encontraban. Se escabulleron rápidamente y corrieron a buscar los sacudidores y las escobas. Monk vio desaparecer sus faldas grises cuando doblaban el ángulo y antes de precipitarse hacia el armario de las escobas, muy juntas y hablando en un murmullo.

Basil estaba esperando a los policías en su estudio, sentado ante su escritorio. Los hizo pasar de inmediato y abandonó los papeles que estaba escribiendo. Los miró con expresión seria y sombría.

—Ustedes dirán.

Monk cerró la puerta tras él.

—Hemos encontrado un cuchillo, señor, y una prenda de seda que creo que es un salto de cama. Las dos cosas están manchadas de sangre.

Basil exhaló un lento suspiro, su rostro apenas había cambiado, sólo muy levemente, como si por fin se viera obligado a aceptar la realidad.

—Ya veo. ¿Y dónde han encontrado estas... cosas?

—Detrás de un cajón de una cómoda, en la habitación de Percival —respondió Monk, observándolo atentamente.

Si la revelación le produjo sorpresa ésta no se hizo patente en su expresión. Su rostro entristecido, con aquella nariz ancha y corta y aquella boca cuyos labios estaban surcados de arrugas, permaneció atento pero cansado. Quizá no se podía esperar otra cosa de él. Hacía semanas que su familia estaba sumida en la tragedia y que todos sospechaban de todos. Por fin se pondría punto final a aquella situación, su familia más inmediata quedaría libre de aquella carga y experimentaría un alivio reparador. No era culpa de él que éste no fuera total. Por mucho que le repugnara la idea, no podía dejar de pensar que quizás el culpable era su yerno, y Monk ya había tenido ocasión de comprobar que entre él y Araminta había un afecto más profundo que el habitual entre el común de los padres e hijas. Ella era la única persona de la familia que poseía aquella misma fuerza interior de su padre, sus dotes de mando, su decisión, su dignidad y casi su autodominio. De todos modos, podía ser un juicio erróneo, ya que Monk no había tenido ocasión de conocer a Octavia, pese a saber de ella que padecía el fallo de la bebida y la vulnerabilidad de amar demasiado a su marido para poder recobrarse de su muerte... suponiendo que esto último también pudiera considerarse un fallo. Tal vez lo fuera, sin embargo, para Basil y para Araminta, que además no sentían ninguna simpatía por Harry Haslett.

—Supongo que lo detendrá. —Por la entonación no podía considerarse una pregunta.

—Todavía no —dijo Monk lentamente—. El hecho de que se hayan descubierto estos dos objetos en su habitación no quiere decir que haya sido él quien los escondió.

—¿Cómo? —Basil torció el gesto y se le subieron los colores a la cara al inclinar el cuerpo sobre el escritorio. De haber sido otro, se habría levantado, pero él no se levantaba ante criados o policías, dos ocupaciones que para él pertenecían a la misma categoría social—. ¡Por el amor de Dios, hombre! ¿Qué más quiere? ¡Ha encontrado en posesión de Percival el mismo cuchillo con que la mató y una prenda que pertenecía a mi hija!

—Sí, hemos encontrado estas dos cosas en su habitación —contestó Monk—. Pero la puerta no estaba cerrada con llave, cualquiera habría podido entrar en su cuarto y esconderlas en él.

—¡No diga cosas absurdas, por favor! —dijo Basil con voz cargada de indignación—. ¿Quiere decirme quién puede tener interés en esconder estos objetos?

—Pues cualquier persona interesada en comprometer a Percival para sacudirse las culpas de encima —replicó Monk—. Es un acto reflejo del instinto de conservación.

—¿Quién, por ejemplo? —preguntó Basil en tono sarcástico—. Dispone de todas las pruebas que demuestran que ha sido Percival. Motivos no le faltaban... que Dios nos ayude. La pobre Octavia tenía una debilidad en la elección de los hombres. Aunque yo sea su padre, no tengo más remedio que admitirlo. Percival es arrogante y presuntuoso. Cuando ella lo rechazó y lo amenazó con echarlo a la calle, a Percival le entró pánico. Había llegado demasiado lejos. —A sir Basil le tembló la voz y, pese a que no era un hombre del gusto de Monk, por un momento sintió lástima de él. Octavia había sido su hija, independientemente de lo que él pensara de su marido o de que no aprobara su conducta, pero sólo pensar que había sido violada tenía que herirlo por encima de lo soportable, sobre todo delante de un inferior como Monk.

Hizo esfuerzos para dominarse y prosiguió:

—Puede ser también que fuera ella misma la que cogió el cuchillo —dijo en voz baja— temiendo que él pudiera ir a visitarla y cuando, efectivamente, se presentó en su habitación, la pobre trató de defenderse. —Tragó saliva—. Naturalmente, él pudo más que ella y al final la apuñaló. —Se volvió y se quedó de espaldas a Monk—. Entonces sintió pánico —prosiguió— y salió del cuarto llevándose el cuchillo y de momento lo dejó escondido, porque en aquel momento no estaba en condiciones de deshacerse de él. —Se apartó en dirección a la ventana escondiendo la cara y respiró profundamente—. ¡Qué abominable tragedia! Tendrá que detenerlo inmediatamente y llevárselo de mi casa. Comunicaré a mi familia que usted ha resuelto el enigma de la muerte de Octavia. Le quedo muy agradecido por su diligencia y por su discreción.

—No, señor —dijo Monk con voz monocorde, aunque una parte de su persona habría querido estar de acuerdo con él—. No puedo detenerlo simplemente por esta razón. No es suficiente... a menos que confesara. Si lo niega y dice que otra persona puso estas cosas en su habitación...

Basil dio media vuelta: su mirada era muy dura y sombría.

—¿Quién? —dijo.

—Tal vez Rose —replicó Monk.

Basil lo miró fijamente.

—¿Cómo?

—La lavandera, que está enamorada de él y podría haberse sentido lo bastante celosa para matar a la señora Haslett y después querer involucrar a Percival. De este modo se habría podido vengar de los dos.

Basil enarcó las cejas.

—¿Insinúa, inspector, que mi hija rivalizaba con una lavandera por el amor de un lacayo? ¿Cree usted que alguien le prestaría crédito?

¡Qué fácil habría sido hacer lo que ellos querían y detener a Percival! Runcorn se habría sentido aliviado y frustrado a un tiempo. Y en cuanto a Monk, habría podido salir de Queen Anne Street y tomar un nuevo caso en sus manos. Lo que pasaba es que no creía que éste estuviera zanjado. No, todavía no lo estaba.

—Lo que yo insinúo, Sir Basil, es que el lacayo es un fanfarrón —dijo en voz alta—. Y que quizá quiso poner celosa a la lavandera contándole una serie de fantasías y ella fue lo bastante crédula para figurarse que eran verdad.

—¡Ah! —admitió sir Basil. De pronto se había esfumado de él la rabia—. Bueno, le corresponde a usted averiguar la verdad, a mí me importa muy poco. En cualquier caso, detenga a la persona culpable y llévesela. De todos modos, yo despediré al criado... y además, sin referencias. Usted ocúpese de lo suyo.

—Existe otra posibilidad —dijo Monk fríamente—: el culpable podría ser el señor Kellard. Parece innegable que sabe recurrir a la violencia cuando alguien se niega a satisfacer sus deseos.

Basil levantó los ojos.

—¿Ah, sí? Pues yo no recuerdo haberle dicho nunca tal cosa. Lo que le dije fue que la chica hizo una acusación y que mi yerno la negó.

—He encontrado a la chica —dijo Monk mirándolo con dureza, al tiempo que volvía a sentir toda aquella repugnancia que ya había experimentado. El hombre era duro, casi brutal en su indiferencia—. He oído su versión de los hechos y la creo. —No dijo nada acerca de lo que había dicho Martha Rivett sobre Araminta y su noche de bodas, pero aquel dato explicaba las emociones que Hester había visto en ella y aquella amargura continua y subyacente en relación con su marido. Si Basil no lo sabía, de nada habría servido ponerlo al corriente de una información tan íntima y dolorosa.

—¿De veras? —Basil lo miró con rostro desolado—. Muy bien, por fortuna no es usted quien tiene que dirimir el caso. Tampoco habría ningún tribunal que aceptase, por considerarla inconsistente, la palabra de una sirvienta inmoral contra la de un caballero de intachable reputación.

—Lo que pueda creer quien sea es totalmente irrelevante —dijo Monk, con bastante tirantez—. Yo no puedo demostrar que Percival sea el culpable, y lo que es más, no tengo el convencimiento de que lo sea.

—¡Entonces vaya y convénzase de una vez! —dijo Basil, perdiendo la paciencia—. ¡Por el amor de Dios, haga su trabajo!

—Señor... —dijo Monk para despedirse. Estaba demasiado furioso para añadir nada más. Giró sobre sus talones y salió cerrando con fuerza.

Evan estaba esperándolo en el vestíbulo con aire desolado. Seguía con la prenda y el cuchillo en las manos.

—¿Y bien? —inquirió Monk.

—Sí, es el cuchillo de cocina que la señora Boden echaba en falta —respondió Evan—. Todavía no he interrogado a nadie al respecto. —Su rostro traicionaba la desazón que le provocaba la muerte, la soledad, la indignidad—. He dicho que quería ver a la señora Kellard.

—Muy bien. Yo me haré cargo de ella. ¿Dónde está?

—No lo sé. Se lo he preguntado a Dinah y me ha dicho que esperase.

Monk lanzó un juramento. Odiaba que lo dejaran en el vestíbulo como un mendigo, pero no tenía otra alternativa. Pasó un cuarto de hora largo antes de que volviera a aparecer Dinah y lo acompañara al salón-tocador, donde lo esperaba Araminta, de pie en el centro de la habitación, con expresión tensa y sombría pero guardando las formas.

—¿Qué desea, señor Monk? —dijo con voz contenida e ignorando a Evan, que aguardaba en silencio junto a la puerta—. Creo que ha encontrado el cuchillo en uno de los dormitorios de los criados. ¿Es así?

—Sí, señora Kellard. —Monk no sabía cómo podía reaccionar aquella mujer ante la prueba visual y tangible del asesinato. Hasta aquel momento todo habían sido palabras, posibilidades, cosas terribles, pero que sólo cabía imaginar. Pero aquello era una realidad: una prenda de ropa de su hermana, la sangre de su hermana. A lo mejor toda su férrea energía se venía abajo. No le inspiraba simpatía aquella mujer, era demasiado distante, sólo sentía por ella lástima y admiración—. También encontramos un salto de cama de seda manchado de sangre. Lamento tener que pedirle que identifique esta prenda de ropa, pero es indispensable que sepamos si pertenecía a su hermana. —La sostenía medio escondida, sabía que Araminta no había reparado en ella.

Parecía muy tensa, como si para ella aquel hecho fuera más importante que doloroso. Monk pensó que tal vez ésta era su manera de dominarse.

—¿Ah, sí? —tragó saliva—. Puede mostrarme la prenda, señor Monk, estoy preparada y haré cuanto esté en mi mano para ayudarle.

Monk le acercó la prenda y la sostuvo ante ella, tratando de ocultar la sangre. Estaba salpicada, como si la prenda estuviera abierta en el momento en que la mujer fue apuñalada; la mayor parte de las manchas procedía de la utilización de aquella prenda como envoltorio del cuchillo.

Estaba muy pálida, pero no se abstuvo de mirarla.

—Sí —dijo con voz tranquila y lenta—, es de Octavia y llevaba esta prenda la noche que la mataron. Hablé con ella en el rellano antes de que entrara en el cuarto de mamá para darle las buenas noches. Me acuerdo perfectamente, los lirios del encaje. Siempre me había gustado este salto de cama. —Respiró profundamente—. ¿Puedo preguntarle dónde lo ha encontrado? —Estaba tan blanca como la seda que Monk tenía en la mano.

—Detrás de un cajón del cuarto de Percival —respondió Monk.

Araminta se quedó inmóvil.

—Ya entiendo.

Monk esperó a que añadiera algo más, pero Araminta no dijo nada.

—Todavía no he pedido explicaciones a Percival —prosiguió él observándole la cara.

—¿Explicaciones? —Araminta volvió a tragar saliva, esta vez con tal esfuerzo que Monk hasta vio la tensión de su garganta—. ¿Qué explicación quiere que dé? —Parecía confundida, aunque no furiosa, en ella no había cólera ni deseo de venganza, por lo menos de momento—. Escondió estas cosas después de haber matado a mi hermana y todavía no se le había presentado ocasión de deshacerse de ellas. ¿Qué otra explicación quiere?

Monk habría querido ayudarle, pero no podía.

—Conociendo a Percival, señora Kellard, ¿qué le parece más probable? ¿Qué escondiera en su habitación una prueba tan concluyente como ésta o que buscara un sitio menos comprometido para él? —preguntó Monk.

Por el rostro de Araminta cruzó la sombra de una

sonrisa. Incluso ahora veía un humor amargo en la suposición.

—¿En plena noche, inspector? Supongo que lo escondió en el único sitio donde su presencia no pudiera despertar sospechas: su propia habitación. Tal vez quería trasladarlo a otro sitio más tarde, pero no tuvo oportunidad. —Hizo una profunda aspiración y arqueó las cejas—. Para hacer esta maniobra, es preciso que nadie lo observe, supongo.

—Esto por descontado. —Monk coincidía con ella.

—Entonces ha llegado el momento de que lo interrogue. ¿Necesita refuerzos? Lo digo por si se pone violento. ¿O quiere que le envíe a uno de los mozos de cuadra para que lo proteja?

¡Qué mujer tan práctica!

—Gracias —declinó Monk—, creo que el sargento Evan y yo podremos arreglarnos. Gracias por su ayuda. Lamento haberle tenido que hacer estas preguntas y que haya necesitado ver el salto de cama. —Habría querido añadir alguna cosa menos convencional, pero no era mujer a la que pudiera ofrecérsele algo que se acercara ni de lejos a la conmiseración. Lo único que estaba dispuesta a aceptar era respeto y comprensión.

—Era necesario, inspector —reconoció Araminta, muy envarada.

—Señora... —Monk inclinó la cabeza para excusarse y, con Evan siguiéndole a la distancia de un paso, se dirigió a la despensa del mayordomo para preguntar a Phillips si podía ver a Percival.

—¡Claro! —dijo Phillips con voz grave—. ¿Puedo permitirme preguntarle, señor, si ha descubierto algo en el curso de su búsqueda? Una de las sirvientas de arriba me ha dicho que sí, pero ya se sabe que son jóvenes y que pecan de excesiva imaginación.

—Sí, hemos descubierto algo —replicó Monk—. Hemos encontrado el cuchillo que le faltaba a la señora

Boden y un salto de cama que pertenecía a la señora Haslett. Parece que el cuchillo es el mismo que utilizaron para matarla.

Phillips se quedó blanco y Monk llegó a temer incluso que fuera a desmayarse, pero se mantuvo más erguido que un soldado en un desfile.

—¿Puedo preguntarle dónde lo ha encontrado? —No reservaba para Monk la palabra «señor». Phillips era mayordomo y se tenía por muy superior a un policía desde el punto de vista social. Ni siquiera las desesperadas circunstancias que estaban viviendo podían alterar aquella realidad.

—Me parece que de momento sería mejor que consideráramos el asunto como una cuestión confidencial —replicó Monk fríamente—. Puede ser un indicio para averiguar quién pudo esconderlo pero no constituye una prueba concluyente por sí misma.

—Ya comprendo —dijo Phillips dándose cuenta de la evasiva y reaccionando ante ella con una mayor palidez en su rostro y unas maneras más envaradas. Él estaba al frente de los criados, estaba acostumbrado a mandar y le molestaba que un mero policía se introdujera en el terreno de responsabilidades que sólo a él competían. Toda la parte de la casa que se extendía al otro lado de la puerta tapizada de paño verde constituía sus dominios—. ¿Qué quiere usted de mí? Por supuesto, cuente conmigo. —No era más que un formalismo, no tenía otra alternativa, pero había que cubrir las apariencias.

—Muy agradecido —dijo Monk, disimulando un tonillo de burla. A Phillips no le habría gustado que se rieran de él—. Me gustaría ver a los criados uno por uno, empezando por Harold, a continuación Rhodes, el ayuda de cámara, y, en tercer lugar, Percival.

—¡No faltaría más! Puede utilizar la sala de estar de la señora Willis, si usted gusta.

—Gracias, me parece muy bien.

No tenía nada que decir a Harold ni a Rhodes pero, para guardar las apariencias, les preguntó qué habían hecho en el día del crimen y si sus habitaciones estaban cerradas con llave. Sus respuestas no le revelaron nada que no supiera ya.

Cuando entró Percival ya sabía que había ocurrido algo importante. Era mucho más inteligente que sus dos compañeros y tal vez algo en las maneras de Phillips lo había puesto sobre aviso o se había enterado de que se había encontrado algo en la habitación de un criado. Sabía también que los miembros de la familia estaban cada vez más asustados. Los veía todos los días, se daba cuenta de que estaban sobre ascuas, había descubierto la sospecha en sus ojos, un cambio en las mutuas relaciones, la desaparición de la confianza. De hecho, él mismo había tratado de enfrentar a Monk con Myles Kellard y por esto debía de suponer que ellos tratarían de hacer lo mismo con él, recogiendo cualquier brizna de información con tal de enfrentar a la policía con el personal de servicio. Entró con el miedo pintado en el rostro, su cuerpo estaba tenso, tenía los ojos muy abiertos y a un lado de la cara se le apreciaba un tic nervioso.

Evan se movió silenciosamente para intercalarse entre él y la puerta.

—Usted dirá, señor —dijo Percival sin esperar a que hablara Monk, si bien le brillaban los ojos como si se hubiera percatado del cambio de postura de Evan y de su significado.

Monk tenía ocultos la prenda de seda y el cuchillo detrás del cuerpo. Se los colocó delante y los levantó, el cuchillo en la mano izquierda, el salto de cama colgando, aquella prenda de mujer salpicada de sangre y de aspecto tétrico. Observó minuciosamente el rostro de Percival, todos los rasgos de su expresión. Vio sorpresa en él, un leve rastro de confusión, como si no acabara de entender lo que pasaba, pero no un resurgimiento de un nuevo miedo. En realidad, había incluso un tenue rayo de esperanza, como si a través de las nubes hubiera penetrado el haz de un rayo de sol. No era la reacción que cabía esperar de un hombre culpable. En aquel instante se convenció de que Percival no sabía dónde habían encontrado aquellos objetos.

—¿Había visto esto con anterioridad? —le preguntó. Aunque la respuesta le serviría de muy poco, por algo debía de empezar.

Percival estaba muy pálido, aunque más tranquilo que cuando había entrado. Ahora ya sabía de dónde venía la amenaza y este hecho lo perturbaba menos que si lo hubiera ignorado.

—Es posible. El cuchillo es como tantos de la cocina. La prenda de seda es como otras que he llevado a veces a la lavandería. Lo que puedo decirle es que no había visto ninguna de estas dos cosas en este estado. ¿Es el cuchillo con el que mataron a la señora Haslett?

—Eso parece, ¿no cree?

—Sí, señor.

—¿No quiere saber dónde los hemos encontramos? —Monk trasladó la mirada a Evan y vio también la duda en su rostro, reflejo exacto de lo que también él sentía. Si Percival sabía que habían encontrado aquello en su habitación quería decir que era un consumado actor, capaz de un autodominio digno de admiración... y por otra parte un total imbécil por no haber encontrado con anterioridad la manera de desembarazarse de aquellos objetos tan comprometedores.

Percival se encogió ligeramente de hombros pero no dijo nada.

—Detrás del cajón inferior de la cómoda que hay en su habitación.

Percival se quedó petrificado. Era evidente la súbita afluencia de sangre en su cara, la dilatación de sus ojos, el sudor que había cubierto su labio superior y su frente.

Aspiró aire para disponerse a hablar, pero le falló la voz.

En aquel mismísimo instante Monk tuvo el súbito convencimiento de que Percival no había matado a Octavia Haslett. Era arrogante, egoísta y probablemente se había equivocado con ella —y también con Rose—, también era un hecho que disponía de un dinero que habría requerido una explicación, pero no era culpable de asesinato. Monk volvió a mirar a Evan y vio reflejado en él los mismos pensamientos, incluso aquella sorpresa que revelaba la infelicidad de su mirada.

Monk volvió a mirar a Percival.

—¿Debo pensar que usted no sabe cómo fueron a parar a ese lugar?

Percival tragó saliva con un gesto convulsivo.

—No... no lo sé.

—Ya me lo figuraba.

—¡No lo sé! —La voz de Percival subió una octava y se convirtió en una especie de graznido quebrado por el miedo—. ¡Juro por Dios que yo no la maté! Yo nunca había visto estas dos cosas, por lo menos en este estado. —Los músculos de todo su cuerpo estaban sometidos a una tensión tan fuerte que le provocaba temblores—. Mire usted... cuando hablé con usted exageré las cosas... le dije que yo gustaba a la señorita Octavia... fue una fanfarronada. Nunca en la vida tuve nada que ver con ella. —Se movía lleno de agitación—. El único hombre que a ella le interesaba fue el capitán Haslett. Mire lo que le digo: yo con ella fui educado y nada más. Si entré en su habitación fue sólo para entrarle bandejas o flores o notas, que es el trabajo que me toca hacer. —Las manos se le movían convulsivamente—. No sé quién la mató... ¡yo no! Alguien tiene que haber escondido estas cosas en mi cuarto. ¿Cómo quiere que yo guardase esto en mi cuarto? —Hablaba de forma atropellada—. No soy tan tonto como eso. Yo habría limpiado el cuchillo y lo habría vuelto a dejar en su sitio, en la cocina... y en cuanto a esa pieza de ropa, la habría quemado. ¿Por qué no? —tragó saliva y se volvió hacia Evan—. No habría dejado esas cosas allí escondidas esperando a que usted las encontrase.

—No, eso creo —admitió Monk—. A menos que usted estuviera absolutamente seguro de que no íbamos a hacer ningún registro. Usted intentó orientar nuestras pesquisas hacia Rose y hacia el señor Kellard e incluso hacia la señora Kellard. A lo mejor usted se figuró que había conseguido que sospecháramos de ellos y entretanto escondió estas cosas para comprometer a alguien más.

Percival se pasó la lengua por los labios resecos.

—Entonces, ¿por qué no lo he hecho? Yo entro y salgo de las habitaciones con relativa facilidad, entro a recoger ropa y llevarla a la lavandería, a mí nadie me dice nada. No habría guardado esto en mi habitación, lo habría escondido en otro sitio... en el cuarto del señor Kellard por ejemplo, para que ustedes lo encontraran.

—Usted no sabía que hoy haríamos el registro —le señaló Monk, llevando la argumentación hasta el extremo, pese a que ni él creía en sus palabras—. Quizás usted lo tenía planeado, pero nosotros nos adelantamos.

—Ustedes llevan semanas en la casa —protestó Percival—. Yo ya lo habría hecho, y les habría dicho alguna cosa para incitarlos a buscar. Me habría costado muy poco decir que había visto algo o inducir a la señora Boden a que revisara los cuchillos de la cocina para que se diera cuenta de que le había desaparecido uno. ¡Vamos, hombre! ¿No habría podido hacerlo?

—Sí —admitió Monk—, es posible.

Percival tragó saliva y se atragantó.

—¿Qué me dice, entonces? —preguntó así que recuperó la voz.

—Que de momento se puede marchar.

Percival lo miró largo rato con los ojos muy abiertos, después dio media vuelta y salió, casi chocando con Evan y dejando abierta la puerta.

Monk miró a Evan.

—No creo que haya sido él —dijo Evan en voz muy baja—. La cosa no cuadra.

—No, yo tampoco lo creo —Monk coincidió con él.

—¿No podría escaparse? —preguntó Evan, lleno de ansiedad.

Monk negó con un gesto.

—Lo sabríamos dentro de una hora, y enseguida enviarían a la mitad de la policía de Londres tras él. Y él lo sabe.

—¿Quién lo hizo entonces? —preguntó Evan—. ¿Kellard?

—¿O quizá Rose se figuró que Percival se relacionaba con la señora y lo hizo ella por celos? —dijo Monk pensando en voz alta.

—O bien otra persona que aún no se nos ha ocurrido —añadió Evan con una media sonrisa absolutamente desprovista de humor—. ¿Qué debe de opinar la señorita Latterly?

Monk no tuvo ocasión de contestar porque Harold introdujo la cabeza por la puerta. Estaba muy pálido, tenía muy abiertos los ojos y parecía angustiado.

—El señor Phillips pregunta si están ustedes bien.

—Sí, gracias. Haga el favor de decir al señor Phillips que de momento no hemos llegado a ninguna conclusión. ¿Tiene la bondad de decir a la señorita Latterly que venga?

—¿Se refiere a la enfermera, señor? ¿No se encuentra usted bien? ¿O es que va usted a...? —dejó la frase colgada, su imaginación corría más de lo debido.

Monk sonrió con amargura.

—No, no voy a decir nada que provoque desmayos. La necesito porque quiero que me dé su opinión sobre un asunto. ¿Quiere decirle que venga, por favor?

—Sí, señor. Yo... sí, señor. —Y se retiró apresuradamente, contento de liberarse de una situación que lo superaba.

—Sir Basil no estará contento —dijo Evan secamente.

—No, supongo que no —admitió Monk—, ni él ni nadie. Todos están deseosos de que detengamos al pobre Percival, de sacarse el asunto de delante y de que nosotros nos vayamos de esta casa.

—Y otro que todavía se pondrá más furioso será Runcorn —dijo Evan poniendo cara larga.

—Sí —dijo Monk lentamente, no sin cierta satisfacción—. Sí, ¿verdad?

Evan se sentó en el brazo de una de las mejores butacas de la señora Willis y dejó balancear las piernas.

—Lo que yo me digo es si el hecho de que no detenga a Percival hará que la persona que sea intente algo más espectacular.

Monk refunfuñó y sonrió ligeramente.

—No deja de ser una idea reconfortante.

Se oyó un golpe en la puerta y, al acudir Evan a abrirla, entró Hester. Parecía desconcertada y llena de curiosidad.

Evan cerró la puerta y se apoyó contra ella.

Monk la puso brevemente al corriente de lo ocurrido, añadiendo a ello lo que él pensaba y lo que pensaba Evan a modo de explicación.

—Una persona de la familia —dijo ella en voz baja.

—¿Por qué lo dice?

Hester levantó levemente los hombros, no los encogió propiamente, pero frunció el ceño mientras se sumía en sus pensamientos.

—Lady Moidore tiene miedo de algo, no de lo que ya ha ocurrido, sino de algo que teme que ocurra. La detención de un lacayo no la perturbaría, sería como sacarse un peso de encima —sus ojos grises miraban de una manera muy directa—. Entonces ustedes se irían, la gente y los periódicos se olvidarían del asunto y todo el mundo comenzaría a recuperarse. Desaparecerían las mutuas sospechas y todos dejarían de querer demostrar que no eran culpables.

—¿Y Myles Kellard? —preguntó Monk.

Hester frunció el ceño y buscó lentamente las palabras más adecuadas.

—Si él es el culpable debe de pasar verdadero pánico. No me parece que tenga tanto aplomo como para cubrirse de una manera tan fría. Me refiero al hecho de coger el cuchillo y el salto de cama y esconderlos en la habitación de Percival. —Vaciló—. Me parece que, si la ha matado él, la que escondió las pruebas debe de ser otra persona. Tal vez Araminta. A lo mejor por esto Kellard le tiene tanto miedo.

—¿Y Lady Moidore lo sabe? ¿O lo sospecha?

—Tal vez.

—O a lo mejor Araminta mató a su hermana al encontrar a su marido en su habitación —apuntó de pronto Evan—. Cae dentro de lo posible. A lo mejor se fue a la habitación de su hermana durante la noche, encontró a su marido, la mató a ella y dejó que el marido cargara con las culpas.

Monk lo miró con considerable respeto. Era una solución que no se le había ocurrido y ahora la veía plasmada en palabras.

—Es muy posible —dijo en voz alta—, me parece mucho más probable que si Percival hubiera ido a la habitación de Octavia y, al verse rechazado, la hubiese apuñalado. Para empezar, difícilmente iría armado con un cuchillo de cocina si quisiera seducir a una mujer y, a menos que ella esperase que él penetraría en su habitación, tampoco lo habría tenido ella. —Se repantigó cómodamente en una de las butacas de la señora Willis—. Y si ella hubiera pensado en la posibilidad de que él fuera a su cuarto —prosiguió—, seguramente habría tenido mejores maneras de defenderse, simplemente informando a su padre de que el lacayo se había propasado, lo que habría sido suficiente para que él lo despidiese. Basil ya había demostrado que estaba más que dispuesto a despedir a un criado en el caso de la camarera involucrada inocentemente en un asunto relacionado con la familia. Con mucho mayor motivo lo habría hecho tratándose de una persona que no era inocente.

Monk vio que lo habían entendido inmediatamente.

—¿Se lo dirá a sir Basil? —preguntó Evan.

—No tengo elección. Está esperando que detenga a Percival.

—¿Y a Runcorn? —insistió Evan.

—También tendré que decírselo. Sir Basil se pondrá...

Evan sonrió, no era necesario decir nada más.

Monk se volvió a Hester.

—Tenga cuidado —le recomendó—, sea quien fuere, lo seguro es que quiere que detengamos a Percival. Si no lo hacemos, se sentirá contrariado y puede hacer alguna barbaridad.

—Tendré cuidado —dijo Hester con voz tranquila.

Tanta compostura irritaba a Monk.

—Parece que no valora el riesgo —dijo con voz áspera—, sería un peligro físico para usted.

—Sé lo que es el peligro físico —lo miró, imperturbable, y con un brillo irónico en los ojos—. He visto muchas más muertes que usted y he estado más cerca de la mía que en todo lo que llevo de vida en Londres.

Como la réplica de Monk era inútil, se abstuvo de darla. Esta vez ella tenía razón: Monk lo había olvidado. Se excusó secamente y se dirigió a la parte frontal de la casa para informar a un airado sir Basil.

—En nombre de Dios, ¿qué otra cosa necesita? —gritó, golpeando con el puño en la mesa y haciendo saltar los adornos—. ¡Ha encontrado el arma y la ropa de mi hija manchada de sangre en la habitación de este hombre! ¿Qué espera? ¿Una confesión?

Monk explicó con toda la claridad y la paciencia que le fue posible por qué consideraba que todavía no contaba con suficientes pruebas, pero Basil estaba furioso y se lo sacó de delante con cajas destempladas, al tiempo que llamaba a Harold para que acudiera inmediatamente y le encargaba que fuese a llevar una carta.

Cuando Monk volvió a la cocina, recogió a Evan, salieron los dos a Regent Street y se montaron en un cabriolé para trasladarse a la comisaría e informar a Runcorn. Harold ya se les había adelantado con la carta de sir Basil.

—¿Se puede saber qué diablos pretende, Monk? —preguntó Runcorn, inclinándose sobre el escritorio y estrujando la carta con la mano—. Tiene pruebas bastantes para hacer colgar dos veces al hombre. ¿Quiere decirme a qué está jugando? ¿Por qué ha dicho a sir Basil que no piensa detenerlo? ¡Vuelva a la casa y deténgalo inmediatamente!

—No creo que sea culpable —dijo Monk con voz imperturbable.

Runcorn estaba anonadado. En su cara alargada se perfiló una expresión de incredulidad.

—¿Cómo dice?

—Que no creo que sea culpable —repitió claramente Monk con un matiz cortante en la voz.

A Runcorn se le subió el color a las mejillas en forma de manchas en la piel.

—¡No diga cosas absurdas! ¡Claro que es culpable! —gritó—. ¡Santo Dios, hombre! ¿Acaso no ha encontrado en su habitación el cuchillo y la ropa de la muerta manchada de sangre? ¿Qué más quiere? ¿Qué justificación de inocencia pretende encontrar?

—Que no fue él quien los puso allí —Monk mantenía baja la voz—. Sólo un imbécil dejaría unos objetos como éstos en un lugar donde fuera tan fácil encontrarlos.

—Pero no fue usted quien los encontró, ¿verdad? —exclamó Runcorn, furioso, ahora de pie—. No los encontró hasta que la cocinera le dijo que le faltaba el cuchillo. El condenado lacayo no podía haber sabido que ella lo había encontrado a faltar. No sabía que usted había registrado el sitio.

—Ya lo habíamos registrado una vez, cuando buscábamos las joyas desaparecidas —señaló Monk.

—Pues quiere decir que no registraron bien, ¿no cree? —remachó Runcorn con satisfacción, pasando también ahora por encima de sus palabras—. Usted no esperaba encontrar estas dos cosas y por esto no hizo un registro concienzudo. Una negligencia... usted se figura ser más listo que nadie y saca conclusiones precipitadas. —Se inclinó sobre la mesa, con las manos sobre la misma y los dedos extendidos—. Bueno, pues esta vez se ha equivocado, ¿no le parece? Y ha demostrado una incompetencia total. Si usted hubiera hecho bien su trabajo y la primera vez hubiera hecho un registro a fondo habría encontrado el cuchillo y la ropa y habría ahorrado a la familia muchos quebraderos de cabeza y a la policía tiempo y esfuerzos —gritó agitando la carta—. Si pudiera, le aseguro que le deduciría del salario todas las horas de trabajo que han desperdiciado los agentes por culpa de su incompetencia. Usted ha perdido facultades, Monk, ya no tiene el olfato de antes. Procure paliar sus deficiencias aunque sólo sea en parte volviendo ahora mismo a Queen Anne Street, pidiendo disculpas a sir Basil y deteniendo a ese maldito lacayo.

—Estas cosas no estaban en el sitio donde las encontramos cuando lo registramos la primera vez —repitió Monk. No dejaría que echaran las culpas a Evan y creía que lo que había dicho seguramente era verdad.

Runcorn parpadeó.

—Muy bien, entonces quiere decir que lo había metido en otro sitio... y que después lo escondió en el cajón —Runcorn iba levantando cada vez más la voz aun en contra de su voluntad—. Vuelva a Queen Anne Street y detenga al lacayo... ¿he hablado con bastante claridad? No sé cómo decírselo más claramente. ¡Váyase, Monk... y detenga a Percival bajo acusación de asesinato!

—No, no creo que sea culpable.

—A la gente le importa un pepino lo que usted pueda creer o dejar de creer. ¡Haga lo que le he mandado! —A Runcorn le iban subiendo los colores por momentos y se agarraba con fuerza a la superficie de la mesa.

Monk hizo esfuerzos para dominarse y discutir la cuestión. Sólo habría querido una cosa: poder decir a Runcorn que era un imbécil y marcharse.

—Los hechos no cuadran —se esforzó en decir—. Si tuvo ocasión de desembarazarse de las joyas, ¿por qué no la tuvo también para desembarazarse del cuchillo y del salto de cama al mismo tiempo?

—Probablemente no se desembarazó de las joyas —dijo Runcorn con un súbito arranque de satisfacción—. Estoy convencido de que las tiene en su cuarto y, si busca bien, seguro que las encontrará. Metidas dentro de una bota vieja, cosidas en un bolsillo o lo que sea. Después de todo, lo que buscaba esta vez era un cuchillo y ya ha descartado todos los sitios que eran demasiado pequeños para esconderlo.

—La primera vez buscamos joyas —señaló Monk con una sombra de sarcasmo que no pudo disimular—. Difícilmente nos habría pasado inadvertido un cuchillo de trinchar carne y un salto de cama.

—De haber hecho bien su trabajo, así habría sido —admitió Runcorn—, lo que simplemente quiere decir que no lo hicieron bien... ¿no le parece, Monk?

—O esto o estas cosas no estaban allí entonces —admitió Monk, mirándolo fijamente y sin parpadear—, que es lo que le he dicho antes. Sólo un imbécil lo guardaría cuando habría podido limpiar el cuchillo y volverlo a colocar en la cocina sin problema alguno. A nadie le habría sorprendido ver a un lacayo en la cocina, no hacen más que entrar y salir llevando y trayendo recados. Y son los últimos en acostarse porque tienen que cerrar la puerta con llave.

Runcorn ya abría la boca para contradecir sus palabras, pero Monk le hizo callar.

—A nadie le habría sorprendido ver a Percival rondando por la casa a medianoche o más tarde. Podía justificar su presencia en cualquier lugar de la casa, salvo en la habitación de un familiar, naturalmente, diciendo simplemente que había oído golpes en una ventana o que temía que una puerta hubiera quedado abierta. Los señores habrían valorado su diligencia.

—Cualidad para usted envidiable —continuó Runcorn—, ya que ni el más ferviente de sus admiradores la ensalzaría en usted.

—Le habría costado muy poco meter el salto de cama en el hornillo de la cocina, encajar nuevamente la tapadera y quemarlo sin dejar rastro —prosiguió Monk, pasando por alto la interrupción—. Ahora bien, si hubiéramos encontrado las joyas, la cosa habría tenido más sentido. Yo entendería que alguien escondiera unas joyas en la esperanza de poder venderlas algún día o incluso de pensar deshacerse de ellas o de negociarlas a cambio de algo. Pero ¿por qué iba a guardar un cuchillo?

—No sé, Monk —dijo Runcorn entre dientes—. Yo no tengo el cerebro de un lacayo homicida, pero lo que no me puede negar es que había escondido estas dos cosas, ¿no le parece? Usted las encontró.

—Las encontramos, efectivamente —asintió Monk en un alarde de paciencia que hizo subir más el color de las mejillas de Runcorn—, pero esto es precisamente lo que intento demostrarle, señor Runcorn. No hay pruebas que demuestren que fue Percival quien las guardó, ni tampoco que fue él quien las escondió en el cajón. Habría podido ser cualquiera. Su habitación no está cerrada con llave.

Runcorn levantó las cejas.

—¡Vaya! Primero quiere demostrarme que a nadie se le ocurriría guardar un cuchillo manchado de sangre. Y ahora me dice que fue otra persona, no Percival. Usted se contradice, Monk. —Se inclinó un poco más sobre la mesa y se quedó mirando el rostro de Monk—. No hace más que decir necedades. El cuchillo estaba allí, o sea que, pese a todas sus confusas argumentaciones, alguien debió de esconderlo. Además, estaba en la habitación de Percival. ¿A qué espera? Mire, váyase y deténgalo.

—Alguien se lo guardó con toda deliberación y lo escondió en la habitación de Percival para hacer que pareciera culpable. —Monk dejó a un lado la indignación que sentía y comenzó a levantar la voz, exasperado y negándose a claudicar ni en lo físico ni en lo intelectual—. Si alguien guardó el cuchillo, quiere decir que pensaba utilizarlo.

Runcorn parpadeó.

—Pero ¿quién? ¿Esta lavandera de que habla? No tiene ninguna prueba contra ella. —Hizo un gesto con la mano como descartando la idea—. Ni la más mínima. ¿Quiere decirme qué le pasa, Monk? ¿Por qué se ha emperrado en no detener a Percival? ¿Qué favor le ha hecho este hombre? No creo que se ponga usted de espaldas movido sólo por el ánimo de llevar la contraria. —Entrecerró los párpados, su cara estaba a muy pocos palmos de la de Monk.

Monk seguía sin decidirse a dar un paso atrás.

—¿Por qué se ha empeñado en culpar a una persona

de la familia? —dijo Runcorn entre dientes—. ¡Santo Dios!, ¿no le bastó con el caso Grey y con llevarse a toda la familia por delante? ¿Se le ha metido en la sesera que el culpable tiene que ser forzosamente Myles Kellard por el solo hecho de que se aprovechó de una camarera? Usted quiere castigarlo por esto, ¿verdad? ¿De eso se trata?

—No se aprovechó de una camarera, la violó —lo corrigió Monk con voz clara. Su dicción se hacía más precisa a medida que Runcorn iba perdiendo el control y la rabia le hacía pronunciar las palabras de forma más confusa.

—Está bien, la violó, si lo prefiere... ¡No me sea pedante, se lo ruego! —le gritó Runcorn—. Aprovecharse de una camarera no es el paso previo para asesinar a la cuñada.

—¡Violar! Violar a una camarera de diecisiete años que, además, está a tu servicio, que es una persona que depende de ti y que por este motivo no se atreverá a poner muchas objeciones ni a defenderse no está tan lejos de ir de noche a la habitación de tu cuñada con intención de aprovecharte de ella y, si la cosa se tercia, violarla. —Monk pronunció la palabra en voz muy alta y clara, dando el valor que correspondía a cada letra—. Si ella dice que no y tú te figuras que lo que dice es sí, ¿qué diferencia hay entre una mujer y otra en lo tocante a este punto?

—Si usted no sabe qué diferencia hay entre una señora y una sirvienta, Monk, quiere decir que es usted más ignorante de lo que aparenta. —El rostro de Runcorn se contrajo como consecuencia de todo el odio y el miedo acumulados durante su larga relación—. Esto no demuestra otra cosa que, pese a toda su ambición y a su arrogancia, usted no deja de ser el paleto provinciano que ha sido toda su vida. Por muchos trajes buenos que lleve y por bien que quiera hablar no se va a convertir en un señor: el patán que lleva debajo acabará apareciendo siempre. —Le brillaron los ojos en un arranque desatado de triunfo amargo. ¡Por fin había dicho algo que bullía en su interior desde hacía años! Sentía una incontenible alegría.

—Hace tiempo que trata de reunir el valor suficiente para decirme todo esto. Desde el día que se dio cuenta de que yo le estaba pisando los talones, ¿no es verdad? —le dijo Monk en tono de mofa—. ¡Lástima que no haya tenido también el valor de enfrentarse con los periódicos y con los señores del Home Office que tanto miedo le meten en el cuerpo! Si usted fuera bastante hombre les diría que no piensa detener a nadie, ni siquiera a un lacayo, sin antes contar con pruebas razonables suficientes para declararlo culpable. Pero no es su caso, ¿verdad? Usted es un alfeñique. Usted se vuelve del otro lado y hace como si no viera lo que no gusta a los señores. Detendrá a Percival porque se pone a tiro. ¿A quién le importa Percival? Sir Basil quedará contento y usted puede empapelarlo y así dejar contentas a todas esas personas que le dan tanto miedo. Puede presentarlo a sus superiores como un caso cerrado, tanto si es verdad como si no lo es, y después ya pueden colgar a ese pobre desgraciado y dejar cerrado el expediente.

Clavó los ojos en Runcorn con inefable desprecio.

—El público le aplaudirá —prosiguió— y los caballeros dirán de usted que es un funcionario probo y obediente. ¡Santo Dios, Percival puede ser un cerdo, un tipo egoísta y arrogante, pero por lo menos no es un cobarde ni un adulador como usted! ¡No pienso detenerlo hasta que se demuestre que es culpable!

La cara de Runcorn se había cubierto de manchas de color púrpura y estaba agarrado con fuerza a la mesa. Le temblaba todo el cuerpo y sus músculos estaban tan tensos que parecía que los hombros le reventarían de un momento a otro la tela de la chaqueta.

—Yo no le he pedido nada, Monk, se lo he ordenado. ¡Vaya a detener a Percival, ahora!

—No.

—¿No? —En los ojos de Runcorn aleteó una extraña luz: miedo, incredulidad, exaltación—. ¿Se niega usted, Monk?

Monk tragó saliva, sabía lo que hacía.

—Sí. Usted se equivoca y yo me niego.

—¡Queda usted despedido! —Extendió el brazo en dirección a la puerta—. Usted ya no trabaja en la Fuerza de la Policía Metropolitana. —Tendió su pesada mano hacia él—. Entrégueme su identificación oficial. A partir de este momento deja de ostentar el cargo que tenía, no desempeña ninguna función, ¿me ha entendido? ¡Está usted despedido! ¡Y ahora, salga inmediatamente!

Monk hurgó en su bolsillo y buscó sus documentos. Tenía las manos torpes y le enfurecía poner en evidencia sus gestos desmañados. Le arrojó los papeles sobre la mesa, dio media vuelta y salió del despacho dando grandes zancadas y dejando abierta la puerta.

Al salir al pasillo casi chocó con dos agentes y un sargento cargado con un montón de papeles que estaban allí parados, estupefactos, como si no creyeran lo que veían sus ojos: eran los testigos de un hecho histórico, de la caída de un gigante, de ahí esas miradas en las que se mezclaba el remordimiento con la sensación de triunfo, y también cierto sentimiento de culpabilidad, porque no se esperaban que Monk fuera tan vulnerable. Se sentían superiores, y asustados a la vez.

Los había sorprendido demasiado inesperadamente para que pudieran fingir que no escuchaban, pero él estaba tan absorto en las emociones que lo embargaban que no advirtió el azoramiento de los agentes.

Cuando llegó al pie de la escalera, el agente de servicio ya había tenido tiempo de adoptar una actitud normal y de colocarse de nuevo detrás de su mesa. Abrió la boca para decir algo, pero Monk no le prestó atención, por lo que quedó dispensado de la necesidad.

Hasta que se encontró en la calle bajo la lluvia no sintió el primer estremecimiento que le produjo la comprobación de que no sólo había arruinado su profesión sino incluso su fuente de subsistencia. Hacía quince minutos que era un policía admirado y a veces temido, competente en su trabajo, con una sólida reputación y una gran pericia. Ahora se había convertido en un parado, no tenía trabajo y no tardaría en no tener dinero. Y habría quedado al margen de Percival.

No, había quedado al margen del odio entre Runcorn y él, un odio que se había ido elaborando a lo largo de los años, al margen de la rivalidad, del miedo, de los malentendidos.

¿Quizá también al margen de la inocencia y de la culpa?

9

Aquella noche Monk durmió mal y se despertó tarde y con la cabeza pesada. Se levantó y, cuando estaba a medio vestir, se acordó de que no tenía a ninguna parte donde ir. No sólo le habían retirado el caso de Queen Anne Street, sino que había dejado de ser policía. En realidad, no era nada. La profesión que desempeñaba era lo que daba sentido a su vida, lo que le proporcionaba un puesto en la comunidad, una manera de ocupar su tiempo libre y —lo que ahora cobraba de pronto dramática importancia— una fuente de ingresos. Podría trampear bien la situación durante unas semanas, por lo menos en lo que a alojamiento y comida se refería, pero habría otros gastos que ya no estaría en condiciones de cubrir: ni vestidos, ni comidas fuera de casa, ni libros nuevos o antiguos, ni maravillosas visitas a teatros y museos como camino necesario para convertirse en un caballero.

De cualquier modo, ésas eran trivialidades. Lo que constituía el fundamento de su vida había desaparecido. La ambición que había alimentado y por la cual se había sacrificado y sometido a una disciplina durante toda su vida hasta donde llegaban sus recuerdos o hasta donde había reconstruido a través de las palabras de otras personas, había perdido su razón de ser. No tenía otras relaciones, no sabía qué hacer con su tiempo, no tenía a nadie que lo valorase por lo que era, aunque no fuese con cariño, sino con temor y admiración. Se le habían quedado grabadas las caras de los hombres que estaban en la puerta de Runcorn. En ellas había confusión, azoramiento, angustia... pero simpatía no. Había conseguido ganarse su respeto, no su afecto.

Se sentía más solo que nunca, más confundido, más desdichado que en ningún momento desde que el caso Grey había alcanzado su cenit. No tenía apetito suficiente para dar cuenta del desayuno que le sirvió la señora Worley y únicamente comió una lonja de tocino y dos tostadas. Tenía los ojos clavados en el plato lleno de migajas cuando oyó un golpe enérgico en la puerta y entró Evan sin esperar a que lo invitase a pasar. Miró fijamente a Monk y se sentó a horcajadas en la otra silla de respaldo duro que había en la habitación y no dijo nada, el rostro lleno de ansiedad y una expresión tan extremadamente dulce que sólo podía calificarse de compasión.

—¡No me mire así! —dijo Monk con viveza—. Sobreviviré. También se puede vivir sin ser policía, incluso yo.

Evan no dijo nada.

—¿Ya ha detenido a Percival? —le preguntó Monk

—No... ha enviado a Tarrant.

Monk sonrió con amargura.

—Quizá tenía miedo de que usted no lo detuviese. ¡Menudo estúpido!

Evan pestañeó.

—Lo siento —se disculpó Monk rápidamente—, pero si usted también hubiera renunciado no me habría beneficiado a mí, ni a Percival.

—Eso creo —concedió Evan, apesarado, mientras seguía flotando en sus ojos una sombra de culpabilidad.

Monk olvidaba casi siempre lo joven que era Evan, aunque en aquel momento tenía todo el aspecto del hijo de un párroco de pueblo, con su atuendo correcto pero informal y sus maneras ligeramente diferentes, que ocultaban una íntima certidumbre que Monk no tendría en su vida. Evan podía ser más sensible que él, menos arrogante o contundente en sus juicios, pero tendría siempre aquella naturalidad innata para los pequeños señores como él y lo sabía, aunque era una cualidad que no se hallaba en la parte superficial de sus pensamientos, sino en aquella zona más profunda de la que nace el instinto.

—¿Qué va a hacer ahora? ¿Lo ha pensado? Los periódicos de la mañana se han hecho eco de la noticia.

—No podía ser de otro modo —admitió Monk—. Estarán encantados, supongo. A buen seguro que el Home Office se deshace en elogios de la policía, la aristocracia se regodea en su propia honorabilidad. Una cosa es contratar a un lacayo perverso y otra... en fin, son errores que ocurren de vez en cuando. —Oyó la amargura de su voz y se despreció por ello, pero no podía eliminarla porque sus raíces eran demasiado profundas—. Cualquier caballero honrado puede pensar bien de otro. La familia Moidore está exonerada de toda culpa. El público en general puede volver a dormir tranquilo en la cama.

—Más o menos —admitió Evan poniendo cara larga—. En *The Times* hay un extenso editorial sobre la eficiencia de la nueva fuerza policial, incluso en un caso tan extremo y sensible como éste, es decir, en la propia casa de uno de los caballeros más eminentes de Londres. Se menciona varias veces a Runcorn como policía encargado del caso. El nombre de usted no aparece por ningún lado. —Se encogió de hombros—. El mío tampoco, claro.

Monk sonrió por vez primera ante la inocencia de Evan.

—Hay también un artículo de un periodista que lamenta la creciente arrogancia de las clases trabajadoras —prosiguió Evan— y que vaticina el derrumbamiento del orden social tal como lo conocemos y el ocaso de la moral cristiana en general.

—Naturalmente —concedió Monk escuetamente—, siempre ocurre lo mismo. Creo que hay alguien que tiene escritos un montón de artículos sobre el tema y los va enviando a medida que considera que la ocasión se lo merece. ¿Qué más? ¿Hay alguien que se cuestione si Percival es culpable o no?

Evan parecía muy joven. Monk veía nítidamente detrás del hombre la sombra del muchacho, una especie de vulnerabilidad en la boca, la inocencia de los ojos.

—Nadie, que yo sepa. Lo que quieren todos es que lo cuelguen —dijo Evan, muy desazonado—. Parece como si la gente se hubiera sacado un peso de encima, todos están felices de que el caso esté cerrado y de que se le haya puesto punto final. Los cantantes callejeros ya han empezado a componer canciones sobre la historia y me he cruzado con uno que la vendía cerca de la comisaría, en Tottenham Court Road. —Procuraba expresarse con pulcritud, pero su expresión denotaba la ira que sentía—. Todo muy sensacionalista y sin un gran parecido con la realidad según nosotros la vimos... o creímos verla. Un folletín de tres al cuarto: una vidua inocente, la lujuria escondida en la despensa, ella acostándose con un cuchillo de cocina a fin de defender su virtud y el perverso lacayo presa de pasiones encendidas arrastrándose escaleras arriba para llegar a su habitación. —Levantó los ojos y miró a Monk—. Quieren volver a la época de los descuartizamientos. ¡Son cerdos sedientos de sangre!

—Han pasado miedo —dijo Monk sin sombra de piedad—. El miedo es mala cosa.

Evan frunció el ceño.

—¿Cree que fue miedo lo que sintieron en Queen

Anne Street? Todo el mundo muerto de miedo y con ganas de que alguien, quien fuera, cargara con las culpas, ganas de sacársenos de encima, de dejar de recelar unos de otros y de enterarse de cosas que querían saber.

Monk se inclinó, apartó los platos y, con aire cansado, apoyó los codos en la mesa.

—Quizá sea eso —suspiró—. ¡Oh, Dios! ¡Menudo lío el que he armado! Lo peor es que colgarán a Percival. Es un desgraciado, un pobre tipo arrogante y egoísta, pero no por esto merece morir. Casi igual de malo es que la persona que mató a Octavia Haslett siga en la casa y se salga con la suya. Y por mucho que quieran tapar las cosas, ignorarlas u olvidarlas, por lo menos hay una persona que sabe quién es el culpable. —Levantó los ojos—. ¿Se lo imagina, Evan? Tener que vivir el resto de la vida con alguien que uno sabe que es un asesino y dejar que el tipo se quede sin su merecido. Cruzarse con él en la escalera, sentarse frente a él a la hora de la comida, verlo sonreír y contar chistes como si no hubiera pasado nada...

—¿Qué va usted a hacer? —Evan lo miraba con ojos atentos pero inquisitivos.

—¿Qué demonios quiere que haga yo? —estalló Monk—. Runcorn ha detenido a Percival y será juzgado. Yo no tengo ninguna prueba que no se la haya presentado y no sólo estoy descartado del caso sino también de la fuerza policial. Ni siquiera sé cómo conseguiré vivir bajo techado. ¡Maldita sea! Soy la única persona en condiciones de poder ayudar a Percival, pero ¿cómo voy a ayudarlo si no puedo ayudarme a mí?

—Sí, usted es el único que lo puede ayudar —dijo Evan con voz tranquila. Su rostro demostraba amistad y comprensión, pero también sinceridad absoluta—. Aunque quizá también la señorita Latterly podría hacerlo —añadió—. En cualquier caso, si no actuamos nosotros no actuará nadie. —Se levantó de la silla y estiró las piernas—. Voy a verla y le contaré lo que ha pasado.

Se habrá enterado de lo de Percival, como es lógico, y el hecho de ver que ahora es Tarrant quien se encarga del caso y no usted le hará ver que algo ha pasado, aunque no sabrá si la ausencia de usted se debe a enfermedad, a que se ocupa de otro caso o a que ha ocurrido cualquier otra cosa. —Sonrió forzadamente—. A menos que ella lo conozca a usted tan bien que haya adivinado que perdió la paciencia con Runcorn.

Monk ya iba a negar aquella afirmación por absurda cuando se acordó de Hester y del médico del dispensario y sintió una súbita sensación de compañerismo, un calor interno que evaporó parte de aquel frío que se había apoderado de él.

—Sería posible —admitió Monk.

—Voy a ir a Queen Anne Street y la pondré al corriente —dijo Evan arreglándose la chaqueta, mostrando su elegancia instintiva—. Aprovecharé la ocasión antes de que me retiren también a mí el caso y ya no tenga excusa para visitar la casa.

Monk levantó los ojos y lo miró.

—Gracias —dijo.

Evan hizo un pequeño saludo en el que había más deseo de infundir ánimos a Monk que esperanza y salió, dejando solo a Monk con los restos del desayuno.

Se quedó mirando la mesa unos minutos más, hurgando en sus pensamientos para ver de discurrir algo más cuando de pronto tuvo un destello de memoria tan nítido que lo dejó estupefacto. En algún momento de su vida se había sentado ante la mesa bruñida de un comedor decorado con hermosos muebles y espejos con marco de oro y sobre la cual había un jarrón con flores. También entonces había sentido aquel mismo resquemor de ahora, la abrumadora carga del remordimiento por no poder ayudar en nada.

Era la casa de su mentor, aquel hombre cuyo recuerdo le había impactado un día en la acera de Piccadilly, mientras esperaba delante del club de Cyprian. Era un hombre que había sufrido un descalabro financiero, un escándalo que había provocado su ruina. La mujer del coche fúnebre cuyo rostro apenado y de feos rasgos lo había impresionado tan poderosamente había convocado la imagen de la esposa de su mentor, ocupaba su mismo lugar. Era aquella mujer cuyas hermosas manos recordaba. Lo que más lo había apenado entonces había sido el dolor de la viuda, su incapacidad para aliviarlo, su impotencia. La tragedia había seguido su curso implacable dejando víctimas en su estela.

Recordaba la pasión y la impotencia agitándose dentro de él mientras estaba sentado a aquella otra mesa y la resolución que se había hecho de adquirir una pericia que le proporcionara armas para luchar contra la injusticia y desvelar oscuros fraudes en apariencia impunes. Había sido entonces cuando había orientado sus planes hacia otros derroteros, dejando a un lado el comercio y las recompensas que podía comportarle y había optado por ser policía.

Policía: se había comportado de forma arrogante, entregada, brillante... y había conseguido promocionarse, y crearse enemigos. Ahora no le quedaba nada, ni siquiera el recuerdo de su pericia de otros tiempos.

—¿Cómo ha dicho? —preguntó Hester inclinándose hacia Evan en el saloncito de la señora Willis, ese lugar que con su mobiliario oscuro y espartano y sus inscripciones religiosas en las paredes le resultaba ahora tan familiar, aun cuando aquella noticia era para ella un golpe absolutamente incomprensible—. ¿Qué ha pasado?

—Pues que él se negó a detener a Percival y dijo a Runcorn qué pensaba de él —explicó Evan—. Con el resultado lógico de que Runcorn lo expulsó del cuerpo.

—¿Y qué hará ahora? —Hester se había quedado anonadada. Estaba demasiado próxima en su recuerdo la sensación de miedo y desprotección que había sentido para tener que recurrir a la imaginación y el puesto que ahora ocupaba en Queen Anne Street sólo era temporal. Beatrice no estaba enferma y ahora que habían detenido a Percival lo más probable era que tardase muy pocos días en recuperarse, siempre que creyera que Percival era, efectivamente, culpable. Hester miró a Evan—. ¿Dónde encontrará trabajo? ¿Tiene familia?

Evan miró al suelo y después volvió a levantar los ojos.

—Aquí en Londres no y creo que, por otra parte, tampoco recurriría a ella. No sé qué hará, la verdad —dijo con aire entristecido—. Me parece que sólo conoce su profesión y creo que es lo único que le importa en el mundo. Es una habilidad natural en él.

—Quizás haya alguien que tenga trabajo para un detective, aparte de la policía —apuntó Hester.

Evan sonrió y en sus ojos apareció un brillo de esperanza.

—De todos modos, aunque Monk se ofreciera a título privado, necesitaría un medio de subsistencia hasta que consiguiera labrarse una cierta fama, y lo tendría muy difícil.

—Quizá —dijo Hester, preocupada, ya que todavía no estaba preparada para contemplar aquella idea—. Entretanto, ¿qué podemos hacer por Percival?

—¿No podríamos encontrarnos con Monk en alguna parte para tratar del asunto? Ahora ya no puede venir aquí. ¿No puede darle media tarde libre lady Moidore?

—No he tenido tiempo libre desde que estoy aquí. Se lo preguntaré. Si ella me autoriza, ¿dónde podríamos vernos?

—En la calle hace frío —la mirada de Evan se perdió a través de la única y estrecha ventana de la habitación, que daba a un pequeño cuadrado de hierba y a dos laureles—. ¿Qué le parece la chocolatería de Regent Street?

—¡Perfecto! Voy a pedir permiso ahora mismo a lady Moidore.

—¿Qué le dirá? —preguntó Evan rápidamente.

—Una mentira —respondió ella sin titubear—. Le diré que tengo un problema familiar urgente y que he de hablar con mis parientes. —Puso una cara entre compungida e irónica—. ¡Si ella no sabe lo que es un problema familiar no sé quién va a saberlo!

—¿Un problema familiar? —Beatrice apartó los ojos de la ventana, a través de la cual contemplaba el cielo, y miró a Hester consternada—. ¡Cuánto lo siento! ¿Se trata de una enfermedad? En ese caso podría recomendarle un médico, aunque supongo que usted conocerá a más de uno...

—Gracias, es usted muy amable —dijo Hester acomplejada por los remordimientos—, pero que yo sepa no es cosa de enfermedad. Se trata más bien de algo relacionado con la pérdida de un trabajo, lo que puede ocasionar considerables dificultades.

Por primera vez desde hacía varios días Beatrice se había puesto ropa formal, si bien todavía no se había aventurado a frecuentar las principales habitaciones de la casa ni incorporado tampoco a la vida de familia, salvo para pasar algún rato con sus nietos, Julia y Arthur. Estaba muy pálida y tenía el rostro muy flaco. Si la detención de Percival le había causado algún alivio, su expresión no lo demostraba. Tenía el cuerpo tenso y se mantenía torpemente de pie, su sonrisa era forzada, intensa pero artificial.

—¡No sabe cuánto lo siento! Espero que usted pueda ayudarlos, aunque sólo sea para consolarlos y ofrecerles consejo. A veces es lo único que podemos ofrecer a los demás, ¿verdad? —Se volvió hacia Hester y la miró fijamente, como si su respuesta tuviera gran importancia para ella. De pronto, antes de que Hester tuviera ocasión de contestar, se alejó y comenzó a revolver uno de los cajones de la cómoda, como si buscara algo.

—Seguramente ya se habrá enterado de que la policía detuvo anoche a Percival y se lo llevó. Mary me dijo que no fue el señor Monk quien lo detuvo. ¿Sabe usted por qué, Hester?

No existía la posibilidad de que Hester pudiera saber la verdad, a menos que hubiera fisgoneado los asuntos que la policía se llevaba entre manos.

—No tengo ni la más mínima idea, señora. Quizá le han encomendado otro trabajo y han delegado a otra persona para éste. Además, supongo que el trabajo de investigación ya se había dado por terminado.

Los dedos de Beatrice se inmovilizaron y se quedó clavada en el sitio.

—¿Lo supone? ¿Cree que puede no estar terminada la labor de investigación? ¿Qué otra cosa pueden querer? ¿No han dicho que el culpable es Percival?

—No lo sé —dijo Hester procurando dar a su voz una inflexión de indiferencia—. Supongo que es la conclusión a la que han llegado, de otro modo no lo habrían detenido, pero no podemos afirmarlo con seguridad absoluta hasta que lo hayan juzgado.

Beatrice se tensó aún más y su cuerpo se contrajo.

—Lo colgarán, ¿no es verdad?

Hester percibió su inquietud.

—Sí —asintió en voz muy baja y seguidamente se sintió incitada a insistir—. ¿Esto le preocupa?

—No debería preocuparme, ¿verdad? —Beatrice parecía sorprendida—. Él asesinó a mi hija.

—Pero aun así la preocupa, ¿verdad? —Hester no quería que quedara ningún cabo suelto—. Es algo tan terminante... Me refiero a que no deja margen al error, no permite rectificar nada.

Beatrice seguía inmóvil, tenía las manos hundidas en las sedas, gasas y blondas del cajón.

—¿Rectificar? ¿A qué se refiere?

Hester se batió en retirada.

—No sé muy bien. Quizá podrían considerar las pruebas de otra manera, podrían comprobar si hay alguien que ha mentido o volver a rememorarlo todo con pelos y señales...

—Usted, Hester, cree que el asesino sigue aquí, ¿no es eso? Cree que está entre nosotros. —En la voz de Beatrice no había pánico, sólo un dolor frío—. Y quienquiera que sea, está observando tranquilamente a Percival caminar hacia la muerte por culpa de unas pruebas que no son tales.

Hester tragó saliva. Le resultaba difícil hablar.

—Supongo que el culpable, sea quien fuere, debe de estar muy asustado. Quizás al principio fue un accidente... me refiero a que hubo una lucha que no tenía la muerte como finalidad. ¿No le parece?

Finalmente Beatrice se volvió. Tenía las manos vacías.

—¿Se refiere a Myles? —dijo lentamente y con voz clara—. Usted cree que fue Myles, que él fue a su habitación, lucharon, él le cogió el cuchillo que ella guardaba y la apuñaló, porque él habría perdido mucho si ella hubiera hablado contra él y contado a todo el mundo lo que había ocurrido, ¿verdad? —Inclinó la cabeza sobre el pecho—. Pues esto dicen que ocurrió, pero con Percival, ¿sabe? Sí, claro que lo sabe. Usted frecuenta más la compañía de los criados que yo. Eso dice Mary.

Bajó los ojos y se miró las manos.

—Y es lo que cree Romola. Se ha sacado un peso terrible de encima, ¿sabe? Considera que todo ha terminado. Ya nadie sospechará de nadie. Ella se figuraba que había sido Septimus, ¿comprende? Creía que Octavia había descubierto alguna cosa que lo afectaba, lo que es absurdo, porque ella siempre había estado al corriente del pasado de Septimus. —Intentó reír ante la idea, pero no le salió bien—. Ahora Romola se imagina que podemos olvidarlo todo y seguir igual que antes, que olvidaremos todo lo que sabemos de los demás y de nosotros mismos: trivialidades, autoengaños, siempre dispuestos a echarnos la culpa unos a otros cuando tenemos miedo. Cualquier cosa con tal de protegernos. Como si todo fuera igual, salvo el hecho de que Octavia ya no está con nosotros... —Sonrió con un gesto nervioso, sin calor alguno—. A veces creo que Romola es el ser más estúpido que he conocido en mi vida.

—No puede ser igual —admitió Hester, desgarrada entre el deseo de consolarla y la necesidad de captar cualquier matiz o variación de la verdad—. Pero con el tiempo por lo menos podemos perdonar e incluso olvidar ciertas cosas.

—¿Pueden realmente olvidarse? —Beatrice volvía a mirar a través de la ventana—. ¿Podrá olvidar Minta que Myles violó a aquella pobre chica? No sé qué significa violar. ¿Qué significa violar, Hester? Si una persona cumple con su obligación dentro del matrimonio, el acto es legal y lícito. De no hacerlo, sería reprobable. ¿Qué diferencia hay cuando el mismo acto se comete fuera del matrimonio para que se convierta en crimen despreciable?

—¿Eso ocurre? —Hester dejó que saliera al exterior algo de la indignación que la embargaba—. A mí me parece que fueron muy pocas las personas que se escandalizaron cuando el señor Kellard violó a la sirvienta. Lo que hicieron fue más bien enfurecerse con ella por haberlo dicho que con él por haberlo hecho. Todo depende de quién lo hace.

—Imagino que así es. Pero esto sirve de muy poco cuando quien lo ha hecho es tu propio marido. En la cara de mi hija veo el daño que le ha hecho. No a menudo... pero a veces, cuando está relajada, cuando piensa que nadie la está mirando, veo dolor en su actitud. —Se volvió, con el ceño fruncido, una expresión turbada que nada tenía que ver con Hester—. Y en ocasiones, creo ver también una terrible indignación.

—Pero el señor Kellard ha salido indemne —dijo Hester con voz suave, en su anhelo de consolarla y comprobando que la detención de Percival no iba a ser el inicio de ninguna curación—. Si la señora Kellard pensase en alguna violencia seguro que la dirigiría hacia su marido, ¿no? Es natural que esté furiosa, pero el tiempo irá limando las asperezas y cada vez irá pensando menos en lo ocurrido. —Casi estuvo a punto de añadir que si Myles se mostraba bastante tierno y generoso con ella incluso acabaría por dejar de importarle. Pero pensando en Myles, no podía creerlo y expresar en voz alta una esperanza tan efímera no haría sino enconar la herida. Beatrice debía verlo como mínimo con la misma claridad que Hester, que hacía tan poco tiempo que lo conocía.

—Sí —dijo Beatrice sin convicción alguna—, por supuesto que tiene razón. Y por favor, esta tarde tómese el tiempo que necesite.

—Gracias.

Cuando ya se daba la vuelta para marchar, entró Basil, que había llamado tan ligeramente que no lo oyó nadie. Pasó junto a Hester sin apenas advertir su presencia, los ojos fijos en Beatrice.

—¡Bien! —exclamó con viveza—. Veo que hoy te has vestido. Como es natural, estás mucho mejor.

—No... —empezó a decir Beatrice.

—¡Naturalmente que sí! —la interrumpió él. Tenía la sonrisa expeditiva propia del hombre de negocios—. Me encanta, cariño. Como no podía ser de otro modo, esta tragedia tan espantosa te ha afectado la salud, pero lo peor ya ha terminado y ahora irás recuperando las fuerzas a medida que pasen los días.

—¿Ya ha terminado? —Ella lo miró con aire incrédulo—. ¿En serio crees que ha terminado, Basil?

—Naturalmente. —No la miró, se limitó a recorrer lentamente la habitación con la vista, echando una mirada al tocador, enderezando uno de los cuadros—. Habrá un juicio, como es lógico, pero no tienes necesidad de asistir a él.

—¡Quiero asistir!

—Si esto te ayuda a convencerte de que el asunto está bien enfocado, me parece muy bien, aunque si quieres saber mi opinión te diré que preferiría que aceptases que yo te pusiese al corriente de los hechos.

—Esto no ha terminado, Basil. Tú te figuras que porque han detenido a Percival...

Sir Basil se volvió hacia ella, tanto los ojos como la boca denunciaban impaciencia.

—En lo que a ti concierne, Beatrice, ha terminado. Si ha de ayudarte ver que se hace justicia, asiste al juicio, de otro modo te aconsejaría que permanecieses en casa. En cualquier caso, la investigación está cerrada y no hace falta que sigas pensando en ella. Es evidente que estás mucho mejor y me encanta que sea así.

Lady Moidore advirtió que era inútil discutir y miró para otro lado, pero entretanto sus manos iban jugando con la blonda del pañuelo que se había sacado del bolsillo.

—He decidido que ayudaría a Cyprian a conseguir un escaño en el Parlamento —prosiguió Basil, satisfecho de ver terminadas sus inquietudes—. Desde hace un tiempo le interesa la política y creo que sería una ocupación excelente para él. Tengo ciertos contactos que permitirían que dispusiese de un escaño *tory* en las próximas elecciones generales.

—¿*Tory*? —exclamó Beatrice, sorprendida—. ¡Pero si él tiene opiniones radicales!

—¡Bah, bobadas! —dijo descartando la posibilidad con una carcajada—. Lo que le pasa es que lee libros raros, de eso estoy al corriente, pero no se los toma en serio.

—Pues yo creo que sí.

—¡Bobadas, te digo! Hay que conocer esas ideas para combatirlas y aquí se acaba la historia.

—Basil, yo...

—Esto no son más que necedades, cariño. Ya verás lo bien que le va y te darás cuenta de cómo cambia. Dentro de media hora me esperan en Whitehall. Nos veremos a la hora de cenar. —Y después de darle un beso fugaz en la mejilla salió sin más explicaciones, volviendo a pasar junto a Hester como si ésta fuera invisible.

Así que Hester entró en la chocolatería de Regent Street descubrió a Monk, sentado ante una mesilla y con el cuerpo inclinado hacia delante, los ojos fijos en el poso que había quedado en una taza de vidrio, el rostro tranquilo pero triste. Hester reconoció aquella expresión: se la había visto cuando pensaba que el caso Grey no tenía solución.

Un crujido de faldas acompañó la entrada de Hester, pese a que la tela no era más que paño azul, no satén; se sentó en la silla frente a él, predispuesta al enfado antes de oír sus razones. El derrotismo de Monk le tocaba las fibras más sensibles, sobre todo porque no tenía idea de cómo combatirlo.

Monk levantó los ojos, leyó la acusación en los de Hester e instantáneamente se endureció su rostro.

—Veo que esta tarde ha conseguido huir de la habitación de la enferma —dijo con un cierto resabio de sarcasmo—. Supongo que, ahora que la supuesta enfermedad ha tocado a su fin, la señora no tardará en reponerse.

—¿La enfermedad ha tocado a su fin? —dijo ella con extrema sorpresa—. El sargento Evan me había dejado entrever que estaba muy lejos de tocar a su fin; en realidad, más bien parece que ha sufrido una seria recaída que podría incluso ser fatal.

—Quizá para el lacayo, pero difícilmente para la señora y su familia —dijo él tratando de ocultar su amargura.

—Y para usted. —Hester lo miró sin dejarle entrever la compasión que le inspiraba. Monk corría el peligro de caer en la autocompasión y Hester era de la opinión de que la mayoría de las personas salen mejor paradas cuando se ven acosadas que cuando les sacan las castañas del fuego. Había que reservar la compasión auténtica para los que sufren y no cuentan con recursos para solucionar sus problemas, como había visto Hester en tantísimos casos—. Parece que ha renunciado a su profesión de policía...

—Yo no he renunciado —le respondió con acritud—. ¡Lo dice como si me hubiera marchado voluntariamente! Lo único que he hecho ha sido negarme a detener a un hombre que no considero culpable. Ésta es la razón de que Runcorn me haya echado a la calle.

—Una actitud muy noble —admitió Hester, tirante—, pero el resultado era previsible. ¿Había imaginado un minuto siquiera que Runcorn reaccionaría de otra manera?

—Entonces somos un excelente ejemplo de afinidad —Monk le devolvió con rabia la pelota—. ¿Creía que el doctor Pomeroy dejaría que se quedase en el dispensario después de que usted decidiera medicar a un enfermo por su cuenta? —Al parecer Monk no se había dado cuenta de que había levantado la voz ni de que en la mesa vecina una pareja los estaba observando—. Por desgracia, dudo que pueda encontrarme un empleo privado como detective independiente con la misma facilidad con que usted lo ha conseguido como enfermera privada —terminó Monk.

—Lo conseguí gracias a la sugerencia que usted hizo a Callandra —Hester no lo dijo sorprendida, pero era la única respuesta que tenía sentido.

—Naturalmente. —La sonrisa de Monk estaba totalmente desprovista de humor—. Quizás ahora podría pedirle si tiene amigos ricos que necesiten a una persona que les descubra algún secreto o les localice a unos herederos cuya pista han perdido.

—¡Perfecto! ¡Me parece una excelente idea!

—¡Pues ni se le ocurra! —exclamó Monk ofendido y orgulloso—. ¡Se lo prohíbo!

Tenía al camarero de pie junto a él, esperando a servirles la consumición, pero Monk no le hizo ningún caso.

—Haré lo que me parezca —dijo Hester instantáneamente—. Usted no es quién para dictarme lo que tengo que decir a Callandra. Querría tomar una taza de chocolate, si tiene usted la bondad.

El camarero abrió la boca y después, al ver que nadie le hacía caso, volvió a cerrarla.

—Es usted arrogante y obstinada —dijo Monk con rabia—, la mujer más altanera que he encontrado en mi vida. ¡Quítese de la cabeza que va a organizarme la vida como si fuera mi institutriz! No soy una persona indefensa ni estoy guardando cama y a la merced de usted.

—¿Que no es una persona indefensa? —Hester enarcó las cejas y lo miró con toda la frustración y la furiosa impotencia que sentía hervir dentro de ella, la rabia ante la ceguera, el abuso, la cobardía y la mezquina malicia que se habían confabulado para detener a Percival y despedir a Monk, mientras todos los demás se sentían impotentes para encontrar un camino capaz de modificar la situación—. Lo que usted ha conseguido ha sido encontrar pruebas para que detuvieran a ese desgraciado lacayo y se lo llevaran de la casa con las esposas puestas, pero no las suficientes para seguir adelante. Ni tiene trabajo ni perspectivas de encontrarlo y se ha ganado las antipatías de muchas personas. Y ahora está sentado en una chocolatería, ocupado en observar el poso de una taza vacía. ¿Y aún quiere permitirse el lujo de rechazar la ayuda cuando se le ofrecen?

Todas las personas de las mesas vecinas los observaban llenas de curiosidad.

—Lo que yo rechazo es su condescendencia y su deseo de meterse donde no la llaman —dijo—. Usted tendría que casarse con un pobre diablo, así desahogaría con él sus dotes de mando y nos dejaría a los demás en paz.

Hester sabía muy bien qué era lo que atormentaba a Monk, sabía que temía el futuro porque ni siquiera tenía una experiencia del pasado a la que agarrarse, que delante de él se erguía el espectro del hambre, la calle por toda casa, la sensación de fracaso. Por esto lo atacaba donde más le dolía, tal vez para acabar beneficiándolo.

—La autocompasión no le sienta bien ni sirve tampoco de nada —dijo Hester con voz tranquila, consciente ahora de toda la gente que tenían a su alrededor—. Y le ruego que baje la voz. Si espera de mí que lo compadezca, le comunico que pierde el tiempo. Debe encargarse usted mismo de labrar su situación, que no es mucho peor que la mía. Yo también tengo que hacerlo, de sobra lo sé. —Se calló porque vio en el rostro de Monk una furia tan absoluta que llegó a pensar que realmente había llegado demasiado lejos.

—Usted... —empezó a decir Monk, aunque lentamente fue remitiendo aquella indignación que sentía, sustituida por un acceso de humor, áspero pero refrescante, como una brisa limpia que soplara del mar—. Usted tiene la rara habilidad de saber decir las cosas más horribles en todo momento —terminó—. Imagino que muchos pacientes se han levantado de la cama y se han marchado más aprisa que corriendo simplemente para librarse de los solícitos cuidados que usted les dispensaba y huir a un sitio donde pudieran sufrir en paz.

—Es un comentario muy cruel —dijo Hester con resentimiento—. Jamás he sido dura con nadie a quien considerase realmente desgraciado.

—¡Oh! —exclamó Monk enarcando las cejas con aire dramático—. ¿Considera que la situación en que me encuentro no es apurada?

—¡Por supuesto que es apurada! —dijo ella—, pero la angustia que le provoca no sirve de nada. Pese al caso de Queen Anne Street, debo decir que usted tiene talento y debe encontrar la manera de servirse de él para que le resulte remunerable. —Se iba enardeciendo a medida que hablaba—. Por supuesto que hay casos que la policía no puede resolver, ya sea porque son demasiado difíciles o porque su solución excede a su ámbito. ¿Acaso no hay errores de la justicia? —Aquella reflexión volvió a plantearle el caso de Percival y, sin aguardar respuesta, se apresuró a continuar—. ¿Qué vamos a hacer con Percival? Después de hablar con lady Moidore esta mañana todavía estoy más segura de que no tiene nada que ver con la muerte de Octavia.

Por fin el camarero logró introducirse en la conversación y Monk le pidió una taza de chocolate para Hester, e insistió en pagarla, con más precipitación que cortesía.

—Hay que seguir buscando pruebas, diría yo —dijo Monk una vez se hubieron aquietado las aguas y Hester comenzó a tomar el humeante chocolate a pequeños sorbos—. Aunque si supiera dónde y qué pruebas había que buscar, ya lo habría hecho.

—Supongo que tiene que ser Myles —dijo Hester, pensativa—. O Araminta, en el caso de que Octavia no fuera tan reacia a los halagos como nos inducen a creer. A lo mejor se enteró de que ellos dos tenían un plan y cogió el cuchillo de la cocina con la deliberada intención de matarla.

—En ese caso Myles Kellard lo sabría —argumentó Monk— o abrigaría fuertes sospechas. Y por lo que usted ha dicho, él tiene más miedo de ella que ella de él.

Hester sonrió.

—Si yo fuera un hombre y mi mujer hubiera matado a mi amante con un cuchillo de cocina la verdad es que estaría un poco nervioso, ¿usted no? —Pero no hablaba en serio y por la expresión de Monk supo que lo había captado—. ¿O quizá fue Fenella? —prosiguió Hester—. Creo que tiene el estómago suficiente si a sus ojos hay un móvil que lo justifique.

—Bueno, no creo que lo hiciera presa del deseo por el lacayo —replicó Monk—. Y dudo que Octavia supiera algo tan desagradable sobre ella como para que Basil la echara a la calle. A menos que no contemos con todo un campo todavía por explorar.

Hester apuró el resto del chocolate y dejó el vaso en el plato.

—Bien, yo sigo todavía en Queen Anne Street y es evidente que lady Moidore todavía no está recuperada del todo, ni es probable que se recupere en los próximos días. Todavía me queda algo de tiempo para observar. ¿Quiere que averigüe algo en particular?

—No —dijo Monk con viveza y después se quedó mirando la taza—. Es posible que Percival sea culpable; es posible, sí, pero no disponemos de pruebas suficientes. No sólo debemos respetar los hechos sino también la ley. En caso contrario quedamos expuestos al juicio de cualquiera con respecto a lo que puede ser verdadero o falso: la creencia de culpabilidad se convertirá en algo equivalente a una prueba. Por encima del juicio individual, por muy apasionadamente convencido que esté uno, tiene que haber algo; de lo contrario volveremos a convertirnos en bárbaros.

—Por supuesto que podría ser culpable —dijo Hester en voz muy baja—. Siempre lo he creído. Pero debo aprovechar la oportunidad mientras pueda seguir en Queen Anne Street para enterarme de alguna cosa más. Si descubro algo, tendré que comunicárselo por escrito, ya que ni usted ni el sargento Evan estarán en casa para poder decírselo. ¿Dónde puedo remitirle una carta sin que el resto de la casa se entere de que es para usted?

Pareció desconcertado un momento.

—Yo no me encargo de expedir mis cartas —dijo Hester con una sombra de impaciencia—. Rara vez salgo de casa. Dejo las cartas sobre la mesa del vestíbulo y el lacayo o el limpiabotas les dan curso.

—¡Ah, claro! Pues envíe la carta al señor... —Monk titubeó y sonrió levemente—. Envíela al señor Butler, así subo unos peldaños en la escala social. A mi misma dirección de Grafton Street; todavía permaneceré unas semanas en la misma casa.

Hester lo miró un momento a los ojos: la comprensión había sido clara y total. Después se levantó y se despidió de Monk. No le dijo que aprovecharía el resto de la tarde para entrevistarse con Callandra Daviot porque a lo mejor Monk se habría figurado que iba a solicitarle algún favor para él; sí, esto era precisamente lo que pensaba hacer, pero sin que él lo supiera. Monk se habría negado de antemano obedeciendo a un sentimiento de orgullo, pero si se trataba de un *fait accompli* no tendría más remedio que aceptar.

—¿Cómo dice? —Callandra se quedó consternada, de pero pronto se echó a reír a pesar de la indignación—. No me parece muy práctico... Sus sentimientos son admirables, pero de su juicio no diría lo mismo.

Estaban las dos en la sala de estar de Callandra, sentadas junto al fuego, y a través de los ventanales se derramaba un generoso sol de invierno. La nueva camarera de salón, que había sustituido a Daisy desde que ésta se había casado, era una muchacha delgadita, una jovencita con aire de desamparo y una deslumbrante sonrisa. Al parecer se llamaba Martha; les sirvió el té acompañado de unos bollos calientes untados con mantequilla. Quizás eran menos distinguidos que los bocadillos de pepino, pero mucho más apetecibles en un día tan frío como aquél.

—¿Qué habría conseguido si hubiera obedecido y hubiera detenido a Percival? —dijo Hester apresurándose a defender a Monk—. El señor Runcorn seguiría considerando el caso cerrado y sir Basil ya no le permitiría hacer más preguntas ni proseguir ninguna investigación. Buscar más pruebas de culpabilidad de Percival se habría hecho imposible. Parece que a todo el mundo le basta con el cuchillo y el salto de cama.

—Quizá tenga usted razón —admitió Callandra—, pero el señor Monk es una persona impetuosa. Primero el caso Grey y ahora éste. Me parece que es tan poco comedido como usted. —Cogió otro bollo—. Uno y otro se han propuesto empuñar las riendas de los asuntos y uno y otro se han quedado sin su medio de vida. ¿Qué piensa hacer ahora el señor Monk?

—¡No lo sé! —dijo Hester abriendo las manos—. Pero es que tampoco yo sé qué voy a hacer cuando lady Moidore ya se encuentre bien y no necesite de mis servicios. No tengo ganas de hacer de señorita de compañía a sueldo, yendo de aquí para allá, llevando y trayendo cosas y poniendo paños calientes a enfermedades imaginarias y a sofocos. —De pronto se sentía presa de una profunda sensación de fracaso—. Callandra, ¿qué me ha ocurrido? ¡Vine de Crimea tan llena de ganas de trabajar, de luchar por una reforma y de conseguir tanto!

Quería entrevistarme con las personas que se encargan de la limpieza de los hospitales, procurar mayor bienestar a los enfermos... —Aquellos sueños parecían haberse esfumado de pronto, habían pasado a formar parte de un reino dorado y se habían perdido para siempre—. Quería enseñar a la gente que la enfermería constituye una profesión noble, apropiada para personas sensibles y entregadas a su trabajo, mujeres sobrias y de buen carácter, dispuestas a cuidar de los enfermos con competencia, no para mujeres que se dedican simplemente a limpiar los desechos y a ir a buscar todo lo que necesitan los cirujanos. ¿Por qué he renunciado a todo esto?

—Usted no ha renunciado a nada, querida mía —le dijo Callandra con voz cariñosa—. Usted volvió a casa llena de entusiasmo por lo que había hecho en el frente y no le cabía en la cabeza que en tiempo de paz reinase una inercia tan monumental ni que en Inglaterra la gente estuviese tan empeñada en mantenerlo todo como está, pese a quien pese. La gente habla de esta época como de un tiempo de inmensos cambios y no se equivoca. No habíamos puesto nunca en juego tantas dotes de inventiva, no habíamos sido nunca tan ricos, tan libres a la hora de exponer nuestras ideas, buenas y malas. —Hizo unos movimientos negativos con la cabeza—. Pero sigue habiendo un considerable número de personas que están decididas a que todo siga igual, a menos que se las obligue, gritando y luchando, a avanzar al ritmo de los tiempos. Una de sus creencias es que las mujeres deben aprender el arte de saber entretener al marido, de traer hijos al mundo y de educarlos, en caso de no disponer de criados que lo hagan. Además, en épocas señaladas, deben visitar a aquellos pobres que lo merezcan, siempre bien acompañadas de otras personas de su misma condición.

Por sus labios pasó una sonrisa fugaz de irónica piedad.

—Nunca, en circunstancia alguna, debería usted levantar la voz ni querer hacer prevalecer sus opiniones si lo que dice puede oírlo algún caballero, ni tratar tampoco de dárselas de demasiado inteligente u obstinada; no sólo es una actitud peligrosa sino además que hace que se sientan muy incómodos.

—Se burla usted de mí —la acusó Hester.

—Sólo un poco, cariño. Si no encontramos trabajo para usted en un hospital, no le costará encontrar un puesto de enfermera particular. Escribiré a la señorita Nightingale y veremos qué nos aconseja. —Su rostro se ensombreció—. De momento, creo que la situación del señor Monk es bastante más acuciante. ¿Tiene otras habilidades aparte de las relacionadas con la detección?

Hester se concedió un momento de reflexión.

—No creo.

—Entonces no le queda más remedio que hacer de detective. A pesar de este fracaso, lo considero dotado para esta profesión y sería un crimen que una persona se pasara la vida sin servirse del talento que Dios le ha dado. —Acercó la bandeja de los bollos a Hester y ésta tomó otro—. Si no puede ejercer estas dotes públicamente en la fuerza policial —prosiguió— tendrá que ejercitarlas a título privado. —Se iba calentando a medida que se ocupaba del asunto—. Tendrá que poner anuncios en todos los periódicos y revistas. Hay gente que ha perdido la pista de algún familiar y no tiene idea de dónde se encuentra. También hay robos que la policía no resuelve a entera satisfacción de los perjudicados. Con el tiempo el señor Monk irá haciéndose un nombre y seguramente se le confiarán casos en los que se han cometido injusticias o han provocado el desconcierto de la policía. —Se le iluminó el rostro—. O tal vez casos en los que la policía no ha visto que ha habido un delito y en cambio hay quien lo cree así y siente el deseo de demostrarlo. Lamentablemente, también hay casos en los que se acusa a una persona inocente y ésta quiere limpiar su nombre.

—Pero ¿cómo sobrevivirá hasta que tenga suficientes casos de este tipo para ganarse la vida? —dijo Hester, angustiada, limpiándose los dedos con la servilleta.

Callandra se quedó reflexionando unos momentos hasta que llegó a una decisión íntima que era evidente que la complacía.

—Siempre he deseado dedicarme a alguna cosa más interesante que las buenas obras, por útiles o meritorias que puedan ser. Visitar a los amigos, luchar a favor de la reforma de los hospitales, cárceles o asilos es algo que tiene un gran valor, pero de cuando en cuando conviene poner un poco de color a la vida. Me asociaré al señor Monk. —Tomó otro bollo—. Para empezar, aportaré el dinero necesario para cubrir sus necesidades personales y para la administración de las oficinas que necesita. A cambio, me cobraré algunos beneficios cuando los haya. Haré todo cuanto esté en mi mano para establecer contactos y buscar clientes y él hará el trabajo. ¡Así me enteraré de todo lo que me interese! —De pronto le cambió la expresión—. ¿Cree que él estará de acuerdo?

Hester intentó conservar un rostro totalmente sobrio, pero por dentro sintió que la invadía una oleada de felicidad.

—Imagino que tendrá pocas opciones. Si yo me encontrara en su situación, no dejaría escapar esta posibilidad.

—Excelente. Lo que haré entonces será ponerme en contacto con él y hacerle una proposición que se ajuste a estas condiciones. Ya sé que así no solucionaremos el caso de Queen Anne Street. Pero ¿qué podemos hacer con este asunto? Es sumamente desagradable.

Con todo, transcurrió otra quincena antes de que Hester llegara a una conclusión con respecto a lo que pensaba hacer. Había regresado a Queen Anne Street, donde Beatrice seguía tensa, tan pronto luchando para apartar de sus pensamientos todo cuanto tuviera que ver con la muerte de Octavia como un minuto después preocupada porque temía descubrir algún odioso secreto que no sospechaba siquiera.

Parecía que los demás se habían ido acomodando más o menos a unos esquemas de vida aproximadamente normales. Basil iba a la City la mayor parte de los días, donde hacía lo que tenía por costumbre hacer. Hester preguntó a Beatrice acerca de sus ocupaciones de una forma vaga y educada, pero Beatrice sabía muy poco acerca de la cuestión. Como sir Basil consideraba que no era necesario que pasara a formar parte de su campo de interés, había acallado con una sonrisa las preguntas que le había hecho al respecto en pasadas ocasiones.

Romola estaba obligada a abstenerse de sus actividades sociales, al igual que los demás miembros de la familia, debido a que estaban de luto. Pero Romola parecía dar por sentado que la sombra de las pesquisas se había desvanecido por completo y se movía por la casa alegre y despreocupada cuando no estaba con la nueva institutriz supervisando los deberes de los niños en la habitación destinada a clase. Sólo alguna que otra vez dejaba traslucir una infelicidad y una inseguridad que guardaba muy adentro y que tenía que ver con Cyprian, no con nada relacionado con el asesinato. Estaba absolutamente satisfecha de que el culpable fuera Percival y de que nadie más estuviera involucrado en los hechos.

Cyprian dedicó otras ocasiones a hablar con Hester y a preguntarle qué opinaba o qué sabía de todo tipo de cosas. Parecía muy interesado en sus respuestas. A Hester le gustaba Cyprian y se sentía halagada por el interés que le demostraba. Esperaba con impaciencia las pocas ocasiones en que estaban solos y podían hablar con toda franqueza y no de los acostumbrados lugares comunes.

Septimus parecía inquieto y seguía cogiendo oporto de la bodega de Basil, mientras Fenella continuaba bebiéndoselo, haciendo observaciones extravagantes y ausentándose de casa siempre que podía hacerlo sin incurrir en las iras de Basil. Nadie sabía dónde iba, si bien se avanzaban muchas conjeturas, la mayoría desagradables.

Araminta llevaba la casa de manera eficiente e incluso con estilo, lo que dadas las circunstancias del luto no dejaba de ser una hazaña, si bien su actitud con Myles era fría y desconfiada, en tanto que la de él con respecto a ella era de absoluta indeferencia. Ahora que Percival había sido detenido, Myles ya no tenía nada que temer y un mero enfado no parecía preocuparle mucho.

En los bajos de la casa todo el mundo iba a lo suyo y el mal humor era general. Nadie hablaba de Percival, salvo por accidente, para callar enseguida o cubrir el desliz con otras palabras.

En aquel tiempo Hester recibió una carta de Monk que le trajo el nuevo lacayo, Robert, y que ella se llevó arriba para leerla en su cuarto.

19 de diciembre de 1856

Querida Hester:

He recibido la inesperada visita de lady Callandra, que me ha presentado una propuesta profesional verdaderamente extraordinaria. Si no se tratara de una mujer de personalidad tan notable como la suya sospecharía que usted había intervenido en el asunto. Dadas las circunstancias, no sé qué pensar. No se había enterado de mi destitución de la policía a través de los periódicos porque no se ocupan de estas minucias. Están tan jubilosos con la solución del caso de Queen Anne Street que ahora sólo quieren que cuelguen rápidamente a todos los lacayos con ideas descabelladas en general y a Percival en particular.

El Home Office se congratula de la feliz solución que se ha encontrado, sir Basil es objeto de la simpatía y el respeto de todo el mundo y se ha propuesto la promoción de Runcorn. Entretanto Percival languidece en Newgate aguardando el juicio. ¿Es posible que sea culpable? Yo no lo creo.

La propuesta que me ha hecho lady Callandra (¡por si usted no está enterada!) es que abra un despacho como detective privado, oficina que ella financiará y promocionará dentro de sus posibilidades. A cambio de esto yo trabajaré y retiraré una parte de los beneficios en caso de que los haya. Todo lo que me exige a cambio es que la tenga informada de todos los casos que lleve, de la evolución de los mismos y de algunos aspectos del trabajo de detección. ¡Espero que lo encuentre tan interesante como se imagina!

Pienso aceptar, puesto que no tengo otra alternativa. He hecho lo posible para que lady Callandra entendiese que no es probable que se consigan grandes éxitos financieros. La policía no percibe el salario de acuerdo con los resultados, lo que no ocurre con el trabajo de los detectives privados. Si éstos no consiguen resultados satisfactorios durante una gran proporción del tiempo, acaban por no encontrar clientes. Por otra parte, las víctimas de la injusticia no siempre están en condiciones de pagar. Pese a todo, ella insiste en que tiene más dinero del que necesita y que para ella será una forma de filantropía. Está convencida de que le resultará más satisfactorio que dar los medios de que dispone a museos o galerías o asilos para pobres dignos... y también más entretenido. Yo pienso hacer cuanto esté en mi mano para demostrarle que no se equivoca.

Según usted me escribe, lady Moidore sigue profundamente preocupada y Fenella dista bastante de comportarse con dignidad, aunque no está segura de si tiene que ver con la muerte de Octavia. Lo encuentro muy interesante, pero no hace más que reforzar nuestro convencimiento de que el caso todavía no está resuelto. Tenga mucho cuidado con sus averiguaciones y, por encima de todo, recuerde que si descubre algo importante, el asesino o asesina se volverá contra usted.

Yo sigo en contacto con Evan, quien me tiene al corriente de cómo procede la policía con el caso. No se proponen investigar más. Evan está seguro de que quedan muchas cosas por averiguar, pero no sabemos qué hacer al respecto. Ni la misma lady Callandra tiene opinión formada en este sentido.

Vuelvo a insistir: le ruego que tenga muchísimo cuidado.

Cordialmente suyo,

WILLIAM MONK

Al cerrarla, ya había tomado la decisión. No podía esperar enterarse de nada más en Queen Anne Street y Monk no estaba en condiciones de hacer ninguna investigación en relación con el caso. La única esperanza de Percival se cifraba en el juicio. Tal vez había una persona que podía dar a Hester algún consejo al respecto: Oliver Rathbone. No podía volver a preguntar a Callandra, puesto que si ella hubiera querido aconsejarla, lo habría hecho cuando se encontraron previamente y Hester la informó de la situación. Rathbone era un profesional. No había ningún motivo que impidiera que ella fuera a su despacho y le comprara media hora de tiempo. Pensándolo bien, tampoco estaría en condiciones de pagarle más.

Comenzó pidiendo permiso a Beatrice para ausentarse una tarde a fin de ocuparse del problema que afectaba a su familia, lo que ésta no tuvo inconveniente en concederle. Después escribió una breve carta a Oliver Rathbone, donde le explicaba que necesitaba que la asesorase legalmente en una cuestión muy delicada y que únicamente disponía del martes por la tarde para ir a visitarlo a su despacho en el caso de que él pudiera recibirla. Previamente había comprado unos cuantos sellos de correos a fin de expedir la carta y encargó al limpiabotas que la depositara en el buzón, lo que éste hizo encantado. Hester recibió la respuesta al mediodía siguiente, ya que había varios repartos diarios, y la abrió así que dispuso de un momento en el que nadie la observaba.

20 de diciembre de 1856

Querida señorita Latterly:
Tendré sumo gusto en recibir su visita en mi despacho de Vere Street, en las proximidades de Lincoln's Inn Fields, a las tres de la tarde del martes 23 de diciembre. Espero tener la oportunidad de ayudarla, cualquiera que sea el asunto que a usted le interese.

Hasta entonces, quedo de usted,

OLIVER RATHBONE

Era una misiva breve y directa. Habría sido absurdo esperar otra cosa, pero su misma eficiencia le recordó que debería pagar cada uno de los minutos de su visita y que no podía incurrir en unos gastos que no pudiera afrontar. No había que desperdiciar palabras ni perder tiempo en trivialidades o eufemismos.

No había en su ropero vestidos deslumbrantes, nada de sedas ni terciopelos como en los armarios de Araminta o de Romola, nada de tocados con bordados ni de bonetes de ningún tipo, nada de guantes de blonda como los que llevan habitualmente las señoras. No eran indumentos adecuados para las personas destinadas al servicio de una casa, por muy expertas que fueran en su trabajo. Los únicos vestidos que tenía y que había podido comprarse desde la ruina financiera de su familia eran de color gris o azul y estaban confeccionados de acuerdo con unas líneas modestas y utilitarias y, en cuanto a la tela, estaban hechos de pañete. El bonete era de un agradable color rosa intenso, pero aparte de este detalle poca cosa buena se podía decir sobre él. Tampoco era nuevo.

Sabía, sin embargo, que a Rathbone le tendría sin cuidado su apariencia, puesto que ella acudía a su consulta para aprovechar su experiencia legal, no para cumplir con una obligación social.

Se miró en el espejo sin satisfacción alguna por su parte. Estaba excesivamente delgada y era demasiado alta incluso para sus propios gustos personales. Tenía unos cabellos gruesos pero casi lacios y, para peinarlos con los bucles que estaban entonces de moda, se requería más tiempo y habilidad que la que ella poseía. Y pese a que sus ojos eran de una tonalidad gris azulada oscura y estaban bien asentados en su rostro, la mirada era tan franca y directa que producía inquietud en las personas que hablaban con ella; sus facciones, finalmente, eran excesivamente marcadas.

Pero éstos eran detalles en los que ni ella ni nadie podía hacer nada, salvo sacar el mejor partido de su insignificancia. Lo único que podía hacer era esforzarse en ser simpática y estaba dispuesta a intentarlo. Su madre le había dicho a menudo que no sería nunca hermosa pero que, si por lo menos sonreía, ya conseguía bastante.

Era un día con el cielo encapotado y con un viento cortante e impetuoso de lo más desagradable.

Tomó un cabriolé desde Queen Anne Street a Vere Street y llegó cuando faltaban unos pocos minutos para las tres. A las tres en punto estaba sentada en la sala de espera de Oliver Rathbone, una estancia sobria pero elegante y contigua a su despacho. Hester estaba impaciente para iniciar su consulta.

Ya iba a levantarse para hacer una pregunta cuando se abrió la puerta del despacho y apareció Rathbone. Iba impecablemente vestido, tal como Hester lo recordaba desde la última vez que lo había visto, y simultáneamente tuvo conciencia de que ella iba vestida con suma modestia y arreglada sin concesión alguna a la feminidad.

—Buenas tardes, señor Rathbone. —La decisión de mostrarse simpática que había tomado previamente era un tanto endeble—. Ha sido muy amable al citarme con tanta premura.

—Para mí ha sido un placer, señorita Latterly. —El abogado sonrió con amabilidad, mostrando al hacerlo una dentadura impecable, pero su mirada era concentrada y Hester advirtió de manera especial el ingenio y la inteligencia que dejaba traslucir—. Tenga la amabilidad de pasar y acomódese. —Le abrió la puerta para dejarla pasar, a lo que ella obedeció con presteza, consciente de que la media hora que se había destinado ya había empezado a transcurrir a partir del momento en que él la había saludado.

La habitación no era espaciosa, pero estaba amueblada con gran sobriedad y con un estilo que recordaba más a Guillermo IV que a la soberana entonces reinante. Lo estilizado de los muebles producía una impresión de luz y espacio. Los colores eran suaves y la madera blanca. Colgado en la pared más distante, Hester reconoció un cuadro de Joshua Reynolds, un retrato que representaba a un caballero vestido a la moda del siglo XVIII sobre el fondo de un paisaje romántico.

Eran detalles que no hacían al caso, ya que Hester quería concentrarse en el asunto que la había traído hasta allí.

Tomó asiento en uno de los sillones mientras Rathbone se acomodaba en otro y cruzaba las piernas después de subirse un ápice las perneras de los pantalones a fin de no malbaratar la raya.

—Señor Rathbone, le ruego que disculpe mi excesiva franqueza, pero si procediera de otro modo pecaría de falta de sinceridad. Mi situación sólo me permite que me dedique media hora, o sea que le ruego que no deje que me demore más tiempo.

Vio brillar una chispa de humor en los ojos del abogado, si bien su respuesta fue absolutamente ecuánime:

—No se preocupe, señorita Latterly, porque me preocuparé de que así sea. Confíe en que estaré atento al reloj. Entretanto usted limítese a informarme en qué puedo ayudarla.

—Gracias —repuso Hester—. Se trata del asesinato de Queen Anne Street. ¿Está al corriente de las circunstancias del mismo?

—Sé los detalles por el periódico. ¿Conoce usted a la familia Moidore?

—No, no tengo con ellos una relación de tipo social. Le ruego que no me interrumpa, señor Rathbone, ya que si me entretengo demasiado no tendré tiempo de informarle de lo que más cuenta.

—Le ruego que me disculpe. —De nuevo Hester volvió a ver que en sus ojos brillaba una chispa de ironía.

Reprimió un acceso de enfado y se olvidó de que quería mostrarse simpática.

—Encontraron a la hija de sir Basil Moidore, Octavia Haslett, apuñalada en su dormitorio. —Había ensayado previamente lo que se proponía decir, por lo que se concentró intensamente en recordarlo todo palabra por palabra y siguiendo el orden exacto que había ensayado, en aras de la claridad y brevedad—. Al principio se creyó que el culpable había sido un intruso que la había atacado durante la noche y la había asesinado. Posteriormente la policía pudo demostrar que ni por la parte delantera de la casa ni por la trasera había entrado nadie y que, por consiguiente, la persona que le había dado muerte ya estaba dentro de la casa. Se trataba, por tanto, de un criado o de un miembro de la familia.

El hombre asintió pero no dijo nada.

—Lady Moidore quedó muy afectada por la desgracia y se puso enferma. Mi relación con la familia es la que se desprende de mi condición de enfermera de lady Moidore.

—Creía que trabajaba en un hospital. —Abrió más los ojos y levantó las cejas debido a la sorpresa.

—Antes sí, no ahora —le respondió Hester enseguida.

—¡La vi tan entusiasmada con el asunto de la reforma hospitalaria!

—Desgraciadamente, los del hospital no lo estaban en absoluto. ¡Por favor, señor Rathbone, le ruego que no me interrumpa! Este asunto tiene una extraordinaria importancia, ya que puede cometerse una gran injusticia.

—Se ha acusado a una persona inocente —dijo Rathbone.

—Exactamente. —Si Hester disimuló su sorpresa fue porque no había tiempo para este tipo de manifestaciones—. El lacayo, Percival, que no es precisamente un personaje atractivo, puesto que es un muchacho vanidoso, ambicioso, egoísta y con muchos de los rasgos de un don Juan...

—O sea, nada atractivo —concordó él, acomodándose un poco más atrás en el asiento y mirándola fijamente.

—Según la policía —prosiguió ella—, el chico en cuestión estaba enamorado de la señora Haslett y con el consentimiento de ésta o sin él, subió a su habitación durante la noche, trató de aprovecharse de ella y, como ella estaba prevenida y había cogido un cuchillo de la cocina y se lo había llevado a su cuarto... —Hester no hizo caso alguno de su mirada de incredulidad— a fin de protegerse contra aquella eventualidad e intentar salvaguardar su virtud, la víctima de la lucha que se desencadenó fue ella y no él, ya que el hombre la apuñaló y le causó la muerte.

Rathbone la miró pensativo, juntas las yemas de los dedos.

—¿Y usted cómo sabe todo esto, señorita Latterly? O mejor, ¿cómo ha deducido todo esto la policía?

—Pues porque, como había transcurrido mucho tiempo desde que se habían iniciado las pesquisas, varias semanas de hecho, y la cocinera reclamó que de la cocina había desaparecido uno de los cuchillos —explicó Hester— la policía decidió practicar un segundo registro en toda la casa, mucho más concienzudo que el anterior, y en el curso del mismo apareció en el cuarto del lacayo en cuestión, escondido detrás de un cajón de su cómoda, entre el propio cajón y el armazón externo del mueble, el cuchillo que andaban buscando, manchado de sangre, así como un salto de cama perteneciente a la señora Haslett, igualmente manchado de sangre.

—¿Y por qué no lo cree usted culpable? —preguntó, interesado, el señor Rathbone.

Era difícil dar una respuesta sucinta y lúcida a una pregunta formulada tan a quemarropa.

—Puede serlo, pero creo que no se ha demostrado —comenzó a explicar Hester, aunque ahora menos segura—. No hay más pruebas reales que el cuchillo y el salto de cama y, en realidad, cualquier persona habría podido esconder ambas cosas donde las encontraron.

¿Por qué iba a guardarlas en lugar de deshacerse de ellas? No le habría costado mucho limpiar el cuchillo y volverlo a colocar en su sitio y, en cuanto al salto de cama, habría podido echarlo en el hornillo de la cocina y habría ardido sin dejar rastro.

—¿No podría ser que quisiese regodearse en el delito una vez perpetrado? —apuntó Rathbone, aunque la inflexión de la voz reveló que ni él mismo creía en aquella posibilidad.

—Sería una estupidez y el muchacho no tiene nada de estúpido —dijo ella inmediatamente—. La única razón que podría justificar que guardase estos objetos sería la de querer involucrar a alguna otra persona.

—¿Por qué no lo hizo, pues? ¿No se sabía que la cocinera había echado en falta el cuchillo y que esto desencadenaría un registro? —Movió negativamente la cabeza con un leve gesto—. Debe de ser una cocina bastante rara la de esta casa.

—¡Claro que se sabía! —dijo Hester—. Por esto hubo alguien, quienquiera que sea, que lo escondió en la habitación de Percival.

El hombre frunció el ceño y pareció desconcertado, aunque era evidente que se había despertado su interés.

—Lo que quisiera saber es por qué motivo la policía no encontró estos objetos la primera vez —dijo mirando a Hester por encima del extremo de sus dedos—. Estoy seguro de que no fueron tan remisos como para no hacer un registro concienzudo inmediatamente después del delito, o por lo menos cuando dedujeron que el culpable no había sido un intruso sino que era un residente.

—Estos objetos que le he mencionado no estaban entonces en la habitación de Percival —se apresuró a decir Hester—. Alguien los colocó más tarde en este sitio sin que él lo supiera y con el propósito de que los encontraran. Eso fue lo que, efectivamente, ocurrió.

—Sí, mi querida señorita Latterly, esto es muy posible, pero usted no comprende mi punto de vista. Se supone que la policía al principio lo registró todo, no sólo la habitación del desgraciado Percival. Habrían debido encontrar estos objetos dondequiera que estuvieran metidos.

—¡Ah! —exclamó Hester comprendiendo lo que él había querido decir—, ¿se refiere a que primero los sacaron de la casa y después volvieron a introducirlos en ella? ¡Qué sangre fría! Los tuvieron guardados con la intención específica de comprometer a alguna persona en caso de que se presentara la ocasión.

—Eso parece, si bien cabe preguntarse por qué escogieron este momento en concreto y no otro anterior. O quizá fue que la cocinera tardó mucho tiempo en darse cuenta de que había desaparecido el cuchillo. Es posible que actuaran varios días antes de que ella se apercibiera de la desaparición. Podría ser interesante saber cómo fue que ella se diera cuenta, si fue porque se lo hizo observar otra persona y, en ese caso, quién.

—Puedo encargarme de averiguarlo.

Rathbone sonrió.

—Imagino que los criados de esa casa no tienen más tiempo libre que el habitual en su caso y que no salen nunca durante el horario de trabajo.

—No, nosotros... —Qué extraña le sonaba esta palabra referida a los criados. Le producía un curioso resquemor pronunciarla delante de Rathbone, pero no era el momento para andarse con remilgos—. Disponemos de media jornada cada dos semanas siempre que lo permitan las circunstancias.

—Lo que quiere decir que un criado difícilmente habría tenido ocasión de sacar de la casa el cuchillo y el salto de cama inmediatamente después de cometido el asesinato, de irlos a buscar después al lugar donde los tuviera escondidos y de volver con ellos cuando la cocinera informó de la desaparición del cuchillo y la policía inició la búsqueda —concluyó Rathbone.

—Tiene usted razón. —Era una victoria pequeña, pero tenía su importancia. Hester sintió que dentro de ella nacía la esperanza, por lo que se puso en pie y se dirigió rápidamente a la repisa de la chimenea y, una vez allí, se volvió—. Tiene toda la razón. Runcorn no ha considerado nunca este detalle. Cuando se lo planteen, esto lo obligará a reflexionar.

—Lo dudo —dijo Rathbone con gravedad—. Es una excelente cuestión de lógica, pero tendría una agradable sorpresa si descubriera que la lógica preside en la actualidad los procedimientos policiales, sobre todo teniendo en cuenta que, como usted ha dicho, ya han detenido y acusado a ese desgraciado de Percival. ¿Está involucrado en el caso su amigo, el señor Monk?

—Lo estaba, pero dimitió antes de aceptar que detuvieran a Percival basándose en pruebas que él no tenía por tales.

—Una actitud muy noble —dijo Rathbone, si bien con aspereza—, aunque poco práctica.

—Creo que fue más bien fruto de la indignación —dijo Hester, sintiéndose instantáneamente traidora—, lo que no me puedo permitir criticar, ya que a mí me expulsaron del dispensario por haberme permitido tomar decisiones sin la autoridad precisa para hacerlo.

—¿En serio? —Enarcó las cejas y apareció un gran interés en sus pupilas—. Cuénteme qué sucedió, por favor.

—No puedo permitirme retenerlo por más tiempo, señor Rathbone —dijo con una sonrisa a fin de suavizar sus palabras y porque lo que iba a decir era una impertinencia—. Si quiere que le suministre estos datos, tendremos que hacer un trueque con nuestros respectivos tiempos, media hora contra media hora. En ese caso lo haré con mucho gusto.

—Me encantará —aceptó Rathbone—. ¿Quiere que lo hablemos aquí o me permite que la invite a comer conmigo? ¡No sé en cuánto valora su tiempo! —dijo Rathbone con expresión burlona y un poco irónica—. A lo mejor no puedo permitirme pagar el precio. Podríamos hacer un trato: media hora de su tiempo a cambio de media hora más del mío. De ese modo podrá contarme el resto de la historia de Percival y de los Moidore, yo podré darle el consejo que me parezca más adecuado y usted me pondrá en antecedentes de la historia del dispensario.

Se trataba de una oferta singularmente atractiva, no sólo porque atañía a Percival sino porque Hester encontraba muy estimulante y agradable la compañía de Rathbone.

—Si puede ser dentro del tiempo que me concede lady Moidore, acepto encantada —se avino Hester, que de pronto sintió una inexplicable timidez.

Rathbone se puso en pie con elegante desenvoltura.

—¡Excelente! Terminaremos la sesión en la hospedería de la esquina, donde sirven comida a todas horas. Será menos respetable que la casa de un amigo mutuo pero, puesto que no lo tenemos, deberemos conformarnos con lo que hay. En cualquier caso no perjudicará su reputación de forma irreparable.

—Me temo que esto, en mi caso, ya no tiene remedio, cuando menos en los aspectos que más me importan —replicó condescendiendo a burlarse de sí misma—. El doctor Pomeroy ya se ocupará de que no me den trabajo en ningún hospital de Londres. La verdad es que estaba francamente furioso conmigo.

—¿Era apropiado el tratamiento que usted dispensó al paciente? —preguntó Rathbone, recogiendo su sombrero y abriendo la puerta para que Hester pasara.

—Eso parece.

—Entonces tiene usted razón: lo que hizo fue imperdonable. —Rathbone se adelantó para abrirle camino hacia la calle, donde la temperatura era glacial. Rathbone caminaba a su lado por el lado externo de la acera, guiándola a través de la calle, cruzándola al llegar a la esquina, eludiendo el tráfico y el barrendero que limpiaba la encrucijada, hasta que llegaron a la entrada de una simpática posada que databa de los mejores tiempos de las diligencias, de cuando eran el único medio para trasladarse de una ciudad a otra antes de la aparición del tren de vapor.

El interior estaba decorado con muy buen gusto y, de haber dispuesto de más tiempo, a Hester le habría encantado entretenerse un rato con los cuadros, los anuncios, las bandejas de cobre y de estaño y las cornetas de la casa de postas. También hubo de llamarle la atención la clientela, acomodados hombres de negocios de rostro sonrosado y vestidos con buenas ropas para protegerse contra los rigores del invierno, la mayoría rebosante de buen humor.

El dueño del local acogió con gran cordialidad a Rathbone así que cruzó la puerta, le ofreció inmediatamente una mesa situada en un rincón acogedor y le aconsejó en relación con los platos especiales del día.

Rathbone consultó a Hester con respecto a sus preferencias, pidió lo que querían y el dueño se encargó personalmente de que les sirvieran lo mejor. Rathbone se dejó agasajar como si fuera una ocasión especial, aunque era evidente que las circunstancias eran las habituales. Sus maneras eran agradables, aunque manteniendo la distancia adecuada entre los caballeros y los posaderos.

Durante la comida, que no fue propiamente comida ni cena pero sí de excelente calidad, le contó el resto del caso de Queen Anne Street hasta allí donde ella estaba enterada, incluyendo la violación comprobada de Martha Rivett y su posterior despido y, lo que más contaba, su opinión acerca de las emociones de Beatrice, sus miedos, que como era obvio seguían persistiendo pese a la detención de Percival, y las observaciones de Septimus con respecto a que Octavia había dicho que la tarde antes de su muerte, durante la cual se había ausentado de casa, se había enterado de algo especialmente impresionante y angustioso, si bien le faltaban todavía algunas pruebas para verificarlo.

También le habló de John Airdrie, del doctor Pomeroy y de la loxa quinina.

Ya había consumido una hora y media del tiempo de Rathbone y veinticinco minutos del propio, aunque se olvidó de contabilizarlo hasta que despertó por la noche en su habitación de Queen Anne Street.

—¿Qué me aconseja usted? —preguntó seriamente Hester a Rathbone, inclinando ligeramente el cuerpo sobre la mesa—. ¿Qué se puede hacer para impedir que acusen a Percival sin contar con pruebas?

—Usted no ha dicho quién va a defenderlo —replicó Rathbone con igual gravedad.

—Lo ignoro. Él no tiene dinero.

—Naturalmente. Si lo tuviera ya se convertiría en sospechoso por este simple hecho. —Sonrió haciendo al mismo tiempo una mueca—. De vez en cuando me hago cargo de algún caso sin percibir honorarios, señorita Latterly. Simplemente como una buena obra. —Su sonrisa se ensanchó—. Después me recupero cargando una cantidad exorbitante al cliente que está en condiciones de poder pagármela. Le doy mi palabra de que haré las investigaciones oportunas, además de todo cuanto esté en mi mano.

—Le quedo muy agradecida —dijo Hester sonriendo a su vez—. ¿Quiere tener la amabilidad de decirme qué le debo por su consejo?

—Quedamos en media guinea, señorita Latterly.

Hester abrió la redecilla, sacó media guinea de oro —la última que le quedaba— y se la entregó.

Rathbone le dio cortésmente las gracias y se la deslizó en el bolsillo.

Se levantó, apartó la silla para que se levantara ella y Hester salió de la hospedería con un intenso sentimiento de satisfacción que las circunstancias no justificaban en absoluto, mientras el hombre se lanzaba a la calle a parar un cabriolé para ella y darle las señas de Queen Anne Street.

El juicio de Percival Garrod se inició a mediados de enero de 1857 y como Beatrice Moidore todavía sufría de vez en cuando de ocasionales accesos de angustia y ansiedad, Hester siguió prestándole sus servicios y ocupándose de ella, lo que no le venía nada mal dado que todavía no había encontrado otro medio de ganarse la vida, pero sobre todo porque significaba poder continuar viviendo en la casa de Queen Anne Street y observar a la familia Moidore. Pese a que aún no se había enterado de nada que pudiera ser de utilidad, no perdía nunca las esperanzas.

Al juicio que se celebró en Old Bailey asistió la familia al completo. Basil habría deseado que las mujeres se quedaran en casa y presentaran su testimonio por escrito, pero Araminta se negó a obedecer esta orden y, aunque las ocasiones en que ella y su padre chocaban eran raras, si se producían era Araminta quien solía llevarse el agua a su molino. Beatrice no se enfrentó con su marido por esta cuestión, se limitó a vestirse de negro con absoluta sencillez y sin adornos de ninguna clase, se cubrió de espesos velos y dio las oportunas instrucciones a Robert para que la llevara en coche al juzgado. Con el deseo de mostrarse servicial, Hester se ofreció a acompañarla y quedó encantada al ver que aceptaba su ofrecimiento.

Fenella Sandeman se echó a reír ante la mera posibilidad de perderse una ocasión tan espectacular como aquélla y abandonó la sala con una dosis de alcohol bastante elevada en el cuerpo y envuelta en un largo chal de seda negra, que hacía ondear en el aire con movimientos de su blanco brazo, cubierto por un mitón de encaje negro. Basil profirió una palabra gruesa, aunque de bien poco le sirvió. Caso de haberla oído, pasó por encima de la cabeza de Fenella sin rozarla apenas.

Romola se negó a ser la única mujer de la familia que se quedaba en casa y nadie se molestó en discutir su decisión.

La sala de justicia estaba atestada de espectadores y, como esta vez Hester no tenía que declarar, estuvo en libertad de sentarse entre el público.

El procedimiento judicial estaba presidido por el señor F. J. O'Hare, un caballero muy aparatoso que se había hecho célebre por haber llevado unos cuantos casos sensacionale, así como otros menos populares que le habían proporcionado una gran cantidad de dinero. Era un hombre muy respetado por sus colegas profesionales y adorado por el público, al que entretenía e impresionaba con sus maneras tranquilas pero contenidas y sus repentinas explosiones dramáticas. Era de altura mediana pero de constitución robusta, cuello corto y unos hermosos cabellos plateados y muy ondulados. De habérselos dejado más largos, habrían tenido el aspecto de una melena leonina, pero al parecer prefería llevarlos más cuidados. Tenía una cadencia musical en la voz que Hester no habría sabido identificar, además de un ligerísimo ceceo.

Oliver Rathbone defendió a Percival y, tan pronto como Hester lo vio, sintió cantar dentro de ella una alocada esperanza, como si fuera un pájaro que se remontara en el cielo a favor del viento. No era sólo la sensación de que podía hacerse justicia a pesar de todo, sino que Rathbone estaba dispuesto a luchar simplemente por la causa, no para conseguir una recompensa.

La primera testigo que se llamó a declarar fue la sirvienta de arriba, Annie, que había sido la que había descubierto el cadáver de Octavia Haslett. Tenía un aspecto muy sobrio vestida con el traje de paño azul que se ponía para salir y un gorro que le cubría el cabello y la hacía parecer más joven, agresiva y vulnerable a un tiempo.

Percival estaba de pie en el banquillo, muy erguido y mirando fijamente al frente. Podía faltarle humildad, compasión u honor, pero no coraje. Hester lo recordaba más alto y ahora le pareció más estrecho de hombros. Había que tener en cuenta, sin embargo, que ahora estaba inmóvil y que no podía lucir aquel balanceo característico de su andar ni aquella vitalidad que le era propia. Ahora estaba indefenso para luchar. Todo estaba en manos de Rathbone.

Llamaron a continuación al médico, que se apresuró a prestar declaración: Octavia Haslett había sido apuñalada durante la noche y la muerte había sido resultado de sólo dos agresiones en la parte baja del tórax, debajo mismo de las costillas.

El tercer testigo fue William Monk y su declaración llenó el resto de la mañana y toda la tarde. Se mostró cortante, sarcástico y minuciosamente exacto, pero se negó a sacar las conclusiones más evidentes en relación con ningún aspecto.

F. J. O'Hare fue paciente al principio y de una exquisita cortesía, como si esperase la oportunidad propicia para asestar el golpe decisivo, que no se precipitó hasta casi el final, cuando su pasante le entregó una nota en la que al parecer le recordaba el caso Grey.

—Según he podido juzgar, señor Monk, ya que parece que usted ahora es el señor Monk, no el inspector Monk, ¿no es así?... —El ceceo de su dicción era casi imperceptible.

—Así es —admitió Monk sin que su expresión se alterara lo más mínimo.

—Según he podido juzgar por su testimonio, señor Monk, usted no considera culpable a Percival Garrod.

—¿Es una pregunta, señor O'Hare?

—Lo es, señor Monk, lo es en efecto.

—Estimo que las pruebas que se tienen actualmente a mano no lo demuestran —replicó Monk—, lo que no es lo mismo.

—¿Considera que en la práctica es diferente, señor Monk? Corríjame si estoy en un error, pero ¿no se mostraba usted también reacio a condenar al acusado en el último caso que llevó? Creo recordar que se trataba de un tal Menard Grey.

—No —lo contradijo Monk al instante—, yo estaba totalmente dispuesto a acusarlo, ávido incluso. Lo que no quería es que lo colgaran.

—¡Ah, bueno, las circunstancias atenuantes! —admitió O'Hare—, pero no encontrará ninguna en el caso del asesinato de la hija del dueño de la casa por mano de Percival Garrod. Supongo que algo así agotaría incluso un ingenio como el suyo. O sea que usted sigue manteniendo que el hecho de haber encontrado el arma con la que se cometió el asesinato y la prenda manchada de sangre de la víctima, ambas cosas escondidas en la habitación de Percival Garrod y que según usted manifiesta descubrió usted mismo, no constituyen a sus ojos prueba satisfactoria suficiente. ¿Qué más necesita, señor Monk? ¿Un testigo ocular?

—Sólo sería prueba satisfactoria en el caso de que su veracidad fuera incuestionable —replicó Monk con indignación evidente—. Preferiría una evidencia que tuviera sentido.

—¿Por ejemplo, señor Monk? —lo invitó O'Hare. Miró a Rathbone para ver si ponía alguna objeción. El juez frunció el ceño y también se quedó a la espera. Rathbone sonrió con benevolencia, pero no dijo nada.

—Que existiera un motivo para que Percival tuviera guardada esta... —Monk vaciló y evitó la palabra «maldita» al sorprender la mirada de O'Hare y darse cuenta de que ya saboreaba una repentina victoria, efímera e injustificada—. Esta prueba material tan inútil y perjudicial que tan fácilmente habría podido destruir. En el caso del cuchillo, bastaba simplemente con limpiarlo y volverlo a dejar en el sitio que tenía destinado en la cocina.

—¿No querría, quizás, incriminar a alguna otra persona? —O'Hare levantó la voz imprimiéndole una inflexión próxima a la nota humorística, como si se tratara de una deducción obvia.

—Entonces le falló el tiro por completo —replicó Monk—, pese a contar con la oportunidad. Habría podido subir al piso de arriba y dejar el cuchillo donde quisiese al enterarse de que la cocinera había notado su desaparición.

—Quizá tuvo esta intención, pero no se le presentó ocasión de hacerlo. ¡Qué agonía debió de suponer para él esa impotencia! ¿No lo imaginan? —O'Hare se volvió al jurado y levantó las manos con las palmas hacia arriba—. ¡Qué ironía! ¡Le había salido el tiro por la culata! ¿Quién lo merecía más que él?

Esta vez Rathbone se levantó y objetó a sus palabras.

—Señoría, el señor O'Hare da por sentado un hecho que todavía está por demostrar. Pese a sus valiosas dotes de persuasión, hasta ahora no nos ha dicho quién puso los objetos a los que hemos hecho referencia en la habitación de Percival. ¡Deduce su conclusión a partir de la premisa y la premisa a partir de la conclusión!

—Proceda con más miramientos, señor O'Hare —lo amonestó el juez.

—Lo haré, señoría —prometió O'Hare—. ¡Tenga por seguro que lo haré!

El segundo día O'Hare comenzó por la prueba material descubierta de forma tan espectacular. Llamó a la señora Boden, que subió al estrado con aire sencillo y un poco aturdida, muy ajena al ambiente que la rodeaba. Estaba acostumbrada a hacer valer su criterio y sus excepcionales cualidades físicas. Su trabajo hablaba por ella. Ahora se veía obligada a estar de pie e inmóvil, toda su actividad era verbal, lo que suponía una situación que la hacía sentirse incómoda.

Cuando se lo mostraron, miró el cuchillo con repulsión, si bien admitió que lo había utilizado en su cocina. Lo identificó a través de varias marcas y rasguños del mango y de una irregularidad de la hoja. Conocía bien los instrumentos con los que desempeñaba su trabajo. Con todo, pareció azorada cuando Rathbone la acució a preguntas con la intención de averiguar exactamente cuándo lo había utilizado por última vez. Rathbone hizo una revisión de todas las comidas del día, preguntándole qué cuchillos utilizaba en su preparación, hasta que al final la mujer se mostró tan confusa que él acabó dándose cuenta de que estaba distanciándose a la sala al ametrallarla a preguntas acerca de algo cuyo conocimiento no parecía interesar a nadie.

Se levantó después O'Hare, sonriente y afable, y citó a Mary, la camarera de las señoras a fin de que declarase que el salto de cama manchado de sangre pertenecía, efectivamente, a Octavia. Estaba muy pálida, sin el más leve rastro de color en sus mejillas de tinte marcadamente oliváceo, y hablaba con voz extrañamente apagada. Juró, pese a todo, que la prenda pertenecía a su señora. Se la había visto puesta en múltiples ocasiones, aparte de que había planchado aquel satén y alisado el encaje.

Rathbone no le hizo ninguna pregunta. No tenía nada que discutir con ella.

Seguidamente O'Hare llamó al mayordomo. Cuando Phillips ocupó el estrado de los testigos su rostro tenía un tinte francamente cadavérico. A través de sus escasos cabellos su cráneo reflejaba con su brillo la luz de la sala y, aunque sus cejas estaban más alborotadas que de costumbre, su expresión tenía la dignidad de la persona obligada a afrontar la desgracia, como un soldado que se enfrenta a una multitud levantisca sin contar con las armas necesarias para defenderse.

O'Hare se guardó muy bien de insultarlo con modales descorteses o dándose aires de superioridad. Después de reconocer oficialmente la posición de Phillips y sus distinguidas credenciales, le pidió que informase acerca de su rango superior al de todos los demás criados de la casa. Una vez puntualizados estos extremos ante el jurado y los asistentes, procedió a trazar un cuadro altamente desfavorable de Percival como hombre, sin desvirtuar en ningún momento sus cualidades como criado. Ni una sola vez obligó a Phillips a mostrarse malicioso o negligente en sus manifestaciones. Fue una actuación magistral. A Rathbone no le quedó otra cosa que preguntar a Phillips si tenía la más ligera idea de si aquel joven un tanto altanero y arrogante podía haber elevado sus ojos hasta la hija del dueño, a lo que Phillips replicó con una escandalizada negativa, si bien en aquel momento nadie habría esperado que admitiera aquella idea. No era el momento.

O'Hare llamó únicamente a otra persona del servicio: Rose.

Iba vestida muy correctamente. El negro le sentaba muy bien al color claro de su piel y a sus ojos azules casi luminosos. Estaba impresionada por la situación, pero no la arredraba: hablaba levantando la voz y con decisión, pese a que se la veía emocionada. Sin que O'Hare tuviera que incitarla demasiado, ya que se mostró en extremo solícito con ella, Rose manifestó que Percival al principio era muy obsequioso, le profesaba una evidente admiración y era muy correcto en el trato con ella.

Más adelante le había hecho comprender gradualmente que quería formalizar el afecto que sentía por ella y, finalmente, le había manifestado que aspiraba a casarse con ella.

La chica expuso todo esto con actitud modesta y tono afable, pero de pronto se le endureció el gesto y, avanzando la barbilla, se mantuvo muy rígida en el estrado. Su voz se hizo más opaca, se impregnó de emoción y, sin mirar ni un solo momento al jurado ni a los asistentes, explicó a O'Hare que un buen día cesaron por completo las atenciones que le prodigaba Percival y que a partir de entonces éste le hablaba cada vez con más frecuencia de la señorita Octavia y de las distinciones que ésta le dispensaba, que lo llamaba por los motivos más triviales, como si desease su compañía, y que últimamente se arreglaba más que antes y solía hacer observaciones sobre lo agradable del aspecto del propio Percival.

—¿Se lo decía tal vez para ponerla a usted celosa, señorita Watkins? —preguntó O'Hare con el aire más inocente de este mundo.

La chica tuvo un acceso de recato, bajó los ojos y respondió con voz sumisa, desapareció de ella el veneno y volvió a acusar la ofensa sufrida.

—¿Celosa, señor? ¿Cómo iba yo a estar celosa de una señora como la señorita Octavia? —respondió con recato—. Ella era mujer hermosa, educada e instruida, llevaba unos vestidos muy bonitos. ¿Cómo podía yo luchar contra todas estas cosas?

Vaciló un momento y después prosiguió.

—La señorita Octavia no se habría casado nunca con él, era locura pensarlo. Yo habría podido estar celosa de otra sirvienta como yo, de una chica capaz de dar a Percival verdadero amor, de compartir una casa con él y, con el tiempo, de formar una familia. —Miró sus manos fuertes pero pequeñas y de pronto volvió a levantar los ojos—. No, señor, ella lo aduló y a él se le subió a la cabeza. Yo me figuraba que estas cosas sólo les ocurrían a las camareras y a las sirvientas, que a veces caen en manos de amos que no saben lo que es la decencia. Jamás habría creído que un lacayo pudiera ser tan bobo. O que una señora... en fin. —Bajó los ojos.

—¿Quiere usted decir que fue esto lo que ocurrió, señorita Watkins? —preguntó O'Hare.

La chica lo miró abriendo mucho los ojos.

—¡Oh, no, señor! No he creído nunca que la señorita Octavia fuera capaz de una cosa así. Lo que yo creo es que Percival es un presumido y un bobo y que se figuró lo que no era. Y después, cuando se dio cuenta de lo tonto que había sido se sintió tan ofendido que no lo pudo soportar y perdió los estribos.

—¿Es Percival un hombre de genio, señorita Watkins?

—¡Oh, sí, señor! Yo diría que sí.

El último testigo al que se llamó en relación con Percival y sus flaquezas fue Fenella Sandeman. Ésta irrumpió en la sala envuelta en una aureola de tafetanes y encajes negros y con un gran sombrero echado muy para atrás, que enmarcaba la palidez extrema de su rostro, el azabache de sus cabellos negros y el rosado color de sus labios. Vista a distancia, que era como la veía la mayoría de los asistentes, producía un efecto impresionante, era una mujer hechicera sumida en el dramatismo de la desgracia, poseedora de una extraordinaria feminidad acuciada por la adversidad de las circunstancias.

Para Hester, esa escena, enmarcada en la lucha de un hombre por su vida, resultaba a la vez patética y grotesca.

O'Hare se levantó y se mostró exageradamente educado, como si Fenella fuera un ser frágil y necesitado de toda la ternura que él pudiera dispensarle.

—Señora Sandeman, tengo entendido que usted es

viuda y que vive en casa de su hermano, sir Basil Moidore.

—Así es —admitió ella, amparándose un momento en una actitud de digno sufrimiento y optando finalmente por adoptar un aire de valiente alegría, luciendo una sonrisa deslumbrante y levantando exageradamente la puntiaguda barbilla.

—Usted vive en la casa... —Vaciló como si hiciera un esfuerzo para recordar y preguntó—: Unos doce años, ¿no es así?

—Así es —afirmó ella.

—Entonces —concluyó — no me cabe la menor duda de que usted conoce bien a todos los miembros de la familia, a los que debe de haber visto en todo tipo de disposiciones de ánimo, tanto alegres como tristes, dado el considerable espacio de tiempo que hace que los conoce. Y basándose en sus propias observaciones, debe de haberse formado alguna opinión.

—En efecto, es inevitable. —Clavó en él la mirada y por sus labios vagó una leve sonrisa irónica. Se le había puesto la voz ronca.

Hester habría querido deslizarse en su asiento y hacerse invisible, pero se encontraba sentada junto a Beatrice, que no saldría a declarar. No tenía más remedio que soportar la situación. Miró de reojo a Beatrice, pero llevaba la cara cubierta con un velo tan espeso que le fue imposible distinguir su expresión.

—Las mujeres son muy sensibles con todos los seres humanos —prosiguió Fenella—. No tenemos otra salida: los seres humanos forman parte de nuestra vida...

—Exactamente —dijo O'Hare devolviéndole la sonrisa—. ¿Tenía usted criados en su casa antes de que su marido... falleciese?

—Por supuesto.

—O sea que usted está muy acostumbrada a juzgar su carácter y sabe apreciar sus méritos —concluyó

O'Hare dirigiendo una mirada de soslayo a Rathbone—. ¿Qué observó en especial en Percival Garrod, señora Sandeman? ¿Qué valoración hace de él? —El hombre levantó su pálida mano como para impedir cualquier objeción que pudiera ocurrírsele a Rathbone—. Me refiero a su opinión basada en el tiempo que lo vio en Queen Anne Street.

La mujer bajó los ojos y se hizo un gran silencio en la sala.

—Era muy competente en su trabajo, señor O'Hare, pero era un hombre arrogante y codicioso, refinado en el vestir y en la comida —dijo en voz baja pero muy clara—. Se hacía ideas y alimentaba aspiraciones que estaban muy por encima de su posición y por este motivo sentía una especie de amargura al verse obligado a llevar el tipo de vida en la que Dios había tenido a bien situarlo. Jugaba con los sentimientos de la pobre Rose Watkins pero después, cuando pensó que podría... —Levantó los ojos hacia O'Hare y le dirigió una mirada arrolladora. Su voz se hizo más ronca aún—. De veras que no sé cómo expresarlo con delicadeza. Le quedaría sumamente agradecida si quisiera ayudarme un poco.

Junto a Hester, Beatrice hizo una profunda aspiración y las manos, que descansaba en su regazo, se tensaron dentro de los guantes de cabritilla.

O'Hare la ayudó.

—¿Insinúa, quizá, señora, que tenía aspiraciones de cariz amoroso en relación con una persona de la familia?

—Sí —respondió ella con exagerada modestia—, desgraciadamente esto es ni más ni menos lo que me veo en la obligación de decir. En más de una ocasión lo sorprendí hablando con descaro acerca de mi sobrina Octavia y, al hacerlo, vi en su cara una expresión en relación con la cual no hay mujer que pueda llevarse a engaño.

—Comprendo. ¡Qué desagradable debió de ser para usted!

—Así es —afirmó ella.

—¿Qué hizo al encontrarse en estas circunstancias, señora?

—¿Qué hice? —Lo miró con un parpadeo—. Mi querido señor O'Hare, yo no podía hacer nada. Si la propia Octavia no tenía nada que objetar, ¿qué podía decirle yo a ella, ni a nadie?

—¿Ella no tenía nada que objetar? —O'Hare levantó la voz, sorprendido, dirigió una mirada a los circunstantes y seguidamente volvió a mirarla—. ¿Está usted absolutamente segura, señora Sandeman?

—¡Oh, sí, señor O'Hare! Lamento profundamente tener que decirlo y más en un sitio tan público como éste. —Su voz se quebró un momento y Beatrice experimentó una tensión tan grande que Hester creyó que iría a romper en llanto—. Parece que la pobre Octavia se sentía muy halagada con sus atenciones —prosiguió Fenella, implacable—. Claro que ella no tenía ni idea de que él pretendía algo más que palabras. Yo tampoco lo sabía, de otro modo se lo habría dicho a su padre, como es lógico, prescindiendo de lo que ella pudiera pensar de mí.

—¡Claro, claro! —admitió O'Hare como deseando tranquilizarla—. Seguro que todos comprendemos que de haber previsto el trágico resultado de esta pasión usted habría hecho todo lo posible para impedirlo. Pese a todo, el testimonio que usted presenta ahora en relación con sus observaciones es sumamente valioso para poder hacer justicia a la señora Haslett y todos nos hacemos cargo de lo terrible que debe ser para usted venir aquí a contárnoslo.

Acto seguido la instó a que diera ejemplos específicos de la conducta de Percival que confirmasen sus asertos, lo que ella hizo con bastantes detalles. Después, el abogado le rogó lo mismo en relación con la conducta alentadora de Octavia, a lo que ella procedió a responder igualmente.

—¡Ah! Antes de que termine, señora Sandeman —dijo O'Hare levantando la vista como si hubiera estado a punto de olvidarlo—, ha dicho usted que Percival era codicioso. ¿En qué aspecto?

—En el aspecto económico, naturalmente —replicó ella sin levantar mucho la voz pero con mirada brillante y despiadada—. Le gustaban las cosas caras que su salario de lacayo no podía costear.

—¿Y usted cómo lo sabe, señora?

—Era un fanfarrón —dijo con todas las letras—. En cierta ocasión me contó cómo se las arreglaba para conseguir pequeñas entradas de dinero.

—¿Ah, sí? ¿Cómo se las arreglaba? —le preguntó O'Hare con aire inocente, como si esperase que ella le diera una explicación honorable y al alcance de toda persona corriente.

—Sabía cosas de la gente —replicó con sonrisa levemente perversa—, pequeñas cosas que son triviales para la mayoría de nosotros. Qué sé yo, pequeñas vanidades que tienen algunos y que son desconocidas de los demás. —Se encogió de hombros—. La camarera del salón, Dinah, alardea siempre de pertenecer a una buena familia, cuando en realidad es expósita y no tiene familia ninguna. Como los aires que se daba molestaban a Percival, éste le hizo saber que estaba al cabo de la calle de sus antecedentes. En cuanto a la lavandera Lizzie, es muy mandona y orgullosa, pero tenía un lío de tipo amoroso. Él también estaba enterado, tal vez a través de Rose, esto no lo sé. En fin, pequeñas cosas como éstas. El hermano de la cocinera es un borracho... la camarera de la cocina tiene un hermano deficiente...

O'Hare sintió una cierta incomodidad, aun cuando no habría podido decirse si era por Percival o porque le molestaba que Fenella hiciese públicas aquellas pequeñas tragedias domésticas.

—¡Qué hombre tan desagradable! —exclamó el abogado—. ¿Y cómo se enteraba él de todas estas cosas, señora Sandeman?

Fenella parecía no darse cuenta de aquella actitud de desagrado evidente en O'Hare.

—Supongo que abría las cartas con vapor —dijo la mujer encogiéndose de hombros—. Él era el encargado de distribuir el correo.

—Ya comprendo.

Volvió a dar las gracias a la señora Sandeman mientras Oliver Rathbone se ponía en pie y se adelantaba con una gracia de movimientos casi felina.

—Señora Sandeman, tiene usted una memoria envidiable y estamos muy en deuda con usted por la exactitud de sus declaraciones y la sensibilidad que ha demostrado.

Fenella le dirigió una mirada de agudo interés. Había en Rathbone una faceta esquiva, provocativa y poderosa que no tenía O'Hare, ante la cual ella reaccionó de inmediato.

—Es usted muy amable.

—Nada de eso, señora Sandeman —respondió con un gesto de la mano—. Le puedo asegurar que no lo soy. ¿Este lacayo enamoradizo, codicioso y presumido manifestó alguna vez su admiración hacia otras señoras de la casa? ¿Hacia la esposa del señor Cyprian Moidore, para poner un ejemplo? ¿O hacia la señora Kellard?

—No tengo ni idea —respondió, sorprendida.

—¿O hacia usted, quizá?

—Bien... —bajó los párpados con recato.

—¡Por favor, señora Sandeman! —la instó él—. No es momento de andarse con modestias.

—Sí, traspasó los límites de lo que impone... la simple cortesía.

Varios miembros del jurado observaban la escena con aire expectante. Un hombre de mediana edad que llevaba patillas pareció francamente cohibido.

—¿Le demostró atenciones de carácter amoroso, quizá? —la acució Rathbone.

—Sí.

—¿Y usted cómo salió al paso de la situación, señora?

La señora Sandeman abrió mucho los ojos y lo miró con fijeza.

—Lo puse en el sitio que le correspondía, señor Rathbone. Sé muy bien cómo hay que tratar a un criado que se propasa.

Al lado de Hester, Beatrice irguió el cuerpo.

—De eso estoy seguro —la frase de Rathbone estaba cargada de insinuaciones—, y sin peligro alguno para usted, además. Usted no consideró necesario acostarse con un cuchillo de cocina a mano, ¿verdad?

La mujer palideció visiblemente y sus manos, cubiertas con mitones, se tensaron en la barandilla del estrado.

—¡No diga cosas absurdas! ¡Naturalmente que no!

—¿Y no estimó necesario aconsejar a su sobrina en ese arte tan útil para usted?

—Yo... pues... —Se la notaba muy inquieta.

—Usted estaba al corriente de que Percival alimentaba intenciones amorosas con respecto a ella. —Rathbone se movía con agilidad y gracia, como si estuviera en un salón, dentro del espacio de que disponía. Hablaba con suavidad y con una leve nota de desdeñoso escepticismo en la voz—. Y en cambio permitió que su sobrina se quedara a solas con sus miedos y que tuviera que recurrir al extremo de coger un cuchillo de la cocina y llevárselo a la cama para poder defenderse si Percival entraba en su cuarto por la noche.

Era evidente que el jurado estaba impresionado, como mostraban las expresiones de sus miembros.

—No tenía idea de que él pudiera llegar a este extremo —protestó—. Pero bueno, usted afirma que permití de forma deliberada que ocurriera... ¡Qué monstruosidad! —miró a O'Hare en demanda de ayuda.

—No, señora Sandeman —la corrigió Rathbone—. Lo que a mí me sorprende es que una mujer de la experiencia de usted, dotada de unas condiciones de observación tan agudas y de una percepción del carácter de las personas tan desarrollada, viera que en la casa había un lacayo que se sentía atraído hacia su sobrina, la cual tenía la imprudencia de no demostrarle que le desagradaba su actitud sin que usted tomase cartas en el asunto o al menos hablara de él con otro miembro de la familia.

Ella lo miró con horror.

—Con su madre, por ejemplo —prosiguió Rathbone—, o con su hermana. ¿Por qué no se encargó usted misma de advertir a Percival de que estaba al tanto de su actitud? Puede afirmarse casi con seguridad que esta actitud habría evitado la tragedia. También habría podido hablar discretamente con la señora Haslett y aconsejarla, como mujer de más edad, más experimentada, como mujer que ha tenido que frenar también muchas iniciativas inoportunas. Así sí que habría podido ayudarla.

Fenella ahora se quedó aturdida.

—Por supuesto que... si hubiera sabido —tartamudeó—, pero no lo hice. No tenía ni la más mínima idea de que... habría...

—¿No la tenía? —la provocó Rathbone.

—No —su voz ahora sonó chillona—. ¡No tenía ni la más remota idea!

Beatrice, asqueada, soltó un gemido.

—¿Cómo es posible, señora Sandeman? —prosiguió Rathbone, dando media vuelta para volver a su sitio—. Si Percival ya le había hecho a usted proposiciones amorosas, si había comprobado que tenía un comportamiento ofensivo en relación con la señora Haslett, ya podía imaginarse cómo terminaría. Usted es una mujer de mundo.

—No, no lo imaginaba, señor Rathbone —protestó Fenella—. Lo que usted dice es que yo permití de forma deliberada que violaran y asesinaran a Octavia, lo que me parece escandaloso y absolutamente falso.

—Tiene usted razón, señora Sandeman —dijo Rathbone sonriendo de pronto pero sin rastro de humor en su sonrisa.

—¡Pues no faltaría más! —Su voz tembló ligeramente—. ¡Me debe usted una disculpa!

—Cuadra perfectamente que usted no tuviera ni la más remota idea —continuó Rathbone—, siempre que esta observación suya se extienda a todo lo que nos ha explicado. Percival era extremadamente ambicioso y un hombre de naturaleza arrogante, pero él no le hizo a usted ninguna insinuación, señora Sandeman. Ya me perdonará, pero usted, por la edad, podría ser su madre.

Fenella se quedó pálida de ira y de la multitud se levantó un suspiro. Hubo quien soltó una risita ahogada. Uno de los miembros del jurado se cubrió la cara con el pañuelo e hizo como si se sonara.

Rathbone mostraba un rostro casi inexpresivo.

—Y usted no presenció tampoco ninguna de estas escenas de mal gusto ni de proceder impertinente con la señora Haslett, ya que de lo contrario habría informado de ellas a sir Basil para que protegiera a su hija, como habría hecho cualquier mujer decente.

—Bien... yo... yo... —Vaciló antes de sumirse en silencio, palidísima y contrariada, mientras Rathbone volvía a su asiento. No había necesidad de continuar humillándola ni de poner todavía más de manifiesto su vanidad o su insensatez o la exposición innecesariamente malévola de los pequeños secretos que afectaban a los criados. La escena había sido sumamente embarazosa, pero constituía la primera duda que se proyectaba sobre las pruebas esgrimidas contra Percival.

Al día siguiente la sala todavía estaba más concurrida y Araminta ocupó el estrado de los testigos. Esta vez la testigo no era una mujer casquivana y con ganas de exhibirse, como en el caso de Fenella. Iba sobriamente vestida y su compostura fue intachable. Manifestó que a ella no le había gustado nunca Percival pero que, como la casa donde vivía era de su padre, no le correspondía a ella elegir a los criados. Consideraba, pues, que los juicios que podía emitir sobre Percival estarían indefectiblemente influidos por sus gustos personales. Ahora, sin embargo, las cosas habían cambiado y lamentaba haber guardado silencio.

Acuciada a preguntas por O'Hare reveló, aparentemente con gran esfuerzo, que su hermana no compartía sus antipatías por el lacayo y que se había mostrado imprudente en su actitud con los criados en general. Aunque le resultaba penoso reconocerlo, era una actitud que obedecía a que, tras la muerte de su marido, el capitán Haslett, en el reciente conflicto de Crimea, muchas veces su hermana bebía más de la cuenta. Así, criterio y proceder se habían relajado más de lo conveniente o, según ahora se había podido comprobar, más de lo aconsejable.

Rathbone le preguntó si su hermana le había dicho alguna vez que tuviera miedo de Percival o de alguna otra persona en concreto. Araminta lo negó, añadiendo que de ser así habría tomado las medidas oportunas para protegerla.

Rathbone le preguntó si ellas dos, como hermanas, se llevaban bien. Araminta lamentaba profundamente que, desde la muerte del capitán Haslett, Octavia hubiera cambiado y no existiera entre las dos un vínculo afectivo tan estrecho como en otros tiempos. Rathbone no vio fisura alguna en su declaración, como tampoco palabra o actitud dignas de ataque. Así pues, adoptó una actitud prudente y abandonó el interrogatorio.

Myles añadió muy poco a lo que ya se sabía. Comprobó que, en efecto, Octavia había cambiado desde que se había quedado viuda. Su comportamiento era deplorable y lamentaba tener que admitir que cedía fácilmente a las emociones y carecía a menudo de criterio debido al consumo excesivo de vino. Sin duda debió de ser en alguna de aquellas ocasiones cuando no supo poner coto como correspondía a la conducta osada de Percival. Más tarde, en momentos de mayor sobriedad, al darse cuenta de lo que había hecho, se habría sentido avergonzada de buscar ayuda y habría optado por llevarse a la cama un cuchillo de cocina. Era algo sumamente trágico y todos estaban profundamente afectados.

Rathbone no se atrevió a atacarlo, era demasiado consciente de la simpatía que había despertado en el público para intentarlo.

El último testigo que llamó O'Hare fue el propio sir Basil. Ocupó el estrado con actitud grave y toda la sala se vio recorrida por una oleada de simpatía y de respeto. Hasta los miembros del jurado se quedaron más erguidos y uno echó el cuerpo para atrás en señal de mayor respeto.

Basil habló con sencillez de su hija muerta, del dolor en que se había sumido al recibir la noticia de que su marido había perdido la vida en la guerra, de lo mucho que aquel hecho había trastornado sus emociones haciéndola llegar al extremo de buscar solaz en el vino. Sentía una profunda vergüenza al tener que admitirlo... lo que provocó un murmullo de simpatía entre el público. Eran muchos los que habían perdido a algún ser querido en aquellos baños de sangre de Balaclava, Inkermann, el Alma, o a consecuencia de los rigores del hambre y el frío en las colinas de Sebastopol, o a causa de la enfermedad en el temible hospital de Shkodër. Conocían todas las manifestaciones del dolor y el hecho de admitirlo establecía un vínculo entre ellos. Admiraban su dignidad y su franqueza. El calor del afecto que había levantado se notaba incluso en el lugar donde estaba sentada Hester. Sentía a Beatrice a su lado, pero el velo que le cubría la cara la hacía casi invisible y ocultaba sus emociones.

O'Hare estuvo brillante y Hester se sintió desfallecer.

Por fin le correspondió a Rathbone ejercer la defensa a la que tuviera acceso.

Comenzó interrogando al ama de llaves, la señora Willis. Estuvo cortés en su trato con ella, haciendo que expusiera sus credenciales que la acreditaban para desempeñar el puesto preeminente que ocupaba, ya que no sólo llevaba la economía del piso superior sino que era responsable del personal femenino, aparte del personal de la cocina. Su bienestar moral constituía su principal preocupación.

¿Estaban autorizados los devaneos amorosos?

La mujer se encrespó ante la mención de aquella simple posibilidad. No, no estaban autorizados ni de lejos. Por otra parte, ella tampoco habría permitido que se emplease a ninguna chica propensa a tales actitudes. Si entre las chicas de servicio hubiera detectado a alguna cuyo comportamiento tuviese alguna fisura, habría sido motivo suficiente para que fuera despedida en el acto y sin referencias. No era preciso recordar qué podía ocurrirle a una persona en esas condiciones.

¿Y si una sirvienta quedaba embarazada?

Despido inmediato, por supuesto. ¿Qué otra cosa cabía esperar?

Nada más, naturalmente. ¿Se tomaba de verdad en serio la señora Willis sus deberes en este sentido?

¡Claro! Ella era una mujer cristiana.

¿Había acudido a ella en alguna ocasión una de las chicas para decirle, aunque fuera de manera indirecta, que alguno de los criados, ya fuera Percival u otro, se había propasado con ella?

No, nunca. La verdad es que Percival sólo pensaba en sí mismo, era muy creído, más presumido que un pavo real: había tenido ocasión de ver la ropa y las botas que llevaba y la verdad es que no sabía de dónde sacaba el dinero para comprarlo.

Rathbone volvió a insistir sobre el tema. ¿Alguien se había quejado de Percival?

No, muchas impertenencias, eso sí, pero la mayoría de camareras las valoraban en lo que eran realmente, es decir, en nada.

O'Hare optó por no agobiarla y se limitó a señalar que, como no dedicaba sus servicios a Octavia Haslett, su testimonio tenía poco valor.

Rathbone volvió a levantarse para decir que una gran parte de las pruebas presentadas contra la conducta de Percival se apoyaban en la valoración de su tratamiento de las sirvientas.

El juez observó que el jurado decidiría en consecuencia.

Rathbone llamó a Cyprian, a quien no hizo ninguna pregunta relacionada con su hermana ni con Percival. En lugar de esto observó que la habitación de Cyprian estaba al lado de la de Octavia y seguidamente le preguntó si en la noche en que fue asesinada había oído algún ruido extraño o algo anormal.

—No, nada. De otro modo habría ido a ver si le pasaba algo —dijo Cyprian, no sin cierta sorpresa.

—¿Tiene usted un sueño muy profundo? —le preguntó Rathbone.

—No.

—¿Tomó usted mucho vino durante la cena?

—No, muy poco —contestó Cyprian con el entrecejo fruncido—. No veo a qué viene su pregunta, señor. Sobre que a mi hermana la mataron en la habitación contigua a la mía no hay ninguna duda, pero no veo qué importancia puede tener que yo oyera o no ruidos. Percival es mucho más fuerte que ella... —Estaba muy pálido y tenía dificultades para dominar la voz—. Supongo que no le costó mucho trabajo reducirla.

—¿Y ella no gritó? —Rathbone pareció sorprendido.

—Al parecer, no.

—Pero el señor O'Hare quiere convencernos de que fue ella quien se llevó el cuchillo de cocina a la cama y que lo hizo para poner coto a las inoportunas atenciones del lacayo —dijo Rathbone con sobrada lógica—. Sin embargo, parece que cuando él entró en su habitación, ella se levantó de la cama. No es que la encontraran en la cama, sino que se encontró su cuerpo sobre la cama. No estaba en la postura normal de la persona que duerme... con respecto a esto contamos con el testimonio del señor Monk. Se había levantado, se había puesto el salto de cama, había sacado el cuchillo de cocina del sitio donde lo tenía guardado y se había enzarzado en una lucha con intención de defenderse...

Hizo unos movimientos negativos con la cabeza, se desplazó ligeramente de sitio y se encogió de hombros.

—Seguramente ella le advirtió que se iba a defender. No creo que se abalanzase de buenas a primeras sobre el lacayo cuchillo en mano. Probablemente lucharon y él le quitó el cuchillo... —Rathbone levantó las manos—. En el curso de la pelea, finalmente, la apuñaló hasta matarla. ¡Y pese a tanta lucha, ninguno de los dos profirió un solo grito! ¡Este enfrentamiento ocurrió en el más absoluto de los silencios! ¿No le parece un poco extraño, señor Moidore?

El jurado se inquietó y Beatrice hizo una profunda aspiración.

—¡Sí! —admitió Cyprian con una sorpresa que iba creciendo por momentos—. Sí, así es. Me parece extrañísimo. No entiendo por qué no gritó.

—Ni yo, señor Moidore —Rathbone coincidió con

él—. No hay duda de que habría sido una defensa mucho más efectiva y menos peligrosa para ella, y también mucho más natural en una mujer que utilizar un cuchillo de cocina.

O'Hare se levantó.

—A pesar de todo, señor Moidore y señores del jurado, subsiste el hecho de que ella tenía en su poder un cuchillo de cocina y de que la apuñalaron con él. Es muy posible que no lleguemos a saber nunca qué clase de extraña conversación sostuvieron aquella noche, aunque sí que seguramente fue a media voz, pero de lo que no tenemos duda alguna es de que Octavia Haslett murió a consecuencia de las heridas de un cuchillo y de que el cuchillo en cuestión, manchado de sangre, lo mismo que el salto de cama desgarrado, fueron localizados en la habitación de Percival. ¿Es preciso que sepamos lo que dijeron palabra por palabra y tengamos conocimiento de todos sus gestos para llegar a una conclusión?

En la sala se levantó un murmullo de voces. El jurado hizo un ademán. Beatrice, sentada al lado de Hester, gimió.

Llamaron a Septimus, quien expuso a la concurrencia que el día de la muerte de Octavia, al llegar a casa, la había visto y ella le había comunicado que había descubierto una cosa espantosa, algo escalofriante y que tan sólo le faltaba una prueba final para corroborar que era verdad. Sin embargo, ante la insistencia de O'Hare, tuvo que admitir que nadie había oído la conversación que ellos dos habían sostenido y que él tampoco había referido el hecho. Por consiguiente, O'Hare tuvo que llegar a la triunfante conclusión de que no había motivo alguno para suponer que aquel descubrimiento tuviera que ver necesariamente con su muerte. A Septimus aquello no le gustó ni pizca y señaló que él no se lo había dicho a nadie, pero eso no significaba que Octavia no lo hubiera hecho.

Pero ya era demasiado tarde. El jurado ya había tomado su decisión y nada de lo que Rathbone pudiera exponer en la recapitulación haría variar su postura. Se ausentaron durante poco tiempo y al volver estaban pálidos, con los ojos hundidos y mirando a todos lados menos a Percival. El veredicto que emitieron fue de culpabilidad. No había circunstancias atenuantes.

El juez se caló el negro birrete y pronunció la sentencia: Percival sería conducido al lugar de donde lo habían traído y, en el término de tres semanas, lo trasladarían al patio de ejecución, donde lo colgarían hasta que le sobreviniera la muerte. Que Dios se apiadase de su alma, ya que no tenía a quién recurrir en la Tierra.

10

—Lo siento mucho —dijo Rathbone con voz suave, pero mirando a Hester con intensa preocupación—. He hecho todo lo que he podido, pero los ánimos estaban muy exacerbados y no había nadie más a quien poder atribuirle responsabilidades con suficiente fundamento.

—¿Y Kellard? —preguntó Hester, ni esperanzada ni convencida—. Si damos por hecho que Octavia se quería defender, eso no significa que se defendiera precisamente de Percival. De hecho, tendría más sentido que se hubiera defendido de Myles, en cuyo caso de poco le habría servido gritar. Lo único que él habría dicho entonces era que la había oído gritar y que había ido a ver qué le pasaba. Por lo tanto, habría contado con una excusa más plausible que Percival para estar en ese cuarto. Y además, ella habría podido sacudirse de encima a Percival con la simple amenaza de que aquello le iba a costar el puesto. Eso es algo que no podía hacer con Myles. Por otra parte, quizás Octavia tampoco habría querido que Araminta se enterase de cómo se comportaba su marido.

—Sí, lo sé.

Rathbone estaba de pie en su despacho, junto a la repisa de la chimenea, a poca distancia de Hester. Ésta estaba anonadada por la derrota, se sentía vulnerable, abatida por el terrible fracaso. Tal vez había juzgado mal las cosas. ¿No podía ser, después de todo, que Percival fuera culpable? A excepción de Monk, todos los demás lo creían. Pese a todo, había cosas que no cuadraban...

—¿Hester?

—¡Huy, lo siento! —se disculpó—. Estaba divagando...

—No podía hacer recaer las sospechas sobre Myles Kellard.

—¿Por qué?

Rathbone sonrió levemente.

—¿Qué pruebas puedo aportar que refrendaran que tenía el mínimo interés amoroso por su cuñada? ¿Quién de su familia lo corroboraría? ¿Araminta? Ella sabe que, si corría la voz, se convertiría en el hazmerreír de la buena sociedad londinense. Como circulara ese rumor, la compadecerían y, si admitiera abiertamente que lo sabe, la despreciarían. Pese a que sólo la conozco superficialmente, para ella sería igualmente intolerable.

—Dudo que Beatrice mintiera —dijo Hester, aun cuando se dio cuenta inmediatamente de que acababa de decir una tontería—. El hecho es que Kellard violó a la sirvienta Martha Rivett. Y Percival lo sabía.

—¿Y qué sacamos con eso? —la cortó Rathbone—. ¿Qué crédito prestará el jurado a Percival? ¿O tengo que citar a declarar a la propia Martha? ¿O a sir Basil, que fue quien la despidió?

—No, claro que no —respondió Hester, desesperada, volviéndose hacia el otro lado—. No sé qué otra cosa podríamos hacer. Lamento dar la impresión de falta de lógica, pero la realidad es que... —Se calló y volvió a mirar a Rathbone—. Lo van a colgar, ¿verdad?

—Sí —la observó con expresión grave y llena de tristeza—. Aquí no hay circunstancias atenuantes. ¿Qué se puede decir para defender a un lacayo que pretende seducir a la hija de su amo y que, al verse rechazado, la mata con un cuchillo de cocina?

—Nada —dijo Hester quedamente—. Absolutamente nada, salvo que es un ser humano y que, colgándolo, también nosotros nos degradamos.

—Mi querida Hester... —Lentamente y con toda deliberación, con los ojos abiertos pero bajas las pestañas, Rathbone se inclinó hacia ella hasta besarla, no con pasión sino con extrema suavidad y con una intimidad tan morosa como delicada.

Cuando por fin se apartó de ella, Hester se sintió más sola que nunca en su vida y, al observar la expresión de Rathbone, comprendió que aquel acto también a él lo había cogido por sorpresa. Rathbone tomó aliento como si se dispusiera a decir algo, pero de pronto cambió de parecer y se apartó, se acercó a la ventana y se quedó junto a ésta, medio de espaldas a Hester.

—Siento muchísimo no haber podido hacer más por Percival —volvió a decir, con la voz ligeramente ronca e impregnada de una sinceridad de la que ella no podía dudar—, y no sólo por él sino también porque usted había depositado su confianza en mí.

—En este aspecto puede estar completamente tranquilo —se apresuró a decir ella—. Ya suponía que haría todo cuanto estuviera en su mano, pero no esperaba milagros. He podido darme cuenta de qué pasiones que hacen presa en el público. Quizá no se nos ofreció ocasión de hacer otra cosa. Se trataba simplemente de probar todo cuanto estuviera a nuestro alcance. Lamento haber hablado de forma tan precipitada. Comprendo que usted no podía hacer insinuaciones contra Myles, ni contra Araminta. Solamente habría conseguido que el jurado todavía se ensañara más con Percival. Lo veo claramente cuando me libro de la sensación de frustración y recurro más a la inteligencia.

Rathbone le sonrió, le brillaban los ojos.

—Es usted muy práctica.

—No se burle de mí —dijo Hester sin sombra de resentimiento—. Sé que es una reacción poco femenina, pero no le veo la gracia en eso de comportarse tontamente cuando no hay necesidad de ello.

Rathbone sonrió más abiertamente.

—Querida Hester, a mí me ocurre lo mismo que a usted. Lo encuentro absurdo. Basta con que nos comportemos así cuando no hay más remedio. ¿Qué hará ahora? ¿Cómo piensa ganarse la vida cuando lady Moidore considere que ya no tiene necesidad de una enfermera?

—Pondré un anuncio solicitando un empleo similar, hasta que encuentre algún trabajo en la administración.

—Me encanta que lo diga. Por lo que veo, no ha renunciado a la esperanza de reformar la medicina inglesa.

—Esto por descontado, aunque no tengo un programa a plazo fijo, según parece usted apuntar por el tono de voz. Me contentaré con iniciar la labor.

—Estoy seguro de que lo hará. —Al decirlo desapareció la sonrisa de su rostro—. Difícilmente se consigue torcer una voluntad como la suya, por muchos que sean los Pomeroy de turno.

—Y me pondré en contacto con el señor Monk y volveré a revisar el caso —añadió—, lo haré hasta que esté segura de que no se puede hacer nada más.

—Si descubre algo, hágamelo saber. —Ahora se había puesto muy serio—. ¿Me lo promete? Todavía nos quedan tres semanas de tiempo para apelar.

—Si descubro algo, se lo diré —respondió Hester, que ahora volvía a sentir dentro de ella una espantosa desazón. Aquel breve e inefable momento de emoción se había desvanecido y había vuelto el recuerdo de

Percival—. Lo haré. —Hester le dijo adiós y aprovechó el permiso de que disfrutaba para localizar a Monk.

Hester volvió a Queen Anne Street con paso ligero, pero ahora que se veía obligada a reflexionar nuevamente sobre la realidad sentía un peso de plomo que le oprimía la cabeza.

Le sorprendió enterarse a través de Mary, así que entró en casa, de que Beatrice seguía confinada en su habitación y que pensaba cenar en su cuarto. Había ido al cuarto de plancha a buscar un delantal limpio y en él encontró a Mary doblando piezas de ropa blanca.

—¿Está enferma? —preguntó Hester, preocupada, sintiendo un repentino acceso de remordimiento, no sólo por lo que podía ser descuido de sus deberes sino por haber pensado que aquella postración sólo obedecía al deseo de que la mimaran un poco más y de atraer una atención que los suyos no le ofrecían espontáneamente. Lo cual no dejaba de ser un misterio. Beatrice era una mujer encantadora y, además, llena de vida e individualista, no una mujer plácida al estilo de Romola. Aparte de esto, era inteligente, imaginativa y a veces dotada de una considerable dosis de humor. ¿Por qué razón una mujer así no había de ser el motor que movía su casa?

—Estaba muy pálida —comentó Mary poniendo cara larga—, aunque siempre lo está. Si quiere que le diga la verdad, me parece que está enfadada... pero yo no soy quién para decirlo.

Hester sonrió. Que Mary considerase que no era quién para decirlo no había sido nunca razón para hacerla callar, ni siquiera para hacerla dudar de manifestar sus opiniones.

—¿Enfadada con quién? —preguntó Hester con curiosidad.

—Con todos en general y con sir Basil en particular.

—¿Sabe usted por qué?

Mary se encogió de hombros haciendo un gesto gracioso.

—Yo me figuro que será por las cosas que dijeron en el juicio sobre la señorita Octavia. —Se puso ceñuda de pronto—. ¿No le pareció horrible? Dijeron que la señorita se ponía achispada y animaba al lacayo a que la cortejara. —Se calló y miró a Hester con toda intención—. Son cosas que te dejan asombrada, ¿no encuentra?

—¿No era verdad?

—No, que yo sepa. —Mary parecía indignada—. Que algunas veces estuviera achispada, no le digo que no, pero la señorita Octavia era una señora y, aunque Percival hubiera sido el único hombre de una isla desierta, la señorita Octavia no habría dejado que le pusiera la mano encima. Y si quiere que le diga lo que pienso, desde que se murió el capitán Haslett no creo que la haya tocado nunca ningún hombre. Y eso precisamente era lo que ponía furioso al señor Myles. Mire, si ella lo hubiera matado a él, me lo habría creído.

—¿Por qué? ¿La deseaba él? —preguntó Hester utilizando abiertamente la palabra por vez primera.

Mary abrió un poco más sus ojos oscuros y no se anduvo con titubeos.

—¡Y cómo! Tenía que haberle visto la cara. Le advierto una cosa: la señorita era guapísima, ¿sabe usted?, era guapa de una manera que no tenía nada que ver con la señorita Araminta. Usted no la conoció, pero era una mujer tan llena de vida... —De pronto volvió a entrarle una especie de tristeza y pareció como si se quedara anonadada ante la magnitud de la desgracia y la indignación que había tratado de frenar—. ¡Lo que han dicho de la señorita es muy ruin! ¡No entiendo cómo se atreve la gente a decir estas cosas! —Levantó la barbilla y los ojos le relucieron de indignación—. ¡Todas esas cosas

tan feas que dijo de Dinah y de la señora Willis y de todos! Ellas no se lo perdonarán nunca, ¿sabe? ¿Por qué
lo hizo?

—¿Será por despecho? —apuntó Hester—. O a lo
mejor por exhibicionismo. Le gusta ser el centro de la
atención de todo el mundo. Si alguien la mira, entonces
se siente viva, importante.

Mary pareció confusa.

—Hay personas que son así. —Hester trataba de encontrar explicación a cosas que no se había formulado
antes con palabras—. Son personas vacías, inseguras,
solas. Sólo se sienten a gusto cuando los demás les pres-
tan atención y se fijan en ellas.

—¡Sí, se fijan en ella! —Mary soltó una amarga carcajada—. Por desprecio, por eso se fijan. Le puedo asegurar que aquí esto no se lo perdonará nadie.

—No creo que le importe demasiado —dijo Hester
secamente, pensando en la opinión que tenía Fenella de
los criados.

Mary sonrió.

—¡Sí le importará! —dijo con furia—. Aquí ya no
habrá nadie que le lleve una taza de té calentita por las
mañanas. El té a lo más estará tibio. Nosotros nos dis-
culparemos siempre, no sabremos nunca qué ha pasado,
pero el té seguirá estando tibio. Sus mejores vestidos se
extraviarán en la lavandería, algunos se le devolverán rotos, pero nadie sabrá quién lo ha hecho. «Ya estaban
así», diremos. Y sus cartas irán a parar a otro destinata-
rio o se quedarán entre las páginas de un libro, y sus recados tardarán lo suyo en llegar a destino, se lo aseguro.
Los lacayos estarán demasiado atareados para encender
la chimenea de su habitación, y nadie se acordará de servirle el té de la tarde a la hora oportuna. Créame, señorita Latterly, cuando le digo que le va a importar. Y ni la
señora Willis ni la cocinera dirán ni pío. Como los demás, dirán que no saben nada de nada, que no tienen ni

idea de lo que ha pasado. Y el señor Phillips lo mismo. Puede darse aires de duque, pero es muy leal. Para estos asuntos es uno más entre nosotros.

Hester no pudo reprimir una sonrisa. Todo aquello era de una trivialidad increíble, pero obedecía a cierto sentido de la justicia.

Mary vio su expresión y también sonrió. Ahora eran cómplices.

—¿Lo ha entendido? —dijo ella.

—Lo he entendido —admitió Hester—. Sí, me parece muy justo. —Y todavía con una sonrisa en los labios, cogió su ropa y se marchó.

Cuando Hester fue arriba encontró a Beatrice sentada en uno de los sillones de su habitación, sola y contemplando a través de la ventana la lluvia que comenzaba a arreciar en el desnudo jardín. Era enero, desolado e incoloro, y prometía niebla antes del anochecer.

—Buenas tardes, lady Moidore —dijo Hester con voz suave—. Lamento mucho que se encuentre mal. ¿Puedo ayudarla en algo?

Beatrice ni movió la cabeza.

—¿Puede hacer correr hacia atrás las manecillas del reloj? —preguntó con voz débil, como burlándose de sí misma.

—De poder, lo habría hecho muchas veces —respondió Hester—. ¿Cree usted que cambiaría algo?

Beatrice se quedó unos momentos sin responder, después suspiró y se levantó. Llevaba un vestido color melocotón y, con su llameante cabellera, emanaba el fuego de un verano moribundo.

—No, seguramente no cambiaría nada —dijo con aire cansado—, porque nosotros continuaríamos siendo los mismos y esto es, precisamente, lo que está mal. Seguiríamos yendo detrás de las comodidades, tratando de que nuestra buena fama quedara a salvo y continuaríamos perjudicando a los demás. —Se quedó junto a la ventana, como si observara el agua que resbalaba por los cristales—. No sabía que Fenella fuera una mujer tan poseída por la vanidad, que estuviera atrapada de forma tan ridícula en la trampa de una falsa juventud. Si no la viera tan dispuesta a pisotear a los demás con tal de conseguir atención, me daría lástima. Dadas las circunstancias, más bien me da vergüenza.

—Quizá no tiene otra cosa. —Hester seguía hablando en voz baja. También a ella le repugnaba Fenella y aquella inclinación suya a herir a los demás y de manera especial a exponer los trapos sucios de los criados. Había sido un ataque gratuito, pero Hester percibía el miedo tras esa necesidad de ganar cierta categoría que le garantizase la supervivencia: unos pocos bienes materiales, no importaba su origen, independientes en cualquier caso de Basil y de su caridad condicionada, si es que caridad era la palabra indicada.

Beatrice se volvió y la miró, los ojos muy abiertos pero la mirada muy tranquila.

—Usted lo entiende, ¿verdad? Usted sabe por qué hacemos estas cosas tan feas...

Hester no sabía si utilizar un lenguaje ambiguo; tacto no era precisamente lo que Beatrice necesitaba ahora.

—Sí, no es difícil.

Beatrice bajó los ojos.

—Hay cosas que preferiría no haberlas sabido, por lo menos algunas. Sabía que Septimus jugaba y que de cuando en cuando sacaba vino de la bodega —sonrió—. Esto más bien me divertía, porque Basil se da tanta importancia con su bodega... —Su expresión volvió a ensombrecerse y de ella desapareció el humor—. Lo que yo no sabía es que Septimus lo sustraía para Fenella, aunque tampoco me habría molestado si fuese porque le tenía simpatía, pero no es el caso, porque creo que la odia. Como mujer, Fenella es el reverso de la medalla de Christabel, la mujer que él amaba. Aunque ésta no es razón para odiar a nadie, ¿no le parece?

Vaciló, pero Hester no la interrumpió.

—Es curioso ver cómo el hecho de depender de alguien, y recordarlo constantemente, va agriándote el carácter —prosiguió Beatrice—. Como uno se siente indefenso e inferior, intenta recuperar el poder haciéndole lo mismo a alguien. ¡Oh, Dios, cómo detesto las investigaciones! Tardaremos años en olvidar todo lo que hemos sabido de los demás... quizá cuando sea ya demasiado tarde.

—¿Y si aprendiera a perdonar? —Hester sabía que decía una impertinencia, pero era la única verdad que podía recomendar y Beatrice no sólo merecía la verdad sino que, además, la necesitaba.

Beatrice se volvió de nuevo hacia la ventana y con el dedo fue siguiendo a través del vidrio seco el reguero de las gotas de lluvia que resbalaban por el exterior.

—¿Cómo se hace para perdonar a alguien por no ser como uno quiere que sea o como uno se figuraba que era? Sobre todo si este alguien no lo lamenta, o a lo mejor ni siquiera te entiende.

—¿Y si lo entiende? —apuntó Hester—. ¿Y cómo se hace para conseguir que nos perdonen por haber esperado demasiado de ellos, en lugar de fijarnos en cómo son realmente y quererlos así?

El dedo de Beatrice se paró.

—Vaya, es usted muy franca, ¿no? —Más que una pregunta era una afirmación—. Sin embargo no es tan fácil, Hester. Mire, ni siquiera estoy segura de que Percival sea culpable. ¿Soy malvada si tengo dudas cuando el tribunal dice que es culpable, lo sentencia y el mundo da el asunto por concluido? Sueño y me despierto por la noche y siento la duda retorcerse entre mis pensamientos. Miro a la gente y no sé qué pensar, veo dos y hasta tres sentidos detrás de sus palabras.

Hester volvía a sentirse agobiada por la indecisión. Habría sido mucho más amable apuntar que nadie más podía ser culpable, que sólo era la secuela de todos los miedos la que seguía persistiendo y que con el tiempo acabaría desvaneciéndose. La vida diaria traería el consuelo y aquella tragedia extraordinaria iría suavizándose hasta convertirse únicamente en esa pena que deja tras de sí una muerte cualquiera.

Pero después pensó en Percival, encerrado en la cárcel de Newgate, contando los días que le quedaban hasta que de pronto, una mañana, el tiempo cesaría para él.

—Pero si Percival no fuera culpable, ¿quién lo sería? —Hester oyó sus propias palabras, pronunciadas en voz alta, e instantáneamente lamentó haberlas dicho. Encerraban una idea brutal. Jamás, ni un solo instante, pensó que Beatrice pudiera creer que fuera Rose y, en cuanto a las demás sirvientas, ni siquiera entraban en el campo de lo posible. Pero no se podía desandar lo andado. Todo lo que ella podía hacer era esperar la respuesta de Beatrice.

—No lo sé. —Beatrice medía cada palabra—. Cada noche, tendida a oscuras en la cama, pienso en que ésta es mi casa, la casa a la que vine a vivir cuando me casé. En ella he sido feliz y he sido desgraciada. En ella he tenido cinco hijos y he perdido dos... y ahora a Octavia. Los he visto crecer y casarse. He sido testigo de su felicidad y de su desgracia. Todo es tan normal para mí como el pan y la mantequilla o como el sonido de las ruedas de los coches sobre el empedrado. Pero quizá no voy más allá de la piel de la cosas, quizá la carne que hay debajo sea para mí una tierra tan desconocida como el Japón.

Se acercó al tocador y comenzó a sacarse las horquillas de los cabellos, que se le derramaron en una reluciente cascada que centelleó como el cobre.

—La policía entró en esta casa y se mostró comprensiva, respetuosa y considerada. Los agentes demostraron que la persona que había cometido el delito no había entrado desde fuera, o sea que el que había matado a Octavia, quienquiera que fuese, era uno de nosotros. Se pasaron semanas enteras haciendo preguntas y nos obligaron a encontrar respuestas, la mayoría desagradables, cosas ruines, egocéntricas, cobardes. —Había formado un ordenado montoncito con las horquillas, que dejó en una bandeja de cristal tallado, y cogió el cepillo de dorso de plata.

»Personalmente, me había olvidado de Myles y de la pobre camarera. Aunque pueda parecer increíble, lo había olvidado. Supongo que será porque no pensé en el asunto cuando ocurrió, porque Araminta no sabía nada. —Se cepillaba el cabello con movimientos largos y enérgicos—. Soy cobarde, ¿verdad? —dijo con un hilo de voz, pero también era una afirmación, no una pregunta—. Vi lo que quise ver y escondí la cabeza para no ver el resto. Y Cyprian, mi querido Cyprian, hizo lo mismo que yo: jamás se ha enfrentado con su padre, se ha limitado a vivir en un mundo de sueños, se ha entregado al juego y a haraganear en lugar de hacer lo que le habría gustado hacer realmente. —Se cepilló todavía con más fuerza—. Romola lo aburre a morir, ¿sabe usted? Antes no le importaba, pero de pronto se ha dado cuenta de lo interesante que podría ser una compañera con la cual poder hablar de cosas auténticas, decir lo que uno piensa de verdad en vez de dedicarse a hacer una especie de comedia dictada por la cortesía. Pero, naturalmente, ya es demasiado tarde.

Sin previo aviso, Hester se dio plenamente cuenta de la responsabilidad que tenía en lo tocante a haber despertado la atención de Cyprian, por haberse complacido en su vanidad y atraído su interés. De todos modos, se consideraba culpable sólo en parte, porque no había querido causar deliberadamente ningún daño a nadie. Ni le había pasado por las mientes ni se lo había propuesto, le sobraba inteligencia para caer en ese tipo de cosas.

—Y la pobre Romola —prosiguió Beatrice, que seguía cepillándose con energía el cabello— no tiene ni la más mínima idea de dónde está el fallo. Ella hace lo que le enseñaron que había que hacer, pero resulta que ahora esto ya no surte efecto.

—A lo mejor volverá a surtir efecto algún día —respondió Hester con voz débil, aunque sin creerlo en realidad.

Pero Beatrice no percibía inflexiones de voz. El clamor de sus pensamientos no lo permitía.

—La policía ha detenido a Percival y se ha retirado del caso dejando que nosotros imaginemos lo que ocurrió realmente. —Se puso a cepillarse el cabello con movimientos largos y regulares—. ¿Por qué hacen estas cosas, Hester? Monk no creía que el culpable fuera Percival, de esto estoy más que segura. —Hizo girar el asiento del tocador y miró a Hester todavía con el cepillo en la mano—. Usted habló con él. ¿Cree Monk que fue Percival?

Hester suspiró lentamente.

—No, creo que no.

Beatrice volvió a girar el asiento de cara al espejo y observó sus cabellos con aire crítico.

—Entonces, ¿por qué lo detuvo la policía? No fue Monk quien lo detuvo. Annie me dijo que había venido a detenerlo otra persona y que tampoco fue aquel sargento joven que lo acompañaba. ¿Lo hicieron por conveniencia? Los periódicos armaron mucho ruido y echaron la culpa a la policía de que el caso no hubiera quedado resuelto, según me dijo Cyprian. Y sé que Basil escribió al ministro del Interior. —Bajó la voz—. Imagino que sus superiores le pidieron que presentara resultados rápidos, pero no creo que Monk cediera así como así. Lo tenía por un hombre muy enérgico...

No quiso añadir que Percival se había convertido en mercancía de canje cuando se veía amenazada la carrera de un oficial, pero Hester sabía que lo pensaba, le bastaba con ver la ira que reflejaba su boca y la aflicción de su mirada.

—Y claro, no iban a acusar nunca a una persona de la familia a menos de contar con pruebas irrefutables. No me puedo sacar de la cabeza que Monk sospechaba de uno de nosotros pero que no pudo encontrar ningún fallo de bastante consideración ni bastante tangible para justificar su acción.

—¡No lo creo! —se apresuró a decir Hester, aunque pensó al momento que le sería imposible justificar que estaba al corriente de la situación. Beatrice estaba casi en lo cierto en sus deducciones, imaginaba las presiones que Runcorn había ejercido sobre Monk para que se pronunciara, las disputas y los enfrentamientos que este hecho había comportado.

—¿No? —dijo Beatrice con aire desolado, dejando finalmente el cepillo—, pues yo sí lo creo. A veces daría lo que fuera para saber quién fue, así dejaría de sospechar de todos. Después rechazo, horrorizada, esa idea, porque es una imagen odiosa, como una cabeza cortada metida en un cubo lleno de gusanos, sólo que peor... —Volvió a hacer girar el asiento y miró a Hester—. Una persona de mi familia asesinó a mi hija. O sea que todos han mentido. Octavia no era como dijeron y pensar, o sólo imaginar, que Percival podía tomarse estas libertades es absurdo.

Se encogió de hombros, su cuerpo delgado tensó la seda de la bata.

—Sé que a veces bebía un poco... nada que ver con Fenella, sin embargo. En el caso de Fenella habría sido muy diferente. —Se le ensombreció el rostro— Ella incita a los hombres, pero elige a hombres ricos: le hacían regalos que después llevaba a la casa de empeños y con el dinero que conseguía se compraba vestidos, perfumes y otras chucherías. Pero llegó un día en que ya dejó las apariencias de lado y cogió directamente el dinero. Esto Basil no lo sabe, por supuesto. Como lo supiera, se quedaría tan horrorizado que lo más probable es que la echara a la calle.

—¿Será esto lo que descubrió Octavia y dijo después a Septimus? —dijo Hester ávidamente—. ¿No puede ser esto? —De pronto descubrió lo insensato de aquel entusiasmo. Después de todo, Fenella seguía siendo una persona de la familia, por muy ligera de cascos o viciosa que pudiera ser y por mucho que los hubiera avergonzado durante el juicio. Volvió a quedarse muy seria.

—No —respondió Beatrice, tajante—, Octavia hacía muchísimo tiempo que sabía estas cosas. Y Minta lo mismo. Pero si no se lo dijimos a Basil fue porque, aunque la situación nos repugnaba, queríamos ser comprensivas con ella. A veces la gente hace cosas rarísimas para conseguir dinero. Nos las ingeniamos de mil maneras para obtenerlo y a veces no a través de medios atractivos y ni siquiera honorables. —Jugueteaba nerviosa con una botella de perfume y finalmente la destapó—. A veces somos muy cobardes. Me gustaría pensar de otra manera, pero no puedo. De todos modos, Fenella no consentiría nunca que un lacayo se tomase libertades con ella que superasen los meros galanteos. Es casquivana y hasta cruel, le aterra envejecer, pero no es una prostituta. Me refiero a que no va con hombres sólo porque le guste... —Aquellas palabras le produjeron un ligero estremecimiento e hicieron que introdujera el tapón con tal fuerza que ya no pudo volver a sacarlo. Soltó una exclamación por lo bajo y arrinconó el frasco en un extremo del tocador.

»Antes me figuraba que Minta no sabía que Myles había violado a la sirvienta, pero ahora pienso que a lo mejor sí lo sabe. Y quizá sabía también que le gustaba mucho Octavia. Myles es muy vanidoso, se figura que todas las mujeres están locas por él. —Sonrió torciendo los labios hacia abajo, un gesto curiosamente expresivo—. Muchas lo están, todo hay que decirlo, porque es un hombre guapo y simpático. Pero no gustaba a Octavia y esto él no lo podía digerir. A lo mejor se había propuesto hacerla cambiar de parecer. Hay hombres que encuentran justificable la fuerza bruta, ¿sabe?

Miró a Hester y movió negativamente la cabeza.

—No, ya se nota que no lo sabe... usted es soltera. Perdone que me haya mostrado tan grosera, espero no haberla ofendido. Creo que todo es cuestión de gradación y me parece que Myles y Octavia tenían una opinión muy diferente al respecto.

Se quedó en silencio un momento, después se ciñó más la bata al cuerpo y se levantó.

—Hester, tengo mucho miedo. Es posible que el culpable sea una persona de mi familia. Monk se ha ido y nos ha dejado. Probablemente no llegaré a saberlo nunca. No sé qué es peor, si ignorar lo que pasó e imaginarlo todo o saberlo y ya no poder olvidarlo nunca, pero sentirse indefensa para ponerle remedio. ¿Y si el culpable sabe que yo lo sé? ¿Me asesinará a mí entonces? ¿Cómo podremos vivir así un día tras otro?

Hester no respondió nada. No podía ofrecerle consuelo pero tampoco quería subvalorar la desgracia tratando de encontrar algo que decir.

Pasaron otros tres días antes de que la venganza de los criados comenzara realmente a funcionar y de que Fenella la advirtiera y se quejara de ella a Basil. Casualmente Hester oyó gran parte de la conversación, ya que se había transformado en un ser tan invisible como el resto de los criados y ni Basil ni Fenella notaron su presencia al otro lado del arco del invernadero desde el salón donde se encontraban hablando. Hester había llegado hasta allí porque aquel lugar marcaba el límite máximo del paseo que podía permitirse. También estaba autorizada a servirse de la salita de las sirvientas, donde solía leer, pero corría el riesgo de encontrar allí a Mary o a Gladys y de tener que darles conversación u ofrecerles una explicación que justificase el cariz intelectual de sus lecturas.

—Basil —dijo Fenella al entrar, echando chispas de indignación—. Tengo que quejarme de los criados de esta casa. Me parece que no te has dado cuenta pero, desde que se celebró el juicio del maldito lacayo, el nivel de eficiencia del servicio ha bajado considerablemente. Son ya tres días seguidos que me sirven el té prácticamente frío. La imbécil de la doncella me ha perdido mi mejor salto de cama, todo de blonda por cierto. Dejan que se apague la chimenea de mi cuarto sin atenderla y te juro que aquello parece un depósito de cadáveres. Ya no sé qué ponerme encima cuando estoy en mi cuarto, pero te aseguro que estoy muerta de frío.

—Una situación muy propia de un depósito de cadáveres —dijo Basil secamente.

—¡Déjate de chistes! —le soltó Fenella—. No le veo la gracia, la verdad. No entiendo cómo lo aguantas. Antes no eras así. Tú eras la persona más exigente que había conocido en mi vida, más aún que papá.

Desde el sitio donde estaba Hester veía a Fenella de espaldas, pero veía perfectamente la cara de Basil. Su expresión había cambiado, se había hecho más adusta.

—Estoy a su mismo nivel —dijo Basil fríamente—. No sé a qué te refieres, Fenella. A mí me han traído el té echando humo, en la chimenea de mi cuarto tengo un fuego hermosísimo y en todos los años que llevo viviendo en esta casa nunca me ha faltado una sola prenda de ropa.

—La tostada que me han traído en la bandeja del desayuno estaba dura —prosiguió Fenella—. No me han cambiado la ropa de la cama y, cuando me he quejado con la señora Willis, me ha salido con una sarta de excusas absurdas y no me ha hecho ni caso. No tienes autoridad en esta casa, Basil, yo esto no lo toleraría. Ya sé que no eres como papá, pero lo que no podía imaginar era que te abandonases así y dejases que todo se degradase como se está degradando.

—Si no te gusta vivir en esta casa, cariño —le dijo con agresividad en el tono de voz—, no tienes más que buscarte otro sitio que se acomode más a tus preferencias y dirigirlo según te venga en gana.

—No esperaba que me dijeras otra cosa —le replicó ella—, pero no vayas a creer que te va a costar tan poco echarme a la calle en estos momentos. Hay demasiadas personas que tienen los ojos puestos en ti. ¿Qué van a decir? «¡Vaya con sir Basil!, con lo distinguido y rico que es, ese noble sir Basil al que todo el mundo respeta ha echado de su casa a su hermana viuda.» Dudo que me eches, cariño, lo dudo mucho. —Hizo una mueca de desprecio—. Siempre quisiste vivir a la altura de papá, incluso pretendías superarlo. Te importa mucho lo que la gente piensa de ti. Supongo que por eso odiabas tanto al padre del pobre Harry Haslett cuando ibais a la escuela. Él hacía sin esfuerzo lo que a ti te costaba Dios y ayuda hacer. Está bien, ahora ya tienes lo que querías: dinero, fama, honores. No vas a estropearlo todo poniéndome de patitas en la calle. ¿Qué parecería? —Soltó una desagradable carcajada—. ¿Qué diría la gente? Lo que tienes que hacer es obligar a que tus criados cumplan con su deber.

—Oye, Fenella, ¿no se te ha ocurrido pensar que, si te tratan de esta manera es porque tú, al declarar como testigo, expusiste sus trapos sucios para sacar partido de la situación? —Su rostro reflejó todo el asco y la repugnancia que sentía y también la satisfacción que le producía herirla—. Quisiste hacer una exhibición y esto los criados no lo perdonan.

Fenella irguió su figura y Hester imaginó que se le habían subido los colores a la cara.

—¿Vas a hablar con ellos o no? ¿Vas a dejar que hagan lo que se les antoje?

—Ellos aquí hacen lo que se me antoja a mí, Fenella —dijo bajando la voz—, como todo el mundo. No, no pienso hablar con ellos. Me gusta que se hayan vengado de ti. En lo que a mí concierne, están en libertad de continuar haciendo lo mismo. Tendrás el té frío, el desayuno quemado, la chimenea apagada y seguirán extraviándote prendas de ropa todo el tiempo que quieran.

Estaba demasiado furiosa para poder hablar. Soltó un suspiro de rabia, giró sobre sus talones y salió como una tromba, con la cabeza alta y mucho crujir de faldas, balanceándose de un lado a otro con tal ímpetu que arrastró con el vuelo un objeto que adornaba una mesita auxiliar, el cual fue a estrellarse contra el suelo y quedó hecho añicos.

Basil no pudo reprimir una sonrisa de profunda satisfacción.

Monk ya había recibido dos pequeños encargos desde que anunciara sus servicios como detective privado dispuesto a realizar pesquisas de asuntos que cayeran fuera del ámbito policial o a proseguir casos de los que la policía se había retirado. Uno hacía referencia a una cuestión de propiedad y le representó una recompensa muy escasa, salvo la de contestar rápidamente al cliente y unas pocas libras que le aseguraron la subsistencia durante una semana más. El segundo encargo, del que se ocupaba en aquellos momentos, exigía una mayor participación y prometía más variedad y un seguimiento más intenso, y posiblemente el interrogatorio de varias personas, arte en el que su habilidad descollaba de manera natural. Estaba relacionado con una joven que había tenido un matrimonio desgraciado y cuya familia había perdido su rastro. Ahora sus familiares deseaban localizarla y restablecer la relación que se había roto. Llevaba bien el caso pero, después del resultado que se había producido a raíz del juicio de Percival, Monk estaba muy deprimido y furioso. No había esperado otra cosa, pero hasta el último momento había alimentado una persistente esperanza y más al enterarse de que Oliver Rathbone intervenía en el caso. Con respecto a Rathbone experimentaba sentimientos ambivalentes: por un lado veía en él unas facetas personales que encontraba particularmente irritantes, pero no abrigaba reservas en la admiración de sus cualidades profesionales ni tampoco dudas en lo que se refería a su dedicación.

Había vuelto a escribir a Hester Latterly con objeto de reunirse con ella en la misma chocolatería de Regent Street donde se habían encontrado en la ocasión anterior, pese a que no tenía ni idea de la utilidad que podía tener el encuentro.

Monk se sintió inexplicablemente contento al ver llegar a Hester, aun cuando el rostro de ella no reflejaba emoción alguna y sólo le dedicó una sonrisa momentánea a modo de reconocimiento, nada más.

Monk se levantó para apartarle la silla, se colocó delante de ella y pidió un chocolate caliente para Hester. Había demasiada sinceridad entre los dos para que tuvieran que recurrir a los formalismos de ceremoniosos saludos y a los convencionalismos habituales en relación con la salud. Podían centrarse en el asunto que los tenía preocupados sin caer en equívocos.

Monk la observó con gravedad y mirada interrogativa.

—No —respondió Hester—, no me he enterado de

nada que pueda ser de utilidad, pero estoy completamente convencida de que lady Moidore no cree que Percival sea culpable, aunque tampoco sabe quién pueda serlo. En ocasiones está ansiosa de saber, otras veces teme saber, porque supone el derrumbamiento de todas las cosas en las que cree y el amor que siente por la persona en cuestión se tambaleará. La incertidumbre lo envenena todo, aunque teme que si un día se entera de quién ha sido, la persona involucrada sabrá que ella está al corriente de la verdad y entonces también ella correrá peligro.

Había tensión en el rostro de Monk, sentía un dolor intenso, sabía que a pesar de todos los esfuerzos y luchas y del precio que le habían costado, había fracasado.

—Lady Moidore tiene razón —dijo Monk con voz tranquila—, quienquiera que sea el culpable, no sabe lo que es compasión. Están a punto de colgar a Percival. Sería fantasioso suponer que el culpable vaya a compadecerse de ella si lo pone en peligro.

—Estoy convencida de que ella es muy capaz de hacerlo. —La expresión de Hester estaba llena de ansiedad—. Por debajo de la dama elegante que se encierra en su cuarto vencida por el dolor hay una mujer dotada de una gran valentía y que siente un profundo horror a la crueldad y a las mentiras.

—Entonces nos queda algo por lo que luchar —dijo Monk con sencillez—. Si está empeñada en averiguarlo y llega un momento en que las sospechas y el miedo le resultan insoportables, un día se lanzará a la acción.

Apareció el camarero y dejó las tazas de chocolate delante de cada uno. Monk le dio las gracias.

—Llegará un día en que la pieza que falta encajará en su esquema mental —prosiguió Hester—. Habrá una palabra, un gesto, el remordimiento hará que la persona involucrada cometa un error y de pronto ella se dará cuenta... y la persona también se dará cuenta porque lady Moidore ya no la tratará de la misma manera... ¿Cómo iba a hacerlo?

—Entonces debemos anticiparnos a ella. —Hester agitó enérgicamente el chocolate con riesgo de derramarlo a cada vuelta de cucharilla que daba—. Lady Moidore sabe que casi todos han mentido en mayor o menor medida, porque Octavia no era tal como la describieron en el juicio... —Y a continuación Hester lo puso al corriente acerca de lo que le había dicho Beatrice la última vez que habían hablado.

—Es posible —dijo Monk dubitativo—, pero Octavia era su hija y quizás ella no quiera verla con la misma claridad. Si Octavia se excedía en la bebida, si era un poco cabeza loca y no ponía freno a su sensualidad, quizá su madre no quiera aceptarlo.

—¿Qué dice? —preguntó Hester—. ¿Que lo que declararon era verdad, que ella incitó a Percival pero después cambió de parecer al ver que el lacayo se tomaba las cosas al pie de la letra? ¿Y que en lugar de pedir ayuda, optó por llevarse un cuchillo de cocina a su cuarto?

Hester cogió la taza de chocolate, pero estaba demasiado excitada y quería terminar lo que estaba diciendo.

—¿Y que cuando Percival se introdujo en su cuarto por la noche, pese a que la habitación de su hermano estaba al lado, Octavia luchó a muerte con él pero no gritó? ¡Yo me habría desgañitado! —Tomó un sorbo de chocolate—. Y no me diga que si no gritó fue porque ella lo había invitado antes, ya que en la familia nadie habría creído lo que decía Percival y sí lo que decía ella... y esto habría sido mucho más fácil de explicar que justificar que había herido a Percival o que le había dado muerte.

Monk sonrió con amargura.

—A lo mejor supuso que bastaría con que Percival

viera el cuchillo para alejarse, sin que mediaran explicaciones.

Hester calló un momento.

—Sí —admitió, renuente—, podría ser, pero yo no lo creo.

—Ni yo —asintió Monk—. Hay demasiadas cosas que no cuadran. Lo que debemos hacer nosotros es distinguir entre mentiras y verdades y a ser posible buscar las razones de las mentiras... lo que podría ser muy revelador.

—Pues repasemos los testimonios —coincidió rápidamente ella—. No creo que Annie mintiera. En primer lugar, no dijo nada de importancia, simplemente que había sido ella la que había encontrado a Octavia, y todos sabemos que es verdad. En cuanto al médico, sólo estaba interesado en que su declaración fuera lo más exacta posible. —La expresión de Hester revelaba una extrema concentración—. ¿Qué razones tienen para mentir personas que son inocentes del delito? Debemos tenerlas en cuenta. Siempre existe, además, la posibilidad de un error que no sea malintencionado y que obedezca simplemente a ignorancia, a suposiciones incorrectas o a una equivocación.

Monk sonrió aún en contra de su voluntad.

—¿Y la cocinera? ¿Cree que la señora Boden podría equivocarse en lo que se refiere al cuchillo?

Hester captó que Monk se divertía, pero sólo le concedió una momentánea dulcificación de su mirada.

—No, creo que no. Lo identificó con absoluta precisión. De todos modos, ¿qué importancia tendría que el cuchillo procediera de cualquier otro sitio? El asesino no era un intruso. La identificación del cuchillo no nos ayuda a identificar a la persona que lo empuñó.

—¿Y Mary?

Hester se quedó pensativa un momento.

—Es una persona muy decidida en lo que a opiniones se refiere, lo cual no es ninguna crítica. No soporto a las personas de voluntad débil, que se quedan con lo que les dice el último que habla con ellas, pero podría haber cometido un error partiendo de una convicción sustentada previamente sin que hubiera la más mínima mala intención por su parte.

—¿Quiere decir cuando identificó el salto de cama de Octavia?

—No, no me refiero a esto. Además, ella no fue la única persona que lo identificó. Cuando usted lo encontró también interrogó a Araminta y ella no sólo lo identificó sino que dijo que recordaba que Octavia lo llevaba puesto la noche de su muerte. Y me parece que Lizzie, la lavandera veterana, también lo identificó. Además, tanto si le pertenecía como no, es evidente que lo llevaba puesto cuando la apuñalaron... la pobre.

—¿Y Rose?

—¡Ah! ¡Ésta sí que tiene más posibilidades! Percival la cortejó durante un tiempo, por decirlo de alguna manera, pero después se aburrió, la chica dejó de interesarle. Y ella se había hecho a la idea de que el chico se casaría con ella, cuando era evidente que él no tenía ninguna intención de hacerlo. La chica tenía poderosos motivos para verlo metido en líos. Creo que incluso podía sentir por él una pasión y un odio suficientes para desear que lo colgaran.

—¿Le parece razón suficiente para mentir y precipitar su final? —A Monk le costaba creer que se pudiera sentir una maldad tan grande, incluso cuando existía de por medio una obsesión sexual rechazada. Hasta el mismo asesinato de Octavia obedecía a un acto de pasión perpetrado en el momento en que se había producido un rechazo, no era algo que se hubiera ido gestando paso a paso y de forma deliberada después de semanas o incluso de meses de haberse proyectado. Sobrecogía el ánimo pensar que una lavandera pudiera tener esta mentalidad, una muchacha agraciada y limpia que no llamaba la atención de nadie y que sólo era merecedora de una discreta apreciación. Y en cambio, podía ser una chica capaz de desear a un hombre y que, al verse rechazada, quisiera someterlo a la tortura de infligirle una muerte legal.

Hester se dio cuenta de que tenía sus dudas.

—Quizá no pensaba en un final tan terrible —admitió Hester—. Una mentira engendra otra mentira. A lo mejor quiso únicamente asustarlo, igual que hacía Araminta con Myles y después las cosas se complicaron y ya no pudo hacerse atrás a menos de ponerse también ella en peligro. —Tomó otro sorbo de chocolate; estaba delicioso, su paladar ya estaba habituándose a los mejores manjares—. Por supuesto que ella podía creerlo culpable —añadió—. Hay personas que no consideran ilícito en modo alguno tergiversar un poco la verdad para precipitar lo que estiman que es hacer justicia.

—¿Mintió en relación con el carácter de Octavia? —Monk volvió a coger el hilo de los hechos—. Esto suponiendo que lady Moidore esté en lo cierto. Pero es posible que también lo hiciera por celos. Muy bien... supongamos que Rose mintiera. ¿Qué me dice de Phillips, el mayordomo? No hizo más que corroborar lo que dijeron todos los demás acerca de Percival.

—Probablemente estaba en lo cierto —admitió Hester—. Percival era arrogante y ambicioso. No hay duda de que extorsionaba a los demás criados amenazándolos con divulgar sus pequeños secretos y probablemente también a la familia; es probable que no lleguemos a saberlo nunca. No es nada simpático, pero la cuestión no es ésta. Si tuviéramos que colgar a todas las personas de Londres que no son simpáticas, seguramente nos quedaríamos con la cuarta parte de la población.

—Esto como mínimo —concedió Monk—. Con todo, es muy posible que Phillips exagerara un poco su opinión por consideración a su amo. Es evidente que ésta era la conclusión a la que aspiraba sir Basil y quería conseguirla rápidamente. Phillips no tiene un pelo de tonto y es muy consciente de sus deberes. Él no debía de verlo como una falta de sinceridad, sino simplemente como una muestra de fidelidad a un superior, ideal militar que él venera. Y la señora Willis lo corroboró.

—¿Y la familia? —insistió ella.

—Cyprian también lo corroboró y lo mismo Septimus. ¿Y Romola? ¿Qué opina de ella?

Hester experimentó un fugaz sentimiento de irritación y también de culpa.

—Le encanta ser la nuera de Sir Basil y vivir en Queen Anne Street, pero a menudo trata de convencer a Cyprian de que exija más dinero. Lo hace sentir culpable si ella no es feliz. No comprende lo que ocurre: ve que él se aburre con ella y no sabe por qué. A veces me indigna que él no le haga notar que le convendría comportarse como una mujer adulta y responsabilizarse de sus sentimientos. Pero supongo que sé tan poco de ellos que no estoy en condiciones de juzgarlos.

—Sí sabe de ellos —dijo él sin ánimo de condena. Detestaba a las mujeres que practican la extorsión emocional con sus padres o con sus maridos, pero no sabía por qué era una situación que le tocaba una fibra tan sensible.

—Supongo que sí —admitió Hester—, pero de hecho tiene poca importancia. Supongo que Romola estaría dispuesta a declarar lo que considerara que puede ser del gusto de sir Basil. Él es quien gobierna aquella casa, el que sujeta los cordones de la bolsa, y esto es algo que saben todos. No necesita hacer ninguna demanda porque se da por sentado: lo único que tiene que hacer es manifestar sus deseos.

Monk exhaló un hondo suspiro.

—Y sus deseos son que el asesinato de Octavia quede cerrado de la manera más rápida y discreta posible, por descontado. ¿Ha visto lo que dicen los periódicos?

Hester enarcó las cejas.

—¡No diga cosas absurdas! ¿Dónde le parece que puedo ver un periódico? Soy una criada, y encima, mujer. Lady Moidore sólo lee las notas de sociedad y ahora ni siquiera esto le interesa.

—¡Claro, lo había olvidado! —Monk puso cara larga. Había recordado que Hester era amiga de un corresponsal de guerra en Crimea y que cuando éste murió en el hospital de Shkodër, Hester se había encargado de hacer llegar a su destino sus últimos despachos y más adelante, dejándose llevar por la intensidad de sus sentimientos y observaciones, ella misma había escrito los artículos siguientes y los había enviado al periódico firmándolos con el nombre del periodista. Como nadie se fiaba de las listas de bajas, el editor no se había percatado de la añagaza.

—¿Qué dicen los periódicos? —preguntó Hester—. ¿Nos afecta?

—¿Qué dicen en general? Pues se lamentan de la situación de un país en donde se permite que un lacayo asesine a su ama, una nación donde los lacayos se crecen hasta tal punto que alimentan ideas de concupiscencia y depravación con personas de alto rango. Dicen que el orden social se está tambaleando y que hay que colgar a Percival y hacer de él un ejemplo para que nunca vuelva a repetirse un hecho de estas características. —Hizo una mueca de repugnancia—. Y como no podía ser menos, rebosan simpatía hacia sir Basil. Pasan revista concienzuda de todos sus pasados servicios a la reina y a la nación, ensalzan sus virtudes y le tributan los más sentidos pésames.

Con un suspiro Hester clavó los ojos en el fondo de la taza.

—Todos los intereses creados se levantan contra

nosotros —dijo Monk con voz compungida—. Todo el mundo tiene ganas de que termine este caso de una vez, que se lleve a efecto la venganza de la sociedad y, finalmente, que se olvide todo el asunto para que podamos reemprender cuanto antes nuestra vida anterior y tratemos de proseguirla de la manera más parecida a como era.

—¿Podemos hacer algo? —preguntó Hester.

—No se me ocurre nada. —Se levantó y apartó la silla de Hester para que ella se levantara—. Iré a visitarlo.

Hester lo miró a los ojos con súbito dolor, pero a la vez rebosante de admiración. No había necesidad de que ella le preguntara a quién pensaba visitar ni de que él se lo dijera. Era un deber, un último rito de cumplimiento inexcusable.

Tan pronto como Monk entró en la cárcel de Newgate y se cerraron ruidosamente las puertas tras él, sintió una turbadora sensación de familiaridad. Era el olor: aquella mezcla de humedad, moho, aguas fétidas y un sentimiento de infelicidad que lo invadía todo y que quedaba suspendida en la inmovilidad del aire. Eran muchos los que sólo salían de allí para ir al encuentro de la cuerda del verdugo, por lo que el terror y la desesperación que habían vivido en los últimos días aquellos desgraciados habían impregnado aquellos muros hasta el punto de que parecían resbalar como hielo fundido mientras él seguía al guardián por los corredores de piedra hasta el lugar donde podría ver por última vez a Percival.

Sólo tuvo que fingir unas atribuciones que ya no tenía. Al parecer ya había estado en otras ocasiones en aquel lugar y, así que el guardián lo miró a la cara, se hizo una falsa idea en cuanto a su visita, lo que Monk no se molestó en desmentir.

Percival estaba de pie en su exigua celda de piedra,

con una ventana situada en lo alto de un muro que dejaba ver un cielo encapotado. Se volvió al oír que se abría la puerta y entraba Monk, mientras la ominosa figura del carcelero cargado con las llaves se cernía, enorme, detrás de él.

En el primer momento Percival pareció sorprendido, después su cara se endureció por efecto de la indignación.

—¿Ha venido a regodearse? —preguntó con amargura.

—No tengo nada en qué regodearme —le replicó Monk con voz inexpresiva—. He perdido mi puesto y usted va a perder la vida. No sé quién ha salido ganando con todo esto.

—¿Que ha perdido su puesto? —Una duda fugaz aleteó en el rostro de Percival y, seguidamente, la sospecha—. Me figuraba que lo habrían ascendido, que lo habrían colocado en un sitio mejor. No por nada ha resuelto el caso a satisfacción de todos, salvo a la mía. Nada de trapos sucios, ni palabra de la violación de Martha a cargo de Myles Kellard, ¡pobre desgraciada!... Nada sobre que la tal tía Fenella no es más que una puta... Sólo se habló de un lacayo con muchas ínfulas que quería tirarse a una viuda borracha. ¡Pues que lo cuelguen y aquí no ha pasado nada! ¿Qué otra cosa se puede exigir a un policía que cumple con su deber?

Monk no le echó en cara su indignación ni su odio. Estaban más que justificados... pero si no del todo, por lo menos en parte, desencaminados. Habría sido más justo que le hubiera echado en cara su incompetencia.

—Yo tenía la prueba material —dijo Monk lentamente—, pero no lo detuve. Me negué a detenerlo y por eso me echaron.

—¿Cómo dice? —Percival se quedó confundido, como si no acabara de creer lo que le decía.

Monk se lo repitió.

—Pero ¡por el amor de Dios! ¿Por qué? —Percival lo dijo con dureza en la voz, sin ablandarse. Monk lo comprendía: ya había traspasado el umbral de la postrera esperanza, tal vez no quedaba en él espacio alguno para concesiones. A lo mejor, de no haberse sentido tan indignado, se habría desmoronado y se habría dejado vencer por el terror; la oscuridad de la noche habría sido insoportable sin la llama del odio.

—Pues porque no creo que usted la matara —replicó Monk.

Percival se echó a reír con ganas, sus ojos negros y acusadores se clavaron en él. Pero no dijo nada, se limitó a mirarlo fijamente, impotente pero consciente de la verdad.

—Sin embargo, aunque yo siguiera llevando el caso —prosiguió Monk con voz tranquila—, tampoco sé qué haría, porque no tengo ni la más mínima idea de quién lo hizo. —Era una flagrante admisión de fracaso y, estupefacto, se oyó reconocérselo nada menos que ante Percival. Pero sabía que lo menos que debía a aquel hombre era la sinceridad.

—¡Muy impresionante! —dijo Percival con sarcasmo, aunque su rostro reflejó un brillo fugaz, tan efímero como un rayo de sol que se filtrase a través de los árboles al moverse una hoja y desapareciese después—. Pero como usted ya no está en la casa y todo el mundo está muy ocupado encubriendo sus propias debilidades, vencido por sus penas o en deuda con sir Basil, jamás podremos saber quién fue el culpable, ¿verdad?

—Sabemos que Hester Latterly no fue —Monk lamentó al momento haberlo dicho. Percival podía tomárselo como una esperanza, lo cual no dejaba de ser ahora una ilusión y suponía una indecible crueldad.

—¿Hester Latterly? —Por un instante Percival pareció confuso, pero de pronto se acordó de ella—. ¡Ah, sí! Esa enfermera tan eficaz... una mujer que te intimida... ¡Sí, en esto tiene usted razón! Supongo que es tan virtuosa que da asco. Ni sonreír sabe, ya no digamos reír, no creo que ningún hombre la haya mirado en la vida —dijo con agresividad—. Se venga de nosotros dedicándose a atendernos cuando nos encontramos en nuestro momento más vulnerable y más ridículo.

Monk sintió un profundo acceso de rabia ante aquel prejuicio cruel e irreflexivo, pero se fijó en el rostro demacrado de Percival y recordó dónde estaba y por qué y su indignación se desvaneció como la llama de una cerilla en un mar de hielo. ¿Y si Percival necesitaba ahora hacer daño a alguien, aunque fuera remotamente? Él sí que iba a sufrir un daño: la pena máxima.

—Esta señorita fue a trabajar a la casa por orden mía —explicó Monk—. Es amiga mía. Quise tener a una persona dentro de la casa para que observara cosas que nosotros no podíamos ver y que al mismo tiempo pasara inadvertida.

La sorpresa de Percival surgió del enorme hueco profundo que había dentro de él, un paraje en el que sólo existía el lento e incansable tictac del reloj que iba contando el tiempo que le faltaba para el último paseo, la capucha, la cuerda del verdugo alrededor del cuello y el desgarrador derrumbamiento que abriría la puerta al dolor y al olvido.

—Pero no se enteró de nada, ¿verdad? —Por vez primera se le quebró la voz y perdió el control.

Monk se odió por haber ofrecido a Percival aquel resquicio de esperanza que no era tal sino más bien una puñalada.

—No —dijo rápidamente—, de nada que pueda servir de ayuda, sólo un surtido de pequeñas debilidades triviales y feas. También sabemos que lady Moidore está convencida de que el asesino sigue en la casa y que casi sin duda alguna es una persona de la familia, aunque tampoco ella tiene idea de quién pueda ser.

Percival se apartó y escondió la cara.

—¿Por qué ha venido?

—No lo sé muy bien. Tal vez sólo para no dejarlo solo o para que no se figure que todos lo creen culpable. No sé si le sirve de algo, pero tiene derecho a saberlo y ojalá sea para usted un consuelo.

Percival dio rienda suelta a toda una retahíla de palabrotas y no paró de lanzar juramentos y de repetirlos hasta quedar agotado y comprender lo inútil que era decirlos. Cuando por fin calló, Monk ya se había marchado y la puerta de la celda volvía a estar cerrada con llave, pero a través de las lágrimas y del rostro, del que había huido la sangre, se entreveía un pequeño rayo de gratitud que se había escapado de uno de aquellos apretados y terribles nudos que se habían formado en su interior.

La mañana en la que colgaron a Percival, Monk estaba ocupado en resolver el caso de un cuadro robado, probablemente sustraído y vendido por un miembro de la propia familia para enjugar una deuda de juego. Pero a las ocho en punto se paró un momento en la acera de Cheapside y se quedó inmóvil bajo el viento helado en medio de la barahúnda de vendedores ambulantes, mercachifles callejeros que ofrecían cordones de zapatos, cerillas y otras baratijas, un deshollinador con la cara tiznada que transportaba una escalera y dos mujeres que regateaban el precio de una pieza de tela. Oía a su alrededor la cháchara y el parloteo de quienes no pensaban en lo que ocurría en Newgate Yard. Se había quedado inmóvil con una sensación de situación irrevocable y de pérdida lacerante, no ya sólo por Percival individualmente, pese a que sentía dentro de sí el terror y la rabia del hombre que veía cómo se agotaba el pábilo de su vida. Percival no le gustaba, pero había sido consciente de su vitalidad, de la intensidad de sus sentimientos y pensamientos, de su identidad. Lo peor era, sin embargo, que hubiera fallado la justicia. En aquel momento en que se abría la trampilla y el dogal se tensaba de una sacudida, se cometía otro crimen. Había sido impotente para impedirlo, pese a todos los esfuerzos y el empeño que había puesto, pero la muerte de Percival no había sido la única pérdida ni necesariamente la principal. Toda la ciudad de Londres había quedado rebajada, tal vez toda Inglaterra, porque la ley que habría debido ser instrumento de protección había sido en cambio instrumento de muerte.

Hester estaba de pie en el comedor. Justo a aquella hora había ido a buscar a la mesa un poco de confitura de albaricoque para completar la bandeja de Beatrice. No sabía si ponía en riesgo su puesto de trabajo obrando de aquella manera, no sabía si lo perdería y sería despedida, pero quería ver qué cara ponían los Moidore en el momento en que colgaban a Percival y asegurarse de que todos sabían exactamente qué hora era.

Al pasar por delante de Fenella se excusó. Pese a que era temprano, la viuda ya estaba levantada y al parecer se proponía ir a dar un paseo a caballo por el parque. Hester puso unas cucharaditas de mermelada en un plato.

—Buenos días, señora Sandeman —dijo con voz monocorde—. Espero que tenga un agradable paseo. Hará mucho frío en el parque tan temprano, aunque ya ha salido el sol. Todavía no se habrá fundido la escarcha. Faltan tres minutos para las ocho.

—¡Qué precisión la de usted! —dijo Fenella con una sombra de sarcasmo—. ¿Será porque es enfermera y hay que hacerlo todo a la hora exacta, siguiendo una rutina estricta? Hay que tomarse el medicamento justo cuando el reloj dé la hora, de lo contrario no surtirá el efecto deseado. ¡Qué aburrimiento! —Se rió ligeramente, una risita burlona que sonó como un campanilleo.

—No, señora Sandeman —dijo Hester con voz muy clara—. Lo sé porque dentro de dos minutos colgarán a Percival. Tengo entendido que son muy puntuales, aunque no entiendo por qué. No veo que tenga tanta importancia la exactitud, pero parece que es una especie de ritual.

A Fenella se le atragantó el bocado de huevo que tenía en la boca y le entró un espasmo de tos. Pero nadie le hizo el menor caso.

—¡Oh, Dios! —exclamó Septimus clavando la vista al frente con mirada desolada y sin un parpadeo. Habría sido imposible leer sus pensamientos.

Cyprian cerró los ojos como si quisiera borrar el mundo que lo rodeaba y todas sus facultades se concentrasen en un torbellino que bullía en su interior.

Araminta estaba blanca como la cera, el rostro extrañamente hierático.

A Myles Kellard se le derramó el té que acababa de llevarse a los labios y que formó una mancha sobre el mantel, un dibujo oscuro e irregular que iba extendiéndose sobre la tela. Daba la impresión de que estaba furioso y aturullado.

—¡Vaya! —estalló Romola con el rostro cubierto de rubor—. ¡Qué mal gusto y qué falta de sensibilidad hablar de una cosa así! ¿Se puede saber qué le importa a usted esto, señorita Latterly? No hay nadie que quiera que se lo recuerden. Le ruego que salga de la habitación y no le pido otra cosa que esto: no cometa la torpeza de hacer este tipo de comentarios a mi suegra. ¡Hay que ver! ¡Qué estúpida!

Basil estaba palidísimo, tenía un tic nervioso en la mejilla.

—No se puede remediar —dijo en voz muy baja—. Es preciso proteger a la sociedad y a veces con métodos muy radicales. Y ahora me parece que podríamos dar el tema por concluido y seguir con nuestra vida como normalmente. Señorita Latterly, no vuelva a hablar otra vez del tema. Le ruego que se lleve la mermelada o lo que haya venido a buscar y se lo sirva a lady Moidore para que pueda desayunar.

—Sí, sir Basil —repuso Hester, obediente. Los rostros de todos habían quedado reflejados en su mente como en un espejo, había visto en ellos dolor, lo irrevocable del destino, una pátina de sombra que se proyectaba sobre todas las cosas.

11

Dos días después de la ejecución de Percival a Septimus Thirsk le dio un ligero acceso de fiebre, no lo bastante alta para hacer temer que pudiera tratarse de una enfermedad seria, pero lo suficiente para que se sintiera mal y tuviera que permanecer recluido en su cuarto. Beatrice, que había continuado reteniendo a Hester más para que le hiciera compañía que porque tuviera verdadera necesidad de utilizar sus servicios profesionales, le ordenó que se ocupara inmediatamente de él, se procurase el medicamento que considerase aconsejable en su caso e hiciera todo lo necesario para aliviar sus dolencias y contribuir a su recuperación.

Hester encontró a Septimus en la cama de su espaciosa y aireada habitación. Las cortinas estaban descorridas y dejaban ver que aquél era un desapacible día de febrero, el aguanieve azotaba los cristales de las ventanas como si fuera metralla y el cielo era tan bajo y plomizo que parecía envolver los tejados. La habitación de Septimus estaba atiborrada de recuerdos militares, grabados de soldados vestidos de uniforme, oficiales de la caballería montada y, cubriendo toda la pared oeste, colocada en lugar de honor y sin nada más que la flanquearla, una soberbia pintura de la carga de los Royal Scots

Greys en Waterloo, los caballos con los ollares dilatados, las blancas crines ondeando al viento entre nubes de humo y, detrás de ellos, todo el ímpetu de la batalla. Sintió que el corazón se le encogía y que se le formaba un nudo en el estómago al contemplar aquella imagen. Era tan real que le parecía oler el humo de las armas y oír el retumbar de los cascos, los gritos de los soldados y el entrechocar de los aceros; hasta notaba el sol que le quemaba la piel y el cálido olor de la sangre que se le metía por la nariz y le invadía la garganta.

Después ya sólo quedaría el silencio en la hierba, los cadáveres a los que aguardaba la sepultura o los pájaros carroñeros, un trabajo interminable, desamparo y los pocos y repentinos destellos de la victoria cuando se conseguía que alguien sobreviviera a pesar de aterradoras heridas o encontrara algún alivio a sus dolores. Aquel cuadro tenía tanta vida que, al verlo, Hester sintió que le dolía todo el cuerpo con el recuerdo del agotamiento y el miedo, la piedad, la ira y el regocijo.

Al mirar a Septimus vio que tenía los ojos de un azul desleído fijos en ella y en aquel instante circuló entre los dos una corriente de comprensión tan poderosa como no podía existir en ninguna otra persona de la casa. Septimus sonrió muy lentamente, su mirada era dulce, casi radiante.

Hester titubeó para no romper el momento y, cuando se desvaneció por el curso natural de las cosas, se le acercó e inició la simple rutina que exigía su labor de enfermera: le hizo preguntas, le tocó la frente, le tomó el pulso en la huesuda muñeca, le palpó el abdomen para ver si le dolía, auscultó atentamente su respiración superficial, como buscándole un revelador jadeo dentro del pecho.

Septimus tenía la piel enrojecida, seca y un poco áspera, los ojos muy brillantes pero, aparte de un ligero resfriado, no encontró en él ningún síntoma realmente grave. Sin embargo, unos días de atenciones podían hacer más por él que cualquier medicación y Hester estaba satisfecha de poder dispensárselas. A Hester le gustaba Septimus, pero había podido percatarse de que el resto de la familia lo tenía en muy poco y lo miraba con aires de superioridad.

Él la observó con expresión enigmática y ella pensó de repente que aunque le diagnosticara una pulmonía o tisis no por esto Septimus se habría asustado, quizá ni se inmutaría. Hacía mucho tiempo que Septimus había aceptado que la muerte tiene que llegarnos a todos un día u otro y había tenido ocasión de comprobar muchas veces su realidad, tanto a través de la violencia como de la enfermedad. No tenía un desmedido interés en seguir prolongando su vida. Era un pasajero, un huésped en casa de su cuñado, tolerado pero no necesario. Él era un hombre que había nacido y se había preparado para luchar, para ofrecer protección a los demás, para servirlos. Era la finalidad de su vida.

Hester lo tocó muy suavemente.

—Sólo es un resfriado un poco fuerte pero, si se cuida, pasará sin dejar secuela. Me quedaré un rato con usted sólo para asegurarme. —Vio que a Septimus se le iluminaba la cara, pero también vio que estaba muy acostumbrado a la soledad. Se había convertido para él en algo así como ese dolor en las articulaciones que uno intenta paliar moviéndose un poco, tratando de olvidarlo, pero no consiguiéndolo siempre. Hester le sonrió para indicarle que había establecido con él una conspiración rápida e inmediata—. Así podremos hablar.

Septimus le devolvió la sonrisa y ahora le brillaron los ojos porque se sentía feliz, olvidado de la fiebre.

—Hace bien quedándose —accedió—, no vaya a ser que cambie a peor. —Y tosió de forma un poco exagerada, en la que Hester pudo distinguir el dolor de un pecho congestionado.

—Voy a bajar a la cocina para prepararle un poco de leche y una sopa de cebolla —le explicó con viveza.

El hombre puso cara larga.

—Le sentará muy bien —le aseguró ella—, de veras que es muy sabrosa. Y mientras usted se la toma le contaré mis experiencias... y después usted me contará las suyas.

—¡Si es así —dijo él haciendo una concesión—, incluso me tomaré la leche y la sopa de cebolla!

Hester se pasó el día entero con Septimus e incluso se llevó una bandeja para comer en su cuarto, en silencio, sentada en la butaca de un rincón de la habitación mientras él se pasaba toda la tarde durmiendo como un lirón. Cuando se despertó, Hester fue a buscarle más sopa, esta vez de puerros y apio mezclados con puré de patata en una masa espesa. Así que se la hubo comido, se quedaron sentados el resto de la tarde hablando de lo mucho que habían cambiado las cosas desde los tiempos en que él frecuentaba los campos de batalla. Hester le habló de los grandes conflictos de que había sido testigo desde posición privilegiada y después Septimus le refirió las desesperadas cargas de caballería en las que había tomado parte en la guerra afgana de 1839 a 1842, y más tarde en la conquista del Sind, ocurrida un año después, así como en las posteriores guerras de los sijs de mediados de la década. Hablaron de interminables emociones, habían visto y temido las mismas cosas, habían sentido el salvaje orgullo mezclado de horror que comporta la victoria, los dos sabían de llantos y de heridas, de la belleza del coraje y de la temible y elemental indignidad que es resultado del desmembramiento y de la muerte. Y Septimus contó a Hester muchas cosas sobre aquel magnífico continente que era la India y le habló de sus gentes.

También recordaron juntos las risas y la camaradería, los absurdos y la intensidad de los momentos sentimentales, los rituales del regimiento con su esplendor, a primera vista propios de una farsa: candelabros de plata y vajillas de cristal tallado y de porcelana para los oficiales en las cenas de la víspera de la batalla, uniformes escarlata, galones dorados, cobres relucientes como espejos...

—A usted le habría gustado Harry Haslett —dijo Septimus con profunda y resignada tristeza—. Era el hombre más agradable de este mundo, poseía todas las cualidades que se esperan de un amigo: honor sin pompa alguna, generosidad sin aires de superioridad, humor sin malicia y valor pero no crueldad. Octavia lo adoraba. El mismo día que la asesinaron había hablado de él con pasión, como si su muerte siguiera siendo un hecho reciente en sus pensamientos. —Septimus sonrió y levantó los ojos al techo, parpadeando un poco para ocultar las lágrimas.

Hester le buscó la mano y la retuvo entre las suyas. Fue un gesto natural, absolutamente espontáneo y él así lo entendió sin necesidad de que mediaran palabras. Los dedos huesudos de Septimus oprimieron los de Hester y los dos se quedaron varios minutos en silencio.

—Iban a mudarse de casa —dijo finalmente, así que su voz estuvo bajo control—. Octavia era muy diferente de Araminta. Ella quería tener casa propia, le preocupaba muy poco la posición social que comportaba ser la hija de sir Basil Moidore o de vivir en Queen Anne Street con todos sus carruajes y su servicio, sus embajadores a la hora de cenar, sus miembros del Parlamento y sus príncipes extranjeros. Usted, claro, no ha sido testigo de estas ceremonias porque ahora la familia está de luto por la muerte de Octavia, pero antes era completamente diferente. Casi cada semana había una celebración especial.

—¿Será por esto que Myles Kellard se ha quedado? —preguntó Hester, comprendiendo de pronto los motivos.

—Por supuesto —admitió él con una leve sonrisa—. ¿Cómo iba a mantener este nivel pagándoselo de su bolsillo? De todos modos, por desahogada que sea su situación, no puede compararse con la riqueza ni el rango social de Basil. Y Araminta se lleva muy bien con su padre. Myles no ha tenido nunca muchas posibilidades, aunque tampoco creo que las desee. Aquí tiene lo que no tendría en ningún otro sitio.

—Salvo la dignidad de ser amo de su propia casa —dijo Hester—, la libertad de tener opiniones propias, de entrar y salir sin tener que guardar deferencias con nadie y de escoger a sus amigos de acuerdo con sus gustos y emociones.

—¡Oh, hay que pagar un precio! —admitió Septimus con ironía—. Y a veces bastante alto.

Hester frunció el ceño.

—¿Y la conciencia? —dijo con voz suave, sabedora de que emprendía un camino erizado de dificultades y de trampas para ambos—. Si uno vive a costa de la liberalidad de alguien, ¿no corre el riesgo de comprometerse tan estrechamente que se doblega a cumplir unas obligaciones y acaba absteniéndose de hacer lo que quiere?

La miró con ojos entristecidos. Hester lo había afeitado y se había dado cuenta de lo fina que tenía la piel. Parecía más viejo de lo que era realmente.

—Usted piensa en Percival y en el juicio, ¿no? —Aquello no era una pregunta.

—Sí... mintieron, ¿verdad?

—¡Claro! —admitió él—, aunque quizá lo hicieron involuntariamente. Por una razón u otra, dijeron lo que más les favorecía. Habría que ser muy valiente para desafiar intencionadamente a Basil. —Movió ligeramente las piernas para estar más cómodo—. No creo que nos echara a la calle, pero nos haría la vida más insoportable de día en día: inacabables restricciones, humillaciones, leves rasguños en la sensible piel de nuestros pensamientos. —Miró la gran pintura que estaba al otro lado—. Cuando uno depende de alguien se vuelve extremadamente vulnerable.

—¿Octavia tenía intención de marcharse? —le preguntó Hester al cabo de un momento.

Septimus volvió al momento presente.

—¡Oh, sí! Ella estaba dispuesta, pero Harry no tenía el dinero suficiente para ofrecerle la vida a la que ella estaba acostumbrada, detalle que Basil no dejó de señalarle. Era un hijo menor, ¿comprende? No había heredado, pese a que su padre tenía una posición desahogada. Su padre había ido a la misma escuela que Basil. La verdad es que creo que Basil era su *fag*, un alumno joven que sirve casi como un esclavo a otro más veterano. No sé si está al corriente de esta tradición en nuestras escuelas.

—Sí —reconoció Hester, pensando en sus hermanos.

—James Haslett era un hombre notable —dijo Septimus, pensativo—, muy dotado en muchos aspectos, un hombre realmente encantador, aparte de ser un buen atleta, un músico excelente y un poeta menor y de tener una mente privilegiada. Físicamente era un hombre con una abundante mata de pelo y una sonrisa seductora. Harry se le parecía mucho. Pero el hombre dejó su propiedad a su hijo mayor, como es natural. Todo el mundo hace lo mismo.

La voz de Septimus adquirió un tono amargo.

—De haberse marchado de la casa de Queen Anne Street, Octavia habría tenido que aceptar una vida mucho más modesta. Y si hubiesen tenido hijos, ya que los dos los deseaban, las restricciones financieras todavía habrían sido más acentuadas. Octavia habría tenido que acomodarse a una reducción importante de gastos y esto era algo que Harry no podía tolerar.

Volvió a cambiar de postura para ponerse más cómodo.

—Basil insinuó que podía hacer carrera en el ejército y se ofreció a pagarle la graduación de oficial, y lo hizo. Harry era militar por naturaleza, poseía dotes de mando y los hombres lo apreciaban. Él no aspiraba a aquello, y además era una profesión que implicaba largas separaciones... Aunque eso era lo que Basil pretendía, supongo. Al principio incluso se opuso a la boda debido a la antipatía que le inspiraba James Haslett.

—¿O sea que Harry aceptó que le pagase la graduación a fin de labrarse un futuro y conseguir que Octavia tuviera su propia casa? —Hester ya se había hecho una idea exacta del caso. Había conocido a tantos oficiales jóvenes que se imaginaba a Harry Haslett como un compendio del centenar que había tenido ocasión de tratar: militares de todo pelaje, curtidos por victorias y derrotas, actos de valentía y de desesperación, de triunfo y de agotamiento. Era como si lo hubiera conocido, como si comprendiera sus sueños. Ahora Octavia había cobrado para ella más realidad que Araminta, que en este momento estaba en el saloncito de la planta baja tomando el té y dando conversación, o que Beatrice, encerrada en su dormitorio y sumida en sus temores y cavilaciones, e inconmensurablemente más que Romola, dedicada a sus hijos y supervisando a la nueva gobernanta en la habitación destinada a clase.

—¡Pobre chico! —dijo Septimus como si hablase consigo mismo—. Era un oficial brillante... que no tardó en ascender. Pero lo mataron en Balaclava. Octavia ya no volvió a ser la misma, la pobre. Cuando recibió la noticia, todo su mundo se vino abajo. Fue como quedarse a oscuras. —Se sumió en silencio, absorto en los recuerdos de aquella época, anonadado por el dolor y el largo y gris espacio de tiempo que se extendía a continuación.

Hester no podía ayudarle con palabras y tuvo la prudencia de no intentarlo. Las palabras de alivio sólo habrían paliado un poco el dolor. En cambio, se propuso que se sintiera físicamente más cómodo y dedicó las horas siguientes a conseguirlo. Fue a por ropa limpia y le cambió las sábanas mientras él esperaba sentado en la silla del tocador, arropado y abrigado. Después fue a buscar agua caliente con el aguamanil grande, llenó la jofaina y lo ayudó a lavarse para que se sintiera más a gusto. A continuación fue a la lavandería a buscar una camisa de dormir limpia y, cuando tuvo a Septimus otra vez metido en la cama, volvió a la cocina y le preparó una comida ligera. Después de esto Septimus se encontró en condiciones óptimas para dormir más de tres horas de un tirón.

Se despertó considerablemente recuperado y se mostró tan agradecido con Hester que ésta se sentía azorada. Después de todo, ésta había sido la primera vez que Hester había desempeñado de verdad las funciones profesionales por las cuales percibía un salario de sir Basil.

El día siguiente Septimus se encontraba tan bien que Hester estuvo en condiciones de atenderlo a primera hora de la mañana, después de lo cual pidió permiso a Beatrice para ausentarse de Queen Anne Street durante toda la tarde, prometiéndole que regresaría a tiempo para dejar a Septimus preparado para la noche y le administraría un medicamento ligero que le permitiera descansar.

En medio de una ventolera grisácea y cargada de aguanieve y con escarcha en los caminos, Hester se dirigió a Harley Street, donde tomó un coche de alquiler y pidió al cochero que la condujera al Ministerio de Defensa. Una vez allí y después de haber pagado al cochero, se apeó con todo el aplomo de quien sabe muy bien por dónde anda y cree que será recibida con agrado, aunque ése no fuera el caso. Su intención era recoger toda la información posible acerca del capitán Harry Haslett, aun sin tener una idea muy clara sobre el sitio al que podían conducirle aquellos datos. De hecho, Harry Haslett era el único miembro de la familia de quien apenas había sabido nada hasta el día de ayer. Lo que le había contado Septimus había hecho cobrar vida al personaje, al que había visto tan seductor e interesante que Hester comprendía que dos años después de su muerte Octavia todavía lamentase la aguda e insoportable soledad que sufría. Hester quería enterarse de cómo había sido su carrera militar.

Octavia se había convertido de pronto en algo más que la víctima de un asesinato. Hester no había visto nunca su rostro y por tanto no podía haberse formado una idea directa sobre su personalidad, pero desde que Hester había escuchado la versión de Septimus, las emociones de Octavia habían cobrado visos de realidad, se habían convertido en unos sentimientos que la propia Hester habría podido experimentar fácilmente de haber amado y sido amada por cualquiera de los jóvenes oficiales que había conocido.

Subió los peldaños del Ministerio de Defensa y, con toda la cortesía y la amabilidad que era capaz de mostrar, sumadas a la deferencia que es propia de una mujer ante un representante del estamento militar, todo ello aliñado con su poco de autoridad personal, esto último nada difícil para ella, ya que le salía de una manera absolutamente natural, se dirigió al hombre que estaba junto a la puerta.

—Buenas tardes, señor —fueron las primeras palabras que dijo, acompañadas de una inclinación de cabeza y una sonrisa de manifiesta franqueza—. Quisiera saber si podría hablar con el comandante Geoffrey

Tallis. Si quiere darle mi nombre, supongo que lo recordará porque yo fui una de las enfermeras de la señorita Nightingale. —No quería abstenerse de explotar la magia de aquel nombre si de algo le podía servir—. Tuve ocasión de atender al comandante Tallis en Shkodër cuando fue herido. El motivo de mi visita tiene que ver con la muerte de la viuda de un antiguo y distinguido oficial del ejército. Me parece que el comandante Tallis podría ayudarme en mis indagaciones y proporcionarme algunos datos que a buen seguro aliviarían considerablemente la tragedia que está viviendo la familia. ¿Tendría la amabilidad de transmitirle esta petición mía?

Acababa de hacer uso de la combinación apropiada de súplica, muestra de sensatez, encanto femenino y autoridad propia de una enfermera para conseguir de un hombre educado una obediencia automática.

—Voy a ponerlo ahora mismo al corriente de su ruego, señora —accedió, poniéndose ligeramente más erguido—. ¿Con qué nombre la anuncio, señora?

—Hester Latterly —respondió ella—. Lamento tener que solicitar su atención de manera tan precipitada, pero actualmente estoy atendiendo a un caballero retirado del servicio activo y, como no se encuentra muy bien, sólo puedo dejarlo unas pocas horas. —Era una versión muy elástica de la verdad, pero tampoco una mentira del todo.

—¡Claro, claro! —el respeto del soldado fue en aumento mientras se apresuraba a anotar el nombre—. Hester Latterly —después del nombre añadió una nota referente a su ocupación y a la urgencia de la petición, llamó a un ordenanza y lo despachó con un mensaje al comandante Tallis.

A Hester le habría complacido esperar en silencio, pero el guardián de la puerta se mostraba predispuesto a la conversación, por lo que se vio obligada a responder a sus preguntas sobre las batallas de las que había sido testigo, lo que le permitió descubrir que los dos habían estado presentes en la batalla de Inkermann. Estaban sumidos en las reminiscencias de aquellos hechos cuando llegó el ordenanza para anunciar que el comandante Tallis tendría sumo placer en recibir a la señorita Hester pasados diez minutos y que tuviera la bondad de esperarlo en la antesala de su despacho.

Hester aceptó inmediatamente, tal vez incluso con mayor precipitación que la debida por tratarse de una definida rebaja de aquella dignidad que había tratado de establecer, pero dio las gracias al guardián de la puerta por su cortesía. Después entró muy erguida en el vestíbulo de entrada siguiendo los pasos del ordenanza, subió la amplia escalinata y recorrió los interminables corredores hasta la sala de espera con sus varias sillas, donde tuvo que aguardar.

Esperó más de diez minutos antes de que el comandante Tallis abriera la puerta de su despacho. Salió un gallardo teniente que pasó junto a ella aparentemente sin verla. El comandante le indicó que entrase.

Geoffrey Tallis era un hombre apuesto de treinta y pico de años, antiguo oficial de caballería que desempeñaba un cargo en la administración debido a una grave herida que había recibido en el campo de batalla y que, como secuela, le había dejado una ligera cojera. Era muy probable que, de no haber mediado las atenciones de Hester, hubiera perdido la pierna, lo que habría truncado completamente su carrera. La alegría iluminó su rostro al ver a Hester, a la que tendió la mano en ademán de bienvenida.

Ella le tendió la suya y él se la estrechó efusivamente.

—Querida señorita Latterly, me complace volver a verla en circunstancias mucho más agradables que la última vez. Espero que esté bien de salud y que la vida le haya reportado prosperidades.

Hester se mostró sincera, no guiada por ningún propósito sino simplemente porque las palabras le salieron antes de que tuviera tiempo de pensar otra cosa.

—Estoy muy bien, gracias, pero las cosas han prosperado de forma muy moderada. Han muerto mis padres y me veo obligada a ganarme el sustento, pero tengo la suerte de contar con los medios apropiados para hacerlo. Debo admitir, de todos modos, que es duro volver a adaptarse a Inglaterra y a la vida en tiempo de paz: ¡las preocupaciones de la gente en general son tan diferentes! —No dijo nada acerca del mundo de la opulencia: los modales imperantes en los salones, las faldas acartonadas, la importancia que se concedía a la posición social y a las buenas maneras. Hester, aun así, vio que él se lo leía todo en la cara y que seguramente las experiencias que debía de haber vivido habían sido tan parecidas que dar más explicaciones habría sido redundante.

—Por supuesto, por supuesto... —exclamó el oficial con un suspiro soltándole la mano—. Tenga la bondad de sentarse y decirme en qué puedo servirla.

Hester sabía que no podía hacerle perder el tiempo, de momento ya había salvado los preliminares.

—¿Qué puede decirme acerca del capitán Harry Haslett, al que mataron en Balaclava? Se lo pregunto porque su viuda ha sido víctima recientemente de una muerte trágica. Yo estoy en contacto con su madre, de hecho la he cuidado durante la etapa de desgracia que ha vivido y en la actualidad me ocupo de su tío, un oficial retirado. —En caso de que le hubieran preguntado el nombre de Septimus habría hecho como que no conocía las circunstancias de su «retiro».

El rostro del comandante Tallis se ensombreció inmediatamente.

—Un excelente oficial y uno de los hombres más agradables que he conocido. Las dotes de mando eran una cualidad natural en él, y los hombres lo admiraban por su valor y sentido de la justicia. Tenía sentido del humor y una cierta afición a la aventura, pero no era jactancioso. Jamás corría riesgos innecesarios. —Sonrió con profunda tristeza—. Creo que amaba más la vida que la mayoría y amaba mucho a su esposa: en realidad él no habría escogido la carrera militar y, si la abrazó, fue porque le proporcionaba los medios necesarios para mantener a su esposa al nivel que él deseaba y para complacer a su suegro, sir Basil Moidore. Por lo que tengo entendido le compró la graduación militar como regalo de boda y después vigiló con gran interés la evolución de su carrera. ¡Qué tragedia tan irónica!

—¿Irónica? —preguntó ella con viveza.

En el rostro del militar se formaron unos pliegues de dolor e instintivamente bajó la voz, pero las palabras que articuló fueron perfectamente claras.

—Sir Basil se ocupó de su ascenso y, en consecuencia, de su traslado del regimiento donde estaba Harry al principio a la Brigada Ligera de lord Cardigan, que protagonizó el ataque de Balaclava. De haber continuado como teniente probablemente seguiría vivo.

—¿Qué ocurrió? —Ante los ojos de Hester se desvelaba una terrible posibilidad, tan espantosa que no podía mirarla pero tampoco apartar los ojos de ella—. ¿Sabe a quién pidió sir Basil el favor? De este detalle depende una gran parte del honor —dijo adoptando toda la gravedad posible— y hasta empiezo a pensar que también la verdad de la muerte de Octavia Haslett. Le ruego, comandante Tallis, que me informe de todo lo que sepa sobre la promoción del capitán Haslett.

Titubeó un momento más, pero al final prevaleció la deuda que tenía con Hester, los recuerdos comunes, la admiración y el dolor que sentía por la muerte de Haslett.

—Sir Basil es un hombre que goza de gran poder e influencia, no sé si usted es consciente de su rango. Es mucho más rico de lo que aparenta, pese a que sea evidente que lo es mucho, pero además hay mucha gente que le debe favores, deudas de socorro o de tipo financiero que se remontan al pasado. Creo que además sabe muchas cosas que... —Dejó en el aire la utilidad práctica que se derivaba de esta última circunstancia—. Para él no era difícil conseguir el traslado de un oficial de un regimiento a otro si ése era su deseo y creía que así podía promocionarlo. Le bastaba con escribir una carta y tener el dinero suficiente para comprar la nueva graduación...

—Pero ¿cómo sabía sir Basil quién era la persona a la que tenía que dirigirse para que fuera posible el ingreso en el nuevo regimiento? —insistió Hester, mientras en sus pensamientos iba perfilándose de forma cada vez más precisa la nueva idea.

—Sencillamente, porque él tiene una buena amistad con lord Cardigan, que como es lógico estaba enterado de todas las vacantes que había en los mandos.

—Y del tipo de regimiento en cuestión —añadió ella.

—Naturalmente. —El hombre parecía un tanto confuso.

—Y de sus posibles destinos.

—Es posible que esto lo supiera lord Cardigan, por supuesto, pero difícilmente sir Basil...

—¿Se refiere a que sir Basil ignoraba el curso que emprendería la campaña y las personalidades de los mandos? —Hester dejó que él calibrara en todo su valor la duda que se reflejaba en su expresión.

—Bueno... —Frunció el ceño, como si comenzase a entrever algo que, en principio, le resultaba muy desagradable—. Naturalmente, yo no estoy al corriente del grado de familiaridad que existía entre él y lord Cardigan. Las cartas que iban y venían de Crimea exigían un espacio de tiempo considerable, aun viajando en los barcos más rápidos tardaban como mínimo entre diez y catorce días. Las cosas podían experimentar importantes variaciones en aquel espacio de tiempo. Se podían ganar o perder batallas y podía alterarse extraordinariamente la configuración de los campos respectivos de las fuerzas enfrentadas.

—Pero los regimientos no cambian su estilo, comandante —dijo Hester para obligarlo a volver a la realidad—. Un oficial competente sabe qué regimientos elegiría para llevar a cabo una carga y, cuanto más desesperada fuera ésta, mejor habría que escoger al hombre adecuado... y al capitán adecuado: un hombre dotado de valor, olfato y que contase con la lealtad absoluta de sus subordinados. También escogería a un hombre que se hubiera formado en el campo de batalla, pero que todavía no hubiera recibido ninguna herida, que no estuviera desilusionado por la derrota y el fracaso ni con tantas cicatrices en su ánimo que lo hicieran dudar de su temple.

La observó sin pronunciar palabra.

—De hecho, una vez alcanzada la graduación de capitán, Harry Haslett podía ser este hombre ideal, ¿no cree? —añadió Hester.

—Podría ser... —dijo el militar con voz apenas audible.

—Por esto sir Basil se ocupó de su promoción y de su cambio de destino a la Brigada Ligera de lord Cardigan. ¿Cree que puede conservarse parte de la correspondencia que se cruzaron en aquella ocasión?

—¿Por qué lo dice, señorita Latterly? ¿Usted qué busca?

Mentirle habría sido una vileza... y habría acabado con la simpatía que abrigaba hacia su persona.

—La verdad sobre la muerte de Octavia Haslett —respondió Hester.

El hombre suspiró ruidosamente.

—¿No fue asesinada por un criado? Creo haberlo

leído en los periódicos. Acaban de ahorcar al asesino, ¿no?

—Sí —admitió Hester con una profunda sensación de cansancio en su interior—, pero resulta que, el mismo día que la mataron, Octavia se había enterado de algo que la trastornó tan profundamente que hasta dijo a su tío que acababa de averiguar una verdad realmente espantosa y que sólo necesitaba una prueba más para corroborarla. Comienzo a creer que ella se refería a algo que tenía que ver con la muerte de su marido. Precisamente pensaba en esto el día de su propia muerte. Hasta ahora habíamos supuesto que lo que ella había descubierto se refería a la familia que todavía tenía viva, pero es posible que no sea así. Comandante Tallis, ¿podríamos saber si ella vino aquí aquel día, si habló con alguna persona?

El comandante parecía profundamente turbado.

—¿Qué día fue?

Ella se lo dijo.

El militar tiró de la cuerda para hacer sonar una campana y a la llamada acudió un joven oficial que se cuadró ante él.

—Payton, haga el favor de saludar de mi parte al coronel Sidgewick y de preguntarle si un día de finales de noviembre del año pasado, a una hora cualquiera, fue a verlo a su despacho la viuda del capitán Harry Haslett. Se trata de un asunto de considerable importancia en el que están comprometidos el honor y la vida de una persona, por lo que le agradecería que me diese una respuesta exacta lo más pronto posible. Esta señora, que es una enfermera de la señorita Nightingale, está esperando respuesta.

—¡Señor! —El joven oficial volvió a cuadrarse y salió del despacho.

El comandante Tallis se disculpó por tener que pedir a Hester que aguardara en la sala de espera, ya que él tenía otras visitas que atender. Hester le dijo que se hacía cargo, que no faltaba más. Se entretendría escribiendo cartas o en otros menesteres.

No habían pasado más de quince o veinte minutos cuando se abrió la puerta y el joven oficial volvió a aparecer. Tan pronto como salió del despacho, el comandante Tallis pidió a Hester que pasara. Estaba muy pálido, los ojos llenos de ansiedad, temor y preocupación.

—Está en lo cierto —confirmó en voz baja—. Octavia Haslett estuvo aquí la misma tarde de su muerte y habló con el coronel Sidgewick. A través de él se enteró exactamente de lo mismo que usted ha sabido a través de mí y parece que, tanto por sus palabras como por su expresión, al saber la noticia, llegó a las mismas conclusiones. Me siento profundamente afectado y tengo remordimientos... aunque no sé muy bien por qué. Tal vez por cómo ocurrió todo, sin que nadie hiciera nada para impedirlo. Créame, señorita Latterly, lo siento profundamente.

—Gracias... gracias, comandante Tallis. —Le salió una sonrisa lánguida y forzada, pero sus pensamientos eran un torbellino—. Le estoy muy agradecida.

—¿Qué va usted a hacer? —dijo él en tono perentorio.

—Pues no sé, no estoy segura. Consultaré con el oficial de policía sobre el caso; creo que sería lo más prudente.

—Por favor, se lo ruego, señorita Latterly, vaya con mucho cuidado. Yo...

—Lo sé —se apresuró a decir Hester—. Lo que me ha dicho es confidencial y el nombre de usted no aparecerá para nada, de eso le doy mi palabra. Y ahora tengo que irme. Gracias de nuevo. —Y sin esperar a que añadiera nada más, se volvió y salió del despacho. Después echó casi a correr por el largo pasillo e hizo tres giros equivocados antes de llegar, por fin, a la salida.

No encontró a Monk en su domicilio y tuvo que esperarlo hasta después de anochecer. Cuando al fin regresó se sorprendió mucho al verla.

—¡Hester! ¿Qué ha ocurrido? ¡Parece asustada!

—Acabo de ir al Ministerio de Defensa. Bueno, he estado allí esta tarde y hace una eternidad que le espero...

—¿El Ministerio de Defensa? —Monk se quitó el sombrero y el abrigo, empapados de lluvia, que dejaron un charco en el suelo—. A juzgar por su expresión, parece que ha averiguado alguna cosa interesante.

Parándose tan sólo para respirar cuando era estrictamente necesario, le contó todo lo que había averiguado a través de Septimus y seguidamente todo lo que le había contado el comandante Tallis a partir del momento en que había entrado en su despacho.

—Si éste es el sitio donde estuvo Octavia la tarde del día que la mataron —dijo atropelladamente—, y si se enteró de lo que yo me he enterado hoy, quiere decir que volvió a Queen Anne Street con la plena convicción de que su padre forzó deliberadamente la promoción y el traslado de su marido de un regimiento de segundo orden a la Brigada Ligera de lord Cardigan, donde tendría el honor y el deber de capitanear una carga en la que habría un número abrumador de bajas. —Se resistía a imaginar la escena, pero ésta acudía a sus pensamientos—. La fama de Cardigan ha llegado lejos. Muchos murieron en el primer asalto de la refriega, y los cirujanos de campaña disponibles pudieron hacer muy poco para salvar a muchos de los que sobrevivieron, y se trasladó a los heridos, amontonados unos sobre otros, en carros descubiertos al hospital de Shkodër, donde les esperaba una larga convalecencia en la que la gangrena, el tifus, el cólera y otras fiebres mataron más soldados que el cañón y la espada.

No la interrumpió.

—Una vez conseguida su promoción —prosiguió Hester—, las probabilidades de una gloria a la que no aspiraba eran muy escasas, mientras que las que tenía de morir, de forma lenta o rápida, eran espantosamente elevadas.

»Si Octavia se enteró de estos detalles, no es de extrañar que volviera tan pálida a su casa y que no dijera palabra durante toda la cena. Primeramente había atribuido al destino y a la guerra la desgracia que la había privado de un marido al que amaba profundamente y que la habían dejado convertida en una viuda dependiente de su padre, atada a su casa y sin escapatoria posible. —Hester se estremeció—. Estaba atrapada todavía con más fuerza que antes.

Monk asintió tácitamente y dejó que continuara el relato sin interrumpirla.

—Pero había descubierto que no era la ciega desgracia la que se lo había arrebatado todo. —Se inclinó hacia delante—. No, su situación era resultado de una traición premeditada: estaba prisionera en casa del traidor, y allí permanecería día tras día hasta un gris y distante futuro.

»¿Qué hizo entonces? Tal vez cuando todo el mundo estaba durmiendo aprovechó para ir al despacho de su padre y registrarlo para ver ver si encontraba alguna carta, alguna prueba que demostrara sin lugar a dudas la terrible verdad.

—Sí —dijo Monk muy lentamente—. ¿Y qué? Basil compró la graduación de Harry y después, cuando demostró ser un excelente oficial y destacó por encima de sus compañeros, le compró una graduación superior en un regimiento famoso por lo aguerrido y temerario. ¿A ojos de quién podía considerarse un hecho así como algo más que un favor?

—A ojos de nadie —respondió Hester con amargura—. Habría alegado inocencia. ¿Cómo iba a saber él que Harry Haslett capitanearía la carga y sucumbiría víctima de ella?

—¡Ni más ni menos! —se apresuró a decir Monk—. Son gajes de la guerra. Cuando una mujer se casa con un soldado ya sabe el riesgo que corre... a todas las mujeres que están en estas circunstancias les ocurre lo mismo. Lo que él diría sería que lamentaba mucho lo ocurrido y que ella era una desagradecida cargándolo con aquella culpa. Tal vez Octavia había tomado un exceso de vino con la cena, flaqueza en la que últimamente caía con relativa frecuencia. Ya imagino la cara que pondría Basil al decirlo y también su expresión de fastidio.

Miró fijamente a Monk.

—Pero de nada habría servido. Octavia conocía a su padre, ella era la única que había tenido el valor de desafiarlo... y de preparar la venganza.

—Pero ¿qué desafío le quedaba? No tenía aliados. Cyprian se contentaba con seguir siendo prisionero en Queen Anne Street. Hasta cierto punto Basil tenía una especie de rehén en Romola, que cedía a su propio instinto de supervivencia, que no incluía nunca la desobediencia a Basil. Fenella no se interesaba en nadie salvo en sí misma y Araminta parecía estar aparentemente en todo al lado de su padre. Myles Kellard era un problema más, no una solución, aparte de que él nunca pasaría por encima de los deseos de Basil, ¡y menos para favorecer a nadie!

—¿Y lady Moidore? —le preguntó él.

—Parece encontrarse arrinconada y al margen de todo, quizás es ella misma la que se ha arrinconado. Luchó primero por el matrimonio de Octavia, pero parece que después sus recursos se extinguieron. Septimus habría podido defenderla, pero carecía de armas.

—Y Harry había muerto —dijo Monk para retomar el hilo—. Dejó un vacío en su vida que nada podía llenar. Debió de sentir una terrible desesperación, un dolor, una sensación de traición y de haber caído en una trampa que casi le resultarían insoportables, aparte de no contar con las armas precisas para devolver el golpe.

—¿Ha dicho casi? —preguntó Hester—. ¿Casi insoportables? Octavia estaba agotada, anonadada, confundida y sola... no veo qué pinta la palabra «casi». Y además, estaba en posesión de un arma, tratara de usarla o no. Quizás era algo que no se le había ocurrido nunca, pero el escándalo dañaría a Basil más que nada en el mundo: el temible escándalo del suicidio. —La voz se le hizo áspera debido al componente trágico y a la ironía implícitos—. Su hija, que vivía en su propia casa y estaba bajo su cuidado, se sentía tan desgraciada, estaba tan desasosegada y era tan poco cristiana que había sido capaz de quitarse la vida, y no de una manera civilizada, utilizando láudano por ejemplo, ni lo había hecho tampoco porque la hubiera rechazado un amante, aparte de que había pasado mucho tiempo para poder atribuir el hecho a la muerte de Harry, sino que había sido un acto deliberado y sangriento cometido dentro de su propio dormitorio... o quizás en el despacho de Sir Basil, con la carta de la traición todavía estrujada en la mano.

»Tendría que ser enterrada en terreno que no estuviera consagrado, junto a otros pecadores que nunca jamás alcanzarían el perdón. ¿Se imagina usted qué iba a decir la gente? ¡Qué vergüenza, qué miradas, cuántos murmullos, qué repentinos silencios! Ya no vendrían más invitados a casa, las personas a las que uno iría a visitar se encontrarían inexplicablemente ausentes, pese a que sus carruajes estarían en las caballerizas y las luces de la casa encendidas. Y lo que antes era admiración y envidia, ahora sólo sería desprecio o, peor aún, burla.

En el rostro de Monk se reflejaba toda la gravedad de la situación, se hacía evidente la oscura tragedia.

—Si no hubiera sido Annie quien la descubrió sino otra persona —dijo Monk—, alguien de la familia, habría sido fácil retirar el cuchillo, colocarla tendida en la cama, rasgarle el camisón para que pareciera que había habido lucha, por breve que fuera, y después aplastar la enredadera que trepaba por la parte exterior de la ventana y retirar de la habitación unos cuantos objetos decorativos y algunas joyas. Entonces habría tenido todos los visos de un asesinato, un acto doloroso y aterrador, pero no vergonzoso. Entonces se habría levantado una corriente de simpatía por parte de la sociedad, pero no habría habido ostracismo ni tampoco censuras ni reproches. Puede ocurrirle a cualquiera.

—Y por lo visto envié al garete todo el montaje cuando demostré que nadie había penetrado en la casa, o sea que había que buscar al asesino entre los residentes de la misma.

—Eso quiere decir que el delito es éste: no el hecho de que apuñalaran a Octavia, sino el asesinato premeditado y legal de Percival, lo que es un acto odioso e inconmensurablemente peor —dijo Hester lentamente—. Pero ¿cómo vamos a demostrarlo? Ni lo descubrirán ni le aplicarán castigo alguno. ¡Saldrá tan campante del asunto, sea quien fuere el culpable...!

»¡Qué pesadilla! Pero ¿quién puede ser? Yo todavía no lo sé. El escándalo los salpicará a todos. Tanto pudo haber sido Cyprian y Romola como sólo Cyprian. Es un hombre corpulento, lo bastante fuerte para sacar a Octavia del estudio, suponiendo que el hecho ocurriera allí, y después subir el cuerpo a su habitación y dejarlo tendido en la cama. Ni siquiera corría el riesgo de despertar a nadie, puesto que su habitación se encuentra al lado de la habitación de Octavia.

Era una posibilidad terriblemente inquietante. En la imaginación de Hester se perfiló con precisión el rostro de Cyprian, con aquellos rasgos suyos que denotaban inteligencia y optimismo pero a la vez capacidad para el sufrimiento. Cuadraba en él que quisiera ocultar el acto que había cometido su hermana, dejar a salvo su buen nombre y procurar que llorasen su muerte y la enterrasen en tierra sagrada.

Pero entretanto habían colgado a Percival.

—¿Es posible que Cyprian sea tan débil como para permitir tal cosa, sabiendo que Percival no era culpable? —dijo Hester levantando más la voz. Deseaba profundamente poder descartar aquella posibilidad, pero la cesión de Cyprian a la presión emocional de Romola era demasiado clara en sus pensamientos, como lo era también la desesperación momentánea que había vislumbrado en su cara al observarlo sin que él se apercibiera de ello. Y de todos los miembros de la familia, precisamente era él quien parecía lamentar más profundamente la muerte de Octavia.

—¿Y Septimus? —preguntó Monk.

Podía ser el acto imprudente y misericordioso que Septimus era capaz de realizar.

—No —negó con vehemencia—, no, él no habría permitido nunca que colgaran a Percival.

—Myles sí. —Monk la miró ahora con intensa emoción, expresión desolada y tensa—. Podría haberlo hecho para salvar el nombre de la familia. Su situación está indisolublemente unida a los Moidore, en realidad, depende totalmente de ellos. En cuanto a Araminta, tanto podría haberlo ayudado como no.

Volvió a su memoria el recuerdo de Araminta en la biblioteca y la tensión que había descubierto entre ella y Myles. A buen seguro que Araminta sabía que su marido no había matado a Octavia, pese a estar dispuesta a que Monk creyese que lo había hecho y observase que Myles sudaba de miedo al imaginarlo. Era un tipo de odio muy peculiar el suyo, una mezcla de odio y de poder. ¿Sería un sentimiento alimentado por el horror que ella misma había vivido en la violencia de su noche de bodas o en la violación de Martha la camarera... o en el hecho de haberse convertido todos en unos conspiradores confabulados para ocultar cómo había muerto realmente Octavia, llegando a dejar que colgaran a Percival?

—¿Y Basil? —apuntó ella.

—¿O quizás incluso Basil por el buen nombre... y lady Moidore por amor? —dijo Monk—. De hecho, Fenella es la única para la que no encuentro razón ni medios. —Se había quedado pálido y tenía una mirada tal de dolor y remordimiento en los ojos que a Hester le inspiró una intensa admiración por su íntima sinceridad y la propensión a la piedad de la que era capaz pero que rara vez salía a la superficie.

—Por supuesto que no son más que especulaciones —dijo con voz mucho más suave—. No tengo ninguna prueba de nada. Aunque hubiéramos sabido esto antes de que acusaran a Percival, no sé cómo habríamos podido probarlo. Por esto he venido a verlo: deseaba compartir con usted lo que había averiguado.

En el rostro de Monk se reflejó la profunda concentración en que estaba sumido. Hester esperó mientras oía el ruido que hacía la señora Worley trabajando en la cocina, el matraqueo de los cabriolés y de un carro que pasaba por la calle.

—Si Octavia se suicidó —dijo Monk finalmente—, entonces alguien se llevó el cuchillo al descubrir el cuerpo y es de presumir que volvió a dejarlo en la cocina, o quizá se quedó con él, aunque esto parece improbable. En cualquier caso, no parece un acto cometido por una persona presa de pánico. Si volvió a dejar el cuchillo en su sitio... no. —La impaciencia le contrajo el rostro—. Como es evidente, no volvió a dejar el salto de cama. Debieron de esconder las dos cosas en algún sitio que no llegamos a registrar. Y sin embargo, no encontramos rastro alguno de nadie que hubiera salido de la casa entre la hora de su muerte y la hora en la que llamaron al agente de policía y al médico. —La miró, como si quisiese escudriñar sus pensamientos, pese a lo cual continuó hablando—. En una casa donde vive tanta gente y donde las sirvientas se levantan a las cinco de la madrugada, sería difícil salir sin ser visto... o estar seguro de que no te ha visto nadie.

—¿Podría ser que ustedes no hubieran registrado ciertas habitaciones de la casa? —preguntó Hester.

—Supongo que sí —se le ensombreció la cara ante tan desagradable posibilidad—. ¡Oh, Dios mío! ¡Qué cosa tan brutal! Seguramente escondieron en algún sitio el cuchillo y el salto de cama manchados de sangre por si los necesitaban... para comprometer a algún pobre desgraciado. —Monk se estremeció involuntariamente y sintió de pronto un frío repentino que, pese a todo, no tenía nada que ver con el raquítico fuego de la chimenea ni con el aguanieve persistente que estaba cayendo en el exterior y que ya se estaba transformando en nevada.

—Si pudiéramos encontrar el escondrijo —dijo Hester titubeante—, ¿no podríamos saber quién se había servido de él?

Monk se echó a reír, una risa convulsa y dolorida.

—¿La persona que lo puso en la habitación de Percival detrás de los cajones de la cómoda? No creo que podamos dar por sentado que el escondrijo por sí solo vaya a comprometer a dicha persona.

Hester tuvo la sensación de que estaba desbarrando.

—Por supuesto que no —admitió con voz tranquila—. Entonces, ¿qué podemos buscar?

Monk se sumió en un largo silencio y permaneció a la espera, devanándose los sesos.

—No sé —dijo finalmente y con evidente esfuerzo—. Si se encontrara sangre en el estudio podría ser un detalle revelador puesto que Percival no podría haberla matado en esa habitación. Todo el asunto se reduce a que él se abrió paso hasta su dormitorio, ella se peleó con él para echarlo y el forcejeo la condujo a la muerte...

Hester se levantó, ya que había que hacer algo, de pronto se sentía llena de energía...

—Lo miraré. No será difícil...

—¡Tenga mucho cuidado! —le dijo él con tanto ímpetu que más que hablar pareció ladrar—. ¡Hester!

Ella ya se despedía, excitada porque al fin tenía una idea que llevar a la práctica.

—¡Hester! —La cogió por el hombro y la apretó con fuerza.

La chica intentó desasirse de Monk, pero no tenía fuerza suficiente.

—¡Hester... haga el favor de escucharme! —la instó con voz perentoria—. Este hombre, o esta mujer... ha hecho bastante más que ocultar un suicidio. Ha cometido un asesinato lento y deliberado. —Tenía el rostro tenso por la angustia—. ¿Ha visto alguna vez a un ahorcado? Yo sí. Vi a Percival debatirse mientras la red se iba estrechando a su alrededor durante varias semanas y después lo visité en Newgate. Es una muerte terrible.

Hester sintió malestar, pero no por ello se arredró.

—Piense que no tendrán piedad de usted —prosiguió Monk, implacable— si los amenaza en lo más mínimo. De hecho, creo que ahora que usted sabe esto, sería mejor que se despidiera. Escríbales una carta y dígales que ha sufrido un accidente y que no puede volver. Ahora ya no necesitan a una enfermera, pueden arreglarse perfectamente con una camarera. Lady Moidore no la necesita.

—No, no lo haré. —Estaban los dos de pie, casi pecho contra pecho, y se miraban fijamente—. Vuelvo a Queen Anne Street para ver de descubrir lo que le ocurrió realmente a Octavia, y a ser posible quién es culpable y quién fue el causante de que colgaran a Percival. —Se dio cuenta de la enormidad de lo que había dicho, pero Hester no quería dejarse una salida por la cual escapar.

—Hester.

—¿Qué?

Monk hizo una profunda aspiración y exhaló un suspiro.

—Entonces me quedaré en una calle próxima a la casa y quiero verla como mínimo una vez cada hora en una de las ventanas que dan a la calle. Como no la vea, llamaré a la comisaría y pediré a Evan que entre en la casa...

—¡No puede hacerlo! —protestó ella.

—¡Puedo hacerlo!

—¿Con qué pretexto, por el amor de Dios?

Monk sonrió con amarga ironía.

—Pues con el pretexto de que la andan buscando porque ha robado en una casa. Siempre puedo hacerme atrás y dejarla impoluta diciendo que era un caso de identidad equivocada.

Pareció más aliviada de lo que demostraba.

—Le estoy muy agradecida —trató de decirlo como si estuviera enfadada pero no pudo disimular la emoción que sentía, por lo que durante un rato se quedaron mirándose con aquella comprensión mutua que sólo de vez en cuando se establecía entre los dos. Después ella se excusó, recogió el abrigo, dejó que él la ayudara a ponérselo y se despidió.

Entró lo más discretamente posible en la casa de Queen Anne Street, tratando de evitar incluso la conversación más escueta y yendo directamente arriba para tener la satisfacción de comprobar que Septimus se estaba recuperando muy bien. Se puso muy contento al verla, la saludó y se mostró muy interesado. Fue difícil para Hester no decirle nada de sus descubrimientos y conclusiones y se excusó por tenerlo que dejar para ir a ver a Beatrice así que pudo sin herir sus sentimientos.

Tan pronto como hubo servido la cena a Beatrice en su cuarto le pidió permiso para retirarse temprano, alegando que tenía que escribir unas cartas. Beatrice tuvo la satisfacción de concedérselo.

Durmió muy mal, por lo que no le costó mucho levantarse algo después de las dos de la mañana y bajar la escalera alumbrándose con una vela. No se atrevía a encender la luz de gas porque habría sido tan intensa como el sol y, de haber oído algún ruido en las inmediaciones, le habría resultado muy difícil llegar a tiempo para apagarla. Se deslizó hasta el rellano a través de la escalera de las sirvientas y después bajó por la escalera principal hasta el vestíbulo y el estudio de sir Basil. Con mano vacilante y arrodillada en el suelo, bajó la vela para explorar la alfombra turca roja y azul y ver de encontrar alguna irregularidad en el dibujo que pudiera evidenciar la presencia de una mancha de sangre.

Tardó unos diez minutos que se le antojaron horas, antes de oír que el reloj del vestíbulo daba las horas, lo que le produjo tal sobresalto que por poco le hace caer la vela de la mano. De hecho, no pudo evitar que cayera cera caliente en la alfombra ni que se quedara prendida en la lana y la tuvo que desprender con una uña.

Entonces se dio cuenta de que la irregularidad no obedecía solamente a la confección de la propia alfombra sino a un defecto, era una asimetría que no quedaba corregida en parte alguna y, al acercarse un poco más, pudo apreciar lo extensa que era. Casi había desaparecido, pero se distinguía bastante. Estaba detrás del gran escritorio de roble, donde uno se colocaría naturalmente para abrir cualquiera de los cajones laterales de la mesa, de los que sólo tres estaban provistos de cerradura.

Se puso lentamente en pie. Su mirada se posó directamente en el segundo cajón, donde apreció unas pequeñas muescas alrededor de la cerradura, como si alguien lo hubiera abierto forzándola con una tosca herramienta y ni la cerradura nueva con que la había sustituido ni la madera maltratada pudieran disimular completamente el apaño.

No había manera de poder abrirla, no tenía la habilidad necesaria ni un instrumento adecuado. Además, no quería despertar la alarma en la única persona que podría detectarlo en el caso de que se produjeran nuevas marcas en el mueble. Pero adivinaba fácilmente lo que podía haber descubierto Octavia: una carta, o más de una, escrita por el propio lord Cardigan y tal vez incluso el coronel del regimiento, que habría confirmado sin lugar a dudas lo que ella ya sabía a través del Ministerio de Defensa.

Hester se quedó inmóvil, con la mirada fija en el platito de arena, cuidadosamente dispuesto sobre la mesa para secar la tinta de las cartas; observó también las barritas de lacre rojo y las cerillas para sellar los sobres, la escribanía de sardónica tallada y el jaspe rojo para la tinta, las plumas de ave, el fino y exquisito abrecartas, imitación de la legendaria espada del rey Arturo, hincado en su piedra mágica... Era un hermoso objeto de unos treinta centímetros de longitud y tenía la empuñadura grabada. La piedra que le servía de soporte era una ágata amarilla de una sola pieza, la más grande que Hester había visto en su vida.

Se quedó de pie, imaginándose a Octavia exactamente en aquel mismo sitio, la vio cavilando, desesperada, sola: acababa de sufrir el golpe definitivo. A buen seguro que su mirada también se había posado en aquel hermoso objeto.

Lentamente Hester avanzó la mano y lo tocó. De haber sido ella Octavia, no habría ido a la cocina a buscar el cuchillo de la señora Boden. No, ella se habría servido de aquel hermoso objeto. Lo sacó lentamente de su soporte, lo sopesó, rozó con el dedo su punta afilada. Se deslizaron varios segundos a través del silencio de la casa, la nieve caía al otro lado de la ventana desnuda. Fue entonces cuando la descubrió: era una fina raya oscura incrustada entre la hoja y la empuñadura. Acercó el objeto a unos pocos centímetros de la vela encendida. Era de color marrón, no la raya gris oscuro que produce el metal deslucido o la suciedad incrustada, sino el residuo pardo rojizo intenso que deja la sangre seca.

No era de extrañar, pues, que la señora Boden no hubiera echado en falta el cuchillo hasta que comunicó su desaparición a Monk: probablemente había estado todo el tiempo en su estante de la cocina. Aquella mujer se había hecho un lío con lo que ella asumía como hechos, cuando no eran más que imaginación.

Sin embargo, en el cuchillo que habían encontrado había manchas de sangre. ¿De quién era, entonces, la sangre si el instrumento que había provocado la muerte de Octavia era aquel estilizado abrecartas?

No, la sangre no era de nadie. Era un cuchillo de cocina y en la cocina de toda buena cocinera suele haber siempre abundancia de sangre: un asado, un pescado que hay que destripar, un pollo... ¿Quién podía percibir la diferencia entre diversos tipos de sangre?

Pero si la sangre del cuchillo no era de Octavia, ¿sería suya realmente la del salto de cama?

De pronto la sorprendió el fogonazo de un recuerdo que fue como si le hubiera caído encima un jarro de agua fría. ¿Acaso Beatrice no había dicho algo sobre un desgarrón en el encaje del salto de cama de Octavia? ¿No había aceptado la petición de ésta, poco experta en las labores de aguja, para que se lo remendara? Esto podía significar que ni siquiera lo llevaba puesto cuando murió. Aun así sólo lo sabía Beatrice y por respeto a su dolor nadie le había mostrado la prenda manchada de sangre. Araminta la había identificado como la que Octavia llevaba aquella noche a la hora de acostarse, y así era: la llevaba por lo menos hasta el rellano de la escalera. Después Octavia había ido a dar las buenas noches a su madre y había dejado la prenda en su cuarto.

Por el mismo motivo, también Rose podía estar equivocada. Sabía que el salto de cama era de Octavia, no cuándo lo llevaba.

¿O tal vez sí lo sabía? Por lo menos debía de saber cuándo lo había lavado por última vez. Era la encargada de lavar y planchar este tipo de cosas... y también de remendarlas en caso necesario. ¿Cómo se explicaba que no hubiera cosido el encaje? Una lavandera tenía la obligación de prestar más atención a estos detalles.

Por la mañana le haría algunas preguntas.

De repente volvió al presente, se percató de nuevo de que se encontraba en el estudio de sir Basil con sólo el salto de cama puesto, exactamente en el mismo sitio donde Octavia, empujada por la desesperación, debió de quitarse la vida... y con el mismo instrumento en la mano que ella debía de haber tenido en la suya. Como alguien la hubiera descubierto en aquel momento, no habría tenido ninguna excusa... y si hubiera sido, quienquiera que fuese, la persona que sorprendió a Octavia, habría comprendido inmediatamente que también ella estaba enterada.

Sostenía la vela baja y la cera fundida iba llenando el cuenco. Volvió a colocar el abrecartas en su sitio, poniéndolo exactamente tal como estaba antes, después tomó la vela y volvió a dirigirse con rapidez a la puerta y la abrió casi sin hacer ruido. El pasillo estaba sumido en la oscuridad: lo único que se distinguía en él era el débil resplandor que se filtraba a través de la ventana que daba a la parte frontal de la casa, al otro lado de la cual seguía cayendo la nieve.

Atravesó el vestíbulo de puntillas, sin hacer ruido. Sentía la frialdad de las baldosas bajo sus pies desnudos y estaba rodeada únicamente por un pequeño haz de luz, la indispensable para no tropezar. Al llegar a lo alto de la escalera atravesó el rellano y, no sin cierta dificultad, localizó el pie de la escalera para uso de las criadas.

Finalmente en su habitación, apagó de un soplo la llama de la vela y se encaramó a la cama helada. Tenía mucho frío, el cuerpo convulso por temblores, empapado de sudor, una sensación de náuseas en el estómago.

Por la mañana, tratando de recurrir a todo su aplomo, se ocupó primeramente de que Beatrice se encontrara cómoda y de servirle el desayuno; después fue a ver a Septimus, al que dejó igualmente tras haberlo atendido, procurando no dar la impresión de apresuramiento o de ser negligente con sus deberes. Eran casi las diez cuando ya se encontró en libertad de ir a la lavandería a hablar con Rose.

—Rose —la interpeló con voz tranquila para no llamar la atención de Lizzie. A buen seguro habría querido saber qué pasaba, para comprobar si se trataba de algún trabajo, y en caso contrario hacer o impedir lo que fuera para obligarles a dejarlo hasta un momento más oportuno.

—¿Qué desea? —Rose estaba pálida, su cutis había perdido aquella diafanidad y aquel esplendor como de porcelana que tenía antes y sus ojos, tan oscuros, parecían dos cuencas vacías. La muerte de Percival la había afectado profundamente. Había en ella todavía una parte que seguía enamorada de aquel hombre y quizá se atormentaba con la idea de que sus propias declaraciones y la intervención que había tenido en su detención, la mezquina malevolencia que había demostrado y sus sutiles indicaciones podían haber conducido a Monk a orientar sus sospechas en dirección a Percival.

—Rose —volvió a llamarla Hester con intención de desviar su atención del trabajo que estaba haciendo, que consistía en alisar con la plancha el delantal de Dinah—. Se trata de la señorita Octavia...

—¿Qué ocurre? —preguntó Rose sin interés, mientras su mano movía la plancha hacia delante y hacia atrás y seguía con los ojos fijos en la tela.

—Usted se encargaba del cuidado de su ropa, ¿verdad? ¿O era Lizzie?

—No. —Rose continuaba sin mirarla—. Lizzie solía ocuparse de la ropa de lady Moidore, de la ropa de la señorita Araminta y a veces también de la ropa de la esposa del señor Cyprian. Yo me encargaba de la ropa de la señorita Octavia y de la ropa blanca de los caballeros. Los delantales y gorros de las camareras nos los repartimos según convenga. ¿Por qué? ¿Qué ha pasado ahora?

—¿Cuándo fue la última vez que lavó el salto de cama de la señorita Octavia, el que tiene un encaje con un dibujo de lirios... antes de que la asesinaran?

Rose dejó finalmente la plancha y se volvió a Hester con el ceño fruncido. Estuvo unos minutos pensativa antes de contestar.

—Lo planché la mañana del día antes y lo subí arriba alrededor de mediodía. Suponía que iba a ponérselo aquella noche... —hizo una profunda aspiración—, y por lo que he oído se lo puso al día siguiente y cuando la mataron lo llevaba puesto.

—¿El salto de cama estaba roto?

Rose la miró con el rostro tenso.

—¡Claro que no! ¿Se figura que no sé cuáles son mis obligaciones?

—Si se hubiera hecho un desgarrón la noche antes, ¿se lo habría dado a usted para que lo remendara?

—Es más probable que se lo hubiera dado a Mary, pero después Mary me lo habría dado a mí. Tiene buenas manos y sabe hacer arreglos cuando se trata de trajes y de vestidos de noche, pero aquellos lirios eran cosa muy fina. ¿Por qué lo dice? ¿A qué viene ahora eso?

—La miró con expresión de extrañeza—. De todos modos, debió de ser Mary la que lo remendó, porque yo no, y cuando la policía me enseñó el salto de cama para que dijera si era de la señorita, no vi que estuviera roto, tanto los lirios como todo el encaje estaban en perfecto estado.

Hester sintió una extraña excitación.

—¿Está segura? ¿Absolutamente segura? ¿Sería capaz de jurarlo por la vida de alguien?

Fue como si a Rose acabaran de darle un bofetón, ya que de su cara desapareció el último vestigio de color.

—¿Por quién quiere que jure? ¡Percival ha muerto! ¡Lo sabe de sobra! ¿Se puede saber qué le pasa? ¿Por qué se preocupa por un encaje roto?

—¡Dígamelo! ¿Está absolutamente segura? —insistió Hester.

—Sí, lo estoy. —Rose ya estaba enfadándose porque no comprendía la insistencia de Hester y aquello la asustaba—. Cuando la policía me enseñó el salto de cama manchado de sangre no tenía el encaje roto. Precisamente aquella parte no estaba manchada, estaba perfectamente limpia y bien.

—¿No se equivoca? ¿No había otra parte de la prenda adornada también con encaje?

—Sí, pero no era el mismo. —Movió negativamente la cabeza—. Mire, señorita Latterly, no sé lo que pensará usted de mí, aunque de sobra se ve por los aires que gasta, pero sé muy bien qué me llevo entre manos y cuando veo un salto de cama sé dónde tiene el tirante y dónde el dobladillo. Ni estaba roto el encaje del salto de cama cuando me lo llevé de la lavandería ni lo estaba tampoco cuando la policía me preguntó si lo reconocía, pese a quien pese y favorezca a quien favorezca.

—Pues es algo que pesa, y mucho —dijo Hester con voz queda—. ¿Usted lo juraría?

—¿Para qué?

—¿Lo juraría o no? —Hester estaba tan furiosa que casi temblaba.

—¿A quién se lo tendría que jurar? —insistió Rose—. ¿Qué importa eso ahora? —Su rostro reflejó una tremenda emoción—. ¿Usted quiere decir que... quiere decir que no fue Percival quien la mató?

—No, creo que él no la mató.

Rose se había quedado muy blanca, tenía el rostro contraído.

—¡Oh, Dios mío! ¿Quién fue entonces?

—Eso no lo sé. Por favor, sea sensata. Si le interesa conservar la vida, o cuando menos su trabajo, no hable de todo esto con nadie.

—Pero ¿y usted cómo lo sabe? —siguió insistiendo Rose.

—Cuanto menos sepa mejor, créame.

—Pero ¿qué piensa hacer? —dijo en voz muy baja, aunque se le notaba la ansiedad y el miedo.

—Demostrarlo, si puedo.

En aquel momento se acercó Lizzie. Tenía los labios tensos por la irritación.

—Oiga, señorita Latterly, si quiere algo de la lavandería pídamelo a mí y yo me ocuparé de lo que sea, pero no se quede aquí cuchicheando con Rose, que tiene mucho trabajo.

—Lo siento, perdone —se disculpó Hester obligándose a sonreír, después de lo cual se retiró.

Había vuelto a la casa principal y estaba a media escalera en dirección a la habitación de Beatrice cuando de pronto se le aclararon las ideas. Si el salto de cama estaba intacto cuando Rose lo envió a la habitación de Octavia y seguía intacto cuando fue descubierto en la habitación de Percival, pero estaba roto cuando Octavia fue al cuarto de su madre para darle las buenas noches, alguien lo había roto en algún momento de aquel día, y únicamente Beatrice lo habría observado. No lo llevaba puesto cuando había muerto, puesto que estaba en la habitación de Beatrice. En algún momento comprendido entre aquel en que Octavia lo dejó en dicha habitación y su descubrimiento alguien se apoderó de él y tomó también un cuchillo de la cocina, lo manchó de sangre y lo envolvió con el salto de cama, después de lo cual lo escondió en la habitación de Percival.

¿Quién?

¿Cuándo lo había cosido Beatrice? ¿Fue aquella noche? ¿Por qué se habría molestado en coserlo si hubiera sabido que Octavia había muerto?

¿Dónde había ido a parar después? Seguramente estaba en la cesta de costura que Beatrice tenía en su cuarto. A nadie le importaría demasiado después. ¿O acaso volvieron a llevarlo a la habitación de Octavia? Sí, seguramente lo habían devuelto a la habitación, ya que de otro modo quienquiera que hubiera sido la persona que lo hubiera cogido, se habría dado cuenta de su equivocación y habría sabido que Octavia no lo llevaba cuando se fue a dormir.

Ahora estaba en el rellano de lo alto de la escalera. Había dejado de llover y el sol pálido pero claro de invierno brillaba a través de las ventanas y trazaba dibujos en la alfombra. No se había encontrado con nadie. Las camareras estaban atareadas cumpliendo con sus obligaciones, las doncellas de las señoras se ocupaban del guardarropa, el ama de llaves estaba en el cuarto de la ropa blanca, las criadas de arriba estaban haciendo las camas, dando la vuelta a los colchones y sacando el polvo de todas partes y había otras criadas en el corredor; Dinah y los lacayos estaban en algún lugar de la parte frontal de la casa; la familia, entregada a los placeres matutinos: Romola con los niños en la habitación utilizada como clase, Araminta escribiendo cartas en el saloncito de las mujeres, los hombres ocupados fuera de la casa y Beatrice todavía en su dormitorio.

Beatrice era la única persona que estaba enterada de que el encaje de los lirios estaba roto, por lo que no podía haber cometido el error de manchar el salto de cama. No era que Hester sospechara de ella, o por lo menos no pensaba que lo hubiera podido hacer sola. Si la había ayudado sir Basil... Pero entonces, ese miedo de no saber quién había asesinado a Octavia... Ese temor a que fuese Myles... A Hester se le ocurrió de pronto que Beatrice podía ser una actriz excepcional, pero después abandonó la idea. Para empezar, ¿para qué? No podía saber que Hester repetiría lo que le oyese decir.

¿Quién sabía qué salto de cama llevaba Octavia aquella noche? Había salido del salón atildadamente vestida con un traje de noche, al igual que todas las demás señoras. ¿A quién había visto antes de cambiarse para acostarse?

Tan sólo a Araminta y a su madre.

A la orgullosa, difícil y fría Araminta. Ella había ocultado el suicidio de su hermana y, cuando era inevitable que acusaran a alguien del asesinato, había alegado que debía de ser Percival.

Pero era imposible que lo hubiera hecho ella sola. Era una mujer delgada, casi esquelética. Habría sido incapaz de trasladar sin ayuda de otra persona el cuerpo de Octavia hasta el piso de arriba. ¿Quién la había ayudado? ¿Myles? ¿Cyprian? ¿O Basil?

¿Y cómo se podía demostrar?

La única prueba era lo que había dicho Beatrice sobre el encaje de lirios roto pero ¿sería capaz de jurarlo cuando supiera qué suponía?

Hester necesitaba un aliado en la casa. Sabía que Monk estaba fuera, había visto su oscura figura cada vez que había pasado por delante de la ventana, pero no podía ser de ninguna ayuda en este aspecto.

También estaba Septimus. Era la única persona acerca de la cual Hester tenía la plena seguridad de que no tenía participación alguna en los hechos y que, además, podía ser lo bastante valiente para luchar. Sí, haría falta valentía. Percival había muerto y para todos los demás el asunto había quedado cerrado. Habría sido mucho más fácil dejar que todo quedara tal como estaba.

Cambió de dirección y, en lugar de ir a la habitación de Beatrice, siguió por el pasillo hasta la de Septimus.

Estaba ligeramente incorporado en la cama leyendo un libro que sostenía a una cierta distancia porque padecía de vista cansada. Cuando Hester entró, levantó los ojos debido a la sorpresa. Se encontraba tan recuperado que las atenciones de Hester eran más las de una amiga que de tipo médico. Vio al momento que Hester estaba profundamente preocupada.

—¿Qué ha ocurrido? —le preguntó, lleno de ansiedad. Cerró el libro sin poner una señal en la página.

De nada habría servido mentir. Hester cerró la puerta, se acercó a la cama y se sentó en el borde.

—He hecho un descubrimiento en relación con la muerte de Octavia. Dos de hecho.

—Y los dos son graves —dijo el hombre con gran interés—. Ya veo que está preocupada. ¿De qué se trata?

Hester hizo una profunda aspiración. Si ella se había equivocado y Septimus estaba involucrado en el caso o se sentía más leal a la familia o era menos valiente de lo que ella creía, entonces quizás ella se pondría en mayor peligro del que suponía. Sin embargo, no pensaba hacerse atrás.

—Octavia no murió en su habitación. Sé dónde murió. —Hester observó su cara y lo único que descubrió en ella fue interés, no indicios de remordimiento—. Fue en el estudio de sir Basil —dijo finalmente.

El hombre estaba confundido.

—¿En el estudio de Basil? Pero, querida amiga mía, esto no tiene sentido. ¿Por qué habría ido Percival a buscar a Octavia en aquella habitación? ¿Qué haría ella en el estudio de Basil en plena noche? —De pronto la luz que brillaba en sus ojos fue apagándose—. ¡Ah... usted se refiere a que aquel día ella se enteró de algo y usted sabe qué es? ¿Algo que tiene que ver con Basil?

Hester le dijo qué había averiguado en el Ministerio de Defensa y que Octavia había estado allí el día de su muerte y se había enterado de lo mismo.

—¡Santo Dios! —dijo Septimus con voz queda—. ¡Pobre niña! ¡Pobre, pobre niña! —Por espacio de varios segundos Septimus se quedó con la vista fija en la colcha, después miró a Hester con el rostro contraído, la mirada sombría y asustada—. ¿Quiere decir que Basil la mató?

—No, yo creo que se mató ella... con el abrecartas del estudio.

—¿Y cómo subió al dormitorio?

—Alguien la encontró muerta en el estudio, limpió el abrecartas y volvió a dejarlo en su sitio, la trasladó arriba, aplastó la enredadera del exterior de la ventana, tomó unas cuantas joyas y un jarrón de plata y la dejó en su cuarto para que Annie la descubriera por la mañana.

—Para que no pareciera un suicidio, porque es una cosa vergonzosa, una cosa escandalosa... —Hizo una profunda aspiración y abrió mucho los ojos debido al horror que sentía—. Pero ¡santo Dios!, ¡Dejaron que colgaran a Percival!

—Exacto.

—Es una monstruosidad. Es un asesinato.

—Exacto.

—¡Oh... Dios mío! —dijo en voz muy baja—. ¿A qué extremo hemos llegado? ¿Sabe quién lo hizo?

Hester le explicó todo lo relativo al salto de cama.

—Araminta —dijo Septimus en voz muy baja—, pero no sola. ¿Quién la ayudó? ¿Quién se encargó de subir a la pobre Octavia escaleras arriba?

—No sé. Debió de ser un hombre, pero no sé quién.

—¿Qué piensa hacer?

—La única persona que lo puede corroborar es lady Moidore. Creo que lo hará. Ella sabe que Percival no era el culpable y creo que ella querrá encontrar una alternativa a la incertidumbre y al miedo que están acabando con todas sus relaciones.

—¿Usted cree? —Se quedó pensativo unos momentos mientras su mano iba abriéndose y cerrándose mecánicamente sobre la colcha—. Tal vez tenga usted razón pero, tanto si la tiene como no, no podemos dejar las cosas como están prescindiendo del precio que haya que pagar.

—Entonces, ¿quiere usted acompañarme al cuarto de lady Moidore y estar presente mientras le pregunto si estaría dispuesta a jurar que el salto de cama estaba roto la noche en la que murió Octavia y que ella lo tuvo toda la noche en su habitación y no salió de ella hasta más tarde?

—Sí. —Septimus se levantó de la cama con la ayuda de Hester, que le tendió las manos—. Sí —admitió—, lo mínimo que puedo hacer es estar a su lado. ¡Pobre Beatrice!

Hester tuvo la impresión de que Septimus no lo había entendido del todo.

—Pero ¿usted está dispuesto a corroborar con juramento su respuesta, en caso necesario delante de un juez? ¿La apoyará cuando ella se dé cuenta de lo que supone?

Él se puso muy erguido, echó los hombros para atrás y sacó pecho.

—Sí, totalmente.

Beatrice quedó muy sorprendida al ver entrar en su habitación a Hester seguida de Septimus. Estaba sentada delante del tocador cepillándose el cabello, algo que en circunstancias normales habría hecho su doncella, pero como ahora ya no necesitaba hacerse ningún peinado especial porque no tenía que ir a ninguna parte había optado por hacerlo ella misma.

—¿Qué ocurre? —les preguntó en un susurro—. ¿Ha pasado algo? Septimus, ¿te encuentras peor?

—No, cariño —le dijo acercándose a ella—, me encuentro perfectamente bien, pero ha ocurrido algo y, como es preciso tomar una decisión, estoy aquí para prestarte mi apoyo.

—¿Una decisión? ¿A qué te refieres? —Ahora estaba asustada y sus ojos iban y venían de él a Hester—. ¿Hester? ¿Qué ha pasado? Usted sabe algo, ¿verdad? —Hizo una profunda aspiración y pareció que iba a preguntar algo, pero su voz se extinguió y de su garganta no salió sonido alguno. Lentamente dejó el cepillo sobre el tocador.

—Lady Moidore —comenzó a decir Hester con voz suave, ya que sabía que la exposición de los hechos sería cruel—. La noche en que Octavia murió, antes de acostarse entró en esta habitación para desearle las buenas noches, según usted dijo.

—Sí... —Su voz era apenas un murmullo.

—Y dijo también que el salto de cama que llevaba tenía roto el encaje que tiene un dibujo de lirios y que adorna la parte del hombro.

—Sí.

—¿Está absolutamente segura?

Beatrice se quedó confundida, pero una pequeña parte del miedo que sentía había desaparecido.

—Sí, por supuesto lo estoy. Me ofrecí a cosérselo. —No pudo impedir que las lágrimas se agolparan a sus ojos—. Y se lo cosí... —Sus palabras se ahogaron, porfiaba por dominar la emoción que la embargaba—. Se lo cosí aquella misma noche, antes de acostarme. Le hice un remiendo perfecto.

Hester habría querido cogerle las manos y retenerlas entre las suyas, pero estaba a punto de asestarle otro golpe terrible y el gesto le habría parecido hipócrita, algo así como el beso de Judas.

—¿Sería capaz de jurarlo, por su honor?

—Por supuesto, pero ¿a quién importa eso ya?

—¿Estás absolutamente segura, Beatrice? —Septimus se arrodilló trabajosamente delante de ella y la cogió con manos torpes pero con mucha ternura—. ¿Aunque pueda derivarse un resultado doloroso, no vas a recitificar lo dicho?

Beatrice se quedó mirándolo.

—¿Por qué voy a rectificar si es la verdad? ¿Qué quiere decir eso de un resultado doloroso, Septimus?

—Pues que Octavia se suicidó, querida mía, y que Araminta y otra persona se pusieron de acuerdo para ocultar el hecho con el fin de proteger el honor de la familia. —Todo había quedado fácilmente resumido en una sola frase.

—¿Se suicidó? ¿Por qué? Pero si ya hacía dos años que Harry había muerto...

—Sí, pero es que aquel día Octavia se enteró de cómo y por qué murió. —Le ahorró los últimos y desagradables detalles que hacían referencia al caso, por lo menos de momento—. Como era algo que ella no podía soportar, se suicidó.

—Pero Septimus... —Tenía tan secas la garganta y la boca que apenas podía articular palabra—. ¡Colgaron a Percival por haberla matado!

—Lo sé, querida mía, por esto tenemos que hablar.

—Una persona de mi casa, de mi familia... ¡asesinó a Percival!

—Sí.

—Septimus, no creo que pueda soportarlo.

—No te queda otro remedio, Beatrice. —Su voz era muy suave, pero sin titubeos—. No podemos escapar, no hay forma de negarlo sin ponerlo peor de lo que está.

Ella le apretó la mano y miró a Hester.

—¿Quién fue? —preguntó Beatrice, con voz temblorosa y mirándola directamente a los ojos.

—Araminta —respondió Hester.

—No ella sola.

—No, no sé quién la ayudó.

Beatrice se llevó lentamente las manos a la cara. Sí, ella lo sabía. Hester lo comprendió cuando vio que tenía los puños apretados y la oyó jadear. Pero no quiso preguntarle nada. Se limitó a echar una mirada fugaz a Septimus, después se volvió y salió de la habitación caminando muy lentamente, bajó la escalera principal y salió por la puerta frontal a la calle, hasta donde estaba Monk, esperando bajo la lluvia.

Con voz grave, mientras la lluvia le empapaba el cabello y el vestido, olvidada de todo, lo puso al corriente de los hechos.

Monk se fue directamente a Evan y éste expuso las circunstancias a Runcorn.

—¡Qué disparate! —dijo Runcorn, furioso—. ¡Usted desbarra! ¿Quién le ha metido todo este cúmulo de tonterías en la cabeza? El caso de Queen Anne Street está cerrado. Usted siga con el caso que tiene entre manos y, como vuelva a enterarme de alguna cosa más al respecto, le aseguro que se verá metido en un lío serio. ¿Le he hablado con bastante claridad, sargento? —Se le subieron los colores a su largo rostro—. Veo que usted tiene un gran parecido con Monk. Cuanto antes se olvide de él y de toda su arrogancia, más probabilidades tendrá de hacer carrera en la policía.

—¿No volverá a interrogar a lady Moidore, entonces? —insistió Evan.

—¿Será posible? Oiga, Evan, a usted le pasa algo. No, no volveré a interrogar a lady Moidore. Y ahora váyase inmediatamente de aquí y cumpla con su deber.

Evan se quedó en posición de firmes un momento mientras sentía que dentro de él bullían palabras de desprecio que no dijo. Seguidamente giró sobre sus talones y salió. Sin embargo, en lugar de reunirse con su nuevo inspector o con cualquier otra de las personas que se ocupaban de su caso actual, paró un cabriolé y le pidió que se dirigiera a las oficinas de Oliver Rathbone.

Rathbone lo recibió así que pudo desembarazarse del parlanchín cliente con el que estaba ocupado en aquellos momentos.

—Usted dirá —dijo a Evan, lleno de curiosidad—. ¿Qué ha ocurrido?

De forma clara y concisa, Evan le explicó lo que había averiguado Hester y observó con qué interés lo escuchaba Rathbone: vio sucederse en su rostro el reflejo de sentimientos tales como el miedo, la ironía, la ira y una repentina emoción. Pese a ser muy joven, Evan identificó aquella reacción como algo más que una inquietud de tipo intelectual o moral.

Después le refirió lo que había añadido Monk y el enfrentamiento que él acababa de tener con Runcorn, que reflejaba una reticencia larvada por parte de éste.

—¡Vaya, vaya! —dijo lentamente Rathbone, sumido en lentas y profundas cavilaciones—. Un hilo muy fino, pero para colgar a un hombre no hace falta que la cuerda sea gruesa, basta con que sea fuerte... y me parece que ésta lo es bastante.

—¿Qué hará? —preguntó Evan—. Runcorn no querrá volver a abrir el caso.

Rathbone sonrió, una sonrisa franca y dulce.

—¿Cree que tendrá ocasión de elegir?

—No, pero... —Evan se encogió de hombros.

—Lo expondré ante el Home Office. —Rathbone cruzó las piernas e hizo coincidir las yemas de los dedos—. Ahora cuéntemelo todo otra vez, sin olvidar ningún detalle, a fin de estar seguro de todo.

Evan, obediente, volvió a referírselo todo palabra por palabra.

—Gracias —dijo Rathbone poniéndose en pie—. Y ahora, si tiene la bondad de acompañarme, me pondré en acción y, con un poco de suerte, usted podrá reclamar un agente y haremos una detención. Me parece que lo mejor es que actuemos con rapidez. —Se le ensombreció el rostro—. Por lo que me ha contado, por lo menos hay una persona, lady Moidore, que está al corriente de la tragedia que va a destrozar a su familia.

Hester había dicho a Monk todo lo que sabía. En contra de los deseos de éste, Hester volvió a la casa de Queen Anne Street. Llegó empapada, con la ropa manchada y sin tener preparada una excusa. En la escalera encontró a Araminta.

—¡Santo cielo! —exclamó Araminta con acento de incredulidad pero en tono festivo—. No parece sino que se haya bañado con la ropa puesta. ¿Qué mosca le ha picado para que se haya lanzado a la calle sin abrigo ni sombrero?

Hester buscó una excusa pero no encontró ninguna.

—Sí, he cometido una tontería —dijo como amparándose en la imprudencia como excusa.

—En efecto, lo considero una estupidez —admitió Araminta—. ¿En qué estaba pensando?

—Pues yo...

Araminta empequeñeció los ojos.

—¿Tiene, quizás, un pretendiente, señorita Latterly?

Sí, podía ser una excusa, una excusa plausible. Hester murmuró para sus adentros una oración de gratitud con la cabeza gacha, como si estuviera avergonzada por su falta de sensatez, no porque la hubieran sorprendido en actitud inconveniente.

—Sí, señora.

—Pues tiene usted mucha suerte —le dijo Araminta con acritud—. No es usted muy favorecida que digamos y ya no volverá a tener veinticinco años. Yo lo cogería al vuelo. —Y con estas palabras pasó como una ráfaga de viento junto a Hester y siguió bajando en dirección al vestíbulo.

Hester masculló maldiciones por lo bajo y corrió escaleras arriba pasando como un huracán junto a Cyprian, que se quedó mudo de asombro, y continuó a través del siguiente tramo de escaleras hasta su habitación, donde se sacó toda la ropa hasta la última prenda que llevaba encima y las distribuyó lo mejor que pudo por la habitación para que se secaran.

Su cabeza funcionaba a toda marcha. ¿Qué haría Monk? Decírselo todo a Evan y éste a Runcorn. Por lo que Monk le había contado de Runcorn, ya se lo imaginaba hecho una furia. Ahora quizá no tendría más remedio que volver a abrir el caso.

Se entretuvo haciendo pequeños trabajos sin finalidad alguna. Temía volver a la habitación de Beatrice y enfrentarse con ella después de lo que había hecho, pero su presencia en aquella casa no tenía otra justificación que aquélla y lo que menos podía permitirse ahora era despertar sospechas. Además, estaba en deuda con Beatrice, por toda la pena que le causaba y la inevitable destrucción que comportaba.

Con el corazón en un puño y las manos empapadas de sudor, fue a la habitación de Beatrice y llamó a la puerta.

Las dos hicieron como si la conversación que habían sostenido por la mañana no hubiera tenido lugar. Beatrice habló un poco de temas de otros tiempos, de la época en que conoció a Basil y de la buena impresión que le causó, mezclada con un cierto respeto. Habló de su niñez en Buckinghamshire, donde se crió con sus hermanas, de las cosas que les contaba su tío sobre Waterloo y del gran acontecimiento del baile que se celebró en Bruselas el día anterior a la batalla y de la victoria que se consiguió después, de la derrota del emperador Napoleón que comportó la vuelta a la libertad de toda Europa, de los bailes, de los fuegos artificiales, del júbilo, de los maravillosos vestidos de fiesta, de la música y de los magníficos caballos. En cierta ocasión, siendo niña, fue presentada al propio Duque de Hierro. Lo recordó con una sonrisa y la mirada nostálgica de un placer casi olvidado.

Después habló de la muerte del viejo rey Guillermo IV y de la subida al trono de la joven Victoria. La coronación fue un acto espléndido que excedía a todo lo imaginable. Beatrice estaba entonces en el momento culminante de su belleza y, sin vanidad alguna, habló de las fiestas a las que ella y Basil habían asistido y de la admiración que ella había provocado.

Trajeron la comida y se llevaron el servicio, después sirvieron el té, pero ella seguía huyendo de la realidad con creciente empeño, las mejillas cubiertas de intenso rubor y los ojos febriles.

Si acaso las habían echado en falta, no lo demostraron ni nadie fue a buscarlas.

Eran las cuatro y media, y ya había anochecido, cuando se oyó un golpe en la puerta.

Beatrice estaba pálida como una muerta. Miró a Hester y después, haciendo un enorme esfuerzo, dijo con voz monocorde:

—¡Adelante!

Entró Cyprian con el rostro contraído por la angustia y el azoramiento, algo a lo que todavía no se podía llamar miedo.

—Mamá, ha vuelto la policía. No aquel hombre que se llamaba Monk sino el sargento Evan y un agente... y el maldito abogado que defendió a Percival.

Beatrice se puso en pie. Su cuerpo se tambaleó un poco.

—Ahora bajo.

—Me temo que quieren hablar con todos nosotros pero se niegan a decir por qué. Supongo que será mejor que los recibamos aunque no tengo ni idea de lo que querrán ahora.

—Pues yo me temo, hijo mío, que va a ser algo sumamente desagradable.

—¿Por qué? ¿Queda algo por decir?

—Queda mucho —replicó ella cogiéndolo del brazo para apoyarse en él a lo largo del pasillo y de las escaleras hasta el salón, donde ya se habían congregado todos, incluidos Septimus y Fenella. Junto a la puerta esperaba Evan y un agente no uniformado y en medio de la habitación estaba Oliver Rathbone.

—Buenas tardes, lady Moidore —dijo el abogado con voz grave, saludo que dadas las circunstancias tenía bastante de ridículo.

—Buenas tardes, señor Rathbone —dijo ella con un ligero temblor en la voz—. Supongo que ha venido para preguntarme por el salto de cama.

—Así es —dijo él con voz tranquila—. Siento tener que cumplir con este deber, pero no tengo más remedio. El lacayo Harold me ha dejado examinar la alfombra del estudio... —Se calló y sus ojos vagaron por las caras de todos los reunidos. Nadie se movió ni dijo palabra—. He descubierto las manchas de sangre de la alfombra y los restos adheridos en el puño del abrecartas. —Con gesto elegante se sacó el abrecartas del bolsillo y lo sostuvo, haciéndolo girar muy lentamente en la mano. La luz arrancó destellos de la hoja.

Myles Kellard estaba inmóvil, las cejas bajas y mirándolo con sorpresa.

Cyprian parecía sumamente preocupado.

Basil miraba sin parpadear.

Araminta tenía las manos apretadas con tal fuerza que le resaltaban los nudillos y estaba blanca como el papel.

—Supongo que esto debe de tener alguna justificación —dijo Romola con aire irritado—. Detesto los melodramas. Le ruego que se explique y se deje de comedias.

—¡Oh, cállate, por favor! —le soltó Fenella—. Tú odias todo lo que no es cómodo y se aparta de la rutina doméstica. Si no vas a decir nada útil, mejor que te calles.

—Octavia Haslett murió en el estudio —dijo Rathbone con voz monocorde y cautelosa, que pese a todo dominaba cualquier otro ruido o murmullo de la habitación.

—¡Santo Dios! —Fenella se mostraba incrédula pero divertida por la situación—. No irá a insinuar que Octavia tuvo una cita con el lacayo en la alfombra del estudio. Sería absurdo, y de lo más incómodo disponiendo, como era el caso, de una cama estupenda.

Beatrice se volvió en redondo y le pegó un bofetón tan fuerte a Fenella que la hizo tambalear primero y derrumbarse sobre una de las butacas en segundo lugar.

—Hacía años que quería hacerlo —exclamó Beatrice con profunda satisfacción—. Seguramente va a ser el único gusto que hoy voy a darme. ¡No, imbécil! No era ninguna cita. Octavia descubrió que Basil había destinado a Harry a ir en cabeza de la carga de Balaclava, donde tantos murieron, y se sintió derrotada, caída en la trampa, igual que nosotros ahora. Octavia se suicidó.

Se produjo un impresionante silencio hasta que Basil dio un paso adelante, el rostro ceniciento y temblorosas las manos. Todavía hizo un supremo esfuerzo.

—¡No es verdad! El dolor te ha desquiciado. Ve a tu habitación y avisaré al médico. ¡Por el amor de Dios, señorita Latterly, no se quede aquí, haga algo!

—¡Lo que ha dicho lady Moidore es verdad, sir

Basil! —Lo miró, imperturbable; por vez primera lo miró no como una enfermera a su amo, sino de igual a igual—. Fui al Ministerio de Defensa y me enteré de lo que le había ocurrido a Harry Haslett, supe de sus intervenciones, y también que Octavia había estado allí la tarde del día de su muerte y se había enterado de lo mismo.

Cyprian miró a su padre, después a Evan y en tercer lugar a Rathbone.

—Entonces, ¿qué hacía el cuchillo y el salto de cama de Octavia en la habitación de Percival? —preguntó—. Papá tiene razón: Lo que pudiera haber sabido Octavia de Harry no tiene sentido alguno. Existían las pruebas. Encontraron el salto de cama de Octavia, manchado de sangre y envolviendo el cuchillo.

—Sí, el salto de cama de Octavia manchado de sangre —admitió Rathbone— y envolviendo un cuchillo de cocina... pero no manchado con la sangre de Octavia. Octavia se mató con un abrecartas en el estudio de su padre, alguien de la familia la encontró, la trasladó escaleras arriba y la dejó en su habitación para que pareciera que la habían asesinado. —La expresión de su rostro demostraba contrariedad y desprecio—. Sin duda quería ahorrar a la familia la vergüenza y el oprobio del suicidio, así como todo lo que pudiera comportar tanto desde el punto de vista social como político. Después limpiaron el abrecartas y volvieron a dejarlo en su sitio.

—Pero ¿y el cuchillo de cocina? —repitió Cyprian—. ¿Y el salto de cama? Eran suyos. Rose identificó la prenda. Y lo mismo Mary. Y lo que todavía es más importante: Minta la vio aquella noche en el rellano con el salto de cama puesto. Y después estaba manchado de sangre.

—Era muy fácil hacerse con el cuchillo de cocina —dijo Rathbone con aire paciente—. La sangre podía proceder de cualquier trozo de carne comprado para la mesa: una liebre, un ganso, un trozo de ternera o de cordero...

—¿Y el salto de cama?

—Éste es el punto crucial de toda la cuestión. Lo enviaron de la lavandería el día anterior, en perfectas condiciones, limpio y sin mancha ni desgarrón alguno...

—Es natural —admitió de mala gana Cyprian—, no iban a mandarlo de otro modo. ¿De qué demonios habla, hombre?

—La noche en que la señora Haslett murió —Rathbone hizo como si no hubiera oído la interrupción, mostrándose con ello más educado que Cyprian—, primero se retiró a su habitación y se cambió para pasar la noche. Pero resultó que el salto de cama estaba roto y es probable que nunca sepamos cómo ocurrió el hecho. Encontró a su hermana, la señora Kellard, en el rellano y le dio las buenas noches, como usted acaba de decir y como sabemos a través de la propia señora Kellard. —Echó una mirada a Araminta y vio que ella asentía tan levemente con la cabeza que sólo el reflejo de la luz en su espléndida cabellera dio cuenta del movimiento—. Después fue a darle las buenas noches a su madre. Pero lady Moidore se dio cuenta del desgarrón y se ofreció a remendarlo, ¿no es así, señora?

—Sí, así es. —La voz de Beatrice, que pretendía ser baja, se convirtió en ronco murmullo, que el dolor hacía más patético.

—Octavia se lo sacó y se lo dejó a su madre para que lo remendara —dijo en voz queda Rathbone, aunque articulaba cada una de las palabras que pronunciaba de forma tan diferenciada como piedras sueltas que fueran cayendo en el agua helada—. Se metió en la cama sin él... y no lo llevaba cuando fue al estudio de su padre en plena noche. Lady Moidore se lo cosió y lo devolvieron a la habitación de Octavia. De allí lo cogió alguien, sabiendo que Octavia lo llevaba puesto cuando se despidió al dar las buenas noches, aunque no que lo hubiera dejado en la habitación de su madre...

Uno tras otro, primero Beatrice, después Cyprian y a continuación los demás, se volvieron a Araminta.

Parecía que Araminta se hubiera quedado petrificada, su rostro era cadavérico.

—¡Dios de los cielos! ¡Y dejaste que colgaran a Percival! —dijo Cyprian finalmente, los labios tensos y la espalda encorvada como si acabaran de pegarle una paliza.

Araminta no dijo nada, también ella estaba pálida como una muerta.

—¿Y cómo la llevaste arriba? —preguntó Cyprian levantando ahora la voz, como si la ira por sí sola pudiera liberarlo en cierto modo del dolor que lo embargaba.

Araminta sonrió, una sonrisa lenta y aviesa, un gesto en el que había odio pero que revelaba una herida abierta y dolorosa.

—No fui yo... fue papá. A veces pensaba que, si algún día llegaba a descubrirse, yo diría que había sido Myles, así me vengaría de él por lo que me ha hecho, por todo lo que me ha venido haciendo a lo largo de todos los años que llevamos casados. Pero nadie lo habría creído. —Su voz estaba preñada de un desprecio impotente que había ido acumulando con los años—. No tiene el valor suficiente. Y él no habría mentido para proteger a los Moidore. No, lo hicimos papá y yo... y Myles no nos protegería cuando se acabara todo. —Se puso en pie y volvió el rostro hacia sir Basil. Por los dedos le resbalaba un hilillo de sangre, que había brotado al clavarse las uñas en la palma de la mano.

»Te he querido siempre, papá, pero tú me hiciste casar con un hombre que me violó, que se ha servido de mí como de una mujer pública. —La amargura y el dolor que sentía la agobiaban—. Tú no me habrías permitido que lo abandonase, porque los Moidore no hacen cosas que puedan empañar el buen nombre de la familia, que es lo único que te importa de verdad, porque esto es poder: el poder que da el dinero, el poder que da la fama, el poder que da gozar de una buena posición.

Sir Basil se quedó inmóvil y aterrado, como si acabara de recibir un golpe físico.

—Pues bien, yo oculté el suicidio de Octavia para proteger a la familia —prosiguió Araminta, clavando en él los ojos como si fuera la única persona que pudiera oír sus palabras—. Y colaboré contigo para que creyeran que Percival era el culpable y lo colgaran. Bien, ahora ya estamos hundidos. Ha sido un escándalo, una burla... —Le temblaba la voz, como si estuviera a punto de estallar en una carcajada—. Todo son eufemismos para evitar la palabra asesinato, la palabra corrupción. Tú pagarás conmigo, con la horca, por Percival. Eres un Moidore y morirás como tal, lo mismo que yo.

—Dudo que se llegue a este extremo, señora Kellard —dijo Rathbone con voz entrecortada, debatiéndose entre el dolor y el asco—. Con un buen abogado, probablemente sólo tendrá que pasar el resto de la vida en la cárcel bajo acusación de homicidio y con la eximente del dolor...

—¡Prefiero que me cuelguen! —le escupió Araminta.

—Aunque la creo, usted en esto no tiene voz ni voto —puntualizó Rathbone volviéndose hacia ella—, ni tampoco usted, sir Basil. Sargento Evan, le ruego que cumpla con su deber.

Evan, obediente, dio un paso al frente y apresó las blancas muñecas de Araminta con las esposas de hierro. El agente que estaba junto a la puerta procedió a hacer lo mismo con sir Basil.

Romola se echó a llorar, unos sollozos profundos que no se sabía muy bien si estaban provocados por la pena que tenía de sí misma o por la confusión.

Cyprian la ignoró y se acercó a su madre, la rodeó cariñosamente con los brazos y la estrechó contra su pecho, como si él fuera el padre y ella la hija.

—No te apenes, cariño, nos ocuparemos de ti —dijo Septimus con voz clara—. Esta noche podemos comer aquí abajo, bastará con un poco de sopa caliente. Seguramente todos tendremos ganas de retirarnos temprano, pero creo que será mejor que nos quedemos a pasar la velada junto a la chimenea. Nos necesitamos, no es momento para estar solos.

Hester le dedicó una sonrisa, se acercó a la ventana y descorrió la cortina para que la alcoba quedara iluminada. Vio a Monk esperando fuera pese a la nieve y levantó la mano para saludarlo, un movimiento casi imperceptible que él sabría interpretar.

Se abrió la puerta principal de la casa y Evan, acompañado del agente, salió por ella conduciendo a Basil Moidore y a su hija, que la atravesaron por última vez.

OTROS TÍTULOS
DE ESTA COLECCIÓN

LA MUJER COMESTIBLE

Margaret Atwood

Irónica, ingeniosa, divertida e inteligente, *La mujer comestible* narra la fabulosa transformación de una joven durante los días que preceden a su boda.

Marian, a punto de alcanzar el sueño de cualquier mujer de su edad y condición sufre una paulatina desintegración de su ego, al tiempo que adopta unos comportamientos que a duras penas pueden explicarse con la razón.

Margaret Atwood demuestra una vez más una maestría impresionante en el manejo de la escritura y unas dotes innegables para la observación del ser humano. Asimismo presenta una galería de personajes inolvidables, cuyo carácter ha sido penetrantemente observado.

Ésta es la primera obra publicada por la prestigiosa autora de *El asesino ciego* y *El cuento de la criada*.

DESDE LA DIMENSIÓN INTERMEDIA

Mercedes Salisachs

Tras sufrir un atentado, Felipe Arcalla se debate entre la vida y la muerte y allí, en esa dimensión intermedia, ve desfilar su propia existencia. Desde su humilde infancia en San Sebastián bajo el franquismo, hasta su exitosa carrera como escritor, Arcalla contempla el día a día con su mujer e hijos, su determinante amistad con Pablo y la obsesiva relación con Micaela. Sin embargo, lo sorprendente de su estado atual es que le permite percibir qué ocurrió realmente bajo las apariencias y los comportamientos que él creía dominar y conocer a fondo.

Esta novela confirma una vez más la hondura psicológica de la narrativa de Mercedes Salisachs, reconocida autora de obras como *La conversación* o *La gangrena*.